Elizabeth George

Née aux États-Unis dans l'Ohio, Elizabeth George est diplômée de littérature anglaise et de psychopédagogie. Elle a enseigné l'anglais pendant treize ans avant de publier *Enquête dans le brouillard*, qui obtient le grand prix de Littérature policière en 1988 et l'impose d'emblée comme un grand nom du roman "à l'anglaise". Intronisé dans ce premier livre, le duo explosif composé de l'éminent membre de Scotland Yard, Thomas Lynley, et de sa très peu féminine acolyte, Barbara Havers, évolue au fil d'une dizaine d'ouvrages ultérieurs, parmi lesquels *Le lieu du crime* (1992), *Pour solde de tout compte* (1994), *Le visage de l'ennemi* (1996), *Une patience d'ange* (1999) et *Un petit reconstituant* (recueil de trois nouvelles paru en 2000). Fidèles à la tradition britannique, dont Elizabeth George est imprégnée depuis son adolescence, ils déploient une véritable fresque romanesque où l'atmosphère, les décors, les intrigues secondaires et les ressorts psychologiques prennent un relief saisissant. L'incontestable talent de cette écrivain qui refuse de voir une différence entre "le roman à énigme" et le "vrai roman" lui a valu un succès mondial, notamment en Angleterre, où elle compte parmi les auteurs les plus vendus.
Elizabeth George vit à Huntington Beach, près de Los Angeles, où elle anime des ateliers d'écriture.

UNE PATIENCE D'ANGE

DU MÊME AUTEUR
CHEZ POCKET

CÉRÉMONIES BARBARES
ENQUÊTE DANS LE BROUILLARD
LE LIEU DU CRIME
POUR SOLDE DE TOUT COMPTE
UNE DOUCE VENGEANCE
MAL D'ENFANT
LE VISAGE DE L'ENNEMI
UN GOÛT DE CENDRES
LE MEURTRE DE LA FALAISE
UN PETIT RECONSTITUANT

ELIZABETH GEORGE

UNE PATIENCE D'ANGE

PRESSES DE LA CITÉ

Titre original :
IN PURSUIT OF THE PROPER SINNER

Traduit par
Dominique Wattwiller

avec la collaboration de
Claire Guéron

ISBN : 2-266-11124-8

A la mémoire de mon père
Robert Edwin George
avec toute ma gratitude pour
les balades en rollers dans Todd Street
à Disneyland
à Big Basin
au parc du Yosemite
à Big Sur
les promenades en matelas pneumatique
sur Big Chico Creek
le jeu des devinettes de Shakespeare
le corbeau et le renard
et surtout
pour avoir su me communiquer
sa passion de notre langue

L'ingratitude d'un enfant
Est pire que la morsure du serpent.

Shakespeare
Le Roi Lear

N
O
E
S
Winnat's Pass
Castleton
Peveril Castle
A625
Grotte
Grotte
Grotte
Giants Hole
Village Préhistorique
Croupe calcaire
B6061
Calder Moor
Perryfoot
Nine Sisters
Henge
Tumulus
Sparrowpit
Tombes Paléolithiques
B6049
Fort romain
Peak Forest
A623
Upper End
Smalldale
The Limestone Way
Great Rocks Dale
Miller's Dale
Rivière Wye
B6049
Buxton
Rivière Wye
A6 Wye Dale
Blackwell

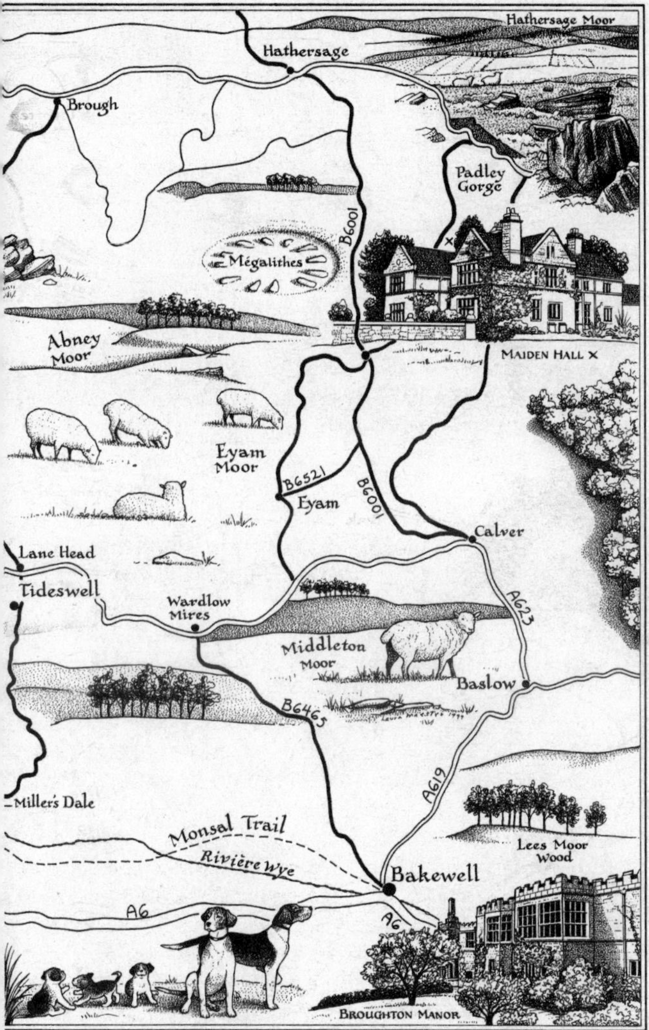

Hathersage Moor
Hathersage
Brough
Padley Gorge
B6001
Mégalithes
Abney Moor
Maiden Hall ×
Eyam Moor
B6521
Eyam
B6001
Calver
Lane Head
Tideswell
Wardlow Mires
A623
Middleton Moor
Baslow
B6465
A619
Miller's Dale
Monsal Trail
Rivière Wye
Lees Moor Wood
Bakewell
A6
A6
Broughton Manor

JUIN

Le West End

PROLOGUE

Ce que David King-Ryder éprouvait, c'était du chagrin. Ce qu'il vivait, une manière d'agonie. Bref, il se sentait empli d'une tristesse insondable que sa situation actuelle ne justifiait en aucune façon.

Au pied de la loge, devant lui, sur la scène du théâtre d'Azincourt, Horatio reprenait « Il est un dieu pour donner forme à nos pauvres ébauches » tandis que Fortinbras lançait : « O mort orgueilleuse ! » On emportait trois des quatre corps, ce qui laissait Hamlet dans les bras d'Horatio. Les membres de la troupe — grosse de trente comédiens — s'avançaient à la rencontre les uns des autres, les soldats norvégiens venant du côté cour, les gentilshommes danois du côté jardin, pour opérer leur jonction au fond de la scène. Tandis qu'ils attaquaient le refrain, la musique enfla et les salves d'artillerie — dont il n'avait pas voulu au départ, de peur de susciter des comparaisons avec celles de *1812* — canonnèrent dans les coulisses. A cet instant précis, le public de l'orchestre se leva comme un seul homme. Bientôt suivi de la corbeille. Puis des balcons. Et dominant la musique, les chœurs et la canonnade, les applaudissements roulèrent en tonnerre.

Plus de dix ans qu'il attendait cela : la preuve irréfutable de son prodigieux talent. Et ma foi, cette preuve, il la tenait. A ses pieds, autour de lui, partout, c'était du délire. Trois années d'un labeur intellectuel et physique éreintant se trouvaient récompensées par l'ovation que cette salle debout ce soir lui avait refusée à l'issue de ses deux précédents spectacles du West End — deux productions à budget colossal qui avaient été saluées par des applaudissements et des réactions sur la nature desquels on pouvait difficilement se tromper. Salut poli de pure forme des membres de la troupe précédant un exode hâtif du théâtre, réception qui avait tourné à la veillée funèbre. Le lendemain de la première, les journaux londoniens avaient fini le travail de sape commencé par le bouche-à-oreille. Deux spectacles ayant coûté les yeux de la tête avaient coulé tels des navires bourrés d'armes jusqu'à la gueule. Et David King-Ryder avait alors eu le plaisir douteux de lire d'innombrables commentaires sur le déclin de son génie créateur. « La vie sans Chandler ». Tel était le gros titre qu'il avait trouvé sous la plume d'un ou deux critiques, les seuls à lui avoir manifesté de la sympathie. Quant aux autres — les petits messieurs qui, le matin devant leur bol de Weetabix, affûtaient des métaphores assassines dans l'espoir de les replacer dans un prochain article où le vitriol l'emporterait sur la pertinence de l'analyse —, ils s'étaient montrés sans pitié. On l'avait traité de tout. « Charlatan », « Vaisseau voguant sur des succès passés », lesquels étaient dus, bien sûr, à l'inspiration de Michael Chandler.

David King-Ryder se demanda si d'autres tandems musicaux avaient jamais fait l'objet de l'attention presque pathologique prodiguée à celui qu'il avait formé avec Michael Chandler. Rien n'était moins sûr. Il lui semblait que compositeurs et librettistes — de Gilbert et Sullivan à Rice et Lloyd Webber — s'étaient épanouis, puis fanés et hissés au pinacle, qu'ils avaient connu des bides, terrassé les critiques, trébuché et de nouveau triomphé sans être poursuivis par les hurlements des chacals qui ne l'avaient pas lâché d'une semelle.

Le glamour entourant sa collaboration avec Michael Chandler avait bien sûr encouragé ces analyses. Lorsqu'un des membres d'une équipe qui a monté douze des spectacles les plus retentissants du West End trouve la mort de façon aussi horriblement stupide, il est fatal que cette mort donne naissance à une légende. Or justement Michael était mort de manière absurde. Il s'était égaré dans une grotte sous-marine de Floride où avaient déjà péri quelque trois cents plongeurs, après avoir violé les règles de prudence les plus élémentaires de ce sport, plongeant en solitaire, de nuit et de surcroît copieusement imbibé, sans avoir autrement signalé son lieu d'immersion qu'en y ancrant une embarcation de cinq mètres. Il avait laissé derrière lui une femme, une maîtresse, quatre enfants, six chiens et un associé avec qui il avait rêvé de célébrité, de fortune et de succès de théâtre pendant toute leur enfance à Oxford — où tous deux avaient pour pères des ouvriers de la chaîne de montage de l'usine Austin Rover.

Il était donc logique que les médias se soient intéressés de près à la carrière de David King-Ryder et à son retour au spectacle après le décès prématuré de Michael. Si les critiques l'avaient étrillé à la sortie cinq ans plus tard de l'opéra pop qu'il avait composé en solo, ils avaient quand même pris des gants, persuadés sans doute qu'un homme qui avait perdu un associé et un ami de toujours méritait d'avoir au moins une chance d'échouer sans qu'on s'avisât en plus de l'humilier publiquement pour avoir tenté de trouver seul l'inspiration. Ces mêmes critiques s'étaient montrés toutefois nettement moins indulgents lors de son second échec.

Mais tout ça était fini. C'était du passé.

Près de lui dans la loge, Ginny s'écria : « On a gagné ! David, bon sang, on a gagné ! », se rendant compte sans doute — et au diable les accusations de népotisme qu'il avait essuyées en confiant à son épouse la mise en scène du spectacle — qu'elle venait de rejoindre sur les hauteurs de l'Olympe des artistes de la trempe de Hands, Nunn et Hall.

Matthew — fils de David et son manager, qui ne connaissait que trop bien l'importance des enjeux — serra la main de David et lui dit : « Bon Dieu, beau travail, Papa. » David aurait voulu se laisser réchauffer par ces mots et ce qu'ils impliquaient : la levée des doutes exprimés au départ par Matthew en apprenant que son père avait l'intention de transformer en succès musical la plus grande tragédie de Shakespeare. « Tu es *sûr* que c'est bien ça que tu veux faire ? » lui avait-il demandé sans aller jusqu'au bout de sa phrase. Genre : « Tu n'as pas peur d'un plantage dont tu ne te relèverais pas ? »

Effectivement, David s'était fait la réflexion qu'il risquait fort de subir un échec retentissant. Mais quelle autre solution avait-il, sinon tenter de redorer son blason artistique ?

Et voilà qu'il avait réussi son coup. Non seulement le public était debout, non seulement les membres de la troupe l'applaudissaient sur la scène avec une ferveur extatique mais les critiques, dont il avait appris par cœur les numéros de siège (« pour mieux les engueuler », avait fait remarquer Matthew, sarcastique), étaient debout eux aussi, ne faisant pas mine de vouloir bouger, communiant avec la foule des spectateurs dans une approbation que David avait bien crue perdue pour lui à jamais.

Cet enthousiasme ne fit que croître dans les heures qui suivirent. A la réception donnée pour la première au Dorchester dans une salle de bal métamorphosée comme par un coup de baguette magique en château d'Elseneur, David était à côté de sa femme au bout d'une rangée regroupant les premiers rôles. Devant cette haie glissaient les étoiles du monde des arts et des lettres londonien. Vedettes de l'écran et de la scène se répandaient en compliments auprès des comédiens avec de secrets grincements de dents envieux. Des célébrités de tout poil décrétaient que le *Hamlet* des Productions King-Ryder était « extra », « fabuleux, mon grand », quand il ne leur avait pas « tout bonnement coupé le souffle ». Des débutantes et des jeunes filles du meilleur monde aux toilettes provocantes et aux décolletés vertigineux, connues pour être célèbres ou pour avoir des parents qui l'étaient, déclarèrent qu'on avait enfin réussi à rendre Shakespeare « amusant ». Des représentants de la famille royale responsable du tarissement considérable de l'imagination du pays et de son essoufflement économique vinrent présenter leurs vœux de succès. Si tous serraient avec plaisir la main de Hamlet et de ses confrères, si tous félicitaient chaudement Virginia Elliott de sa mise en scène inspirée de l'opéra pop de son époux, tout le monde se pressait pour adresser un mot à l'homme qui avait été vilipendé et cloué au pilori pendant plus de dix ans.

Bref, le triomphe était complet et David King-Ryder aurait bien voulu pouvoir le savourer. Il avait faim de cette sensation indiquant que la vie, au lieu de se fermer, s'ouvrait devant lui. Pourtant, il ne parvenait pas à se défaire de l'idée que la fin était proche. *C'est fini*, tels étaient les mots qui retentissaient à ses oreilles avec la violence du canon.

S'il avait pu lui faire part de ce qu'il avait éprouvé depuis le baisser de rideau, Ginny lui aurait rétorqué que ces sentiments de dépression, d'angoisse, de désespoir, étaient parfaitement normaux. « C'est le contrecoup après la première. » Elle lui aurait fait remarquer qu'elle avait beaucoup plus de raisons que lui de se sentir dépossédée, vidée. En tant que metteur en scène, son travail était terminé maintenant. Certes, il restait encore de légers aménagements à apporter au spectacle — « Ce serait sympa si le responsable des lumières se décidait à coopérer et à éclairer correctement la dernière scène, tu ne crois pas ? » — mais, pour l'essentiel, le moment était venu pour elle de décrocher, de passer à la préparation d'un autre spectacle. Pour lui, en revanche, la matinée se traduirait par un flot de coups de fil de félicitations, demandes d'interview et autres propositions pour monter son opéra dans le monde entier. Ainsi pourrait-il revoir son *Hamlet* ou s'attaquer à autre chose. Elle n'avait pas ce choix.

S'il avait avoué ne pas avoir la force de se lancer dans une nouvelle entreprise, elle lui aurait rétorqué : « Bien sûr que tu n'en as pas la force pour l'instant. C'est normal, David. Comment pourrait-il en être autrement ? Donne-toi le temps de récupérer. Tu as besoin de recharger tes batteries. »

S'il avait fait remarquer à sa femme qu'elle-même n'avait jamais besoin de recharger les siennes, elle lui aurait répondu que mettre en scène une pièce et la créer étaient deux choses différentes. Elle, en tout cas, disposait de matériaux bruts sur lesquels s'appuyer — sans parler d'une pléiade d'artistes avec qui procéder à de fructueux échanges de vues à mesure que le spectacle prenait forme. Lui n'avait que son studio de compositeur, son piano, une solitude totale et son imagination.

Et les réactions du public, songea-t-il, morose, qui sont le prix du succès.

Avec Ginny, ils quittèrent la petite fête du Dorchester dès que cela fut possible. Au début elle avait protesté lorsqu'il lui avait fait part de son désir de partir. Matthew aussi d'ailleurs, qui n'était pas le manager de son père pour rien et ne s'était pas gêné pour lui dire que cela ferait mauvais effet si David King-Ryder désertait la soirée avant qu'elle fût terminée. Mais David s'était déclaré épuisé, à bout de nerfs, et Matthew et Virginia s'étaient inclinés devant ce diagnostic. Après tout, cela faisait des semaines qu'il dormait mal, il avait le teint jaune et son comportement pendant la représentation dans leur loge — où il avait passé son temps à s'agiter, s'asseyant, se relevant, tournant en rond — évoquait fortement celui d'un homme arrivé au bout du rouleau.

Ils quittèrent Londres et firent le trajet en silence, David, un verre de vodka au creux de la paume, le pouce et l'index de l'autre main plaqués contre ses sourcils, Ginny s'efforçant en vain de l'entraîner dans une conversation. Elle lui suggéra qu'ils pourraient prendre des vacances pour fêter ces années de labeur. Pourquoi pas à Rhodes, à Capri, en Crète ?

L'enthousiasme artificiel de son intonation permit à David de mesurer l'inquiétude que lui causait son impuissance à arracher son mari au mutisme. Etant donné l'histoire de leur vie commune — Ginny avait été sa douzième maîtresse avant de devenir sa cinquième femme —, elle avait de bonnes raisons de douter que son humeur sombre fût imputable uniquement à l'état d'esprit qui suit une première, sentiment de déplétion consécutif au triomphe ou attente angoissée des critiques qu'allait susciter son œuvre. Les derniers mois n'avaient pas été tendres pour leur couple. Elle savait pertinemment que pour se guérir de son impuissance avec sa précédente femme il s'était mis avec elle, Ginny. Aussi lorsqu'elle finit par dire : « Chéri, ça arrive parfois. C'est les nerfs, c'est tout. Ça s'arrangera avec le temps », il voulut la rassurer mais ne trouva pas les mots.

Il essayait toujours de dire quelque chose lorsque la limousine passa sous le tunnel d'érables proche de l'endroit où ils habitaient. Là, à une heure à peine de Londres, la campagne était plantée d'arbres, et les sentiers fréquentés par des générations de gardes forestiers et de fermiers disparaissaient sous un fouillis de fougères.

La voiture s'engagea entre les deux chênes qui marquaient l'entrée de leur allée. Vingt mètres plus loin, une grille de fer s'ouvrit. La chaussée décrivait une courbe sous les aulnes, les peupliers et les hêtres, contournant un étang où les étoiles en se reflétant dessinaient un second ciel. La route en pente douce qui longeait une rangée de bungalows silencieux aboutit soudain devant l'entrée impressionnante de la demeure des King-Ryder.

La gouvernante leur avait préparé de quoi souper, disposant sur la table les mets préférés de David.

— Mr Matthew m'a téléphoné, expliqua Portia de sa voix placide et digne. (Portia, qui avait fui le Soudan à l'âge de quinze ans, travaillait pour Virginia depuis dix ans. Elle avait le visage mélancolique d'une magnifique madone noire.) Mes félicitations les plus chaleureuses à tous les deux.

David la remercia. Il se tenait dans la salle à manger où leurs silhouettes se reflétaient dans les immenses baies ornant les murs du sol au plafond. Il admira le surtout d'où s'échappait une brassée de roses blanches mêlées à des branches de lierre. Il joua avec une fourchette en argent. De l'ongle, il gratta une larme de cire qui avait coulé d'une bougie. Sa gorge était si serrée qu'il lui serait impossible, il le savait, d'avaler une bouchée.

Il annonça à sa femme qu'il avait besoin d'être un peu seul pour se détendre après cette soirée éprouvante. Il la rejoindrait plus tard. Il lui fallait seulement un peu de temps pour décompresser.

On attendait invariablement d'un artiste surmené qu'il se retire dans le saint des saints de son art. David gagna donc sa sallc dc musique. Il alluma la lumière. Il se versa une autre vodka et posa son gobelet à même le piano à queue.

C'est alors qu'il songea que Michael n'aurait jamais fait une chose pareille. Michael était un homme soigneux, prudent, qui connaissait la valeur des choses et respectait les instruments de musique. Toute sa vie il s'était montré prudent. Seule cette folle nuit-là, en Floride, il avait fait preuve de légèreté.

David s'assit au piano. Machinalement, il se mit à pianoter un air qu'il aimait. Une mélodie extraite de son flop le plus sévère — *Pitié* — qu'il se mit à fredonner, s'efforçant en vain de se remémorer les paroles de la chanson qui aurait dû sceller son avenir.

Tout en jouant, il laissa son regard errer sur les murs, témoins de sa carrière triomphale. Sur les étagères, des trophées. Sous verre, des certificats. Dans leurs cadres, des affiches annonçant des spectacles qui aujourd'hui encore étaient joués dans le monde entier. Des photos retraçant son parcours.

Michael figurait en bonne place au milieu des portraits. Et lorsque le regard de David s'arrêta sur le visage de son vieil ami, ses doigts abandonnèrent l'air qu'ils interprétaient pour la chanson qui allait devenir le tube de *Hamlet*. « Les rêves qui viendront » — c'était le titre du morceau — était tiré du fameux monologue du prince.

Il n'en joua que la moitié, finit par s'arrêter. Il était

si horriblement fatigué que ses mains ne pouvaient plus rester sur les touches et que ses yeux se fermèrent sans qu'il cessât pour autant de voir le visage de Michael.

— Tu n'aurais pas dû mourir, dit-il à son vieux complice. Je croyais qu'un succès changerait tout, mais ça ne fait que rendre pire la perspective d'un échec.

Il reprit sa vodka. Il quitta la pièce, vida son verre. Il posa le gobelet près d'une urne en travertin qui occupait une niche. Comme il n'avait pas posé le verre correctement, celui-ci tomba sur la moquette.

Au-dessus, dans l'énorme maison, il entendit un bain couler. Ginny allait s'immerger pour chasser le stress de la soirée et la tension des mois qui avaient précédé. Il aurait voulu pouvoir l'imiter. Il lui semblait avoir tellement plus de raisons qu'elle d'être tendu...

Il se laissa aller à revivre une dernière fois ces délectables instants de triomphe : le public debout avant même le baisser de rideau, les acclamations, les « Bravo » rauques.

Tout cela aurait dû lui suffire. Mais non. Cela ne pouvait lui suffire. Cette pluie approbatrice tombait sur des oreilles emplies d'une autre voix.

— *Petersham Mews et Elvaston Place. Vingt-deux heures.*

— *Mais où... ? Où sont-elles ?*

— *Vous les trouverez, je vous fais confiance.*

Et maintenant, alors qu'il essayait de réentendre les éloges frénétiques, les louanges censées être sa nourriture, sa vie, tout ce que David entendait, c'étaient ces mots : *Vous les trouverez, je vous fais confiance...*

Le moment était venu.

Il grimpa l'escalier, gagna la chambre. Derrière la porte de la salle de bains, sa femme trempait consciencieusement. Elle chantait avec une joie forcée indiquant assez combien elle était inquiète, et quel souci lui causaient l'état de ses nerfs et celui de son âme.

Une femme bien, cette Virginia Elliott. La meilleure de toutes ses épouses. Son intention avait été de vivre avec elle jusqu'à la fin de ses jours. Seulement il ne pouvait pas se douter qu'il lui restait si peu de temps.

Trois gestes suffirent.

Il sortit l'arme du tiroir de la table de nuit. La positionna. Appuya sur la détente.

SEPTEMBRE

Le Derbyshire

1

Julian Britton était conscient que, jusqu'à maintenant, sa vie se résumait à fort peu de choses. Il élevait ses chiens, gérait le domaine familial en piteux état et, jour après jour, sermonnait son père pour l'empêcher de boire. C'était à peu près tout. Il n'avait réussi à rien si ce n'est à vider force bouteilles de gin dans l'évier. Et aujourd'hui, à vingt-sept ans, il avait l'impression que son existence était marquée du sceau de l'échec. Mais ce soir, pas question de se laisser influencer par ce bilan négatif. Ce soir, il lui fallait réussir. Faire triompher son point de vue.

Il commença par s'occuper de son apparence, s'examinant sans complaisance dans la psyché de sa chambre. Il releva le col de sa chemise, chassa d'une pichenette un fil resté collé sur son épaule et fronça les sourcils. Il fixa son reflet dans la glace, s'efforçant de donner à ses traits l'expression qu'il souhaitait leur communiquer. Il fallait qu'il ait l'air sérieux. Absolument sérieux. Inquiet aussi, oui, parce que l'inquiétude était raisonnable. Mais en aucun cas il ne devait sembler bouleversé. Et certainement pas avoir l'air d'un homme anéanti qui se demande comment il en est arrivé là où il en est et comment son univers a pu être ainsi détruit.

Quant à ce qu'il allait dire, deux nuits d'insomnie et deux interminables journées lui avaient donné largement le temps de répéter. En fait, c'était en conversations avec lui-même — des conversations teintées d'inquiétude mais pas au point de suggérer qu'il avait tout à perdre dans l'affaire — que Julian avait passé ces quarante-huit heures consécutives à l'annonce par Nicola Maiden de l'invraisemblable nouvelle. Après deux jours et deux nuits de monologues intérieurs sans fin, Julian avait hâte de passer à l'action, même s'il n'était pas sûr que ses paroles aient le poids voulu.

Se détournant de la glace, il prit ses clés de voiture sur la commode. La fine couche de poussière qui la recouvrait généralement avait disparu. Julian en déduisit que sa cousine s'était de nouveau laissée aller au démon du ménage — signe que sa dernière tentative destinée à empêcher son oncle de boire avait échoué.

Samantha était venue s'installer dans le Derbyshire huit mois plus tôt. C'était un ange de miséricorde qui s'était pointé un jour à Broughton Manor avec l'intention de ressouder une famille déchirée depuis plus de trois décennies. Elle n'avait pas beaucoup progressé dans sa mission et Julian se demandait combien de temps encore elle allait supporter le penchant immodéré de son père pour la bouteille.

« Il faut absolument qu'on l'empêche de se pinter, Julie, lui avait dit Samantha le matin même. C'est vital, tu dois t'en rendre compte ! »

De son côté Nicola, qui connaissait son père depuis huit ans et non depuis huit mois, s'était montrée beaucoup plus tolérante. A plusieurs reprises, elle avait même répété à Julian : « Si ton père souhaite boire jusqu'à l'inconscience, tu ne peux rien y faire, Jule. Et Sam non plus, d'ailleurs. »

Seulement Nicola ignorait ce que c'était que de voir son père s'enfoncer chaque jour plus avant dans la déchéance et se complaire dans des illusions avinées sur le glamour de son passé. Après tout, elle avait grandi dans un foyer où les choses étaient ce qu'elles semblaient être. Elle avait un père et une mère dont l'amour ne lui avait jamais fait défaut. Et contrairement à lui, elle n'avait jamais eu à souffrir de la double désertion d'une mère hippie qui s'était tirée pour « étudier » avec un gourou de pacotille la nuit précédant son douzième anniversaire et d'un père dont la dévotion à la bouteille dépassait de loin l'affection qu'il aurait pu éprouver pour ses trois enfants. En fait, si Nicola s'était donné la peine d'analyser ce qui différenciait leurs éducations respectives, songeait Julian, elle se serait rendu compte que toutes ses bon dieu de décisions...

Il arrêta net le cours de ses pensées, il ne voulait pas s'engager dans cette voie. Impossible d'aller dans cette direction. Il ne pouvait permettre à son esprit de se laisser distraire de la tâche qu'il s'était assignée.

— Ecoute-moi, mon petit vieux. (Il prit son portefeuille, le fourra dans sa poche.) Les complexes, ça suffit. Tu es assez bien pour n'importe qui. Elle a eu les jetons. Elle a pris une mauvaise décision, c'est tout. Souviens-toi de ça. Et souviens-toi que vous êtes faits pour vivre ensemble. Tout le monde ici est de cet avis.

Il y croyait de toutes ses forces. Nicola Maiden et Julian Britton avaient partagé une bonne partie de leur existence pendant des années. Tous ceux qui les connaissaient avaient depuis longtemps compris qu'ils étaient faits l'un pour l'autre. Seule Nicola semblait ne pas s'être rendue à l'évidence.

« Je sais bien qu'on n'a jamais été fiancés, lui avait-il dit quarante-huit heures plus tôt, lorsqu'elle lui avait appris qu'elle allait quitter les Peaks définitivement et n'y reviendrait désormais que pour de courts séjours. Mais on avait passé un accord tacite, non ? Je ne coucherais pas avec toi si ce n'était pas sérieux... Voyons, Nick, bon sang, tu me connais. »

Ce n'était pas la demande en mariage qu'il avait prévu de lui faire et elle ne l'avait pas prise pour telle. Elle lui avait répondu assez raidement :

« Jule, je t'aime beaucoup, tu es un garçon formidable. Tu as toujours été un véritable ami pour moi. Et on s'entend bien. En fait, je ne me suis jamais aussi bien entendue avec un autre type.

— Eh ben tu vois...

— Mais je ne t'aime pas. Le sexe et l'amour, c'est

deux choses différentes. C'est seulement dans les films et dans les livres que ça coïncide. »

Au début, il avait été trop éberlué pour réagir. Son esprit s'était métamorphosé en un tableau noir, que quelqu'un aurait effacé d'un coup de chiffon sans lui laisser le temps de prendre des notes. Alors elle avait poursuivi son raisonnement.

Elle continuerait d'être sa petite amie dans le Peak District si tel était son désir. Quand elle viendrait rendre visite à ses parents, elle serait toujours heureuse de voir Julian par la même occasion. Ils pourraient continuer d'être amants s'il le souhaitait, elle n'y voyait aucun inconvénient. Mais le mariage, non, pas question ; ils étaient trop différents.

« Je sais ce que représente pour toi Broughton Manor, je sais que tu veux sauver le domaine, Julian. C'est ton rêve et tu le réaliseras. Mais je ne le partage pas et je n'ai aucunement l'intention de te faire du mal ou de m'en faire en faisant semblant de le partager. Ce ne serait pas juste. »

C'est alors qu'il avait retrouvé sa présence d'esprit suffisamment longtemps pour remarquer, non sans amertume :

« C'est encore cette saloperie d'argent, et le fait que je n'en ai pas. Ou du moins pas assez à ton goût.

— Ça n'est pas ça, Julian, pas exactement. (Elle s'était tournée sur son siège pour lui faire face puis, après un long soupir :) Laisse-moi t'expliquer... »

Il avait écouté pendant près d'une heure, du moins ce qui lui avait paru une heure, car en fait elle n'avait pas parlé plus de dix minutes. A la fin, après que tout eut été dit, qu'elle fut descendue de la Rover, qu'elle eut disparu sous le porche obscur de Maiden Hall, il était rentré chez lui sous le choc, ivre de chagrin, déboussolé, pensant : Non, elle ne peut pas... non. Au bout d'une nuit sans sommeil, il s'était aperçu qu'il avait un impérieux besoin d'agir. Il lui avait téléphoné et elle avait accepté qu'ils se voient. Elle serait toujours prête à le voir.

Il jeta un dernier coup d'œil à la glace avant de quitter la pièce et, pour se donner du courage, se répéta : On a toujours été bien ensemble. Ne perds pas ça de vue.

Enfilant le couloir sombre du premier étage du manoir, il examina en passant la pièce dont son père avait fait une sorte de petit salon. La situation financière de plus en plus précaire de la famille avait obligé les Britton à quitter les salles spacieuses du rez-de-chaussée devenues peu à peu inhabitables à mesure que les objets d'art, tableaux, meubles anciens, étaient vendus pour leur permettre de joindre les deux bouts. Maintenant ils avaient élu domicile au premier étage de la maison. Ce n'étaient pas les pièces qui manquaient mais elles étaient exiguës et sombres.

Jeremy Britton était dans le petit salon. Comme il était dix heures et demie, il était complètement pété. Sa tête ballottait sur sa poitrine, une cigarette se consumait entre ses doigts. Julian traversa la pièce, retira le mégot de la main de son père sans que ce dernier bouge.

Julian jura silencieusement en le regardant : l'alcoolisme avait eu raison de ses qualités — intelligence, force, amour-propre. Un de ces jours il allait mettre le feu au manoir et il y avait des moments comme aujourd'hui où Julian en arrivait à se dire qu'un incendie serait peut-être encore la meilleure solution. Il éteignit la cigarette de Jeremy et plongea la main dans la poche de sa chemise pour lui retirer son paquet de Dunhill. Après quoi il lui subtilisa son briquet. Puis il rafla la bouteille de gin et sortit.

Il jetait le gin, les cigarettes et le briquet dans la poubelle derrière la bâtisse lorsqu'on l'appela :

— Tu l'as encore pris en flagrant délit, c'est ça ?

Sursautant, il balaya les environs du regard mais dans l'obscurité ne parvint pas à la distinguer. C'est alors qu'elle se leva de là où elle était assise, sur le bord du mur de pierres sèches qui séparait l'arrière du manoir du premier de ses jardins à l'abandon. Une glycine non taillée, qui commençait à perdre ses feuilles à l'approche de l'automne, l'avait en grande partie dissimulée.

Elle tapota son short pour en faire tomber la poussière et sauta à bas du muret pour le rejoindre.

— Je commence à me dire qu'il n'a qu'une envie : se tuer, fit Samantha de son ton pratique. La seule chose que j'ignore, c'est pourquoi.

— Il n'a pas besoin de raison, rétorqua Julian. Tout ce qu'il lui faut, c'est un moyen d'atteindre son objectif.

— J'essaie de l'empêcher de picoler mais il a des bouteilles cachées partout. (Elle considéra le manoir ténébreux qui se dressait devant eux telle une forteresse.) J'essaie, Julian, je sais que c'est important. (De nouveau, elle le fixa, examina ses vêtements.) Dis donc, tu as fait des frais, ce soir... J'ai pas pensé à m'habiller. J'aurais dû ? (Julian lui rendit son regard tandis que, tapotant sa chemise, il cherchait à se débarrasser d'un fil, d'une poussière quelconque.) Tu as oublié, n'est-ce pas ? (Julian attendit qu'elle précise sa pensée.) L'éclipse.

— Quoi ? (Il réfléchit et, de la main, se frappa le front.) Seigneur, l'éclipse. Merde, t'as raison, j'ai oublié. C'est ce soir ? Tu vas te poster quelque part pour être sûre de bien voir ?

Avec un mouvement de tête vers l'endroit dont elle venait d'émerger, elle expliqua :

— J'ai pris des provisions. Du fromage, des fruits, du pain, un petit morceau de saucisse. Du vin. Je me suis dit qu'on serait peut-être contents d'avoir de quoi casser la croûte si on devait attendre plus longtemps que prévu...

— Attendre. Oh merde, Samantha...

Il ne savait comment formuler ça. Il n'avait pas voulu lui donner à penser qu'il avait l'intention d'observer l'éclipse en sa compagnie. Il n'avait pas songé un instant qu'elle pût imaginer qu'il avait l'intention de la regarder.

— Je me suis trompée de jour ? fit-elle, déçue.

Elle savait déjà qu'il n'en était rien et que si elle voulait voir l'éclipse depuis la lande d'Eyam il allait lui falloir s'y rendre à pied et seule.

Julian avait mentionné l'éclipse de lune en passant. Du moins c'était comme ça qu'il s'était dit qu'elle prendrait la remarque. Sur le ton de la conversation, il lui avait déclaré : « On la voit très bien d'Eyam Moor. Normalement, c'est prévu pour onze heures et demie. Tu t'intéresses à l'astronomie, Sam ? »

Et manifestement Samantha avait pris ça pour une invitation. Julian se sentit ennuyé, agacé par cette réaction. Mais il fit de son mieux pour cacher son irritation parce qu'il lui devait une fière chandelle. C'était dans le but de réconcilier sa mère et son oncle — le père de Julian — qu'elle avait ces huit derniers mois effectué de longs séjours à Broughton Manor, venant de Winchester. Ses visites s'étaient allongées à mesure qu'elle trouvait à s'occuper au domaine, travaillant soit à la rénovation du manoir, soit à l'organisation des tournois, fêtes et reconstitutions historiques montés à l'initiative de Julian et qui constituaient pour les Britton une source de revenus non négligeable. Sa présence active avait été une véritable bénédiction, d'autant que les frères et sœurs de Julian avaient depuis longtemps quitté le nid familial et que son père n'avait pas levé le petit doigt depuis qu'il avait hérité de la propriété et s'était mis en devoir de la peupler de hippies peu de temps après son vingt-cinquième anniversaire. Pourtant, même si Julian lui était reconnaissant de son aide, il aurait souhaité que sa cousine ne tire pas de conclusions hâtives car l'éclipse n'avait été pour lui qu'un sujet de conversation comme un autre tandis qu'ils s'affairaient à remplacer trois des pierres d'angle du mur extérieur de la vieille chapelle. Il se sentait coupable du labeur colossal qu'abattait Samantha par pure bonté d'âme et il avait cherché désespérément une façon de la payer de ses peines.

Il n'avait pas d'argent à lui offrir, non qu'elle en eût besoin ou qu'elle en eût accepté, mais il avait ses chiens, son enthousiasme et d'amples connaissances sur le Derbyshire. Animé du désir de la faire se sentir la bienvenue aussi longtemps que possible à Broughton

Manor, il lui avait offert la seule chose dont il disposait : ses chiens — il lui avait proposé de s'en occuper — et sa conversation. Et elle s'était méprise sur ses intentions.

— Je ne pensais pas... (Du pied, il délogea un pissenlit hirsute qui jaillissait du gravier.) Je suis désolé. Je pars pour Maiden Hall.

— Oh...

Etrange, songea Julian, c'est fou ce qu'on peut exprimer avec une seule syllabe. De la déception au plaisir, cette syllabe réussissait à couvrir toute une palette d'émotions.

— Je suis stupide, fit-elle, je m'étais figuré que tu voulais... eh bien...

— Je te revaudrai ça. (Il espérait avoir l'air sincère.) Si j'avais pas déjà mis à mon programme de... Mais tu sais comment c'est.

— Oui oui, Julian, il ne faut pas décevoir Nicola.

Lui adressant un bref sourire, elle replongea dans l'ombre de la glycine. Elle tenait un panier sous le bras.

— Une autre fois, d'accord ?

— Comme tu voudras.

Sans le regarder, elle franchit le portail et disparut dans la cour de Broughton Manor.

Il poussa un violent soupir : il ne s'était pas rendu compte qu'il retenait son souffle.

— Désolé, dit-il à la jeune fille qui maintenant était loin. Mais c'est important. Si tu savais à quel point, tu comprendrais.

Il effectua le trajet en voiture jusqu'à Padley Gorge en un temps record, prenant la direction du nord-ouest vers Bakewell, où il franchit le vieux pont médiéval qui enjambait la Wye. Il profita du voyage pour répéter une dernière fois ses répliques, et lorsqu'il atteignit la route en pente qui menait à Maiden Hall, il était presque sûr qu'avant la fin de la soirée son plan porterait ses fruits.

Maiden Hall se dressait à mi-pente sur un terrain boisé. La terre était plantée de chênes sessiles, et la montée conduisant au bâtiment surmontée d'un dais de marronniers et de tilleuls. Julian gravit l'allée en pente, négocia les virages sinueux avec l'adresse née d'une longue pratique et s'arrêta près d'une Mercedes de sport sur l'aire de stationnement gravillonnée réservée aux clients.

Dédaignant l'entrée principale, il pénétra dans la maison par la cuisine où Andy Maiden observait son chef — qui préparait des crèmes brûlées. Le chef, un certain Christian-Louis Ferrer, avait été engagé cinq ans plus tôt afin de donner de l'éclat à la table de Maiden Hall. Pour l'instant, armé de son chalumeau, Ferrer ressemblait davantage à un incendiaire qu'à un artiste culinaire. Et le visage d'Andy indiquait clairement qu'il partageait tout à fait le point de vue de Julian. Ce n'est que lorsque Christian-Louis eut réussi à faire parfaitement caraméliser le dessus de la crème en disant « Et voilà, Andy », avec le sourire condescendant dont on gratifie un saint Thomas qui vient une fois de plus de voir ses doutes se révéler vains, qu'Andy leva la tête et vit Julian qui observait la scène.

— Je ne suis pas tellement d'accord pour qu'on joue du chalumeau dans la cuisine, fit-il avec un sourire gêné. Bonjour, Julian, quelles nouvelles de Broughton et des riantes contrées environnantes ?

C'était ainsi qu'il accueillait généralement le jeune homme. Ce dernier lui répondit, comme à l'accoutumée :

— Tout va bien chez les justes. Quant au reste de la population... mieux vaut ne pas y penser.

Andy lissa les poils de sa moustache grisonnante et observa son visiteur tandis que Christian-Louis faisait glisser le plateau de crèmes brûlées par le passe-plat ouvrant sur la salle à manger.

— C'est fini pour ce soir, dit le chef en retirant le tablier blanc diversement taché des sauces des préparations du dîner.

Tandis que le Français se retirait dans une petite pièce pour se changer, Andy lança un vibrant « Vive la France ! » en roulant des yeux. Puis il dit à Julian :

— Vous prenez un café avec nous ? Il ne nous reste plus qu'un petit groupe dans la salle à manger. Sinon, tout le monde est dans le salon pour les boissons de l'après-dîner...

— Il y a du monde ce soir ?

Maiden Hall, bâtiment victorien qui avait servi jadis de pavillon de chasse à une branche de la famille de Saxe-Cobourg, s'enorgueillissait de posséder dix chambres. Toutes, et chacune dans un style différent, avaient été décorées par la femme d'Andy lorsque les Maiden avaient quitté Londres dix ans plus tôt. Huit de ces chambres étaient louées à des voyageurs astucieux, désireux de profiter du confort douillet d'un hôtel doublé de l'intimité d'une maison particulière.

— Nous sommes archi-complets, répondit Andy. La saison d'été a été formidable. Il faut dire qu'avec ce temps nous avons été gâtés. Alors qu'est-ce que vous prenez ? Café ? Cognac ? Et votre père, à propos, ça va ?

Julian se crispa intérieurement à ces mots. Le comté tout entier — et pas seulement Andy — associait automatiquement son père à l'alcool.

— Rien pour moi, merci, je suis venu voir Nicola.

— Nicola... vous aviez rendez-vous ? Mais elle n'est pas là, Julian.

— Pas là ? Elle n'a pas déjà quitté le Derbyshire, si ? Parce qu'elle m'a dit...

— Non non, fit Andy. (Il entreprit de ranger les couteaux de cuisine dans un porte-couteaux en bois en les glissant chacun dans leur case avec un petit bruit sec tandis qu'il continuait à bavarder :) Elle est allée camper. Vous n'étiez pas au courant ? Elle est partie hier en milieu de matinée.

— Mais je lui ai parlé... (Julian réfléchit, cherchant approximativement l'heure de leur entretien :) Hier matin, en début de matinée. Elle n'a pas pu oublier si vite...

— On dirait bien que si, pourtant, fit Andy avec un

haussement d'épaules. Les femmes, vous savez... Qu'est-ce que vous aviez prévu de faire ?

Julian éluda la question.

— Elle est partie seule ?

— Comme d'habitude. Vous connaissez Nicola...

Oh ça oui, il la connaissait.

— Où ça ? Elle a pris son matériel, au moins ?

Andy se détourna des couteaux qu'il remettait en place. Manifestement il avait perçu de l'inquiétude dans la voix du jeune homme.

— Elle ne serait pas partie sans, elle sait que le temps est imprévisible, qu'il vaut mieux prendre ses précautions. En tout cas, je l'ai aidée à le charger dans la voiture. Pourquoi ? Qu'est-ce qui se passe ? Vous vous êtes disputés ?

Julian ne pouvait répondre sincèrement qu'à la dernière de ces questions. Non, ils ne s'étaient pas chamaillés, du moins ils n'avaient pas eu ce qu'Andy aurait pu appeler une dispute.

— Andy, elle devrait être rentrée maintenant. On devait aller à Sheffield, elle voulait voir un film...

— A cette heure-ci ?

— Une séance spéciale, dit Julian, s'apprêtant à lui expliquer le folklore attaché au *Rocky Horror Picture Show*.

Ses années passées *undercover*, dans ce qu'il appelait une autre vie, ayant fourni à Andy Maiden l'occasion d'assister à la projection de ce film-culte, il balaya d'un geste impatient les explications de Julian. Et cette fois, lorsqu'il porta la main à sa moustache pour la caresser, son geste s'accompagna d'un froncement de sourcils pensif.

— Vous êtes certain que c'était ce soir, votre rendez-vous ? Elle n'a pas pu se tromper, croire que c'était demain ?

— J'aurais préféré la voir hier. Mais c'est Nicola qui avait choisi ce soir. Et je suis certain qu'elle a dit qu'elle serait de retour cet après-midi.

Andy laissa retomber sa main. Son regard était sombre. Par-dessus l'épaule de Julian, il fixa la fenêtre au-dessus de l'évier. Il n'y avait rien à voir dans la vitre, excepté leurs reflets. Mais Julian savait qu'Andy songeait à ce qu'il y avait dans l'obscurité, de l'autre côté des carreaux. Des landes à perte de vue fréquentées uniquement par les moutons ; des carrières abandonnées où la nature reprenait ses droits ; des falaises de calcaire cédant la place à des éboulis ; des forteresses préhistoriques de pierres croulantes. Des myriades de grottes prêtes à vous engloutir, des mines de cuivre dont les galeries et les plafonds pouvaient s'effondrer à tout moment, des cairns dont les pierres en dégringolant pouvaient être fatales pour la cheville d'un randonneur téméraire, des crêtes escarpées où un promeneur risquait — s'il tombait — de rester allongé des jours, voire des semaines, sans que quiconque retrouve sa trace. Le Peak District couvrait une zone allant de Manchester à Sheffield, de Stoke-on-Trent à Derby, et une bonne douzaine de fois par an les secours étaient organisés pour rapatrier un randonneur imprudent qui s'était cassé un bras ou une jambe, quand ce n'était pas pire. Si la fille d'Andy Maiden s'était perdue, si elle s'était blessée dans cette nature sauvage, il allait falloir certainement plus de deux hommes pour lui mettre la main dessus.

— On ferait mieux d'appeler la police, dit Andy.

Le premier mouvement de Julian avait également été d'alerter la police. Toutefois, après réflexion, il eut peur de ce que ce coup de téléphone pouvait impliquer. Mais, alors qu'il hésitait imperceptiblement, Andy passa à l'acte. Il se dirigea à grands pas vers la réception pour donner le coup de fil.

Julian se précipita sur ses talons. Il le trouva penché au-dessus de l'appareil dans l'attitude d'un homme qui se méfie d'éventuels indiscrets. Pourtant, Julian et lui étaient seuls à la réception : les clients de l'établissement s'étaient attardés à boire le café et le cognac dans le salon à l'autre bout du couloir.

C'est du bout du couloir qu'arriva Nan Maiden alors qu'Andy s'entretenait avec la police de Buxton. Elle sortait du salon avec un plateau sur lequel étaient posées une cafetière vide, des tasses et des soucoupes. Elle sourit en apercevant Julian.

— Oh, bonjour, Julian, on ne vous attendait pas... (Sa phrase demeura en suspens lorsqu'elle remarqua l'attitude de son mari courbé au-dessus de l'appareil tel un donneur honteux de coups de fil anonymes et celle de Julian, qui avait vaguement l'air complice.) Que se passe-t-il ?

A cette question, Julian eut l'impression d'avoir le mot *culpabilité* tatoué sur le front. Il ne répondit pas, attendant qu'Andy prenne les choses en main. Le comportement plutôt étrange de ce dernier semblait avoir un rapport direct avec Nan mais de là à savoir ce qu'il signifiait, c'était une autre affaire. A voix basse, ignorant totalement la question que sa femme lui avait posée, Andy énonça soudain, la main en cornet autour du micro :

— Vingt-cinq.

A ces mots, Nan comprit ce que Julian n'avait pas voulu formuler et qu'Andy refusait de lui révéler.

— Nicola, murmura-t-elle. (Elle s'approcha du bureau et y posa son plateau, délogeant une corbeille en osier pleine de prospectus qui dégringola par terre, où personne ne prit la peine de la ramasser.) Quelque chose est arrivé à Nicola ?

Andy répondit avec calme :

— Julian et Nick avaient rendez-vous ce soir. Apparemment elle a oublié, dit-il, main gauche plaquée sur le micro. On essaie de la localiser. (Il formula cette contre-vérité avec l'aisance d'un homme dont le mensonge a jadis été le pain quotidien.) Je me disais qu'elle était peut-être passée chez Will Upman en rentrant, histoire de savoir à quoi s'en tenir pour son job de l'été prochain. Tout va bien du côté de nos invités, chérie ?

Les yeux gris de Nan naviguèrent vivement de son mari à Julian.

— Tu es en conversation avec qui exactement, Andy ?

— Nancy...

— Réponds-moi.

Il s'abstint. A l'autre bout de la ligne quelqu'un parla, Andy consulta sa montre.

— Malheureusement nous ne sommes pas tout à fait sûrs... Non, rien de ce genre... Merci, très bien, je vous en sais gré.

Il raccrocha, prit le plateau que sa femme avait posé sur le bureau et se dirigea vers la cuisine, suivi de Nan et Julian.

Christian-Louis s'en allait ; il avait troqué sa tenue de cuisinier contre un jean, des baskets et un sweat-shirt de l'université d'Oxford dont il avait coupé les manches. Il attrapa par le guidon une bicyclette appuyée contre le mur et, ayant décelé la tension qui se dégageait des trois personnes venues le rejoindre dans la cuisine, il se dépêcha de sortir sur un « Bonsoir, à demain ».

Par la fenêtre ils distinguèrent le phare blanc de sa bicyclette tandis qu'il s'éloignait en pédalant.

— Andy, je veux savoir la vérité, fit Nan en se plantant devant lui.

Petite, elle faisait près de vingt-cinq centimètres de moins que son mari. Mais elle était compacte et musclée, avec un physique de femme à qui on donne facilement vingt ans de moins que ses soixante ans.

— La vérité, je viens de te la dire, fit Andy d'un ton raisonnable. Julian et Nicola avaient rendez-vous. Seulement, Nick a oublié. Julian est dans tous ses états et il aimerait bien savoir où elle est passée. Je lui donne un coup de main, c'est tout.

— Mais ce n'était pas Will Upman au téléphone, n'est-ce pas ? Pourquoi Nicola irait-elle voir Will Upman à... ? (Nan Maiden jeta un coup d'œil à l'horloge de la cuisine, une horloge bêtement fonctionnelle qui était accrochée au-dessus d'une étagère garnie d'assiettes. Il était onze heures vingt. En aucun cas une heure pour rendre visite à son employeur — ce qu'avait été Upman pour Nicola ces trois derniers mois.) Elle partait randonner et camper. Tu ne vas pas me faire croire qu'elle s'est arrêtée pour tailler une bavette avec Will Upman au beau milieu d'une balade... Et pourquoi Nicola aurait-elle posé un lapin à Julian ? Jamais elle n'a fait une chose pareille. (Nan braqua soudain les yeux sur Julian.) Est-ce que vous ne vous seriez pas disputés, par hasard ? fit-elle astucieusement.

Julian était mal à l'aise pour deux raisons. D'une part parce qu'il lui fallait répondre à une question qu'on lui avait déjà posée. D'autre part parce qu'il s'apercevait que Nicola n'avait pas informé ses parents de son désir de quitter le Derbyshire une fois pour toutes. Elle ne se serait pas mise en quête d'un petit boulot pour l'été suivant si elle avait projeté de quitter le comté.

— En fait, on a parlé mariage, se décida à lâcher Julian. On a parlé de l'avenir.

Nan écarquilla les yeux. Une sorte de soulagement remplaça l'inquiétude qui s'était lue sur son visage.

— Mariage ? Nicola a accepté de vous épouser ? Quand ? Je veux dire : quand est-ce que ça a été décidé ? Et dire qu'elle a gardé ça pour elle ! Voilà qui est formidable, magnifique ! Seigneur, Julian, j'en suis toute retournée. Est-ce que vous en avez touché un mot à votre père ?

Julian ne voulait pas mentir complètement, mais il ne pouvait pas non plus se résoudre à dire toute la vérité. Il se rabattit donc sur une solution intermédiaire forcément bancale.

— C'est que... la discussion en est restée aux préliminaires. En fait nous devions en rediscuter ce soir.

Andy Maiden n'avait pas perdu Julian de l'œil, il le regardait d'un air curieux comme s'il savait pertinemment qu'entre sa fille et Julian des projets de mariage étaient un sujet de conversation à peu près aussi vraisemblable que pouvait l'être l'élevage des moutons.

— Attendez un instant, vous ne deviez pas aller à Sheffield voir un film ?

— En effet, mais nous avions mis à notre programme de discuter en chemin.

— Nicola n'aurait jamais oublié une chose comme ça, déclara Nan. Une femme ne peut pas oublier qu'elle a rendez-vous avec l'homme qu'elle aime pour parler mariage. (Et s'adressant à son mari :) Tu devrais le savoir, Andy. (Elle garda le silence un instant, s'attardant manifestement sur cette idée tandis que Julian de son côté ne pouvait s'empêcher de constater avec gêne qu'Andy n'avait toujours pas répondu aux questions de sa femme concernant le coup de téléphone qu'il venait de passer. Nan finit d'ailleurs par en tirer des conclusions :) Seigneur, tu viens d'appeler la police, c'est ça ? Tu crois qu'elle a eu un pépin, que c'est pour ça qu'elle n'est pas venue au rendez-vous ? Et tu ne voulais pas que je me fasse de souci, n'est-ce pas ?

Ni Andy ni Julian ne pipèrent mot. Ce qui était en soi une réponse.

— Et j'aurais pensé quoi, à ton avis, quand la police aurait débarqué ici ? J'étais censée continuer à servir le café sans me préoccuper de savoir ce qui se passait ?

— Je savais que tu t'inquiéterais. Si ça se trouve, il n'y a aucune raison.

— Nicola pourrait très bien être blessée à l'heure qu'il est et vous avez pensé qu'il valait mieux vous taire ? Sous prétexte que je pourrais me faire du mauvais sang ?

— Voilà que tu te mets dans tous tes états. C'est pour ça que je ne voulais pas t'en parler avant d'y être obligé. Si ça se trouve, encore une fois, ce n'est rien. Ce n'est probablement rien. Julian et moi, on aura éclairci le mystère d'ici une heure ou deux.

Nan tenta de repousser une mèche derrière son oreille. Ses cheveux bizarrement coupés — longs sur le dessus et taillés ras sur les côtés — lui faisaient comme une sorte de béret. La mèche, trop courte, retrouva sa position initiale.

— On va partir à sa recherche, décida-t-elle. Il faut

que l'un de nous se lance à sa poursuite immédiatement !

— Si l'un seulement d'entre nous se met en chasse, ça ne va pas nous mener très loin, souligna Julian. Qui sait dans quelle direction elle est partie... Comment savoir de quel côté elle est allée randonner ? Ce ne sont pas les possibilités qui manquent dans la région...

— Mais nous connaissons ses endroits préférés ! Arbor Low, la grotte de Thor, Peveril Castle...

Et Nancy d'égrener les noms de lieu, apportant de l'eau au moulin de Julian et rehaussant le bien-fondé de sa remarque : certains étaient situés au nord, comme Holmfirth, d'autres au sud, autour d'Ashbourne et de la Tissington Trail. Il ne faudrait pas moins d'une équipe entière pour la retrouver.

Andy sortit du placard une bouteille et trois gobelets. Dans chacun il versa une rasade de cognac. Il tendit les verres à la ronde :

— Avalons ça.

Nan referma les mains autour de son verre mais ne but pas.

— Il lui est arrivé quelque chose.

— On n'en sait rien encore. C'est pour ça que j'ai appelé la police.

La police, en la personne d'un certain constable Price, arriva dans la demi-heure qui suivit. Price posa les questions habituelles. Quand la jeune fille était-elle partie ? Comment était-elle équipée ? Etait-elle partie seule ? Dans quel état d'esprit ? Déprimée ? Abattue ? Soucieuse ? Qu'avait-elle déclaré vouloir faire ? Avait-elle précisé à quelle heure elle comptait rentrer ? Qui avait été la dernière personne à lui adresser la parole ? Avait-elle reçu des visiteurs ? Des lettres ? Des coups de téléphone ? Etait-il arrivé quelque chose récemment qui aurait pu l'inciter à faire une fugue ?

Julian joignit ses efforts à ceux d'Andy et Nan Maiden pour faire comprendre au constable Price l'urgence de la situation. Mais Price semblait décidé à aller à son rythme, un rythme d'une pesanteur inimaginable, à s'arracher les cheveux. Il griffonnait dans son calepin avec une lenteur exaspérante, notant soigneusement le signalement de Nicola. Il voulut savoir comment elle était équipée. Il leur fit passer en revue ses activités des deux semaines précédentes. Il semblait littéralement fasciné par le fait que le matin, avant de partir camper, elle avait reçu trois coups de téléphone d'individus qui n'avaient pas voulu donner leur nom. C'était Nancy qui avait pris les appels et les lui avait passés.

— Un homme et deux femmes ? s'enquit Price à quatre reprises.

— Je ne sais pas, je ne sais pas, qu'est-ce que ça peut faire ? s'écria Nan, énervée. C'était peut-être la même femme qui a appelé deux fois. Quelle différence cela peut-il bien faire ? Quel rapport avec Nicola ?

— Mais un seul homme ? demanda le constable Price, imperturbable.

— Dieu du ciel, combien de fois faudra-t-il que je vous le répète...

— Un seul homme, s'interposa Andy.

Nan pinça les lèvres en une grimace de colère. Les yeux dardés sur Price comme pour lui perforer le crâne, elle répéta :

— Un seul homme.

— Ce n'est pas vous qui avez téléphoné ?

La question s'adressait à Julian.

— Je connais la voix de Julian, dit Nan. Non, ce n'était pas la voix de Julian.

— Vous connaissez bien cette jeune personne, Mr Britton ?

— Ils sont fiancés, dit Nan.

— Pas exactement fiancés, rectifia rapidement Julian en se maudissant car il sentait ses joues s'empourprer.

— Vous vous seriez pas accrochés, par hasard ? fit Price d'un air plein de sous-entendus. Il y avait peut-être un autre homme dans le tableau et ça vous a foutu en pétard ?

Seigneur, songea Julian, catastrophé. Pourquoi est-ce que tout le monde s'imaginait qu'ils s'étaient querellés ? Les noms d'oiseaux, les amabilités, ils n'en avaient pas échangé. Ils n'en avaient pas eu le temps.

Ils ne s'étaient pas pris de bec, dit Julian, très calme. Et il ignorait tout de la présence éventuelle d'un autre homme dans la vie de Nicola. Absolument tout, ajouta-t-il pour faire bonne mesure.

— Ils avaient rendez-vous pour parler de leurs projets de mariage, fit Nan.

— Eh bien, c'est-à-dire que...

— Franchement, vous en connaissez, des femmes qui rateraient un rendez-vous pareil ?

— Et vous êtes certain, monsieur, qu'elle avait l'intention de rentrer ce soir ? demanda le constable à Andy. (Des yeux, il examina rapidement ses notes avant de poursuivre :) Compte tenu du matériel qu'elle a emporté, on dirait qu'elle avait l'intention de s'absenter plus longtemps...

— J'avoue, admit Andy, que je n'avais pas tellement songé à cet aspect des choses avant que Julian ne passe la prendre pour l'emmener à Sheffield.

— Ah. (Le constable examina Julian d'un air soupçonneux que le jeune homme trouva franchement incongru. Puis, d'un coup sec, il referma son calepin. Le récepteur radio qu'il portait à l'épaule laissa échapper un flot de paroles incompréhensibles. Il baissa le volume du son. Rangeant son calepin dans sa poche, il observa :) Ce n'est pas la première fois qu'elle prend la poudre d'escampette et j'ai l'impression qu'elle a remis ça. Va falloir attendre que...

— Qu'est-ce que vous racontez ? coupa Nan. On ne vous a pas appelé pour vous signaler une fugue ! Ma fille a vingt-cinq ans, que diable, c'est une adulte responsable ! Elle a un boulot, un petit ami, une famille. Il ne s'agit pas d'une fugue mais d'une disparition !

— Pour l'instant peut-être, convint Price. Mais comme elle a déjà joué la fille de l'air auparavant — c'est dans nos fichiers, madame —, on peut pas déplacer une équipe de secours et l'envoyer à sa recherche avant de savoir si elle n'a pas récidivé.

— Elle avait dix-sept ans la dernière fois qu'elle a fugué, fit remarquer Nan. Nous venions de quitter Londres et de nous installer dans la région. Elle était seule et malheureuse. Nous étions trop absorbés, occupés à remettre de l'ordre ici, pour nous occuper correctement d'elle. Tout ce dont elle avait besoin, c'était d'un peu d'écoute...

— Nancy...

Andy lui posa la main sur la nuque.

— On ne peut pas rester les bras croisés !

— On n'a pas le choix, fit le constable, implacable. Il y a des procédures à respecter. Une marche à suivre. Je vais faire mon rapport. Si votre fille n'a pas fait sa réapparition demain à la même heure, on reconsidérera la question.

Nan pivota vers son mari.

— Mais remue-toi, fais quelque chose ! Téléphone toi-même à Secours en Montagne...

Julian s'interposa :

— Nan, Secours en Montagne ne peut entamer des recherches qu'à condition d'avoir une idée de...

Du geste, il désigna les fenêtres, espérant qu'elle le comprendrait à demi-mot. Membre lui-même de Secours en Montagne, il avait participé à des douzaines d'opérations de sauvetage. Mais, lorsqu'ils intervenaient, les sauveteurs avaient toujours ne serait-ce qu'une idée approximative du périmètre dans lequel concentrer les recherches. Etant donné que ni Julian ni les parents de Nicola ne savaient de quel endroit la jeune fille était partie, il ne restait plus qu'à attendre l'aube. A ce moment-là, la police pourrait réquisitionner un hélicoptère de la RAF.

Vu l'heure et le manque de précisions, Julian savait que la seule chose à faire était de passer un coup de fil au QG de sauveteurs le plus proche pour leur demander de réunir leurs volontaires à l'aube. Mais manifestement ils n'avaient pas réussi à faire comprendre au constable la gravité de la situation. Secours en Montagne ne réagissait qu'aux ordres émanant de la police. Quant à la police, du moins pour l'instant en la personne du constable Price, elle ne bronchait pas.

Ils perdaient leur temps avec cet homme. Et Julian s'aperçut, en jetant un coup d'œil à Andy, que ce dernier était parvenu à la même conclusion.

— Merci de vous être dérangé, constable. (Et alors que sa femme s'apprêtait à protester, Andy poursuivit :) Nous vous rappellerons demain soir si Nicola n'est pas revenue.

— Andy !

Maiden lui passa un bras autour des épaules et elle se blottit contre sa poitrine. Il garda le silence, attendant que le constable soit sorti de la cuisine et qu'il ait regagné sa voiture, mis le contact, allumé ses phares. Alors ce fut à Julian qu'il parla et non à Nan :

— Pour camper, c'est le White Peak qui a sa préférence, Julian. Il y a des cartes à la réception. Vous voulez bien aller les chercher ? On va se répartir la tâche.

2

Lorsque Julian regagna Maiden Hall, le lendemain matin, sept heures venaient de sonner. Il avait beau ne pas avoir exploré tous les sites de la région de Consall Wood à Alport Height, il avait cependant l'impression d'être allé partout. La torche dans une main, le porte-voix dans l'autre, il s'était démené comme un beau diable. Il avait emprunté le sentier planté d'arbres feuillus qui conduisait de Wettonmill à la grotte de Thor. Il avait longé la Manifold. Il avait braqué sa torche le long de Thorpe Cloud. Il avait suivi la Dove jusqu'au vieux manoir médiéval de Norbury. Arrivé au village d'Alton, il avait déambulé un bon moment le long de Staffordshire Way. Il avait parcouru en voiture autant de routes que possible. Et il s'était arrêté ici et là pour crier le nom de Nicola dans son mégaphone. Signalant délibérément sa présence, il avait réveillé les moutons, les fermiers et les campeurs au cours des huit heures qu'avaient duré ses recherches. En son for intérieur, il s'était dit qu'il n'avait aucune chance de la trouver, mais du moins il avait agi au lieu de rester à la maison planté près du téléphone. A la fin, il s'était senti vidé, crevé ; il avait les yeux douloureux, les mollets meurtris, le dos en compote.

De plus, il était affamé. Il aurait volontiers fait son affaire à un gigot si on le lui avait proposé. Etrange, songea-t-il. L'avant-veille au soir, les nerfs à fleur de peau, c'est à peine s'il avait réussi à toucher à son dîner. Samantha avait été contrariée de le voir chipoter sa délicieuse sole meunière. Elle avait très mal pris son manque d'entrain à table. Et tandis que son père faisait des plaisanteries grasses sur les appétits souterrains qui travaillaient les hommes — « N'est-ce pas, Sam, que notre petit Julie va les satisfaire, ces appétits-là, avec qui tu sais et pas plus tard que ce soir » —, Samantha avait pincé les lèvres et desservi.

Pour l'heure il aurait volontiers fait honneur à l'un de ses petits déjeuners pantagruéliques. Mais en l'état actuel des choses... ça ne semblait pas correct de penser à la nourriture et encore moins d'en réclamer, même si les clients de Maiden Hall devaient être présentement occupés à dévorer leurs corn-flakes et leurs harengs.

Toutefois, il n'aurait pas dû se demander si c'était convenable ou non de songer à se sustenter en un moment pareil. Lorsqu'il pénétra dans la cuisine du pavillon, il aperçut en effet une assiette d'œufs brouillés, de champignons et de saucisses non entamée devant Nan Maiden. Elle la lui proposa dès qu'elle le vit arriver :

— Elles veulent que je mange mais ça ne passe pas. Tenez, Julian. Un repas substantiel ne vous fera pas de mal.

« Elles », c'était le personnel de la cuisine. Deux femmes d'un certain âge originaires du village tout proche de Grindleford qui s'occupaient des petits déjeuners, repas ne nécessitant pas qu'on fît appel aux talents culinaires de Christian-Louis.

— Prenez votre assiette, Julian.

Nan posa une cafetière sur un plateau avec des mugs, du lait et du sucre, et se dirigea vers la salle à manger, suivie du jeune homme.

Dans la pièce, une seule table était occupée. Nan adressa un signe de tête au couple qui s'était installé devant le bow-window donnant sur le jardin et, après s'être poliment préoccupée de savoir s'ils avaient bien dormi et enquise de leurs projets pour la journée, elle rejoignit Julian à la table qu'il avait choisie, loin de la porte de la cuisine.

Le fait qu'elle ne se maquillait jamais jouait contre Nan aujourd'hui. Ses yeux semblaient comme enfoncés dans leurs orbites et tout autour sa peau était grisâtre. Son teint qu'ornaient les taches de rousseur que lui valait sa pratique régulière du VTT était d'une extrême pâleur. Sur ses lèvres, qui avaient depuis longtemps perdu l'éclat de la jeunesse, on distinguait deux fines rides commençant sous le nez et pour l'heure d'un blanc fantomatique. De toute évidence, elle n'avait pas dormi.

Cependant elle s'était changée, consciente que la propriétaire de Maiden Hall ne pouvait accueillir ses hôtes revêtue de la tenue qu'elle portait déjà la veille au dîner. Ainsi avait-elle remplacé sa robe de cocktail par un pantalon et un chemisier strict.

Elle versa le café et regarda Julian attaquer ses œufs et ses champignons.

— Parlez-moi de vos fiançailles. Pour me distraire, m'empêcher d'envisager le pire...

Des larmes lui montèrent aux yeux mais elle ne pleura pas.

Julian s'efforça de faire preuve d'un sang-froid identique :

— Où est Andy ?

— Pas encore rentré. (Elle prit son mug à deux mains et l'agrippa si fort que ses doigts, dont les ongles étaient rongés, parurent comme privés de couleur.) Parlez-moi de vous deux, Julian, soyez gentil...

— Ça va aller, fit Julian. Ne vous inquiétez pas. (La dernière chose dont il avait envie, c'était d'inventer un scénario dans lequel Nicola et lui, après s'être rendu compte qu'ils étaient amoureux l'un de l'autre comme deux êtres humains ordinaires, auraient décidé de passer leur vie ensemble. Impossible de penser à une chose pareille en ce moment.) C'est une randonneuse expérimentée et elle n'est pas partie les mains vides.

— Je le sais. Mais je n'ai pas envie de songer à ce que peut cacher le fait qu'elle ne soit pas rentrée. Alors parlez-moi de ces fiançailles. Où étiez-vous lorsque vous lui avez demandé sa main ? Que lui avez-vous dit ? Quel genre de cérémonie voulez-vous organiser ? Et quand ?

Julian se sentit glacé en voyant la direction qu'empruntaient les pensées de Nan. Dans un cas comme dans l'autre, elle abordait des sujets qu'il ne voulait pas prendre en considération. D'un côté, ça le conduisait à penser à l'impensable. De l'autre, cela l'encourageait à mentir davantage.

Il préféra se rabattre sur une vérité connue de tous deux :

— Nicola fait de la randonnée dans les Peaks depuis que vous vous êtes installés dans la région. A supposer qu'elle ait eu un accident, elle sait comment il faut se comporter en attendant les secours. (Il tassa sur sa fourchette une portion d'œufs et de champignons.) Heureusement que nous avions rendez-vous, sinon Dieu sait quand nous nous serions lancés à sa recherche...

Nan détourna ses yeux toujours embués et baissa la tête.

— Gardez espoir, poursuivit Julian. Elle est bien équipée et elle n'est pas du genre à paniquer quand les choses se gâtent. Ça, nous le savons tous.

— Et si elle est tombée ou qu'elle s'est perdue au fond d'une grotte, Julian ? Ce sont des choses qui arrivent. Vous le savez comme moi. Quels que soient les préparatifs qu'on peut faire, il arrive que le pire se produise.

— Rien ne dit qu'il lui est arrivé malheur. Je ne l'ai cherchée que dans la partie sud du White Peak. Vous pensez bien, étant donné la superficie de la zone, qu'un homme seul, dans l'obscurité et en une soirée, ne peut pas fouiner partout. Elle peut être n'importe où. Si ça se trouve, elle a même poussé jusqu'au Dark Peak sans que nous le sachions...

Il se garda bien de mentionner le cauchemar que représentaient pour Secours en Montagne les disparitions de randonneurs dans le Dark Peak. Inutile d'inquiéter davantage Nan dont le sang-froid ne tenait qu'à un fil. De toute façon, elle savait ce qu'était le

Dark Peak. Elle n'avait nul besoin qu'on lui rappelle que si le White Peak était accessible par la route, le Dark Peak au contraire ne pouvait être atteint qu'à cheval, à pied ou en hélicoptère. Si un promeneur s'égarait ou se blessait là-bas, il fallait des chiens pour le retrouver.

— Elle a dit qu'elle vous épouserait, fit Nan, apparemment plus pour elle-même que pour lui. Elle a dit qu'elle vous épouserait, Julian ?

La pauvre femme avait tellement envie qu'on lui mente qu'il se sentit obligé de s'exécuter :

— On n'en était pas encore au stade du oui ferme et définitif. C'est de ça qu'on devait parler hier soir.

Nan souleva son mug à deux mains et but une gorgée de café.

— Est-ce qu'elle... est-ce qu'elle semblait contente ? Je vous pose la question parce qu'elle semblait avoir... elle semblait avoir des projets et je ne suis pas certaine...

Julian embrocha avec soin un champignon.

— Des projets ?

— C'est l'idée que j'ai eue... c'est ce qu'il m'a semblé, en tout cas.

Il regarda Nan qui le regarda. Ce fut lui qui cligna des yeux.

— A ma connaissance, Nicola n'avait pas de projets, dit-il d'un ton uni.

La porte de la cuisine s'entrouvrit et l'une des femmes de Grindleford passa la tête par l'entrebâillement.

— Mrs Maiden, Mr Britton, dit-elle d'une voix basse.

De la tête, elle indiqua la direction de la cuisine en une mimique qui signifiait : « On vous demande. »

Andy était appuyé contre l'un des plans de travail, face au mur, tête baissée. Lorsque sa femme l'appela, il releva la tête.

Son visage était gris de fatigue et ses favoris poivre et sel paraissaient lui manger les joues. Ses cheveux gris étaient en désordre, comme ébouriffés par le vent alors qu'il n'y avait pour ainsi dire pas de vent ce matin-là. Il jeta un coup d'œil à Nan, détourna les yeux. Julian s'attendit au pire.

— Sa voiture est en bordure de Calder Moor, leur annonça Andy.

Sa femme crispa les mains et les porta à sa poitrine.

— Merci, mon Dieu, dit-elle.

Pourtant, Andy ne la regardait toujours pas et son expression semblait signifier que les remerciements étaient prématurés. Il savait aussi bien que Julian — et que Nan elle-même, si elle avait pris le temps d'y réfléchir — ce que signifiait la présence de la Saab de Nicola sur la lande. Calder Moor était vaste. La lande commençait à l'ouest de la route qui reliait Blackwell et Brough. Elle s'étirait sur une étendue infinie de bruyère et d'ajoncs, comprenait quatre cavernes, d'innombrables cairns, forts et tumulus allant du paléolithique à l'âge de fer, des affleurements rocheux, des grottes de grès et des crevasses dans lesquelles plus d'un promeneur intrépide en quête de frissons avait fini par rester coincé. Julian savait qu'Andy pensait à tout ça, planté dans la cuisine, à la fin de cette éprouvante nuit. Mais Andy pensait également à autre chose. Andy *savait* autre chose, en fait. C'était évident, il n'y avait qu'à voir la façon dont il se redressa et se mit à frapper les jointures d'une de ses mains contre le dos de l'autre.

— Pour l'amour du ciel, Andy, ne nous faites pas languir, dit Julian.

Andy fixa sa femme.

— La voiture n'est pas sur le bas-côté, comme elle devrait normalement se trouver.

— Alors où ?

— Derrière un mur, sur la route de Sparrowpit.

— Mais c'est bon signe, n'est-ce pas ? fit vivement Nan. Si elle est allée camper, elle n'a pas voulu laisser la Saab sur la route. Pas là où n'importe qui aurait pu la voir et vouloir la cambrioler...

— C'est vrai. Mais la voiture n'est pas seule. (Avec un coup d'œil à Julian, comme s'il voulait s'excuser, il ajouta :) Il y a une moto avec.

— Celle d'un randonneur, sûrement, dit Julian.

— A cette heure ? (Andy fit non de la tête.) Non non, elle était humide d'avoir passé la nuit dehors, aussi trempée que la Saab. Elle est restée dehors aussi longtemps que la voiture.

— Alors elle n'est pas allée se promener sur la lande toute seule ? fit Nan. Elle avait rendez-vous avec quelqu'un là-bas ?

— A moins qu'on ne l'ait suivie, dit Julian.

— J'appelle la police, décida Andy. Maintenant ils vont être d'accord pour faire intervenir Secours en Montagne.

Lorsqu'un de ses patients mourait, Phoebe Neill avait l'habitude d'aller chercher du réconfort dans la nature. Et généralement seule. Elle avait vécu seule la plus grande partie de sa vie et ne redoutait pas la solitude. C'était dans l'isolement et le retour à la nature qu'elle puisait le réconfort. Lorsqu'elle était au grand air, rien de ce que la main de l'homme avait pu façonner ne s'interposait entre elle et le Créateur. Ainsi dans la nature était-elle capable d'accepter la fin d'une vie et la volonté de Dieu, sachant que le corps que nous habitons n'est qu'une coquille qui nous relie pour une période limitée à la terre avant que nous ne pénétrions dans le monde de l'esprit pour y vivre la prochaine étape de notre développement.

Ce matin, cependant, les choses étaient différentes. Oui, un de ses patients était mort la veille au soir. Oui, Phoebe Neill se tournait vers la terre pour y puiser force et réconfort. Mais elle n'était pas seule. Elle avait emmené un chien, bâtard d'origine plus qu'incertaine et compagnon désormais orphelin du jeune homme qui venait de rendre l'âme. C'était elle qui avait convaincu Stephen Fairbrook de prendre un animal de compagnie pendant l'ultime phase de sa maladie. Lorsqu'il lui était apparu que Stephen n'en avait plus pour très longtemps, elle avait compris qu'elle lui rendrait la transition plus facile en le rassurant sur le sort de son petit chien. « Stevie, quand le moment viendra, je serai heureuse de recueillir Benbow, lui avait-elle dit un matin tandis qu'elle baignait son corps squelettique et faisait doucement pénétrer une lotion dans ses membres décharnés. Ne vous inquiétez pas pour ça, d'accord ? »

Ce qui ne signifiait pas autre chose que : « Vous pouvez mourir en paix maintenant. » Mais qui lui avait évité de prononcer des mots comme « mourir » ou « mort ». Ces mots étaient impossibles à prononcer devant un homme comme Stephen Fairbrook. Non qu'ils fussent tabous. Mais simplement parce qu'après avoir appris la nature de son mal, subi d'innombrables traitements, avalé de non moins innombrables médicaments pour tenter de survivre en attendant l'apparition d'une thérapie réellement efficace, après avoir vu son poids fondre, ses cheveux se clairsemer puis tomber, sa peau se couvrir de taches qui étaient devenues des plaies, les mots « mourir » et « mort » étaient devenus pour lui de vieux compagnons. Et il n'avait nul besoin qu'on lui présente des invités qui logeaient chez lui depuis des mois. Ce dernier après-midi, Benbow avait compris que Stephen se mourait. Heure après heure, l'animal était resté allongé près de son maître, ne bougeant que s'il bougeait, son museau posé près de sa main, jusqu'à ce qu'il eût rendu son dernier souffle. En fait, Benbow avait su avant Phoebe que Stephen n'était plus. Il s'était redressé, il avait gémi, hurlé une fois, puis il s'était tu. Après ça, il avait cherché refuge dans son panier, où il avait attendu que Phoebe vienne le chercher.

Pour l'instant, il était dressé sur ses petites pattes de derrière, agitant sa queue en forme de plumeau, tandis que Phoebe garait la voiture près d'un mur de pierres sèches et prenait sa laisse. Il poussa un aboiement impatient et Phoebe sourit.

— Une balade va nous remettre d'aplomb, mon petit père.

Elle descendit de voiture. Benbow la suivit, sautant avec vivacité à bas de la Vauxhall, et il se mit aussitôt à renifler le sol sableux tel un aspirateur en action. Il entraîna sa nouvelle maîtresse directement vers le mur de pierres sèches, qu'il se mit à flairer jusqu'à ce qu'il atteigne l'échalier qui lui permettrait de franchir le muret pour accéder à la lande. Il sauta sans peine pardessus l'échalier et, une fois de l'autre côté, s'arrêta et entreprit de se secouer. Il dressa les oreilles, inclina la tête sur le côté. Puis il poussa un aboiement bref pour indiquer à Phoebe qu'il projetait de faire une course en solitaire plutôt qu'une petite promenade tenu en laisse.

— Impossible, mon bonhomme, fit Phoebe. Pas tant qu'on n'aura pas poussé une petite reconnaissance sur la lande, d'accord ?

Elle avait un vrai tempérament de mère poule, ce qui était plutôt une qualité pour une infirmière spécialisée dans les soins à donner aux malades arrivés en bout de course et bloqués à leur domicile, et particulièrement à ceux dont l'état critique nécessitait une vigilance de tous les instants de la part de leurs soignants. Consciente que sa prudence excessive aurait risqué de rendre exagérément craintifs les enfants qu'elle aurait pu mettre au monde ou peut-être d'en faire des révoltés, elle avait préféré, bien que les occasions n'eussent pas manqué, s'abstenir d'en avoir. C'était pour la même raison qu'elle avait toujours refusé de s'occuper d'un animal de compagnie. Le petit bâtard l'examina de sous la touffe de poils ébouriffés couleur de varech qui lui battait les yeux. Il pivota vers la lande qui s'étendait à perte de vue, les kilomètres de bruyère jetant un châle violet sur les épaules de la terre.

Si la lande n'avait été que bruyère, Phoebe n'aurait pas hésité : elle aurait laissé Benbow y gambader à son aise sans entrave. Mais le tapis de bruyère en apparence ininterrompu était traître à un œil non initié. Les anciennes carrières de grès avaient laissé çà et là dans le sol des fosses inattendues où le chien aurait pu dégringoler. Les cavernes, les mines de plomb, les grottes où Benbow pouvait se glisser — et où elle aurait été bien en peine de le suivre — constituaient pour un animal une attraction irrésistible contre laquelle Phoebe Neill se rendait bien compte qu'elle n'était pas de taille à lutter. Toutefois, comme elle se sentait prête à faire de menues concessions et laisser Benbow renifler les bouleaux qui se dressaient sur la lande tels des bouquets de plumes dans le ciel, elle empoigna fermement la laisse du chiot et se dirigea vers le nord-ouest, où poussaient les bosquets les plus réputés.

La matinée était belle mais il n'y avait pas encore de promeneurs dans les environs. Le soleil était bas à l'est et l'ombre de Phoebe s'étirait loin sur sa gauche comme pour rattraper l'horizon cobalt gonflé de nuages blancs dont la forme évoquait d'énormes cygnes assoupis. Il y avait peu de vent, juste une petite brise pour faire claquer l'imperméable de Phoebe contre ses hanches et soulever les poils fous de la frange de Benbow. Cette brise ne charriait aucun parfum reconnaissable. Les seuls bruits trouant le silence de la lande provenaient d'un vol de corbeaux, et d'un troupeau de moutons qui bêlaient au loin. Benbow reniflait, tâtant de la truffe le moindre pouce de terrain ainsi que les touffes de bruyère qui bordaient la piste. C'était un animal qui aimait marcher ainsi que Phoebe l'avait découvert en le sortant trois fois par jour lorsque Stephen avait dû rester définitivement alité. Comme elle n'avait pas à remorquer le chiot ni à l'encourager à avancer, la promenade lui donnait le temps de prier.

Elle ne pria pas pour Stephen Fairbrook. Elle savait que Stephen était en paix désormais, qu'il n'avait plus besoin d'une quelconque intervention divine pour contrecarrer le cours inévitable de son mal. Elle priait pour essayer de comprendre. Elle voulait savoir pourquoi ce fléau s'était abattu sur l'humanité, s'attaquant aux meilleurs, aux plus brillants et souvent à ceux qui avaient le plus à offrir. Elle voulait savoir quelle conclusion elle était censée tirer des morts de jeunes gens qui n'étaient coupables de rien, des morts d'enfants dont le seul crime avait été d'avoir pour mères des femmes infectées par le virus et des morts de ces mêmes malheureuses mères.

Phoebe avait d'abord cru que la symphonie de la mort à laquelle elle participait depuis maintenant plusieurs années était porteuse d'un message. Mais elle commençait à se rendre compte que cette forme de mort était dotée de trop de tentacules, que ces tentacules cherchaient à étouffer des victimes trop diverses pour qu'on puisse en tirer une leçon. Elle qui avait des années d'expérience savait que la mort était parfaitement impartiale, venant cueillir aussi bien grands et petits, importants et sans grade, riches et pauvres, faibles et puissants. Quels que soient le pouvoir, le prestige ou les moyens dont on disposait, on ne marchandait pas avec la faucheuse lorsqu'elle frappait à votre porte. Mais cette mort, cette fin particulière, au cours de laquelle la brigade des sapeurs-pompiers médicale éteignait un incendie pour en affronter aussitôt un autre... elle n'avait jamais rien connu de pire.

Aussi marchait-elle en priant. Lorsque Benbow voulut accélérer l'allure, elle ne chercha pas à l'en dissuader. De cette façon, ils se retrouvèrent vite au cœur de la lande, cheminant le long d'un sentier qui en rejoignit bientôt un autre. Phoebe n'avait pas peur de se perdre. Elle savait qu'ils étaient partis du sud-est d'un affleurement rocheux baptisé trône d'Agricola. Cet endroit conservait les vestiges d'un vaste fort romain, un monticule balayé par les vents qui n'était pas sans rappeler un gigantesque fauteuil dont la présence marquait le début de la lande. Aussi longtemps qu'on apercevait le trône en cours de promenade, on pouvait être certain qu'on ne s'égarerait pas. C'était un repère infaillible.

Ils marchaient depuis une heure lorsque Benbow soudain dressa les oreilles. Au lieu de renifler, il s'immobilisa brusquement. Pattes arrière raidies, buste en avant. Son petit plumeau de queue se figea. Un gémissement sourd s'échappa de sa gorge.

Phoebe examina le paysage. Devant elle, le bouquet de bouleaux où elle avait eu l'intention de laisser Benbow s'ébattre et gambader.

— Doux Jésus, murmura-t-elle, t'es un petit malin, toi, Benny.

Elle était stupéfaite et touchée de voir que le petit bâtard avait deviné ses intentions. Elle lui avait silencieusement promis de lui enlever sa laisse lorsqu'ils atteindraient le bosquet. Voilà qu'ils étaient arrivés à destination. Et comme il lisait apparemment dans ses pensées, il avait hâte qu'elle le détache.

— Je te comprends, tu sais, dit Phoebe en s'agenouillant pour détacher la laisse du collier.

Elle entortilla le lien de cuir autour de son poignet et se releva avec un grognement tandis que le chien s'élançait droit vers les arbres.

Phoebe le suivit, souriant à la vue du petit corps compact qui fonçait sur le sentier. Ses pattes ressemblaient à des ressorts lorsqu'il courait, et il rebondissait des quatre pattes sur le sol comme s'il voulait prendre de l'élan pour s'envoler. Il contourna une colonne de calcaire grossièrement taillée au bord du bosquet et disparut au milieu des bouleaux. C'était l'entrée de Nine Sisters Henge, enceinte néolithique doublée d'un remblai au centre de laquelle se dressaient neuf pierres levées de différentes tailles. Assemblés quelque trois mille cinq cents ans avant J.-C., le cromlech et les blocs marquaient l'emplacement d'un endroit où les hommes préhistoriques avaient pratiqué leurs rituels. A l'époque, le cromlech se dressait en terrain découvert car déboisé, sans sa parure naturelle de chênes et d'aulnes. Aujourd'hui, toutefois, il était enfoui sous une épaisseur de bouleaux qui empiétaient sur la lande alentour.

Phoebe marqua une pause, examina les environs. Le ciel à l'est était dégagé et le soleil perçait à travers les végétaux. L'écorce, de la blancheur d'une aile de mouette, était ornée de losanges couleur café. Les feuilles formaient un écran vert tremblotant sous la brise matinale et cet écran dissimulait au promeneur non averti l'enceinte de monolithes nichée au cœur du bosquet. Au pied des bouleaux, la pierre sentinelle recevait de plein fouet la lumière oblique. Cela accentuait les mouchetures de la surface et, lorsqu'on était à une certaine distance, les ombres se combinaient pour former un visage, austère gardien de secrets trop anciens pour être seulement imaginés.

Alors que Phoebe observait cette pierre, un frisson irrépressible la traversa. Malgré la brise, le silence régnait. Le chiot ne faisait pas de bruit, les moutons s'étaient tus. Pas le moindre randonneur dans les environs. Phoebe songea que le silence était beaucoup trop profond. Elle se surprit à jeter des regards inquiets autour d'elle, persuadée qu'on l'épiait.

Phoebe se considérait comme une femme pratique jusqu'au bout des ongles, une femme qui ne se laissait pas gouverner par son imagination, une femme qui ne se laissait pas affoler par les créatures de la nuit, fussent-elles des fantômes ou des goules. Pourtant, elle éprouva soudain le besoin de fuir, aussi appela-t-elle son chien. Celui-ci ne broncha pas.

— Benbow ! s'écria-t-elle une seconde fois. Allez, bonhomme, dépêche-toi...

Rien. Le silence s'intensifia. La brise se calma. Phoebe sentit ses cheveux se hérisser sur sa nuque.

Elle ne voulait pas s'approcher du bosquet, sans trop savoir pourquoi. Elle était déjà venue se promener au milieu des Nine Sisters. Elle y avait même fait un pique-nique par un beau jour de printemps. Mais ce matin il y avait dans cet endroit quelque chose...

Benbow aboya soudain et des centaines de corbeaux s'envolèrent en un bouillonnant flot d'ébène. L'espace d'un instant, ils camouflèrent entièrement le soleil. Leur ombre ressemblait à un point monstrueux au-dessus de la tête de Phoebe. Elle frissonna en éprouvant le sentiment d'avoir été en quelque sorte désignée du doigt, tel Caïn.

Elle déglutit, pivota vers le bosquet. Plus aucun bruit de la part de Benbow et aucune réaction à ses appels. Inquiète, Phoebe se hâta le long du sentier, passa devant le gardien de calcaire de ce lieu sacré et pénétra sous le couvert.

Les arbres étaient plantés assez dru mais au fil des années les visiteurs avaient réussi à tracer une sorte de chemin. Sur ce sentier l'herbe de la lande piétinée laissait apparaître la terre par endroits. De part et d'autre du chemin, des buissons foisonnaient et les dernières orchidées sauvages violettes exhalaient leur caractéristique parfum de chat dans l'herbe grasse de la lande. C'est sous les arbres que Phoebe se mit à chercher Benbow, s'approchant des menhirs. Autour d'elle le silence était si profond qu'il finissait par ressembler à un augure aussi muet qu'éloquent.

C'est au moment où Phoebe approchait du cercle qu'elle entendit finalement le chien. Il poussa un gémissement, émit un son qui ressemblait à une plainte ou à un grondement. Un son décidément effrayant.

Inquiète à l'idée qu'il ait pu rencontrer un promeneur grincheux que ses avances auraient pu agacer, Phoebe se hâta en direction du bruit, pénétra dans le cercle. La première chose qu'elle distingua fut un petit monticule bleu canard devant l'un des monolithes. C'était au pied de ce monticule que Benbow aboyait, reculant maintenant, le poil dressé, les oreilles collées au crâne.

— Qu'est-ce que c'est, Benny ? demanda Phoebe, haussant le ton pour couvrir ses aboiements. Qu'est-ce que c'est, bonhomme ?

Mal à l'aise, elle s'essuya les mains sur sa jupe et jeta des regards autour d'elle. La réponse à sa question, elle l'avait devant elle. Le chiot avait découvert en furetant un spectacle de chaos. Le centre du cercle de pierres était jonché de plumes blanches. Des objets abandonnés par des campeurs gisaient éparpillés un peu partout. Il y avait là de tout, une tente, une casserole, un sac à dos béant qui vomissait son contenu.

Phoebe s'approcha du chien au milieu de ce capharnaüm. L'endroit ne lui disait rien qui vaille. C'était décidé, elle allait remettre Benbow en laisse et quitter le cromlech immédiatement.

— Viens ici, Benbow.

A ces mots, l'animal gémit plus fort encore. C'était la première fois qu'elle l'entendait émettre un bruit pareil.

Manifestement il était bouleversé par le petit tas d'où jaillissaient les plumes blanches qui jonchaient la clairière telles des ailes de mouche.

Elle s'aperçut qu'il s'agissait d'un sac de couchage. C'était de ce sac que s'échappaient les plumes car d'une déchirure de la housse de Nylon qui le protégeait fusèrent des flots de plumes lorsque Phoebe le toucha du bout du pied. Presque toutes les plumes du rembourrage s'étaient envolées. Ce qui restait sur le sol ressemblait à une bâche. La fermeture Eclair du sac avait été entièrement ouverte et ce sac recouvrait quelque chose qui semblait terrifier le chiot.

Phoebe éprouva une soudaine faiblesse dans les genoux mais elle s'obligea à soulever la housse. Benbow recula aussitôt, ce qui permit à sa maîtresse de distinguer nettement le spectacle de cauchemar que le sac de couchage lui avait jusque-là masqué. Du sang. Jamais elle n'en avait vu autant de sa vie. Pas rouge vif, car il avait bruni à l'air, où il était resté exposé sans doute plusieurs heures. Mais Phoebe l'infirmière n'avait pas besoin qu'il fût écarlate pour reconnaître du sang quand elle en voyait.

— Oh Seigneur, dit-elle, sentant la tête lui tourner.

La mort, elle l'avait vue sous de multiples facettes mais jamais aussi macabre. A ses pieds, un jeune homme gisait recroquevillé tel un fœtus, vêtu de noir de la tête aux pieds. Sur un côté du visage, de l'œil à la mâchoire, sa peau était noirâtre. Des traces de brûlure, sans doute. Ses cheveux ras étaient noirs comme la queue de cheval qui semblait lui jaillir du crâne. Son petit bouc à la mousquetaire était noir. Ses ongles en deuil. Il portait une bague en onyx et une boucle d'oreille également noire. Seule note de couleur au milieu de cette noirceur, hormis le bleu du sac de couchage, le magenta du sang. Ce pourpre rosé était omniprésent. Sur le sol, sous le corps, sur les vêtements de la victime, imprégnant les blessures qu'on lui avait infligées au torse.

Phoebe laissa retomber le sac de couchage et recula précipitamment. Elle eut chaud puis froid. Elle allait s'évanouir, c'était sûr. Elle s'en voulut de son manque de courage. Elle appela Benbow, l'entendit aboyer. Elle se rendit compte qu'il n'avait pas dû cesser de gronder. Le choc avait émoussé quatre de ses sens pour aiguiser le cinquième : la vue. Elle se baissa pour prendre l'animal dans ses bras et recula en trébuchant, s'efforçant de mettre de la distance entre elle et cette horreur.

Le temps avait complètement changé lorsque la police arriva. Comme cela se produisait fréquemment dans les Peaks, la matinée, qui avait démarré sous le signe du soleil et d'un ciel immaculé, s'était couverte peu à peu. Le brouillard enveloppait la crête de Kinder Scout, traversant les landes en provenance du nord-ouest. Lorsque les policiers de Buxton mirent en place les bandelettes fluo de scène de crime, l'épaisse brume leur tomba sur les épaules comme une chape de plomb.

Avant de rejoindre les techniciens, l'inspecteur Peter Hanken s'entretint brièvement avec la femme qui avait découvert le corps. Elle était assise à l'arrière d'une voiture de patrouille, son chien sur les genoux. En général, Hanken aimait les chiens : il possédait deux setters irlandais dont il était presque aussi fier que de ses trois enfants. Mais ce bâtard pathétique avec son poil mité et ses yeux couleur de boue n'avait rien qui pût inspirer l'affection ; il semblait avoir réchappé de peu à la piqûre finale. Non seulement il était vilain mais il empestait comme une poubelle oubliée au soleil.

Le soleil, lui, brillait ici par son absence. Et cette absence assombrissait encore l'humeur de Hanken. Tout autour de lui, il n'y avait que du gris. Le ciel, le paysage, les cheveux poivre et sel de la vieille dame, tout était gris. Or le gris, il n'y avait rien de tel pour lui saper le moral. Si ce n'est la perspective d'avoir à mener cette enquête qui allait lui gâcher ses projets de week-end.

Par-dessus le toit de la voiture, Hanken dit à Patty Stewart, constable au visage en forme de cœur et aux seins capables de faire fantasmer n'importe lequel de ses jeunes collègues :

— Son nom ?

Patty Stewart entreprit de répondre avec son efficacité habituelle :

— Phoebe Neill. Infirmière à domicile. Elle est de Sheffield.

— Que diable fabriquait-elle par là ?

— Un de ses patients est mort hier soir. Ç'a été un sacré choc. Elle est venue faire une promenade avec son chien. Elle dit que ça l'aide de marcher dans la nature.

La mort, Hanken l'avait vue de près à de multiples reprises au cours de sa carrière. Et d'après son expérience, rien ne vous aidait jamais à surmonter cette épreuve. Il tapa de la paume sur le toit de la voiture et, ouvrant la portière, dit à Patty Stewart :

— Continuez à bosser. (Il se glissa à l'intérieur du véhicule.) Miss ou Mrs ? demanda-t-il après s'être présenté à l'infirmière.

Le chien se pencha. Elle le tenait par la poitrine au-dessus des pattes. Fermement.

— Il est très sociable. Laissez-le renifler votre main et... (Puis elle ajouta :) Miss, en voyant Hanken s'exécuter.

Il lui soutira tous les renseignements dont il avait besoin en s'efforçant de rester insensible à la forte odeur qui se dégageait du bâtard. Lorsqu'il se fut assuré qu'elle n'avait distingué d'autre signe de vie dans les parages que le vol des corbeaux qui avaient quitté les lieux tels des voleurs, il voulut savoir :

— Vous n'avez touché à rien ?

Il plissa les yeux en la voyant rougir.

— Je sais comment on doit se comporter en pareil cas. Il m'arrive de suivre des séries policières à la télévision. Mais, voyez-vous, je ne pouvais pas me douter qu'il y aurait un corps sous la couverture. Qui n'était même pas une couverture, d'ailleurs. C'était un sac de couchage qu'on avait lacéré. Et puis il y avait des objets éparpillés partout, je suppose que j'ai...

— Comment ça, des objets ?

— Des papiers, du matériel de camping, des plumes, des tas de choses partout...

Phoebe Neill eut un sourire pathétique tant elle semblait avide de plaire.

— Mais vous n'avez touché à rien ?

Non, bien sûr que non. Seulement à la couverture. Enfin... au sac de couchage. Sous lequel était dissimulé le corps, comme elle venait de le lui expliquer...

Bon, très bien, très bien, songea Hanken, un peu agacé. Des distractions, elle ne devait pas en avoir tellement et manifestement elle comptait faire durer celle-là le plus longtemps possible.

— Et quand j'ai vu... quand je l'ai vu... (Elle cligna rapidement des yeux comme si elle avait peur de pleurer et craignait — à juste titre — que Hanken ne la méprise pour ça.) Je crois en Dieu, rien de ce qui se produit sur terre ne se produit sans motif. Mais voir quelqu'un mourir de cette façon, c'est une épreuve même quand on a la foi.

Elle approcha son visage de la tête de Benbow, qui se retourna, lui léchant le nez d'un coup de langue. Hanken lui demanda si elle voulait qu'une constable la raccompagne chez elle. Il ajouta qu'il aurait certainement d'autres questions à lui poser, qu'elle ne devait en aucun cas quitter le pays. Si elle s'absentait de Sheffield, elle devrait lui laisser ses coordonnées pour qu'il sache où la joindre. Non qu'il fût persuadé qu'il aurait de nouveau besoin de ses services. Mais tout cela faisait partie de la routine.

Le lieu du crime n'était accessible qu'à pied, en VTT ou en hélicoptère. Secours en Montagne lui devant des renvois d'ascenseur, Hanken les avait contactés et avait réussi à faire main basse sur un hélicoptère de la RAF qui allait rentrer d'une patrouille dans le Dark Peak, où il était parti à la recherche de deux randonneurs égarés. Il prit donc l'hélicoptère qui attendait pour se rendre à Nine Sisters Henge.

Le brouillard n'était pas épais, simplement horriblement humide. Et lorsqu'ils amorcèrent leur approche sur le cromlech, il distingua les flashes du photographe maison qui mitraillait la scène du crime. Au sud-est des arbres une petite foule grouillait. Il y avait là le médecin légiste et les biologistes du laboratoire de police scientifique, des constables en uniforme, des techniciens de scène de crime équipés de kits de prélèvement et de mallettes qui attendaient que le photographe en ait fini avec ses prises de vue. Ils attendaient également Hanken.

L'inspecteur demanda au pilote de survoler le bouquet de bouleaux une bonne minute avant d'atterrir. D'une altitude de soixante-quinze mètres — l'appareil devait rester à cette distance du sol pour ne pas déplacer d'éventuels indices —, il vit qu'un campement avait été installé dans l'enceinte du cercle de mégalithes. Une petite tente bleue formait un dôme tout contre la face nord d'une des pierres levées, et, noir comme une pupille, un feu brûlait au centre de l'enclos. Par terre, une couverture de survie gris métallisé, et non loin de là un tapis de sol carré d'un jaune vif. Un sac à dos noir et rouge semblait se vider de son contenu, un petit Camping-gaz gisait sur le flanc. D'en haut, ça n'avait pas l'air aussi macabre que ça l'était en réalité. Mais la distance vous jouait ce genre de tour, vous donnant à croire — à tort — que tout était en ordre.

L'hélicoptère se posa à cinquante mètres au sud-est

du site. Se baissant pour éviter les pales, il rejoignit son équipe tandis que le photographe jaillissait du bosquet.

— C'est pas beau à voir...

— Attendez ici, dit Hanken à ses gars.

Tapant du plat de la main au passage sur la pierre sentinelle qui se dressait à l'entrée du bosquet, il s'éloigna seul le long du sentier sous les arbres dont les feuilles gouttaient d'une humidité qui lui roulait sur les épaules.

A l'entrée de Nine Sisters Henge, Hanken s'arrêta et contempla le spectacle. Maintenant qu'il avait posé les pieds par terre, il voyait que la tente, petite, était une tente pour une personne. Il en eut d'ailleurs confirmation au vu du matériel éparpillé à l'intérieur du cercle. Il découvrit en effet un sac de couchage, un sac à dos, une couverture de survie, un tapis de sol. Ce qu'il n'avait pas vu d'en haut, il le distinguait maintenant : un étui à cartes au contenu saccagé gisait béant sur le sol. Une chaussure de randonnée se morfondait au milieu des vestiges calcinés du feu de camp, et une autre un peu plus loin. Des plumes blanches étaient restées collées partout.

Lorsqu'il se décida à bouger, Hanken se plongea dans un examen préliminaire de la scène de crime : il se pencha sur chacun des éléments qu'il apercevait et les considéra avec soin. La plupart des policiers commençaient par se rendre près du corps. Mais lui était persuadé que la vue d'un corps qui a connu une mort violente était traumatisante au point d'émousser les sens et l'intellect, vous laissant dans l'incapacité de voir la vérité alors qu'elle vous crevait les yeux. Aussi alla-t-il d'un objet à l'autre, les étudiant sans les toucher. C'est ainsi qu'il examina successivement la tente, le sac à dos, le tapis de sol, l'étui à cartes et le reste — depuis les chaussettes jusqu'au savon, éparpillés au milieu du cercle. Ce qui mobilisa le plus longtemps son attention, ce furent une chemise de flanelle et des boots. Lorsqu'il eut étudié tous ces éléments, il se tourna vers le corps.

Le cadavre était certainement l'un des plus impressionnants qu'il eût vus au cours de sa carrière. Il s'agissait d'un jeune homme de dix-neuf, vingt ans. Mince, presque squelettique, poignets frêles, oreilles délicates, il avait la peau cireuse des morts. Bien qu'il fût gravement brûlé au visage, Hanken n'en constata pas moins qu'il avait un nez joliment ciselé, une belle bouche et une apparence féminine qu'il avait essayé de modifier en se laissant pousser un petit bouc noir. Il était maculé du sang de ses innombrables blessures, vêtu d'un tee-shirt noir sans pull ni veste. Son jean noir était décoloré là où les pantalons s'usent le plus facilement : coutures, genoux, fond de culotte. Il portait de lourdes chaussures qui ressemblaient à des Doc Martens. Sous ses grosses boots, à demi cachées maintenant par le sac de couchage que le photographe avait repoussé afin de pouvoir prendre ses clichés, quelques feuilles de papier gisaient, tachées de sang et imbibées d'humidité. S'accroupissant, Hanken les examina, les séparant les unes des autres avec soin à l'aide d'un crayon qu'il avait tiré de sa poche. Ces papiers n'étaient autres que des lettres anonymes à l'orthographe fantaisiste, rédigées à l'aide de lettres et de mots découpés dans divers journaux et revues. Sur le fond, elles étaient identiques : c'étaient des menaces de mort, même si à chaque fois le moyen utilisé pour faire passer la personne menacée de vie à trépas différait. Le regard de Hanken passa des papiers au jeune homme. Devait-il raisonnablement conclure que le destinataire avait connu la fin que lui promettaient les messages retrouvés sur la scène du crime ? Cette déduction aurait été parfaitement logique si l'enceinte n'avait pas raconté une tout autre histoire. Hanken tourna le dos au cercle, reprit le sentier sous les bouleaux.

— Commencez les recherches dans le périmètre, dit-il aux membres de son équipe. Faut se mettre en quête d'un second corps.

3

A New Scotland Yard, Barbara Havers prit l'ascenseur jusqu'au douzième étage de Tower Block. Cet immeuble abritait l'impressionnante bibliothèque de la Met, la police métropolitaine. Là, au milieu des innombrables ouvrages de référence et rapports de toutes sortes, elle trouverait calme et sécurité. Car elle avait besoin d'un coin tranquille où s'isoler pour le moment. De solitude aussi, et de temps pour récupérer.

Outre des volumes trop nombreux pour que quiconque s'amusât à les compter, la bibliothèque se flattait de posséder la vue la plus spectaculaire de tout le bâtiment. Cette vue s'étendait vers l'est jusqu'à embrasser les flèches néogothiques des Houses of Parliament et la rive sud de la Tamise. Au nord, elle englobait le dôme de St Paul qui surplombait de sa masse les toits de la City. Et par un jour comme celui-ci, alors que l'éclatant soleil estival s'adoucissait à l'approche de l'automne, l'étendue de la vue devenait secondaire, comparée à la beauté des bâtiments qu'effleurait cette lumière subtile.

Au douzième étage, Barbara se dit que si elle s'attachait à reconnaître autant d'édifices que possible à ses pieds, elle réussirait peut-être à se calmer et à oublier l'humiliation qu'elle venait de subir.

Après trois mois de suspension, elle avait reçu à sept heures et demie ce matin-là un coup de téléphone énigmatique. Un ordre à peine déguisé en requête. Le sergent Barbara Havers voulait-elle bien retrouver l'adjoint au préfet de police, Sir David Hillier, dans son bureau à dix heures ? Au bout du fil, une voix d'une politesse méticuleuse s'attachait scrupuleusement à ne pas montrer qu'elle savait ce que dissimulait cette invitation.

Barbara quant à elle n'avait guère de doutes sur le but de l'entretien. Au cours des douze dernières semaines, elle avait fait l'objet d'une enquête diligentée par le Police Complaints Authority, la PCA — corps chargé d'enquêter en cas de dépôt de plainte contre un officier de police. La justice ayant décidé de ne pas entamer de poursuites contre elle, la machine de l'Inspection générale des services de la police métropolitaine s'était mise en branle. On avait fait venir des témoins de ses hauts faits et on avait pris leurs dépositions. Les pièces à conviction, un bateau à moteur puissant, une carabine MP5 et un pistolet Glock semi-automatique, avaient été examinées sur toutes les coutures. Et après cela Barbara avait attendu qu'on lui apprenne à quelle sauce elle allait être mangée.

Aussi, quand le coup de fil était enfin arrivé, mettant un terme à un sommeil de plus en plus chaotique, aurait-elle dû être mieux préparée. Courant le risque de se voir accusée de voies de fait et de tentative de meurtre, d'abus d'autorité et d'insubordination caractérisée, elle aurait dû commencer à mettre de l'ordre dans sa vie professionnelle avant que celle-ci — comme toute personne dotée d'un grain de bon sens n'aurait pas manqué de le subodorer — ne connaisse une fin inéluctable. Mais Barbara travaillait dans la police depuis quinze ans et elle n'arrivait pas à imaginer sa vie sans. Aussi avait-elle passé son temps de suspension à se répéter que chaque jour qui passait sans lui apporter la nouvelle de son licenciement était un jour de gagné et lui permettait d'espérer qu'elle sortirait de l'enquête sans bobo. Cela n'avait pas été le cas évidemment, et un policier plus réaliste aurait su à quoi s'attendre en pénétrant dans le bureau de l'adjoint au préfet.

Exceptionnellement, elle avait fait un effort vestimentaire, troquant son éternel pantalon de survêtement contre une jupe et une veste. Elle n'avait aucun goût en la matière, aussi leur couleur ne lui seyait-elle pas et son collier de fausses perles constituait-il un détail pitoyable tout juste capable d'accentuer l'épaisseur de son cou. Au moins ses chaussures étaient-elles cirées. Mais en sortant de sa vieille Mini, dans le parking souterrain du Yard, elle s'était éraflé le mollet sur un coin de portière et, résultat, son collant avait filé.

Non qu'un collant impeccable, un bijou de bon goût et un tailleur d'une teinte plus flatteuse eussent changé grand-chose à sa situation. A peine était-elle entrée dans le bureau de Hillier, dont les quatre fenêtres indiquaient qu'il siégeait désormais sur l'Olympe, qu'elle avait compris sa douleur.

Pourtant, elle ne s'était pas attendue à des reproches aussi virulents. Hillier était un salopard — ce n'était pas nouveau, et il le resterait certainement jusqu'à la fin de ses jours —, mais Barbara n'avait jamais eu à faire les frais de son tempérament de père Fouettard. Il avait paru se dire qu'une vigoureuse réprimande ne suffirait pas à lui faire comprendre le déplaisir que lui avait causé son attitude. Il n'avait pas non plus trouvé suffisante la lettre incendiaire pleine d'expressions telles que « a terni la réputation de toute la police métropolitaine », « a jeté l'opprobre sur un effectif de plusieurs milliers de personnes », « insubordination d'une ampleur inconnue jusque-là dans l'histoire des forces de l'ordre », qui figurerait dans son dossier et y resterait au fil des années, là où ses supérieurs hiérarchiques pourraient la lire et la consulter à leur gré. Hillier avait également éprouvé le besoin d'assaisonner de commentaires personnels les actes qui avaient entraîné sa suspension. Sachant que, en l'absence de témoin, il pouvait réprimander Barbara sans contrainte et dans le langage de son choix, Hillier en avait profité pour ponctuer ses remarques d'invectives et de sous-entendus douteux que tout autre subordonné ayant moins à perdre en la circonstance aurait pu considérer comme un franchissement insupportable de la ligne séparant sa vie professionnelle de sa vie privée. Il est vrai que l'adjoint au préfet, qui n'était pas un imbécile, savait pertinemment que, soulagée de ne pas être purement et simplement lourdée, Barbara garderait son sang-froid et avalerait sans broncher toutes les couleuvres qu'il trouverait bon de lui jeter.

Mais ce n'était pas pour autant qu'elle appréciait de s'entendre traiter d'« abrutie d'enculée » et de « putain de conne ». Et elle ne pouvait non plus prétendre qu'écouter Hillier dénigrer son physique, ses penchants sexuels et son potentiel en tant que femme la laissait de marbre.

En fait, elle était encore drôlement secouée. Et tandis que, plantée près de la fenêtre de la bibliothèque, elle observait les immeubles et les monuments qui se dressaient entre New Scotland Yard et Westminster Abbey, elle s'efforça de maîtriser le tremblement de ses mains. Elle tenta également de refouler les vagues de nausée qui la submergeaient et lui donnaient l'impression qu'elle allait se noyer.

Une cigarette lui aurait fait du bien mais en se réfugiant dans la bibliothèque, où elle savait qu'on ne la trouverait pas, elle avait également choisi l'un des nombreux endroits du Yard où il était interdit de fumer. Et alors qu'en d'autres circonstances elle en aurait grillé une en se fichant pas mal des conséquences, elle préféra renoncer.

« Encore une connerie comme celle-là et vous êtes fichue ! » avait crié Hillier en conclusion, son teint naturellement rubicond devenant du même lie-de-vin que la cravate qu'il arborait avec son costume sur mesure.

Barbara n'arrivait pas, compte tenu de l'animosité que Hillier lui avait manifestée, à comprendre par quel miracle elle était encore là. Pendant tout son laïus, elle s'était préparée à s'entendre flanquer dehors, mais on ne l'avait pas licenciée. On l'avait accablée de reproches, réprimandée, traînée dans la boue, c'était un fait. Cependant les remarques assassines de Hillier ne s'étaient pas conclues comme il l'aurait voulu. Car Hillier voulait la sacquer autant qu'il voulait l'insulter, c'était clair. Pour qu'il se soit abstenu, il fallait que quelqu'un d'influent ait pris sa défense.

Barbara aurait voulu exprimer sa reconnaissance à ce quelqu'un. Elle savait ce qu'elle lui devait. Mais pour l'heure tout ce qu'elle éprouvait, c'était le sentiment d'avoir été massivement trahie par ses supérieurs hiérarchiques et le conseil disciplinaire, qui n'avait pas envisagé les choses sous le même angle qu'elle. Lorsqu'ils seront devant les faits, avait-elle songé, ils verront que je n'avais pas le choix : il m'a fallu prendre la première arme qui me tombait sous la main et faire feu afin de sauver une vie. Mais ce n'était pas ainsi que son geste avait été interprété en haut lieu. Seule une personne avait compris. Et elle n'avait pratiquement pas de doute sur l'identité de cette personne.

L'inspecteur Thomas Lynley s'était trouvé être en voyage de noces pendant que Barbara traversait toutes ces épreuves. A son retour de dix jours de lune de miel passés à Corfou avec sa jeune femme, il avait appris que Barbara avait été suspendue et faisait l'objet d'une enquête de la part de la police des polices. Sidéré, il avait traversé la ville le soir même pour demander des explications à sa fidèle coéquipière. La conversation avait beau ne pas s'être déroulée de façon aussi fluide que Barbara l'aurait souhaité, elle savait que Lynley n'était pas homme à laisser une injustice se commettre s'il pouvait l'empêcher.

Il devait attendre en ce moment même dans son bureau afin de savoir comment s'était passé l'entretien avec Hillier. Dès qu'elle aurait récupéré, elle irait le voir.

Quelqu'un pénétra dans la bibliothèque silencieuse. Une voix de femme dit :

— Je te dis qu'il est né à Glasgow, Bob. Je m'en souviens, on établissait des rapports là-dessus à l'époque...

— T'es débile, répondit ledit Bob. Il est né à Edimbourg.

— Non, à Glasgow, et je vais te le prouver.

Si cette femme avait l'intention de prouver quoi que ce soit, il allait lui falloir fouiller dans la bibliothèque. C'en était donc fini de la solitude.

Barbara quitta les lieux et prit l'escalier pour descendre, gagnant ainsi encore un peu de temps pour récupérer et trouver les mots destinés à remercier l'inspecteur Lynley d'avoir plaidé sa cause. Elle n'arrivait pas à imaginer comment il s'y était pris. Hillier et lui étant à deux doigts de se sauter à la gorge chaque fois qu'ils se voyaient, Lynley avait dû être obligé de demander une faveur à quelqu'un de plus haut placé dans la hiérarchie. Ce qui avait dû coûter cher à son amour-propre. Un homme comme Lynley n'avait pas l'habitude de se présenter devant un supérieur chapeau bas. Jouer le rôle de quémandeur devant ceux qui se moquaient de ses origines aristocratiques avait dû constituer une démarche particulièrement pénible.

Elle le trouva dans son bureau de Victoria Block. Il était au téléphone, dos à la porte, son fauteuil faisant face à la fenêtre. Il disait d'un ton léger :

— Chérie, si Tante Augusta a décrété qu'une visite s'imposait, je vois mal comment nous pouvons y couper. Autant essayer d'arrêter un ouragan... Oui, mais si Maman acceptait de l'accompagner, nous devrions pouvoir réussir à l'empêcher de déplacer tous les meubles, tu ne crois pas ? (Il s'interrompit, rit à ce que sa femme disait à l'autre bout du fil.) Oui, très bien, je lui dirai d'entrée de jeu de ne pas fourrer son nez dans ta garde-robe... Merci, Helen, oui, elle est pleine de bonnes intentions, c'est vrai. (Il raccrocha, fit pivoter son fauteuil et, face à son bureau, aperçut Barbara qui se tenait sur le seuil.) Havers, fit-il, surpris. Bonjour. Que faites-vous ici ce matin ?

Elle entra dans la pièce :

— J'ai vu Hillier.

— Et alors ?

— J'ai écopé d'une lettre incendiaire dans mon dossier et j'ai eu droit en prime à un laïus d'un quart d'heure que j'aimerais pouvoir rayer de mon esprit.

Pensez à la fâcheuse manie qu'a Hillier de saisir l'occasion d'être désagréable et vous aurez une idée assez juste de la façon dont l'entretien s'est déroulé. Il a un sacré vocabulaire, ce cher Dave...

— Désolé, dit Lynley. Mais c'est tout ? Un sermon et une lettre de réprimande dans votre dossier ?

— Non, ce n'est pas tout. J'ai été rétrogradée. Je suis redevenue constable.

— Ah. (Lynley tendit le bras vers une boîte de trombones posée sur son bureau ; machinalement il les tripota tout en rassemblant ses idées.) Ç'aurait pu être pire, Barbara. Bien pire. Ç'aurait pu vous coûter votre job...

— C'est vrai, je sais, dit Barbara, s'efforçant de se montrer expansive. En attendant, Hillier s'en est payé une tranche. Je suis sûre qu'au déjeuner il va régaler le préfet du discours dont il m'a gratifiée. A mi-parcours, j'ai failli lui dire d'aller se faire foutre, mais je me suis retenue. Vous auriez été fier de moi.

A ces mots, Lynley repoussa son fauteuil et alla se planter devant la fenêtre pour contempler la vue dénuée d'intérêt qu'on avait de Tower Block. Barbara vit un muscle tressaillir sur sa joue. Elle allait se risquer sur le terrain de la gratitude — la réserve de Lynley semblant assez indiquer quel prix il avait dû payer pour intercéder en sa faveur — lorsqu'il prit finalement la parole, mettant lui-même le sujet sur le tapis :

— Je me demande si vous vous rendez compte de la gymnastique qu'il a fallu faire pour vous empêcher d'être virée, Barbara. Les entretiens, les coups de téléphone, les arrangements, les compromis...

— Je m'en doute. C'est pourquoi je voulais vous...

— Et tout ça pour vous éviter de récolter ce que la moitié du Yard pense que vous avez bien mérité.

Barbara sautilla d'un pied sur l'autre.

— Je sais que vous vous êtes décarcassé, monsieur. Je sais qu'on m'aurait licenciée si vous n'étiez pas intervenu. Et je passais vous dire combien je vous suis reconnaissante d'avoir compris le véritable mobile de mes actes. Je voulais vous assurer que vous n'aurez aucune raison de regretter d'avoir pris mon parti. Ni vous ni quelqu'un d'autre, d'ailleurs.

— Ce n'est pas moi, fit Lynley en pivotant vers elle.

L'œil vide, Barbara le fixa :

— Vous... ? Comment ?

— Je n'ai pas pris votre défense, Barbara.

Cet aveu fait, il n'en continua pas moins de croiser son regard — ce qui était tout à son honneur. En y repensant plus tard, elle ne pourrait s'empêcher d'admirer son attitude. Ses yeux bruns — qui exprimaient une telle générosité, qui contrastaient si fort avec ses cheveux blonds — se braquèrent fermement sur elle et n'en bougèrent pas.

Sourcils froncés, Barbara s'efforça d'assimiler ses paroles.

— Mais vous... Les faits, vous les connaissez. Je vous ai raconté toute l'histoire. Vous avez lu le rapport. Je pensais... A l'instant vous venez de parler d'entretiens, de coups de téléphone...

— Ce n'est pas moi qui ai effectué ces démarches, coupa-t-il. Et franchement, je ne peux vous laisser continuer à le penser.

Ainsi donc elle s'était trompée. Elle avait tiré des conclusions hâtives en s'imaginant qu'à la lueur de leurs années de collaboration Lynley prendrait automatiquement sa défense.

— Vous êtes avec eux, alors ?

— Qui ça, « eux » ?

— Les gens du Yard qui sont d'avis que je n'ai que ce que je mérite. Si je vous pose la question, c'est parce qu'il vaudrait mieux qu'on sache à quoi s'en tenir l'un et l'autre. En effet, si on doit travailler... (Les mots commençaient à se bousculer sur ses lèvres, elle se força à ralentir, à affermir le son de sa voix.) Alors, c'est ça, vous êtes avec eux ? Vous êtes avec ces gens-là ?

Lynley regagna son bureau et s'assit. Il la fixa. On lisait du regret sur ses traits. Elle n'arrivait pas à comprendre exactement pourquoi. Cela l'effraya. Parce qu'il *était* son coéquipier, n'est-ce pas ?

— Alors, monsieur ?

— Je ne sais pas si je suis avec eux.

Elle se sentie atrocement déçue. Lâchée.

Lynley dut s'en rendre compte car il poursuivit d'un ton empreint de sympathie :

— J'ai envisagé la situation sous tous les angles. Je l'ai étudiée pendant tout l'été.

— Ça ne fait pas partie de votre boulot, vous bossez sur des affaires criminelles, vous n'êtes pas chargé de faire une enquête sur mes faits et gestes...

— Je sais, mais j'avais besoin de comprendre les tenants et les aboutissants. Il fallait que je comprenne. Je me suis dit que si je m'attaquais au problème à ma façon, j'arriverais à appréhender les choses comme vous-même les aviez perçues.

— Et vous n'avez pas réussi, fit Barbara en s'efforçant de prendre un air dégagé mais sans y parvenir. Vous n'avez pas réussi à comprendre qu'une vie était en jeu. Vous n'avez pas pu admettre que j'étais incapable de laisser une enfant de huit ans se noyer...

— Tel n'est pas le cas, ça, je l'ai compris, et je l'approuve. Ce que je n'ai pas réussi à avaler, en revanche, c'est le fait que vous vous soyez trouvée en dehors de votre juridiction et qu'alors qu'on vous avait donné un ordre...

— Elle n'était pas non plus dans sa juridiction, coupa Barbara. Personne n'y était, d'ailleurs. La police de l'Essex n'est pas chargée de patrouiller en mer du Nord. Et c'est là que les événements se sont passés. Vous le savez bien. En mer.

— Je le sais, en effet. Croyez-moi, je sais tout de cette affaire. Que vous poursuiviez un suspect, que ce suspect a jeté un enfant par-dessus bord. Je sais ce qu'on vous a ordonné de faire quand il a fait ça et comment vous avez réagi quand vous avez reçu cet ordre.

— Je ne pouvais pas me contenter de lui jeter une

bouée de sauvetage, inspecteur. La bouée ne lui serait jamais parvenue. Elle se serait noyée.

— Barbara, écoutez-moi. Il ne vous appartenait pas de prendre des décisions ni de tirer des conclusions. C'est pour ça que ça existe, la hiérarchie. Discuter un ordre, c'était déjà un mauvais point, mais tirer sur un supérieur...

— Vous avez peur que je me mette à tirer sur vous si l'occasion se présente, fit-elle, amère.

Lynley laissa les mots en suspens. Dans le silence qui suivit Barbara aurait tout donné pour retirer ses paroles tellement elles lui semblaient injustes.

— Désolée, fit-elle, consciente que la raucité de sa voix la trahissait.

— Je sais. Je sais que vous êtes désolée. Moi aussi, croyez-le.

— Inspecteur Lynley ?

C'était de la porte qu'avait jailli l'interruption. Lynley et Barbara se retournèrent d'un même mouvement. Dorothea Harriman, secrétaire de leur commissaire, se tenait dans l'encadrement, son casque de cheveux blond miel superbement coiffé, vêtue d'un époustouflant tailleur à rayures tennis qui aurait fait merveille dans les pages d'un magazine de mode. Comme à chaque fois qu'elle se trouvait en sa présence, Barbara eut l'impression d'être un cauchemar vestimentaire ambulant.

— Qu'y a-t-il, Dee ? questionna Lynley.

— Le commissaire Webberly, répondit Harriman. Il vous demande. Il veut vous voir le plus vite possible. Il a eu un coup de fil du service des Opérations criminelles. Il y a du nouveau.

Avec un hochement de tête à l'adresse de Barbara, elle s'éclipsa.

Barbara attendit. Son pouls battait à toute vitesse. La requête de Webberly ne pouvait tomber à un plus mauvais moment.

« Il y a du nouveau » : c'était la phrase qu'utilisait Harriman pour faire comprendre qu'il y avait anguille sous roche. Et par le passé, les invitations de Webberly avaient généralement précédé celle de l'inspecteur lui demandant de l'accompagner dans le bureau du patron afin de découvrir de quoi il retournait.

Barbara ne souffla mot. Elle se contenta de regarder Lynley et d'attendre. Elle se rendait compte que les moments qui suivraient allaient lui permettre de savoir à quoi s'en tenir sur la nature de ses relations avec son supérieur hiérarchique direct.

A l'extérieur du bureau, les affaires allaient leur train ordinaire. Les voix résonnaient dans le couloir au sol tapissé de linoléum. Les téléphones sonnaient. Les réunions commençaient. Mais Barbara eut l'impression que Lynley et elle s'étaient transportés dans une autre dimension, une dimension dans laquelle allait se jouer beaucoup plus que son avenir professionnel.

Lynley finit par se lever.

— Il va falloir que j'aille voir ce que Webberly a sur le feu...

— Est-ce que je... ? dit-elle, bien que l'utilisation par Lynley du pronom singulier lui eût déjà fourni la réponse à sa question. (Soudain elle comprit qu'elle ne pouvait finir de la formuler, cette question, parce qu'elle se sentait pour l'instant incapable d'en supporter la réponse. Aussi en posa-t-elle une autre :) Que voulez-vous que je fasse, monsieur ?

Il réfléchit, détournant enfin les yeux, paraissant s'absorber dans la contemplation de la photo accrochée à côté de la porte : celle d'un jeune homme qui riait, une batte de cricket à la main, une déchirure dans son pantalon taché d'herbe. Barbara savait pourquoi Lynley gardait cette photo à portée de regard. Elle lui rappelait quotidiennement le mal qu'il avait fait il y avait bien longtemps, une nuit qu'il était ivre au volant. La plupart des gens chassent de leur esprit les souvenirs désagréables. Mais l'inspecteur Thomas Lynley ne se trouvait pas être du nombre.

— Le mieux serait que vous gardiez un profil bas pendant quelque temps, Barbara. Que vous laissiez les gens digérer un peu tout ça. Que vous leur laissiez le temps d'oublier...

Parce que vous, vous n'y arriverez pas, n'est-ce pas ? Mais à voix haute elle se contenta d'un morne « Bien, monsieur ».

— Je sais que ce n'est pas facile, dit-il d'une voix si douce qu'elle eut envie de hurler. Mais je n'ai pas d'autre réponse à vous donner pour le moment. Je regrette.

Barbara réussit à s'arracher quelques mots, mais tout juste :

— Bien, monsieur, je vois.

— On l'a rétrogradée au rang de constable, dit Lynley au commissaire Malcolm Webberly lorsqu'il le rejoignit. C'est grâce à vous, monsieur, n'est-ce pas ?

Webberly était confortablement assis à son bureau et il fumait. Dieu merci, il avait laissé la porte de la pièce fermée pour éviter aux officiers de police, aux secrétaires et aux gratte-papier qui travaillaient dans les parages de respirer l'odeur nocive de son tabac. Cette mesure préventive ne mettait cependant pas ses visiteurs hors de portée des épaisses volutes de fumée de son cigare. Lynley s'efforça d'inhaler le moins possible. S'aidant des lèvres et de la langue, Webberly fit passer son cigare d'un coin de sa bouche à l'autre et ce fut là toute sa réaction.

— Pouvez-vous me dire pourquoi ? insista Lynley. Vous vous êtes déjà décarcassé pour des policiers. Je suis bien placé pour le savoir. Mais pourquoi êtes-vous intervenu dans le cas présent, alors que tout semblait si clair, si tranché ? Par ailleurs, est-ce que vous allez payer cher le fait de lui avoir sauvé la mise ?

— On me devait des renvois d'ascenseur, dit le commissaire. J'ai passé quelques coups de fil. Havers a eu tort sur le fond dans cette affaire mais son cœur avait raison.

Lynley fronça les sourcils. Lui-même s'était efforcé de parvenir à cette conclusion depuis qu'il était rentré de Corfou et avait appris la disgrâce de Barbara, mais il n'y était pas parvenu. Chaque fois qu'il pensait avoir réussi, les faits se dressaient devant lui. Dont certains glanés par ses soins, car il avait fait l'effort de se rendre dans l'Essex pour s'entretenir avec la principale intéressée. Surtout, il n'arrivait pas à comprendre que Webberly pût pardonner à Havers d'avoir pointé une arme sur l'inspecteur principal Emily Barlow. Son amitié pour Havers et les problèmes de hiérarchie mis à part, ne leur incombait-il pas de se demander quelle sorte de foutoir professionnel ils risquaient d'encourager s'ils ne punissaient pas un membre de la police qui s'était laissé aller à commettre un acte aussi énorme et répréhensible ?

— Tout de même, *tirer* sur une collègue... se saisir pour commencer d'une arme alors qu'elle n'avait pas le droit de...

— Dans ce genre d'affaire, les choses ne sont pas noires d'un côté et blanches de l'autre, Tommy, dit Webberly avec un soupir. J'aimerais bien, mais ce n'est pas le cas. La petite fille...

— L'inspecteur principal avait ordonné qu'on lui jette une bouée.

— C'est exact. Mais on ignorait si l'enfant savait nager. Et en outre... (Webberly retira le cigare de sa bouche, en examina l'extrémité.) Elle est fille unique, ce que Havers n'ignorait pas.

Lynley savait ce que cela signifiait pour le commissaire. Webberly n'avait qu'une lumière dans sa vie : sa fille unique Miranda.

— Barbara vous doit une fière chandelle, monsieur.

— Je lui ferai payer sa dette, soyez-en sûr. (De la tête, Webberly désigna un bloc jaune devant lui. Lynley y jeta un coup d'œil et distingua les gribouillis de son patron.) Andrew Maiden, fit Webberly, ce nom vous rappelle quelque chose ?

A cette question, Lynley prit place dans un fauteuil près du bureau.

— Andy ? Bien sûr. Pas de danger que je l'oublie.

— C'est ce qui me semblait.

— Je n'ai travaillé qu'une fois au SO10 et ç'a été une catastrophe. Un cauchemar. J'ai fait foirer l'opération.

Le SO10, Special Operations 10, regroupait les policiers les plus « secrets » de la police métropolitaine. Ceux qui étaient chargés de négocier avec les preneurs d'otages, de protéger les témoins et les jurés, de manœuvrer les indicateurs et de monter les opérations d'immersion, c'est-à-dire undercover. Lynley avait envisagé un temps de travailler avec les spécialistes de l'immersion. Mais à vingt-six ans il s'était rendu compte qu'il ne possédait ni le sang-froid ni la tournure d'esprit nécessaires pour endosser une personnalité différente de la sienne.

— Des mois de préparation foutus en l'air, se souvint-il. Je m'attendais à ce qu'Andy me fasse passer un sale quart d'heure...

Mais Andy Maiden n'avait rien fait de tel, ça n'était pas son genre. C'était un homme avisé qui savait tirer la leçon d'un échec, et c'était ce qu'il avait fait. Au lieu de remonter les bretelles de Lynley, il avait trouvé plus sage de modifier son plan et de changer son fusil d'épaule. Il avait rappelé ses troupes, interrompant la mission d'infiltration en cours, attendu que se présente une autre occasion de renvoyer ses hommes sur le terrain. Et là, des mois plus tard, il s'était joint à eux afin de s'assurer qu'aucun nouveau faux pas ne viendrait compromettre leurs efforts.

Andy Maiden avait été surnommé Domino tant il était habile à se déguiser et à se glisser dans la peau des personnalités les plus diverses — tueurs à gages ou Américains bailleurs de fonds de l'IRA. Il avait fini par se spécialiser dans les opérations liées au trafic de drogue mais, avant d'en arriver là, il s'était distingué dans les « contrats » et également dans le crime organisé et le grand banditisme.

— Il m'arrivait de le croiser au quatrième étage, dit

Lynley. Mais je l'ai perdu de vue après son départ de la police métropolitaine. Qui remonte à, voyons, dix ans ?

— Neuf.

Maiden, expliqua Webberly, avait pris sa retraite dès que possible, et il était parti avec sa famille s'installer dans le Derbyshire. Une fois dans les Peaks, il avait investi ses économies et mis toute son énergie dans la rénovation d'un vieux pavillon de chasse. C'était devenu aujourd'hui un hôtel de campagne sous le nom de Maiden Hall. Un endroit idéal pour les randonneurs, les vacanciers, les adeptes du VTT et tous ceux qui désiraient s'offrir une petite sortie et un repas correct.

Webberly désigna d'un mouvement de menton son bloc jaune.

— Andy Maiden a traqué les voyous et en a ramené dans sa gibecière plus que quiconque au SO10, Tommy.

— Je ne suis pas surpris de l'apprendre, monsieur.

— Il nous demande notre aide, figurez-vous. Et nous avons une dette envers lui.

— Que s'est-il passé ?

— Sa fille a été assassinée dans les Peaks. Une gamine de vingt-cinq ans. Le salopard qui a fait le coup l'a abandonnée dans un endroit perdu qui s'appelle Calder Moor.

— Seigneur, quelle vacherie ! Désolé de l'apprendre.

— Mais ce n'est pas tout. Il y avait un second corps, celui d'un jeune homme, et personne ne sait qui diable ça peut bien être. On n'a retrouvé aucun papier sur lui. La jeune fille, Nicola de son prénom, était partie randonner et camper. Elle était équipée en conséquence, aussi bien pour la pluie, le brouillard et le soleil que pour le reste. Mais le jeune homme, lui, n'avait aucun matériel.

— Est-ce qu'on sait comment ils sont morts ?

— Pas un mot là-dessus. (Mais comme Lynley fronçait les sourcils d'étonnement, Webberly poursuivit :) Nous tenons nos renseignements du SO10. Vous savez que ces gens-là ne sont pas du genre à se répandre dès qu'il s'agit de fournir des tuyaux aux copains. Tout ce que je peux vous dire, c'est la chose suivante : la Criminelle de Buxton a été chargée de l'affaire. Mais Andy trouve que c'est insuffisant et il nous a demandé d'intervenir. Il vous a réclamé, vous, en particulier.

— Moi ?

— Exact. Vous l'avez peut-être perdu de vue au cours des années, mais lui, non. (Webberly vissa son cigare au coin de sa bouche et, faisant allusion à ses notes, poursuivit :) Un médecin légiste du Home Office va se rendre là-bas pour procéder à une autopsie en règle. L'intervention doit avoir lieu aujourd'hui. Vous allez vous trouver sur le territoire d'un nommé Peter Hanken. On lui a dit qu'Andy faisait partie de la maison mais il n'en sait pas davantage. (Il retira le cigare de sa bouche et l'examina au lieu de regarder Lynley, tout en concluant :) Ecoutez, Tommy, inutile de chercher à vous bourrer le mou. Ça risque d'être délicat. Le fait que Maiden vous ait réclamé nommément... (Webberly marqua un temps et dit pour finir :) Ouvrez l'œil et soyez prudent.

Lynley hocha la tête. La situation était irrégulière, en effet. Impossible de se rappeler la dernière fois où le parent d'une victime d'homicide avait pu choisir le policier chargé d'enquêter sur le crime. Qu'Andy Maiden ait été autorisé à le faire donnait à penser qu'il avait le bras long et des relations qui risquaient d'empêcher Lynley de manœuvrer à sa guise dans cette affaire.

Il ne pouvait s'occuper seul de l'enquête et il savait pertinemment que Webberly ne s'attendait pas à ce qu'il le fasse. Mais il avait sa petite idée sur le policier que le commissaire, s'il en avait l'occasion, lui attribuerait comme équipier. Il préféra prendre les devants. Elle n'était pas encore prête et, à vrai dire, lui non plus.

— J'aimerais consulter le tableau de service pour savoir qui emmener avec moi, dit-il à Webberly. Etant donné qu'Andy est un ancien du SO10, il va nous falloir quelqu'un qui a du tact et de la finesse.

Le commissaire le fixa. Quinze longues secondes s'écoulèrent avant qu'il ne prenne la parole :

— Vous savez mieux que moi avec qui vous pouvez fonctionner, Tommy.

— Merci, monsieur, je crois que je le sais.

Barbara Havers se rendit à la cantine du quatrième, où elle s'offrit un bol de potage aux légumes. Elle prit place à une table où, seule, elle s'efforça de manger et de cesser de s'imaginer qu'elle portait une pancarte avec inscrit dessus le mot *paria*. Mais les saluts et hochements de tête des uns et des autres lui semblaient imprégnés d'un mépris silencieux. Tandis qu'elle essayait pour se donner du courage de se persuader que personne ne pouvait encore être au courant de sa rétrogradation, de sa disgrâce et de la fin de l'équipe qu'elle formait avec Lynley, il lui semblait qu'autour d'elle les conversations, et particulièrement celles où l'on riait de bon cœur, étaient pleines de propos qui se moquaient de sa situation.

Elle renonça à avaler sa soupe. Elle renonça à rester plus longtemps dans les locaux du Yard. Elle signa la feuille de sortie, se déclarant obligée de rentrer chez elle « pour cause de maladie », en songeant qu'ils seraient sûrement nombreux, ceux qui approuveraient sa décision, et elle regagna sa Mini. Une part d'elle-même mettait sa conduite sur le compte d'un mélange de paranoïa et d'imbécillité. L'autre était engluée dans la répétition interminable de son entretien avec Lynley, jouant au jeu du « j'aurais pu, j'aurais dû dire cela ».

Dans ce curieux état d'esprit, elle se retrouva au volant de sa voiture le long de Millbank avant même de s'en rendre compte. Ce n'était pas du tout le chemin pour regagner son domicile. En pilotage automatique, elle atteignit Grosvenor Road et Battersea Power Station tout en continuant à adresser des reproches à Lynley. Elle se faisait l'effet d'être un miroir brisé inutile et dangereux car coupant. Ç'avait été drôlement facile pour lui de se séparer d'elle, se dit-elle, amère. Quelle idiote elle avait été... Et dire qu'elle s'était imaginé pendant des semaines qu'il la soutenait...

Manifestement, Lynley avait trouvé insuffisant qu'elle soit rétrogradée, réprimandée et humiliée par un homme que tous deux haïssaient depuis des années. Il avait également jugé bon de lui remonter les bretelles à sa manière. Il avait tort sur toute la ligne d'avoir choisi cette ligne de conduite. Et elle avait besoin d'un allié dans les plus brefs délais, de quelqu'un qui approuverait sa façon de voir les choses.

Longeant la Tamise au milieu de la circulation fluide à l'heure du déjeuner, elle se dit qu'elle savait où trouver l'allié dont elle avait besoin. Il habitait Chelsea, à un peu plus d'un kilomètre de l'endroit où elle se trouvait en ce moment.

Simon Saint James était le plus vieil ami de Lynley — avec qui il avait fait toute sa scolarité à Eton. Expert en criminalistique, il était régulièrement sollicité tantôt par les avocats de la défense, tantôt par le ministère public afin de témoigner pour l'une ou l'autre partie dans les affaires criminelles où les pièces à conviction jouaient un rôle plus important que les témoins oculaires pour l'obtention d'une condamnation. Contrairement à Lynley, c'était un garçon raisonnable. Il savait se mettre en retrait et observer, faire abstraction de la passion et de l'enthousiasme, ne pas se laisser impliquer personnellement dans les situations conflictuelles. Exactement la personne à qui elle avait besoin de parler. Lui verrait clair dans l'attitude de Lynley. Ce à quoi, toute à sa gymnastique mentale, Barbara n'avait pas pensé, c'est que Saint James pût ne pas être seul dans sa maison de Cheyne Row à Chelsea. Toutefois, le fait que sa femme fût également là, occupée à travailler dans la chambre noire qui jouxtait le laboratoire au dernier étage, ne rendait pas la situation aussi délicate que la présence de l'assistante de Saint James. Barbara ignorait que cette dernière était là, du moins avant de monter l'escalier derrière Joseph Cotter, beau-père, maître d'hôtel, cuisinier et factotum de Saint James.

— Ils travaillent tous les trois, lui expliqua Cotter. Mais il est temps pour eux de faire une pause pour déjeuner et je suis sûr que Lady Helen sera ravie de cette interruption. Elle aime prendre ses repas à des heures régulières. Et qu'elle soit mariée ou non n'y change rien.

Parvenue sur le palier du second étage, Barbara hésita.

— Helen est là ?

— Oui, confirma Cotter avec un sourire. C'est agréable de savoir que certaines choses n'ont pas changé, n'est-ce pas ?

— Merde, marmonna Barbara entre ses dents.

Car Helen était aussi comtesse d'Asherton et femme de Thomas Lynley — lequel n'était autre que le comte d'Asherton. Barbara ne pouvait guère s'attendre à ce que Saint James et son épouse se joignent à elle pour le dénigrer en présence de sa femme. Elle se dit qu'elle ferait sans doute mieux de battre en retraite.

Elle allait filer lorsque Helen parut sur le palier du dernier étage, riant par-dessus son épaule :

— Très bien, très bien, je vais chercher un nouveau rouleau. Mais si tu te décidais à t'intéresser un peu à ton époque, et si tu remplaçais cette machine par quelque chose d'un peu plus moderne, on ne serait pas à court de papier de fax ! Tu devrais quand même faire attention à ce genre de choses de temps en temps, Simon. (Pivotant, elle commença à descendre l'escalier et c'est alors qu'elle aperçut Barbara sur le palier au-dessous. Son visage s'éclaira. Un visage ravissant, pas beau au sens conventionnel du terme, mais calme, radieux et encadré par de jolis cheveux châtains.) Seigneur, quelle surprise ! Simon, Deborah, nous avons de la visite ! Il va absolument falloir qu'on fasse une pause pour déjeuner maintenant. Comment ça va, Barbara ? Comment se fait-il que vous ne soyez pas passée nous voir ces dernières semaines ?

Il ne restait plus à Barbara qu'à la rejoindre. Barbara remercia de la tête Cotter qui, d'en bas, s'écria :

— Je vais ajouter un couvert !

Barbara grimpa les marches et prit dans la sienne la main tendue d'Helen. La poignée de main se transforma en un baiser rapide sur la joue. L'accueil était si chaleureux que Barbara comprit que Lynley n'avait pas encore raconté à sa jeune femme ce qui s'était passé au Yard ce jour-là.

— Quel merveilleux sens du *timing* ! fit Helen. Vous arrivez juste à point pour m'éviter de me traîner jusque dans King's Road à la recherche de papier de fax. Mon estomac crie famine, mais vous connaissez Simon. Pourquoi s'arrêter pour quelque chose d'aussi trivial qu'un repas quand on peut continuer à travailler encore quelques heures ? Simon, sois gentil, arrache-toi à ton microscope. J'ai là quelqu'un de nettement plus intéressant que tes rognures d'ongles.

Barbara suivit Helen dans le laboratoire où Saint James examinait les pièces à conviction, préparait ses articles pour les journaux professionnels et rassemblait les éléments des conférences qu'on lui avait demandé de donner au Collège royal des sciences. Ce jour-là, perché sur un tabouret devant une paillasse, il mettait de l'ordre dans des diapositives qu'il venait d'extraire d'une enveloppe. Les fameuses rognures d'ongles, songea Barbara.

Saint James était tout sauf séduisant, ce n'était plus le joueur de cricket au sourire généreux mais un homme handicapé et doté d'une jambe appareillée qui ralentissait ses mouvements. Ce qu'il avait de mieux, c'étaient ses cheveux, qu'il portait toujours trop longs car il se moquait complètement de la mode, et ses yeux, qui passaient du gris au bleu selon les vêtements qu'il portait — lesquels étaient banals. Il leva le nez du microscope tandis que Barbara pénétrait dans la pièce. Son sourire adoucit son visage ridé et anguleux.

— Bonjour, Barbara.

Il descendit de son tabouret et traversa la pièce à sa rencontre, appelant sa femme pour la prévenir que Havers était là. A l'autre bout du labo, une porte s'ouvrit. En jean et tee-shirt vert olive, la femme de Saint James était plantée sous les agrandissements photographiques suspendus à une corde, d'où gouttait de l'eau qui s'écoulait sur le sol revêtu de caoutchouc.

Deborah avait l'air en forme, comme Barbara put le constater. La reprise du travail, qui avait succédé à la déprime engendrée par une série de fausses couches, lui donnait bonne mine. C'était fort agréable de penser que quelqu'un allait bien.

— Bonjour, dit Barbara, j'étais dans le quartier et... (Elle jeta un coup d'œil à son poignet, s'aperçut qu'elle avait oublié sa montre à la maison ce matin-là tellement elle s'était dépêchée de partir voir Hillier au Yard. Elle laissa retomber son bras.) Je n'ai pas fait attention à l'heure. Je n'ai pas vu que c'était le moment de déjeuner. Désolée.

— Nous allions justement faire une pause, dit Saint James. Joignez-vous à nous pour le déjeuner.

— Une pause ? fit Helen en riant. Mais tu plaisantes ! Il y a au moins une heure et demie que je te supplie de déjeuner.

— Quelle heure est-il, Helen ? s'enquit Deborah.

— Ah, tu ne vaux pas plus cher que Simon, répondit vivement Helen.

— Alors, vous nous tenez compagnie ? demanda Saint James à Barbara.

— Je viens de prendre quelque chose. Au Yard.

Les trois autres savaient ce que signifiait cette phrase. Barbara le constata en voyant leurs visages.

— Alors vous avez enfin eu des nouvelles, dit Deborah tout en transvasant des produits chimiques de leur conteneur dans de grandes bouteilles en plastique qu'elle prenait sur une étagère sous l'agrandisseur. C'est pour ça que vous avez fait un saut jusqu'ici, n'est-ce pas ? Que s'est-il passé ? Non, ne nous expliquez pas encore tout de suite. Quelque chose me dit qu'un verre ne vous ferait pas de mal. Pourquoi ne descendez-vous pas, tous les trois ? Donnez-moi dix minutes pour faire un peu de rangement et je vous rejoins.

Ils descendirent dans le bureau de Simon. Barbara aurait préféré que Helen et non Deborah reste à l'étage et continue à travailler. Elle songea un instant à leur dire que sa visite à Chelsea n'avait rien à voir avec le Yard, mais elle comprit que le timbre de sa voix avait dû la trahir. En tout cas, il n'avait rien d'enjoué.

Un vieux bar se trouvait sous la fenêtre qui donnait sur Cheyne Row. Saint James leur versa à chacun un sherry tandis que Barbara s'absorbait dans l'examen du mur où Deborah accrochait régulièrement ses photos. Aujourd'hui il y avait des clichés dans la veine de ceux sur lesquels elle planchait depuis neuf mois : des agrandissements de portraits Polaroid pris à Covent Garden, Lincoln's Inn Fields, St Botolph et Spitalfields Market.

— Deborah prépare une exposition ? demanda Barbara en serrant entre ses doigts le sherry qu'on lui avait donné, histoire de gagner du temps.

De la tête, elle désigna les photos.

— En décembre, oui... (Saint James tendit son sherry à Helen. Cette dernière se débarrassa de ses chaussures et s'assit dans l'un des deux fauteuils de cuir près de la cheminée, ramenant sous elle ses jambes fines. Barbara remarqua qu'elle la regardait fixement. Helen lisait en elle comme en tout un chacun, à livre ouvert.) Alors, qu'est-ce qui s'est passé ? reprit Saint James tandis que Barbara passait du mur de photos à la fenêtre et contemplait la rue étroite.

Il n'y avait rien là qui pût retenir l'attention. Seulement un arbre, une rangée de voitures en stationnement et une autre de maisons, dont deux disparaissaient sous les échafaudages. Barbara se dit qu'elle aurait mieux fait de choisir cette voie. Etant donné l'utilisation qui était faite des échafaudages, dont on se servait pour à peu près tout, rénover les immeubles ou laver les vitres, cette carrière lui aurait procuré du travail régulièrement sans lui causer d'ennuis et en la nourrissant grassement.

— Barbara ? Vous avez eu du nouveau au Yard ce matin ?

— J'ai écopé d'une lettre de réprimande dans mon

dossier et j'ai eu droit à une rétrogradation, répondit-elle en tournant le dos à la fenêtre.

— Vous revoilà dans la rue ? fit Saint James avec une grimace.

Cela lui était arrivé une fois dans ce qui lui semblait maintenant être une autre vie au cours des trois années où elle avait travaillé avec Lynley.

— Pas tout à fait, non, dit-elle en fournissant à son auditoire des explications sans toutefois y joindre les détails désagréables de son entretien avec Hillier et en se gardant bien de mentionner Lynley.

Ce fut Helen qui s'en chargea :

— Est-ce que Tommy est au courant ? Est-ce que vous l'avez vu, Barbara ?

Nous y voilà, songea Barbara, morose.

— Eh bien oui, l'inspecteur est au courant.

Une petite ride se dessina entre les yeux de Helen. Elle reposa son verre sur la table près de son fauteuil.

— J'ai comme un mauvais pressentiment.

Barbara fut surprise par la façon dont elle réagit à la sympathie qui imprégnait la voix de Helen. Sa gorge se serra. Elle réagit comme elle aurait pu réagir ce matin-là dans le bureau de Lynley si elle n'avait pas été si désarçonnée de l'entendre lui dire après son entretien avec Webberly qu'il allait bosser sur une nouvelle affaire. Ce n'était bien entendu pas le fait qu'on lui ait confié une affaire qui lui avait coupé la parole. Mais le nom de l'équipier qu'il avait choisi pour l'accompagner.

« Barbara, c'est mieux comme ça », lui avait-il dit en rassemblant des documents sur son bureau.

Elle avait ravalé ses protestations et l'avait regardé fixement, se rendant compte qu'elle ne le connaissait pas aussi bien qu'elle l'aurait cru.

— Il n'a pas l'air d'accord avec les conclusions de l'enquête interne, conclut Barbara. La rétrogradation. J'ai l'impression que pour lui ce n'est pas une punition suffisante...

— Je suis sincèrement désolée, dit Helen, vous devez avoir l'impression d'avoir perdu votre meilleur ami.

L'authenticité de sa compassion fit monter les larmes aux yeux de Barbara. Elle ne s'était pas attendue à ce que cette compassion vienne de Helen. Elle était tellement touchée que la femme de Lynley lui manifeste sa sympathie qu'elle s'entendit bredouiller :

— C'est seulement que son choix... cette décision de me préférer... (Elle cherchait ses mots et ne rencontra qu'une vague de douleur qui la submergea de nouveau.) J'ai eu l'impression de prendre une gifle dans la figure.

Evidemment, Lynley s'était borné à opérer un choix parmi les policiers disponibles au tableau de service. Que ce choix blessât Barbara, ce n'était pas son problème.

Le constable Winston Nkata avait fait du bon travail à Londres au cours de deux enquêtes qui lui avaient permis de faire équipe avec Barbara et Lynley. Il était normal qu'il se vît offrir l'occasion de faire la preuve de son talent en dehors de Londres à l'occasion d'une enquête comme celles sur lesquelles Barbara avait été amenée à travailler en son temps. Mais Lynley ne pouvait pas ne pas se rendre compte que Barbara verrait en Nkata un concurrent acharné à la talonner au Yard. Nkata était de huit ans son cadet, il avait douze ans de moins que l'inspecteur, il était plus ambitieux à lui seul que Lynley et Barbara réunis. C'était un homme qui comprenait à demi-mot, anticipait les ordres avant qu'on ne les lui donne et les exécutait comme en se jouant. Barbara le soupçonnait depuis longtemps de faire le maximum pour lui piquer sa place auprès de Lynley.

Lynley ne l'ignorait pas. Il le savait, c'était fatal. C'est pourquoi le choix de Nkata semblait moins résulter de considérations logiques faites par un homme qui avait pesé les mérites respectifs de ses subordonnés que d'une manifestation de cruauté sans pareille.

— Est-ce que Tommy est en colère ? demanda Saint James.

Mais ce n'était pas la colère qui avait dicté son choix à Lynley et, bien qu'inconsolable, Barbara ne pouvait l'accuser de s'être laissé emporter par un mouvement d'humeur.

Deborah les rejoignit en disant :

— Alors, que s'est-il passé ?

Elle embrassa tendrement son mari sur la joue en passant devant lui et alla se servir un fond de sherry.

Elle eut droit à toute l'histoire, racontée par Barbara. Saint James y ajouta quelques détails ; quant à Helen, elle écoutait, pensive et silencieuse. Comme Lynley, les autres étaient en possession des faits relatifs à l'insubordination de Barbara et à l'agression qu'elle avait perpétrée contre un supérieur hiérarchique. Contrairement à Lynley, toutefois, ils semblaient capables de voir la situation avec les yeux de Barbara : inévitable, regrettable, mais pleinement justifiée, seule conduite possible pour une femme qui était sous pression et surtout qui avait raison.

Saint James alla même jusqu'à dire :

— Tommy se rangera certainement à votre façon de penser d'ici la fin de la journée, Barbara. C'est moche que vous ayez cette épreuve à traverser.

Les deux autres femmes murmurèrent leur assentiment.

Barbara aurait dû trouver ça extrêmement gratifiant. Après tout, si elle était venue à Chelsea, c'était pour chercher leur sympathie. Mais elle s'apercevait que cette sympathie ne faisait qu'aviver sa douleur et le sentiment d'avoir été trahie, qui l'avait conduite là à l'origine.

— En gros, ça se résume à ça : l'inspecteur veut pour équipier quelqu'un en qui il a confiance.

Et malgré les protestations de la femme et des amis de Lynley, Barbara avait bien conscience, pour le moment en tout cas, de ne pas être ce quelqu'un.

4

Julian Britton se représentait exactement les faits et gestes de sa cousine à l'autre bout de la ligne : le *tchac tchac tchac* régulier qui ponctuait ses phrases indiquait en effet que, dans la vieille cuisine de Broughton Manor, elle était occupée à couper des légumes, de ceux qu'elle faisait pousser au fond d'un des jardins.

— Je n'ai pas dit que je refusais de t'aider, Julian. (Le commentaire s'accompagna d'un *tchac* particulièrement retentissant.) Je t'ai juste demandé ce qui se passait. Y a rien de mal à ça, si ?

Il n'avait pas envie de répondre. Pas envie de lui dire ce qui se passait : après tout, Samantha n'avait jamais fait mystère de son aversion pour Nicola Maiden.

Alors que pouvait-il lui raconter ? Pas grand-chose. La police de Buxton avait décidé qu'il conviendrait peut-être de téléphoner au QG de la police de Ripley, Ripley avait envoyé deux patrouilles pour examiner l'endroit où étaient garées la Saab de Nicola et la vieille moto BMW, et, alors que Ripley et Buxton étaient parvenus à la conclusion qu'il fallait faire appel à Secours en Montagne, une vieille dame qui promenait son chien avait fait irruption dans le hameau de Peak Forest, avait frappé à une porte et débité une histoire de corps qu'elle aurait découvert au cœur du cromlech de Nine Sisters. La police s'était rendue immédiatement sur les lieux, laissant Secours en Montagne attendre de plus amples instructions. Lorsque ces instructions étaient arrivées, elles avaient été plutôt inquiétantes : inutile que les sauveteurs se dérangent.

Julian était au courant de tout cela parce que, membre de l'organisation, il était allé au lieu de rendez-vous de l'équipe une fois que celle-ci eut reçu le message transmis ce matin-là par Samantha — qui l'avait intercepté à Broughton Manor en son absence. Aussi était-il au milieu des membres du groupe, occupé à vérifier son matériel tandis que le chef de l'équipe dévidait sa check-list lorsque le téléphone portable avait sonné, interrompant puis annulant la vérification. Le chef d'équipe avait répercuté les informations reçues — la vieille dame et son chien, leur promenade matinale, le corps, le cromlech de Nine Sisters.

Julian s'était rendu directement à Maiden Hall, voulant annoncer lui-même la nouvelle à Andy et Nan avant que la police les prévienne.

Il comptait leur dire qu'il ne s'agissait que d'un corps, après tout. Que rien n'indiquait que ce corps fût celui de Nicola.

Cependant, lorsqu'il arriva à l'hôtel, il vit une voiture de patrouille garée devant le pavillon de chasse. Et lorsqu'il se précipita à l'intérieur, ce fut pour trouver Andy et Nan dans un coin du salon où les vitres en losange d'une vaste fenêtre en saillie dessinaient des arcs-en-ciel en miniature contre le mur. Ils étaient en compagnie d'un constable en uniforme. Leurs visages étaient cendreux. Nan se cramponnait au bras d'Andy, ses doigts s'enfonçant dans la manche de sa chemise de flanelle écossaise. Andy fixait la table basse qui les séparait du policier.

Tous trois levèrent la tête à l'entrée de Julian. Le constable prit alors la parole :

« Excusez-moi, monsieur, mais si vous pouviez laisser quelques minutes à Mr et Mrs Maiden... »

Julian comprit que le flic le prenait pour un client de l'hôtel.

Nan s'empressa de clarifier la situation, le présentant comme le fiancé de sa fille :

« Ils venaient de se fiancer. Venez, Julian », dit-elle en lui tendant la main et en l'attirant vers le canapé.

Ils se retrouvèrent assis tous les trois, comme la famille qu'ils ne pourraient jamais être.

Le constable en était à l'instant crucial de son récit. Le corps d'une femme avait été retrouvé sur la lande. Cela pouvait être la fille des Maiden. Il était désolé, mais l'un d'eux allait devoir l'accompagner à Buxton afin de l'identifier.

« Laissez-moi y aller », dit impulsivement Julian.

Il trouvait inconcevable que les parents de Nicola aient à s'acquitter de cette tâche macabre. Inconcevable que l'identification du corps pût échoir à un autre que lui. N'était-il pas l'homme qui l'aimait, qui la désirait, qui voulait tant faire sa vie avec elle ?

Le constable dit qu'à son grand regret cela devait être quelqu'un de la famille. Lorsque Julian proposa à Andy de l'accompagner, celui-ci refusa. Il fallait que quelqu'un reste avec Nan. Et à sa femme il précisa :

« Je te téléphonerai de Buxton si... »

Il avait tenu parole. Il avait fallu plusieurs heures cependant pour que l'appel arrive, étant donné qu'un certain temps avait été nécessaire pour transporter le corps de la lande à l'hôpital où l'autopsie serait pratiquée. Mais lorsqu'il avait vu le cadavre de la jeune femme, il avait passé le coup de fil fatidique.

Nan ne s'était pas effondrée comme Julian l'avait craint.

« Oh non », avait-elle dit en lui tendant le téléphone avant de courir dehors.

Julian avait parlé à Andy le temps d'apprendre de sa bouche ce qu'il savait être la vérité. Puis il était allé à la recherche de la mère de Nicola. Il l'avait trouvée à genoux dans le jardin d'herbes condimentaires de Christian-Louis, derrière la cuisine. Elle rassemblait des poignées de terre fraîchement arrosée, les entassant autour d'elle comme pour s'enterrer dessous. Elle ne cessait de répéter « Non, non », mais elle ne pleurait pas.

Elle tenta de se dégager lorsque Julian lui mit les

mains sur les épaules et commença à l'aider à se relever. Jamais il ne se serait douté de la force que pouvait avoir une femme aussi petite et il avait dû crier pour demander de l'aide. Les deux femmes de Grindleford étaient venues à la rescousse en courant. Avec Julian elles avaient réussi à ramener Nan au pavillon et à lui faire gravir l'escalier de service. Avec leur aide toujours, Julian lui fit boire deux rasades de cognac. Et c'est à ce moment-là seulement qu'elle se mit à pleurer.

— Il faut que je... gémissait-elle. Donnez-moi quelque chose à faire...

Le dernier mot se termina en un gémissement qui donnait froid dans le dos.

Julian se rendait compte qu'il était dépassé. La présence d'un médecin s'imposait. Il alla téléphoner pour en appeler un. Il aurait pu laisser ça aux deux femmes. Mais le coup de téléphone lui donnait un bon prétexte pour sortir de la chambre de Nan et Andy — où l'atmosphère était devenue soudain si confinée qu'il avait eu l'impression de ne plus pouvoir respirer.

Il avait donc dévalé l'escalier et s'était emparé du téléphone. Il avait appelé un médecin. Puis il avait appelé Broughton Manor et parlé à Samantha.

Qu'elles fussent ou non les bienvenues, les questions de sa cousine étaient compréhensibles. Il n'était pas rentré à la maison la veille, comme son absence inhabituelle au petit déjeuner le lui avait fait comprendre. Et il était maintenant midi. Il lui demandait de se charger d'une des tâches qui lui étaient dévolues. Rien d'étonnant donc qu'elle veuille savoir ce qui avait suscité une conduite aussi étrange. Pourtant, il n'avait pas envie de lui expliquer ce qui se passait. Lui parler de la mort de Nicola était au-dessus de ses forces pour l'instant. Aussi se contenta-t-il de bredouiller :

— Il y a eu un gros coup dur à Maiden Hall, Sam. On a besoin de moi. Tu veux bien t'occuper des chiots ?

— Quel coup dur ?

— Ecoute, Sam, tu veux bien me rendre ce service ?

Sa chienne Cass avait récemment mis bas et quelqu'un devait s'occuper des chiots et veiller à leur confort. Il fallait impérativement que le chenil soit maintenu à température constante. Il fallait peser les animaux et consigner dans le registre les heures où ils se nourrissaient ainsi que leur prise de poids.

Sam connaissait la musique. Elle l'avait vu faire suffisamment souvent. A l'occasion, elle l'avait même aidé. Ce n'était donc pas comme s'il lui demandait l'impossible ou même de faire quelque chose d'inhabituel ou dont elle ignorait tout. Mais manifestement elle ne lui donnerait pas satisfaction avant de savoir pourquoi il voulait qu'elle se charge du travail à sa place.

Après réflexion, il décida de simplifier :

— Nicola a disparu. Sa mère et son père sont dans un état épouvantable, tu t'en doutes. Je leur soutiens le moral...

— Qu'est-ce que tu veux dire, « disparu » ?

Un nouveau *tchac* ponctua sa phrase. Elle devait se tenir devant le plan de travail en bois, sous l'unique fenêtre de la cuisine, où des générations de couteaux s'activant à couper les légumes avaient fini par creuser des entailles dans le chêne.

— Elle a disparu. Elle est partie randonner mardi. Et elle n'est pas revenue la nuit dernière comme elle en avait manifesté l'intention...

— Elle aura rencontré quelqu'un, annonça Sam avec son esprit pratique. L'été n'est pas encore fini. Il y a des milliers de gens qui font de la randonnée dans les Peaks. Comment veux-tu qu'elle ait disparu ? Vous n'aviez pas rendez-vous ?

— C'est bien ça le hic justement, fit Julian. On avait rendez-vous mais elle n'était pas là quand je suis venu la chercher.

— Ça ne m'étonne pas d'elle, tu la connais, souligna Samantha.

Julian regretta qu'elle ne soit pas en face de lui parce qu'il aurait pu lui donner un bon coup de poing dans la figure.

— Bon sang, Sam.

Elle dut comprendre qu'il était à deux doigts de craquer car elle ajouta :

— Désolée. Je m'en charge, d'accord, je m'en charge. De quel chien s'agit-il ?

— De celle qui vient de mettre bas. Cass.

— Très bien. (Encore un *tchac*.) Qu'est-ce que je dis à ton père ?

— C'est pas vraiment la peine de lui dire quoi que ce soit.

S'il y avait bien une chose qu'il voulait éviter, c'étaient les réflexions de Jeremy Britton.

— J'imagine que tu ne seras pas de retour pour le déjeuner, c'est ça ? (La question frôlait l'accusation : c'était un mélange d'agacement, de déception et de colère.) Ton père demandera sûrement pourquoi tu n'es pas à table avec nous, Julie...

— Eh bien, dis-lui que j'ai été appelé pour un sauvetage.

— Au milieu de la nuit ? Un sauvetage en montagne, ce n'est pas ce qui peut expliquer ton absence à la table du petit déjeuner...

— Si Papa avait la gueule de bois, ce qui est généralement le cas, je doute qu'il ait remarqué mon absence au petit déjeuner. S'il était en état de s'apercevoir que je ne suis pas là au déjeuner, dis-lui que Secours en Montagne m'a appelé en milieu de matinée.

— Comment ça ? Si tu n'étais pas là pour prendre la peine...

— Oh écoute, Samantha, tu veux bien arrêter de couper les cheveux en quatre ? Peu importe ce que tu lui racontes. Occupe-toi des chiens, d'accord ?

Le *tchac tchac* cessa. La voix de Samantha se modifia. Elle perdit de son acidité pour laisser place aux excuses :

— J'essaie de faire pour le mieux pour tout le monde ici, Julie.

Elle avait l'air blessée.

— Je sais, désolé. Tu es un roc, je ne sais pas ce

qu'on deviendrait sans toi. En tout cas, moi, si t'étais pas là, j'arriverais pas à m'en sortir.

— Je suis contente de faire ce que je peux.

Alors fais ce que je te demande sans nous en chier une pendule, songea-t-il. Mais il se contenta de dire :

— Le registre des chiens est dans le tiroir du haut de mon bureau. Le meuble qui est dans la pièce que j'appelle mon antre, pas celui de la bibliothèque.

— Je te rappelle que le bureau de la bibliothèque a été vendu aux enchères...

Cette fois, il reçut le message cinq sur cinq : la situation financière de la famille Britton était précaire ; Julian tenait-il vraiment à la compromettre davantage en consacrant son temps et son énergie à autre chose qu'à la réhabilitation de Broughton Manor ?

— Mais oui, c'est vrai, où avais-je la tête ? Vas-y doucement, avec Cass. Elle va vouloir protéger ses petits...

— J'imagine que maintenant elle me connaît bien.

Est-ce qu'on connaît jamais quelqu'un ? se demanda Julian. Il raccrocha. Peu de temps après, le médecin arriva. Il voulut donner un sédatif à Nan Maiden, mais elle le refusa. Elle ne voulait pas laisser Andy seul en ces heures horribles. Le médecin lui rédigea une ordonnance que l'une des femmes de Grindleford s'empressa de prendre pour courir à la pharmacie la plus proche. Julian et l'autre femme restèrent à Maiden Hall pour veiller au grain.

C'était cousu de fil blanc, leurs efforts. Il y avait des clients de l'hôtel qui voulaient déjeuner, des touristes qui avaient vu la pancarte du restaurant sur la route et avaient innocemment suivi l'allée sinueuse dans l'espoir de se faire servir un repas décent. Les serveuses n'avaient aucune expérience de la cuisine et le personnel du ménage devait s'occuper des chambres. Julian et la femme de Grindleford durent donc s'occuper de tout ce qu'Andy et Nan Maiden faisaient normalement eux-mêmes : sandwiches, potage, fruits frais, saumon fumé, pâtés, salades... Cinq minutes suffirent à Julian pour comprendre qu'il n'était pas à la hauteur. Ce n'est que lorsque quelqu'un suggéra d'appeler Christian-Louis parce que Julian venait de laisser tomber une assiette de saumon fumé qu'il réalisa qu'il n'était pas obligé d'essayer de diriger seul le navire. Christian-Louis arriva en marmonnant des phrases en français que personne ne comprit. Il commença par virer tout le monde de la cuisine. Un quart d'heure plus tard, Andy Maiden faisait sa réapparition.

— Nan ? demanda-t-il à Julian.

Il était plus pâle que jamais.

— Elle est en haut, répondit Julian. Qu'est-ce que vous pouvez me dire ?

Pour toute réponse, Andy pivota et commença à monter l'escalier d'un pas lourd. Julian le suivit. Andy ne se rendit pas directement dans la chambre qu'il partageait avec sa femme. Au lieu de cela, il pénétra dans le réduit contigu ; c'était une partie du grenier qui avait été aménagée en petit bureau-bibliothèque. Là, il s'assit devant un vieux bureau en acajou équipé d'un abattant. Il ouvrit l'abattant. Il sortait un parchemin de l'un des casiers du secrétaire lorsque Nan les rejoignit.

Personne n'avait réussi à la persuader de faire un brin de toilette ou de se changer ; ses mains étaient sales et son pantalon était maculé de terre aux genoux. Elle avait les cheveux en bataille, comme si elle avait tiré dessus par poignées.

— Andy, raconte-moi, que s'est-il passé ?

Andy lissa le papier contre l'abattant du secrétaire. Il posa sur l'une des extrémités du parchemin une bible et du bras gauche maintint l'autre extrémité plaquée contre le bois.

— Andy ? répéta Nan. Dis quelque chose, parle-moi.

Il tendit le bras pour prendre une gomme. Une vieille gomme noircie par l'usage. Il se pencha au-dessus du parchemin et, lorsqu'il déplaça son bras, Julian vit de quel genre de papier il s'agissait. C'était un arbre généalogique. En haut, les noms imprimés *Maiden Llewelyn* et la date *1722*. En bas, les prénoms *Andrew*, *Josephine*,

Mark, *Philip*. Avec ces prénoms, ceux de leurs conjoints et, au-dessous, ceux de leur progéniture. Il n'y avait qu'un seul nom sous ceux d'Andrew et Nancy Maiden, bien qu'il y eût une place pour le conjoint de Nicola et que trois petits traits dessinés sous le prénom de Nicola indiquassent les espoirs qu'Andy nourrissait quant à l'avenir de sa famille. Il s'éclaircit la gorge. Pendant un moment il parut considérer l'arbre généalogique devant lui. Peut-être y puisait-il du courage. Car l'instant d'après il effaça d'un coup de gomme les marques réservées à la génération suivante. Une fois qu'il eut fini, il prit un porte-plume, le trempa dans l'encre et commença à écrire sous le nom de sa fille. Il traça deux parenthèses très nettes, à l'intérieur desquelles il écrivit la lettre *D* suivie de l'année.

Nan se mit à pleurer.

Julian s'aperçut qu'il était incapable de respirer.

— Fracture du crâne, dit simplement Andy.

L'inspecteur Peter Hanken fut plus que contrarié lorsque son supérieur hiérarchique à Buxton lui apprit que New Scotland Yard envoyait une équipe pour l'aider dans l'enquête sur les décès de Calder Moor. Né dans le Peak District, il nourrissait une méfiance viscérale à l'égard de tous ceux qui étaient originaires du sud des Pennines ou du nord du lac artificiel de Deer Hill. Fils aîné d'un carrier de Wirksworth, il éprouvait une antipathie innée pour tous ceux qu'il était censé — dans une société obsédée par les classes — considérer comme plus haut placés que lui. Les deux policiers du Yard eurent droit aussitôt à son animosité la plus franche.

L'un d'eux était un inspecteur du nom de Lynley, un type bronzé en super forme, avec des cheveux si dorés qu'ils devaient valoir leur blondeur à l'eau oxygénée. Il avait des épaules d'adepte de l'aviron et une voix hyper snob de gars qui a fréquenté les *public schools*. Il s'habillait à Savile Row, Jermyn Street, et il sentait l'argent et les privilèges à plein nez. Que diable fabriquait-il dans la police ? se demanda Hanken.

L'autre était un constable noir du nom de Winston Nkata. Il était aussi grand que son supérieur hiérarchique, doté d'une force nerveuse plus que musculaire. Il avait une grande balafre sur le visage qui évoquait les rites de passage à l'âge adulte des jeunes Africains. En fait, sa voix mise à part, laquelle parlait curieusement de l'Afrique, des Caraïbes et de la rive sud de la Tamise, le jeune homme rappelait à Hanken un guerrier tribal. Son air d'assurance suggérait qu'il avait traversé plusieurs fois l'épreuve du feu et s'en était sorti avec les honneurs.

Hanken n'appréciait pas particulièrement la présence de New Scotland Yard sur son terrain. Il trouvait que ça la fichait mal vis-à-vis de ses gars. Si l'on doutait de ses compétences et de celles de ses subordonnés, pourquoi ne pas le lui dire en face ? Il n'avait pas demandé d'aide à son commissaire et il était plus qu'agacé qu'on lui en inflige.

Il ne fallut pas trente secondes à l'inspecteur Lynley pour prendre la mesure de l'irritation de Hanken, ce qui, malgré sa voix si terriblement BCBG, le fit remonter de quelques crans dans l'estime de ce dernier.

— Andy Maiden a réclamé notre aide. C'est pourquoi nous sommes là, inspecteur Hanken. Votre commissaire vous a dit, je pense, que le père de la jeune femme retrouvée morte était un ancien de la police métropolitaine ?

Effectivement, Hanken avait été mis au courant par son supérieur hiérarchique, mais de là à savoir quel rapport il y avait entre le fait d'avoir travaillé dans sa jeunesse pour la police à Londres et la faculté de Hanken à élucider un crime sans aide, il y avait un fossé.

— Je sais. Vous fumez ? (Il tendit son paquet de Marlboro aux deux autres. Tous deux refusèrent. Le Noir fit même une drôle de tête, à croire qu'on lui avait offert du poison.) Mes gars vont pas tellement apprécier que Londres leur colle au cul...

— Il faudra qu'ils s'y fassent, dit Lynley.

— Ça m'étonnerait.

Hanken alluma sa clope. Il tira une bouffée et observa ses interlocuteurs.

— Ils suivront votre exemple.

— Ouais.

Lynley et le Noir échangèrent un regard, comme pour signifier : Il va falloir marcher sur du velours.

— Andy Maiden travaillait au SO10, fit Lynley. Votre commissaire vous l'a dit ?

Ah, ça, c'était nouveau. L'animosité que Hanken avait éprouvée pour ses collègues londoniens se reporta immédiatement sur ses supérieurs, qui avaient manifestement fait de la rétention d'information.

— Vous l'ignoriez ? dit Lynley. (Il s'adressa à Nkata :) Question de politique interne comme d'habitude, j'imagine.

Le constable hocha la tête, l'air écœuré, et croisa les bras. Bien que Hanken eût offert des sièges aux deux hommes à leur arrivée dans son bureau, le Noir avait préféré rester debout. Il était planté près de la fenêtre d'où il avait une vue sinistre sur le terrain de football, de l'autre côté de Silverlands Street. Le mur de clôture du stade était surmonté par des barbelés. La vue, décidément, n'aurait pas pu être plus rébarbative.

— Désolé, dit Lynley à Hanken. Je ne sais vraiment pas pourquoi ils cachent des choses aux policiers en charge de l'affaire. Toujours leurs petits jeux de pouvoir. On m'a fait le coup, et plus d'une fois. (Il s'empressa de renseigner son collègue, de le mettre au parfum concernant Andy. Andy Maiden avait travaillé undercover : drogue, crime organisé, « contrats ». C'était un homme qui avait été éminemment respecté et avait réussi de façon exemplaire au cours d'une carrière de trente ans.) Le Yard a des obligations envers lui, termina Lynley. Et nous sommes là pour nous acquitter de notre dette. Nous aimerions faire partie de votre équipe mais Winston et moi nous tiendrons en dehors de votre chemin autant que possible, si vous préférez qu'on fonctionne comme ça. C'est votre enquête, votre territoire. Nous sommes bien conscients d'être des intrus.

Le tout était formulé avec élégance et Hanken sentit son attitude se dégeler envers son collègue. Il n'avait pas particulièrement envie de le trouver sympathique mais deux morts dont un non identifié constituaient des faits plutôt inhabituels dans ce coin de province reculé et seul un imbécile trouverait matière à se plaindre d'avoir deux collègues supplémentaires pour l'aider au cours de l'enquête, surtout si les collègues en question étaient parfaitement conscients de qui donnait les ordres. En outre, cette histoire de SO10 avait de quoi intriguer, et Hanken était reconnaissant à Lynley de lui avoir répercuté l'info. Il ne manquerait pas d'y réfléchir lorsqu'il aurait un moment.

Il écrasa sa cigarette dans un cendrier immaculé qu'il vida et nettoya à l'aide d'un Kleenex comme il en avait l'habitude.

— Suivez-moi, dit-il en entraînant les Londoniens vers la salle des opérations.

Là, deux femmes constables en uniforme papotaient devant leurs terminaux d'ordinateur pendant qu'un troisième constable, un homme, écrivait quelque chose au tableau où Hanken avait noté les tâches des uns et des autres un peu plus tôt dans la journée. Le constable eut un hochement de tête et sortit tandis que Hanken s'approchait du tableau avec ses collègues de Scotland Yard. A côté du tableau était scotché un plan du lieu du crime voisinant avec deux photos de la petite Maiden, une d'elle vivante et l'autre de son cadavre, ainsi que plusieurs autres photographies du second corps non encore identifié, et des clichés de la scène de crime.

Lynley mit ses lunettes de lecture pour y jeter un coup d'œil tandis que Hanken les présentait, Nkata et lui, à ses collègues. Hanken s'adressa à l'une des femmes constables :

— Toujours en panne, l'ordinateur ?

— Eh oui, fit-elle laconiquement.

— Quelle saleté, ces bécanes, marmonna Hanken. (Il attira l'attention de ses visiteurs sur le plan de Nine Sisters Henge. Du doigt, il pointa l'endroit où le corps du garçon avait été retrouvé à l'intérieur du cercle. Puis il leur désigna un second emplacement à quelque distance du cromlech, au nord-ouest.) C'est là qu'était la fille. A cent cinquante mètres du bosquet de bouleaux où se dressent les pierres levées. On lui a défoncé la tête avec une pierre. Du calcaire.

— Et le garçon ? demanda Lynley.

— Poignardé à de multiples reprises. On n'a pas retrouvé l'arme du crime. Mes hommes parcourent la lande en ce moment.

— Ils campaient ensemble ?

— Non, fit Hanken.

D'après ses parents, la jeune fille s'était rendue seule à Calder Moor et les faits, tels qu'on avait pu les reconstituer, appuyaient leurs dires. C'étaient ses affaires à elle — Hanken désigna la photo qui illustrait ses propos — qui jonchaient l'intérieur du cercle de pierres. Le jeune homme, quant à lui, n'avait rien en dehors des vêtements qu'il portait. Il semblait donc que, d'où qu'il fût parti, son intention n'était pas de passer avec elle une nuit sous les étoiles.

— Aucun moyen d'identification n'a été découvert sur le jeune homme ? fit Lynley. Mon commissaire m'a dit qu'on n'avait pas réussi à savoir de qui il s'agissait.

— Tout ce qu'on a, c'est les plaques d'une moto, une BMW retrouvée près de la voiture de la jeune fille, derrière un mur, sur la route du côté de Sparrowpit. On va se servir de ces plaques pour voir si on peut en retrouver la trace grâce à la DVLA. (Du doigt il désigna Sparrowpit sur une carte d'état-major étalée sur un bureau jouxtant le mur où était accroché le tableau.) On a mis quelqu'un en planque près de la moto depuis que les corps ont été découverts, mais personne n'est venu la réclamer. Il semble qu'elle appartienne au garçon. Lorsque nos ordinateurs voudront bien remarcher...

— Ils devraient repartir d'ici une minute ou deux, dit l'une des constables de l'autre côté de la pièce.

— Très bien, fit Hanken. La DVLA nous fournira les renseignements concernant l'immatriculation du deux-roues.

— La bécane pourrait avoir été volée, suggéra Nkata.

— Dans ce cas, ce sera indiqué également dans la base de données du service des immatriculations, fit Hanken en sortant son paquet de cigarettes.

L'une des autres femmes policiers protesta :

— Soyez sympa, Pete, on bosse là toute la journée, nous.

Hanken ignora la supplique.

— Comment est-ce que vous voyez les choses ? demanda Lynley après avoir examiné les photos une à une.

Hanken souleva la carte d'état-major pour prendre une grande enveloppe en papier kraft. A l'intérieur se trouvaient les photocopies des lettres anonymes retrouvées près du jeune homme assassiné. Il en garda une en main. Puis :

— Jetez un coup d'œil là-dessus.

Il tendit l'enveloppe à Lynley. Nkata s'approcha tandis que son patron passait les lettres en revue.

Il y en avait huit en tout, toutes rédigées à l'aide de majuscules et de mots découpés dans des journaux et des revues et collés avec de l'adhésif sur des feuilles de papier blanc ordinaire. Les messages étaient identiques. Cela commençait par : *Tu vas mourir et plus vite que tu ne crois*, cela se poursuivait par : *Quel effet cela fait-il de savoir que tes jours sont comptés ?* et cela se terminait par : *Fais gaffe, parce que, au moment où tu t'y attendras le moins, je serai là et tu mourras. Il n'y a aucun endroit où tu puisses te cacher*.

Lynley lut les huit brèves missives avant de relever la tête, d'ôter ses lunettes :

— Vous les avez récupérées sur l'un des corps ?

— A l'intérieur du cercle de pierres. Près du jeune homme, pas sur lui.

— Elles pouvaient être destinées à n'importe qui. Si ça se trouve, elles n'ont aucun rapport avec notre affaire...

— Exactement ce que j'ai pensé tout d'abord, opina Hanken. Si ce n'est qu'elles semblent avoir été extraites d'une grosse enveloppe que l'on a ramassée sur les lieux. Avec le nom NIKKI écrit en majuscules au crayon. Et qu'elles étaient tachées de sang. C'est du sang, ces taches noirâtres, à propos. Notre photocopieuse n'est pas une photocopieuse couleur.

— Des empreintes ?

— Le laboratoire fait le nécessaire, fit Hanken avec un haussement d'épaules.

— Pour être menaçantes, elles sont menaçantes, dit Lynley après avoir réexaminé les lettres. Les envoyer à la jeune fille ? Pourquoi ?

— Le pourquoi, c'est le mobile du meurtre.

— Vous croyez que le jeune homme est impliqué ?

— Moi, ce que je vois, c'est un petit loubard qui s'est trouvé au mauvais endroit au mauvais moment. Il n'a fait que compliquer les choses, mais c'est tout.

— Compliquer les choses ? Comment ? fit Lynley après avoir remis les messages dans l'enveloppe et rendu celle-ci à son collègue.

Hanken avait eu toute la journée pour étudier la scène de crime, examiner les photos, les indices, se faire une idée des événements. Il expliqua sa théorie :

— On a un tueur qui connaît parfaitement la lande, qui savait exactement où trouver la jeune fille. Et lorsqu'il est arrivé là-bas, il a été pris de court : il a constaté qu'il y avait quelqu'un avec elle. Or il ne s'était muni que d'une seule arme...

— Le couteau qui a disparu, remarqua Nkata.

— Exact. Alors deux solutions s'offraient à lui. Ou il s'arrangeait pour séparer la fille du garçon et les planter l'un après l'autre avec sa lame...

— Ou il faisait venir un second tueur, dit Lynley, terminant sa phrase. C'est à ça que vous pensez ?

— Effectivement, acquiesça Hanken.

Peut-être que l'autre tueur attendait dans la voiture, peut-être qu'il ou elle s'était rendu à Nine Sisters Henge en compagnie du premier. Quoi qu'il en soit, lorsqu'il était devenu clair qu'il allait falloir se débarrasser de deux victimes au lieu d'une, le second tueur avait été appelé en renfort. Et la seconde arme, un morceau de calcaire, avait été utilisée.

Lynley se rapprocha des photos et du plan du site pour les examiner de nouveau.

— Pourquoi la jeune fille est-elle selon vous la première victime visée ? Pourquoi ne serait-ce pas le garçon ?

— A cause de ça.

Hanken leur tendit la feuille de papier qu'il avait gardée à la main en prévision de la question de Lynley. C'était également une photocopie. Contrairement aux autres missives, celle-ci était manuscrite. *Cette salope a eu son compte.* La phrase barrait la largeur de la page et le dernier mot était souligné trois fois.

— Ce message a été récupéré avec les autres ? demanda Lynley.

— Oui, sur son corps, dit Hanken. Glissé dans l'une de ses poches, bien en évidence.

— Pourquoi laisser les lettres sur place une fois les meurtres exécutés ? Et pourquoi laisser ce mot ?

— Pour faire parvenir un message à qui de droit, c'est généralement à ça que servent les mots.

— Je veux bien en ce qui concerne le mot qu'on a retrouvé sur son corps, mais les autres, les messages rédigés avec des lettres découpées et collées ? Pourquoi les a-t-on laissés là ?

— Pensez à l'état dans lequel se trouvait la scène de crime. Il y avait un fouillis monstre et il faisait noir. (Hanken marqua une pause pour éteindre sa cigarette.) Les tueurs n'auraient même pas su que les lettres étaient là au milieu de ce foutoir. Ils ont commis une erreur...

A l'autre bout de la pièce, l'ordinateur reprit finalement vie. L'une des constables marmonna un « C'est pas trop tôt ». Et elle commença à entrer des données sur son terminal. Sa collègue l'imita aussitôt, utilisant les rapports que les enquêteurs lui avaient communiqués.

— Songez à l'état d'esprit du tueur, poursuivit Hanken. Je parle du tueur principal. Il retrouve la trace de la fille, au cœur du cercle de pierres levées, il s'apprête à faire son sale boulot, et voilà qu'il la découvre en compagnie d'un jeune homme. Il lui faut de l'aide, ça le déstabilise. Ensuite, la fille réussit à se sauver, ça le déstabilise encore davantage. Et puis le garçon se débat comme un beau diable et le terrain où elle avait planté sa tente est mis complètement sens dessus dessous. La seule chose qui l'intéresse, je parle du tueur, pas du gamin, c'est d'exécuter les deux victimes. Son plan se trouvant contrecarré, la dernière chose à laquelle il pense, c'est les lettres. Ces lettres, il n'essaie pas de se demander si la petite Maiden les avait apportées avec elle.

— Pourquoi les avait-elle sur elle ? (Comme son supérieur, Nkata était retourné étudier les photos de la scène de crime. Se détournant du mur, il ajouta :) Pour les montrer au jeune homme ?

— Rien n'indique qu'elle le connaissait avant qu'ils meurent ensemble, fit Hanken. Le père de la petite a vu le corps du garçon mais il a été inﬁchu de nous donner son nom. Il ne l'a jamais aperçu. Et pourtant il connaît les amis de sa fille...

— Est-ce que le jeune homme aurait pu la tuer ? demanda Lynley. Et puis devenir lui-même une victime après ?

— Non, à moins que mon médecin légiste ne se soit complètement planté sur l'heure des décès. D'après lui, ils sont morts à une heure d'intervalle. Il est peu probable que deux meurtres sans lien l'un avec l'autre se soient produits au même endroit un mardi soir de septembre...

— Et pourtant, c'est ce qui semble s'être passé, fit Lynley.

Il demanda où avait été garée la voiture de Nicola

Maiden par rapport au cercle de pierres. Il voulut savoir si on avait pris les empreintes de pneus visibles à cet endroit-là. Et les empreintes de pas dans le cercle, elles avaient été relevées ? Et le visage du jeune homme... Comment Hanken interprétait-il les brûlures ?

Hanken répondit aux questions du tac au tac en se servant pour cela de la carte et des constats établis par ses hommes. De l'autre bout de la pièce, la constable Peggy Hammer l'interpella :

— Pete, ça y est, on l'a. Voilà la réponse du DVLA.

Elle recopia les données affichées sur l'écran de son terminal.

— La BMW ?

— Ouais, c'est ça, on l'a.

Elle lui tendit un morceau de papier.

Hanken lut les nom et adresse du propriétaire de la moto et, ce faisant, se rendit compte que l'arrivée des inspecteurs londoniens allait être une bénédiction. Car l'adresse qu'on venait de lui communiquer était une adresse à Londres et, en faisant appel à Lynley ou à Nkata pour s'occuper de cette partie de l'enquête, il ferait des économies de personnel. En ces époques de restriction budgétaire où l'on devait se serrer la ceinture, c'était la croix et la bannière, des discussions interminables avec l'administration pour obtenir qu'un policier fût détaché du commissariat et envoyé en mission. Hanken n'avait pas de temps à perdre en palabres et, grâce à Dieu, les Londoniens allaient lui éviter de perdre un temps précieux en discussions grotesques.

— La moto, leur dit-il, appartient à un certain Terence Cole.

Selon le DVLA de Swansea, Terence Cole habitait Chart Street, dans le quartier de Shoreditch. Si l'un des inspecteurs de Scotland Yard voulait bien se charger de cet aspect de l'enquête, il le renverrait à Londres afin de voir s'il n'y avait pas à cette adresse quelqu'un qui pourrait identifier le second corps de Nine Sisters Henge.

— Il va falloir que vous rebroussiez chemin tout de

suite, direction la capitale, dit Lynley à Nkata. Je vais rester là, je dois m'entretenir avec Andy Maiden.

— Vous ne voulez pas vous charger personnellement de Londres ? fit Nkata, surpris. Faudrait me payer cher pour rester là si j'avais d'aussi bonnes raisons que vous de regagner la capitale...

Hanken examina successivement les deux hommes. Lynley rougit légèrement. Cela l'étonna. Cet homme lui avait semblé jusque-là impossible à démonter.

— Helen s'en sortira très bien sans moi pendant quelques jours.

— C'est dur, pour une jeune mariée, rétorqua Nkata.

Là-dessus, il expliqua à Hanken que l'inspecteur avait convolé trois mois plus tôt et qu'il rentrait pratiquement de lune de miel.

— Ça ira comme ça, Winston, coupa Lynley.

— Jeune marié, reprit Hanken. Félicitations.

— Je ne sais pas si ça mérite des félicitations, répondit nébuleusement Lynley.

Ce n'était pas ce qu'il aurait dit vingt-quatre heures plus tôt. Vingt-quatre heures plus tôt, il était heureux. Bien sûr, il y avait des ajustements à faire pour que tout aille comme sur des roulettes entre Helen et lui. Mais dans ce qu'ils avaient vécu jusqu'à présent, il n'y avait rien qui ne pût être réglé par une franche discussion, de subtiles négociations ou un habile compromis. Rien avant que le problème Havers ne se présentât.

Dans les mois qui avaient suivi leur retour de lune de miel, Helen s'était tenue discrètement à l'écart de la vie professionnelle de Lynley et s'était contentée de lui dire : « Tommy, il doit y avoir une explication » lorsqu'il était rentré de son unique visite à Barbara et lui avait rapporté les faits qui avaient motivé sa suspension. Après ça, Helen n'avait plus soufflé mot de la suspension de Havers, se contentant de transmettre les messages de cette dernière à son mari mais restant parfaite de loyauté vis-à-vis de lui. Du moins était-ce ce que Lynley avait supposé.

Mais sa femme l'avait détrompé lorsqu'elle était rentrée de chez les Saint James un peu plus tôt ce jour-là. Il était occupé à faire ses bagages pour se rendre dans le Derbyshire, jetant pêle-mêle des chemises dans une valise, fouillant dans les placards pour remettre la main sur son vieux Barbour et ses chaussures de randonnée lorsque Helen l'avait rejoint. Contrairement à son habitude, qui consistait plutôt à aborder les sujets délicats par la bande, elle avait pris le taureau par les cornes :

« Tommy, pourquoi avoir préféré Winston Nkata à Barbara Havers dans cette affaire ?

— Ah, tu as parlé à Barbara...

— Et elle t'a défendu, la pauvre, alors que manifestement elle avait le cœur brisé.

— Et tu veux que je me défende aussi ? Barbara doit rester au Yard quelque temps. Elle a du pain sur la planche. Ce n'est pas le moment de l'emmener dans le Derbyshire. Barbara étant occupée, j'ai choisi Winston, c'était logique.

— Mais, Tommy, elle t'adore ! Oh, ne me regarde pas comme ça. Tu sais ce que je veux dire. Aux yeux de Barbara tu ne peux pas te tromper. »

Il avait mis sa dernière chemise dans la valise, fourré son nécessaire à raser avec ses chaussettes, fermé sa valise, posé sa veste dessus et s'était retourné pour faire face à sa femme :

« Tu es venue intercéder en sa faveur ?

— Oh, je t'en prie, ne joue pas les condescendants avec moi, Tommy, j'ai horreur de ça. »

Il avait soupiré. Il n'avait pas envie de se fâcher avec elle et il songea fugacement aux compromis que l'on était obligé de faire lorsqu'on liait son existence à celle d'une autre personne. On se rencontre, se dit-il, on s'aime, on poursuit l'objet de sa flamme, on le conquiert. Mais il se demanda s'il existait un homme qui, pris dans le feu du désir, était capable de se demander s'il pourrait vivre avec l'objet de sa passion avant de se retrouver en sa compagnie. Cela lui semblait douteux.

« Helen, c'est un miracle que Barbara ait conservé son job compte tenu des accusations qui pesaient sur elle. Webberly s'est décarcassé comme un malade pour arriver à ce résultat et Dieu seul sait ce qu'il a dû promettre et à qui afin qu'elle garde son boulot à la Criminelle. Pour l'instant elle devrait remercier le Ciel à genoux de ne pas avoir été virée. Au lieu de se chercher un soutien dans le conflit qui nous oppose. Et franchement, la dernière personne qu'elle devrait essayer de monter contre moi, c'est ma femme...

— Tu te trompes ! Ce n'est pas du tout ce qu'elle fait !

— Ah non ?

— C'est Simon qu'elle était venue voir, pas moi. Elle ne savait même pas que j'étais à Chelsea. Lorsqu'elle m'a vue, elle a voulu prendre la fuite. Elle l'aurait fait si je ne l'en avais empêchée. Elle avait besoin de parler à quelqu'un. Elle se sentait très mal et avait besoin d'un ami, ce que tu as toujours été pour elle. Ce que jc ne m'explique pas, vois-tu, c'est que tu ne le sois plus.

— Helen, il ne s'agit pas de ça. L'amitié n'a rien à voir là-dedans. Je te signale qu'il s'agit d'une affaire grave. Havers, en sa qualité d'officier de police, a désobéi à l'ordre d'un supérieur. Et ce qui est pire, elle a failli tuer quelqu'un.

— Mais tu sais ce qui est arrivé. Comment peux-tu ne pas voir...

— Ce que je vois, c'est que si la hiérarchie existe, c'est qu'il y a une raison.

— Elle a sauvé une vie.

— Mais ce n'était pas à elle de décider qu'une vie était en danger. »

Helen s'était tournée vers lui, s'appuyant au montant du lit.

« Je ne comprends pas. Comment peux-tu être aussi

dur ? Elle serait la première à te pardonner n'importe quel manquement.

— Dans des circonstances analogues, ça m'étonnerait. Elle n'aurait pas dû attendre autant de moi.

— Tu as déjà fait des entorses au règlement.

— Une tentative de meurtre, c'est plus qu'une entorse au règlement, Helen. C'est un acte criminel. Pour lequel, je te le signale, la plupart des gens vont en prison.

— Et pour lequel, dans le cas présent, tu as décidé d'être juge, juré et bourreau. Je vois.

— Vraiment ? (Il commençait à sentir la colère lui monter au nez et il aurait dû tenir sa langue. Comment Helen s'y prenait-elle pour le pousser ainsi à bout ?) Alors je vais préciser une chose : le sort de Barbara Havers ne te concerne pas. Sa conduite dans l'Essex, l'enquête qui en a découlé et la purge qu'on lui a demandé d'avaler à la suite de son comportement dans cette enquête ne te regardent pas. Si ta vie te semble rabougrie au point que tu éprouves le besoin de défendre une cause pour t'occuper, je te conseille plutôt de t'intéresser à la mienne. Franchement, je serais content de pouvoir compter sur ton soutien quand je rentre à la maison au lieu de me retrouver face à ta révolte. »

Elle prenait la mouche aussi vite que lui et elle ne se gênait pas pour dire ce qu'elle avait sur le cœur.

« Je ne suis pas ce genre de femme. Je ne suis pas ce genre d'épouse. Si tu voulais épouser un sycophante obséquieux...

— Voilà ce qu'on appelle un pléonasme... »

Ce simple énoncé avait mis un terme à la dispute. Helen avait jeté « Espèce de salaud » et l'avait laissé finir de rassembler ses affaires. Lorsqu'il avait eu terminé et qu'il était parti à sa recherche pour lui dire au revoir, il ne l'avait pas trouvée. Furieux, il s'était mis à jurer : après elle, après lui-même, et après Barbara Havers — cause de la dispute. Mais le trajet en voiture jusque dans le Derbyshire lui avait donné le temps de se calmer et de réfléchir à sa tendance à frapper au-dessous de la ceinture. Manifestement, lors de cette escarmouche avec Helen, il s'était laissé aller à ce fâcheux penchant, force lui était de le reconnaître.

Pour l'heure, planté sur le trottoir devant le commissariat de Buxton en compagnie de Winston Nkata, Lynley se dit qu'il y avait un moyen de réparer ses torts envers sa femme. Nkata s'attendrait à ce qu'il lui adjoigne un collègue pour l'aider dans ses recherches à Londres. Et tous deux savaient qui Lynley choisirait logiquement pour l'aider. Pourtant, Lynley temporisa en confiant la Bentley à son subordonné. Il ne pouvait réquisitionner une voiture aux frais de la police de Buxton pour lui permettre de faire le trajet jusqu'à Londres, expliqua-t-il à Nkata, et s'il ne lui prêtait pas la Bentley, la seule solution de rechange dont lui, Nkata, disposait pour regagner la capitale, c'était de prendre un avion à Manchester, ou de voyager en train. Toutefois, le temps qu'il se rende à l'aéroport, qu'il saute dans un avion ou alors qu'il aille à la gare attendre un train et qu'il change en cours de route dans Dieu sait combien de villes, il aurait aussi vite fait de couvrir la distance en voiture. Lynley espéra que Nkata aurait plus de doigté au volant que Barbara Havers, qui avait abîmé le pare-chocs avant la dernière fois qu'elle avait eu la Bentley entre les mains. Il conseilla au jeune homme de conduire avec autant de prudence que s'il y avait un litre de nitroglycérine dans le coffre.

— Vous avez peur que je ne sache pas comment traiter un moteur de cette qualité ? fit Nkata avec un sourire.

— Dans la mesure du possible, j'aimerais qu'il se sorte indemne de cette aventure.

Lynley coupa l'alarme du véhicule et tendit ses clés.

De la tête, Nkata désigna le commissariat :

— Vous croyez qu'il va adopter notre approche ou est-ce nous qui allons devoir adopter sa façon de voir ?

— Trop tôt pour le dire. Notre présence ne le fait pas sauter de joie, mais à sa place j'aurais les mêmes réticences. Il va nous falloir marcher sur des œufs, Winnie.

Lynley consulta sa montre. Il était presque cinq heures. L'autopsie avait dû être pratiquée en début d'après-midi. Avec un peu de chance, elle devait être terminée et le médecin légiste pourrait lui faire part de ses conclusions préliminaires.

— Justement, qu'est-ce que vous en pensez, de sa façon de voir les choses ?

Nkata prit dans sa poche deux Opal Fruit, son vice préféré. Il examina les emballages, choisit le parfum qui lui convenait et passa l'autre à Lynley.

— Sa façon de voir les choses ? fit Lynley en extirpant le bonbon de son papier. Manifestement il a l'air prêt à communiquer. C'est bon signe. Et il semble également capable de changer son fusil d'épaule. Ce qui est une bonne chose aussi.

— Je le trouve un peu nerveux, dit Nkata. Je me demande ce qui le tracasse.

— Des soucis, nous en avons tous, Winnie. Simplement il ne faut pas qu'ils déteignent sur le boulot.

Nkata s'arrangea astucieusement pour poser une dernière question :

— A propos, vous voulez que je travaille seul à Londres ?

— Vous pouvez demander du renfort si vous estimez que c'est nécessaire, fit Lynley en éludant.

— Je choisis mon coéquipier ou vous préférez le choisir ?

Lynley le regarda. Nkata s'était exprimé d'un air si innocent qu'il était impossible de voir dans sa question autre chose qu'une simple demande de conseil. La requête était d'autant plus judicieuse que Nkata pouvait fort bien être amené à regagner le Derbyshire peu de temps après son arrivée à Londres, accompagné d'un témoin capable d'identifier le second corps. Si tel était le cas, il faudrait bien que quelqu'un, à Londres, s'occupe d'enquêter sur Terence Cole. Le moment était venu pour Lynley de prendre la décision que Helen aurait si vivement approuvée. Mais il ne le fit pas.

— J'ignore quels sont les officiers de police disponibles au tableau de service, Winston. A vous de voir.

Samantha McCallin, lorsqu'elle avait débarqué à Broughton Manor, n'avait pas tardé à découvrir que son oncle Jeremy n'était pas difficile en matière de boisson. Il avalait n'importe quoi qui fût de nature à l'abrutir rapidement. Il semblait préférer le gin, mais en cas de besoin il se rabattait sur ce qui lui tombait sous la main.

Pour autant que Samantha le sût, son oncle buvait depuis l'adolescence — il n'avait cessé de biberonner que quelques années, vers l'âge de vingt ans, délaissant la boisson pour se mettre à la drogue. Jeremy Britton avait jadis été, s'il fallait en croire la légende familiale, l'étoile, la vedette du clan. Mais son mariage avec une jeune hippie, dotée de ce que la mère de Samantha appelait par euphémisme un « passé », lui avait valu de cesser d'être bien vu de son père. Les lois de la primogéniture n'avaient pu cependant empêcher Jeremy d'hériter de Broughton Manor et de son contenu au décès de son géniteur. Comprenant qu'elle s'était conduite comme une bonne petite fille pour rien — alors que pendant ce temps-là Jeremy se payait du bon temps avec ses copains accros comme lui aux hallucinogènes —, la mère de Sam, Sophie, en avait conçu de l'amertume. Amertume qui n'avait fait que rendre plus difficiles encore ses rapports avec son frère. Leur mésentente n'avait fait que croître au cours des années, tandis que Jeremy et sa femme avaient rapidement donné le jour à trois enfants et qu'ils claquaient allègrement en alcool et drogue l'argent de l'héritage. A Winchester, Sophie, l'unique sœur de Jeremy, engageait des détectives privés auxquels elle demandait de lui fournir des rapports sur la vie dissolue que menait son frère et elle pleurait, gémissait, grinçait des dents lorsqu'elle recevait leurs comptes rendus.

« Il faut absolument faire quelque chose, pleurait-elle, avant qu'il ne dilapide tout. Au train où il va, il ne restera bientôt plus rien à transmettre à personne... »

Ce n'était pas que Sophie Britton McCallin eût besoin de l'argent de son frère Jeremy — qui l'avait gaspillé depuis belle lurette, de toute façon. Elle-même était en effet pleine aux as grâce à son mari qui travaillait comme une bête pour qu'elle ne manque de rien.

A l'époquc où le père de Samantha était suffisamment en bonne santé pour s'imposer un rythme de travail qui aurait terrassé un mortel ordinaire, Sam avait refusé de prêter l'oreille aux monologues de sa mère sur Jeremy. Ces monologues avaient changé de ton et de contenu lorsque Douglas McCallin avait succombé dans la fleur de l'âge à un cancer de la prostate. Confrontée à la sinistre réalité de cette mort prématurée, sa veuve avait retrouvé toute sa foi en l'importance des liens familiaux.

« Je veux mon frère, avait-elle pleuré dans sa tenue de deuil à la veillée funèbre. Mon seul parent vivant. Je veux mon frère. »

C'était bien de Sophie d'oublier qu'elle avait deux enfants, sans compter ceux de son frère, qui étaient ses parents par le sang. Au lieu d'y penser, elle s'était focalisée sur un rapprochement avec Jeremy — seul capable de la réconforter dans l'état où l'avait plongée le décès brutal de son époux.

Son chagrin devint si accaparant, si excessif qu'il fut bientôt évident que Sophie avait décidé de surpasser celui de Victoria portant le deuil d'Albert. Lorsqu'elle se rendit compte finalement de ce qui se passait, Samantha se dit que la seule façon de ramener la paix à Winchester était d'agir. Elle était donc allée chercher son oncle dans le Nord après s'être rendu compte, au fil de ses conversations téléphoniques décousues avec lui, qu'il était dans l'incapacité totale de se rendre seul à Winchester. Une fois dans le Derbyshire et après avoir mesuré sur place l'ampleur des dégâts, Samantha avait compris que si elle le ramenait à Sophie dans cet état lamentable cela risquait de la tuer.

Par ailleurs, la perspective d'être débarrassée de Sophie pendant quelque temps soulageait Samantha. La mort prématurée de Douglas McCallin, qui avait fourni à son épouse le prétexte de scènes à répétition — et Dieu sait qu'elle ne s'en était pas privée —, avait laissé Samantha épuisée.

Non que Samantha ne pleurât son père. Elle avait du chagrin. Mais elle avait compris depuis longtemps que le grand amour de Douglas était l'usine de biscuits familiale et non sa famille. En conséquence, sa mort lui avait paru être davantage le prolongement de ses heures de travail qu'une séparation permanente d'avec cet homme. La vie de Douglas, ç'avait toujours été son travail. Il s'y était consacré avec l'enthousiasme de quelqu'un qui a eu la chance de rencontrer la passion à l'âge de vingt ans.

Jeremy, lui, avait choisi pour épouse la boisson. Ce jour-là, il avait commencé par ingurgiter du sherry à dix heures du matin. Pendant le déjeuner, il avait descendu une bouteille de sang de jupiter. D'après la couleur, Samantha conclut qu'il devait s'agir d'un vin rouge. Et tout au long de l'après-midi, il avait avalé gin tonic sur gin tonic. Le fait qu'il fût encore sur le pont constituait aux yeux de Sam un véritable exploit.

Il passait généralement ses journées dans le salon où, rideaux hermétiquement tirés, il se promenait dans le passé à l'aide de son antique projecteur 8 mm. Au cours des mois que Samantha avait passés à Broughton Manor, il avait bien dû faire trois fois le tour complet de l'histoire cinématographique de la famille. Il s'y prenait toujours de la même façon : il commençait par visionner les premiers films, réalisés en 1924. Il se les passait dans l'ordre chronologique jusqu'au moment où il était obligé de s'arrêter faute de munitions, les derniers Britton ne s'étant pas suffisamment intéressés au clan pour fixer ses faits et gestes sur la pellicule. C'est pourquoi les scènes de chasse au renard, les parties de pêche, les vacances, les chasses au faisan, les anniversaires et les mariages prenaient fin aux alentours du quinzième anniversaire de Julian. C'est-à-dire, d'après les calculs de Samantha, à peu près à l'époque où, à la suite d'une chute de cheval, Jeremy Britton s'était esquinté trois vertèbres, ce qui l'obligeait encore aujourd'hui à ingurgiter force antalgiques.

« Si on ne fait pas gaffe, il va finir par se tuer, à mélanger les médicaments et la gnôle, lui avait dit Julian peu de temps après son arrivée. Sam, tu veux bien m'aider ? Si tu m'épaules, je pourrai travailler davantage au domaine, peut-être même mettre en chantier un certain nombre de projets. Mais à condition que tu me files un coup de main, bien sûr. »

Samantha ne connaissait pas Julian depuis longtemps, pourtant elle avait tout de suite compris qu'elle ferait n'importe quoi pour venir en aide à son cousin.

Chose dont Jeremy Britton était parfaitement conscient. Car en l'entendant rentrer du potager en fin d'après-midi et taper du pied par terre dans la cour pour se débarrasser de la terre qui collait aux semelles de ses bottes, il était sorti du salon et s'était rendu dans la cuisine où elle commençait déjà à préparer le dîner.

— Ah, tu es là, ma petite fleur.

Il se pencha dans une attitude qui constituait un véritable défi à la pesanteur et semblait pourtant si familière aux ivrognes. Il avait un gobelet à la main : deux minuscules glaçons et une rondelle de citron étaient tout ce qui restait de son dernier gin tonic. Comme à son habitude, il était vêtu avec recherche à la manière d'un gentilhomme campagnard. Malgré le temps agréable de cette fin d'automne, il portait une veste de tweed, une cravate et une culotte de golf qu'il avait dû emprunter à la garde-robe d'un de ses ancêtres. Il aurait pu passer pour un propriétaire terrien excentrique ayant un coup dans le nez. Il se positionna devant le vieux plan de travail en bois, à l'endroit où Samantha voulait s'installer. Il fit tinter la glace dans son gobelet et avala le peu de liquide qui restait dedans. Cela fait, il laissa le verre près du couteau qu'elle avait sorti du porte-couverts. Son regard fit la navette de sa nièce au couteau, et se posa de nouveau sur sa nièce. Il eut un lent sourire d'homme ivre.

— Où est passé le petit ? articula-t-il d'une voix pâteuse. (Ses yeux étaient d'un gris si clair que les iris semblaient inexistants. Quant au blanc, il était depuis longtemps devenu aussi jaune que son teint.) J'ai pas vu Julie rôder, aujourd'hui. En fait, j'ai l'impression qu'il était pas non plus à la maison la nuit dernière, le petit Julie. En tout cas je ne me souviens pas d'avoir vu sa bobine au petit déjeuner...

L'élocution était approximative. Jeremy, une fois ses remarques faites, attendit les réactions de sa nièce.

Samantha commença à vider le panier de son contenu. Elle déposa la laitue, un concombre, deux poivrons verts et une tête de chou-fleur dans l'évier. Elle se mit à les laver. Elle accorda une attention toute particulière à la laitue, se penchant dessus comme une mère examinant son nouveau-né. Rien de plus agaçant qu'une salade qui a un goût de terre.

— Eh bien, poursuivit Jeremy avec un soupir, je suppose que nous savons ce que Julie mijote, n'est-ce pas, Sam ? Ce garçon, tout de même, il est indécrottable. Même pas capable de voir ce qui lui crève pourtant les yeux. Je me demande ce qu'on va en faire.

— Vous n'avez pas pris de médicaments, si, Oncle Jeremy ? Les pilules et l'alcool, ça fait pas bon ménage, ça peut être dangereux.

— Le danger, je vis avec depuis ma naissance, dit Jeremy d'une voix toujours aussi pâteuse. (Samantha essayait de voir si sa prononciation chuintée était pire que d'habitude. Il était cinq heures passées, il était donc normal qu'il chuinte de plus en plus. Mais Julian n'avait pas besoin de se retrouver face à un père qui aurait sombré dans un coma éthylique. Jeremy se rapprocha et vint se planter près de l'évier.) Tu es une belle fille, Sammy... (Son haleine était une véritable symphonie de mélanges.) Ce n'est pas parce que je suis dans les vignes du Seigneur que je ne remarque pas une belle fille quand j'en ai une sous le nez. Le problème, c'est qu'il faudrait que ce soit notre petit Julie qui te remarque. Inutile d'exhiber tes jambes si le seul à mater est un vieux con comme moi. Non que je n'apprécie pas le spectacle, je te rassure, une belle petite pouliche qui se balade dans la maison en culotte, c'est exactement...

— C'est un short de randonnée, l'interrompit Samantha, je le porte parce qu'il fait chaud, Oncle Jeremy. Vous vous en seriez aperçu si vous aviez mis le nez dehors. Et en plus, il n'est pas collant.

— C'était un compliment, mon petit chat. Faut apprendre à accepter les compliments. Apprends avec ton oncle. Ah, c'est bien agréable de t'avoir là, ma jolie. Je te l'ai dit déjà ? (Il n'attendit même pas de réponse, se pencha, chuchota en confidence :) Maintenant, voyons ce qu'on pourrait faire concernant Julie, ajouta-t-il en avalant la moitié des syllabes.

— Comment ça, à propos de Julian ?

— On sait à quoi s'en tenir, n'est-ce pas ? Il monte la petite Maiden comme un âne en rut depuis qu'il a vingt ans...

— Je vous en prie, Oncle Jeremy, fit Samantha, sentant son cou la picoter.

— Eh bien quoi, « Oncle Jeremy » ? Autant regarder les choses en face. Et la vérité, c'est que Julie tringle cette petite chaque fois que l'occasion se présente. Ou plus exactement chaque fois qu'elle lui en laisse la possibilité.

C'était peut-être un alcoolique mais il était observateur. D'un ton un peu offusqué, Samantha rétorqua :

— Je n'ai vraiment pas envie de parler de la vie sexuelle de Julian, Oncle Jeremy. C'est son affaire, pas la nôtre.

— Ah ah, c'est trop... vilain comme sujet de conversation pour les chastes oreilles de Sammy McCallin ? Comment se fait-il que j'aie du mal à le croire, Sam ?

— J'ai pas dit que c'était vilain, corrigea-t-elle. J'ai

dit que ça ne nous regardait pas. Et c'est la vérité. Je refuse d'en parler.

Ce n'était pas tellement le sexe qui la dérangeait — elle n'était ni gênée, ni timide, ni quoi que ce soit. Loin de là. Les occasions de coucher ne lui avaient pas manqué et elle en avait profité depuis qu'adolescente elle avait demandé à un copain de son frère de la débarrasser de sa virginité. Mais cette discussion au sujet de la vie sexuelle de son cousin... non, elle n'avait pas envie de parler de ça. Elle ne pouvait pas se permettre d'en parler, de peur de se trahir.

— Ecoute, ma petite belle, dit Jeremy. Je vois bien comment tu le regardes, je sais à quoi tu penses, et d'ailleurs je suis de ton côté. Moi, ma devise, c'est que ce qui est dans la famille doit rester dans la famille. Tu ne t'imagines tout de même pas que je suis content de le voir pendu aux jupes de cette petite pute de Nicola alors que tu te morfonds à attendre qu'il daigne ouvrir les yeux ?

— Vous vous trompez complètement, dit-elle, sentant son pouls s'accélérer. J'aime beaucoup Julian. Qui ne l'aimerait ? C'est un garçon formidable...

— Je suis d'accord. Mais tu crois que ce sont ses qualités de cœur qui intéressent la petite Maiden ? Cette bonne blague ! Pour elle, Julie n'est qu'un mec avec qui elle peut s'envoyer en l'air, s'offrir une partie de rigolade...

— Mais, poursuivit Samantha d'un ton ferme, je ne suis pas amoureuse de lui, et je n'arrive pas à imaginer pouvoir l'être un jour. Voyons, Oncle Jeremy, nous sommes cousins germains. Pour moi, Julian est comme un frère.

Jeremy garda le silence. Samantha en profita pour passer devant lui, chou-fleur et poivrons en main. Elle les posa sur la planche où quatre siècles de légumes avaient été préparés et coupés, et elle commença à débiter le chou-fleur en fleurettes.

— Ah ah, dit Jeremy lentement. (Le ton était rusé. Et Samantha en conclut qu'il n'était peut-être pas aussi saoul qu'il voulait en donner l'impression.) Un frère. Je vois, oui, je vois. Il ne t'intéresserait pas autrement. Je me demande où j'ai été pêcher cette idée... Enfin, ça n'a pas d'importance. Est-ce que tu pourrais me donner ton avis ?

— A quel sujet ?

Elle alla chercher une casserole et y versa les fleurettes. Puis elle s'attaqua aux poivrons.

— Je voudrais savoir comment le guérir.

— De quoi ?

— D'elle, pardi ! La chatte, la jument, la truie, appelle-la comme tu voudras.

— Julian, fit Samantha dans un ultime effort pour détourner la conversation, n'a nul besoin d'être guéri de quoi que ce soit. Il est grand, il fait ce qu'il veut, Oncle Jeremy.

— Tu plaisantes ! On dirait qu'elle le tient en laisse. Il n'est même plus capable de distinguer sa droite de sa gauche...

— Ça, c'est un peu raide.

— Raide, tu as prononcé le mot. Et à force de bander, la cervelle lui est descendue dans le caleçon, à ce garçon.

— Oncle Jeremy...

— Il ne pense qu'à lui sucer les tétons, ses jolis petits tétons roses, et une fois qu'il l'a grimpée et qu'elle se met à gémir comme une...

— Très bien. (Samantha ouvrit le poivron vert d'un coup de couteau brutal.) Ça suffit comme ça, maintenant j'aimerais préparer le dîner.

Jeremy lui adressa son lent sourire d'ivrogne.

— Tu es faite pour lui, Sammy, tu le sais aussi bien que moi. Alors, comment allons-nous manœuvrer ?

Soudain il la regarda fixement comme s'il était parfaitement sobre. Quelle était la créature mythologique capable de vous jeter ce regard qui tue ? Ah oui, un basilic, songea-t-elle. Son oncle était un basilic.

— Je ne sais pas de quoi vous parlez, fit-elle, consciente que sa voix manquait d'assurance.

— Vraiment ?

Avec un sourire, il quitta la pièce d'une démarche qui n'était certainement pas celle d'un homme ivre.

Samantha continua de couper les poivrons jusqu'à ce qu'elle entende la porte de la cuisine se refermer derrière lui. Alors, avec un sang-froid dont elle se félicita compte tenu des circonstances, elle posa son couteau. Elle s'appuya des mains au rebord du plan de travail. Elle se pencha au-dessus des légumes, huma leur parfum, s'absorba dans un mantra de son invention. « L'amour m'emplit, l'amour m'habite. L'amour me donne un sentiment de plénitude. » Et elle s'efforça de retrouver sa sérénité. Perdue depuis la veille — lorsqu'elle avait compris qu'elle avait fait une bourde avec l'éclipse de lune. Depuis qu'elle avait mesuré ce que Nicola Maiden représentait pour son cousin. Mais chuchoter le mantra était une habitude, elle y eut recours pour l'instant, bien que l'amour fût le dernier sentiment qu'elle était capable d'éprouver. Elle s'efforçait toujours de méditer lorsqu'elle entendit les chiens courants aboyer dans les écuries transformées en chenils à l'ouest du manoir. Leurs jappements excités lui firent comprendre que Julian était avec eux.

Samantha consulta sa montre. C'était l'heure de nourrir les chiens adultes, d'observer les chiots, de réorganiser les chenils dans lesquels les petits apprenaient à vivre en société. Julian en avait encore pour une bonne heure. Samantha avait le temps de se préparer.

Elle se demanda ce qu'elle dirait à son cousin. Et elle se demanda ce qu'il lui dirait. Et ce que tout cela signifierait par rapport à Nicola Maiden.

Samantha avait éprouvé une aversion immédiate pour Nicola. Cette antipathie n'avait pas sa source dans ce que la jeune femme représentait pour elle — à savoir une rivale dans le cœur de Julian. Elle reposait plutôt sur ce que Nicola était. Sur sa personnalité. L'aisance de cette jeune femme était irritante, elle trahissait une assurance qui n'allait absolument pas avec ses origines. Fille d'un aubergiste, diplômée d'une université de trente-sixième zone, de quel droit évoluait-elle avec autant de désinvolture à travers Broughton Manor ? Le manoir avait beau être en piteux état, il n'en restait pas moins qu'il était dans la famille depuis quatre siècles. Ce n'était pas Nicola Maiden qui pouvait se vanter d'avoir pareille lignée.

Pourtant, cela ne la troublait absolument pas. Elle se comportait comme si elle était totalement inconsciente de ces choses-là. Il y avait une bonne raison à cela, et c'était le sentiment de puissance qu'elle tirait de son physique irréprochable. Chevelure de Guenièvre, même si la couleur n'était pas naturelle, peau de pêche, yeux ourlés de cils sombres, oreilles délicates comme des coquillages : physiquement, elle avait tous les atouts. Et cinq minutes passées près d'elle avaient suffi à Samantha pour comprendre qu'elle ne l'ignorait pas.

« C'est formidable de rencontrer enfin quelqu'un de la famille de Jule, avait-elle confié à Samantha lorsqu'elles avaient fait connaissance, sept mois plus tôt. J'espère que nous deviendrons amies. »

C'étaient les vacances universitaires pour Nicola, qui était venue les passer chez ses parents. Elle avait téléphoné à Julian le matin même de son arrivée et, à l'instant où il avait collé le récepteur contre son oreille, Samantha avait compris d'où soufflait le vent. Toutefois, elle n'en avait mesuré la force que lorsqu'elle avait rencontré Nicola en chair et en os.

Le sourire enchanteur, le regard direct, le petit rire de contentement, la conversation fluide... Bien qu'elle l'eût trouvée aussitôt plus qu'antipathique, Samantha avait eu besoin de voir Nicola plusieurs fois avant de pouvoir jauger la bien-aimée de son cousin. Lorsque ce fut fait, cela ne fit qu'ajouter à son malaise chaque fois qu'elle la croisait. Car Nicola Maiden était une jeune femme parfaitement satisfaite de son sort et qui s'offrait pour ainsi dire au monde sans se soucier un instant de savoir si son offre serait acceptée ou repoussée. Les doutes, les craintes, les incertitudes, les crises de confiance de la femme en quête d'un homme pour l'aider à trouver sa place dans le monde n'étaient pas son lot. Ce qui expliquait certainement l'empressement de Julian auprès d'elle. A plusieurs reprises depuis qu'elle était à Broughton Manor, Samantha avait surpris des attitudes de Julian prouvant à quel point il était fasciné par Nicola Maiden. Penché, l'air cachottier, au-dessus d'une lettre qu'il lui écrivait, abritant de la main le récepteur de peur qu'on ne surprenne sa conversation, les yeux dans le vague contemplant sans le voir le muret du jardin près du petit pont sur la Wye alors qu'il évoquait son image, assis à son bureau la tête dans les mains songeant encore à elle, le cousin de Samantha n'était guère plus que la proie d'une chasseresse dont il était à cent lieues de comprendre les mobiles.

Samantha n'avait aucun moyen de lui faire voir sa bien-aimée telle qu'elle était en réalité. Elle n'avait donc d'autre choix que de laisser sa passion se donner libre cours, culminer dans ce mariage qu'il souhaitait si désespérément ou aboutir à une rupture franche et définitive entre lui et la femme qu'il désirait. Forcée de s'en tenir à la défensive, Samantha restait seule face à son impatience. Elle luttait contre le désir de faire entrer la vérité de force dans la tête de son cousin. A maintes reprises, chaque fois que la conversation avait Nicola pour sujet, elle s'était efforcée de ne pas céder au désir de lui ouvrir les yeux. Mais elle payait cher les efforts qu'elle déployait pour se contrôler. Et le prix qu'elle payait maintenant, c'était la colère, le ressentiment, l'insomnie, une nervosité grandissante.

L'oncle Jeremy ne lui facilitait pas les choses. Car, jour après jour, il la régalait de sous-entendus lubriques ou d'attaques directes tournant autour de la vie amoureuse de Julian. Si elle n'avait pas, peu de temps après son arrivée, compris à quel point sa présence à Broughton Manor était nécessaire, si elle n'avait pas eu besoin de quelques moments de répit loin des manifestations de deuil morbides de sa mère, Samantha aurait décampé depuis longtemps. Mais elle réussissait à rester au manoir et à garder son sang-froid parce qu'elle s'était rendu compte qu'il y avait plus important que son bien-être personnel : la sobriété de Jeremy, le plaisir que procurerait à sa mère un rapprochement avec ce même Jeremy, l'espoir que Julian se rendrait compte du mal qu'elle se donnait pour son bien-être, son avenir et son désir de transformer le manoir décrépit et le domaine en une affaire florissante.

— Sam ?

Elle leva la tête. Elle avait été tellement occupée à se débarrasser de la tension provoquée par la conversation qu'elle venait d'avoir avec son oncle qu'elle n'avait pas entendu Julian entrer dans la cuisine. Bêtement, elle dit :

— Tu n'es pas avec les chiens ? Je me suis occupée de Cass. Est-ce que tu veux que je...

— Elle est morte.

— Mon Dieu, Julian, c'est impossible ! s'écria Samantha. J'y suis allée juste après t'avoir eu. Elle était parfaitement bien. Elle avait mangé, les chiots dormaient, j'ai tout noté sur la planchette porte-documents ! Tu n'as pas vu la planchette, elle est suspendue au clou...

— Nicola, dit-il d'une voix atone. Elle est morte, Sam. Sur la lande de Calder Moor, où elle était allée camper.

Samantha le fixa tandis que le mot « morte » résonnait en écho dans la pièce. Il ne pleure pas, songea-t-elle. Qu'est-ce que ça signifie ?

— Morte, répéta-t-elle, faisant attention à sa façon de prononcer le mot et ne voulant pas donner une impression fausse.

Il continua de la fixer sans un mot, ce qu'elle regretta. Elle aurait voulu qu'il parle. Qu'il crie, qu'il pleure, qu'il lui fasse comprendre ce qu'il ressentait afin qu'elle sache, elle, comment réagir. Lorsqu'il se décida à bouger, il s'approcha du plan de travail où Samantha avait coupé les poivrons en lanières. Il les examina comme s'il s'agissait d'une curiosité. Puis il souleva le grand couteau et l'examina attentivement. Après quoi, il appuya fermement son pouce contre la lame tranchante.

— Julian, s'exclama Samantha, tu vas te blesser !
Une fine ligne rouge apparut sur sa peau.
— Je ne peux même pas dire ce que je ressens.
Ce qui n'était pas le cas de Samantha.

5

L'inspecteur Peter Hanken avait apparemment décidé de se montrer compréhensif, question Marlboro. La première chose qu'il fit dans la voiture, lorsqu'ils quittèrent Buxton pour se rendre à Padley Gorge, fut de se pencher pour ouvrir la boîte à gants et d'en sortir un paquet de chewing-gums sans sucre. En le voyant enfourner une tablette, Lynley le bénit de bien vouloir se montrer prêt à faire des concessions.

L'inspecteur resta silencieux tandis que l'autoroute A6 s'engageait à travers la vallée de la Wye, longeant la rivière placide sur plusieurs kilomètres avant de plonger légèrement vers le sud-est. C'est seulement lorsqu'ils eurent dépassé la seconde des carrières de grès qui défiguraient le paysage qu'il ouvrit la bouche et avec un sourire :

— Alors, vous êtes jeune marié ?

Lynley se raidit, attendant les remarques d'un humour douteux qui n'allaient pas manquer de suivre : c'était le prix qu'il fallait généralement payer lorsqu'on régularisait ses relations avec une femme.

— C'est tout frais, ça date de trois mois. Mais c'est un mariage qui a déjà tenu plus longtemps que la plupart des mariages hollywoodiens...

— C'est la meilleure période, les débuts. Y a rien de mieux. C'est votre premier ?

— Mariage ? Oui. Pour tous les deux. On ne s'y est pas mis de bonne heure.

— Ça n'en est que meilleur, commenta Hanken.

Lynley jeta un coup d'œil circonspect à son compagnon, se demandant si son visage portait les traces des retombées de sa dispute avec Helen et si Hanken n'en profitait pas pour lui faire un éloge mi-figue mi-raisin des joies de la vie conjugale. Mais tout ce qu'il lut sur ses traits, ce fut une expression de contentement. Preuve que cet homme était satisfait de son existence et de la partenaire qu'il avait choisie.

— La mienne, son prénom, c'est Kathleen, confia Peter Hanken. On a trois enfants. Sarah, Bella et Peter junior, le petit dernier. Tenez, jetez un œil. (Il sortit un portefeuille de sa veste et le tendit à Lynley. A la place d'honneur, une photo de famille : deux petites filles près d'un nouveau-né dans une couverture bleue couché sur un lit d'hôpital tandis que Maman et Papa serraient contre eux les fillettes.) La famille, y a que ça de vrai. Mais vous vous en rendrez bientôt compte par vous-même.

— Certainement.

Lynley s'efforça de s'imaginer avec Helen, entouré d'une progéniture photogénique. Mais impossible. Lorsqu'il évoquait l'image de sa femme, il la voyait comme il l'avait quittée ce jour-là, le visage tout pâle.

Il s'agita nerveusement sur son siège. Il n'avait pas envie de parler mariage pour l'instant et il maudit intérieurement Nkata d'avoir mis le sujet sur le tapis.

— Ils sont magnifiques, dit-il en rendant à Hanken son portefeuille.

— Le petit, c'est le portrait craché de son père. On s'en rend pas bien compte d'après la photo. Mais c'est pourtant vrai.

— Ils sont superbes.

Dieu merci, Hanken ne chercha pas à s'étendre, reportant toute son attention sur sa conduite. Il se concentrait sur la route avec l'intensité qu'il semblait accorder à tout ce qu'il entreprenait. Le sérieux semblait d'ailleurs être l'une de ses caractéristiques, comme Lynley avait eu tôt fait de le constater. Après tout, il n'y avait pas un papier de travers sur son bureau et la salle des opérations était nickel ; quant à sa tenue vestimentaire, elle était tellement impeccable qu'il donnait l'impression d'aller poser pour des photos de mode.

Ils se rendaient chez les parents de la jeune fille assassinée après avoir rencontré la femme médecin légiste du Home Office[1] qui était montée de Londres pratiquer l'autopsie. Ils s'étaient entretenus avec elle devant la salle d'autopsie où elle quittait ses baskets pour enfiler des escarpins — elle rafistolait l'une de ses chaussures en cognant le talon contre le bas métallique de la porte. Après leur avoir annoncé d'entrée de jeu que les chaussures de femme, sans parler de leurs sacs à main, étaient conçus par les hommes pour les maintenir en esclavage, elle avait examiné les confortables mocassins de l'inspecteur avec une hostilité non déguisée et précisé :

« Je peux vous accorder dix minutes. Le compte rendu sera sur votre bureau dans la matinée. Au fait, lequel de vous deux est Hanken ? C'est vous ? Bien. Il va vous falloir chercher un couteau muni d'une lame de sept centimètres. Un couteau qui se plie, un couteau de poche vraisemblablement. Mais ça pourrait aussi bien être un petit couteau, de ceux qu'on utilise à la cuisine. Votre tueur est droitier et il est costaud, très costaud. Ça, c'est pour le cadavre du jeune homme. La jeune fille, elle, a été tuée à coups de pierre. La pierre que vous avez retrouvée sur la lande. Trois coups portés à la tête. Son agresseur était lui aussi droitier.

— Le même tueur ? » avait demandé Hanken.

Le médecin avait cogné encore son escarpin contre la porte tout en réfléchissant. Elle avait répondu d'un ton brusque que les corps ne pouvaient pas « parler » davantage. On savait simplement comment les victimes avaient été tuées, quelles sortes d'armes avaient été utilisées et si c'était une main droite ou une main gauche qui les avait manipulées. L'examen effectué par le labo de la police scientifique et technique — fibres, cheveux, sang, peau, etc. — prendrait plus longtemps et raconte-

1. Ministère de l'Intérieur. *(N.d.T.)*

rait une histoire certainement plus longue et plus précise mais, pour cela, il faudrait attendre d'avoir les résultats. A l'œil nu, on ne pouvait distinguer que ce qu'elle venait de leur dire.

Laissant tomber sa chaussure par terre, elle s'était présentée : docteur Sue Myles. C'était une femme assez épaisse, avec des mains carrées, des doigts courts, les cheveux gris et un buste caréné — une vraie proue de navire. Bizarrement — Lynley s'en était rendu compte en la voyant enfiler ses escarpins —, elle avait des pieds fins et minces de débutante.

« L'une des blessures que le jeune homme porte dans le dos ressemble davantage à un trou qu'à une lacération. Le coup a lésé l'omoplate gauche. Si vous trouvez une arme susceptible d'avoir provoqué cette cavité, faudra tâcher de voir si on peut établir une correspondance entre la lame et l'os. »

Cette blessure au dos ne l'avait pas tué ? voulut savoir Hanken.

« Le pauvre s'est vidé de son sang. Ç'aurait pris quelques minutes mais une fois qu'il a été touché à l'artère fémorale, c'est-à-dire au bas-ventre, c'était fichu pour lui.

— Et la fille ? avait questionné Lynley.

— Son crâne s'est fracassé comme une coquille d'œuf. L'artère cérébelleuse postéro-inférieure était percée.

— Ce qui signifie quoi, exactement ? s'était enquis Hanken.

— Hématome épidural, hémorragie interne, pression sur le cerveau. Elle est morte en moins d'une heure.

— Il lui a fallu plus longtemps pour mourir qu'au jeune homme ?

— C'est exact. Mais elle était inconsciente.

— Se pourrait-il que nous ayons deux tueurs ? avait demandé Hanken.

— C'est possible, en effet, avait confirmé le docteur Myles.

— Des signes de lutte sur le jeune homme ? demanda alors Lynley.

— Aucun qui soit patent », répondit Sue Myles. Une fois chaussée, elle fourra ses baskets dans un sac de sport dont elle fit coulisser la fermeture Eclair avant de reporter son attention sur eux.

Hanken voulut avoir confirmation de l'heure des décès. Le Dr Myles avait plissé les yeux et lui avait demandé quelle heure son médecin légiste lui avait donnée. Trente-six à quarante-huit heures avant la découverte des corps, fut la réponse de Hanken.

« Je ne peux pas ne pas être d'accord avec lui. »

Son sac de sport à l'épaule, elle leur avait dit adieu et s'était dirigée vers la sortie de l'hôpital.

Maintenant, dans la voiture, Lynley réfléchissait aux éléments dont il disposait. Le jeune homme n'avait emporté aucun matériel de camping ; des lettres anonymes menaçantes avaient été retrouvées sur la scène de crime ; la fille était restée inconsciente pendant près d'une heure ; les armes utilisées n'avaient aucun rapport l'une avec l'autre.

Lynley considérait attentivement ce dernier point lorsque Hanken tourna à gauche, puis à droite, en direction d'une ville nommée Tideswell. Ils rejoignirent la Wye à un endroit où les falaises escarpées et les forêts entourant Miller's Dale avaient depuis longtemps recouvert le village d'une lueur crépusculaire. Juste après le dernier cottage, un sentier étroit obliquait vers le nord-ouest. Hanken s'y engagea avec la Ford. Ils s'élevèrent rapidement au-dessus des bois et de la vallée. Quelques minutes plus tard, ils roulaient le long d'une vaste étendue de bruyère et d'ajoncs qui semblait onduler sans fin vers l'horizon.

— Calder Moor, annonça Hanken. La lande la plus vaste du White Peak. Elle s'étend d'ici à Castleton. (Il conduisit encore une bonne minute en silence jusqu'à une aire de stationnement. Il s'immobilisa, laissant tourner le moteur.) Si elle était allée camper dans le Dark Peak, il aurait fallu envoyer Secours en Montagne à sa recherche. Et ce n'est pas une vieille dame promenant son chien qui aurait retrouvé les corps. Mais cette lande-là (de la main il désigna le terrain alentour) est accessible. Certes, elle s'étend sur des kilomètres carrés, ce qui n'est pas rien, mais au moins quelqu'un qui s'est perdu peut s'y déplacer à pied, même si ce n'est pas très commode ni tout à fait sûr. En tout cas, la marche y est moins dangereuse que dans les tourbières autour de Kinder Scout. D'une certaine façon, il vaut mieux que le meurtre ait été commis ici, sur le plateau de calcaire.

— C'est de là que Nicola Maiden est partie ? demanda Lynley.

Il n'y avait aucune piste visible de la voiture. La jeune fille avait dû se frayer un chemin péniblement au milieu de la végétation dense de fougères et de myrtilles.

Hanken baissa sa vitre, cracha son chewing-gum. Se penchant, il ouvrit la boîte à gants pour y pêcher une autre tablette.

— Elle est partie de l'autre côté, du nord-ouest. Elle se rendait à pied à Nine Sisters Henge, qui est plus près de la partie ouest de la lande. Il y a davantage de choses à voir par là-bas : des tumulus, des cavernes, des grottes. Le plus intéressant, c'est le cromlech de Nine Sisters.

— Vous êtes de la région ?

Hanken ne réagit pas tout de suite. Il paraissait se demander s'il allait répondre. A la fin il se décida :

— De Wirksworth, fit-il, laconique.

— Vous avez de la chance de vivre près de vos racines. J'aimerais pouvoir en dire autant.

— Ça dépend des racines, dit Hanken qui, changeant de sujet, proposa abruptement : Vous voulez jeter un coup d'œil au lieu du crime ?

Lynley comprit que sa façon de recevoir l'offre de son collègue serait déterminante dans les relations qu'il nouerait avec lui.

En vérité, il voulait absolument voir l'endroit où les meurtres avaient été commis. Quel que soit le stade auquel il intervenait dans une enquête, il y avait toujours un moment où il éprouvait le besoin de voir les lieux, de se rendre compte par lui-même. Non parce qu'il mettait en doute les compétences de ses collègues enquêteurs, mais parce que seul un examen de première main lui permettait de se sentir partie prenante dans l'affaire. Et c'était en étant partie prenante du crime qu'il arrivait à faire le meilleur boulot. Les photos, les comptes rendus, les indices étaient certes des éléments importants. Mais parfois une scène de crime recèle des secrets qui échappent au plus astucieux des observateurs. C'était afin de débusquer ces secrets que Lynley inspectait les lieux des crimes. Seulement, en inspectant ceux-là, il courait un risque : celui de s'aliéner inutilement Hanken. Il devrait d'autant plus faire montre de doigté que rien dans ce que Hanken avait pu dire ou faire jusque-là ne pouvait laisser penser qu'il ait pu omettre un détail significatif.

Lynley se dit qu'il y aurait bien un moment où son collègue et lui ne travailleraient pas de concert sur l'affaire. Lorsque cette occasion se présenterait, il aurait amplement le temps d'examiner l'endroit où Nicola Maiden et le jeune homme étaient morts.

— Vous avez fait le nécessaire avec votre équipe. Inutile que je repasse derrière vous, ce serait une perte de temps.

Hanken le scruta tout en mâchant staccato son chewing-gum.

— Sage décision, fit-il en se remettant en route.

Ils roulèrent vers le nord, longeant la partie est de la lande. Un kilomètre cinq cents après la petite ville de Tideswell, ils obliquèrent vers l'est, laissant derrière eux bruyère, fougères et myrtilles. Ils traversèrent un vallon dont les pentes douces étaient plantées d'arbres couverts de leur feuillage d'automne. À un croisement, ils repiquèrent vers le nord.

Il leur fallut moins d'un quart d'heure pour atteindre Maiden Hall, situé au cœur d'un bouquet de tilleuls et de marronniers sur une colline proche de Padley Gorge.

Le trajet les mena à travers une forêt verdoyante, le long d'un ruisseau qui émergeait du bois et dessinait des zigzags entre des pentes de calcaire envahies de fougères et d'herbes folles. Le tournant conduisant à Maiden Hall suivait une montée à l'entrée d'un nouveau bois. La route sinuait le long d'une colline et débouchait sur une allée de gravillons qui passait devant une bâtisse de pierre victorienne à pignons et aboutissait à un parking aménagé derrière l'édifice.

L'entrée de l'hôtel était sur la façade arrière, où une discrète pancarte RÉCEPTION les invita à s'engager dans un couloir. Le couloir franchi, ils débouchèrent dans le pavillon de chasse lui-même. Une petite table-bureau se dressait à l'intérieur du pavillon. Derrière cette table, un living-room servait apparemment de salon. Là, l'entrée d'origine avait été transformée en bar. La pièce avait été refaite : lambris de chêne, papier peint discret crème et ambre, mobilier confortable. Comme il était trop tôt pour l'apéritif, le salon était désert. Toutefois, à peine Lynley et Hanken étaient-ils arrivés qu'une petite femme boulotte, les yeux et le nez rouges d'avoir pleuré, jaillit de ce qui devait être la salle à manger et les accueillit avec beaucoup de dignité.

Il n'y avait pas de chambre libre, leur annonça-t-elle tranquillement, et, suite à un décès, la salle à manger serait fermée ce soir. Mais elle se ferait un plaisir de leur recommander plusieurs restaurants dans la région s'ils en cherchaient un.

Hanken lui tendit son badge, présenta Lynley.

— Vous voulez parler aux Maiden, j'imagine, je vais vous les chercher, dit la femme, passant devant les visiteurs.

Elle traversa en hâte la réception et monta l'escalier.

Lynley s'approcha de l'un des deux bow-windows du salon où la lumière de fin d'après-midi filtrait par les fenêtres à tout petits carreaux. Ces fenêtres donnaient sur l'allée qui filait devant la maison. Au-delà de l'allée, une pelouse grillée par la chaleur et la sécheresse des mois précédents avait des allures de paillasson. Lynley entendait Hanken qui s'agitait derrière lui avec des bruits de papier froissé de magazines qu'on feuillette et repose. Lynley sourit. Son collègue cédait sans doute à son besoin tyrannique de rangement.

Dans le pavillon régnait le silence. Les fenêtres étaient ouvertes et seuls le chant des oiseaux ainsi que le ronflement d'un avion au loin brisaient la paix. Mais, à l'intérieur, on se serait cru dans une église déserte.

Quelque part, une porte se ferma, des pas crissèrent sur le gravier. Un instant plus tard, un homme à cheveux noirs en jean et sweat-shirt gris sans manches passa devant les fenêtres en pédalant sur une bicyclette à dix vitesses. Il disparut dans les arbres, là où l'allée de Maiden Hall dévalait la colline.

C'est alors que les Maiden arrivèrent. Lynley pivota en les entendant et surtout en entendant la phrase de politesse de Hanken :

— Monsieur, madame, toutes nos condoléances.

Lynley constata que les années avaient été clémentes avec Andy Maiden depuis sa retraite. L'ancien policier du SO10 et sa femme avaient une petite soixantaine, mais ils paraissaient bien dix ans de moins. Andy faisait au moins vingt centimètres de plus que sa femme. Au fil du temps, il avait fini par acquérir l'allure d'un homme de plein air : visage boucané, estomac plat, torse musclé — chose qui n'avait rien d'étonnant chez un homme qui avait la réputation, tel le caméléon, de se fondre dans son environnement. Sa femme était en aussi bonne condition physique que lui. Elle aussi était bronzée et solide, comme quelqu'un qui fait de l'exercice régulièrement. Tous deux semblaient avoir du sommeil en retard, cependant. Andy Maiden n'était pas rasé, ses vêtements étaient en désordre. Nan Maiden était blême et, sous ses yeux, la peau était violacée.

— Tommy, fit Maiden avec un demi-sourire douloureux. Merci d'être venu.

— Désolé de vous revoir dans ces circonstances, fit Lynley en se présentant à la femme de Maiden. Tout le monde au Yard vous envoie ses condoléances, Andy.

— Scotland Yard ? demanda Nan Maiden, un peu interdite.

— Un instant, ma chérie, dit son mari.

Du bras, il désigna le renfoncement derrière Lynley où deux canapés se faisaient face de part et d'autre d'une table basse qui disparaissait sous des exemplaires de *Country Life*. Sa femme et lui s'installèrent dans l'un des canapés, Lynley dans l'autre. Hanken fit pivoter un fauteuil et se plaça à quelques dizaines de centimètres des Maiden et de Lynley, de manière à les avoir tous trois dans son champ de vision. Façon de se poser sans doute en médiateur entre les deux parties. Lynley nota cependant que son collègue avait placé son siège plus près de lui — qui travaillait au Yard — que d'Andy Maiden — qui n'était qu'un ancien de la maison.

Si Andy Maiden remarqua la manœuvre, il n'en laissa rien paraître. Il était assis, penché en avant, les mains pendant entre ses jambes. De la main gauche il se frottait la main droite, et de la droite la gauche.

Sa femme, qui observait son manège, lui tendit une petite balle rouge qu'elle tira de sa poche.

— Tu as toujours mal ? Tu veux que j'appelle le médecin ?

— Vous êtes souffrant ? fit Lynley.

Maiden serra la balle dans sa main droite, contemplant les doigts écartés de sa main gauche.

— Un problème de circulation, ce n'est rien.

— Je t'en prie, laisse-moi téléphoner au médecin, Andy.

— Ce n'est pas ça le plus important.

— Comment peux-tu dire... (Les yeux de Nan Maiden brillèrent soudain.) Mon Dieu, tu crois peut-être que j'ai oublié ?

Appuyant le front contre l'épaule de son mari, elle se mit à pleurer. Maiden lui passa rudement un bras autour de la taille.

Lynley jeta un regard à Hanken : Vous y allez ou j'y vais ? De toute façon, ça ne va pas être une partie de plaisir, quel que soit celui de nous deux qui s'y colle.

Hanken répondit par un hochement de tête : A vous l'honneur.

— Parler de la mort de votre fille ne va pas être facile, attaqua Lynley en douceur. Mais dans une enquête criminelle, et vous êtes bien placé pour le savoir, Andy, les premières heures sont critiques.

A ces mots, Nan releva la tête. Elle essaya de parler, n'y parvint pas, refit une tentative :

— Une enquête criminelle... Mais...

Le regard de Lynley passa du mari à la femme. Hanken les observa tour à tour. Puis les deux policiers se dévisagèrent.

— Vous avez vu le corps, n'est-ce pas ? dit Lynley à Maiden. On vous a expliqué ce qui s'était passé, comment elle avait...

— Oui, mais je...

— Un crime ? s'écria sa femme, horrifiée. Mon Dieu, Andy, tu ne m'avais pas dit que Nicola avait été assassinée !

Barbara Havers avait passé l'après-midi à Greenford, décidant, puisqu'elle s'était fait porter pâle, de profiter de la fin de cette journée pour aller rendre visite à sa mère à Hawthorn Lodge, nom ronflant pour une maison jumelle de l'après-guerre où Mrs Havers habitait depuis dix mois.

Comme la plupart des gens qui sont dans une situation intenable et essaient de trouver un appui auprès d'autrui, Barbara n'avait pas tardé à découvrir qu'il y avait un prix à payer dès lors qu'on réussissait à se trouver des alliés parmi les amis et les parents de Lynley. Estimant qu'elle avait assez payé comme ça pour l'après-midi, elle avait décidé de partir en quête de distraction.

Mrs Havers n'avait pas son pareil pour fournir à qui venait la voir des occasions de fuir la réalité car elle-même avait cessé d'y vivre de façon permanente. Barbara l'avait trouvée dans le jardin, occupée à faire un puzzle. Le couvercle de la boîte était calé contre un vieux pot de mayonnaise plein de sable coloré où étaient piqués des œillets en plastique du plus charmant effet. Sur le couvercle de la boîte, un prince à l'air niais, une expression d'adoration sur la physionomie, glissait une pantoufle de vair au pied menu et curieusement privé d'orteils de Cendrillon tandis que les deux méchantes demi-sœurs de la pauvrette surveillaient la scène d'un œil rancunier et jaloux, récoltant à juste titre ce qu'elles avaient semé.

Grâce aux tendres encouragements de son infirmière, Mrs Flo — c'était ainsi que Florence Magentry se faisait appeler par les trois vieilles dames qu'elle avait en pension et leurs familles —, Mrs Havers avait réussi à reconstituer Cendrillon, une partie des demi-sœurs, le bras et la main du prince qui tenait la chaussure, son torse viril et sa jambe gauche. Alors que Barbara s'approchait, elle vit sa mère essayer de plaquer le visage du prince sur les épaules d'une des demi-sœurs, et lorsque Mrs Flo la guida gentiment pour qu'elle mette la pièce au bon endroit, Mrs Havers se mit soudain à crier : « Non, non, non ! » Elle repoussa violemment le puzzle, faisant tomber le pot de mayonnaise, les œillets en plastique et le sable sur la table.

L'apparition de Barbara n'arrangea rien. Barbara ne savait jamais si sa mère la reconnaissait lorsqu'elle lui rendait visite. Ce jour-là, la conscience troublée de Mrs Havers associa le visage de Barbara à celui d'une fillette nommée Libby O'Rourke qui avait apparemment été la séductrice de l'école alors que Mrs Havers fréquentait le primaire. Cette Libby O'Rourke, une dévoreuse, une insatiable, n'avait rien trouvé de mieux à l'époque que d'embrasser le jeune soupirant de Mrs Havers. Cet acte audacieux, Mrs Havers s'était ce jour-là sentie obligée de le punir en envoyant valdinguer les pièces du puzzle, en hurlant des invectives dont Barbara n'aurait jamais pensé qu'elles puissent faire partie du vocabulaire maternel, et finalement en s'effondrant en sanglots.

La situation était délicate. Il avait fallu convaincre Mrs Havers de quitter le jardin, lui faire monter l'escalier et regagner sa chambre, la persuader de feuilleter son album de photos de famille et lui laisser le temps de se rendre compte que la bouille ronde de Barbara y figurait trop souvent pour qu'il fût possible de la confondre avec l'insupportable Libby.

« Mais j'ai pas de petite fille, protesta Mrs Havers d'une voix plus effrayée qu'autre chose lorsqu'elle fut forcée de reconnaître que Libby O'Rourke n'avait pas sa place dans la saga familiale. Maman veut pas que j'aie des bébés, je peux avoir que des poupées... »

Barbara n'avait rien trouvé à répondre à cela. L'esprit maternel voyageait si souvent dans le passé et de façon si erratique qu'elle s'était depuis longtemps pardonné son incapacité à le suivre dans ses déambulations. Aussi, l'album mis de côté, n'avait-elle fait aucune autre tentative pour essayer de prouver à sa mère qu'elle était dans l'erreur. Elle s'était contentée de prendre l'un des catalogues d'agences de voyages dont Mrs Havers raffolait. Et elle avait passé une heure et demie assise sur le lit, près de cette femme qui avait oublié qu'elle était mère, à regarder des photos de la Thaïlande, de l'Australie et de la Grèce.

C'est alors qu'elle avait réussi à surmonter quelque peu sa résistance et que la petite voix intérieure, qui lui avait un peu plus tôt soufflé des critiques sur le comportement de Lynley, s'était trouvée confrontée à une autre voix lui suggérant que son propre comportement n'était peut-être pas sans reproche. Il s'en était suivi une discussion dans sa tête. Au cours de cette discussion, l'une des deux parties décrétait avec obstination que l'inspecteur Lynley n'était qu'un pharisien vindicatif. Et l'autre lui rétorquait que, pharisien ou non, il ne méritait pas qu'elle fasse preuve de déloyauté à son égard. Or, déloyale, elle l'avait été : le fait de se rendre à Chelsea pour dénoncer son attitude à ses intimes ne pouvait passer pour un comportement d'amie fidèle. D'un autre côté, lui aussi s'était montré malhonnête. En refusant de l'emmener avec lui dans le Derbyshire sous prétexte qu'elle serait bien avisée de garder un profil bas pendant quelque temps — ce qui ne faisait que corser la punition déjà salée de Barbara —, il avait clairement montré de quel côté il était dans la bataille qu'elle menait pour sauver sa peau.

Telle était la discussion qui faisait rage dans sa tête. Celle-ci s'était engagée tandis qu'elle feuilletait les catalogues, marmonnant des commentaires sur les vacances que sa mère avait prétendument passées en Crète, à Mykonos, à Bangkok et à Perth. Elle se poursuivit lorsqu'elle quitta Greenford pour Londres à la fin de la journée. Et même la cassette des Fleetwood Mac mise à plein volume ne réussit pas à calmer les voix antagonistes qui se disputaient dans son cerveau. Tout au long du trajet, accompagnant Stevie Nicks, la conscience de Barbara lui avait chanté une petite cantate sentencieuse : *Il ne l'a pas volé, c'est bien fait pour lui, il ne l'a pas volé ! Et où cela t'a-t-il menée de lui donner cette leçon, ma jolie ?*

Elle refusait encore de répondre à cette question lorsqu'elle s'engagea dans Steeles Road et glissa la Mini sur un emplacement que venaient de libérer une femme, trois enfants, deux chiens et quelque chose qui ressemblait fort à un violoncelle sur pattes. Elle ferma la voiture à clé et se dirigea vers Eton Villas, contente d'être crevée car la fatigue était synonyme de sommeil ; et se disant que le sommeil ferait taire les voix.

Ce furent d'autres voix cependant qu'elle entendit au moment où elle tournait le coin et arrivait en vue de la maison édouardienne jaune derrière laquelle se dressait son petit bungalow. Ces voix émanaient de devant l'appartement du rez-de-chaussée. L'une d'elles, celle d'une enfant, résonna gaiement lorsque Barbara franchit la grille d'un bel orange vif.

— Barbara ! Bonjour ! Papa et moi, on joue à faire des bulles, viens voir ! Quand la lumière tape dessus, ça fait comme des arcs-en-ciel ronds. Viens voir, Barbara, viens voir !

La petite et son père étaient assis sur le banc de bois, dehors. Elle sous la lumière déclinante, lui dans l'ombre, où sa cigarette brasillait tel un insecte écarlate. Il tapota affectueusement la tête de sa fille et se leva avec sa politesse un peu guindée habituelle.

— Vous vous joignez à nous ? demanda Taymullah Azhar à Barbara.

— Oh oui, oui, oui, oui ! s'exclama la fillette. Après les bulles, on regarde une cassette, *La Petite Sirène*. Et on mange des pommes au caramel. On n'en a que deux mais je partagerai la mienne avec toi. De toute façon, une entière, ça me fait trop.

Elle descendit du banc et s'avança vers Barbara, traversant la pelouse avec son petit matériel et laissant derrière elle une traînée d'arcs-en-ciel.

— *La Petite Sirène* ? fit pensivement Barbara. Je ne sais pas, Hadiyyah. Je ne suis pas une fan de Disney. Ces snobinettes anorexiques sauvées par des gars en armure...

— C'est une sirène, l'interrompit Hadiyyah.

— D'où le titre, ouais. Bien sûr.

— C'est pas possible qu'elle soit sauvée par un homme en armure. Un homme en armure, il coulerait. Et puis d'ailleurs, elle a pas besoin qu'on la sauve. C'est elle qui sauve le prince.

— Voilà qui ne me déplairait pas.

— Tu l'as jamais vu, ce film ? T'as qu'à venir ce soir. (Hadiyyah tourbillonna, s'enveloppant d'un halo de bulles. Ses longues nattes épaisses volaient autour de ses épaules. Les rubans d'argent qui les attachaient brillaient, telles des libellules.) La Petite Sirène est jolie comme tout. Elle a les cheveux auburn.

— Chouette contraste avec les écailles.

— Et elle a des mignons coquillages sur la poitrine.

Hadiyyah emprisonna dans ses menottes son absence de seins.

— Placés à l'endroit stratégique, je vois...

— Tu veux pas regarder avec nous, s'il te plaît ? Et

puis on a des pommes au ca-ra-mel, fit-elle en traînant sur les syllabes d'un air aguicheur.

— Hadiyyah, dit doucement son père, inutile de te répéter. (Et à Barbara :) Nous serions très heureux que vous vous joigniez à nous.

Barbara réfléchit. Une soirée en compagnie de Hadiyyah et de son père, c'était encore de la distraction en perspective, et l'idée ne lui déplaisait pas. Elle pourrait s'installer avec sa jeune amie sur d'énormes coussins par terre et se trémousser, la tête dans les paumes, les pieds en l'air, au rythme de la musique. Après, elle pourrait bavarder avec le père de la petite une fois que Hadiyyah aurait été expédiée au lit. Taymullah Azhar ne serait pas surpris, loin de là. Ils avaient pris l'habitude de papoter pendant les mois où Barbara avait été mise à pied. Ces dernières semaines particulièrement, leurs dialogues étaient passés des banalités échangées entre étrangers polis aux délicats coups de sonde préludant à une possible amitié.

Mais justement cette amitié posait problème. Car elle exigeait de Barbara qu'elle fasse part à Azhar de ses entretiens avec Hillier et Lynley. Qu'elle lui révèle la vérité sur sa rétrogradation. Or, comme la fillette de huit ans d'Azhar n'était autre que l'enfant à laquelle Barbara avait sauvé la vie par son insubordination en mer du Nord — insubordination qu'elle avait réussi à dissimuler à Azhar pendant les trois mois qui avaient suivi les incidents —, il se sentirait responsable des retombées que son impétuosité avait eues sur sa carrière, responsabilité qu'il ne lui appartenait en aucun cas d'assumer.

— Hadiyyah, fit Taymullah Azhar comme Barbara ne répondait pas tout de suite, les bulles, ça suffit pour ce soir. Va ranger ce matériel dans ta chambre et attends-moi là-bas.

Le petit front de Hadiyyah se plissa et, d'un air déçu :

— Mais, Papa, et la Petite Sirène ?

— On la regardera comme on avait décidé de le faire, Hadiyyah. Va ranger ton matériel dans ta chambre, allez.

— Je te donne plus de la moitié de ma pomme au caramel si tu veux, dit-elle avec un regard anxieux à Barbara.

— Hadiyyah...

Sourire espiègle, elle se précipita dans la maison.

Azhar plongea la main dans la poche poitrine de sa chemise blanche immaculée et en sortit un paquet de cigarettes qu'il offrit à Barbara. Celle-ci se servit, le remercia et accepta du feu. Il l'observa en silence jusqu'à ce que, n'y tenant plus, elle se sente obligée de parler :

— Je suis complètement crevée, Azhar. Je me vois contrainte de refuser votre invitation. Mais merci. Dites à Hadiyyah que je serai très heureuse de regarder un film avec elle une autre fois. De préférence quand l'héroïne ressemblera à autre chose qu'à une allumette munie d'une poitrine siliconée...

Il continua de la fixer. Il l'examinait comme certaines personnes étudient les étiquettes des boîtes de conserve dans les épiceries. Barbara aurait voulu se tortiller de gêne, mais elle réussit à se contenir.

— Vous avez repris votre travail aujourd'hui, dit-il.

— Qu'est-ce qui vous fait penser...

— Vos vêtements. Est-ce que votre... (il chercha un mot, manifestement un euphémisme)... situation s'est éclaircie à New Scotland Yard, Barbara ?

Inutile de mentir. Même si elle avait réussi à lui cacher les raisons qui avaient motivé sa disgrâce, il savait qu'elle avait été mise en congé d'office. Dès demain, il lui faudrait se traîner hors du lit tous les matins et faire semblant d'aller bosser, de façon qu'il croie qu'elle ne passait plus la totalité de ses journées à nourrir les canards à Regent's Park.

— Ouais, dit-elle, j'ai eu du nouveau ce matin.

Elle tira une longue bouffée de sa cigarette afin d'avoir un prétexte pour tourner la tête et souffler la fumée loin du visage d'Azhar, ce qui lui permettait ainsi de ne pas lui laisser examiner sa physionomie.

— Et alors ? Mais je suis bête ! Vous êtes habillée

comme pour travailler, c'est donc que ça a dû bien se passer.

— Exact. (Elle lui offrit un sourire factice.) Ça s'est bien passé. J'ai toujours mon job, je suis toujours à la Criminelle et j'ai toujours ma retraite.

Elle avait perdu la confiance de la seule personne qui comptait pour elle au Yard mais ça, elle se garda de le préciser.

— C'est bien.

— Oui, c'est ce qui pouvait m'arriver de mieux.

— Je suis heureux d'apprendre que ce qui s'est passé dans l'Essex n'a pas eu de répercussions fâcheuses pour vous à Londres.

De nouveau, elle eut droit au regard direct de ses yeux noirs comme des truffes au chocolat dans son visage noisette qui, bizarrement pour un homme de trente-cinq ans, ne comportait pas la moindre ride.

— Ouais, non non, dit-elle. Tout a marché comme sur des roulettes.

Il hocha la tête, se décidant à la quitter des yeux, regarda le ciel. Les lumières de Londres dissimuleraient toutes les étoiles de la nuit qui approchait — sauf les plus brillantes.

— Quand j'étais enfant, mon plus grand réconfort, c'était la nuit, dit-il tranquillement. Au Pakistan, ma famille couchait à la manière traditionnelle : les hommes ensemble, les femmes ensemble. La nuit, avec mon père, mon frère et mes oncles, je me croyais parfaitement en sécurité. C'est un sentiment que j'ai perdu en arrivant en Angleterre. Ce qui était rassurant quand j'étais petit est devenu source de malaise. Tout ce dont je me souvenais, c'étaient les ronflements de mon père et de mes oncles, et l'odeur qui s'échappait des lits de mes frères quand il leur arrivait de lâcher un vent. Au début, quand je me suis retrouvé seul, j'étais content d'avoir la nuit pour moi. Mais maintenant j'aimerais bien retrouver mes vieilles habitudes, l'époque où, quels qu'aient pu être mes chagrins ou mes secrets, j'avais la sensation — la nuit du moins — de ne jamais être obligé de les supporter seul.

Ces paroles avaient quelque chose de si réconfortant que Barbara regretta de ne pouvoir sauter sur l'occasion de se confier.

— Peut-être que le Pakistan ne prépare pas ses enfants à affronter la réalité.

— De quelle réalité parlez-vous ?

— De la solitude.

— C'est ça, la réalité, vous croyez, Barbara ?

— Je ne le crois pas, je le sais. Nous passons nos journées à essayer de fuir nos nuits. On travaille, on s'amuse, on s'active. Mais, quand vient le moment de dormir, on est à court de distraction. Même quand on est couché avec quelqu'un, le fait que la personne dorme alors que soi-même on a une insomnie suffit à nous prouver qu'on est seul.

— C'est votre philosophie ou c'est l'expérience qui parle ?

— Ni l'une ni l'autre, c'est seulement que les choses sont comme ça.

— Rien ne dit qu'elles doivent obligatoirement être ainsi.

A ces mots, une alarme se déclencha dans la tête de Barbara — qui bientôt cessa de résonner. Venant d'un autre, la remarque aurait pu passer pour celle d'un dragueur. Toutefois, le passé avait démontré à Barbara qu'elle n'était pas le genre de fille que les mecs cherchent à baratiner. En outre, même si elle avait connu des moments où elle était « draguable », où elle réussissait à avoir une certaine allure, elle savait qu'aujourd'hui ce n'était pas le cas. Debout dans la demi-obscurité, avec son tailleur froissé qui lui donnait l'air d'un travesti, elle savait qu'elle n'avait vraiment rien de désirable. Aussi, toujours aussi diserte lorsqu'il s'agissait d'exprimer ses sentiments, marmonna-t-elle :

— Ouais, bon... (avant de jeter sa cigarette par terre, où elle l'écrasa d'un coup de talon)... eh ben, bonsoir.

Et amusez-vous bien avec la Petite Sirène. Merci pour la cigarette, j'en avais rudement besoin.

— On a tous besoin de quelque chose. (De nouveau, Azhar plongea la main dans la poche de sa chemise. Barbara crut qu'il allait lui offrir une autre cigarette. Mais, au lieu de ça, il lui tendit un bout de papier plié en quatre.) Un monsieur vous a réclamée un peu plus tôt dans la soirée, Barbara. Il m'a prié de vous remettre ce mot. Il n'a pas réussi à le coincer dans le chambranle. Le papier glissait.

— Un monsieur ?

Barbara n'avait dans ses relations qu'un homme à qui s'appliquât ce qualificatif. Elle prit le morceau de papier, osant à peine espérer. Ce fut aussi bien, car elle eut vite fait de se rendre compte que l'écriture n'était pas celle de Lynley. *Appelez-moi sur mon bip dès que vous aurez ce message*. Suivait un numéro de téléphone. Il n'y avait pas de signature.

Barbara replia le papier et eut ainsi sous les yeux la suscription — qu'Azhar avait dû voir et décoder. C. HAVERS. C comme *constable*. Azhar était au courant.

— J'ai comme l'impression que je suis de nouveau dans la course, dit-elle en rencontrant son regard et en s'efforçant de prendre un ton dégagé. Merci, Azhar. Le type n'a pas dit où il attendrait que je le bipe ?

Azhar fit non de la tête.

— Il m'a seulement dit de vous donner le message.

— OK, merci.

Elle lui adressa un hochement de tête et pivota.

Il l'appela par son prénom mais, lorsqu'elle s'arrêta et jeta un regard derrière elle, il examinait la rue.

— Est-ce que vous pouvez me dire... ? commença-t-il.

Il s'arrêta net et ramena ses yeux vers elle au prix d'un effort manifeste.

— Vous dire quoi ? fit-elle, sentant des frissons d'appréhension lui picoter la colonne vertébrale.

— Comment va votre mère ?

— Maman ? Eh bien, elle est toujours aussi nulle en puzzle, mais à part ça, je pense que ça va.

— Ravi de l'apprendre, dit-il avec un sourire.

Et il se glissa dans la maison après lui avoir souhaité bonne nuit.

Barbara se dirigea vers son propre logement, un minuscule cottage situé au fond du jardin. Abritée par les branches d'un faux acacia, la bâtisse était à peine plus grande qu'un abri de jardin mais dotée des commodités. Une fois à l'intérieur, elle se dépouilla de sa veste de lin, jeta son rang de fausses perles sur la table qui lui servait aussi bien à manger qu'à repasser puis elle s'approcha du téléphone. Il n'y avait pas de message sur son répondeur. Elle n'en fut pas surprise. Elle composa le numéro du bip, composa son numéro et attendit.

Cinq minutes plus tard, on la rappelait. Elle s'obligea à laisser passer quatre doubles sonneries avant de décrocher. Inutile d'avoir l'air aux abois.

Son correspondant n'était autre que Winston Nkata, et elle reprit du poil de la bête en entendant cette voix harmonieuse qui fleurait bon la Jamaïque et la Sierra Leone. Il était à la Meule de Foin, au coin de Chalk Farm Road. Il terminait une assiette de curry de mouton — un truc insipide que sa mère n'aurait jamais osé servir à son fils préféré mais qui valait quand même mieux que la bouffe du McDo. Dès qu'il aurait fini, il se pointerait chez elle. Mettons dans cinq minutes, fit-il en raccrochant avant de lui laisser le temps de réagir et de dire qu'il était bien la dernière personne dont elle voulait voir la bobine devant sa porte. Barbara raccrocha, marmonna un juron et se dirigea vers le frigo.

Les cinq minutes en devinrent dix. Puis quinze. Et toujours pas de Nkata.

Salopard, songea Barbara. Drôle de plaisanterie.

Elle se dirigea vers la salle de bains et ouvrit le robinet de la douche.

Lynley essaya d'assimiler en hâte ce fait ahurissant :

Andy Maiden n'avait pas dit à sa femme que leur fille avait été assassinée. Comme il pouvait vous arriver toutes sortes d'accidents sur Calder Moor, Maiden avait laissé croire à sa femme que leur fille s'était fracturé le crâne à l'issue d'une chute.

En apprenant la vérité, Nan Maiden se tassa sur elle-même, coudes enfoncés dans les cuisses, poings plaqués sur la bouche. Trop choquée par la nouvelle ou alors ne la réalisant que trop bien, elle s'était arrêtée de pleurer. Se contentant de murmurer d'une voix gutturale : « Oh mon Dieu, oh mon Dieu. »

L'inspecteur Hanken parut comprendre rapidement ce qu'impliquait sa réaction. Il observait Andy Maiden d'un œil qui était tout sauf compréhensif. Toutefois, il ne posa pas de question. En bon flic qu'il était, il se contenta d'attendre.

Maiden attendit lui aussi. Jusqu'au moment où il parut se résoudre à s'expliquer :

— Désolé, mon amour, je n'ai pas pu... désolé. Ecoute, Nan, j'ai eu un tel mal à admettre sa mort... je n'ai pas pu... je n'ai pas réussi à me décider à te... (L'espace d'un moment, il fit appel aux ressources intérieures dont un policier apprend à se doter au fil du temps afin de pouvoir traverser les épreuves les plus cruelles. Sa main droite, qui tenait toujours la balle que sa femme lui avait remise, se crispait spasmodiquement.) Je suis désolé, dit-il d'une voix brisée.

Nan Maiden leva la tête. Puis sa main tremblante se referma autour du bras de son mari. S'adressant à la police :

— Voudriez-vous... (ses lèvres tremblaient, elle attendit pour poursuivre d'avoir retrouvé un peu de sang-froid)... me dire ce qui s'est passé ?

Hanken s'exécuta, sans toutefois entrer dans les détails. Il expliqua où Nicola Maiden était morte et comment, mais il en resta là.

— Vous croyez qu'elle a souffert ? demanda Nan lorsque Hanken eut terminé. Je sais bien que vous ne pouvez pas être affirmatif mais s'il y a quoi que ce soit qui puisse nous permettre de penser qu'à la fin... N'importe quoi...

Lynley leur répercuta les informations que le médecin légiste du Home Office leur avait communiquées.

Nan réfléchit un moment. Dans le silence, la respiration d'Andy Maiden était rauque.

— Je voulais savoir parce que... dit Nan. Vous croyez qu'elle nous aurait réclamés... qu'elle aurait espéré... eu besoin...

Ses yeux s'emplirent de larmes, elle s'interrompit.

Lynley songea aux meurtres sadiques de la lande[1] et au monstrueux enregistrement réalisé par Myra Hindley et son complice, à l'horreur ressentie par la mère de la fillette assassinée lorsqu'on avait passé la bande au procès et qu'elle avait entendu la voix terrifiée de la petite l'appeler au secours alors qu'on l'assassinait.

— Les coups à la tête lui ont fait perdre connaissance. Elle est restée inconsciente.

— Sur son corps, est-ce qu'il y avait d'autres... est-ce qu'elle a été... est-ce qu'on l'a... ?

— Elle n'a pas été torturée, Mrs Maiden, coupa Hanken comme s'il éprouvait lui aussi le besoin de faire preuve de pitié envers la mère de la victime. Elle n'a pas été violée non plus. Nous aurons un rapport plus complet ultérieurement mais pour l'instant il semble que les coups à la tête soient tout ce qu'elle ait... (il marqua une pause, cherchant le mot le moins douloureux)... subi.

Lynley remarqua que la main de Nan Maiden se crispait de plus belle sur le bras de son mari.

— Elle avait l'air endormie, dit Maiden. Elle était blanche comme de la craie, c'est vrai, mais elle avait l'air de dormir.

— Ça devrait me faire du bien d'entendre ça, dit Nan, mais non.

1. Fait divers qui s'est déroulé non loin de Manchester dans les années 1960. *(N.d.T.)*

Et rien ne pourra atténuer la violence du choc, songea Lynley.

— Andy, il se peut que nous ayons identifié le second corps. Il s'agirait d'un certain Terence Cole. Domicilié à Londres, dans le quartier de Shoreditch. Est-ce que ce nom vous dit quelque chose ?

— Parce qu'elle n'était pas seule, Andy ?

Le regard que Nan jeta à son mari indiquait qu'il lui avait également caché ce détail.

— Elle n'était pas seule.

Hanken clarifia la situation, expliquant à Nan Maiden qu'on avait retrouvé le matériel de camping d'une personne, matériel qu'il demanderait ultérieurement à Maiden d'identifier comme appartenant à sa fille, dans le cercle de Nine Sisters, avec le corps d'un adolescent qui n'avait, lui, que les vêtements qu'il portait sur le dos.

— La moto, près de sa voiture, fit Andrew Maiden. C'est à lui qu'elle appartient ?

— Elle appartient à un certain Terence Cole, dit Hanken. Elle n'a pas été volée et personne n'est encore venu la réclamer. D'après le numéro d'immatriculation, son propriétaire habite Shoreditch. Nous avons envoyé quelqu'un là-bas tirer ça au clair. Mais il semble bien que nous ayons identifié le propriétaire du deux-roues. Ce nom éveille-t-il un écho ?

Maiden secoua lentement la tête :

— A moi, ça ne me dit rien. Et à toi, Nan ?

— Je ne connais personne de ce nom-là. Quant à Nicola... Elle nous aurait parlé de lui, si ç'avait été un ami à elle. Elle nous l'aurait amené. Elle amenait toujours ses amis à la maison.

Andy Maiden posa alors une question logique de la part d'un homme qui avait passé des années dans la police :

— Serait-il possible que Nick... (Il s'interrompit et, pour préparer peut-être sa femme à entendre la suite, lui posa doucement la main sur la cuisse.) Nick se serait-elle trouvée au mauvais endroit au mauvais moment ? N'est-ce pas le garçon qu'on visait, Tommy ?

— Peut-être, mais là, ça ne me semble pas envisageable.

— Pourquoi ?

— Jetez plutôt un coup d'œil là-dessus, dit Hanken en lui tendant une copie du mot manuscrit récupéré sur le corps de Nicola.

Les Maiden lurent le message : *Cette salope a eu son compte.* Et Hanken leur apprit que l'original avait été découvert dans la poche de leur fille.

Andy Maiden fixa le billet. Il fit passer la balle rouge de sa main droite dans sa main gauche.

— Mon Dieu, vous voulez dire que quelqu'un s'est rendu là-bas dans le but de la tuer ? Qu'on l'a pistée pour la tuer ? Qu'il ne s'agissait pas d'un étranger de passage ? D'une dispute qui aurait éclaté à propos d'une broutille quelconque ? D'un maniaque, d'un psychopathe qui les aurait liquidés, elle et le garçon, pour le plaisir ?

— Ça paraît douteux, fit Hanken. Mais vous connaissez la musique aussi bien que moi.

Un officier de police comme Andy Maiden devait bien se douter que toutes les pistes seraient explorées, que rien ne serait négligé.

— Si quelqu'un s'est rendu sur la lande dans le but précis de tuer votre fille, il nous reste à nous demander pourquoi.

— Elle n'avait pas d'ennemis, déclara Nan. Je sais, c'est ce que toutes les mères disent, mais dans son cas, c'est la vérité. Tout le monde aimait Nicola.

— Tout le monde ? Apparemment non, Mrs Maiden, fit remarquer Hanken en lui tendant des copies des lettres anonymes.

Andy Maiden et sa femme les parcoururent en silence et sans manifester le moindre sentiment. Nan prit la parole lorsqu'ils eurent fini. Tandis qu'elle parlait, le regard de son mari demeura rivé sur les missives.

— C'est impossible. Nicola ne peut pas avoir reçu des menaces pareilles. Vous vous trompez si vous pensez que c'est à elle qu'elles s'adressaient.

— Pourquoi ?

— Parce que nous ne les avons jamais vues. Si elle avait fait l'objet de menaces, elle nous en aurait parlé.

— Peut-être ne voulait-elle pas vous inquiéter...

— Croyez-moi, ce n'était pas sa façon d'agir. Elle ne pensait qu'à une chose : non à nous épargner, mais à nous dire la vérité. (Nan repoussa ses cheveux en arrière.) Si quelque chose avait cloché dans sa vie, elle nous l'aurait dit. Elle était d'une franchise totale. Elle parlait de tout, absolument de tout, je vous assure. (Et, cherchant du regard l'appui de son mari :) N'est-ce pas, Andy ?

Au prix d'un gros effort, il détourna les yeux des lettres. Son visage était encore plus pâle.

— Il me vient une idée, mais ça me rend malade rien que d'y penser. En effet, si on s'est donné la peine de la pister, qu'il ne s'agit pas d'une rencontre fortuite avec un déséquilibré qui les a tués, ce garçon et elle, pour le plaisir, ça pourrait signifier que c'est...

— Quoi ? questionna Lynley.

— Le SO10, fit-il d'une voix rauque. J'ai traité tant d'affaires au fil des années, arrêté tant de voyous et de criminels... Des tueurs, des dealers, des grosses pointures du crime organisé. J'en ai croisé tellement, de ces ordures...

— Andy, non ! protesta Nan, comprenant où il voulait en venir. Ça n'a rien à voir avec toi !

— Imaginons qu'un ex-taulard en liberté conditionnelle retrouve notre trace. Il rôde dans le secteur pour repérer nos habitudes. (Il se tourna vers elle.) Tu vois comment ç'aurait pu se passer, Nancy ? Un mec qui cherche à se venger et s'attaque à ma fille. Parce qu'il sait que lui faire du mal, c'est une façon de me tuer à petit feu, de me condamner à une mort lente...

— C'est une possibilité que nous ne pouvons écarter, fit Lynley. Parce que si, comme vous le dites, votre fille n'avait pas d'ennemis, il nous faut bien nous demander qui d'autre en avait. Si vous avez arrêté quelqu'un qui serait aujourd'hui en liberté conditionnelle, Andy, il va falloir nous donner son nom...

— Seigneur, au fil des années, j'en ai coincé des dizaines et des dizaines...

— Le Yard peut toujours fouiller dans vos anciens dossiers, mais de votre côté vous pouvez nous donner un coup de main. Si des enquêtes particulièrement marquantes vous revenaient à la mémoire, vous pourriez nous faire gagner du temps en nous communiquant les noms des divers protagonistes.

— Il y a bien mes journaux...

— Vos journaux ? reprit Hanken.

— Je pensais... (Maiden secoua la tête en signe d'autodérision)... écrire une fois à la retraite. Mes mémoires. Question d'ego. Mais on a acheté l'hôtel et je ne m'y suis jamais mis. J'ai gardé les journaux, cependant. Peut-être qu'en les feuilletant je tomberai sur un nom...

Il sembla se tasser, accablé par le poids de la responsabilité.

— Tout ça, c'est des suppositions, objecta Nan. Andy, tu te fais du mal inutilement...

— Nous suivrons toutes les pistes qui se présenteront, dit Hanken.

— Alors suivez Julian ! lança Nan Maiden d'un ton de défi, comme si elle était décidée à prouver à la police qu'il y avait d'autres voies à explorer que celles débouchant sur le passé de son mari.

— Nancy... protesta Maiden.

— Julian ? fit Lynley.

— Julian Britton, dit Nan.

Il venait de se fiancer à Nicola. Ce n'était pas qu'elle suggérât qu'il pût être suspect, toutefois si la police cherchait une piste, elle serait bien inspirée d'interroger Julian. Nicola s'était trouvée avec lui la veille du jour où elle était partie camper. Elle avait peut-être dit ou fait quelque chose qui mettrait la police sur la voie.

Suggestion raisonnable, songea Lynley. Il nota le nom et l'adresse de Julian que Nan Maiden lui fournit.

Pour sa part, Hanken réfléchissait. Il garda le silence jusqu'à ce que Lynley et lui eussent regagné la voiture.

— Si ça se trouve, il nous mène en bateau.

Il mit le contact, sortit de sa place de parking et fit une manœuvre pour se retrouver face à Maiden Hall. Là, il laissa le moteur tourner tout en étudiant la vieille bâtisse.

— Comment ça ?

— Avec le SO10. Cette histoire de truand jailli de son passé, c'est commode, non ?

— Commode, drôle de mot pour décrire une piste et un suspect potentiels, fit Lynley. A moins que vous ne soupçonniez déjà... (Il jeta un coup d'œil à Maiden Hall.) Qu'est-ce que vous soupçonnez au juste, Peter ?

— Vous connaissez le White Peak ? fit abruptement Hanken. Il s'étend de Buxton à Ashbourne. De Matlock à Castleton. Le White Peak, c'est une succession de vallées, de monts, de landes, de pistes, de collines. Tout ça... (d'un geste, il désigna les environs)... en fait partie. Ainsi que la route par laquelle nous sommes arrivés.

— Et alors ?

Hanken se tourna vers son passager.

— Alors dans cette région incroyablement vaste, mardi soir ou mercredi matin — s'il faut l'en croire —, Andy Maiden a réussi à retrouver la voiture de sa fille alors qu'elle était cachée derrière un mur de pierre. Vous ne trouvez pas ça un peu fort, Thomas ?

Lynley regarda la demeure et ses fenêtres qui reflétaient les derniers rayons de lumière telles des rangées d'yeux à l'abri de leurs paupières.

— Pourquoi ne pas m'avoir fait part de cette réflexion plus tôt ?

— Je n'y avais pas pensé. Pas avant que notre homme nous parle du SO10. Pas avant qu'il se fasse pincer en flagrant délit de mensonge par omission.

— Il tenait à épargner sa femme le plus longtemps possible. Quel homme n'en ferait autant ?

— Un homme qui n'a rien à se reprocher.

Après avoir pris sa douche et passé un confortable pantalon à taille élastiquée, Barbara grignotait du porc mu shu qu'elle avait acheté chez un Chinois et qu'elle mangeait froid à même la barquette lorsque Nkata arriva. Il frappa deux coups secs pour s'annoncer. Elle ouvrit, sa barquette en plastique à la main, pointa ses baguettes vers lui.

Votre montre a besoin d'une révision ? C'est quoi pour vous, cinq minutes, Winston ?

Il pénétra dans la pièce sans y avoir été invité et braqua vers elle son sourire le plus étincelant.

— Désolé. Mais après le vôtre, j'ai reçu un autre bip. Du patron. Il a fallu que je lui passe un coup de bigo avant de venir vous voir.

— Ben voyons ! Pas question de laisser monsieur poireauter...

— Heureusement que le service est lent au pub. Sinon j'en serais sorti trente minutes plus tôt et je me serais trouvé trop près de Shoreditch pour faire marche arrière et revenir chez vous. C'est drôle, non, comme ma mère se plaît à me le répéter, les choses s'arrangent exactement comme elles doivent s'arranger.

Barbara le fixa, les yeux plissés, sans un mot. Elle ne savait que dire. Elle aurait voulu l'engueuler de lui avoir laissé ce message accompagné de la lettre *C* tellement en évidence, mais sa mine dégagée la stoppa net. Elle ne s'expliquait pas plus sa nonchalance qu'elle ne s'expliquait ce qu'il était venu fabriquer chez elle. Il aurait au moins pu avoir l'air mal à l'aise, songea-t-elle.

— On a deux cadavres sur les bras dans le Derbyshire et l'enquête a des ramifications à Londres, dit Nkata. (Il lui brossa rapidement le tableau : une femme, un jeune homme, un ancien policier du SO10, des lettres anonymes composées à l'aide de lettres découpées, un mot de menace manuscrit.) Faut que je me rende à Shoreditch, d'où le jeune homme assassiné est peut-être originaire. Si je mets la main sur quelqu'un qui peut identifier le corps, je retourne dès demain matin à Buxton. Mais pendant ce temps-là, faudra qu'un collègue se charge des recherches au Yard. L'inspecteur veut que je m'occupe de trouver quelqu'un pour faire le boulot. C'est pour ça qu'il m'a bipé.

Barbara s'empressa de poser la question qui lui brûlait les lèvres :

— Lynley a demandé que ce soit moi ?

Nkata détourna les yeux l'espace d'un instant ; mais cela suffit à Barbara pour atterrir. Le choc fut rude.

— Je vois. (Elle emporta son porc chinois à la cuisine, le posa sur le plan de travail. La nourriture lui pesait sur l'estomac. Le goût de la viande lui imprégnait désagréablement les papilles.) S'il ignore que vous voulez me mettre sur le coup, Winston, je peux refuser et personne n'en saura rien. Comme ça, vous pouvez réquisitionner quelqu'un d'autre.

— Sûr, je peux consulter le tableau de service. Ou attendre demain matin que le commissaire passe le coup de fil. Mais si je fais ça, vous risquez de vous retrouver à bosser avec Stewart, Hale ou MacPherson. Et m'est avis que vous allez pas apprécier. Et que s'il y a un moyen de faire autrement, vous cracherez pas dessus...

Il se garda bien de préciser ce qui était de notoriété publique à la Criminelle : faute d'avoir réussi à « fonctionner » correctement avec les trois inspecteurs dont il venait de mentionner les noms, Barbara s'était vue contrainte de réendosser l'uniforme, et c'était grâce à Lynley qu'elle était parvenue à se sortir de cette impasse.

Barbara pivota, sidérée par tant d'inexplicable générosité. Tout autre que lui à sa place l'aurait abandonnée à son sort pour ne penser qu'à soi et consolider sa position sans se préoccuper de ce qu'elle devenait. Le fait que Nkata ne la laissât pas tomber l'incitait doublement à la prudence.

— ... le patron a besoin de quelqu'un qui fasse des recherches dans les fichiers informatisés, poursuivait Nkata. Sur le CRIS. C'est pas votre tasse de thé, le travail de bureau, je sais. Mais je me suis dit que si vous étiez d'accord pour m'accompagner à Shoreditch — raison pour laquelle je me trouvais dans votre quartier —, je pourrais vous déposer au Yard après, et vous pourriez vous mettre sur les recherches informatiques séance tenante. Si vous réussissez à tirer quelque chose d'intéressant des fichiers, qui sait ? (Nkata dansa d'un pied sur l'autre. L'air moins à l'aise, il poursuivit :) Ça pourrait arranger vos affaires, côté boulot.

Barbara s'empara d'un paquet de cigarettes non entamé qui était resté coincé entre le grille-pain bourré de miettes et une boîte de Pop Tarts. Elle en alluma une au brûleur de la cuisinière, s'efforçant de comprendre.

— Je pige pas, Winston. C'est l'occasion de votre vie. Pourquoi ne pas la saisir ?

— L'occasion de quoi ?

— Eh ben, mais de grimper les échelons, de gravir la montagne, d'atteindre la lune, ce genre de choses. Ma cote ne peut pas être au plus bas avec Lynley. Vous avez enfin l'occasion de montrer ce que vous avez dans le ventre, de vous distinguer. Pourquoi ne pas en profiter ? Ou, plus exactement, pourquoi courir le risque de me laisser une chance de me réhabiliter ?

— L'inspecteur m'a demandé de mettre un autre constable sur le coup, j'ai pensé à vous.

De nouveau, la lettre infamante. *C*. Et ce rappel désagréable de ce qu'elle avait été et de ce qu'elle était devenue. Bien sûr que Nkata avait pensé à elle. Quelle meilleure façon de lui rappeler sa rétrogradation que de l'appeler à la rescousse ? Elle qui était repassée constable, qui n'était plus au-dessus de lui dans la hiérarchie.

— Ah, dit-elle, un autre constable, oui... (Elle s'empara du mot resté posé sur la table, près du rang de perles.) J'imagine que je dois vous remercier. J'avais pensé faire passer un avis dans le journal pour annoncer la nouvelle, mais vous m'avez coupé l'herbe sous le pied...

Nkata fronça les sourcils.

— De quoi vous parlez, là ?

— Le mot, Winston. Vous pensiez vraiment que

j'aurais oublié le camouflet qu'on vient de m'infliger ? Ou est-ce que vous vouliez me rappeler qu'on était égaux désormais, qu'on jouait dans la même division ?

— Une minute, vous êtes complètement à côté de la plaque.

— Vous croyez ?

— Oui.

— Moi pas. Pour quelle autre raison auriez-vous adressé votre message au *constable* Havers ?

— La raison la plus évidente du monde.

— Vraiment, et laquelle ?

— Je ne vous ai jamais appelée Barb.

— Quoi ?

— Je vous ai jamais appelée Barb. Je vous ai toujours appelée sergent. Alors aujourd'hui... quand il m'a fallu vous écrire, j'ai pas su quoi mettre d'autre sur le mot. (Il grimaça, se frotta la nuque, ce qui l'obligea à baisser la tête et à cesser de regarder Barbara en face.) De toute façon, constable, c'est qu'un grade, ça n'a rien à voir avec ce que vous êtes.

Barbara se trouva réduite au silence. Elle le dévisagea. Son visage séduisant, avec sa vilaine cicatrice, exprimait de l'hésitation et ça, c'était une première. Battant le rappel de ses souvenirs, elle passa prestement en revue les affaires sur lesquelles elle avait travaillé avec Nkata. Et, ce faisant, elle comprit qu'il disait la vérité.

Pour dissimuler sa gêne, elle se concentra sur sa cigarette, inhalant, soufflant, examinant le bout rougeoyant, faisant tomber ses cendres dans l'évier. Lorsqu'elle ne put supporter plus longtemps le silence, elle poussa un soupir.

— Seigneur, Winston, je suis désolée. Vraiment désolée.

— Bon bon, alors vous êtes partante ou pas ?

— Je suis partante.

— Parfait.

— Et au fait, Winnie, vous pouvez m'appeler Barbara.

6

Il faisait nuit lorsqu'ils s'engagèrent dans Chart Street, à Shoreditch, et se mirent à la recherche d'une place pour se garer le long d'un trottoir où stationnaient des Vauxhall, des Opel et des Volkswagen. Barbara avait éprouvé une drôle de sensation lorsque son collègue l'avait conduite jusqu'à l'élégante voiture gris métallisé de Lynley. L'inspecteur y tenait tellement que le fait qu'il en eût confié les clés à Nkata reflétait de façon éloquente la confiance qu'il avait en lui. Barbara s'était elle-même vu remettre le trousseau en deux occasions. Mais longtemps après qu'elle eut commencé à faire équipe avec l'inspecteur. En réfléchissant à sa collaboration avec Lynley, elle s'aperçut qu'elle ne pouvait l'imaginer prêtant les clés de sa voiture à quelqu'un qu'il ne connaissait pas. Qu'il les eût prêtées si facilement à Nkata en disait long sur la nature de leurs relations.

Très bien, songea-t-elle avec résignation, c'est comme ça, faudra t'y faire. Elle examina le quartier, cherchant l'adresse qui — d'après le listing du DVLA — correspondait au propriétaire de la moto retrouvée dans le Derbyshire près du lieu du crime.

Comme beaucoup d'autres quartiers de Londres, Shoreditch avait connu des hauts et des bas mais n'avait jamais été vraiment complètement démodé. C'était un secteur très peuplé, formé d'un étroit appendice de terre accroché à Hackney, au nord-est de Londres. La partie du quartier qui jouxtait la City avait été envahie peu à peu par le genre d'établissements financiers que l'on s'attend à trouver dans l'enceinte romaine du vieux Londres. D'autres parties du quartier avaient été refaçonnées par l'industrie et le commerce. Mais il restait encore des vestiges des anciens villages de Haggeston et de Hoxton à Shoreditch, même si ce n'étaient que des plaques commémoratives indiquant l'endroit où les Burbage avaient installé leur théâtre et où certains des compagnons de William Shakespeare étaient enterrés.

Chart Street résumait assez bien à elle seule l'histoire du quartier. Formant une patte de chien qui s'étendait de Pitfield Street à East Road, cette artère comportait des commerces et des immeubles d'habitation. Certains des logements étaient élégants, modernes, flambant neufs et reflétaient la richesse de la City. D'autres attendaient le miracle, c'est-à-dire la réhabilitation qui, d'une simple rue occupée par des taudis, faisait en l'espace de quelques années un paradis pour yuppies.

L'adresse fournie par le DVLA les conduisit jusqu'à une rangée de maisons attenantes les unes aux autres qui oscillaient entre décrépitude et rénovation. Les villas étaient en brique. La maison qui les intéressait possédait des huisseries qui auraient eu besoin d'un bon coup de peinture ; mais ses fenêtres étaient tendues de rideaux qui, de l'extérieur, paraissaient blancs et frais.

Nkata trouva une place devant le Marie Lloyd Pub. Il s'y glissa avec la concentration d'un neurochirurgien penché sur le crâne béant d'un patient. Barbara ouvrit la portière et descendit alors que son collègue peaufinait sa manœuvre pour la troisième fois. Elle alluma une cigarette.

— Winston, bon sang, magnez-vous un peu, on rajeunit pas !

— Ça vous laisse le temps d'en griller une, fit Nkata en rigolant.

— Du train où vous allez, le paquet tout entier va y passer...

Lorsqu'il eut enfin garé la voiture à son idée, Nkata sortit, verrouilla la portière, mit l'alarme. Puis il vérifia scrupuleusement la fermeture des portières avant de rejoindre Barbara sur le trottoir. Ils se dirigèrent vers la maison, Barbara fumant, Nkata ruminant. Devant la porte laquée de jaune, il marqua un temps d'arrêt. Barbara songea qu'il lui laissait le temps de terminer sa clope et elle tira dessus tant et plus, se shootant à la nicotine comme chaque fois qu'elle devait s'attaquer à une tâche qui risquait de se révéler désagréable.

Mais lorsqu'elle se décida à jcter le mégot allumé dans la rue, Nkata ne bougea pas d'un pouce pour autant.

— Alors, Winston, on y va ? Qu'est-ce qui se passe ?

— C'est la première fois, fit-il en s'ébrouant.

— La première fois ? Oh, vous voulez dire la première fois que vous êtes chargé d'annoncer une mauvaise nouvelle ? Si ça peut vous mettre du baume au cœur, sachez que dans ce domaine l'expérience ne sert à rien. Elle ne vous facilite pas les choses.

— C'est drôle, quand on y pense, fit-il tranquillement avec son accent des Caraïbes.

— Quand on pense à quoi ?

— Au nombre de fois où ma mère aurait pu recevoir une visite des keufs. Une visite du genre de celle-ci. Si j'avais continué dans la voie où je m'étais engagé.

— Ouais, en effet. (Elle inclina la tête vers la porte et gravit l'unique marche du perron.) On a tous des trucs à se reprocher, Winnie.

Des pleurs d'enfant s'échappèrent de sous la porte. Lorsque Barbara sonna, les pleurs se rapprochèrent, s'intensifièrent, et une voix féminine exténuée résonna :

— Chut, allons chut, ça suffit, Darryl, j'ai compris. (Et à travers le battant :) Qui est là ?

— Police, répondit Barbara, on peut vous dire un mot ?

Au début, pas de réponse. Les pleurs de Darryl continuèrent, toujours aussi fort. Puis la porte s'ouvrit brusquement, et ils se trouvèrent face à une femme qui portait un petit garçon sur sa hanche. Il se frottait le nez contre le col de sa robe verte. Sur le sein gauche de cette robe se trouvaient brodés les mots *Sentier des Primevères* et juste dessous un prénom. *Sal*.

Barbara tenait sa carte à la main et la montrait à Sal lorsqu'une femme plus jeune descendit l'étroit escalier en courant. Elle portait une robe de chambre de chenille, dont une manche était relevée, et ses cheveux étaient trempés.

— Désolée, Maman, donne-le-moi. Merci, j'avais bien besoin d'un break. Darryl, qu'est-ce que tu as, mon petit cœur ?

— Pa, sanglota Darryl, sa main sale tendue vers Nkata.

— Il veut son papa, remarqua ce dernier.

— M'étonnerait qu'il le réclame, cet abruti, murmura Sal. Embrasse ta Mamie, mon chéri, dit-elle à Darryl. (Elle lui planta un baiser bruyant sur la joue.) C'est son ventre qui recommence à le tricoter, Cyn. Je lui ai préparé une bouillotte. Dans la cuisine. Enveloppe-la dans une serviette avant de la lui donner.

— Merci, Maman, tu es géniale.

Son fils sur la hanche, ladite Cyn disparut dans le couloir menant vers l'arrière de la maison.

— Qu'est-ce que vous voulez ? fit Sal, son regard naviguant de Nkata à Barbara et sans bouger d'un pouce. (Elle ne les avait pas invités à entrer. Manifestement, ça n'était pas dans ses intentions.) Il est dix heures passées. Je ne vous apprends rien.

— Est-ce que nous pouvons entrer, Mrs... ?

— Cole, Sally Cole. Sal. (Elle s'écarta et scruta les policiers qui franchissaient son seuil. Elle croisa les bras sur sa poitrine. A la lueur de l'entrée, Barbara constata que ses cheveux, coupés au ras des oreilles, étaient blond-blanc de part et d'autre de son visage. Cette couleur ne faisait que mettre l'accent sur des traits irréguliers et peu ordinaires. Front haut, nez busqué, bouche minuscule en bouton de rose.) J'ai horreur du suspense. Feriez mieux d'annoncer tout de suite la couleur.

— Est-ce que nous pourrions... ?

Barbara désigna de la tête une porte qui s'ouvrait sur

la gauche de l'escalier. Ça avait l'air d'être le living, un séjour bizarrement occupé en son centre par un étrange empilement d'outils de jardin. Un râteau, dont une dent sur deux manquait, une binette, une pelle usée formaient un tipi au-dessus d'un cultivateur. Barbara examina un instant l'assemblage et se demanda si cela avait un rapport avec la tenue vestimentaire de Sal Cole : après tout, la robe verte et ses mots brodés suggéraient qu'elle travaillait dans les fleurs, sinon dans l'agriculture.

— Il est sculpteur, Terry, dit Sal, venant se planter à côté de Barbara. Ça, c'est un échantillon de sa production, à mon gamin.

— Un montage avec des outils de jardinage ? fit Barbara.

— Il en a réalisé un autre, avec des sécateurs, qui me file carrément envie de pleurer. Mes deux gosses sont des artistes. Cyn étudie la mode au collège. C'est au sujet de Terry que vous êtes là ? Il a des ennuis ? Dites vite, je vous écoute.

Barbara jeta un coup d'œil à Nkata, histoire de voir s'il voulait se charger d'annoncer la nouvelle. Il porta les doigts à sa joue barrée d'une cicatrice comme si sa balafre s'était mise à le lancer.

— Terry n'est pas à la maison, Mrs Cole ?

— Il n'habite pas là, répondit Sal. (Et d'expliquer qu'il partageait un appartement et un atelier à Battersea avec une autre artiste, Cilla Thompson.) Me dites pas qu'il est arrivé quelque chose à Cilla ? C'est pas à cause de Cilla que vous cherchez Terry ? Ils sont copains, c'est tout. Si elle s'est refait tabasser, c'est son mec qu'il faut cuisiner. Pas Terry. Terry, lui, y ferait pas de mal à une mouche. C'est un chouette môme.

— Est-ce qu'il... est-ce qu'il y a un Mr Cole ?

S'ils devaient apprendre à cette femme que son fils était mort, ils n'auraient pas trop d'une autre présence pour l'aider à absorber le choc.

Sal poussa un hurlement de dérision.

— Mr Cole a joué la fille de l'air quand Terry avait cinq ans ! Il s'est déniché un beau petit lot avec une chouette paire de tétons à Folkestone et il a mis les voiles. Pourquoi cette question ? (L'angoisse perçait maintenant dans sa voix.) Qu'est-ce que vous voulez, à la fin ?

Barbara adressa un signe de tête à Nkata. Après tout, c'était à lui de lui annoncer que le corps retrouvé dans le Derbyshire risquait fort d'être celui de son fils. Il commença par la cuisiner sur la BMW. Sal confirma que son fils en possédait une et, devenant blême, parut conclure qu'il avait eu un accident de la circulation. Elle se dépêcha donc de demander dans quel service d'urgences on l'avait transporté. Barbara se prit à regretter que la nouvelle qu'ils lui apportaient ne fût pas celle d'un carambolage sur l'autoroute.

Ce n'était pas facile. Nkata s'était approché du manteau de la cheminée désormais condamnée, lequel disparaissait sous les photos. Il souleva l'un des cadres de plastique et, à la tête qu'il faisait, Barbara comprit qu'ils n'allaient peut-être pas être obligés de traîner Mrs Cole dans le Nord. Nkata avait vu des photos de la victime, s'il n'avait pas vu le cadavre lui-même. Et si les victimes de meurtre ressemblent parfois assez peu à ce qu'elles ont été de leur vivant, il restait toutefois suffisamment de points communs pour qu'un observateur attentif pût identifier un corps d'après un instantané.

Le cliché parut donner à Nkata le courage de raconter son histoire, ce qu'il fit avec une simplicité et une compassion qui impressionnèrent Barbara.

Il y avait eu un double homicide dans le Derbyshire, apprit Nkata à Mrs Cole. Les victimes ? Un jeune homme et une jeune femme. La moto de Terry avait été retrouvée non loin de là et le jeune homme assassiné ressemblait à celui de la photo de la cheminée. Bien sûr, la présence de la moto de Terry non loin d'une scène de crime pouvait n'être qu'une coïncidence. Cependant, la police avait besoin que quelqu'un les accompagne dans le Nord afin d'identifier le corps. Mrs Cole pourrait s'en charger. Toutefois, si elle pensait que cela risquait d'être trop traumatisant, elle pourrait toujours demander à Cilla Thompson ou à la sœur de Terry... Enfin, c'était à Mrs Cole de voir. Nkata remit la photo en place.

Sal le fixait, éberluée.

— Le Derbyshire ? Il doit y avoir erreur. Terry travaille sur un projet à Londres. Un projet important. Une commande qui lui prend tout son temps. C'est d'ailleurs pour ça qu'il a pas pu déjeuner avec nous dimanche dernier. Il adore le petit Darryl. C'est bien simple, il l'adore, cet enfant. Pour rien au monde il ne raterait un dimanche après-midi avec Darryl. Mais la commande... A cause de cette commande, Terry n'a pas pu se joindre à nous. En tout cas, c'est l'excuse qu'il nous a donnée...

Sa fille les rejoignit alors. Elle avait passé un survêtement bleu et ramené ses cheveux en arrière. Debout devant le seuil, elle parut prendre la température de la pièce puis se précipita.

— Maman, que se passe-t-il ? Tu es toute blanche... Assieds-toi, tu vas te trouver mal.

— Où est le bébé ? Où est Darryl ?

— Ça va, il est calmé. La bouillotte a fait merveille. Allons, Maman, assieds-toi, tu vas tomber.

— Tu l'as bien enveloppée dans une serviette, comme je te l'avais recommandé ?

— Ne t'inquiète pas, il va bien. (Cyn se tourna vers Barbara et Nkata.) Que s'est-il passé ?

Nkata lui brossa un résumé des faits. Ce second récit parut vider Mrs Cole de ses forces. Lorsqu'il en arriva au point culminant — la découverte du corps —, elle empoigna le manche de la binette du singulier tipi.

— Sa commande devait faire trois fois cette taille...

Là-dessus, elle s'approcha d'un fauteuil pansu dont le tissu était élimé. Des jouets de bambin étaient amoncelés autour du siège. Elle tendit la main pour en attraper un — un oiseau jaune vif qu'elle serra contre sa poitrine.

— Le Derbyshire ? fit Cynthia, sidérée. Bon sang, qu'est-ce que Terry fabrique dans le Derbyshire ? C'est pas possible, il aura prêté sa bécane à un copain ! Cilla doit être au courant. On va lui téléphoner, Maman.

Et elle se leva pour aller former le numéro sur un appareil qui était posé sur une table basse au pied de l'escalier. Ce que les autres captèrent de la conversation se résuma à peu de choses :

— Cilla Thompson ? Cyn Cole à l'appareil. La sœur de Terry, ouais... Oh, un vrai petit monstre. Il nous fait marcher à la baguette. Ecoutez, Cilla, Terry est là ? Ah... vous savez pas où il est parti ? (Regard inquiet à sa mère par-dessus son épaule.) Très bien... Non non, pas de message. Si jamais vous le voyez dans l'heure qui suit, demandez-lui de m'appeler. Je ne bouge pas, dit-elle avant de raccrocher.

Sal et Cyn communiquèrent sans un mot, comme des femmes habituées à la compagnie l'une de l'autre.

— Il travaille d'arrache-pied sur cette commande, dit Sal. D'après lui, c'est ce qui devrait lui permettre de lancer Destination Art. Je vois pas pourquoi il se serait absenté...

— Destination Art ? s'enquit Barbara.

— Sa galerie, oui, expliqua Cyn. C'est comme ça qu'il va la baptiser : Destination Art. Ouvrir une galerie d'art moderne, c'est son rêve. Sur la rive sud, près de Hayward. Maman, si ça se trouve, c'est une erreur. Cramponne-toi à cette idée...

On sentait que c'était surtout elle qu'elle aurait bien voulu pouvoir convaincre.

— Il va nous falloir l'adresse, fit Barbara.

— La galerie n'est pas encore ouverte.

— L'adresse de l'appartement de Terry, clarifia Nkata, et celle de l'atelier qu'il partage avec Cilla.

— Mais vous venez de...

Sal ne termina pas sa phrase. Un silence tomba. A l'évidence, ce qui aurait pu n'être rien était probablement quelque chose, et même la pire chose qu'une famille comme les Cole pût avoir à affronter.

Cyn s'en fut chercher les adresses exactes. Nkata en profita pour informer la mère de Terry Cole :

— Je passerai vous prendre demain matin, Mrs Cole. Mais si jamais Terry vous appelait ce soir, bipez-moi, d'accord ? Et peu importe l'heure. Appelez-moi.

Il inscrivit son numéro de bipeur sur une page qu'il arracha à son calepin. Il la tendait à Sal Cole lorsque Cyn revint avec les adresses. Elle les passa à Barbara. Il y avait l'adresse de l'appartement et l'adresse de l'atelier. Toutes deux à Battersea. Barbara les mémorisa, au cas où, et remit le morceau de papier à Nkata. Il remercia d'un signe de tête, plia la feuille, la fourra dans sa poche. Ils se mirent d'accord sur l'heure à laquelle ils devaient partir le lendemain matin, puis les deux constables se retrouvèrent dehors dans la nuit. Un petit vent soufflait dans la rue. Un sac en plastique et un gobelet du Burger King voisin filèrent le long du trottoir. Nkata désactiva l'alarme de la voiture mais n'ouvrit pas la portière. Il fixa Barbara par-dessus le toit du véhicule puis, derrière elle, le bâtiment glauque de l'autre côté de la rue. Son visage exprimait toutes les nuances de la tristesse.

— Qu'est-ce qu'il y a ?

— Je m'en veux, elles ne vont pas fermer l'œil. J'aurais dû attendre demain matin. Pourquoi est-ce que je n'y ai pas pensé plus tôt ? De toute façon, on n'aurait pas pu partir pour le Nord ce soir. Je suis claqué. Alors, pourquoi est-ce que je me suis précipité ? Y avait pas le feu. Faut qu'elles s'occupent du bébé, tout ça... Et moi, avec mes gros sabots, je leur assène le truc et je les prive de sommeil.

— Vous n'aviez guère le choix. Si vous aviez attendu demain matin, vous ne les auriez probablement pas trouvées au gîte, elles seraient parties — l'une au boulot et l'autre à ses cours. Total, vous auriez perdu une journée. Ne vous accablez pas, Winston. Vous pouviez difficilement faire autrement.

— C'est bien lui, à propos. Le type de la photo. C'est lui qui s'est fait descendre.

— C'est ce que je pensais.

— Elles refusent de le croire.

— Qui le croirait ? Elles vont être obligées de lui dire adieu sans l'avoir revu vivant. Y a rien de plus moche.

Lynley opta pour Tideswell — village de calcaire équidistant de Buxton et Padley Gorge. Se loger à l'hôtel de l'Ange Noir, avec sa vue non dénuée de charme sur l'église et son pré communal, lui permettrait de rallier sans problème le commissariat, Maiden Hall. Et Calder Moor, si besoin était.

L'inspecteur Hanken trouva ce choix judicieux. Il enverrait une voiture prendre Lynley dans la matinée en attendant que Nkata rentre de Londres.

Hanken s'était considérablement dégelé au cours des heures qu'ils avaient passées en compagnie l'un de l'autre. Au bar de l'hôtel de l'Ange Noir, Lynley et lui s'étaient tapé chacun deux whiskies avant de dîner, ils avaient bu une bouteille de vin pour accompagner le repas, et après ça un cognac, qui avait également contribué à réchauffer l'atmosphère.

Les whiskies et le vin avaient incité Hanken à raconter à son collègue des anecdotes qui sont courantes dans une vie de policier : accrochages avec des supérieurs, bavures au cours d'enquêtes, affaires épineuses et semées d'embûches. Le cognac lui avait inspiré des révélations de caractère plus personnel.

Hanken sortit la photo de famille qu'il avait déjà montrée à Lynley et la contempla en silence avant de parler. Suivant du bout de l'index les contours de la silhouette emmitouflée de son dernier-né, il prononça le mot « enfants », expliquant qu'un homme subissait une métamorphose radicale dès l'instant où on lui mettait un nouveau-né dans les bras. Ça paraissait difficile à croire — cette sorte de modification de la personnalité était censée être le fait des femmes, n'est-ce pas ? —, et pourtant c'était bel et bien ce qui s'était produit. Le résultat de cette métamorphose était le désir farouche de protéger sa progéniture. C'est pourquoi perdre un enfant, malgré toutes les précautions qu'on a pu prendre, devait être une épreuve infernale qui dépassait l'entendement.

« C'est ce qu'Andy Maiden vit à l'heure actuelle, remarqua Lynley. »

Hanken lui jeta un regard, mais ne chercha pas à discuter. Il poursuivit ses confidences, disant que Kathleen était la lumière de sa vie. Le jour où il l'avait rencontrée, il avait su qu'il voulait l'épouser, toutefois il lui avait fallu cinq ans pour la convaincre. Et Lynley et sa jeune femme ? Comment cela s'était-il passé pour eux ?

Le mariage, les enfants étaient bien les derniers thèmes que Lynley avait envie d'aborder. Il éluda donc en prétextant le manque d'expérience. « Je suis encore trop novice en la matière pour avoir des révélations bouleversantes à faire. »

Cependant, il s'aperçut qu'il pouvait difficilement éviter le sujet lorsqu'il se retrouva à l'hôtel seul avec ses pensées, un peu plus tard dans la soirée. S'efforçant de détourner le cours de ses réflexions, il s'approcha de la fenêtre de sa chambre. Il l'entrouvrit et tâcha d'ignorer la forte odeur de moisi qui semblait imprégner son logis. Il n'y réussit pas plus qu'à chasser de son esprit le lit avec son matelas concave et sa couette rose recouverte de faux satin qui lui promettait une nuit agitée passée à se bagarrer avec le duvet — lequel ne cesserait sans doute pas de glisser à terre. Du moins lui avait-on fourni une bouilloire électrique ainsi qu'une petite corbeille contenant des sachets de thé, sept dés à coudre de lait, un paquet de sucre et deux rations de pain. Et il disposait également d'une salle de bains, même si celle-ci n'avait pas de fenêtre, qu'elle était équipée d'une baignoire maculée de taches, encastrée dans du linoléum et éclairée par une ampoule qui dégageait à peu près autant de clarté qu'une bougie. Enfin, ç'aurait pu être pire.

Lorsqu'il ne put différer davantage l'instant fatidique, il braqua les yeux vers le téléphone posé sur le guéridon de jardin en fer forgé qui tenait lieu de chevet. Il lui fallait appeler Helen, ne serait-ce que pour lui dire où il se trouvait. Mais il n'était pas pressé de composer le numéro. Et il se demanda pourquoi.

Certes, Helen avait davantage tort que lui. Il avait peut-être perdu son sang-froid, n'empêche qu'elle avait passé les bornes en se faisant l'avocat de Barbara. Elle était sa femme, et c'était lui qu'elle était censée soutenir. Elle aurait pu lui demander pourquoi il avait choisi Winston Nkata de préférence à Havers pour l'accompagner dans le Nord au lieu d'essayer de le persuader de revenir sur une décision qu'il s'était senti obligé de prendre.

En y repensant, il se souvint que Helen avait commencé la conversation en lui demandant précisément pourquoi il avait fait appel à Nkata. Et c'étaient les réponses qu'il lui avait faites qui avaient transformé en violente dispute une discussion rationnelle. Pourtant, s'il avait réagi comme il l'avait fait, c'est parce qu'elle avait fait naître en lui un sentiment d'agacement conjugal. Ses questions mêmes impliquaient qu'elle avait fait alliance avec quelqu'un dont les actions ne pouvaient être justifiées. Et qu'elle le sommât de justifier ses actes, qui étaient raisonnables et compréhensibles, lui avait paru terriblement irritant.

Le travail de la police était efficace parce que les policiers respectaient la hiérarchie. Les officiers de police des échelons supérieurs avaient accédé à leur grade parce qu'ils s'étaient montrés capables de fonctionner en étant sous pression. Alors qu'une vie était en jeu et qu'un suspect était en fuite, le supérieur de Barbara Havers avait dû prendre une décision en un temps record, donner des ordres aussi nets et précis qu'ils étaient raisonnables. Que Havers ait désobéi à ces ordres, c'était déjà fâcheux. Qu'elle ait pris la situation en main, c'était pire. Mais qu'elle ait usurpé une autorité qui n'était pas la sienne et se soit servie d'une arme à feu, alors là, c'était carrément un viol du règlement. C'était bafouer tout ce qui faisait la raison d'être de la police. Pourquoi Helen ne l'avait-elle pas compris ?

Ces affaires-là ne sont pas noires d'un côté et blan-

ches de l'autre, Tommy. Le commentaire de Malcolm Webberly lui revint comme en réponse à la question qu'il venait de se poser.

Mais Lynley était en désaccord avec le commissaire. Il lui semblait que certaines choses étaient bien tranchées, bien carrées. Pourtant, impossible de se décider à téléphoner à sa femme. Il n'était pas nécessaire qu'ils continuent à se disputer. Il pourrait tout bonnement s'excuser d'avoir perdu son sang-froid.

Ce ne fut pas Helen mais Charlie Denton qu'il eut au bout du fil — ce jeune comédien frustré faisait tourner la maison de Lynley lorsqu'il n'était pas en quête de places de théâtre bon marché à Leicester Square. La comtesse n'était pas à la maison, lui apprit Denton. Lynley sentit quel plaisir l'autre prenait à donner à Helen son titre. Elle avait téléphoné vers sept heures de chez les Saint James, poursuivit Denton, pour prévenir qu'elle restait dîner là-bas. Elle n'était pas encore rentrée. Est-ce que Milord souhaitait...

Agacé, Lynley lui coupa la parole :

— Denton.

— Désolé, fit le jeune homme, cessant de jouer la servilité. Vous voulez lui laisser un message ?

— Ce n'est pas la peine, je vais l'appeler à Chelsea, répondit Lynley tout en lui donnant quand même le numéro de l'Ange Noir.

Lorsqu'il téléphona chez les Saint James, il apprit que Helen et Deborah Saint James étaient sorties après dîner. Il se retrouva bavardant avec son vieil ami.

— Je les ai entendues parler d'un film, fit vaguement Saint James. Quelque chose de romantique. Helen semblait avoir envie de passer une soirée à regarder des Américains batifoler sur des matelas, avec leurs corps superbes, leurs cheveux impeccables et leurs dents étincelantes...

— Je vois, fit Lynley.

Il donna à son ami le numéro de l'hôtel en lui demandant de faire savoir à Helen qu'il serait content qu'elle l'appelle si jamais elle rentrait à une heure raisonnable.

Ils n'avaient pas eu l'occasion de se parler avant son départ pour le Derbyshire, dit-il à Saint James. Ses explications lui semblèrent bien faibles.

Saint James promit de transmettre le message à Helen. Il voulut savoir comment Lynley trouvait le Derbyshire.

Invitation tacite à discuter de l'affaire. Saint James ne poserait jamais directement la question. Il avait trop de respect pour les règles qui gouvernent une enquête policière.

Lynley s'aperçut qu'il était d'humeur à lui parler. Il lui fit donc un résumé de la situation. Les deux décès, les moyens de locomotion des victimes, l'absence d'une des armes du crime, l'impossibilité d'identifier le jeune homme, les lettres anonymes composées à partir de lettres découpées, le petit mot précisant que la « salope » avait eu « son compte ».

— C'est une façon de signer le crime, conclut Lynley. Bien que Hanken soit d'avis que le mot est un leurre.

— Le tueur chercherait à vous lancer sur une fausse piste ?

— Exact.

— Qui serait-il, alors ?

— Si on suit le raisonnement de Hanken, Andy Maiden.

— Le père ? C'est un peu dur à avaler. Pourquoi Hanken penche-t-il pour cette hypothèse ?

— Au début, il n'en était pas partisan. (Lynley décrivit leur entretien avec les parents de la jeune fille décédée : ce qui avait été dit, ce qui avait été révélé par inadvertance. Il termina en disant :) Andy semble persuadé qu'il y a un lien avec le SO10.

— Qu'en penses-tu ?

— C'est comme le reste : à vérifier. En tout cas, ce que je peux dire, c'est que Hanken a cessé de croire Andy en découvrant qu'il avait fait de la rétention d'information vis-à-vis de sa femme.

— Il essayait peut-être tout simplement de la protéger, suggéra Saint James. Ça se comprend de la part d'un homme qui aime une femme. Et si le tueur voulait vraiment induire la police en erreur, pourquoi ne pas l'avoir lancée sur la piste du jeune homme ?

— Effectivement, Simon.

Saint James garda le silence un moment à l'autre bout de la ligne. Dans le couloir, devant sa chambre, Lynley entendit des pas. Une porte se ferma.

— On peut envisager une autre explication au fait qu'Andy Maiden protège sa femme, Tommy.

— Laquelle ?

— Il se peut qu'il le fasse pour une tout autre raison. Et la pire qui soit.

— Médée dans le Derbyshire ? Quelle horreur ! Quand les mères tuent leurs enfants, c'est généralement au berceau. Si jamais l'enquête devait s'orienter dans cette direction, je serais bien en peine de trouver un mobile.

— Médée aurait prétendu en avoir un.

A l'époque où — avant de s'installer dans le Derbyshire — Nan Maiden devait gérer les nombreuses disparitions de Nicola, elle n'aurait pas pensé qu'elle pourrait un jour être heureuse d'avoir pour tout problème avec sa fille une banale histoire de fugue. Lorsque Nicola disparaissait de la maison, sa mère avait toujours réagi de la même façon — avec un mélange de terreur, de colère et de désespoir. Elle avait téléphoné aux amis de sa fille, alerté la police, battu le pavé à sa recherche. Capable de rien d'autre tant qu'elle ne l'avait pas retrouvée.

Que Nicola se volatilise dans les rues de Londres ajoutait toujours à l'inquiétude de Nan. A Londres, en effet, tout était possible. Les adolescents pouvaient être violés, incités à se droguer, battus, mutilés. S'il y avait une conséquence que Nan n'avait jamais envisagée toutefois, c'était que sa fille pût avoir été assassinée. C'était une pensée qu'elle se refusait à nourrir. Non parce que les jeunes filles ne se faisaient jamais assassiner. Mais parce que si cela arrivait à cette jeune fille-là, sa mère se demandait comment elle-même survivrait.

Et voilà que ça lui était arrivé. Pas au cours de ces tumultueuses années d'adolescence où Nicola insistait pour réclamer son indépendance et le droit de décider par elle-même. « On n'est pas au Moyen Age, Maman ! » Pas pendant cette période torturée où, chaque fois qu'elle réclamait quelque chose à ses parents, que ce soit un CD ou la liberté, elle menaçait implicitement de disparaître un jour, une semaine ou un mois si sa demande n'était pas exaucée. Non, c'était arrivé alors qu'elle avait atteint l'âge adulte et que fermer portes et fenêtres étaient des actes non seulement impensables mais futiles.

Pourtant c'est ce que j'aurais dû faire, songea Nan, brisée. J'aurais dû l'enfermer à clé, l'attacher à son lit, refuser de la quitter des yeux...

« Je sais ce que je veux, lui avait déclaré maintes fois Nicola au fil des années. Je ne changerai pas d'avis. »

Cette rengaine, elle l'avait entendue si souvent... Avec la voix de la petite fille de sept ans qui réclamait une Barbie, puis la maison de Barbie, sa voiture et enfin tous les vêtements que l'on pouvait faire porter à cette fragile poupée aux formes improbables censée incarner la quintessence de la féminité. Elle l'avait entendue mêlée aux pleurs de la préadolescente de douze ans qui tempêtait pour qu'on l'autorise à se maquiller, puis à porter des bas et des talons hauts. Elle l'avait entendue avec la voix de l'adolescente de quinze ans qui voulait sa ligne de téléphone, une paire de rollers, des vacances en Espagne sans ses parents. Nicola savait ce qu'elle voulait et n'avait de cesse de l'obtenir. Et au cours des années il avait été plus facile de lui céder que d'affronter ses fugues d'un jour, d'une semaine, voire d'une quinzaine. Là, maintenant, Nan regrettait que sa fille ne se soit pas bêtement sauvée. Elle sentait le poids de la culpabilité l'écraser lorsqu'elle pensait au jour où, confrontée à un autre épisode de fugue, elle avait ne fût-ce qu'un instant nourri l'idée qu'il aurait mieux valu que Nicola meure à la naissance plutôt que de ne pas savoir où elle se trouvait à l'instant même.

Dans la buanderie du vieux pavillon de chasse, Nan Maiden pressa contre sa poitrine l'un des chemisiers en coton de sa fille, comme si ce chemisier pouvait se transformer en Nicola elle-même. Sans même s'en rendre compte, elle approcha le col de son nez et respira l'odeur de son enfant — mélange de gardénia et de fruits qui émanait des lotions et du shampooing qu'utilisait Nicola, odeur âcre de transpiration d'un jeune corps rompu à l'exercice. Nan visualisa Nicola la dernière fois qu'elle avait mis ce chemisier : elle partait se promener à bicyclette avec Christian-Louis un dimanche après le déjeuner.

Le Français avait toujours trouvé Nicola séduisante. Quel homme ne l'aurait trouvée séduisante, d'ailleurs ? Nicola avait bien sûr remarqué l'intérêt qu'il lui portait. Attirer les hommes sans faire d'efforts, c'était un don chez elle. Elle ne le faisait pas pour se prouver quoi que ce soit. Elle le faisait. C'était comme s'il émanait d'elle un parfum particulier que seuls les mâles détectaient.

Alors que Nicola était encore une enfant, Nan s'était inquiétée de ce pouvoir sexuel précoce, elle s'était demandé quel prix la petite fille devrait payer.

« Etre parent, avait dit Nicola quatre jours plus tôt, c'est élever des enfants capables de tenir debout tout seuls, comme des adultes autonomes. Pas en faire des clones. Je suis responsable de mon destin, Maman. Ma vie n'a rien à voir avec toi. »

Pourquoi les enfants disaient-ils des choses pareilles ? Comment pouvaient-ils croire que les choix qu'ils effectuaient ne concernaient d'autre vie que la leur ? La façon dont les événements s'étaient déroulés dans la vie de Nicola avait tout à voir avec sa mère pour la simple raison qu'elle était sa mère. Une mère ne donne pas naissance à son enfant, le trésor de sa vie, pour ne plus penser ensuite à son avenir. Et maintenant elle était morte. Doux Jésus, finis les débarquements fracassants de Nicola revenant passer des vacances à la maison. Finis les retours de randonnée sur la lande, les arrivées au pavillon, des sacs d'épicerie plein les bras, les apparitions de Nicola, tout rire et papotage, de retour d'un rendez-vous avec Julian. Doux Jésus, songea Nan Maiden. Son adorable, son imprévisible, son incorrigible enfant s'en était bel et bien allée. Elle avait l'impression d'avoir un cercle de fer qui lui comprimait le cœur. Elle ne pourrait pas le supporter. Aussi fit-elle ce qu'elle avait toujours fait lorsqu'elle avait le cœur gros : elle continua de s'activer.

Elle s'obligea à éloigner le chemisier de son visage et reprit son travail, retirant de la corbeille tous les vêtements sales de sa fille comme si, en gardant son odeur, elle pouvait retarder le moment où il lui faudrait accepter sa mort. Elle rangea les chaussettes deux par deux, plia les jeans et les pulls. Elle effaça les plis des chemisiers, plia les petites culottes et les mit avec les soutiens-gorge. Finalement, elle fourra les vêtements dans des sacs en plastique qu'elle avait pris à la cuisine. Puis elle ferma méthodiquement avec du Scotch les sacs en question, scellant à l'intérieur le parfum de son enfant. Elle ramassa ces sacs et sortit de la buanderie.

Andy faisait les cent pas. Nan l'entendait aller et venir à l'étage au-dessus tandis qu'elle longeait sans bruit le couloir faiblement éclairé, passant devant les chambres des clients. Andy s'était réfugié dans son petit bureau-bibliothèque, arpentant la pièce de la fenêtre mansardée au radiateur, et du radiateur à la fenêtre, tel un lion en cage. Il s'était réfugié là-haut après le départ de la police, annonçant aux deux inspecteurs qu'il allait se plonger sans plus attendre dans ses journaux afin d'essayer d'y découvrir le nom d'un détenu ayant des raisons particulières de lui en vouloir. A moins d'avoir lu en marchant, il n'avait guère dû progresser dans ses recherches.

Nan savait pourquoi. Ces recherches étaient inutiles. La mort de Nicola n'avait rien à voir avec le passé de qui que ce soit.

Elle refusait d'y penser. Pas ici, pas maintenant, si possible jamais. Elle refusait de penser à ce que signifiait le fait que Julian Britton ait prétendu être fiancé à sa fille.

Nan s'arrêta devant l'escalier qui conduisait à l'étage où se trouvaient les appartements de la famille. Elle avait les mains moites. Il lui semblait que son cœur battait au rythme des allées et venues de son mari. Va te coucher, lui dit-elle silencieusement. Je t'en prie, Andy. Eteins la lumière...

Andy avait besoin de dormir. La survenue de ses problèmes de santé disait assez à quel point il avait besoin de se reposer. L'arrivée d'un inspecteur de Scotland Yard n'avait pas atténué l'angoisse d'Andy. Et le départ du policier n'avait fait que l'accentuer. L'engourdissement qui affectait ses mains avait commencé à gagner les bras. Elle l'avait piqué avec une aiguille, mais le sang n'avait pas perlé à son doigt, c'était comme si tout son corps se mettait en mode refus de fonctionner. Il avait réussi à sauver la face en présence de la police mais, les inspecteurs partis, il s'était effondré. C'est alors qu'il avait prétexté vouloir commencer à relire ses journaux. S'il se réfugiait dans son bureau, peut-être parviendrait-il à cacher à sa femme les difficultés qu'il éprouvait. C'est du moins le raisonnement qu'il se tenait.

Mais un mari et une femme devraient être capables de se soutenir l'un l'autre dans une épreuve comme celle-ci, songea Nan. Quel nom donner à ce qui nous arrive si nous devons l'affronter chacun de notre côté ?

Nan avait essayé de remplacer la conversation par de la sollicitude, un peu plus tôt dans la soirée. Mais Andy s'était débarrassé de sa présence insistante, refusant tout ce qu'elle lui proposait — compresses, cognac, tasse de thé, soupe bien chaude. Il avait également refusé qu'elle lui masse les doigts pour y faire revenir la circulation. C'est pourquoi en fin de compte tout ce qui aurait pu être dit était resté en suspens.

Que dire maintenant ? Que dire, lorsque la terreur faisait partie des émotions qui se donnaient libre cours en vous tels des bataillons se retournant l'un contre l'autre au sein d'une même armée ?

Elle se força à monter l'escalier mais au lieu de rejoindre son mari elle se dirigea vers la chambre de Nicola. Là, elle traversa la moquette verte dans l'obscurité et ouvrit la penderie aménagée sous les combles. Ses yeux s'étant habitués à l'obscurité, elle distingua les contours d'un vieux skateboard, ceux d'une guitare électrique qui gisait esseulée contre le mur, à demi enfouie sous des pantalons.

Touchant les pantalons du bout des doigts, elle dit bêtement à voix haute : « Tweed, laine, coton, soie » en effleurant le tissu de chacun d'entre eux. Alors qu'elle passait l'inspection, elle perçut soudain un bruit dans la pièce, sorte de grésillement qui venait de la commode derrière elle. Nan se retourna, intriguée. Le grésillement cessa. Elle s'était presque persuadée qu'elle avait rêvé lorsque le bruit se reproduisit et s'arrêta tout aussi brutalement.

Sa curiosité en éveil, Nan posa les sacs plastique sur le lit et, traversant la pièce, s'approcha de la commode. Sur le dessus du meuble il n'y avait rien qui pût produire un son pareil, juste un vase de fleurs sauvages ramassées à l'occasion d'une promenade dans Padley Gorge. A côté des fleurs, une brosse à cheveux et un peigne, trois flacons de parfum et un petit flamant rose.

Non sans avoir jeté un regard furtif vers la porte de la chambre restée ouverte, comme quelqu'un qui a peur d'être surpris, Nan ouvrit le tiroir du haut de la commode. Juste à ce moment, le grésillement se fit entendre une troisième fois.

Ses doigts s'agitèrent, se laissant guider par le bruit. Elle découvrit un petit objet carré en plastique qui vibrait sous une pile de culottes.

Nan emporta sa trouvaille vers le lit et, après avoir allumé la lampe de chevet, l'examina. C'était le bipeur de Nicola. En haut, deux touches, l'une grise et l'autre noire. En bas, un étroit écran affichant ce message : *un appel*.

Le vibreur retentit de nouveau, faisant sursauter Nan. Elle appuya sur l'une des deux touches. Ce qui entraîna l'affichage sur l'écran d'un nouveau message. Cette fois, un numéro de téléphone. Avec l'indicatif de Londres.

Nan déglutit. Fixa le numéro. Celui ou celle qui avait bipé sa fille ignorait qu'elle était morte. Ce fut cette pensée qui la poussa à aller au téléphone pour répondre. Mais c'en fut une autre qui l'incita à descendre à la réception alors qu'elle aurait très bien pu passer son appel de la chambre qu'elle partageait avec Andy.

Elle inspira à fond. Se demandant si elle trouverait les mots. Mais quelle importance... Qu'elle les trouve ou non ne ferait aucune différence. Elle voulait téléphoner, c'était tout.

Très vite, elle composa le numéro. Elle attendit que la communication soit établie, retenant son souffle au point d'en avoir la tête qui tournait. Finalement, avec un déclic, le téléphone commença à sonner quelque part à Londres. Double sonnerie. Double sonnerie. Nan en compta huit. Elle commençait à penser qu'elle avait fait un faux numéro lorsqu'une voix d'homme, abrupte, résonna à l'autre bout du fil.

Trahissant ainsi son âge, il répondit en indiquant les quatre derniers chiffres de son numéro. Ce détail qui lui rappela automatiquement son père intrigua Nan au point qu'elle se surprit à chuchoter :

— Nicola à l'appareil.

— Ah, on s'appelle Nicola ce soir ? Où diable étais-tu passée ? Il y a plus d'une heure que je t'ai appelée sur ton bip.

— Désolée. (Et, adoptant le style télégraphique de sa fille :) Quoi de neuf ?

— Rien, bon Dieu, comme si tu ne le savais pas. Qu'as-tu décidé ? Tu as changé d'avis ? Tu peux encore, tu sais. Je passerai l'éponge. Quand rentres-tu ?

— C'est oui, murmura Nan.

— Dieu soit loué. (Ton empreint de ferveur.) Seigneur Dieu, merci. Ça devient impossible, Nikki. Tu me manques trop. Dis-moi vite quand tu rentres.

— Bientôt.

Mot chuchoté.

— Quand ça, bientôt ?

— Je te téléphonerai.

— Non ! Bon sang, tu es folle ? Margaret et Molly sont là cette semaine. Attends que je te bipe.

— Bien sûr.

— Chérie, tu es fâchée ?

Silence.

— Je t'ai fâchée ? Pardonne-moi, je ne l'ai pas fait exprès.

Silence.

Puis la voix changea, devint soudain bizarrement enfantine :

— Oh, Nikki. Jolie Nikki. Dis-moi que tu n'es pas en colère. Parle-moi, chérie.

Silence.

— Je sais comment tu es quand tu es fâchée. Je suis un vilain petit garçon, n'est-ce pas ?

Silence.

— Oui, je sais. Je suis vilain. Je ne te mérite pas. Et je dois prendre mon remède. Tu as mon remède, n'est-ce pas, Nikki ? Il faut que je le prenne.

L'estomac de Nan se souleva.

— Qui êtes-vous ? s'écria-t-elle. Votre nom !

Hoquet de stupeur. La communication fut coupée.

7

Au bout de trois heures passées sur l'ordinateur, Barbara Havers comprit qu'il y avait deux solutions. Ou elle continuait à éplucher les fichiers du SO10 au risque d'y perdre la vue, ou elle faisait une pause. Elle opta pour la seconde solution. Après avoir quitté le programme et fermé son carnet, elle demanda où se trouvait le local le plus proche où elle pourrait s'adonner à son vice. La politique antitabac gagnant du terrain à New Scotland Yard, on lui rétorqua qu'à cet étage il n'y avait pas un seul fumeur.

— Bordel de merde, murmura-t-elle.

Il allait donc lui falloir régresser et se conduire comme une écolière. Elle se dirigea vers l'escalier le plus proche, se laissa tomber sur une marche, alluma une cigarette, inhala, retint dans ses poumons la merveilleuse et nocive fumée pendant si longtemps qu'elle eut l'impression que les yeux allaient lui jaillir des orbites. Un pur bonheur. Rien de tel qu'une clope après trois heures d'abstinence.

La moisson avait été maigre. En consultant les archives informatisées du CRIS, elle avait appris que l'inspecteur Andrew Maiden avait travaillé trente ans dans la police et passé les vingt dernières années de sa carrière au SO10 — où seul l'inspecteur Javert aurait pu rivaliser avec lui tant il s'était montré brillant. Le nombre des arrestations effectuées par ses soins était ahurissant. Les inculpations et les condamnations qui avaient suivi étaient également en nombre impressionnant. Toutefois, ces deux faits combinés expliquaient que ceux qui cherchaient à en savoir plus sur son travail undercover se trouvaient face à un véritable cauchemar.

Les délinquants que Maiden avait fait inculper et condamner avaient terminé sous les verrous et avaient été expédiés aux quatre coins du pays dans les prisons de Sa Majesté. Si les fichiers du CRIS fournissaient des détails précis sur les opérations d'immersion auxquelles Maiden avait participé — et dont la plupart semblaient avoir été baptisées par un excentrique affligé d'un goût prononcé pour les sigles farfelus — et s'ils renfermaient des comptes rendus complets des enquêtes, interrogatoires, arrestations et inculpations consécutifs à ces opérations, ils étaient moins prolixes en revanche lorsqu'il s'agissait des durées des peines et des libérations conditionnelles. Si un ex-taulard ayant recouvré la liberté cavalait après le mec qui lui avait passé les bracelets, il n'allait pas être facile à retrouver.

Barbara soupira, bâilla, tapota sa cigarette contre la semelle de sa chaussure, faisant tomber la cendre sur la marche. Elle avait renoncé à ses traditionnelles baskets rouges eu égard à son nouveau job. Il lui fallait être nickel, au cas où Hillier aurait croisé dans les parages et où il lui aurait pris fantaisie de lui passer un nouveau savon. Résultat, ses pieds étaient horriblement comprimés, vu qu'elle avait perdu l'habitude de se chausser normalement. Assise sur sa marche, elle avait d'ailleurs l'impression d'avoir des tas de points douloureux dans tout le corps. Et pas seulement dans les orteils. Affreusement boudinée dans sa jupe, elle avait la sensation d'avoir un anaconda vissé autour du bassin. Sa veste lui sciait les aisselles. Quant à son collant, il la moulait tellement qu'il lui rentrait dans le zizi. Sûr que si elle avait été près d'accoucher, elle n'aurait pas eu besoin d'épisiotomie.

Elle n'avait jamais été une grande adepte de la mode pendant le boulot, préférant les pantalons élastiqués, les tee-shirts, les pulls à tout ce qui pouvait ressembler, fût-ce de loin, à de la couture. Aussi les gens qui étaient habitués à la voir déambuler fringuée comme l'as de pique n'avaient-ils pas manqué, en la croisant aujourd'hui, de hausser le sourcil ou de réprimer un sourire.

Parmi ces derniers, ses voisins d'Eton Villas — que Barbara avait rencontrés à quelques mètres de sa porte. Taymullah Azhar et sa fille montaient dans leur Fiat immaculée lorsque Barbara avait tourné le coin ce matin-là, fourrant son calepin dans son sac à bandoulière. Elle ne les avait pas vus. C'était Hadiyyah qui l'avait interpellée :

« Barbara, bonjour ! Tu devrais pas fumer comme ça. Tes poumons vont finir par être noirs. C'est ce qu'on nous a appris à l'école, en tout cas. On nous a même montré des photos. Je t'en avais pas parlé ? Ah, mais dis donc, t'es drôlement élégante aujourd'hui... »

Azhar, qui s'était à moitié glissé dans son véhicule, en ressortit pour adresser un signe de tête à Barbara. Il l'examina de la tête aux pieds.

« Bonjour. Et vous partez de bonne heure...

— L'avenir est à ceux qui se lèvent tôt, répondit Barbara avec entrain.

— Vous avez réussi à joindre votre ami hier soir ?

— Mon ami ? Ah vous voulez dire Nkata. Winston Nkata. (Elle se recroquevilla intérieurement, se demandant si elle s'exprimait toujours de façon aussi maladroite.) C'est un collègue. Ouais. Je l'ai contacté. C'est reparti pour un tour, le boulot. Je suis sur un nouveau coup.

— Vous ne travaillez pas avec l'inspecteur Lynley ? Vous avez un nouveau coéquipier, Barbara ?

— Oh non, fit-elle en mentant pour simplifier. On travaille tous sur la même affaire. C'est une enquête à plusieurs volets. Winston et moi, on bosse ici, à Londres. Et l'inspecteur s'occupe des développements en province.

— Je vois, fit-il, pensif.

— J'ai mangé qu'une moitié de ma pomme au caramel hier soir, dit Hadiyyah, faisant diversion. (Elle se balançait debout sur la portière ouverte, exhibant des chaussettes blanches comme des ailes d'angelot.) On peut la finir pour le thé, si tu veux.

— Ça serait sympa.

— J'ai une leçon de couture demain, je te l'avais pas dit ? Je prépare un ouvrage spécial. Mais je peux pas te dire quoi maintenant. Parce que... (Regard entendu à son père.) Mais à toi, je peux le montrer. Demain, si tu veux. Tu veux le voir ? Je te le montrerai si t'es d'accord.

— Excellente idée.

— Mais attention, c'est un secret. Tu diras rien ?

— Croix de bois, croix de fer. »

Pendant cet échange, Azhar continuait de la passer en revue. Son domaine, c'était la microbiologie, et Barbara commençait à avoir l'impression d'être un des spécimens qui requéraient son attention tant son regard était scrutateur. Malgré leur conversation de la veille et les conclusions qu'il avait tirées de l'étude de sa tenue vestimentaire, il l'avait vue partir suffisamment souvent au boulot dans sa tenue habituelle pour savoir que ce changement d'allure signifiait bien davantage que le désir d'une femme de se relooker.

« Vous devez être drôlement contente d'être de nouveau sur la brèche. Après des semaines d'oisiveté, ce n'est pas désagréable de faire fonctionner ses méninges...

— C'est super, vous voulez dire. (Barbara laissa tomber sa cigarette, l'écrasa et, d'un coup de pied, envoya le mégot dans le massif de fleurs.) Ne t'inquiète pas, c'est biodégradable, dit-elle à Hadiyyah qui était sur le point de bondir. Ça aère le sol, ça nourrit les vers. (Elle rajusta la bandoulière de son sac.) Je m'en vais. Garde-moi cette moitié de pomme au caramel.

— Peut-être qu'on pourra regarder une cassette aussi ?

— Oui, mais alors pas de sauvetage de demoiselles en détresse, hein. J'aime autant *Chapeau melon et bottes de cuir*. J'ai un faible pour Mrs Peel. J'aime ces femmes qui exhibent leurs jambes et bottent les fesses des messieurs. »

Hadiyyah éclata de rire.

Barbara fit au revoir d'un signe de tête. Elle était sur le trottoir et prenait la fuite lorsque Azhar s'enquit :

« Est-ce qu'il y aurait une réduction d'effectifs dans l'air au Yard, Barbara ? »

Elle s'interrompit, intriguée, et répondit sans penser à ce que pouvait cacher la question :

« Seigneur Dieu, non. Pourquoi ?

— L'automne peut-être. Et les changements qu'il entraîne.

— Ah... Les voyous, faut les serrer, quelle que soit la saison. Les sales types, vous savez, ils ne dételIent jamais. »

Avec un grand sourire, elle continua sa route. Du moment qu'il ne lui parlait pas de son nouveau statut de constable, elle n'aurait pas à lui expliquer dans quelles circonstances elle avait été rétrogradée. Elle voulait retarder cette explication le plus longtemps possible et si elle pouvait en faire l'économie ce serait encore mieux. Parce que les explications risquaient de blesser Azhar et que — pour des raisons sur lesquelles elle préférait ne pas s'appesantir — elle n'avait pas envie de lui faire de la peine.

Pour l'heure, assise dans l'escalier de New Scotland Yard, Barbara s'efforçait de chasser ses voisins de son esprit. C'était tout ce qu'ils étaient pour elle, en fin de compte : un homme et une fillette dont elle avait fait la connaissance par hasard.

Elle consulta sa montre. Dix heures et demie. Elle grogna. La perspective de passer encore six ou huit heures devant un écran d'ordinateur était tout sauf enthousiasmante. Il devait y avoir un moyen plus rapide de fouiller dans la vie professionnelle de l'inspecteur Maiden. Elle envisagea plusieurs possibilités et opta pour celle qui lui parut la plus simple.

En consultant les fichiers, elle avait rencontré à plusieurs reprises le nom de l'inspecteur Dennis Hextell, policier avec lequel Maiden avait fait équipe lorsqu'il travaillait en immersion. Si elle réussissait à localiser Hextell, peut-être la mettrait-il sur une piste plus solide que tout ce qu'elle pourrait apprendre en épluchant vingt ans de fichiers. Voilà, c'était ça, la solution. Hextell. Elle se leva et partit à sa recherche.

Le trouver fut plus facile qu'elle ne l'avait imaginé. Par un coup de fil au SO10, elle apprit que Hextell était toujours dans le service, qu'il était maintenant commissaire divisionnaire et dirigeait les opérations au lieu de se contenter d'y participer. Barbara le découvrit assis à une petite table dans la cafétéria du quatrième étage. Elle se présenta, lui demandant si elle pouvait s'installer près de lui. Il leva la tête des photos qu'il compulsait. Son visage, ainsi que Barbara put le constater, était moins ridé que buriné et la pesanteur avait fait son œuvre sur sa musculature. Les années ne lui avaient pas été clémentes.

Le commissaire rassembla ses photos sans un mot.

— Je travaille sur le meurtre de la petite Maiden, dans le Derbyshire, monsieur. La fille d'Andy Maiden. Vous faisiez équipe avec lui ?

Là, il réagit :

— Asseyez-vous.

Le laconisme ne gênait pas Barbara, qui s'exécuta. Elle était allée se chercher un Coca et un beignet au chocolat, et elle posa le tout sur la table.

— Excellent pour les caries, commenta Hextell avec un hochement de tête.

— Chacun ses vices.

Il grogna.

— C'est votre avion ? demanda-t-elle avec un mouvement de menton vers la photo du sommet de la pile.

C'était celle d'un biplan jaune, du genre de ceux qui volaient pendant la Première Guerre mondiale, à l'époque où les aviateurs portaient casque de cuir et écharpe blanche.

— C'en est un. Celui avec lequel je fais de la voltige.

— Vous êtes cascadeur ?

— Je vole.

— Oh, ça doit être sympa. (Barbara se demanda si c'étaient ses années undercover qui avaient rendu cet homme aussi peu bavard. Elle entreprit de le cuisiner. Y avait-il eu une affaire ou une opération particulièrement importante dans l'histoire de sa collaboration avec Andy Maiden ? Puis elle poursuivit :) La vengeance est peut-être le mobile du meurtre de sa fille. Vengeance de quelqu'un que Maiden et vous auriez mis à l'ombre. Qui aurait un compte à régler. Maiden essaie de son côté de retrouver un nom. Quant à moi, j'ai passé en revue des fichiers toute la matinée sur l'ordinateur et je n'ai rien trouvé qui fasse tilt...

Hextell s'était remis à trier ses photos. Pas n'importe comment, d'ailleurs, il semblait avoir un système. Mais Barbara ne parvint pas à comprendre lequel, étant donné que chaque cliché représentait le même avion sous divers angles. Ici le fuselage, là les ailes, le moteur ou la queue. Une fois les piles échafaudées à son idée, il sortit une loupe de sa poche et commença à les étudier.

— On a côtoyé tellement d'ordures... dealers, drogués, proxénètes, trafiquants d'armes... Tous avaient des raisons de vouloir notre peau.

— Mais aucun nom ne vous vient spontanément à l'esprit ?

— Si j'ai réussi à survivre, c'est parce que j'ai gommé de ma mémoire les noms de ces pourris. Andy, lui, s'en est moins bien sorti que moi. Il n'a pas réussi.

— A survivre ?

— A oublier.

Hextell retira une photo du tas. Il l'examina centimètre par centimètre à la loupe, comme un bijoutier qui examine un diamant douteux.

— C'est pour ça qu'il est parti ? Il a pris sa retraite anticipée, non ?

Hextell releva le nez.

— Vous enquêtez sur qui, là, au juste ?

Barbara se hâta de le rassurer.

— J'essaie de me faire une idée de cet homme. S'il

y a quelque chose que vous pouvez me dire pour m'aider...

Elle mordit avec entrain dans son beignet au chocolat.

Le commissaire reposa sa loupe.

— Andy est parti à la suite d'un examen médical. Il avait des problèmes nerveux.

— Dépression ?

— Non non, rien à voir avec le stress ni la psychologie. Je vous parle du système nerveux. Du « dur ». D'un problème neurologique. Il a d'abord commencé par perdre l'odorat. Ensuite, ç'a été le goût. Ensuite, le toucher. Il s'en sortait encore pas mal. Mais après, c'est la vue qui a été lésée. Là, ç'a été la fin, il a été obligé d'arrêter les frais.

— Merde, il devenait aveugle ?

— Il aurait fini par le devenir, c'est sûr. Mais une fois à la retraite, il a récupéré. Sensations, vision, absolument tout.

— Mais alors qu'est-ce qui clochait ?

Hextell lui jeta un long regard avant de répondre puis, de l'index, il se tapota le crâne.

— Il ne tenait plus le choc. Le travail de caméléon, c'est pas de la tarte. J'ai perdu quatre épouses, je sais de quoi je parle.

— Il n'avait pas de problèmes avec sa femme ?

— Non, comme je viens de vous le dire, lui, c'était le boulot qui lui prenait la tête. Y a des types qui sont doués pour jouer un rôle. Mais pas Andy. Les mensonges qu'il devait raconter quand il était dans la rue, l'obligation de se taire tant qu'une affaire n'était pas terminée, tout ça, ça lui a fait péter les plombs.

— Et vous ne vous souvenez pas d'une affaire, d'une grosse affaire peut-être, qui aurait été plus dangereuse, plus pénible que les autres ?

— Je ne sais pas, conclut Hextell. C'est derrière, tout ça, maintenant. Je ne dis pas qu'il n'y en a pas eu, mais je ne m'en souviens pas.

Avec une mémoire pareille, il n'avait pas dû être d'une grande utilité au ministère public au temps de sa jeunesse. Mais son instinct soufflait à Barbara que c'était le cadet des soucis du commissaire. Elle engloutit le reste de son beignet et, pour le faire passer, avala un coup de Coca.

— Merci de m'avoir accordé un peu de votre temps, dit-elle avant d'ajouter en désignant l'avion : Ça a l'air amusant...

Hextell prit la photo de l'hélice, prenant bien soin de ne pas laisser de traces de doigts.

— Ce n'est jamais qu'une autre façon de mourir.

Nom de Dieu, songea Barbara, qu'est-ce qu'on ne ferait pas pour oublier le stress du boulot...

Elle n'avait pas progressé, elle n'avait pas trouvé le nom qu'elle cherchait, mais elle était un peu plus au fait des dangers que peut présenter une longue carrière dans la police. Elle retourna s'installer devant son ordinateur. Elle s'était replongée dans l'histoire d'Andrew Maiden lorsque le téléphone sonna.

— C'est bien Cole, dit Nkata, dominant le bruit de friture. Sa mère a jeté un coup d'œil au corps, elle a fait « Oui, oui, c'est Terry », et elle est sortie de la pièce comme pour aller acheter du sucre chez l'épicier du coin. Seulement, une fois dans le couloir, elle s'est écroulée comme une masse, le visage contre terre. On a cru qu'elle venait de faire une crise cardiaque. Il a fallu lui refiler des calmants lorsqu'elle est revenue à elle. Ça lui a foutu un sacré choc.

— Y a de quoi.

— Elle en était dingue, de ce petit. Ça m'a rappelé ma mère. Vous savez qu'elle m'adore...

— Ah bon, fit Barbara, ne pouvant s'empêcher de penser à sa propre mère qui ne l'adorait certainement pas. Je suis désolée. Vous la ramenez à Londres ?

— On devrait être là en milieu d'après-midi. On s'est arrêtés histoire d'avaler un café. Elle est aux toilettes.

— Ah... (Barbara se demanda pourquoi il téléphonait. Peut-être pour jouer les intermédiaires entre elle et Lynley, de façon que ce dernier ait avec elle aussi peu de contacts que possible.) J'ai encore rien trouvé sur les arrestations effectuées par Maiden. En tout cas, rien d'utile. (Elle lui répercuta ce que le commissaire Hextell lui avait confié au sujet des problèmes de santé de Maiden, en ajoutant :) L'inspecteur en fera son miel, j'en suis sûre.

— Je transmettrai, dit Nkata. Si vous pouviez faire une pause, il faudrait que vous alliez jeter un coup d'œil à Battersea. Ça nous ferait gagner du temps.

— Battersea ?

— L'appart de Terry Cole et son atelier. Il faut bien que l'un d'entre nous aille interroger sa colocataire. Cilla Thompson, vous vous souvenez ?

— Ouais mais je pensais...

Qu'avait-elle pensé ? Que Nkata monopoliserait les tâches intéressantes, lui laissant les basses besognes dévolues au grouillot ? Son collègue continuait de la surprendre par sa générosité.

— Je peux faire une pause. J'ai pas oublié l'adresse.

A l'autre bout de la ligne, elle entendit Nkata se marrer.

— M'étonne pas de vous.

Lynley et Hanken avaient passé le début de la matinée à attendre que Winston Nkata leur amène la mère de Terry Cole pour identifier le second corps. Ni l'un ni l'autre ne doutait que la procédure ne fût une simple formalité, atrocement pénible certes, mais une simple formalité quand même. Nul n'étant venu réclamer la moto et nul n'ayant signalé de vol de moto, il semblait logique de conclure que le jeune homme mutilé et le propriétaire de la motocyclette ne faisaient qu'une seule et même personne.

Nkata les rejoignit à dix heures. Un quart d'heure plus tard, ils avaient leur réponse. Mrs Cole s'assura que le jeune homme était bien son fils Terry, après quoi elle s'effondra. Un médecin fut appelé, qui lui donna des calmants, s'occupa d'elle.

« Je veux qu'on me remette ses affaires, avait sangloté Sal Cole. Je veux ses vêtements. Pour Darryl. Je veux les emporter. »

Pas de problème, lui dirent-ils, mais seulement une fois que le labo de la police scientifique en aurait terminé avec les analyses. Une fois que le jean, le tee-shirt, les Doc Martens et les chaussettes ne seraient plus nécessaires à la suite de l'enquête. En attendant, ils lui donneraient des reçus pour les vêtements que son fils portait, ainsi que pour sa moto. Ils se gardèrent bien de préciser qu'il pourrait s'écouler des années avant que les vêtements sanglants lui soient restitués. Et elle ne songea pas à leur demander quand exactement elle les récupérerait. Elle se contenta de serrer dans sa main l'enveloppe avec les reçus, tout en s'essuyant les yeux d'un revers de poignet. Winston Nkata l'entraîna loin de ce cauchemar vers un autre cauchemar, beaucoup plus long celui-là.

Lynley et Hanken se replièrent en silence dans le bureau de l'inspecteur. Avant l'arrivée de Nkata, Hanken avait passé son temps à revoir ses notes et il avait jeté un autre coup d'œil au rapport rédigé par le constable qui le premier s'était rendu chez les Maiden pour les interroger sur la disparition de leur fille.

— Elle a reçu plusieurs coups de fil le matin de sa randonnée, dit-il à Lynley. Deux d'une femme, un d'un homme. Aucune de ces trois personnes n'a laissé son nom à Nan Maiden, qui est allée chercher Nicola pour que celle-ci prenne les communications.

— Est-ce que l'homme aurait pu être Terence Cole ? fit Lynley.

Cela n'aurait fait qu'apporter de l'eau au moulin de leurs soupçons, remarqua son collègue.

Hanken s'approcha de son bureau. Juste au milieu, on avait déposé une liasse de papiers tandis qu'ils se trouvaient avec Mrs Cole. Des documents relatifs à l'affaire, expliqua Hanken après s'en être emparé. Grâce à une secrétaire qui avait fait diligence, le Dr Sue Myles avait tenu parole : le document n'était autre que le compte rendu d'autopsie.

Le Dr Myles était aussi consciencieuse dans son travail qu'excentrique dans ses manières. Ses conclusions, au terme de l'examen externe des corps, n'occupaient pas loin de dix pages. Outre une description détaillée des blessures, contusions, abrasions et autres ecchymoses retrouvées sur les deux cadavres, le Dr Myles avait consigné tout ce qui indiquait que le décès était survenu sur la lande. C'est ainsi qu'elle avait couché par écrit les moindres éléments d'information que lui avait livrés une étude minutieuse des corps : brin de bruyère demeuré prisonnier des cheveux de Nicola Maiden, épines ayant égratigné Terry Cole à la cheville. Elle signalait même à la police les micrococoscopiques fragments de pierre retrouvés incrustés dans la chair, la présence de crottes d'oiseaux sur la peau, d'éclats de bois non identifiés restés collés sur les plaies et l'étendue des dégâts causés post mortem par les insectes et les oiseaux. S'il y avait une chose toutefois que les inspecteurs n'avaient pas à la fin de leur lecture, c'était une idée claire du nombre de tueurs qu'il leur fallait chercher. Pourtant, au milieu de toutes ces données figurait un détail intéressant : à l'exception des sourcils et des cheveux, le corps de Nicola Maiden était vierge de toute pilosité. Non qu'elle fût née glabre. Elle s'était délibérément débarrassée de ses poils. Ce détail les mit sur une piste, leur dictant la conduite à tenir. Le moment était peut-être venu de s'entretenir avec Julian Britton, le fiancé éploré. Ils partirent à sa recherche.

Broughton Manor se dressait sur une croupe calcaire, à cinq kilomètres au sud-est de la ville de Bakewell. Orienté à l'ouest, le manoir donnait sur la Wye qui, à cet endroit du vallon, décrivait une courbe placide à travers une prairie plantée de chênes où paissait un troupeau de moutons. De loin, le bâtiment ne ressemblait pas tant à un manoir sis jadis au cœur d'une propriété florissante qu'à une bâtisse fortifiée. Construit en pierre calcaire qui avait viré au gris à cause des mousses qui l'engluaient, l'édifice comportait des tours, des créneaux et des murs de quatre mètres de haut surmontés d'une théorie d'étroites fenêtres. Massif d'allure, le manoir suggérait la longévité et la solidité, ainsi que le désir et la faculté de survivre aussi bien aux vicissitudes du temps qu'aux caprices de ses propriétaires successifs.

Vu de près, c'était une autre histoire. Certaines des fenêtres à petits carreaux étaient cassées, le toit de chêne était défoncé par endroits, une végétation tenace — lierre, vigne blanche — s'agglutinait contre les fenêtres de l'aile sud-ouest, les murs bas délimitant unc série de jardins qui descendaient en pente douce vers la rivière croulaient par places, permettant ainsi aux moutons d'accéder à ce qui avait jadis dû être des parterres colorés.

— C'était l'orgueil du comté, expliqua Hanken à Lynley tandis qu'ils franchissaient le pont de pierre qui enjambait la rivière et attaquaient la montée menant à la maison. Juste après Chatsworth évidemment, qui est un palais. Mais lorsque Jeremy Britton a eu mis la main dessus, la débandade a commencé. En l'espace de dix ans, tout s'en est allé à vau-l'eau. Julian s'est mis en devoir de lui rendre son lustre. Il voudrait en faire une exploitation agricole rentable. Un hôtel. Un centre de conférences. Ou un parc. Il le loue pour des réceptions, des fêtes et des tournois. De quoi faire se retourner ses ancêtres dans leur tombe. Mais faut qu'il fasse gaffe à son père — qui ne demande qu'à boire les bénéfices.

— Julian a besoin de fonds, alors ?

— C'est un euphémisme.

— Il y a d'autres enfants dans la famille ? C'est Julian qui est l'aîné ?

Hanken passa devant une énorme porte d'entrée cloutée de fer dont le chêne sombre avait changé de couleur avec le temps, le manque d'entretien et les intempéries, et il se dirigea vers l'arrière du bâtiment. Dans un portail cintré suffisamment vaste pour laisser pénétrer un carrosse était ménagée une seconde porte, de proportions plus modestes celle-là, ouverte sur une cour aux pavés émaillés d'herbes folles. Il coupa le contact.

— Julian a un frère qui est à l'université et n'est

pas près d'en sortir. Et une sœur mariée qui habite en Nouvelle-Zélande. Effectivement, c'est lui l'aîné. Et je me demande bien pourquoi il n'imite pas les autres et ne se tire pas d'ici. Parce que, entre nous, son père, c'est pas un cadeau. Comme vous pourrez d'ailleurs le constater si jamais nous tombons dessus...

Hanken ouvrit sa portière et s'engagea dans la cour dallée. Des aboiements excités jaillirent des écuries situées au bout d'une allée de gravillons hérissée de plantes sauvages.

— Tiens, y a quelqu'un avec les chiens courants, dit Hanken à Lynley par-dessus son épaule. Julian, certainement — c'est lui qui les élève. Mais on ferait peut-être bien de jeter un coup d'œil à l'intérieur d'abord. Par là.

Ils passèrent dans une grande cour. (Il y en avait deux, expliqua Hanken.) Le rectangle approximatif dans lequel ils se trouvaient constituait un ajout relativement récent aux quatre ailes plus anciennes du bâtiment qui composaient la façade ouest de la maison. Le terme « récent », appliqué à Broughton Manor, signifiait que cette cour n'avait pas plus de trois cents ans. Quant à l'ancienne, elle datait pour l'essentiel du quinzième siècle.

Un examen même approximatif permettait de mesurer les ravages du temps auxquels Julian Britton s'efforçait de remédier. Toutefois, des signes de vie voisinaient avec les traces de décrépitude. Une corde à linge, d'où pendaient bizarrement des draps roses, avait été installée dans un coin, filant en diagonale entre deux ailes de la maison. Des sacs-poubelle en plastique attendaient qu'on les emporte près d'outils qui n'avaient pas dû être utilisés depuis au moins un siècle. Une canne en aluminium flambant neuve gisait près d'une pendule mise au rebut. Le passé et le présent partout se côtoyaient, le renouveau essayant de jaillir des débris des jours anciens.

— Bonjour, je peux vous aider ? (Voix de femme

venant des hauteurs. Ils levèrent le nez vers les fenêtres et elle rit :) Non, tout là-haut.

Debout sur le toit, elle avait sur l'épaule un sac de toile qui lui donnait l'air d'un père Noël très en avance sur la saison. Mais d'un père Noël particulièrement échevelé, avec les bras et les jambes nus et noirs de suie.

— Les gouttières, dit-elle gaiement, faisant allusion à son travail. Donnez-moi un instant, je descends.

Des nuages de saletés et de feuilles pourrissantes s'élevèrent autour d'elle et elle détourna la tête pour éviter d'en avoir sur le visage.

— Voilà, ça suffit, fit la jeune femme. (Elle traversa le toit jusqu'à une échelle à rallonge posée contre le bâtiment derrière les draps roses, descendit avec agilité, franchit la distance qui la séparait des visiteurs et se présenta :) Samantha McCallin.

Dans ce contexte où tout incitait aux réflexions historiques, Lynley ne put s'empêcher d'imaginer la jeune femme telle qu'il l'aurait perçue en des temps plus reculés : résolument quelconque mais solide. Une paysanne, un parfait spécimen destiné à engendrer des enfants et à travailler la terre. Vue avec des yeux d'homme moderne, elle était grande et bien bâtie, avec un physique de nageuse. Elle portait des vêtements fonctionnels adaptés à son activité : un vieux jean, des bottes, un tee-shirt. Une bouteille d'eau pendait à sa ceinture.

Elle avait fixé ses cheveux d'un châtain un peu terne sur le dessus de sa tête avec des pinces et elle les libéra tout en les observant sans vergogne. Sa chevelure lui retomba dans le dos en une longue natte lui balayant la taille.

— Je suis la cousine de Julie, vous devez être de la police. Et la raison de votre visite, c'est Nicola Maiden, je me trompe ? fit-elle de l'air de quelqu'un qui a raison plus souvent qu'à son tour.

— Nous aimerions nous entretenir avec Julian, opina Hanken.

— Vous ne pensez pas qu'il est impliqué dans sa

mort, j'espère ? (Elle prit sa bouteille d'eau et but une gorgée.) C'est impossible. Il adorait Nicola. Il s'en était fait le champion. A peine l'appelait-elle qu'il endossait son armure. C'est une métaphore, bien sûr.

Elle leur sourit. Ce fut sa seule erreur. Car, hésitant, son sourire trahissait l'angoisse sous un air amical.

— Où est-il ? questionna Lynley.

— Avec les chiens. Venez, je vais vous montrer le chemin.

C'était inutile. Ils auraient tout aussi bien pu se laisser guider par le bruit. Mais le désir manifeste de la jeune femme d'assister à leur entretien avec Julian constituait une donnée intéressante dont un enquêteur astucieux ne pouvait qu'essayer de tirer profit. Et qu'elle fût décidée à assister à l'entretien, cela ne faisait pas l'ombre d'un doute. Il n'y avait qu'à voir la démarche décidée qu'elle adopta pour passer devant eux et sortir de la cour.

Ils la suivirent le long du sentier herbeux. Les branches des tilleuls — non élaguées — ombrageaient le petit chemin, leur donnant une idée de ce qu'avait jadis dû être le tunnel feuillu qui conduisait aux écuries.

Les écuries elles-mêmes avaient été transformées en chenils pour les chiens courants qu'élevait Julian. Et les chiens ne manquaient pas dans les enclos aux formes hétéroclites. Tous se mirent à aboyer en chœur à la vue de Hanken, Lynley et Samantha.

— Du calme, là-dedans ! cria Samantha. Cass, comment se fait-il que tu ne sois pas avec tes chiots ?

Allant et venant tel un fauve dans une enceinte séparée de celle de ses congénères, la chienne pivota vers le bâtiment et disparut par une petite ouverture ménagée dans le mur de calcaire.

— J'aime mieux ça, fit Samantha. Elle a mis bas il y a quelques jours, ajouta-t-elle à l'adresse des policiers. Et elle supporte difficilement qu'on s'approche de ses petits. Julie doit être avec eux. C'est par là... Les chenils, leur dit-elle en ouvrant la porte, faisant apparaître des enclos extérieurs et intérieurs, deux salles de travail et une douzaine de cages pour les chiots.

Contrairement à ce qui se passait au manoir, l'accent était mis sur la propreté et le confort moderne dans les chenils. Dehors, les enclos étaient impeccablement balayés, les bols d'eau étincelaient, la clôture métallique était vierge de toute trace de rouille. A l'intérieur, les murs étaient chaulés, les lumières éclatantes, le sol dallé de pierre immaculé, et de la musique jouait en sourdine. Brahms. Les murs épais, qui fournissaient une excellente isolation phonique, coupaient du bruit extérieur. Comme ils ne laissaient pas pénétrer la chaleur du dehors et avaient tendance à retenir l'humidité, l'endroit avait été équipé du chauffage central.

Lynley échangea un regard avec Hanken tandis que Samantha les entraînait vers une seconde porte fermée. Manifestement, son collègue pensait comme lui que, dans cette maison, les animaux étaient mieux lotis que les humains.

Julian Britton était dans la pièce baptisée « Chiots Numéros Un ». Samantha frappa doucement à deux reprises avant de l'appeler :

— La police aimerait te parler, Julie. On peut entrer ?

— Doucement, fit une voix d'homme. Cass est un peu nerveuse.

— C'est ce qu'on a vu dehors. (Et à Lynley et Hanken :) Tâchez de ne pas trop l'effrayer.

Cass se remit à faire du raffut lorsqu'ils entrèrent. Elle était dans un enclos en forme de L qui ouvrait sur l'extérieur grâce à la petite porte pratiquée dans la paroi. Au fond de l'enclos, loin du courant d'air, un carton renfermait sa portée. Quatre grosses lampes chauffaient cette partie de l'enceinte. Les flancs du carton étaient protégés par une peau de mouton, et le fond tapissé d'un matelas de vieux journaux.

Julian Britton était dans la cage. Un chiot dans la main gauche, il lui tendait son index droit. Les yeux encore fermés, le petit chien tétait avidement le doigt qu'on lui avait mis dans la gueule. Au bout d'un moment, Julian se libéra, remit l'animal dans le nid et prit des notes dans un classeur.

— Du calme, Cass, dit-il à la chienne.

Celle-ci ne cessa d'aboyer que pour pousser de sourds grognements. A l'évidence, elle n'était toujours pas rassurée.

— Les mères devraient toutes s'intéresser d'aussi près à leur progéniture, fit Samantha.

On n'aurait su dire si elle faisait allusion à la chienne ou à Julian.

Tandis que Cass s'installait dans le cocon de vieux journaux, Julian l'observait. Il ne souffla mot tant que le chiot qu'il avait examiné n'eut pas trouvé une mamelle où téter. Puis il laissa échapper des murmures d'encouragement tandis que le reste de la litière s'installait pour se nourrir.

Lynley et Hanken se présentèrent, brandissant leurs cartes. Julian y jetant un coup d'œil, cela leur permit de le passer en revue. C'était un homme de belle taille, costaud sans être gros ou gras. Sur son visage, des taches de rousseur irrégulières, indiquant une longue habitude de la vie en plein air ou peut-être signes avant-coureurs d'un cancer cutané, lui donnaient l'aspect d'un bandit roux. Alliées à la pâleur étrange de son teint, elles accentuaient son air maladif.

Après qu'il eut examiné les cartes, il sortit de sa poche de pantalon un mouchoir bleu et s'essuya le visage, bien qu'il ne semblât pas transpirer.

— Je ferai mon possible pour vous aider. J'étais avec Andy et Nan quand ils ont appris la nouvelle. J'avais rendez-vous avec Nicola ce soir-là. Ne la voyant pas arriver, nous avons téléphoné à la police.

— Julie est parti à sa recherche, ajouta Samantha. La police ne voulait pas intervenir.

Hanken ne parut pas apprécier cette critique. Il jeta un coup d'œil vaguement irrité à la jeune femme et demanda s'ils ne pourraient pas bavarder dans un endroit où ils n'auraient pas à supporter les aboiements de la chienne.

Julian les entraîna vers les enclos des chiots plus âgés, qui étaient installés dans une partie distincte du bâtiment. Les enceintes étaient astucieusement équipées pour leurs jeux : cartons à déchiqueter, labyrinthes à plusieurs niveaux où circuler, jouets divers, friandises dissimulées çà et là pour stimuler leur curiosité. Le chien, leur dit Julian Britton, était un animal intelligent. Et s'attendre à ce qu'un animal intelligent prospère dans un environnement dépourvu de stimulants ludiques était non seulement stupide mais cruel. Il parlerait aux inspecteurs tout en travaillant. Il espérait que ça ne les dérangerait pas.

Et voilà pour le fiancé éploré, songea Lynley.

— C'est parfait, commenta Hanken.

Julian parut deviner les pensées de Lynley :

— Le travail est un réconfort, j'espère que vous le comprenez.

— Tu veux un coup de main, Julie ?

— Ce n'est pas de refus. Je vais rafistoler le labyrinthe. Tu peux t'occuper des biscuits, si tu veux, Sam.

Il pénétra dans l'enceinte. Ses gestes étaient réguliers, assurés. Samantha partit chercher la nourriture.

Les chiots manifestèrent leur joie. Abandonnant leurs jeux, ils se dirigèrent vers Julian, avides de nouvelles distractions. Il leur murmura des mots d'affection, leur caressa la tête, jeta des balles et plusieurs os en caoutchouc à l'autre bout de la cage. Tandis que les animaux se ruaient dessus, il se mit à réparer le labyrinthe constitué de pièces s'emboîtant les unes dans les autres.

— On nous a dit que Nicola Maiden et vous étiez fiancés, fit Hanken. De fraîche date.

— Toutes nos condoléances, ajouta Lynley. Je suppose que vous n'avez guère envie de parler de tout ça. Mais peut-être que vous avez — sans même le savoir — des choses à nous dire qui nous aideraient dans notre enquête...

Julian se concentrait sur les parois du labyrinthe.

— J'ai induit Andy et Nan en erreur, fit-il. Sur le moment, ça m'a paru plus simple que de tout leur expliquer. Ils n'arrêtaient pas de me demander si on s'était disputés. Tout le monde me posait la même question en voyant qu'elle ne revenait pas.

— Induit en erreur ? Vous n'étiez donc pas fiancés ?

Julian jeta un coup d'œil dans la direction prise par Samantha, partie chercher de la nourriture pour les chiens.

— Non. Je lui avais fait ma demande. Mais elle l'avait repoussée.

— Vos sentiments n'étaient pas payés de retour ? questionna Hanken.

— Je suppose que non, puisqu'elle ne voulait pas m'épouser.

Samantha les rejoignit, traînant derrière elle un gros sac en toile de jute, ses poches pleines de gâteries pour les chiots.

— Tiens, Julie, dit-elle en entrant dans l'enclos. (Et voyant que son cousin n'arrivait pas à démonter une des parties du labyrinthe :) Laisse-moi t'aider.

— Ça va, je me débrouille.

— Fais pas l'idiot. Je suis plus costaud que toi.

Entre les mains puissantes de Sam, le labyrinthe ne résista pas longtemps. Julian la regarda, mal à l'aise.

— Quand lui aviez-vous fait votre demande ? voulut savoir Lynley.

Samantha tourna vivement la tête vers son cousin. Et la détourna tout aussi rapidement. Elle se mit à cacher des biscuits un peu partout.

— Lundi soir, dit Julian. La veille de... la veille du jour où Nicola devait partir camper sur la lande. (Il se replongea dans son travail, leur parlant sans les regarder.) Je sais ce que vous pensez. Je ne suis pas complètement abruti. Je lui demande sa main, elle me repousse, puis elle meurt. Alors oui, je sais à quoi vous pensez. Mais je ne l'ai pas tuée. (Tête baissée, il cligna des yeux comme pour s'empêcher de pleurer.) J'étais amoureux d'elle. Cela faisait des années que je l'aimais.

Samantha se figea à l'autre bout de l'enclos, les

chiots gambadant autour d'elle. Elle parut sur le point de se rapprocher mais s'abstint.

— Vous saviez où elle se trouverait cette nuit-là ? questionna Hanken. La nuit où elle a été tuée ?

— Je l'avais appelée dans la matinée — juste avant son départ — et on s'était donné rendez-vous mercredi soir. Mais c'est tout ce qu'elle m'a dit.

— Elle ne vous a pas dit qu'elle allait faire une randonnée ?

— Elle ne m'a pas dit qu'elle sortait.

— Elle a reçu d'autres appels avant de partir ce jour-là, lui apprit Lynley. D'une femme. Peut-être même de deux femmes. Et un autre coup de fil d'un homme. Aucune de ces trois personnes ne s'est présentée lorsque la mère de Nicola a pris la communication. Vous avez une idée des gens qui auraient pu vouloir lui parler ?

— Pas la moindre, fit Julian sans autrement réagir au fait que l'un des correspondants était un homme. Ç'aurait pu être n'importe qui.

— Elle était très populaire, intervint Samantha du bout de l'enclos. Elle était entourée d'une foule de gens ici, et j'imagine qu'elle avait également des tas d'amis au collège.

— Au collège ? reprit Hanken.

Nicola avait suivi une série de cours à la faculté de droit, leur apprit Julian.

— A Londres, précisa-t-il lorsqu'on lui posa la question. Elle avait un petit boulot pour l'été chez un nommé Will Upman. Un avocat de Buxton. C'est son père qui le lui avait déniché. Upman est un habitué de Maiden Hall. Et puis je crois qu'Andy Maiden espérait que sa fille bosserait à plein temps chez Upman dans le Derbyshire une fois ses cours terminés.

— C'était important, pour ses parents, qu'elle se fixe dans la région ? s'enquit Hanken.

— Pas seulement pour ses parents. Pour tout le monde.

Lynley se demanda fugacement si ce « tout le monde » incluait la cousine de Julian. Il regarda dans sa direction. Elle était très affairée à camoufler ici et là des biscuits que les chiots s'amuseraient à découvrir. Il voulut savoir dans quel état d'esprit Julian se trouvait lorsqu'il avait pris congé de Nicola le soir où il lui avait fait sa demande. Furieux ? Amer ? Plein d'espoir quand même ? C'était horrible, ajouta Lynley, de se faire rembarrer par une femme qu'on voulait épouser. Il n'y aurait rien eu d'étonnant à ce que ce rejet déclenche un mouvement de colère chez celui qui en était l'objet.

Samantha ne resta pas sans réagir :

— C'est une façon de lui demander s'il l'a tuée ?

— Voyons, Sam, intervint Julian comme on lance un avertissement. J'étais sonné, évidemment. J'avais le cafard. Tout le monde aurait eu la même réaction.

— Nicola sortait avec quelqu'un d'autre ? C'est pour ça qu'elle vous a envoyé promener ?

Julian ne broncha pas. Lynley et Hanken échangèrent un regard entendu.

— Je vois où vous voulez en venir, déclara Samantha. Vous pensez que Julie est rentré à la maison lundi soir, qu'il lui a téléphoné le lendemain matin pour lui donner rendez-vous, qu'il a découvert où elle était cette nuit-là — ce qu'il s'est bien gardé de vous révéler — et qu'ensuite il l'a tuée. Eh bien, laissez-moi vous dire que c'est absurde.

— Peut-être. Mais une réponse nous aiderait malgré tout, fit Lynley.

— Non, dit Julian.

— Elle ne sortait pas avec un autre ? Ou elle ne vous a pas dit si elle voyait quelqu'un d'autre ?

— Nicola était franche. Si elle avait eu une relation avec un autre homme, elle me l'aurait dit.

— Elle n'aurait pas essayé de vous le cacher pour vous ménager ?

Julian eut un rire amer.

— Ce n'était pas son genre de ménager les autres.

En entendant ça, Hanken ne put s'empêcher de poser une question :

— Où étiez-vous dans la nuit de mardi, Mr Britton ?

— Avec Cass.

— La chienne ?

— Elle mettait bas, inspecteur, dit Samantha. On ne laisse pas seule une chienne qui met bas.

— Vous vous trouviez là aussi, Miss McCallin ? s'enquit Lynley. Pour donner un coup de main à votre cousin peut-être ?

Elle se mordilla la lèvre.

— C'était en pleine nuit. Julian ne m'a pas réveillée. J'ai découvert les chiots le lendemain matin.

— Je vois.

— Mais non ! s'écria-t-elle. Vous croyez que Julie est impliqué. Vous êtes venus ici dans l'intention de le pousser à dire quelque chose de compromettant. C'est votre façon de procéder.

— Notre but, c'est de découvrir la vérité.

— C'est ça, allez raconter ces sornettes aux quatre de Bridgewater ! Qui ne sont plus que trois aujourd'hui, si je ne m'abuse, car l'un de ces pauvres types est mort en prison. Appelle un avocat, Julie. Et plus un mot.

Que Julian Britton fût assisté d'un avocat, c'était bien la dernière des choses dont ils avaient besoin en ce moment.

— Vous tenez des registres sur vos chiens, Mr Britton. Avez-vous consigné l'heure de la naissance ?

— Ils ne naissent pas tous en même temps, inspecteur, fit Samantha.

— Pour Cass, le travail a commencé vers vingt et une heures. Les petits sont arrivés petit à petit à partir de minuit. Comme il y en avait six — dont un mort-né —, cela a pris plusieurs heures. Si vous voulez connaître les heures exactes, je les ai notées. Sam, tu peux aller chercher le registre ? (Elle obtempéra. Lorsqu'elle revint, Julian lui dit :) Merci. J'ai presque fini. Heureusement que tu étais là pour me donner un coup de main. Je terminerai seul.

Manifestement, il la congédiait. Elle le fixa comme pour lui transmettre un message dont il ne parut pas pouvoir ou vouloir tenir compte. Avant de s'en aller, elle jeta un coup d'œil menaçant à Lynley et Hanken. Les aboiements des chiens dehors retentirent puis retombèrent lorsqu'elle ouvrit et referma la porte.

— Elle est pleine de bonnes intentions, fit Julian. Franchement, je ne sais pas ce que je deviendrais sans elle. Essayer de remettre le manoir sur pied est un sacré boulot. Je me demande parfois pourquoi je m'y suis attaqué.

— Pourquoi ? questionna Lynley.

— Il y a plusieurs siècles que les Britton sont établis sur ces terres. Mon rêve serait qu'ils y demeurent encore quelques centaines d'années.

— Nicola Maiden faisait partie de votre rêve ?

— Dans ma tête, oui. Pas dans la sienne. Elle avait ses propres rêves. Ses projets. Mais c'est évident, n'est-ce pas ?

— Elle vous en avait parlé ?

— Elle s'était bornée à me dire qu'elle ne partageait pas les miens. Elle savait que je ne pouvais lui offrir ce qu'elle désirait. Ni maintenant ni probablement jamais. Elle pensait que le mieux était de ne rien changer à nos relations.

— Quelles étaient-elles, ces relations ?

— Nous étions amants.

— Au sens normal du terme ? s'enquit Hanken.

— Où voulez-vous en venir ?

— Cette jeune femme était rasée. Ce qui indiquerait un penchant pour certaines pratiques.

Julian devint cramoisi.

— Elle avait des idées un peu tordues. Elle s'épilait à la cire. Elle avait des piercings, aussi. Langue, nombril, seins, nez. Elle était comme ça.

Drôle d'épouse pour un hobereau campagnard dans la dèche. Lynley se demanda ce qui avait pu pousser Julian à voir en elle sa future femme.

— Ça ne veut rien dire, ces trucs-là, ajouta Julian comme s'il lisait dans les pensées de l'inspecteur. Elle était comme ça, c'est tout. Les jeunes femmes, elles sont toutes comme ça aujourd'hui. Vous venez de Londres, vous devriez le savoir.

On en voyait en effet de toutes les couleurs dans les rues de Londres. Il aurait fallu être fou pour cataloguer une femme de moins de trente ans sous prétexte qu'elle s'épilait entièrement à la cire ou se faisait percer des trous dans le corps. Cependant, Lynley ne put s'empêcher de trouver quelque peu étonnants les commentaires de Julian. Ils avaient été formulés avec une vivacité qui méritait qu'on les approfondisse.

— C'est tout ce que je peux vous dire.

Sur ces mots, Julian ouvrit le registre. Il le feuilleta pour atteindre un intercalaire bleu, tourna plusieurs pages jusqu'à ce qu'il tombe sur la bonne. Après quoi, il fit pivoter le cahier vers Lynley et Hanken. En haut de la page, on pouvait lire, en majuscules, CASS. Sous ce nom, l'heure de la naissance des différents chiots ainsi que les heures de début et de fin de la parturition.

Ils le remercièrent et le laissèrent travailler. Dehors ce fut Lynley qui, le premier, prit la parole :

— Les heures étaient notées au crayon, Peter, toutes sans exception.

— Ce détail ne m'a pas échappé. (Hanken hocha la tête en direction du manoir.) Ils font une sacrée équipe, ces deux-là. Julie et sa cousine.

Lynley ne put qu'acquiescer, se demandant seulement à quel genre de jeu l'équipe en question pouvait bien jouer.

8

Barbara Havers se sentait drôlement soulagée de pouvoir échapper à l'atmosphère étouffante du QG de la Metropolitan Police. A peine Winston Nkata lui eut-il demandé de se rendre chez Terry Cole à Battersea que, sans perdre une minute, elle se précipita vers sa voiture. Elle adopta le trajet le plus direct possible, rejoignant le fleuve, suivant les quais jusqu'à Albert Bridge. Sur la rive sud de la Tamise, elle consulta son *A à Z* tout corné pour dénicher la rue qu'elle cherchait, prise en sandwich entre Battersea Bridge Road et Albert Bridge Road.

L'appartement de Terry Cole se trouvait dans un bâtiment rénové couleur vert sapin tout brique et bow-windows, situé dans Anhalt Road en compagnie d'autres bâtiments du même style. A l'extérieur, les interphones indiquaient que l'immeuble comportait quatre appartements. Barbara appuya sur *Cole-Thompson*. Puis elle attendit, jetant un coup d'œil aux alentours. Les maisons mitoyennes, dont certaines étaient en meilleur état que d'autres, disposaient pour la plupart de jardins. Certains impeccablement entretenus, d'autres en triste état. Plusieurs lopins de terre avaient été transformés en dépotoirs et il s'y amoncelait toutes sortes d'objets hétéroclites, des cuisinières rouillées voisinant avec des téléviseurs éventrés.

N'obtenant pas de réponse à son coup de sonnette, Barbara fronça les sourcils et descendit les marches du perron. Elle pesta, peu désireuse de se retrouver encore des heures au Yard coincée devant son écran d'ordinateur et, tout en examinant la maison, elle réfléchit. Pas question de s'introduire dans le bâtiment par effraction. Elle songeait à effectuer un repli stratégique au pub le plus proche pour y déguster une assiette de saucisses purée lorsqu'elle vit bouger un rideau du bow-window de l'appartement du rez-de-chaussée. Elle décida alors de tenter sa chance chez les voisins.

Près de l'appartement numéro 1, un nom : *Baden*. Barbara appuya sur le bouton correspondant. Une voix tremblante s'échappa presque tout de suite de l'interphone, comme si la personne à l'autre bout s'attendait à recevoir une visite de la police. Une fois que Barbara se fut identifiée, le buzzer grésilla et la porte s'ouvrit avec un déclic. Barbara la poussa et déboucha dans un vestibule qui devait bien faire la taille d'un échiquier. Le revêtement de sol évoquait également les échecs, avec ses carreaux rouges et noirs maculés d'empreintes de pas. L'appartement numéro 1 était sur la droite. Lorsque Barbara frappa, elle s'aperçut que c'était reparti pour un tour et qu'il lui fallait de nouveau montrer patte blanche : cette fois, elle présenta sa carte devant le judas. Lorsque le document eut été examiné avec soin par la personne occupant l'appartement, les verrous et la chaîne de sûreté furent mis en branle et la porte s'ouvrit. Barbara se trouva nez à nez avec une vieille dame qui marmonna d'un ton d'excuse :

— On ne saurait être trop prudent par les temps qui courent.

Après s'être présentée, Mrs Geoffrey Baden s'empressa de mettre Barbara au courant des menus détails de son existence. Veuve depuis vingt ans, elle n'avait pas d'enfants, seulement des oiseaux — des passereaux, dont l'énorme cage occultait tout un panneau du séjour — et sa musique, ajouta-t-elle en désignant le piano qui occupait l'autre paroi. C'était un vieux piano droit sur le dessus duquel s'alignaient comme à la parade des photos encadrées du défunt Geoffrey prises à différentes époques de sa vie, et dont le pupitre disparaissait littéralement sous des partitions annotées à la main.

Mrs Baden souffrait de tremblements qui agitaient ses mains et sa tête. Elle ne cessa de branler du chef pendant tout le temps que dura son entretien avec Barbara.

— Il n'y a pas beaucoup de place pour s'asseoir, dit-elle avec entrain lorsqu'elle eut fini de raconter sa vie. Venez dans la cuisine, je viens de faire un cake au citron, vous en mangerez bien un morceau.

Barbara aurait effectivement bien aimé en manger une tranche, mais si elle s'était risquée jusque-là, c'était pour rencontrer Cilla Thompson. Mrs Baden savait-elle où cette dernière se trouvait ?

— Elle doit être à l'atelier, fit Mrs Baden en ajoutant : Ce sont des artistes tous les deux, Cilla et Terry. Des jeunes gens adorables, malgré leur look. Mais je m'y suis habituée, à leur allure. Les temps changent. Alors faut bien s'adapter. On n'a pas le choix.

La vieille dame semblait si bonne, si gentille que Barbara eut des scrupules à lui annoncer comme ça tout de go la mort de Terry.

— Vous devez bien les connaître.

— Cilla est un peu timide, je crois. Mais Terry, c'est un amour. Faut toujours qu'il me fasse des visites surprises, qu'il m'apporte des petits cadeaux. Il me considère comme sa grand-mère d'adoption. Quand j'ai besoin d'un coup de main, il me dépanne. Quand il sort faire ses courses chez l'épicier du coin, il ne manque jamais de me demander si j'ai besoin de quelque chose. Des voisins comme ça, ça se trouve pas sous le sabot d'un cheval, c'est pas votre avis ?

— J'ai de la chance, moi aussi, sur ce plan-là, dit Barbara, trouvant la vieille dame de plus en plus sympathique. J'ai des voisins agréables.

— Vous pouvez vous estimer heureuse alors, ma chère. Au fait, on vous a déjà dit que vos yeux étaient d'une très jolie couleur ? C'est rare, cette nuance de bleu. Vous n'auriez pas du sang scandinave ?

Mrs Baden brancha la bouilloire électrique et sortit

une boîte de thé d'un placard. Elle versa les feuilles dans une théière en porcelaine qui ne datait pas d'hier et posa sur la table deux mugs dépareillés. Elle tremblait tellement que Barbara eut du mal à l'imaginer soulevant une bouilloire pleine d'eau bouillante. Aussi, quelques minutes plus tard, lorsque l'eau fut prête, se hâta-t-elle de faire le thé. Mrs Baden l'en remercia.

— On dit partout que les jeunes d'aujourd'hui sont de vrais sauvages. Mais pas ceux que je connais. (Avec une cuiller en bois, elle remua les feuilles puis, relevant la tête, elle ajouta comme si elle s'attendait depuis un certain temps à recevoir une visite de la police malgré ce qu'elle venait de dire :) J'espère que mon petit Terry n'a pas d'ennuis.

— Hélas, je suis désolée, Mrs Baden, fit Barbara, mais Terry est mort. Il a été assassiné dans le Derbyshire il y a plusieurs nuits. C'est pourquoi j'aimerais m'entretenir avec Cilla.

Mrs Baden forma en silence le mot *mort*. Son visage se décomposa tandis que la portée du vocable se frayait un chemin dans sa conscience.

— Oh, mon Dieu, un si gentil garçon. Vous ne pensez pas que Cilla ou son petit ami ont quelque chose à voir là-dedans, si ?

Barbara s'empressa de stocker l'information dans une case de sa mémoire, se promettant d'enquêter ultérieurement sur le petit ami.

Non, dit-elle à Mrs Baden. Si elle tenait à parler à Cilla, c'est parce qu'elle voulait pénétrer dans l'appartement. Elle avait besoin de jeter un coup d'œil sur les lieux, histoire de voir s'il n'y avait rien qui puisse donner à la police une idée de la raison pour laquelle Terry Cole avait été assassiné.

— En fait, il y a eu deux personnes d'assassinées. L'autre était une femme, Nicola Maiden. Et il se peut que ce soit à cause d'elle que les crimes ont eu lieu. Nous essayons de découvrir s'il n'y a pas un lien entre Terry et cette femme, pour savoir s'ils se connaissaient.

— Bien sûr, dit Mrs Baden, je comprends. Vous avez

un travail à faire, aussi désagréable soit-il. (Et d'apprendre à Barbara que Cilla Thompson devait être sous le viaduc du chemin de fer, à Portslade Road. C'était là que Terry, elle et deux autres artistes avaient loué un atelier qu'ils partageaient. Mrs Baden ne pouvait donner à Barbara l'adresse exacte mais elle ne pensait pas que l'atelier fût difficile à localiser :) Vous n'aurez qu'à demander aux voisins, une fois à Portslade Road ; ils vous renseigneront sûrement. Quant à l'appartement... (A l'aide d'une pince en argent fort usée, Mrs Baden repêcha un sucre dans le sucrier. Il lui fallut s'y reprendre à trois fois, mais elle sourit de contentement lorsqu'elle réussit enfin son coup et laissa tomber le sucre dans son thé avec un petit *plop*.) J'en possède une clé, bien sûr.

Génial, songea Barbara, se frottant mentalement les mains.

— Cette maison m'appartient, voyez-vous. (Mrs Baden expliqua qu'à la mort de son mari elle avait fait transformer la villa en appartements pour les louer de façon à avoir de quoi vivre sur ses vieux jours.) Je loue trois appartements et j'habite le quatrième. (Elle ajouta qu'elle insistait pour conserver une clé de chacun, ayant découvert que la perspective d'une visite surprise de leur propriétaire maintenait ses locataires dans un salutaire état d'alerte.) Quoi qu'il en soit, conclut-elle avec un gentil sourire en réduisant à néant les espoirs de Barbara, je ne peux pas vous laisser entrer.

— Ah non ?

— Ce serait trahir sa confiance que de laisser pénétrer quelqu'un chez Cilla sans sa permission. J'espère que vous comprenez.

Merde, songea Barbara, et elle demanda quand Cilla Thompson rentrait.

Comme ces jeunes gens n'avaient pas d'horaires, poursuivit Mrs Baden, le constable ferait bien de faire un saut à Portslade Road pour prendre rendez-vous avec Cilla pendant que cette dernière peignait. Au fait, est-ce qu'elle pourrait persuader Miss Havers d'accepter une tranche de cake au citron avant son départ ? Elle aimait bien faire de la pâtisserie, mais c'était encore mieux quand elle pouvait faire goûter sa production à quelqu'un.

Voilà qui ferait joliment pendant au beignet au chocolat, songea Barbara. Et puisqu'elle se voyait refuser l'accès à l'appartement de Terry Cole, rien ne lui interdisait de poursuivre le régime à base de lipides qu'elle avait si bien commencé.

Mrs Baden eut un sourire radieux lorsque Barbara accepta son offre et elle lui coupa une tranche de cake de taille à combler l'appétit d'un guerrier viking. Tandis que Barbara s'y attaquait, la vieille dame entreprit de lui faire la conversation — art dans lequel excellaient les personnes de sa génération. Çà et là, au détour d'une phrase, elle en vint à lui parler de Terry Cole.

Barbara apprit ainsi que Terry était un rêveur, un garçon dénué d'esprit pratique. D'après Mrs Baden, en tout cas. Il voulait ouvrir une galerie, lui confia Mrs Baden. Seulement, qui aurait bien pu avoir l'idée saugrenue d'acheter ses œuvres ou celles de ses camarades ? Enfin bref, elle n'était qu'une vieille femme et n'entendait rien à l'art moderne.

— Sa mère nous a confié qu'il travaillait sur une grosse commande, fit Barbara. Il vous en avait touché un mot ?

— Il m'avait effectivement parlé d'un grand projet.

— Vous voulez dire que c'étaient seulement des paroles en l'air ?

— Pas exactement. Je crois que, dans son esprit, c'était quelque chose de tangible.

— Dans son esprit. Parce qu'il était mythomane ?

— Peut-être simplement un peu trop enthousiaste. (Mrs Baden ramassa des miettes de cake avec les dents de sa fourchette et prit un air pensif, puis, non sans hésiter :) Ce n'est pas bien de dire du mal des morts...

Barbara tenta de la rassurer :

— Vous l'aimiez bien. C'est évident. Et vous voulez l'aider.

— Il était si gentil. Il n'en faisait jamais assez pour ceux qu'il appréciait. Pour ça, vous aurez du mal à trouver quelqu'un qui vous dira le contraire.

— Mais... ?

— Mais parfois, quand un jeune homme veut une chose avec autant de force, il est tenté de prendre des raccourcis pour aboutir à ses fins, il essaie de trouver un moyen plus direct d'atteindre son objectif...

— Vous parlez de la galerie qu'il projetait d'ouvrir ?

— De la galerie, non, je parle de sa réputation. Il voulait être quelqu'un, ma chère. Plus que de l'argent ou des symboles de réussite, ce qu'il désirait, c'était être reconnu. Avoir sa place dans le monde. Mais sa place, il faut la gagner, n'est-ce pas ? Ça ne vous tombe pas tout cuit dans le bec. Seulement, Terry n'avait pas l'air prêt à faire ce qu'il fallait. (Elle reposa sa fourchette près de son assiette et laissa retomber ses mains sur ses genoux.) C'est moche de dire des choses comme ça sur son compte. Il était tellement gentil avec moi. Il m'a donné trois passereaux pour mon anniversaire. Il m'a offert des fleurs pour la fête des mères. Et pas plus tard que cette semaine, des partitions... Il avait tellement de tact. Il était si généreux, vraiment. Toujours prêt à vous dépanner. Toujours là quand j'avais besoin de quelqu'un pour changer une ampoule ou visser un boulon...

— Je comprends.

— Je voudrais que vous sachiez qu'il avait plusieurs facettes. Et que l'autre facette, celle du jeune homme pressé, je suis sûre qu'il s'en serait débarrassé en prenant de l'âge. Vous ne croyez pas ?

— Sans aucun doute, fit Barbara.

A moins bien entendu que sa soif de réputation n'ait eu un lien direct avec sa mort sur la lande.

Après avoir quitté Broughton Manor, Lynley et Hanken s'arrêtèrent à Bakewell pour prendre un repas sur le pouce dans un pub non loin du centre. Là, attablés respectivement devant des pommes de terre en robe des champs et un déjeuner villageois, ils s'efforcèrent de mettre de l'ordre dans ce qu'ils venaient d'apprendre. Hanken avait apporté une carte du Peak District dont il se servit pour sa démonstration.

— Nous sommes à la recherche d'un tueur qui connaît la région, dit-il, pointant sa fourchette sur la carte. Et vous n'allez pas me dire qu'un détenu qui vient de sortir de la prison de Dartmoor a pris un cours accéléré de randonnée et de pistage pour se venger d'Andy Maiden en assassinant sa fille. Non, vous ne me ferez pas gober un truc pareil.

Lynley étudia la carte. Les sentiers de randonnée sillonnaient le Peak District, les sites intéressants se comptaient par dizaines. C'était un paradis pour les randonneurs et les campeurs. Mais un paradis bien vaste où un promeneur mal entraîné, imprudent, pouvait facilement se perdre. Lynley constata également que Broughton Manor était suffisamment important, historiquement parlant, pour figurer sur la carte au sud de Bakewell et que les terres du manoir jouxtaient une forêt qui elle-même débouchait sur une lande. A travers la lande et la forêt s'étiraient une série de sentiers pour les promeneurs, ce qui incita Lynley à remarquer :

— La famille de Julian Britton est implantée dans la région depuis des centaines d'années. J'imagine que le coin, il le connaît comme sa poche.

— Andy Maiden aussi, contra Hanken. Il a le teint d'un homme qui aime le plein air. Les promenades, il a dû en faire quelques-unes... Je ne serais pas surpris d'apprendre que sa fille avait hérité de lui ce penchant pour la randonnée. Et il a retrouvé la voiture. Il a passé toute la nuit à quadriller ce putain de White Peak et il a réussi à retrouver cette saloperie de voiture...

— Où se trouvait-elle exactement ?

De nouveau, Hanken utilisa sa fourchette. Entre le hameau de Sparrowpit et Winnat's Pass s'étendait une route, laquelle formait la frontière nord-ouest de Calder Moor. La voiture stationnait derrière un mur de pierres sèches, à quelque distance de la piste qui conduisait vers le sud-est et Perryfoot.

— Très bien, dit Lynley, il a eu un sacré coup de pot...

Hanken poussa une sorte de grognement :

— En effet.

— ... de retrouver la bagnole. Mais les coups de pot, ça arrive. Et il connaissait les endroits que sa fille aimait.

— Il les connaissait suffisamment bien pour retrouver sa trace, lui fracasser le crâne et rentrer chez lui à toute allure sans que personne remarque quoi que ce soit...

— Poussé par quel mobile, Peter ? Le fait qu'il ait caché des choses à sa femme n'en fait pas pour autant un coupable. Vous ne me ferez jamais avaler ça. Et si c'est lui le tueur, qui est son complice ?

— Revenons aux loubards de ses années au SO10. Quel libéré conditionnel fraîchement sorti de Newgate refuserait de se mettre quelques livres dans la poche ? Surtout si c'était Maiden qui lui avait fait une offre et l'avait conduit jusqu'au site. (Il piqua au bout de sa fourchette des morceaux de pommes de terre et des praires, et enfourna le tout.) Les choses auraient très bien pu se passer de cette façon.

— Pour ça, il faudrait qu'Andy Maiden ait subi une sacrée métamorphose depuis son arrivée dans le Derbyshire. Or c'était un de nos meilleurs éléments...

— Je ne l'aime pas trop, ce type. Il se peut qu'il ait eu une très bonne raison pour vous faire mettre sur l'enquête, profitant des renvois d'ascenseur qu'on lui devait au Yard.

— Là, Peter, ça devient insultant. Je pourrais prendre la mouche.

— Vous m'en verriez ravi. Ça me plairait assez de faire sortir un aristo de ses gonds. Mais faites attention, si ça se trouve, vous pensez trop de bien de lui. Cela pourrait être dangereux.

— Aussi dangereux que d'en penser du mal.

— Touché, dit Hanken, je ne l'ai pas volée, celle-là.
— Julian a un mobile, Peter.
— Déception amoureuse ?
— Peut-être même quelque chose de plus fort. De viscéral. Qui part des tripes. Comme la jalousie, par exemple. Qui est ce type, Upman ?
— Je vous le présenterai.

Ils terminèrent leur repas et regagnèrent la voiture. A la sortie de Bakewell, ils prirent la direction du nord-ouest. Ils grimpèrent la montée et traversèrent la frontière nord de la lande de Taddington.

Arrivés à Buxton, ils longèrent High Street et finirent par trouver une place pour se garer derrière la mairie. C'était un imposant édifice du dix-neuvième siècle donnant sur les Slopes, série de petits chemins où les curistes jadis faisaient de l'exercice l'après-midi.

Le cabinet de l'avocat était situé un peu plus loin dans High Street, au-dessus d'un agent immobilier et d'une galerie d'art où étaient exposées des aquarelles des Peaks. On accédait au cabinet par une porte en verre opaque sur laquelle étaient gravés trois noms : *Upman, Smith & Sinclair*.

Dès que Hanken eut fait parvenir sa carte à Upman par l'intermédiaire d'une secrétaire vieillissante en twin-set et tweed, l'intéressé se porta à leur rencontre et les fit pénétrer dans son domaine. Il avait appris la mort de Nicola Maiden en téléphonant à Maiden Hall pour demander où adresser à la jeune femme son salaire de l'été. Et l'une des femmes de ménage lui avait annoncé la nouvelle. La semaine précédente avait été la dernière semaine de travail de Nicola dans son établissement, leur expliqua-t-il. Il qualifia la mort de Nicola d'épouvantable tragédie, ajoutant :
— Elle avait des capacités fantastiques et j'étais plus que satisfait de son travail.

Lynley étudia l'homme tandis que Hanken glanait des informations sur les relations de l'avocat et de la stagiaire. Upman avait tout d'un présentateur de la BBC, tant il était impeccable et tiré à quatre épingles. Ses cheveux bruns grisonnant aux tempes lui donnaient un air de sérieux qui devait le servir dans sa profession. Cette confiance, sa voix de basse bien timbrée l'inspirait également. Il devait avoir une petite quarantaine, mais son allure détendue, son aisance le rajeunissaient.

Il répondit aux questions de Hanken sans montrer la moindre gêne. Il connaissait Nicola Maiden depuis neuf ans, c'est-à-dire depuis que ses parents et elle s'étaient installés dans le Peak District. L'acquisition de Padley Gorge Lodge, devenu Maiden Hall, avait permis aux Maiden de faire la connaissance de celui des associés d'Upman qui s'occupait d'immobilier. C'était par cet associé que Will Upman avait rencontré le couple et leur fille.

— Est-il vrai que Mr Maiden se soit débrouillé pour que Nicola travaille chez vous cet été ? fit Hanken.

— Andy espérait que Nicola exercerait le droit dans le Derbyshire une fois son diplôme en poche, confirma Upman. Il n'en faisait pas mystère. (Tout en parlant, il s'appuyait contre son bureau. Il n'avait pas proposé à ses visiteurs de s'asseoir. Il parut s'en apercevoir tout d'un coup parce qu'il se hâta soudain de s'excuser :) Je manque à tous mes devoirs, excusez-moi. Asseyez-vous, je vous prie, je peux vous offrir un café, du thé ? Miss Snodgrass ?

Il avait élevé la voix en direction de la porte ouverte. Dans l'entrebâillement, la secrétaire refit une discrète apparition. Elle avait chaussé des lunettes à large monture qui lui donnaient l'air d'un insecte apeuré.

— Oui, Mr Upman, fit-elle, attendant son bon plaisir.

— Messieurs ?

Lynley et Hanken refusèrent les boissons et Miss Snodgrass fut congédiée. Upman gratifia les inspecteurs d'un vaste sourire tandis qu'ils s'asseyaient. Lui-même prit soin de rester debout. La manœuvre n'échappa pas à Lynley, qui serra aussitôt sa garde. Incontestablement, l'avocat venait de marquer un point. Et très habilement.

— Que ressentiez-vous à l'idée que Nicola pût travailler dans le Derbyshire ? s'enquit Lynley.

— Rien du tout, fit l'autre, le considérant d'un air affable.

— Vous êtes marié ?

— Non, et je ne l'ai jamais été. La branche dont je me suis fait une spécialité m'a refroidi : je m'occupe essentiellement de divorces. Il y a de quoi vous débarrasser de vos illusions sur le romantisme.

— Vous croyez que c'est pour ça que Nicola a refusé la demande en mariage de Julian Britton ? poursuivit Lynley. Parce qu'elle n'avait plus d'illusions ?

— J'ignorais qu'il lui avait demandé sa main, fit Upman, surpris.

— Elle ne vous en avait pas parlé ?

— C'était mon employée, inspecteur, je n'étais pas son confesseur.

— Vous étiez autre chose pour elle ? intervint Hanken, agacé par la remarque. Outre son employeur...

Upman prit sur son bureau un violon miniature capable de tenir au creux de la paume et qui lui servait de presse-papier. Il passa les doigts le long des cordes, les pinça comme pour s'assurer que l'instrument était correctement accordé.

— Vous voulez savoir si elle et moi entretenions des relations personnelles ?

— Quand un homme et une femme travaillent de façon suivie dans un espace restreint, poursuivit Hanken, ce sont des choses qui arrivent.

— Pas à moi.

— J'en déduis que vous ne voyiez pas la petite Maiden à l'extérieur du bureau ?

— C'est exactement ça. (Upman remit le violon en place et prit un pot à crayons. Il entreprit de retirer les crayons dont la mine était trop usée, les disposant les uns à côté des autres près de sa cuisse toujours appuyée contre le bureau.) Ça aurait bien plu à Andy Maiden qu'on sorte ensemble, Nicola et moi. Il y a fait allusion à plusieurs reprises, chaque fois que je dînais à Maiden

Hall et que Nicola s'y trouvait. Il s'efforçait de nous laisser seuls ensemble. Je n'étais pas dupe de son manège, mais malheureusement je ne pouvais pas lui donner satisfaction.

— Pourquoi ? fit Hanken. Il y avait quelque chose qui n'allait pas chez cette petite ?

— Ce n'était pas mon type.

— C'était quoi, son type, à cette jeune femme ? questionna Lynley.

— J'en sais rien. Ecoutez, qu'est-ce que ça peut faire ? Je suis... enfin je... sors plus ou moins avec quelqu'un d'autre.

— Plus ou moins, répéta Hanken en écho.

— Oui. Nous avons conclu un arrangement. Disons qu'on se voit. C'est moi qui me suis occupé de son divorce il y a deux ans. Mais quelle importance, de toute façon ?

Il avait l'air gêné et Lynley se demanda pourquoi.

Hanken parut s'en rendre compte également car il entra dans la danse :

— Vous trouviez la petite Maiden séduisante, pourtant.

— Evidemment, je ne suis pas aveugle, elle *était* séduisante.

— Et votre divorcée, elle connaissait son existence ?

— Ce n'est pas *ma* divorcée. Elle ne m'est rien. On se voit, c'est tout. Et il n'y avait rien dont Joyce dût être mise au...

— Joyce, reprit Lynley.

— Sa divorcée, explicita Hanken.

— Et, reprit Upman avec force, il n'y avait rien dont Joyce dût être mise au courant parce qu'il n'y avait rien entre nous. Je veux dire, entre Nicola et moi. Trouver une femme séduisante et se lancer avec elle dans une histoire qui ne peut aboutir à rien, ce sont deux choses différentes...

— Pourquoi est-ce que cela n'aurait abouti à rien ? fit Lynley.

— Parce que nous étions occupés ailleurs. Moi de

mon côté, et elle du sien. Si j'avais tenté ma chance, ce que je n'ai pas fait, je me serais exposé à vivre toutes sortes de frustrations...

— Mais elle a refusé d'épouser Julian, intervint Hanken. C'est qu'elle n'était donc pas aussi occupée que vous le supposiez. Elle avait peut-être des vues sur quelqu'un d'autre...

— Si tel était le cas, ce n'était pas sur moi. Quant à ce pauvre Britton, je parie qu'elle a refusé sa demande parce que ses revenus lui semblaient insuffisants. A mon avis, elle avait jeté son dévolu sur le titulaire d'un compte en banque impressionnant à Londres.

— D'où vous vient cette impression ? s'enquit Lynley.

Upman réfléchit. Il semblait soulagé qu'on cesse de le cuisiner sur ses relations avec Nicola Maiden.

— Elle avait un bipeur et ce bipeur sonnait au bureau de temps en temps, dit-il finalement. Une fois, elle m'a demandé si ça ne me dérangeait pas qu'elle téléphone à Londres pour donner le numéro d'ici à son correspondant afin qu'il puisse la rappeler. Ce qu'il a fait. A plusieurs reprises.

— Et c'est là-dessus que vous vous basez pour déduire qu'il s'agissait d'un homme friqué ? fit Lynley. Ce ne sont pas quelques appels téléphoniques longue distance qui risquent de ruiner quelqu'un qui ne roule pas sur l'or...

— Je sais, mais Nicola avait des goûts de luxe. Croyez-moi, ce n'était pas avec ce qu'elle gagnait ici qu'elle aurait pu s'offrir les vêtements qu'elle portait. Je vous parie vingt livres qu'en passant sa garde-robe en revue vous allez découvrir que celle-ci provient des boutiques de Knightsbridge et qu'elle a été payée par un pauvre con sur un compte dont Nicola pouvait disposer comme elle l'entendait. Et le pauvre con en question, ce n'est pas moi.

Bien joué, songea Lynley. Upman s'en était sorti avec une adresse qui faisait honneur à sa profession. Mais sa façon de présenter les faits avait quelque chose de fabriqué qui mettait Lynley mal à l'aise. C'était comme s'il savait qu'on lui poserait ce genre de questions et qu'en bon avocat il avait préparé ses réponses. En voyant l'air écœuré de Hanken, Lynley comprit que son collègue avait tiré la même conclusion que lui.

— Ainsi, elle aurait eu une liaison ? fit Hanken. Elle serait sortie avec un homme marié qui faisait le maximum pour satisfaire ses caprices ?

— Je n'en ai pas la moindre idée. Tout ce que je peux dire, c'est qu'elle avait quelqu'un et que ce quelqu'un, selon moi, habite Londres.

— Quand l'avez-vous vue vivante pour la dernière fois ?

— Vendredi soir. Nous avons dîné ensemble.

— Je croyais que vous ne la fréquentiez pas en dehors du boulot ? commenta Hanken.

— Je l'avais invitée à dîner pour lui dire au revoir, c'est une pratique courante entre employeur et employé, si je ne me trompe. Est-ce que cela fait de moi un suspect ? Si j'avais voulu la tuer — et pour quelle raison ? ça, vous seuls le savez —, pourquoi est-ce que j'aurais attendu mardi ?

— Ah, dit Hanken, lui sautant dessus. Vous savez donc quand elle est morte.

— Je vous ai dit avoir eu quelqu'un de Maiden Hall au bout du fil, inspecteur, fit Upman, nullement troublé.

— En effet, c'est bien ce que vous nous avez dit, fit Hanken en se levant. Merci, Mr Upman, vous nous avez été très utile. Si vous pouviez nous indiquer le nom du restaurant où vous avez dîné vendredi soir, ça nous aiderait. Et maintenant il ne nous reste plus qu'à prendre congé.

— Le Chequers Inn, dit Upman. A Calver. Mais pourquoi vous faut-il ce renseignement ? Vous me soupçonnez ? Parce que, si tel est le cas, j'insiste...

— Inutile de prendre le mors aux dents, coupa Hanken.

Et inutile, songea Lynley, d'inquiéter davantage l'avocat.

— Tous ceux qui connaissaient la victime sont suspects, Mr Upman. L'inspecteur Hanken et moi-même nous efforçons d'éliminer les possibilités. J'imagine que vous encourageriez vos clients à collaborer avec la police s'ils voulaient se voir rayer de la liste des suspects.

Upman ne parut pas trouver cette explication à son goût, mais il n'insista pas.

Lynley et Hanken sortirent de son bureau, se retrouvèrent dans la rue — où Hanken grommela tandis qu'ils se dirigeaient vers la voiture :

— Quel faux jeton, ce gus ! Quelle pourriture ! Vous y avez cru, à son histoire ?

— A quelle partie de l'histoire ?

— Je ne sais pas... le début, la fin...

— Tout ce que raconte un avocat est forcément sujet à caution. (Cette remarque amena un sourire contraint sur les lèvres de Hanken.) Cela étant, il nous a fourni des éléments utiles. J'aimerais m'entretenir de nouveau avec les Maiden, histoire de voir si je ne peux pas leur tirer quelque chose qui puisse corroborer les soupçons d'Upman à propos de l'inconnu que Nicola voyait à Londres. S'il y a un autre amant quelque part, il y a également un autre mobile de meurtre.

— Pour Britton, dit Hanken. (D'un mouvement de tête, il désigna le cabinet de l'avocat.) Et Upman ? Vous comptez le mettre sur votre liste de suspects ?

— Tant que nous n'aurons pas vérifié son alibi, oui.

— Je commence décidément à vous trouver sympathique, fit Hanken avec un hochement de tête.

Cilla Thompson était à l'atelier de Portslade Road lorsque Barbara Havers y arriva. Les deux grandes portes côté façade étaient ouvertes. La jeune femme était en pleine fièvre créatrice et enduisait une toile de peinture tout en écoutant des tambours africains sur un vieux lecteur de CD. La musique était poussée à fond. Barbara en ressentait les pulsations dans son sternum.

— Cilla Thompson ? cria-t-elle en extrayant sa carte de son sac à bandoulière. Je peux vous dire un mot ?

Cilla prit connaissance de la carte tout en fourrant son pinceau entre ses dents et en appuyant sur une touche du lecteur, faisant taire les percussions.

— Cyn Cole m'a prévenue, dit-elle en recommençant à barbouiller de peinture sa toile.

Barbara alla jeter un coup d'œil à son travail et vit une bouche béante d'où émergeait une figure maternelle qui brandissait une théière décorée de serpents. Le peintre avait manifestement comblé un vide dans le monde de l'art.

— La sœur de Terry vous a appris qu'il avait été assassiné ?

— Sa mère l'a appelée du Derbyshire après avoir identifié le corps. Cyn m'a téléphoné aussitôt. J'ai tout de suite pensé qu'il y avait quelque chose qui clochait quand j'ai reçu son appel hier soir. Elle avait une voix bizarre. Mais jamais j'aurais deviné... Qui aurait pu vouloir tuer Terry Cole ? C'était un inoffensif petit bonhomme. Un peu cintré, si on considère son travail, mais inoffensif.

Pas un muscle de son visage ne bougea lorsqu'elle prononça ce jugement. A croire qu'elle-même était environnée d'œuvres de Rubens et non de tableaux représentant des bouches larges comme des fours d'où jaillissaient les objets et les substances les plus hétéroclites, de l'huile de moteur aussi bien que des voitures accidentées. Le travail des gens avec qui elle partageait l'atelier ne valait guère mieux, du moins d'après ce que Barbara put en voir. Les autres artistes étaient des sculpteurs comme Terry : l'un d'eux utilisait comme matériau des poubelles métalliques esquintées et l'autre des chariots de supermarché rouillés.

— Ouais, bien, marmonna Barbara. Tout ça, c'est une question de goût.

— Pas pour quelqu'un qui a étudié les arts plastiques, fit Cilla en roulant les yeux.

— Terry n'avait pas d'éducation artistique ?

— Terry était un frimeur, soit dit sans l'offenser. Il n'avait aucune expérience. Sauf en matière de mensonge. Là, il était champion.

— D'après sa mère, il travaillait sur une grosse commande.

— Pour Paul McCartney, sûrement, répondit Cilla, sarcastique. Selon le jour de la semaine où on lui posait la question, Terry avait une réponse différente. Tantôt il bossait sur un projet qui lui allait lui rapporter des millions. Tantôt il s'apprêtait à intenter un procès à Pete Townsend — lequel avait oublié de révéler au monde que Terry était son fils naturel. Ou alors il était tombé sur des documents secrets qu'il avait l'intention de monnayer à la presse de caniveau. Ou encore il allait déjeuner avec le directeur de la Royal Academy. Quand il ne s'apprêtait pas, bien sûr, à ouvrir une galerie branchée où il exposerait sa production qu'il vendrait à prix d'or.

— Alors cette histoire de commande, c'était du pipeau ?

— Probable. (Cilla fit un pas de côté pour examiner son œuvre. Elle appliqua du rouge sur la lèvre inférieure. Puis une touche de blanc.) Ah oui, fit-elle, satisfaite de l'effet produit.

— La mort de Terry, vous prenez ça plutôt bien, commenta Barbara. Je veux dire pour quelqu'un qui vient juste de l'apprendre.

Cilla ne s'y trompa pas et prit l'énoncé pour ce qu'il était : une critique. Attrapant un autre pinceau et le trempant dans du violet, elle laissa tomber :

— Terry et moi, on partageait un appart. On partageait cet atelier. Parfois, on mangeait ensemble, on allait au pub. Mais on n'était pas vraiment copains. On se dépannait, c'est tout, en partageant les frais.

Compte tenu de la taille des sculptures de Terry et de la nature des peintures de Cilla, l'arrangement semblait raisonnable. Mais cela rappela à Barbara une remarque de Mrs Baden.

— Votre boy-friend, il prenait ça comment, cet arrangement ?

— Ah, vous avez parlé au vieux pruneau. Elle attend que Dan rue dans les brancards depuis qu'elle le connaît. C'est quelqu'un qui juge les gens à leur mine.

— Alors ?

— Alors quoi ?

— Alors, est-ce qu'il s'en est pris physiquement à Terry ? C'est quand même pas courant d'avoir une petite amie qui vit avec un autre mec.

— Comme je viens de vous le dire, on vit... on vivait pas vraiment ensemble, je dirais plutôt qu'on vivait en parallèle. Et encore, les trois quarts du temps on se voyait même pas, on sortait pas avec les mêmes gens. Terry avait ses copains, et moi les miens.

— Vous les connaissiez, ses copains ?

La peinture violette fut déposée sur la chevelure de la femme au bec grand ouvert. Plaquée en une épaisse ligne courbe. Puis, de la paume, Cilla l'étala sur le support ; après quoi, elle s'essuya la paume sur sa combinaison. La figure maternelle semblait avoir des trous dans la tête. Cilla prit du gris et s'attaqua au nez. Barbara recula d'un pas, peu désireuse de voir où l'artiste comptait en venir.

— Il ne les invitait pas ici, poursuivit Cilla. Le plus souvent, il se contentait de leur parler au téléphone. Et la plupart de ses potes étaient des nanas, en fait. C'étaient elles qui l'appelaient. Jamais l'inverse.

— Il avait une petite amie ? Une femme qui comptait plus que les autres ?

— Il ne se tapait pas de bonnes femmes. A ma connaissance, du moins.

— Il était gay ?

— Asexué. Il couchait pas. Il faisait que se branler. Et encore, ça reste à démontrer.

— L'art était tout son univers.

Cilla se marra un bon coup.

— Si vous voulez. (Elle examina son travail.) Oui, dit-elle en pivotant vers Barbara. Voilà. C'est bon, cette fois.

Du nez de Maman jaillissait maintenant une substance peu appétissante. Barbara murmura un vague assentiment. Cilla emporta le chef-d'œuvre jusqu'au mur le long duquel une demi-douzaine d'autres toiles étaient posées. Parmi celles-ci, elle en choisit une qui n'était pas terminée et la plaça sur le chevalet pour continuer à y travailler.

Elle approcha un tabouret de la droite du chevalet. Fouillant dans un carton, elle en sortit une souricière avec sa souris encore coincée dans le piège. Elle posa la souricière sur un tabouret où elle déposa ensuite un chat empaillé mangé aux mites et un bocal de fromage pour les pâtes. Elle arrangea les objets jusqu'à obtenir la nature morte souhaitée. Puis elle s'attaqua à la toile inachevée où l'on voyait, par-dessus la lèvre inférieure harponnée par un crochet, jaillir la langue d'une bouche.

— Terry ne vendait pas beaucoup ?

— Que dalle, fit Cilla d'un ton enjoué. Mais il s'est jamais tellement décarcassé pour son art. Si on se donne pas à fond, dans l'art, on obtient rien. Moi, je mets mes tripes sur la toile, et ça se voit. Le résultat est là.

— Vous avez des satisfactions artistiques, fit Barbara d'un ton pénétré.

— Eh, je vends, moi ! Un vrai gentleman m'a acheté une toile y a pas deux jours. Il est entré, il a jeté un coup d'œil, décrété qu'il lui fallait absolument un Cilla Thompson et il a sorti son carnet de chèques...

Bien, songea Barbara. La fille avait de l'imagination.

— S'il ne vendait jamais rien, où Terry trouvait-il l'argent pour régler ses factures ? L'appart, l'atelier. Sans parler des outils de jardinage qu'il semblait avoir achetés en gros.

— Il prétendait qu'on lui versait des pots-de-vin.

— Des pots-de-vin ? (Cette fois, Barbara se dit qu'elle tenait une piste.) Terry faisait chanter quelqu'un ?

— Bien sûr. Son père. Peter Townsend. Tant que le cher Pete aboulerait le fric, Terry s'abstiendrait d'aller trouver les tabloïds en pleurnichant : « Papa nage dans le pognon et moi j'ai pas un rond. » Bah, comme s'il pouvait espérer convaincre quelqu'un qu'il n'était pas ce qu'il était en réalité : un escroc à la petite semaine qui ne songeait qu'à se la couler douce.

On n'était pas très loin de la description faite par Mrs Baden. La différence, c'est que Cilla parlait du jeune homme avec moins d'affection et de compassion. Si Terry Cole avait monté une escroquerie, de quoi s'agissait-il ? Et qui en avait été la victime ?

Il devait exister des preuves de tout ça. Et il semblait qu'il n'y eût qu'un endroit où ces preuves pussent se trouver. Barbara expliqua à la jeune fille qu'elle aurait besoin de jeter un œil à son appartement. Cilla serait-elle prête à collaborer ?

— Entièrement d'accord.

Elle serait chez elle à cinq heures. Si Barbara voulait se pointer, elle la trouverait au nid. Mais il valait mieux que le constable Havers sache une bonne chose : quoi que Terry Cole ait pu faire, elle-même était hors du coup.

— Je suis une artiste avant tout, moi.

Elle réarrangea la souris morte et changea de position la patte du chat empaillé, de façon à lui donner l'air plus menaçant.

— Oh, je le vois bien, lui assura Barbara.

Au commissariat de Buxton, Lynley et Hanken se séparèrent après que l'inspecteur Hanken eut fait mettre un véhicule à la disposition de son collègue. Hanken comptait se rendre à Calver, bien décidé à vérifier l'alibi de Will Upman. C'est-à-dire son dîner avec Nicola Maiden. De son côté, Lynley se mit en route pour Padley Gorge.

A Maiden Hall, les préparatifs du dîner allaient bon train dans la cuisine donnant sur le parking où Lynley gara la Ford prêtée par la police. Le bar était réapprovisionné, et on dressait les tables dans la salle à manger. L'activité était générale. Dans la mesure du possible, la vie continuait.

La femme qui avait intercepté les inspecteurs la veille dans l'après-midi se porta au-devant de Lynley, qui attendait à la réception. Lorsqu'il demanda s'il pouvait voir Andy Maiden, elle murmura : « Pauvre monsieur » et s'en fut chercher son patron. Demeuré seul, Lynley s'approcha de la salle à manger située dans le prolongement du petit salon. Une autre femme du même âge et du même style que la première mettait des bougies sur les tables. Une corbeille de chrysanthèmes jaunes était posée par terre.

Le passe-plat entre la salle à manger et la cuisine était ouvert et, de l'intérieur de la cuisine, s'échappaient des mots de français prononcés à toute vitesse. Puis, dans un anglais à l'accent impossible : « Non, non, non et non ! J'ai demandé des échalotes, je veux des échalotes ! Ce que vous m'avez donné, là, c'est des oignons ! »

Suivit une réponse que Lynley ne parvint pas à entendre, puis un torrent de français d'où il réussit à extraire un « Je t'emmerde ! » de belle facture.

— Tommy ?

Lynley pivota et vit qu'Andy Maiden était dans le salon, un carnet à spirale à la main. Maiden avait l'air ravagé, les traits tirés, il n'était pas rasé et il avait gardé ses vêtements de la veille au soir.

— Je n'ai pas pu attendre la retraite, dit-il d'une voix terne. Je vivais dans l'espoir du jour où j'arrêterais de bosser. J'ai supporté le boulot sans broncher parce que j'avais un objectif. C'est ce que je me disais, du moins. C'est ce que je disais à Nan et Nicola. « Encore quelques années et on aura mis assez d'argent de côté. » (Le simple fait de traverser le salon pour rejoindre Lynley parut lui ôter le reste de ses forces.) Et regardez où ça nous a menés. Ma fille est morte et je me retrouve avec une liste de noms. Quinze salopards qui auraient tué père et mère histoire de se faire trois ronds. Comment ai-je pu m'imaginer qu'ils feraient leurs années de taule et disparaîtraient dans la nature sans essayer de se venger de moi ?

Lynley jeta un coup d'œil au carnet.

— Vous avez une liste à nous donner...

— J'ai lu et relu mes cahiers toute la nuit. Et vous voulez que je vous dise ?

— Quoi ?

— Je l'ai tuée, le responsable de sa mort, c'est moi.

Lynley se demanda combien de fois il avait été témoin de ce besoin d'endosser la responsabilité d'un acte. C'était toujours pareil. Et s'il y avait une réponse capable d'atténuer le sentiment de culpabilité de ceux qui restaient en vie après avoir perdu l'un des leurs de mort violente, il ne la connaissait toujours pas.

— Andy...

Maiden l'interrompit :

— Vous vous souvenez de ce que je disais dans le temps ? Je voulais mettre la société à l'abri des éléments criminels. Et j'étais très fort, dans mon boulot. Ah ça oui ! Seulement je ne me suis jamais aperçu que, pendant que je faisais une fixation sur notre putain de société, ma fille... ma petite Nick... Désolé.

— Ne vous excusez pas Andy, c'est inutile.

Maiden ouvrit son carnet et en arracha la dernière page qu'il fourra dans la main de Lynley.

— Trouvez-le, ce fumier.

— Faites-nous confiance.

Lynley savait que les mots ne pesaient pas lourd dans la balance, qu'il aurait bien du mal à réconforter Maiden. Néanmoins, il lui expliqua qu'il avait demandé à un policier de scanner les fichiers du SO10 à Londres. Mais qu'il n'avait pas encore de nouvelles pour le moment. C'était pourquoi les moindres éléments que Maiden pouvait leur fournir — un nom, une affaire, une enquête — pourraient faire gagner un temps précieux au policier londonien chargé des recherches sur l'ordinateur, lui permettant ainsi de se lancer à la poursuite de suspects potentiels.

— Y a-t-il autre chose que je puisse faire pour vous ? demanda Maiden. Est-ce que vous pourriez me confier une tâche, Tommy, qui me permettrait de me focaliser sur autre chose parce que sinon je sens que je vais devenir... ? (Il se passa une main dans les cheveux, des cheveux qui — bien que gris — étaient bouclés et épais.) Ma réaction n'est pas originale. C'est celle du gars qui cherche à tout prix à s'occuper afin de cesser de penser à ça...

— Elle est naturelle, nous élevons tous des défenses autour de nous en cas de choc. Jusqu'à ce que nous soyons prêts à l'affronter. C'est humain.

— « Ça », drôle de façon de parler ! Mais vous savez, si je prononce le mot exact, tout aura l'air plus vrai et je ne pourrai pas le supporter.

— Personne ne vous demande d'affronter la réalité pour le moment. Votre femme et vous avez besoin d'un peu de temps pour nier ce qui est arrivé, pour vous effondrer carrément. Croyez-moi, je comprends.

— Vraiment...

— Vous savez que je vous comprends. (La requête que Lynley s'apprêtait à faire n'était pas facile :) Il va falloir que je passe en revue les affaires de votre fille, Andy. Vous voulez être présent quand je vais m'en occuper ?

— Ses affaires sont dans sa chambre, fit Maiden, les sourcils froncés. Mais si vous cherchez un lien avec le SO10, qu'est-ce que la chambre de Nicola vient faire là-dedans ?

— Rien, peut-être. Mais nous avons parlé à Julian Britton et Will Upman ce matin. Il y a un certain nombre de détails que nous aimerions tirer au clair.

— Seigneur, fit Maiden. Vous ne pensez tout de même pas que l'un d'eux...

— Pour l'instant, nous n'en sommes qu'au stade des suppositions, Andy, s'empressa de dire Lynley.

Maiden l'examina pendant trente bonnes secondes. Parut accepter sa réponse. Il conduisit Lynley au second étage de la maison dans la chambre de sa fille et se tint sur le seuil pendant que Lynley commençait à fouiller dans les affaires de Nicola.

Ces affaires, c'était exactement ce que l'on pouvait

s'attendre à découvrir dans une pièce occupée par une jeune femme de vingt-cinq ans. Bon nombre des objets qui se trouvaient là confirmaient les propos de Julian Britton et de Will Upman. Un coffret à bijoux en bois renfermait la preuve que la jeune femme avait des piercings : anneaux d'or de différentes tailles ayant servi à mettre en valeur nombril, lèvre, pointe de sein. De petites boules semblaient avoir orné la langue. Des rubis, des émeraudes, encore plus minuscules et munis de vis, avaient dû décorer le nez.

La penderie abritait des vêtements de marque dont les griffes constituaient un véritable *Who's who* de la haute couture. Upman avait déclaré qu'elle ne pouvait décemment pas s'habiller de cette manière avec le salaire qu'il lui versait et ces tenues lui donnaient raison. Et d'autres objets indiquaient que quelqu'un passait à Nicola Maiden tous ses caprices.

La chambre regorgeait en effet de gadgets et d'accessoires qui trahissaient un portefeuille bien garni ou alors l'existence dans la vie de la jeune femme d'un partenaire désireux de lui prouver sa flamme en la couvrant de cadeaux. Une guitare électrique occupait un coin de la penderie ; à côté, un lecteur de CD, un tuner et des baffles qui lui auraient certainement coûté plus d'un mois de salaire. Un meuble pivotant en chêne contenait quelque deux à trois cents CD. Dans un coin, un téléviseur couleur servait de support à un téléphone mobile. Sur une étagère, sous la télévision, s'alignaient sept ou huit sacs en cuir. Tout dans la chambre était excessif. L'employeur de Nicola n'avait pas raconté que des mensonges. Ou il y avait un amant richissime dans la coulisse ou la jeune femme était entrée en possession de son argent d'une façon qui l'avait finalement conduite à la mort : vente de drogue, chantage, marché noir, détournement de fonds. En pensant à Upman, Lynley se rappela un détail.

Il se dirigea vers la commode et ouvrit des tiroirs, révélant des sous-vêtements en soie, des chemises de nuit en soie également, des écharpes en cachemire, des chaussettes de luxe non encore portées. Dans un autre tiroir, il découvrit des vêtements et du matériel de randonnée : short kaki, pulls soigneusement pliés, petit sac à dos, cartes d'état-major, flasque en argent aux initiales NM. Les deux tiroirs du bas contenaient les seuls articles qui ne semblaient pas avoir été achetés à Knightsbridge. Toutefois, comme les autres, ils étaient pleins à ras bord. De pull-overs en laine de toutes formes et de toutes couleurs. Chacun portait une étiquette brodée cousue dans l'encolure avec ces mots : *Réalisé par les mains aimantes de Nancy Maiden*. Lynley tripota pensivement l'une des étiquettes.

— Son bipeur manque à l'appel. Pourtant, Upman m'a affirmé qu'elle en possédait un. Sauriez-vous où il se trouve ?

— Un bipeur ? fit Maiden, quittant son poste d'observation près de la porte. Will est certain qu'elle en avait un ?

— Oui, on la bipait au bureau. Vous l'ignoriez ?

— Je ne l'ai jamais vue avec. Il n'est pas là ? (Maiden imita Lynley : il examina les objets posés sur le dessus de la commode puis fouilla les tiroirs les uns après les autres. Il alla plus loin cependant et, prenant la place de Lynley devant la penderie, il se mit à vérifier les poches de vestes de sa fille ainsi que la ceinture de ses pantalons et de ses jupes. Des vêtements dans des housses en plastique gisaient sur le lit, il les passa également en revue. Ne trouvant rien, il dit :) Elle a dû l'emporter en randonnée. Vous le retrouverez dans l'un des sacs de scellés...

— Pourquoi aurait-elle emporté son bip et laissé son téléphone mobile ? L'un ne lui servait à rien sans l'autre.

Maiden jeta un regard à la télévision où le portable était posé puis de nouveau considéra Lynley.

— Alors c'est qu'il est quelque part par ici.

Lynley farfouilla dans la table de nuit. Il y découvrit successivement un flacon d'aspirine, un paquet de Kleenex, des pilules contraceptives, une boîte de bougies d'anniversaire et un tube de crème pour les lèvres. Il s'approcha des sacs en cuir rangés sous le téléviseur, les ouvrit, examina chaque compartiment. Tous étaient vides. Comme étaient vides également un cartable, un attaché-case et un sac de week-end.

— Il est peut-être resté dans sa voiture, suggéra Maiden.

— Quelque chose me dit que non.

— Pourquoi ?

Lynley ne répondit pas. Debout au milieu de la pièce, il passa les objets en revue et, ce faisant, il vit ce qu'il n'avait pas remarqué auparavant. La pièce ressemblait à un musée. Rien dans la chambre ne semblait en désordre.

On avait fouillé dans les affaires de la jeune femme.

— Où est votre femme cet après-midi, Andy ?

9

Andy Maiden ne répondant pas tout de suite, Lynley lui reposa la question, ajoutant :

— Elle est à l'hôtel ? Dans le jardin ?

— Non non, fit Maiden. Nan est sortie.

Ses doigts se crispèrent comme sous l'effet d'un spasme soudain.

— Où est-elle allée ? Vous le savez ?

— Sur la lande, je crois. Elle a pris la bicyclette, c'est par là qu'elle va généralement se promener.

— A Calder Moor ?

Maiden s'approcha du lit de sa fille et s'y laissa tomber lourdement.

— Vous n'aviez jamais rencontré Nancy avant cette affaire, n'est-ce pas, Tommy ?

— Pas que je me souvienne.

— C'est un être généreux, animé de bonnes intentions. Elle donne, elle donne. Mais il y a des moments où je n'en peux plus d'être celui qui accepte. (Il contempla ses mains. Plia les doigts. Il leva puis laissa tomber ses mains, poursuivant :) Elle se faisait du souci pour moi. Vous vous rendez compte ? Elle voulait m'aider. Elle ne pensait qu'à une chose : faire disparaître cette sensation d'engourdissement que j'ai dans les mains. Hier après-midi, elle n'a cessé de s'occuper de ça. Et la nuit dernière également.

— Peut-être que c'est sa façon à elle d'oublier, de tenir le choc.

— Peut-être. Mais moi je n'arrivais pas à respirer

tellement elle me bourdonnait aux oreilles, m'enveloppait de sa sollicitude, m'offrant des tasses de thé, me proposant des compresses chaudes. J'en arrivais à me dire que je n'étais plus maître de ma carcasse. Qu'elle n'aurait de cesse de se glisser dans ma peau afin de... (Il marqua abruptement une pause et parut méditer sur les paroles qui lui avaient échappé car il changea de cap et d'une voix creuse murmura :) Seigneur, écoutez ça ! Quel égoïste je fais !...

— Vous venez de recevoir un coup terrible. Vous essayez de faire face.

— Elle aussi en a reçu un. N'empêche que c'est à moi qu'elle pense. (Il pétrit une de ses mains avec les doigts de l'autre.) Elle voulait me masser, c'est tout. Et moi je l'ai envoyée promener. J'avais peur d'étouffer en restant un instant de plus dans la pièce en sa compagnie. Et maintenant... Comment peut-on à la fois avoir besoin de quelqu'un, l'aimer et le haïr ? Qu'est-ce qui nous arrive ?

« Le contrecoup du choc, voilà ce qui vous arrive », aurait voulu répondre Lynley.

— Elle s'est rendue à Calder Moor, Andy ? se contenta-t-il de répéter.

— Plutôt à Hathersage Moor. C'est plus près d'ici. A quelques kilomètres. Je ne pense pas qu'elle soit allée à Calder.

— Elle s'est déjà rendue là-bas à vélo ?

— A Calder Moor ?

— Oui, sur la lande de Calder. Elle est déjà allée là-bas à vélo ?

— Oui, bien sûr.

C'était moche mais Lynley se voyait contraint de poser la question. Il devait bien ça à Hanken, et à lui-même d'ailleurs.

— Vous aussi, Andy ? Ou seulement votre femme ?

Andy Maiden releva lentement la tête comme s'il se rendait compte de la tournure que prenait la conversation.

— Je vous croyais sur la piste du SO10. A Londres.

— Je suis sur cette piste. Mais ce que je cherche, c'est la vérité, toute la vérité. Vous aussi, j'imagine. Est-ce que vous faites du vélo tous les deux du côté de Calder Moor ?

— Nancy n'est pas...

— Andy, aidez-moi. Vous connaissez le boulot. Les faits finissent toujours par pointer le bout du nez d'une façon ou d'une autre. Et parfois la façon dont ils émergent est plus révélatrice que les faits eux-mêmes.

Maiden comprit qu'il n'avait rien à gagner à essayer de dissimuler quoi que ce soit et qu'une tentative dans ce sens pourrait être beaucoup plus dommageable que le renseignement qu'il cherchait éventuellement à dissimuler.

— Il nous arrive à tous deux de nous promener sur Calder Moor. Du vélo, nous en faisons tous, en fait. Mais c'est trop loin pour y aller à vélo à partir d'ici, Tommy.

— C'est à combien de kilomètres ?

— Exactement, je n'en sais rien. Mais c'est beaucoup trop loin. Alors on charge les bicyclettes sur la Land Rover quand on veut aller faire un tour là-bas. On se gare sur le bas-côté. Ou dans un village. Et de là, on part à vélo. Mais on ne fait pas tout le trajet d'ici jusqu'à Calder Moor à bicyclette. (Il inclina la tête en direction de la fenêtre de la chambre, ajoutant :) La Land Rover est toujours là, c'est donc qu'elle n'est pas allée à Calder Moor cet après-midi.

Pas cet après-midi, songea Lynley.

— Effectivement, j'ai vu une Land Rover en stationnement dans le parking quand je l'ai traversé.

Maiden n'avait pas exercé le métier d'officier de police pendant trente ans pour rien. Il n'avait pas perdu l'habitude de lire dans les pensées d'autrui.

— Gérer l'hôtel, c'est du boulot, Tommy. On n'a pas beaucoup de temps à nous. L'exercice, on en fait quand on a un creux dans notre emploi du temps. Si vous voulez la retrouver à Hathersage Moor, il y a des cartes à la réception.

Ça ne serait pas nécessaire, lui dit Lynley. Si Nancy Maiden était partie à vélo sur la lande, c'était probablement qu'elle avait besoin de solitude. Il n'avait nulle envie de la déranger.

Barbara Havers aurait pu s'acheter de la nourriture à la Case de l'Oncle Tom, petite gargote en plein air située au coin de Portslade et de Wandsworth. Celle-ci occupait une sorte de niche près de l'extrémité du viaduc et semblait être tout à fait le genre d'endroit où l'on pouvait s'approvisionner en aliments dont la teneur en cholestérol était suffisante pour vous boucher les artères en moins d'une heure. Toutefois, elle résista à son envie — preuve de vertu de sa part — et se rendit dans un pub voisin de Vauxhall Station, où elle s'offrit les saucisses et la purée dont elle avait rêvé un peu plus tôt. Un vrai festin, qu'elle fit descendre avec quelques lampées d'une bonne bière Scrumpy Jack. Rassasiée, désaltérée, satisfaite des infos qu'elle avait glanées au cours de sa matinée à Battersea, elle regagna la rive droite de la Tamise et se fraya un chemin le long du fleuve. La circulation était fluide dans Horseferry Road. Elle pénétra dans le parking en sous-sol du Yard avant d'avoir fini sa deuxième Player.

Deux possibilités s'offraient à elle à ce stade. Se remettre sur le CRIS et continuer à chercher un libéré conditionnel qui aurait brûlé de se venger de Maiden. Ou consigner les infos qu'elle avait rassemblées par écrit et rédiger un rapport. En choisissant la première — tout assommante et ancillaire qu'elle était —, elle prouverait à ceux de ses collègues qui en doutaient qu'elle était capable d'avaler le remède que certains avaient jugé bon de lui prescrire. La seconde, en revanche, semblait mieux à même de les mettre sur une piste intéressante. Elle opta donc pour le rapport. Ça ne lui prendrait pas si longtemps, lui permettrait de coucher ses idées de façon pertinente sur le papier et lui éviterait de se retrouver face à l'écran luisant de son terminal avant au moins une heure. Elle gagna le bureau de Lynley — il n'y avait aucun mal à l'utiliser puisqu'il était vide — et se mit au travail.

Elle était plongée dedans et en était aux remarques de Cilla Thompson sur Terry Cole et son pseudo-père, et la tendance qu'avait le jeune homme à subvenir à ses besoins par des moyens douteux — elle venait de taper le mot CHANTAGE — lorsque Winston Nkata fit irruption dans la pièce. Il avalait la dernière bouchée d'un Whopper et jeta la barquette dans la corbeille. Il s'essuya soigneusement les mains avec une serviette en papier. Se fourra un Opal Fruit dans la bouche.

— Cette bouffe de fast-food vous tuera, fit Barbara d'un ton sentencieux.

— Peut-être, mais je mourrai avec le sourire.

Il s'assit et sortit son carnet à reliure de cuir.

Barbara jeta un coup d'œil à la pendule puis à son collègue.

— A quelle vitesse vous roulez sur la M1, Winston ? Vous êtes en train de battre des records sur le trajet DerbyshireLondres.

Il se garda de répondre — ce qui était en soi une réponse. Barbara frissonna. Quelle serait la réaction de Lynley s'il savait que Nkata fonçait comme un malade au volant de sa bien-aimée Bentley... ?

— Je reviens de la fac de droit. Le patron voulait que j'épluche les faits et gestes de la petite Maiden en ville.

— Et alors ? fit Barbara, s'arrêtant de taper.

— Elle avait plaqué la fac.

— Sans blague ?

— Ça m'en a tout l'air.

Nicola Maiden, expliqua Nkata, avait cessé d'aller aux cours début mai, juste avant les examens. Elle n'avait pas fait les choses à moitié : elle avait pris rendez-vous avec les différents responsables avant de partir. Plusieurs d'entre eux avaient essayé de la dissuader de son projet — elle était en tête de classe et c'était de la folie de tout plaquer alors que son avenir semblait assuré —, mais elle n'avait pas voulu en démordre. Et elle avait disparu.

— Elle a été recalée aux examens ?

— Elle ne les a même pas passés, dit Nkata.

— Elle avait la trouille ? Un ulcère ? Elle avait perdu le sommeil ? Elle s'est dit qu'elle arriverait jamais à bûcher comme une dingue ?

— Elle a décidé qu'elle n'aimait plus le droit. C'est ce qu'elle a dit à son prof principal, en tout cas. (Elle avait travaillé huit mois comme stagiaire à Notting Hill chez MKR, ajouta Nkata. C'était ce que faisaient la plupart des étudiants : ils bossaient à mi-temps le jour pour payer leurs études et allaient aux cours en fin d'après-midi et le soir. On lui avait proposé un job à plein temps dans la firme de Notting Hill et, comme le boulot lui plaisait, elle avait accepté.) Et ç'a été fini. Personne à la fac n'a eu de ses nouvelles depuis.

— Qu'est-ce qu'elle fichait dans le Derbyshire si elle avait déniché un poste à plein temps à Londres ? Elle s'accordait des vacances avant de rejoindre la société ?

— Non, s'il faut en croire le patron. Et c'est là que ça commence à devenir louche. Elle travaillait chez un avocat pour l'été, sous prétexte d'acquérir de l'expérience pour l'avenir, etc. C'est pour ça d'ailleurs qu'il m'a expédié à la fac.

— Voyons un peu, elle a un job chez MKR, dans la finance, à Londres. Mais elle prend un petit boulot d'été chez un avocat dans le Derbyshire ? précisa Barbara. L'inspecteur sait qu'elle avait plaqué l'université ?

— Je lui ai pas encore téléphoné. Je voulais vous voir avant.

Barbara en éprouva un petit frisson de plaisir. Elle jeta un coup d'œil à Nkata. Comme d'habitude, son visage respirait la franchise.

— On l'appelle, alors ?

— Taillons d'abord une petite bavette.

— Bien, parfait. On laisse de côté le Derbyshire pour l'instant. Son job chez MKR Financial Management, ça devait lui rapporter un sacré paquet de pognon, non ?

J'imagine que si elle avait continué son droit elle se serait retrouvée avec une drôle de bonne situation. Pour qu'elle ait changé d'idée, c'est qu'il y avait un joli pactole à la clé ? Qu'est-ce que vous en pensez, de mon raisonnement ?

— Je vous reçois cinq sur cinq.

— Bon. Est-ce que par hasard elle aurait eu besoin de liquide rapidement ? Et si oui, pourquoi ? Avait-elle fait un achat important ? Remboursait-elle des dettes ? Projetait-elle de partir en voyage ? Souhaitait-elle vivre une vie plus facile ? (Songeant à Terry Cole, Barbara claqua dans ses doigts.) Peut-être qu'on la faisait chanter ? Un type qui aurait foncé dans le Nord, voulant savoir pourquoi elle avait du retard dans un paiement ?

Nkata agita la main d'avant en arrière, l'air de dire : Qui sait ?

— Peut-être que son travail chez MKR était plus marrant qu'une vie de juriste. Et surtout plus lucratif à terme...

— Qu'est-ce qu'elle faisait exactement chez ces gens-là ?

— De la gestion de portefeuilles. En qualité de stagiaire.

— Stagiaire ? Vous rigolez, Winston. Elle aurait pas abandonné la fac pour ça.

— Elle a commencé comme stagiaire en octobre dernier. J'ai pas dit qu'elle avait terminé comme telle.

— Ça ne nous dit pas ce qu'elle foutait à bosser chez un avocat dans le Derbyshire. Elle aurait changé d'avis concernant le droit ? Elle comptait remettre ça ?

— Si telle était son intention, elle n'en a jamais informé l'université.

— Bizarre. (Réfléchissant aux contradictions du comportement de la jeune femme, Barbara tendit la main vers ses Player.) Ça vous ennuie si j'en grille une, Winnie ?

— J'aimerais autant pouvoir respirer librement.

Avec un soupir, elle se rabattit sur une tablette de Juicy Fruit qui était restée collée à un ticket de cinéma et qu'elle repêcha dans son sac. Elle ôta les lambeaux de carton et, pliant la tablette, se la fourra dans la bouche.

— Bon, récapitulons. Que savons-nous d'autre ?

— Elle a quitté son appartement.

— Pourquoi pas puisqu'elle passait l'été dans le Nord ?

— De façon définitive, je veux dire. De même qu'elle avait abandonné la fac.

— Bien, mais ce n'est pas une nouvelle fracassante.

— Attendez. (Nkata sortit de sa poche un autre Opal Fruit. Il en retira le papier d'emballage et se cala le bonbon au creux de la joue.) La fac avait son adresse — l'ancienne, j'ai fait un saut là-bas et j'ai taillé une bavette avec sa logeuse. A Islington. Elle y louait un studio.

— Et alors ? l'encouragea Barbara.

— Elle a déménagé — la petite Maiden, pas la logeuse. Quand elle a plaqué la fac. Le 10 mai. Sans préavis. Elle a emballé ses affaires, laissé une adresse à Fulham où faire suivre son courrier et elle s'est volatilisée. La logeuse n'a pas apprécié. Et elle a pas apprécié non plus l'engueulade, ajouta Nkata avec un sourire.

— Crapule, fit Barbara, agitant l'index sous le nez de son collègue qui lui avait savamment distillé les tuyaux. Allez, accouchez, Winston.

Nkata rigola un bon coup.

— Une engueulade qu'elle a eue le 9 mai avec un type. Gratinée, paraît-il. On aurait dit des Irlandais en pourparlers de paix, d'après la logeuse...

— La veille du jour où elle a déménagé ?

— Exact.

— Y a eu des violences ?

— Non, seulement des cris. Et des paroles plutôt vives.

— Des choses qui pourraient nous aider ?

— Le mec a dit : « Il n'en est pas question. Je préfère te voir morte plutôt que de te laisser faire ça. »

— Très intéressant. On a le signalement du gars ?

(Lisant la réponse sur le visage de Nkata, Barbara jura :) Et merde !

— Ça mérite d'être noté, en tout cas.

— Peut-être que oui, peut-être que non, fit Barbara en réfléchissant. Si elle a déménagé juste après avoir reçu des menaces, pourquoi s'est-il écoulé autant de temps avant qu'elle soit assassinée ?

— Si elle s'est installée à Fulham puis a quitté Londres, il aura fallu que son assassin retrouve sa trace. Qu'est-ce que vous avez réussi à glaner de votre côté ?

Barbara lui résuma ses conversations avec Mrs Baden et Cilla Thompson. Elle s'attarda tout particulièrement sur les sources de revenus de Terry et les descriptions divergentes qu'en avaient données sa colocataire et sa logeuse.

— D'après Cilla, il n'a jamais rien vendu et il n'était pas près de trouver des amateurs. J'ai vu sa production, j'abonde dans son sens. Alors de quoi vivait-il ?

Nkata se mit à cogiter tout en faisant passer son bonbon d'un côté de la bouche à l'autre.

— Téléphonons au patron, dit-il en s'approchant du bureau où il composa de mémoire le numéro.

La communication fut établie et il eut Lynley sur son portable. Il appuya sur la touche adéquate pour brancher le haut-parleur de façon que Barbara puisse suivre la conversation :

— Alors, Winnie, où en êtes-vous ? fit l'agréable voix de baryton de Lynley.

Exactement ce qu'il lui aurait dit, songea Barbara. Se levant, elle s'approcha à grands pas de la fenêtre. Il n'y avait rien à voir, à l'exception de Tower Block évidemment. Mais c'était histoire de se donner une contenance.

Winston s'empressa de mettre Lynley au parfum. Nicola Maiden avait plaqué la fac. Elle avait travaillé chez MKR. Elle avait déménagé sans préavis. La veille, elle avait eu une engueulade monstre avec un type. Lequel l'avait menacée de mort s'il fallait en croire sa logeuse.

— Apparemment, elle avait un amant à Londres, dit

Lynley. C'est ce que Upman nous a laissé entendre. Mais pas un mot concernant l'abandon de la fac.

— Pourquoi avait-elle fait le black-out là-dessus ?

— A cause de l'amant, sans doute. (A sa voix, Barbara comprit que l'inspecteur envisageait différentes possibilités.) A cause des projets qu'ils avaient dû faire...

— C'était un type marié, vous croyez ?

— Possible. Allez donc faire un tour du côté de chez MKR. C'est peut-être là-bas qu'il se trouve. (Lynley relata les infos qu'il avait recueillies de son côté, terminant par :) Si l'amant londonien est un type marié qui avait installé Nicola à Fulham, elle n'a pas dû le crier sur les toits une fois dans le Derbyshire. Je vois mal ses parents sauter de joie à cette nouvelle. Quant à Britton, ça l'aurait démoli.

— Mais qu'est-ce qu'elle fichait dans le Derbyshire pour commencer ? chuchota Barbara à Nkata. Tout ça n'a ni queue ni tête. Dites-le-lui, Winston.

Nkata hocha la tête et leva la main pour lui faire comprendre qu'il l'avait entendue. Cependant, il n'essaya pas de discuter avec Lynley, se contentant de prendre des notes. Lorsque Lynley en eut fini avec ses remarques, il lui raconta ce qu'il savait sur Terry Cole. Le volume d'informations qu'il avait réussi à amasser en un laps de temps aussi court était tel que Lynley ne put dissimuler son étonnement :

— Seigneur Dieu, Winnie, comment avez-vous réussi à obtenir tout ça ? Vous êtes télépathe ou quoi ?

Barbara se détourna de la fenêtre pour attirer l'attention de Nkata mais ce dernier ne vit pas la manœuvre.

— Barb enquête sur le gamin. Elle était à Battersea ce matin. Elle s'est entretenue avec...

— Havers ? jeta Lynley d'une voix incisive. Elle est avec vous ?

Barbara se voûta.

— Ouais. En train de rédiger...

Lynley lui coupa la parole :

— Vous ne m'aviez pas dit qu'elle planchait sur les arrestations effectuées par Maiden ?

— C'est exact.

— Vous en avez fini avec vos recherches, Havers ?

Barbara se demanda si elle devait mentir ou dire la vérité. Un mensonge servirait ses intérêts immédiats mais à terme il la coulerait.

— Winston m'a suggéré d'aller faire un saut à Battersea. J'allais me remettre sur le CRIS lorsqu'il s'est pointé avec les infos sur la fille. A propos, monsieur, vous ne trouvez pas que ça n'a pas de sens, cette histoire de boulot chez Upman ? Surtout si on considère qu'elle avait abandonné le droit et pris un autre poste à Londres dont elle a apparemment démissionné pour une raison que nous ignorons. A condition qu'elle ait bien eu un autre job — ce qui reste à vérifier. Et s'il y a un amant dans le tableau, comme vous venez de le dire, et si elle s'apprêtait à se faire entretenir par lui, pourquoi diable serait-elle allée bosser dans les Peaks cet été ?...

— Remettez-vous sur le CRIS, Havers : j'ai vu Maiden, il nous a remis une liste de noms sur lesquels vous feriez bien de vous pencher. Des gens qu'il a croisés quand il était au SO10. Occupez-vous de ça en priorité.

Et de lui communiquer les noms, épelant quand c'était nécessaire. Il y en avait quinze en tout.

— Mais, monsieur, objecta Barbara une fois qu'elle eut tout mis par écrit, vous ne pensez pas que l'affaire Terry Cole...

Lynley l'interrompit. Ce qu'il pensait, c'était qu'un officier de police du SO10, en l'occurrence Andrew Maiden, avait côtoyé les pires spécimens d'humanité. Il pouvait très bien, pendant qu'il était undercover, avoir lié connaissance avec un individu qui lui aurait cherché noise des années plus tard. C'est pourquoi, dès que Barbara aurait fini d'éplucher les dossiers des délinquants cherchant à se venger, il faudrait qu'elle réexamine les fichiers pour trouver un lien plus subtil. Par exemple un indic déçu de voir ses efforts insuffisamment récompensés par la police...

— Mais ne pensez-vous pas... ?

— Je vous ai dit ce que je pensais, Barbara. Je vous ai confié une mission. J'aimerais que vous vous y colliez.

Barbara ne se le fit pas dire deux fois.

— Bien, monsieur, dit-elle poliment.

Avec un petit mouvement de tête en direction de Nkata, elle s'éloigna. Mais, au lieu de sortir, elle resta sur le pas de la porte.

— Mettez-vous sur MKR, Winnie, dit Lynley. Je vais fouiller la voiture de la fille. Si on réussit à retrouver le bipeur et que son amant l'a appelée, le numéro nous mettra sur sa piste.

— Très bien, fit Winston en raccrochant.

Barbara pénétra de nouveau dans le bureau de Lynley d'un air dégagé — comme si elle n'avait pas reçu d'ordres et était parfaitement libre de ses mouvements.

— Quel est le gus qui lui a dit, à Islington, qu'il préférait la voir morte plutôt que de la laisser faire ça ? Son amant ? Son père ? Britton ? Cole ? Upman ? Ou quelqu'un d'autre ? Et la laisser faire quoi ? Devenir la maîtresse d'un type friqué ? Faire chanter son amant ? S'envoyer en l'air avec plusieurs types en même temps ? Qu'est-ce que vous en pensez ?

Nkata leva le nez de son calepin pour fixer Barbara, qui n'avait toujours pas bougé.

— Barb... dit-il d'un ton d'avertissement, sans terminer sa phrase. Vous avez entendu ce qu'a dit le patron...

— Si ça se trouve, il y a encore plus intéressant chez MKR, fit Barbara. On va peut-être découvrir que Nicola aimait se faire tringler quand son petit ami des Peaks était loin ou que son amant londonien était occupé avec sa femme. Cela dit, je doute quand même qu'il nous faille nous précipiter chez MKR.

Le pronom pluriel n'échappa pas à Nkata. Modèle de patience et de délicatesse, il crut bon de rappeler sa collègue à l'ordre :

— Le patron vous a demandé de vous remettre sur le CRIS...

— J'emmerde le CRIS ! Vous allez pas me dire qu'un ex-taulard s'est vengé de Maiden en fracassant le crâne de sa fille ! C'est idiot, Winston. C'est une perte de temps, le CRIS.

— C'est possible. Mais quand l'inspecteur vous indique une piste, faut la suivre. Vu ? (Et comme elle ne répondait pas :) Vu, Barb ?

— OK, soupira Barbara. (C'était grâce à Winston qu'elle s'était vu donner une seconde chance. Mais elle ne voulait pas que cette seconde chance consiste uniquement à rester vissée des heures devant un terminal. Elle tenta de trouver une solution de compromis :) Je vous propose un truc : laissez-moi vous accompagner à Notting Hill et travailler avec vous. J'effectuerai la recherche sur ordinateur pendant mon temps libre. Vous avez ma parole d'honneur.

— Le patron va pas apprécier, Barb. Il sera fumasse quand il découvrira la combine. A quoi ça vous mènera ?

— Il n'en saura rien. C'est pas moi qui irai lui dire. Et vous non plus, je présume. Ecoutez, Winston, je le sens, ce coup-là. Les infos qu'on a recueillies sont emberlificotées. Mais les nœuds, c'est ma spécialité. Vous avez besoin de moi. De mes modestes talents. Et vous en aurez encore plus besoin quand vous aurez davantage de tuyaux sur MKR. Je me chargerai des recherches sur ordinateur. C'est promis, juré. Soyez sympa, mettez-moi sur le coup.

Nkata fronça les sourcils, Barbara attendit en mastiquant vigoureusement son chewing-gum.

— Quand est-ce que vous vous y collerez, sur l'ordinateur ? Aux aurores, la nuit, le week-end, quand ça ?

— N'importe quand. Je caserai ça entre deux thés dansants au Ritz. Ma vie mondaine est un véritable tourbillon, vous le savez. Mais c'est bien le diable si je ne réussis pas à trouver une heure par-ci, une heure par-là pour obéir aux ordres.

— Il vérifiera pour s'assurer que vous faites bien ce qu'il vous a demandé de faire, souligna Nkata.

— Je m'acquitterai de ma mission, soyez tranquille. Mais ne me faites pas perdre mon temps. Mettez mes petites cellules grises et mon expérience à contribution. Au lieu de m'obliger à passer les douze heures qui viennent devant un terminal. Laissez-moi travailler avec vous pendant que la piste est encore fraîche. Vous savez combien c'est important, Winston.

Nkata glissa le calepin de cuir dans sa poche et l'observa fixement.

— Décidément vous êtes aussi tenace qu'un pitbull, fit-il en s'avouant vaincu.

— C'est une de mes qualités.

10

Lynley s'arrêta au parking devant le commissariat de Buxton. Il déplia sa longue silhouette pour sortir du petit véhicule banalisé qu'on lui avait prêté et examina la façade de brique convexe du bâtiment. Barbara Havers n'en finissait décidément pas de l'étonner.

Il s'était douté que Nkata ferait appel à Havers pour les recherches concernant les enquêtes menées jadis par Andy Maiden. Il savait que le Noir la trouvait sympathique. Il n'avait pas mis son veto parce qu'il était curieux de voir si, après sa rétrogradation, elle serait capable de s'acquitter d'une tâche simple mais qui risquait de ne pas lui plaire du tout. Comme de bien entendu, elle s'y était attelée à sa façon, prouvant une fois de plus à son supérieur qu'elle ne respectait pas plus la hiérarchie qu'un éléphant la porcelaine. Peu importait que Winston lui eût demandé de s'occuper de la partie Battersea de l'enquête. On lui avait déjà confié une mission et elle savait qu'elle était censée la mener à bien avant d'en entreprendre une autre. Seigneur, quand se déciderait-elle à obéir ?

Il s'engouffra dans le bâtiment et demanda où il pouvait trouver le responsable des scellés. Après avoir parlé avec Andy Maiden, il était allé à la fourrière où avait été emmenée la Saab de Nicola et, là, il avait passé cinquante minutes à refaire le travail efficacement accompli par l'équipe de Hanken. C'est-à-dire à examiner l'automobile centimètre par centimètre, intérieur comme extérieur. L'objet de ses recherches ? Le bipeur.

Il était sorti bredouille de sa fouille. Si Nicola Maiden l'avait laissé dans la Saab lorsqu'elle était partie sur la lande, le seul endroit où il pouvait se trouver, c'était parmi les objets retirés de son véhicule.

Le responsable des scellés était un certain Mott. C'était lui qui était chargé de veiller sur les cartons, sacs, conteneurs, planchettes, porte-documents et registres qui constituaient autant de pièces à conviction. Il réserva à Lynley un accueil plutôt frais. Il s'attaquait à une énorme tarte à la confiture sur laquelle il venait de verser une bonne dose de crème anglaise et, cuiller au poing, il n'avait pas l'air d'un homme qui souhaite être dérangé alors qu'il s'adonne à l'un de ses vices préférés. Mastiquant avec vigueur, Mott s'appuya contre le dossier de sa chaise métallique et lui demanda ce qu'il souhaitait « tripoter ». Lynley indiqua au constable ce qu'il cherchait. Puis, histoire de mettre toutes les chances de son côté, il ajouta que si le bipeur avait pu être oublié dans la voiture de Nicola Maiden, il avait également pu être oublié sur la scène de crime elle-même — auquel cas il valait mieux que Mott ne s'en tienne pas uniquement aux pièces saisies dans la Saab. Est-ce que ça l'ennuierait beaucoup de le laisser jeter un coup d'œil à tous les objets ?

— Un bipeur, vous dites ? (Mott parlait avec sa cuiller collée contre la joue.) Rien trouvé de semblable, je le crains. (Il baissa la tête vers sa tarte d'un air de dévot.) Feriez mieux de jeter un œil aux registres avant de tout passer au peigne fin, ça vous éviterait de perdre votre temps.

Conscient de marcher sur ses plates-bandes, Lynley se dit qu'il ferait mieux de ne pas se le mettre à dos. Aussi, s'appuyant contre un meuble, parcourut-il la liste du matériel recueilli tandis que Mott jouait bruyamment de la cuiller, la faisant tinter contre son assiette.

Rien dans le registre ne ressemblait à un bipeur. Aussi Lynley demanda-t-il s'il pouvait jeter un coup d'œil aux pièces à conviction. Prenant son temps pour liquider sa tarte et sa crème anglaise — Lynley s'attendait presque à le voir lécher son assiette —, Mott donna à Lynley l'autorisation souhaitée. Mais à contrecœur. Après avoir obtenu du constable une paire de gants en latex, Lynley commença par les sacs portant le mot *Saab*. Il allait ouvrir le second lorsque l'inspecteur Hanken se précipita dans la salle des mises sous scellés.

— Upman nous a menti, le fumier ! annonça-t-il en saluant brièvement Mott au passage. Notez bien que ça ne m'étonne pas, quel salopard celui-là !

Lynley passa au troisième sac. Il le posa sur le meuble sans l'ouvrir, puis :

— Menti à quel propos ?

— A propos de vendredi soir. Et de ses relations avec la petite. Relations d'employeur à employée, tu parles !

Il fouilla dans sa poche et sortit son paquet de Marlboro, ce qui poussa Mott à dire aussitôt :

— Interdiction de fumer dans ce local, monsieur. Risques d'incendie.

— Merde, bordel ! s'écria Hanken, remisant ses cigarettes dans sa poche. (Puis il poursuivit :) Ils étaient bien au Chequers Inn. J'ai même échangé quelques mots avec la serveuse, une certaine Margery, qui s'est tout de suite souvenue d'eux. Il semble qu'Upman ait emmené plus d'une nana là-bas. Et il insiste pour que ce soit Margery qui le serve. Il la trouve particulièrement efficace. Et il lui refile des pourboires dignes d'un Américain, cet imbécile...

— Et le mensonge ? Ils ont demandé une chambre ?

— Oh non, ils sont bien partis, comme Upman nous l'a dit. Ce qu'il a oublié de préciser, c'est où ils sont allés. (Hanken eut un petit sourire, manifestement ravi d'avoir pris l'avocat en flagrant délit.) Ils se sont rendus directement de l'auberge chez lui. La petite Maiden est entrée. Et elle est restée un bon bout de temps.

Hanken s'échauffait en racontant son histoire. Ayant appris qu'il ne fallait jamais croire un avocat, il était parti fouiner après avoir parlé à Margery. Une petite visite dans le quartier lui avait suffi pour découvrir le pot aux roses. Upman et Nicola Maiden étaient arrivés chez l'avocat vers minuit moins le quart. Ils avaient été aperçus par un voisin qui promenait son chien, Rover. Et aperçus dans une attitude suggérant que leurs relations étaient nettement plus étroites que celles d'employeur à employée.

— Ils se roulaient carrément des pelles sous le porche, dit crûment Hanken. Ce cher Will paraissait même très occupé à lui faire un check-up dentaire.

— Ah, fit Lynley, ouvrant le sac des scellés et déposant le contenu sur le meuble. Et c'était bien Nicola Maiden qui était avec Upman ? Pas sa petite amie, la divorcée ? Joyce ?

— C'était Nicola. Quand elle est partie — le lendemain matin à quatre heures et demie —, le voisin était en train de pisser. Il a entendu des voix, jeté un coup d'œil dehors et il l'a vue distinctement quand la lumière s'est allumée dans la voiture d'Upman. (Il ressortit ses Marlboro.) Qu'est-ce que vous croyez qu'ils ont fabriqué pendant cinq heures ?

— Pas dans ce local, monsieur, répéta Mott.

— Merde, fit Hanken, remettant ses Marlboro en place.

— Une autre conversation avec Upman s'impose, décida Lynley.

Hanken avait la tête de quelqu'un qui brûlait de l'avoir, cette conversation.

Lynley résuma à son intention les tuyaux que Nkata et Havers avaient glanés à Londres. Il conclut en disant, pensif :

— Personne ici ne semble savoir que la jeune fille n'avait pas la moindre intention d'aller au bout de ses cours de droit. Vous ne trouvez pas ça curieux ?

— Ou personne ne le savait ou quelqu'un nous ment, fit remarquer astucieusement Hanken. (Pour la première fois, il réalisa que Lynley passait les pièces à conviction en revue.) Qu'est-ce que vous faites ?

— Je m'assure que le bipeur de Nicola manque bien à l'appel. Ça vous ennuie ?

— Ma foi non, si ça peut vous rassurer...

Le troisième sac renfermait les objets retrouvés dans le coffre de la Saab. Parmi eux, le cric, une clé à pipe, une clé en croix et un jeu de tournevis. Trois bougies semblaient traîner là depuis que le véhicule était sorti de l'usine et un jeu de câbles de raccord était enroulé autour d'un petit cylindre de chrome. Lynley s'empara de ce dernier et l'examina à la lumière.

— Qu'est-ce que c'est ?

Lynley prit ses lunettes et les mit sur son nez. Il avait identifié tous les autres objets mais il n'aurait su dire à quoi servait le cylindre. Il le posa au creux de sa main. L'objet mesurait un peu plus de cinq centimètres de long, il était parfaitement lisse. A l'intérieur comme à l'extérieur. Ses deux extrémités étaient recourbées et polies — ce qui semblait indiquer qu'il était façonné en un seul morceau. Pourtant, il s'ouvrait en deux grâce à une charnière. Dans chaque moitié de cylindre était foré un trou. Un boulon passait dans chaque trou.

— Ça évoque une pièce provenant d'une machine. Un écrou. Un truc dans ce goût-là.

Lynley secoua la tête.

— Il n'y a pas de rainures à l'intérieur. Et s'il y en avait, ce serait une pièce qui proviendrait d'une machine de la taille d'un vaisseau spatial.

— Alors qu'est-ce que ça peut bien être ? Vous permettez que je jette un œil ?

— N'oubliez pas les gants, monsieur ! aboya Mott en bon gardien avant d'en jeter une paire à Hanken qui les enfila.

Pendant ce temps-là, Lynley examinait le cylindre de plus près.

— Y a quelque chose à l'intérieur. Une sorte de dépôt.

— De l'huile de graissage ?

— Pas à moins que l'huile de moteur ne se solidifie, dit Lynley.

Hanken le lui prit des mains et l'examina à son tour. Il le fit tourner dans sa paume.

— Où est-ce que vous voyez un dépôt ?

Lynley lui montra l'endroit du doigt : une tache en forme de feuille sur le haut — ou peut-être le bas — du cylindre. Une substance qui s'y était déposée et qui, en séchant, avait pris la couleur de l'étain. Hanken étudia la tache, allant jusqu'à la renifler tel un chien de chasse. Il réclama à Mott un sac en plastique.

— Faites-moi examiner ça immédiatement.

— Vous avez une idée ? voulut savoir Lynley.

— Au débotté, comme ça, non. Ça pourrait être n'importe quoi. De la sauce de salade. De la mayonnaise tombée d'un sandwich.

— Dans le coffre de sa voiture ?

— Elle était partie pique-niquer. Comment voulez-vous que je sache ? C'est le boulot de la police scientifique, ça...

Il y avait du vrai là-dedans. Toutefois, Lynley se sentait troublé par la présence du cylindre, sans trop savoir pourquoi. S'efforçant de mettre le plus de tact possible dans sa requête, et sachant comment elle risquait d'être interprétée, il demanda :

— Peter, ça vous ennuierait que je jette un œil à la scène de crime ?

Ce n'était pas la peine qu'il se fasse du souci. Hanken avait hâte de passer à autre chose.

— Allez-y. Je m'occupe d'Upman. (Il ôta ses gants et sortit son paquet de Marlboro en disant à Mott :) Inutile de faire une attaque, constable. J'ai pas l'intention de fumer dans ce réduit. (Une fois sorti du local, il poursuivit tout en allumant une cigarette :) Vous voyez l'allure que ça prend, cette histoire, avec la fille qui se tapait Upman en plus des autres... Voyons, combien y en a déjà, deux ?

— Julian Britton et l'amant londonien.

— Ça, c'est un début. Upman fera le troisième quand j'en aurai fini avec lui. (Hanken inhala bien à fond.) A votre avis, qu'est-ce qu'il pouvait bien éprouver, le gars Upman ? Il la baisait et il savait qu'elle s'envoyait en l'air avec deux autres mecs.

— Ne vous laissez pas emporter, Peter.

— Je suis prêt à parier que j'ai raison.

— Il serait plus intéressant de savoir, souligna Lynley, ce que Julian Britton ressentait, lui. Il voulait l'épouser, pas la partager. Et si, comme sa mère le prétend, cette petite disait toujours la vérité, quelle a été la réaction de Julian lorsqu'il a appris ce qu'elle fabriquait ?

— Il est plus facile de tenir Britton pour responsable, dit Hanken après réflexion.

— C'est bien mon avis, dit Lynley.

Samantha McCallin ne voulait pas penser et, quand elle refusait de penser, elle travaillait. Elle poussa la brouette sur le parquet de chêne de la grande galerie, brouette chargée d'un balai et d'une pelle à poussière. Elle s'arrêta devant l'une des trois cheminées et s'employa à en retirer la suie, la poussière, les crottes d'oiseau, les nids et les fougères qu'elle avait délogés du conduit. S'efforçant de discipliner ses pensées, elle se mit à décomposer et compter ses mouvements. Un, j'entasse les débris sur la pelle ; deux, je soulève ; trois, je fais un mouvement tournant ; quatre, je vide. Grâce à cette méthode, elle eut bientôt nettoyé l'âtre, retirant quelque cinquante ans de saletés diverses. Tant qu'elle gardait le rythme, elle arrivait à tenir ses idées en laisse. C'est lorsqu'il lui fallut se mettre à balayer qu'elles se remirent à vagabonder.

Le déjeuner s'était déroulé dans le calme. Tous trois assis autour de la table, ils avaient gardé le silence pratiquement tout le temps. Seul Jeremy avait dit quelques mots pendant le repas, particulièrement lorsque Samantha avait placé du saumon sur la table. Son oncle lui avait alors pris la main à l'improviste et l'avait portée à ses lèvres :

« Nous te sommes reconnaissants de tout ce que tu fais ici, Sammy, mon ange. De tout. »

Il lui avait souri d'un long sourire entendu, comme s'ils partageaient un secret.

Ce qui n'était pas le cas, se dit Samantha. Car si son oncle lui avait révélé la veille ce qu'il pensait de Nicola Maiden, elle s'était bien gardée de l'imiter.

C'était nécessaire. Avec la police qui fouinait partout, posait des questions, vous fixait d'un air soupçonneux, il fallait absolument que Samantha garde ses sentiments pour elle.

Elle ne l'avait pas détestée. Elle avait vu Nicola pour ce qu'elle était, elle l'avait trouvée antipathique, mais elle ne l'avait pas haïe. C'était juste un obstacle à l'objectif que Samantha s'était fixé.

Dans une culture qui l'obligeait à trouver un homme pour se définir, Samantha n'avait pas découvert de prétendant potable ces deux dernières années. Le temps passant — et comme son frère allait jusqu'à refuser de boire un café avec une jeune personne de peur qu'on exige de lui un engagement ferme et définitif —, elle commençait à songer que c'était à elle qu'il incombait de perpétuer la lignée des McCallin. Cependant, elle avait été incapable de dénicher un partenaire. Pourtant, Dieu sait qu'elle avait subi toutes les avanies — passant des annonces, s'inscrivant dans un club de rencontres et s'engageant dans la chorale paroissiale. Résultat, elle éprouvait un sentiment de désespoir de plus en plus fort à l'idée qu'il lui fallait absolument se caser, c'est-à-dire se reproduire.

Elle savait que c'était ridicule de se préoccuper à ce point du mariage et de sa progéniture. Les femmes de sa génération et de son âge avaient des carrières et des vies qui dépassaient largement la possession d'un mari et d'enfants. Et parfois même des carrières et des vies qui excluaient carrément la présence d'un mari et d'enfants. Mais sur un autre plan pourtant, elle était persuadée qu'elle échouerait si elle traversait l'existence seule. En outre, elle désirait des enfants. Et qu'ils aient un père.

Julian lui avait semblé un candidat idéal. Ils s'étaient

bien entendus dès le début. Ils avaient été vraiment copains. Ils avaient réussi à être proches parce qu'ils étaient tous deux intéressés par la remise en état de Broughton Manor. Si cet intérêt avait été un peu feint au départ, il était vite devenu réel lorsqu'elle avait compris la force du rêve de son cousin. Un rêve qu'elle pouvait l'aider à réaliser. Non seulement en travaillant à son côté mais en injectant dans le manoir l'argent dont elle avait hérité en quantité au décès de son père.

Tout cela lui avait semblé d'une grande logique. Mais ni l'amicale complicité qu'elle entretenait avec son cousin, ni sa fortune, ni ses efforts pour lui prouver sa valeur n'avaient réussi à éveiller l'intérêt de ce dernier — qui ne lui portait que l'affection qu'on réserve généralement aux chiens de la famille.

En songeant aux chiens, Samantha frissonna. Non, pas question de s'égarer dans cette direction. Ce serait s'exposer à revenir sur la mort de Nicola Maiden. Et penser à sa mort était aussi intolérable que penser à sa vie.

Toutefois, ce désir de se focaliser sur autre chose incita Samantha à évoquer Nicola Maiden. Elle la revit telle qu'elle l'avait vue la dernière fois :

« Tu ne m'aimes pas beaucoup, n'est-ce pas, Sam ? lui avait dit Nicola en la scrutant attentivement. Oui oui, je le vois bien, c'est à cause de Jule. Je ne veux pas de lui. Pas comme une femme peut vouloir un homme. Il est à toi. Si tu réussis à le séduire, j'entends... »

Elle était d'une telle franchise... Elle était carrée. Les mots qu'elle prononçait allaient droit au but. Elle ne s'était jamais inquiétée de savoir quelle impression elle produisait sur autrui. Elle ne s'était jamais demandé si un jour sa franchise impitoyable n'allait pas lui coûter cher.

« Je pourrais plaider ta cause, Sam. Je serais heureuse de le faire. Je crois que Jule et toi feriez un beau couple. Un couple idéal. »

Là-dessus, elle avait éclaté de rire, mais sans méchanceté. Il aurait été tellement plus facile de la détester si elle avait été mesquine. Si elle s'était amusée à ridiculiser Samantha.

Mais elle s'était abstenue. Elle n'avait pas eu besoin de se donner cette peine : Samantha savait pertinemment que le désir qu'elle éprouvait pour Julian était absurde.

« J'aimerais pouvoir l'empêcher de t'aimer.

— Ah, si tu trouves un moyen, ne te gêne pas, Sam, avait rétorqué Nicola. Je ne t'en voudrai pas. Il est à toi. Prends-le. Avec ma bénédiction. »

Et elle avait souri, de son sourire franc et amical. Un sourire aux antipodes de celui d'une femme consciente que son physique est quelconque et ses talents vains, au point que la seule attitude possible aurait été de la gifler. La gifler, la secouer, crier : « Tu crois que c'est facile d'être dans ma peau, Nicola ? Tu crois que cette situation m'amuse ? »

Ce contact de la chair contre la chair, c'était ça que Samantha aurait voulu. Elle aurait fait n'importe quoi pour chasser du regard bleu de Nicola la certitude que Samantha McCallin n'avait aucune chance de gagner la bataille.

— Ah, Sam, tu es là.

Samantha se retourna brusquement et aperçut Julian qui s'avançait dans la galerie, le soleil de l'après-midi nimbant sa chevelure. Dans le mouvement, elle fit tomber des cendres pétrifiées sur le parquet. De minuscules nuages de poussière grisâtre s'élevèrent.

— Tu m'as fait peur. Comment fais-tu pour marcher sans bruit sur le parquet ?

Il jeta un coup d'œil à ses chaussures.

— Désolé. (Il portait un plateau avec des tasses et des assiettes.) J'ai pensé que tu aimerais faire une pause. J'ai préparé du thé.

Effectivement, et il avait également coupé deux tranches du gâteau au chocolat prévu pour le dessert du soir. Cela l'agaça. Il aurait quand même dû se rendre compte que le gâteau n'avait pas été entamé. Il aurait dû se douter que ce gâteau figurerait sur la table du dîner.

Pour une fois, bon Dieu, il aurait pu faire preuve d'un peu d'esprit pratique. Toutefois, sans un mot, elle vida la pelle pleine de détritus dans la brouette.

— Merci, Julie. Bonne idée. J'avalerais bien un petit quelque chose.

Elle n'avait pas tellement fait honneur au déjeuner. Et lui non plus, d'ailleurs. Il lui fallait reprendre des forces. Pourtant, elle n'était pas sûre qu'elle réussirait à avaler quoi que ce soit en sa présence.

Ils s'approchèrent des fenêtres, Julian posa le plateau sur une desserte ancienne. Appuyés contre le rebord poussiéreux de la fenêtre, ils prirent chacun une tasse de Darjeeling.

— Ça prend drôlement tournure, dit Julian en parcourant des yeux la galerie. (Il regarda la porte par laquelle il était entré. Pendant un bon moment, il étudia le faucon des Britton qui la surmontait.) Sans toi je n'y serais pas arrivé, Sam. Tu es un roc.

— Exactement le genre de compliment qui plaît à une femme. Je te remercie.

— Bon sang... loin de moi...

— Aucune importance, dit Samantha en buvant une gorgée de thé au lait, les yeux fixés sur le liquide. Pourquoi ne m'as-tu rien dit, Julie ? Je nous croyais proches.

Près d'elle, il but à son tour, déglutit avec bruit.

— Te dire quoi ? Et c'est vrai qu'on est proches, du moins je l'espère. Sans toi j'aurais tout plaqué, tu sais. Tu es pratiquement ma meilleure amie.

— « Pratiquement », drôle d'adverbe...

— Tu sais ce que je veux dire.

Et le problème, c'était qu'elle savait, effectivement. Elle savait ce qu'il voulait dire, ce qu'il éprouvait. Elle aurait voulu le prendre par les épaules, le secouer pour lui faire comprendre ce que signifiait cette entente tacite. Mais, ne pouvant le faire, elle essaya de lui soutirer des détails sur ce qui s'était passé entre lui et Nicola, ne sachant pas vraiment ce qu'elle ferait lorsqu'elle les aurait obtenus, ni même si elle les obtiendrait.

— J'étais loin de me douter que tu avais songé à

demander sa main à Nicola, Julie. Quand la police a mentionné la chose, je n'ai vraiment pas su quoi penser.

— Penser de quoi ?

— De ce que tu ne m'avais rien dit. De ce que tu lui avais demandé de t'épouser. Et qu'elle avait refusé.

— Entre nous, j'espérais qu'elle changerait d'avis.

— Je regrette que tu ne m'en aies pas parlé.

— Pourquoi ?

— Ça aurait rendu les choses plus faciles, je crois.

A ces mots, il se tourna ; elle sentit son regard se poser sur elle et en éprouva un sentiment de malaise.

— Plus faciles ? En quoi le fait de savoir que j'ai demandé sa main à Nicola et qu'elle a refusé aurait facilité quoi que ce soit ? Et pour qui ?

Pour la première fois, il semblait peser très soigneusement ses paroles et elle l'imita :

— Plus faciles pour toi, bien sûr. J'avais l'impression que quelque chose n'allait pas, mardi. Si tu m'avais parlé, j'aurais pu t'aider. Ça n'a pas dû être commode d'attendre toute la nuit de mardi à mercredi. Je suis sûre que tu n'as pas dû fermer l'œil...

Silence, pendant un long et terrible moment, puis, d'une voix basse :

— Ça, c'est vrai.

— Eh bien, on aurait pu parler. Ça aide de parler, tu ne crois pas ?

— Parler, ça aurait... Je sais pas, Sam. On a été tellement proches, toi et moi, ces dernières semaines. Je trouvais ça tellement chouette... (Samantha se sentit revigorée à ces mots.) Et je suppose, enchaîna Julian, que je ne voulais rien faire qui puisse compromettre cette complicité. Non que te parler l'aurait éloignée de moi, car je sais que tu ne lui aurais pas dit qu'on avait eu une petite conversation, tous les deux...

— Evidemment, fit Samantha.

— Je savais qu'il n'y avait aucune chance qu'elle revienne sur sa décision. Pourtant, je l'espérais. Et il me semblait que si je soufflais un mot de ce qui se passait, ce serait comme si je faisais crever la bulle. C'est idiot, mais c'est comme ça.

— Je comprends.

— Je suppose que la vérité, c'est que je ne pouvais pas affronter la réalité. Elle ne me désirait pas comme je la désirais, et j'étais incapable de l'accepter. Elle aurait bien voulu de moi comme ami, même comme amant quand elle était dans les Peaks. Mais ça n'allait pas plus loin.

Il piqua sans conviction sa fourchette dans son morceau de gâteau.

— Je regrette vraiment que tu ne m'aies rien dit. Ça aurait rendu les choses tellement plus faciles, Julie !

Pour tout le monde, aurait-elle voulu ajouter.

Il posa son assiette sur le rebord de la fenêtre.

— Au fait, l'éclipse, tu l'as vue ?

Elle fronça les sourcils puis la mémoire lui revint. C'était si loin, l'éclipse.

— Non, finalement j'ai renoncé. Toute seule, c'était pas drôle. Je suis rentrée me coucher.

— C'est pas plus mal. Je ne voudrais pas que tu te perdes sur la lande.

— Oh ça, c'est peu probable, je comptais aller tout bêtement à Eyam Moor. Et même si j'étais partie ailleurs, j'ai suffisamment l'habitude maintenant pour savoir où je... (Elle s'interrompit net. Considéra son cousin. Il ne la regardait pas, mais sa rougeur le trahit.) Ah je vois, c'est à ça que tu penses ?

— Désolé. (Voix misérable.) Je n'arrête pas de ruminer. L'arrivée de la police n'a rien arrangé, au contraire. La seule chose à laquelle je pense, c'est à ce qui lui est arrivé. Impossible de me sortir ça de l'esprit.

— Essaie de faire comme moi, dit-elle, le cœur battant à tout rompre. Ce ne sont pas les sujets de réflexion qui manquent. Essaie de réfléchir, par exemple, au fait que les chiennes ont mis bas seules pendant des centaines de milliers d'années. C'est remarquable, non ? En tout cas, c'est une chose à laquelle on peut penser pendant des heures. Il y a matière à t'occuper l'esprit, te vider la tête.

Julian restait immobile.

— Où étais-tu dans la nuit de mardi, Sam ? chuchota-t-il finalement.

— Occupée à tuer Nicola Maiden, dit Samantha en se dirigeant vers la cheminée. Un petit meurtre, c'est une façon plutôt agréable de terminer la journée.

La MKR Financial Management était sise dans une sorte de gâteau rose pâle planté au coin de Lansdowne Road et de St John's Gardens. Le glaçage, c'étaient des boiseries si propres, si nettes que Barbara Havers imagina un domestique se levant à cinq heures du matin pour tout frotter et récurer sur son passage — des fausses colonnes flanquant l'entrée jusqu'aux médaillons de plâtre surmontant le porche.

— Ça tombe bien qu'on ait encore la voiture du patron, murmura Nkata en se garant de l'autre côté de l'édifice.

— Pourquoi ?

— Ça nous évite de faire tache dans le paysage, tiens !

De la tête, il désigna une voiture rangée dans l'allée le long du gâteau rose. C'était une Jaguar XJS, gris métallisé. Ç'aurait pu être la cousine germaine de la Bentley. Une Mercedes noire stationnait devant le bâtiment, coincée entre une Aston Martin et une Bristol de collection.

— On n'est vraiment pas dans notre milieu, fit Barbara en émergeant de la voiture. Mais c'est aussi bien. J'aimerais pas être riche. Les gens qui nagent dans le pognon passent leur temps à avoir les boules.

— Vous croyez ça, Barb ?

— Non, mais ça me plaît de le penser. Venez, j'ai besoin de conseils pour gérer ma fortune et quelque chose me dit que nous avons frappé à la bonne porte.

Il leur fallut sonner. Personne ne s'inquiéta de savoir

qui ils venaient voir : c'était inutile, car le bâtiment était doté d'un système de sécurité high tech qui comportait une caméra vidéo stratégiquement placée au-dessus de la porte. Au cas toutefois où quelqu'un, derrière le battant, aurait regardé, Barbara sortit sa carte et la tendit vers la caméra. En réponse peut-être à son geste, la porte s'ouvrit.

Le vestibule au parquet de chêne se prolongeait par un couloir silencieux où donnaient des portes fermées et dont le sol était recouvert d'un tapis persan. La réception se composait d'une petite pièce bourrée d'antiquités et de photographies dans des cadres d'argent. Personne en vue. Juste un standard téléphonique sophistiqué qui semblait répondre automatiquement aux appels et les dispatcher. Il était installé sur un bureau en forme de rognon, sur le dessus duquel étaient étalées des brochures portant le sigle MKR gravé en doré. Tout cela était fort rassurant. Exactement le genre d'endroit où l'on se rendait, l'esprit tranquille, pour discuter de sa situation financière, sujet délicat par excellence.

Barbara s'approcha pour examiner les photos. Sur toutes figuraient le même homme et la même femme. Lui, petit, mince, l'air angélique, avec un halo de cheveux fins lui nimbant la tête, ce qui ajoutait encore à son aura céleste. Sa compagne, plus grande, blonde, d'une maigreur frôlant l'anorexie. Belle à la manière d'un mannequin de mode. L'œil vide, elle était tout en pommettes et en lèvres. Les photos étaient du genre de celles que publie *Hello !*, les deux protagonistes s'y trouvaient en compagnie de personnalités, politiques et autres. Un ancien Premier ministre se détachait du lot, et Barbara n'eut aucun mal à identifier des chanteurs d'opéra, des vedettes de cinéma ainsi qu'un sénateur américain.

Dans le couloir, une porte s'ouvrit et se referma. Les lames du parquet craquèrent tandis qu'on foulait le tapis persan, direction la réception. Avec un claquement de talons contre une partie nue du parquet, une femme entra dans la pièce. Il ne fallut pas plus d'une seconde à Barbara pour constater que l'une des deux personnes qui posaient pour les photos était venue voir ce que les flics voulaient. La femme se présenta : Tricia Reeve. Directrice adjointe de MKR Financial Management. En quoi pouvait-elle leur être utile ?

Barbara se présenta à son tour, imitée par Nkata. Ils demandèrent à la nouvelle venue si elle pouvait leur accorder quelques minutes.

— Bien sûr, répondit poliment Tricia Reeve.

Mais Barbara ne put s'empêcher de remarquer que la directrice adjointe de MKR n'avait pas eu l'air de sauter de joie en entendant les mots « Criminelle » et « Scotland Yard ». Son regard était passé de l'un des constables à l'autre, comme si elle n'était pas certaine de la conduite à adopter. Ses grands yeux semblaient noirs mais, à y regarder de plus près, ses pupilles étaient si dilatées qu'elles dissimulaient pratiquement tout l'iris. L'effet était déconcertant mais également révélateur. Elle se drogue, songea Barbara. Pas étonnant qu'elle soit sur les nerfs, avec les flics à sa porte.

Tricia Reeve consulta sa montre. Bracelet en or. Epouvantablement chère.

— J'allais partir, j'espère que vous n'en avez pas pour longtemps. Je suis attendue à un thé au Dorchester. C'est un thé de charité. Je suis membre du comité. Je dois absolument y être, j'espère que vous comprenez. Il y a un problème ?

Le meurtre était certainement un problème, songea Barbara. Elle laissa à Nkata le soin d'ouvrir le feu. Quant à elle, elle se promit de surveiller les réactions de la maîtresse de maison.

Hormis la perplexité, il n'y eut pas de réaction. Tricia Reeve observa Nkata comme si elle ne l'avait pas entendu. Au bout d'un moment elle murmura :

— Nicola Maiden ? Assassinée ? (Et bizarrement elle ajouta :) Vous en êtes certain ?

— Les parents de la jeune fille l'ont formellement identifiée.

— Je... je voulais dire : vous êtes certain qu'elle a été assassinée ?

— Je doute qu'elle se soit défoncé le crâne elle-même, fit Barbara.

Là, il y eut une réaction. Discrète, mais une réaction quand même. Tricia Reeve porta une main manucurée au bouton du haut de sa veste de tailleur. Un tailleur à fines rayures dont la jupe courte et étroite révélait des jambes interminables.

— Ecoutez, fit Barbara, à la fac de droit on nous a dit qu'elle avait un mi-temps chez vous l'automne dernier. Lequel s'est transformé en plein temps en mai. Après ça, elle a pris un congé pour l'été si j'ai bien compris...

— Il va vous falloir voir ça avec Martin, annonça Tricia avec un coup d'œil à une porte fermée derrière la réception.

Elle s'en approcha, frappa, entra et referma derrière elle sans ajouter un mot. Barbara regarda Nkata.

— Votre sentiment, Winston ?

— Plus défoncée, tu meurs, fit succinctement Nkata.

— Elle plane, c'est sûr. Elle se shoote à quoi, d'après vous ?

— J'en sais rien, mais en tout cas ça a l'air de lui réussir.

Près de cinq minutes s'écoulèrent avant la réapparition de Tricia. Pendant ce temps-là les téléphones avaient continué de sonner, les appels d'être dispatchés tandis qu'un murmure de voix s'échappait de derrière la lourde porte close. Lorsqu'elle s'ouvrit, ce fut pour livrer passage à un homme. Lequel n'était autre que le Cheveux d'ange des photos. Il portait un costume anthracite impeccable et un gilet de la poche duquel jaillissait une grosse chaîne en or d'où pendait une montre de gousset. Il se présenta. Martin Reeve. Mari de Tricia. Directeur de MKR.

Il invita Barbara et Nkata à le suivre dans son bureau. Sa femme se rendait à un thé. La police aurait-elle besoin d'elle ? Parce que, présidente d'Enfants en détresse, elle devait assister au thé d'automne de l'association caritative à l'hôtel Dorchester. Ce thé marquait le début de la saison et si Tricia n'en avait pas été la présidente, sa présence n'aurait pas été indispensable. Quoi qu'il en soit, il se trouvait que c'était elle qui avait la liste des invités dans le coffre de sa voiture et, sans cette liste, impossible de placer les participants. Reeve espérait que la police comprendrait. Il leur adressa un sourire révélant des dents parfaites. Blanches, droites et manifestement recouvertes de jaquettes, elles marquaient le triomphe de l'homme sur les vicissitudes de la génétique dentaire.

— Je vois, dit Barbara, il est hors de question que Sharon Machin s'assoie à côté de la comtesse de Truc. Du moment que nous pouvons voir Mrs Reeve plus tard...

Reeve leur assura que sa femme et lui comprenaient la gravité de la situation.

— Chérie ?

Il fit signe à Tricia de s'en aller. Elle se tenait, hésitante, près de son bureau, un meuble massif en acajou et cuivre dont le dessus était recouvert de cuir bourgogne. Au signal, elle effectua sa sortie mais pas avant qu'il ne l'eût stoppée au passage pour l'embrasser. Elle fut forcée de se pencher pour se plier à ses desiderata. Avec ses talons hauts, elle faisait bien quinze centimètres de plus que son époux. Cela ne sembla guère leur poser de problème. Le baiser traîna juste un peu trop longtemps. Barbara les observa, songeant que c'était très habile de leur part, comme manœuvre. Les Reeve n'étaient pas des amateurs dès lors qu'il s'agissait de prendre le dessus. La question qui se posait était de savoir pourquoi ils jouaient à ce petit jeu.

Elle constata que Nkata avait l'air aussi mal à l'aise qu'ils voulaient qu'il le soit devant cette manifestation prolongée d'affection. Winston en effet dansait d'un pied sur l'autre, bras croisés, ne sachant où diriger les yeux. Barbara sourit. Du fait de sa taille impressionnante, de sa garde-robe tout aussi impressionnante et malgré son adolescence de chef d'un des gangs les plus célèbres de Brixton, Winston Nkata était en fait un enfant de vingt-cinq ans qui habitait encore chez Papa-Maman. Elle s'éclaircit la gorge et il regarda dans sa direction. D'un hochement de tête, elle lui désigna le mur où étaient accrochés des diplômes. Il la rejoignit.

— L'amour est une belle chose, murmura-t-elle doucement. Il faut le respecter.

Les Reeve se calmèrent sur le bouche-à-bouche.

— A plus tard, chérie, chuchota Martin.

Barbara roula les yeux et, avec Nkata, elle examina les diplômes. Université de Stanford et London School of Economics. Les deux diplômes étaient au nom de Martin Reeve. Barbara examina le petit homme avec un intérêt accru et pas mal de respect. C'était vulgaire d'exhiber des documents pareils, mais ce type était loin d'être nul, intellectuellement parlant.

Reeve invita sa femme à se mettre en route. De sa poche, il sortit un mouchoir neigeux et effaça les traces de son rouge à lèvres d'un rose très pâle.

— Désolé, fit-il avec un sourire juvénile. Vingt ans de mariage et la passion est toujours au rendez-vous. Avouez que ce n'est pas trop mal pour des quadragénaires dotés d'un fils de seize ans. Ah le voilà, au fait. William. Il a une préférence pour Mom, expliqua Reeve en prenant une photo sur le bureau.

L'expression confirma à Barbara ce que le diplôme de Stanford, les meubles anciens, le cadre en argent et la prononciation pourtant soignée s'étaient bornés à suggérer :

— Vous êtes américain ?

— Oui, mais il y a des années que je n'ai pas remis les pieds là-bas. (Reeve désigna la photo.) Qu'est-ce que vous en pensez, de notre William ?

Barbara jeta un coup d'œil. L'adolescent au visage boutonneux avait la stature de sa mère et les cheveux de son père. Elle vit également ce qu'on voulait l'obliger à remarquer : l'uniforme, reconnaissable entre tous, d'un élève d'Eton. Très classe, songea-t-elle en se tournant vers Nkata.

— Eton, expliqua-t-elle, l'air aussi impressionné que possible. C'est un cerveau.

— Un petit génie, fit Reeve, satisfait. Asseyez-vous, je vous prie. Vous prendrez un café, quelque chose ? J'imagine que vous ne buvez pas pendant le service...

Ils refusèrent son offre et en vinrent au fait. On leur avait appris que Nicola Maiden avait été engagée par MKR en octobre de l'année précédente.

En effet, affirma Reeve.

Elle travaillait comme stagiaire ?

Exact, opina Reeve.

Quel genre de stage faisait-elle ?

Conseil en investissements, leur dit Reeve. Nicola se préparait à gérer des portefeuilles. MKR gérait les investissements de certains des plus gros acteurs du marché. Dans la plus grande discrétion, évidemment.

Parfait, lui dit Barbara. Qui poursuivit en lui disant qu'ils supposaient que Nicola était restée à son service jusqu'à ce qu'elle prenne un congé pour aller travailler cet été chez un avocat dans le Derbyshire. Si Mr Reeve voulait bien...

Reeve les stoppa net.

— Nicola n'a pas pris de congé. Elle a quitté MKR à la fin du mois d'avril. Elle allait, nous a-t-elle expliqué, s'installer dans le Nord.

— Elle déménageait ? fit Barbara.

Qu'est-ce que c'était que cette histoire d'adresse qu'elle avait laissée à sa logeuse d'Islington pour faire suivre son courrier ? se demanda-t-elle. Une adresse à Fulham, c'était au nord du fleuve, pas vraiment dans le Nord...

— C'est ce qu'elle m'a raconté, fit Reeve. Parce qu'elle a donné une version différente à d'autres ? (Il eut un sourire exaspéré.) Franchement, ça ne m'étonnerait pas. Je n'ai pas mis longtemps à découvrir que Nicola avait une façon bien à elle de... présenter les faits. Si elle n'avait pas démissionné, je l'aurais fait partir. (Il réunit ses doigts en clocher.) J'avais des doutes sur sa discrétion. Or la discrétion, c'est vital dans notre branche. Nous représentons des clients importants et, comme nous avons accès à leurs dossiers financiers, il faut qu'ils puissent avoir toute confiance en nous, savoir que nous ne divulguerons pas le moindre détail les concernant.

— La petite Maiden n'était pas discrète ? fit Nkata.

— Je ne dirais pas ça, s'empressa de déclarer Reeve. Nicola était intelligente, cela ne fait pas l'ombre d'un doute. Mais c'était quelqu'un qu'il fallait surveiller. Alors je l'ai surveillée. Elle savait y faire avec les clients — un bon point pour elle. Mais elle avait tendance à se laisser un peu, comment dirais-je... impressionner par l'importance de certains portefeuilles. Et il n'est jamais bon de discuter à table de la valeur des avoirs de Sir X ou de Lord Y.

— Y avait-il un client avec lequel elle se débrouillait particulièrement bien ? questionna Barbara. Quelqu'un qu'elle rencontrait peut-être après les heures de bureau ?

— Que voulez-vous dire ? fit Reeve, plissant les yeux.

— Cette jeune fille avait un amant à Londres, Mr Reeve, fit Nkata en reprenant la balle au bond. Et nous sommes à sa recherche.

— J'ignore tout de cette histoire d'amant. Mais si Nicola en avait un, à votre place, c'est à la fac de droit que je le chercherais.

— On nous a dit qu'elle avait plaqué la fac pour travailler à plein temps ici.

— Vous n'êtes pas en train de suggérer, fit Reeve, choqué, que Nicola Maiden et moi...

— Elle était séduisante.

— Ma femme aussi !

— Je me demande si votre épouse a joué un rôle dans son départ. Parce que tout ça est bizarre : la petite Maiden plaque la fac pour travailler ici à plein temps, mais elle vous quitte pratiquement la même semaine. Pourquoi pensez-vous qu'elle ait fait une chose pareille ?

— Je vous l'ai dit. Elle allait s'installer chez ses parents dans le Derbyshire...

— Où elle a travaillé pour un type qui nous a raconté qu'elle avait un jules à Londres. Eh bien, la question que je me pose, c'est de savoir si cet homme n'était pas vous par hasard...

Barbara jeta à Nkata un regard admiratif. Il n'y allait pas par quatre chemins. Un bon point pour lui.

— Je suis amoureux de ma femme, dit Reeve fermement. Tricia et moi, ça fait vingt ans que ça dure. Si vous me croyez capable de tout foutre par terre pour tirer un coup avec une étudiante, vous vous trompez.

— Rien ne dit que vous vous êtes contenté d'un coup vite fait, dit Barbara.

— Qu'il s'agisse d'un coup en passant ou d'un coup quotidien, contra Reeve, une liaison avec Nicola Maiden ne m'intéressait pas. (Il parut se raidir tandis que ses pensées prenaient soudain un autre cours. Il inspira et tendit la main pour attraper un coupe-papier en argent posé devant lui.) Est-ce qu'on m'aurait calomnié ? Dites-le-moi. Si tel est le cas, je contacte immédiatement mon avocat.

C'était bien un comportement d'Américain, songea Barbara.

— Est-ce que vous connaissez un nommé Terry Cole, Mr Reeve ?

— C.O.L.E. ? (Tout en épelant, Reeve prit un stylo et un bloc, et griffonna le nom.) Ah c'est lui, le petit salopard qui vous a dit que je...

— Terry Cole est mort, coupa Nkata. Il n'a rien dit du tout. On l'a retrouvé mort avec Nicola Maiden dans le Derbyshire. Le connaissez-vous ?

— Jamais entendu parler. Quand je vous ai demandé qui vous avait dit... Ecoutez, Nicola est morte, j'en suis désolé. Et je ne l'ai pas revue depuis la fin avril. Je ne lui ai pas parlé depuis la fin avril. Et si quelqu'un s'amuse à salir ma réputation, j'ai l'intention de prendre les mesures qui s'imposent...

— C'est comme ça que vous réagissez habituellement quand vous êtes contrarié ? voulut savoir Barbara.

— Cet entretien est terminé, dit Reeve, reposant son stylo.

— Mr Reeve...

— Sortez, je vous prie. Je vous ai reçus, je vous ai dit tout ce que je savais. Si vous vous imaginez que je vais rester assis sans bouger pendant que vous essayez de m'amener à m'incriminer... (Il tendit le doigt vers eux. Barbara constata qu'il avait des mains étrangement petites et que ses jointures étaient recouvertes d'une myriade de cicatrices.) Vous n'êtes décidément pas très malins, vous les flics. Maintenant sortez, et vite !

Il ne leur restait qu'à accéder à sa demande. En bon Yankee expatrié qu'il était, il allait sûrement, dès qu'ils seraient sortis, passer un coup de fil à son avocat et se plaindre d'être harcelé par la police. Il était inutile de pousser les choses plus loin.

— Beau travail, Winston, dit Barbara lorsque son collègue eut ouvert la portière de la Bentley et qu'ils furent montés à l'intérieur. Vous l'avez acculé dans les cordes. Ça n'a pas traîné.

— C'était pas la peine de perdre du temps. (Il examina la bâtisse.) Je me demande s'il y a vraiment un thé pour les enfants en détresse au Dorchester aujourd'hui...

— En tout cas, il y a une manifestation quelque part. Elle était sur son trente et un, non ?

Nkata jeta un coup d'œil à Barbara, examina ses vêtements d'un air un peu triste.

— Avec tout le respect que je vous dois, Barb...

— Vous avez raison, dit-elle avec un rire. En matière de fringues, je ne suis pas experte.

Il pouffa et mit le contact. S'éloignant du trottoir, il la rappela à l'ordre :

— Ceinture, Barb.

— D'accord, fit Barbara, se tournant pour l'attraper.

C'est alors qu'elle aperçut Tricia Reeve. La directrice adjointe de MKR ne s'était pas rendue au Dorchester, finalement. Après avoir tourné furtivement au coin du bâtiment, elle grimpa en hâte les marches du perron pour foncer telle une flèche vers la porte d'entrée.

11

A peine les flics furent-ils sortis de son bureau que Martin Reeve appuya sur un bouton discrètement installé sous l'une des étagères abritant sa collection de photos de Henley. Si les diplômes universitaires bidon faisaient partie de la saga de Martin Reeve, les photos de Henley constituaient un élément vital de sa romance avec Tricia. Selon une version des faits soigneusement mise au point, c'était à l'occasion des fameuses régates qu'ils s'étaient rencontrés, des années plus tôt. Il ressassait ce récit apocryphe depuis si longtemps que lui-même avait fini par y croire. Il fallut moins de cinq secondes, un record, pour que l'on réponde à son appel. Jaz Burns pénétra dans la pièce sans frapper.

— Quelle mocheté ! dit-il avec une grimace. Vous vous imaginez en train de la sauter, Martin ? Se farcir un laideron pareil, c'est un truc qu'on doit pas pouvoir oublier facilement...

De son repaire à l'arrière de la maison, Jaz jouait au voyeur avec le matériel de surveillance qui se trouvait dans le bureau de Martin. Ce petit travers était certes agaçant, mais Martin fermait les yeux car Jaz avait d'autres talents.

— Suivez-les, dit Martin.

— Les flics ? Qu'est-ce qui se passe ?

— Plus tard, les explications. Mettez-vous sur la filature tout de suite.

Jaz était un homme fin qui percevait les nuances. Après un signe d'acquiescement, il rafla sur la table les clés de la Jaguar et se glissa dehors sans bruit, à la manière d'un cambrioleur. La porte ne s'était pas refermée depuis quinze secondes qu'elle se rouvrait.

— Bon Dieu, Jaz ! pesta Martin en pivotant et s'apprêtant à tancer son employé pour son manque d'empressement à filer les policiers.

Mais c'était Tricia et non Burns qui se tenait là et, à son expression, Martin comprit qu'il allait avoir droit à une scène. Et merde, pas maintenant. Pour l'instant, il ne se sentait pas la force de la calmer.

— Qu'est-ce que tu fabriques ici ? Tu n'étais pas censée assister à un thé, Tricia ?

— Impossible.

Elle referma la porte.

— Comment ça, impossible ? Mais on t'attend là-bas. Ça fait des mois que c'est prévu, cette réunion. J'en ai tiré, des ficelles, pour que tu sièges à ce foutu comité... Maintenant que t'en voilà membre, tâche au moins de faire ce qu'on attend de toi. C'est toi qui as cette putain de liste, Patricia. Comment veux-tu que tes collègues organisent cette petite sauterie si tu n'es pas fichue d'arriver là-bas à temps avec le plan de table ?

— Que leur as-tu dit au sujet de Nicola ?

— C'est pour ça que tu es là ? fit-il, articulant silencieusement le mot « merde ». C'est pour ça ? Tu ne t'es pas rendue au Dorchester, au thé donné au bénéfice d'une des causes majeures du pays, parce que tu veux savoir ce que j'ai dit aux flics sur cette saloperie de pétasse morte ?

— Je n'aime pas ton langage.

— Qu'est-ce qui te déplaît ? « Saloperie » ? « Morte » ? Ou « pétasse » ? Accouche, et vite. Parce que, à la minute où je te parle, il y a au moins cinq cents bonnes femmes et je ne sais combien de photographes qui t'attendent. Et que tu n'arriveras pas là-bas tant que nous ne saurons pas ce qui te défrise dans ma façon de m'exprimer.

— Que leur as-tu dit ?

— La vérité.

Il était tellement en pétard qu'il jubila presque à la vue de l'expression horrifiée qui se peignit sur son visage.

— Quoi ? fit-elle d'une voix rauque.

— Nicola Maiden était ici comme stagiaire conseil. Elle nous a quittés en avril dernier. Si elle n'était pas partie de son plein gré, je l'aurais virée.

Tricia se détendait visiblement. Préférant que sa femme soit sur les nerfs, Martin poursuivit :

— J'aimerais savoir où cette petite garce s'est tirée et, avec un peu de chance, Jaz le saura. Les flics sont tellement prévisibles... Si elle avait un appart à Londres, et j'ai l'impression que c'est le cas, les keufs vont nous y mener directos.

La tension s'empara de nouveau de Tricia, ce qui fit plaisir à son mari.

— Pourquoi tu veux le savoir ? Qu'est-ce que tu vas faire ?

— Je déteste qu'on me manque de respect, Patricia. Tu es bien placée pour le savoir. Et j'ai horreur qu'on me raconte des craques. La confiance est le fondement des relations. Si je ne réagis pas quand on me baise, c'est la fin des haricots. Je m'expose à me faire avoir par n'importe qui. C'est hors de question.

— Tu te l'es faite, n'est-ce pas ? demanda Tricia, visage crispé.

— Ne sois pas stupide.

— Tu crois que je suis aveugle, peut-être. Tu te dis : « Cette chère Trish, la moitié du temps elle est camée jusqu'au fond de ses chaussettes, elle a pas les yeux en face des trous, elle remarque rien. » Mais faut pas croire, j'ai bien vu comment tu la reluquais. Je sais quand tu l'as...

— Tu as besoin d'un fix, fit Martin avec un soupir. Désolé de te dire les choses aussi crûment, ma chère. Je sais que tu préférerais éviter le sujet. Mais la vérité, c'est que tu as toujours de drôles d'idées quand tu déplanes trop vite. Tu as besoin d'un autre shoot...

— Je te connais. (Sa voix montait et il se demanda

s'il réussirait à lui faire sa piquouze sans qu'elle coopère. Mais quelle dose s'injectait-elle ces jours-ci ? Même s'il arrivait à se débrouiller avec l'aiguille et la seringue, il n'avait pas envie qu'on soit obligé de la transporter dans le coma à l'hôpital, c'était vraiment pas le moment.) Je sais à quel point tu aimes commander, Martin. Et quel meilleur moyen de te prouver que tu fais la loi que de dire à une étudiante de baisser sa culotte et de la regarder s'exécuter à toute vitesse ?

— Tricia, c'est vraiment des conneries, que tu racontes. Si tu t'écoutais tu t'en rendrais compte.

— Donc tu l'as sautée. Et elle s'est barrée. Comme ça. Disparue. Envolée. (Tricia claqua des doigts mais pas très fort.) Et ça t'a pas plu ! Et on sait comment tu réagis quand quelque chose te déplaît.

Martin mourait d'envie de la frapper, ça le titillait. Il aurait cédé à cette impulsion mais il savait que, défoncée ou non, elle se précipiterait chez Papa pour se plaindre et pleurer dans son giron. Et Papa poserait ses exigences si elle débarquait dans cet état. Cure de désintoxication, et divorce dans la foulée. Pour Martin, c'était hors de question. Son mariage avec une femme riche — et peu importait que son argent lui vînt d'un magasin d'antiquités au lieu de lui avoir été transmis de génération en génération comme cela se fait dans les familles aristocratiques — lui avait permis d'être accepté dans des milieux où il n'aurait jamais pu autrement mettre les pieds en sa qualité d'immigrant — quelque florissantes qu'eussent pu être ses affaires. Il n'avait aucune intention de renoncer à ces privilèges.

— On reparlera de tout ça plus tard, dit-il en consultant sa montre de gousset. Pour l'instant, tu as encore le temps d'arriver au Dorchester sans te couvrir complètement de ridicule. Tu n'as qu'à dire que la circulation était infernale. Qu'un piéton a été renversé par un taxi à Notting Hill Gate. Que tu t'es arrêtée pour lui tenir la main... Non, raconte-leur plutôt qu'il s'agissait d'une femme et de son enfant... Jusqu'à ce que l'ambulance arrive. Un trou dans ton collant donnerait de la consistance à ton histoire, au fait.

— Cesse de me prendre pour une de tes putes décérébrées...

— Alors cesse de te conduire comme telle. (Il lui avait balancé la réplique sans réfléchir et il s'en mordit aussitôt les doigts. Inutile de transformer une discussion idiote en bagarre rangée.) Ecoute, mon chou, fit-il d'un ton réconfortant, cessons de nous chamailler. On va pas se laisser démonter par une petite visite de routine des flics. Et en ce qui concerne Nicola Maiden...

— Ça fait des mois qu'on l'a pas fait, Martin.

— Je regrette qu'elle soit morte, c'est bien dommage qu'elle ait été assassinée, poursuivit-il d'un ton décidé. Mais comme nous ne sommes pas impliqués dans ce qui lui est arrivé...

— Nous-n'a-vons-pas-bai-sé-de-puis-le-mois-de-juin. (Sa voix se hissa dans les aigus.) Tu écoutes ce que je te dis ?

— J'écoute, j'écoute. Et si tu n'étais pas dans le coltard à longueur de journée, ta mémoire fonctionnerait sûrement mieux.

Dieu merci, ça l'avait arrêtée net. Elle n'avait pas plus que lui envie de mettre un terme à leur mariage. Après tout, il lui était aussi nécessaire qu'elle pour lui : il s'arrangeait pour qu'elle ait ses doses et gardait le secret sur ses petites manies. Aussi ne demandait-elle qu'à le croire. Et d'après l'expérience de Martin, lorsque les gens avaient un besoin impérieux de croire, ils y parvenaient à force d'autopersuasion. Dans ce cas toutefois, Tricia n'était pas loin de la vérité. Il la baisait, mais quand elle était défoncée, quand elle planait. Simplement elle ne savait pas qu'il préférait qu'il en fût ainsi.

— Oh, fit-elle d'une petite voix en clignant des paupières.

— Oui, on n'a pas arrêté, je te signale : en juin, en juillet, en août. Et la nuit dernière même.

— La nuit dernière ? fit-elle en déglutissant péniblement.

Il sourit. Elle était à lui.

— Ne laissons pas les flics semer la zizanie chez nous, Trish, dit-il en s'approchant. C'est un tueur qu'ils cherchent. Ce n'est pas après nous qu'ils en ont. (Il approcha de ses lèvres les jointures abîmées de sa main droite. La main gauche lui écrasant les fesses, il la plaqua contre lui.) N'est-ce pas que c'est vrai, ce que je dis ? N'est-ce pas que ce que la police cherche, elle ne le trouvera pas ici ?

— Il faut que j'arrête d'en prendre, chuchota-t-elle.

Il la fit taire. Se pencha pour l'embrasser.

— Chaque chose en son temps.

Dans sa chambre de l'Ange Noir, Lynley retira son costume et sa cravate, mit un jean, de grosses chaussures et le vieux Barbour avec lequel il se baladait généralement en Cornouailles, vêtement qui appartenait à son défunt père. Il ne cessait de regarder le téléphone en s'habillant, tantôt lui demandant de sonner, tantôt essayant de se décider à appeler.

Il n'y avait pas eu de message de Helen. Il avait mis ce silence sur le compte de son retour tardif de sa sortie en compagnie de Deborah Saint James. Nul doute qu'elle avait dû faire la grasse matinée le lendemain. Mais il avait du mal à trouver des explications à un mutisme qui se prolongeait. Il avait même téléphoné à la réception pour demander qu'on revérifie s'il n'y avait pas de messages. Mais des fouilles dans les casiers et les corbeilles à papier n'avaient rien donné : sa femme n'avait pas appelé. Personne n'avait téléphoné, d'ailleurs. Cependant, si le silence du reste du monde le laissait indifférent, celui de Helen lui pesait.

A la manière de ceux qui sont persuadés d'avoir raison, il repassa leur conversation de la veille. Il l'écouta avec toutes ses nuances. Mais quel que fût l'angle sous lequel il l'examinait, il en sortait toujours vainqueur.

C'était aveuglant de simplicité : sa femme s'était mêlée de sa vie professionnelle et elle lui devait des excuses. De même que lui n'avait pas à lui dire comment organiser son travail au labo chez Saint James, elle n'avait pas à mettre en doute ses décisions. Dans l'arène intime, chacun avait directement intérêt à connaître les espoirs, les résolutions, les souhaits de l'autre. Sur le plan professionnel, ils se devaient l'un à l'autre compréhension et soutien. Que sa femme, comme le démontrait clairement son refus presque pervers de l'appeler, ne souhaitât pas adhérer à cette façon de fonctionner le décevait grandement. Il y avait seize ans qu'il fréquentait Helen. Comment tout ce temps avait-il pu s'écouler sans qu'il la connût réellement ?

Il consulta sa montre. Il jeta un coup d'œil par la fenêtre et observa la position du soleil dans le ciel. Il y avait encore plusieurs heures de clarté. Pas besoin de se précipiter pour le moment. Sachant cela, il traîna, prit tout son temps pour vérifier qu'il avait bien un compas, une torche et une carte d'état-major dans les multiples poches de sa veste.

Puis, ne pouvant retarder davantage son départ, il poussa un soupir de défaite. Il s'approcha du téléphone et composa le numéro de son domicile. Je vais lui laisser un message si elle est sortie, songea-t-il.

Il s'attendait à tomber sur Denton. Ou sur le répondeur. Mais certainement pas — parce que, si elle était à la maison, pourquoi diable ne lui téléphonait-elle pas ? — à avoir la douce voix de sa femme au bout du fil.

Elle dit « Allô » à deux reprises. A l'arrière-plan, il entendit de la musique : l'un des CD de Prokofiev dont il venait de faire l'acquisition. Elle avait donc pris l'appel dans le salon.

Il aurait voulu lui dire : « Bonjour, chérie. Nous nous sommes séparés un peu fâchés et j'ai hâte de faire la paix. » Mais au lieu de ça, il se demanda comment elle pouvait être tranquillement assise à Londres à savourer sa musique alors qu'ils s'étaient querellés. Car ils s'étaient querellés, n'est-ce pas ? N'avait-il pas passé la presque totalité de sa journée à éviter de se laisser obnubiler par leur accrochage, par ce qu'il laissait augurer de l'avenir si l'un d'entre eux ne se décidait pas à comprendre que...

— Je ne sais pas qui est à l'appareil, dit Helen, mais je vous trouve grossier.

Et elle raccrocha.

Lynley se retrouva comme un imbécile, récepteur à la main. La rappeler tout de suite lui donnerait la sensation d'être encore plus ridicule. Il décida de s'abstenir. Il reposa l'appareil sur son support, prit les clés de la voiture de police dans son manteau et sortit de sa chambre.

Il emprunta la direction du nord-est, suivant la route qui creusait une profonde entaille entre les pentes de calcaire sur lesquelles se dressait Tideswell. A cet endroit-là, la terre formait un siphon naturel. Le vent s'y engouffrait, telle une rivière clapotante, fouettant les branches, agitant les feuilles de bas en haut, annonçant les premières pluies de la saison.

Au croisement, une poignée de bâtisses couleur miel marquaient l'emplacement du hameau de Lane Head. Lynley bifurqua vers l'est, là où la route pratiquait comme une incision dans la lande et où des murs de pierres sèches empêchaient la végétation, bruyères, fougères, d'envahir la chaussée.

Le paysage était sauvage. Une fois que Lynley eut laissé derrière lui le dernier hameau, les seuls signes de vie — en dehors de la végétation abondante — furent les pies et les moutons, sereins, semblables à des nuages, qui paissaient au milieu du rose et du vert.

Des échaliers permettaient d'accéder à la lande, des panneaux marquaient les sentiers qui avaient été empruntés pendant des siècles par les fermiers ou les bergers se déplaçant d'un village à l'autre. Sentiers de randonnées et pistes cyclables avaient été récemment ajoutés au paysage. Ces pistes sinuaient à travers la bruyère et disparaissaient vers des affleurements englués de mousse qui formaient les vestiges des sites préhistoriques des anciens lieux de culte et des forts romains. Lynley s'était fait préciser par Peter Hanken l'endroit où Nicola Maiden avait garé la Saab avant de s'engager sur la lande. Celui-ci se trouvait, comme il put bientôt le constater, à quelques kilomètres au nord-est du minuscule hameau de Sparrowpit. Là, un long mur rugueux était percé d'un portail en fer forgé blanc dont la peinture épaisse était rongée par endroits. En arrivant sur les lieux, Lynley fit ce que Nicola Maiden avait sans doute fait : il ouvrit le portail, déboucha sur un étroit chemin pavé et se gara sur un terre-plein derrière le mur de pierre.

Il consulta la carte avant de descendre de voiture. L'ayant calée contre le siège du passager, il chaussa ses lunettes. Lynley étudia le trajet qu'il lui faudrait prendre pour atteindre Nine Sisters Henge, notant les points de repère qui lui permettraient de trouver son chemin. Hanken lui avait proposé de lui prêter un constable pour lui servir de guide, mais Lynley avait refusé. Ça lui aurait été égal d'être accompagné d'un randonneur expérimenté, mais il préférait ne pas venir jusque-là en compagnie d'un membre de la police de Buxton qui prendrait peut-être ombrage qu'il examine la scène de crime avec une minutie donnant à penser que la Criminelle locale avait pu ne pas faire correctement son boulot.

« C'est notre dernière chance de remettre la main sur ce fichu bipeur, avait dit Lynley à Hanken.

— S'il avait été là-bas, mes gars l'auraient récupéré, lui avait répondu Hanken en lui rappelant qu'ils avaient relevé toutes les empreintes de pas susceptibles de se trouver sur le terrain et qu'au terme de leurs recherches ils auraient certainement retrouvé un bipeur s'ils n'avaient pas réussi à récupérer un couteau. Mais si ça peut vous tranquilliser, allez-y. »

Quant à lui, il allait retourner voir Upman, car il avait hâte de lui mettre le nez dans ses mensonges.

Ayant repéré le trajet, Lynley replia la carte et remit

ses lunettes dans leur étui. Il fourra le tout dans les poches de sa veste Barbour et sortit, s'exposant au vent. Il prit la direction du sud-est, col remonté, tête rentrée dans les épaules, car les bourrasques soufflaient. Le chemin pavé allant dans la direction qu'il désirait, il l'emprunta ; mais, cent mètres plus loin, ce chemin tourna court, se terminant en un tas de cailloux. A partir de là, le trajet fut beaucoup plus pénible car il fallait suivre une piste de terre et de pierres.

La marche lui demanda près d'une heure et il l'effectua dans la solitude la plus complète. Il longea des chemins pierreux qui en coupaient d'autres, encore plus pierreux. Il traversa bruyères, ajoncs, fougères. Il escalada des affleurements de calcaire, passa devant les vestiges de nombreux cairns.

Il atteignait une fourche inattendue lorsqu'il vit un randonneur solitaire venant du sud-est se diriger vers lui. Presque certain que c'était dans cette direction que se trouvait Nine Sisters Henge, Lynley s'immobilisa, attendant de voir qui était venu rendre cette visite tardive à la scène du crime. A sa connaissance, Hanken n'avait pas relevé les constables qui gardaient le cercle de pierres. Donc si le randonneur était un journaliste ou un photographe de presse, il n'avait pas dû trouver très agréable cette marche prolongée à travers la lande.

Il ne s'agissait pas d'un homme. Ce n'était pas non plus une journaliste, ni une photographe. Samantha McCallin, pour une raison inconnue de Lynley, avait décidé de s'offrir une balade cet après-midi-là jusqu'à Nine Sisters Henge.

Apparemment, elle le reconnut de son côté car elle changea d'allure. Elle s'avançait avec une baguette de bouleau à la main, fouettant les bruyères le long du chemin. Mais, en voyant Lynley, elle jeta la badine, redressa les épaules et se dirigea droit vers lui.

— C'est un endroit public, dit-elle. Vous pouvez boucler le périmètre et poster autant de gardes que vous voudrez autour de Nine Sisters. Mais vous ne pouvez pas empêcher les gens de se promener sur le reste de la lande.

— Vous êtes loin de Broughton Manor, Miss McCallin...

— Ne dit-on pas que les assassins retournent sur le lieu de leur crime ? Vous avez l'intention de m'arrêter ?

— J'aimerais que vous m'expliquiez ce que vous fabriquez dans le coin.

Elle jeta un regard par-dessus son épaule vers l'endroit d'où elle venait.

— Il pense que je l'ai tuée. C'est pas merveilleux, ça ? Je prends sa défense ce matin. Et cet après-midi, il décide que c'est moi qui ai assassiné Nicola Maiden. Est-ce que ce n'est pas une drôle de façon de me remercier d'avoir pris son parti ?

Ç'aurait pu être le vent, bien sûr, mais Lynley eut l'impression qu'elle avait pleuré.

— Voyons, qu'est-ce que vous faites par ici, Miss McCallin ? Vous devez savoir que votre présence...

— Je voulais voir l'endroit où son obsession est morte. L'obsession de mon cousin. (Le vent avait partiellement défait sa natte et des mèches folles lui cinglaient le visage.) Il prétend bien entendu que son obsession est morte lundi soir lorsqu'il lui a demandé de l'épouser et qu'elle l'a éconduit. Mais je n'en crois pas un mot. Je crois que, tant que Nicola était vivante, mon cousin se serait cramponné à l'idée qu'il passerait sa vie avec elle. Il aurait attendu qu'elle change d'avis. Attendu, comme il le disait si bien, qu'elle le « voie » sous son véritable jour. Le plus drôle, c'est que si elle lui avait adressé le moindre signe, il l'aurait interprété comme le signe qu'il guettait. Le signe qui lui prouvait qu'elle l'aimait. Malgré tout ce qu'elle pouvait dire ou faire.

— Vous n'aviez guère de sympathie pour elle...

— Quelle importance ? fit-elle avec un petit rire. Elle arrivait toujours à ses fins...

— A sa fin, cette fois-ci... Et ce n'est sûrement pas ce qu'elle voulait.

— Elle l'aurait détruit. Elle l'aurait sucé jusqu'à la moelle. C'était ce genre de femme, inspecteur.

— Vraiment ?

Samantha plissa les yeux tandis qu'une rafale de vent projetait en l'air une pluie de terre.

— Je suis heureuse qu'elle soit morte, je ne vous mentirai pas. Mais vous faites erreur si vous pensez que je suis la seule à vouloir danser sur sa tombe...

— Qui d'autre encore se réjouirait ?

— Ne comptez pas sur moi pour faire le boulot à votre place.

Cela dit, elle le dépassa et continua le long du sentier, prenant la direction qu'il venait de suivre. Il se demanda comment elle était arrivée sur la lande, car il n'avait pas vu de voiture garée sur le bas-côté lorsqu'il avait tourné. Il se demanda également si elle ne s'était pas garée ailleurs, soit parce qu'elle ignorait la présence du petit terre-plein au sol bien tassé derrière le mur de pierres sèches, soit pour qu'on ne sache pas qu'elle était au courant de l'existence de cette petite bande de sol naturellement plat. Il la fixa mais elle ne se retourna pas pour voir si on l'observait. Sans doute devait-elle avoir envie de tourner la tête, c'était humain. Le fait qu'elle s'abstînt en disait long sur sa discipline. Il continua sa route.

Il reconnut Nine Sisters Henge à la pierre isolée, la King Stone, marquant son emplacement au cœur d'un épais bosquet de bouleaux. Il y arriva par le côté opposé cependant, et ne se rendit pas compte qu'il était parvenu à destination avant d'avoir fait le tour du bouquet d'arbres, effectué un relevé au compas et compris que le cromlech ne devait plus être très loin.

Les mains dans les poches, il rebroussa chemin. Il trouva le policier de faction posté par Hanken à quelques mètres du site. Celui-ci souleva la bandelette de scène de crime pour aider Lynley à la franchir et le laissa approcher seul de la pierre sentinelle. Lynley s'arrêta près de cette pierre, la King Stone, pour l'examiner. Elle était patinée par le temps, comme il fallait s'y attendre, mais marquée également par la main de l'homme. Des entailles avaient été pratiquées sur la face arrière de l'énorme colonne. Ces incisions formaient autant de points de prise pour les mains et pour les pieds, permettant à un grimpeur d'atteindre le sommet. Lynley se demanda à quoi la pierre avait servi jadis. Etait-ce une tour du haut de laquelle on appelait la communauté à se rassembler ? Un poste d'observation abritant un veilleur chargé de la sécurité des chamans qui exécutaient des rituels au cœur du cercle de pierres ? Un autel où célébrer des sacrifices ? Impossible à dire.

Après avoir frappé la pierre de la main au passage, il se dirigea sous les arbres où il remarqua immédiatement que les bouleaux plantés dru jouaient le rôle d'un pare-vent naturel. Lorsqu'il atteignit le cercle préhistorique, pas un souffle d'air ne bougeait.

Sa première pensée fut que cela ne ressemblait absolument pas à Stonehenge. Mais c'est alors qu'il se rendit compte que le mot *henge* était associé dans son esprit à une image précise. Il y avait des pierres levées, neuf comme le nom de l'endroit le suggérait, mais beaucoup plus grossièrement taillées qu'il ne s'y était attendu. Contrairement à Stonehenge, il n'y avait pas de pierre faisant office de linteau. Quant au fossé qui enserrait les monolithes verticaux, il était beaucoup moins prononcé. Beaucoup moins net qu'à Stonehenge.

Il pénétra à l'intérieur du cercle, où régnait un calme absolu. Alors que les arbres empêchaient le vent d'atteindre le cercle, les pierres semblaient empêcher l'arrivée du bruit provoqué par les feuilles. Ça ne devait pas être difficile de parvenir jusqu'au monument, de nuit, sans se faire surprendre. Quels qu'ils soient, ceux qui étaient venus devaient simplement savoir où se trouvait Nine Sisters Henge, ou alors ils avaient suivi un promeneur de loin pendant la journée et s'étaient cachés en attendant que tombe la nuit — ce qui n'aurait pas non plus été très difficile. Car la lande était vaste et dégagée. On pouvait voir à des kilomètres à la ronde.

L'intérieur du cercle contenait de l'herbe piétinée par les visiteurs de l'été, un quartier de roche plat à la base de la pierre levée située le plus au nord et les vestiges d'une demi-douzaine de feux allumés par des campeurs et des promeneurs. Lynley entreprit une fouille systématique du secteur afin de retrouver le bipeur de Nicola Maiden. C'était une tâche ennuyeuse qui l'obligeait à scruter le terrain pouce par pouce, le fossé, la base de chaque pierre, l'herbe de la lande et les feux. Lorsqu'il eut terminé son inspection sans découvrir quoi que ce soit et qu'il comprit qu'il lui faudrait refaire le trajet emprunté par Nicola jusqu'à l'endroit où elle avait trouvé la mort, il s'arrêta pour essayer de voir par où elle s'était enfuie. Ce faisant, son regard fut attiré par le feu central.

Celui-ci était différent des autres. Il était plus récent, on y voyait encore des morceaux de bois calciné qui n'avaient pas eu le temps de devenir cendres. Il avait été passé au crible par les techniciens de la police. Et les pierres qui l'encerclaient avaient été délogées sans douceur, comme si quelqu'un avait piétiné le feu pour l'éteindre et, ce faisant, démoli la petite enceinte. La vue de ces pierres rappela à Lynley les photos de Terry Cole et les brûlures qui défiguraient un côté de son visage.

Il alla s'agenouiller près des vestiges du feu et, pour la première fois, il songea à ce visage, à ce que signifiait la peau brûlée, boursouflée. La gravité des brûlures suggérait que le jeune homme avait été en contact prolongé avec le feu. Mais il n'avait pas été maintenu dans les flammes de force, car si tel avait été le cas on aurait retrouvé des blessures spécifiques sur son corps, blessures récoltées alors qu'il luttait pour échapper à son agresseur. Or, selon le Dr Myles, le corps de Terry Cole ne portait pas de signes de lutte : ni ecchymoses, ni écorchures aux mains ou sur les jointures, ni traces caractéristiques sur le torse. Pourtant, songea Lynley,

Cole avait été en contact avec le feu suffisamment longtemps pour être gravement brûlé, au point que sa peau en était devenue noirâtre. Il ne semblait y avoir qu'une seule réponse raisonnable. Cole était tombé dans le feu. Mais comment ?

Lynley resta accroupi et laissa son regard errer autour du cercle. Il vit qu'un second sentier plus étroit permettait de sortir du bosquet, exactement à l'opposé de celui qu'il avait emprunté pour arriver, et que ce sentier était directement dans son champ de vision. C'était par là sans doute que Nicola s'était enfuie. Il se représenta les jeunes gens dans la nuit de mardi, assis côte à côte près du feu. Deux tueurs attendent à l'extérieur du cercle, silencieux, invisibles, que se présente le moment propice. Lorsque ce moment arrive, ils se précipitent vers le feu, chacun d'eux s'empare d'une des victimes et lui règle son compte.

C'était plausible, décida Lynley. Mais si c'était ce qui s'était produit, il ne voyait pas pourquoi ils n'avaient pas fait rapidement son affaire à Nicola Maiden. Il ne voyait pas comment la jeune femme avait réussi à mettre quelque cent cinquante mètres entre elle et son assassin avant d'être attaquée. Certes, elle aurait pu fuir le cromlech et emprunter le second sentier qu'il venait de repérer coupant à travers les arbres, mais l'effet de surprise jouant en faveur des tueurs, comment avait-elle réussi à se sauver aussi loin ? Bien sûr, c'était une randonneuse expérimentée. Mais à quoi servait l'expérience dans le noir, surtout quand on était pris de panique, et qu'on courait et luttait pour sauver sa peau ? Et à supposer qu'elle n'ait pas paniqué, comment expliquer qu'elle ait pu avoir d'aussi bons réflexes et comprendre aussi rapidement ce qui se passait ? Au moins cinq secondes avaient dû être nécessaires pour qu'elle réalise ce qu'on lui voulait, et ce laps de temps aurait dû suffire à la perdre. Là, à l'intérieur du cercle. Et pas cent cinquante mètres plus loin.

Lynley fronça les sourcils. Il n'arrêtait pas de revoir

la photo du jeune homme. Ses brûlures étaient importantes. Ses brûlures racontaient la véritable histoire.

Il attrapa un morceau de bois qui avait servi en partie à allumer le feu et machinalement le planta dans les cendres. Non loin de là, il repéra les premières taches séchées du sang qui avait coulé des blessures de Terry Cole. Au-delà de ces taches, l'herbe de la lande avait été lourdement piétinée, formant un chemin zigzagant qui filait vers un des menhirs. Lynley suivit ce sentier. Il constata qu'il était moucheté de sang sur tout le parcours. Il n'y avait pas de « caillots » de sang cependant, et pas la quantité de sang qu'on aurait pu s'attendre à trouver provenant de quelqu'un qui, avec une artère sectionnée, avait saigné à mort. En fait, en avançant le long de ce chemin, Lynley s'aperçut que le sentier ne portait pas les traces qu'on aurait dû y constater, compte tenu des multiples coups de couteau que Terry Cole avait reçus. A la base du monolithe cependant, Lynley constata qu'il y avait une petite mare de sang. Le sang avait éclaboussé la pierre elle-même, laissant des filets d'une hauteur d'un mètre dégouliner jusque sur le sol.

Lynley marqua une pause. Son regard passa du feu de camp au sentier d'herbe écrasée. En esprit il revit la photo du jeune homme que le photographe de la police avait prise, sa chair mordue par les flammes, et il considéra tous les éléments un à un.

Du sang près du feu et qui éclaboussait le sol.

Une petite mare de sang près de la pierre levée.

Des filets de sang sur la pierre, coulant d'une hauteur d'un mètre.

Une jeune fille courant dans la nuit.

Une pierre lui défonçant le crâne.

Lynley plissa les yeux et lentement prit une profonde inspiration. Evidemment, songea-t-il. Pourquoi n'avait-il pas vu dès le début ce qui s'était passé ?

L'adresse qu'on leur avait donnée était celle d'une petite maison de Rostrevor Road, dans Fulham. Barbara

Havers et Winston Nkata pensaient tomber sur une logeuse, un gardien ou un concierge qui leur ouvrirait la porte et leur permettrait d'accéder à l'appartement de Nicola Maiden. Mais lorsqu'ils eurent appuyé sur la sonnette en regard du numéro 5, ils eurent la surprise d'entendre une voix de femme dans le haut-parleur qui leur demanda de se présenter. Il y eut une pause une fois que Nkata eut déclaré que la Criminelle de Scotland Yard était là. Au bout d'un moment, la voix désincarnée dit : « J'arrive », avec la prononciation cultivée d'une femme qui passe son temps à lire des rôles dans des pièces historiques à la BBC. Barbara s'attendait presque à la voir apparaître vêtue en héroïne de Jane Austen : petite robe Regency avec bas assortis, bouclettes encadrant le visage. Cinq minutes plus tard environ, la porte s'ouvrit sur une gamine de douze ans vêtue d'une minirobe de Mary Quant.

— Vi Nevin, dit la fillette, se présentant. Désolée de vous avoir fait attendre, je sortais du bain. Le temps d'enfiler des vêtements... Est-ce que je peux voir votre carte ?

L'intonation était identique à celle du haut-parleur et, venant de cette minuscule créature, l'effet était déconcertant. C'était comme si une ventriloque qui rôdait dans le coin s'était amusée à prêter sa voix à une préadolescente. Barbara alla jusqu'à jeter un coup d'œil pour voir si par hasard personne ne se dissimulait dans les parages. A la tête que fit Vi Nevin, elle comprit que cette dernière avait l'habitude de ce genre de réaction.

Après avoir examiné leurs cartes du Yard, la petite fille les leur rendit.

— Bon, que puis-je faire pour vous ? (Quand ils lui eurent dit qu'on avait donné son adresse pour y faire suivre le courrier d'une étudiante en droit qui avait déménagé d'Islington, elle dit :) Y a rien d'illégal à ça, n'est-ce pas ?

Alors elle connaissait Nicola Maiden ? voulut savoir Nkata.

— J'ai pas l'habitude de partager mon appartement

avec des inconnus. (Puis, après avoir examiné Nkata et Barbara :) Mais Nikki n'est pas là. Ça fait des semaines qu'elle est absente. Elle est dans le Derbyshire et ne rentrera que mercredi soir.

Barbara vit que Nkata rechignait à annoncer la mort de la petite Maiden à quelqu'un qui en ignorait manifestement tout. Elle eut pitié de lui.

— Y a-t-il un endroit où nous pourrions parler tranquilles ?

Vi Nevin comprit aussitôt que cette question recelait bien autre chose.

— Pourquoi, vous avez un mandat ? Je connais mes droits, vous savez.

Barbara soupira intérieurement. Les révélations concernant les agissements parfois « limite » de la police leur avaient fait un tort considérable dans l'esprit du public.

— J'en doute pas. Mais nous ne sommes pas venus perquisitionner. Nous aimerions vous parler de Nicola Maiden.

— Pourquoi ? Où est-elle, qu'est-ce qu'elle a fait ?

— On peut entrer ?

— Si vous me dites ce que vous voulez.

Barbara échangea un regard avec Nkata. Bien, ils n'avaient pas le choix : ils allaient devoir annoncer la mauvaise nouvelle sur le pas de la porte.

— Elle est morte, l'informa Barbara. Elle est morte dans le Peak District, il y a trois jours. Et maintenant, on peut entrer ? Ou vous voulez qu'on poursuive cette conversation dans la rue ?

Vi Nevin la dévisageait, ahurie.

— Morte ? Nikki est morte ? Mais c'est impossible ! Je lui ai parlé mardi matin. Elle partait randonner. Elle n'est pas morte, ce n'est pas possible. (Elle les examina comme pour essayer de savoir s'ils ne lui avaient pas fait une farce ou menti. Voyant que tel n'était pas le cas, elle recula :) Entrez, dit-elle d'une voix altérée.

Elle leur fit gravir un étage. Ils atteignirent une porte restée ouverte au premier. La porte franchie, on débouchait dans un living en forme de L où des portes-fenêtres ouvraient sur un balcon. Au-dessous du balcon, de l'eau clapotait dans une fontaine et un charme jetait des ombres longues sur les dalles.

Dans un coin, un bar en chrome et verre abritait une bonne douzaine de bouteilles. Vi Nevin choisit une bouteille de Glenlivet déjà débouchée et s'en versa trois bons doigts dans un gobelet. Elle fit cul sec et les doutes que Barbara pouvait avoir sur son âge s'envolèrent en la voyant faire un sort au whisky.

Tandis que la jeune femme s'efforçait de se ressaisir, Barbara examina le décor, ou du moins ce qu'elle pouvait en voir. Le premier étage de la maisonnette comprenait le living, la cuisine et des toilettes. Les chambres devaient être au-dessus. On y accédait à l'aide d'un escalier accolé contre un mur. De là où elle se trouvait, Barbara apercevait le haut de l'escalier et la cuisine. Celle-ci était dotée d'un équipement impressionnant : réfrigérateur, four micro-ondes, machine à espressos, casseroles et poêles à fond de cuivre. Les plans de travail étaient en granit, les placards et le sol en chêne. Très chic, songea Barbara en se demandant qui payait l'addition. Elle jeta un regard à Nkata. Lui examinait les canapés bas couleur beurre frais avec leurs coussins vert et or. Son regard passa de là aux luxuriantes fougères qui bordaient les fenêtres, à la grande toile abstraite qui surmontait la cheminée. On était loin des HLM de Loughborough. Il chercha le regard de Barbara. Elle articula silencieusement : « Très classe. » Il sourit.

Ayant vidé son verre, Vi Nevin se décida à se tourner vers eux. Elle lissa ses cheveux en arrière, des cheveux blonds qui lui arrivaient à la poitrine, et les fit tenir avec un serre-tête, ce qui lui donna aussitôt l'air d'Alice au Pays des Merveilles.

— Désolée, personne ne m'a prévenue. Je n'ai pas regardé la télévision. Je ne savais absolument pas... Je lui ai parlé mardi matin et... mais, pour l'amour du ciel, qu'est-il arrivé ?

Ils lui donnèrent deux éléments d'information. Nicola

Maiden était morte d'une fracture du crâne. Sa mort n'était pas un accident.

Vi Nevin ne souffla mot. Elle les fixa. Sans bouger. Elle fut parcourue d'un frisson.

— Nicola a été assassinée, énonça finalement Barbara en voyant que Vi ne leur demandait pas de détails. On lui a défoncé la boîte crânienne avec une pierre.

Les doigts de la main droite de Vi se refermèrent sur l'ourlet de sa minirobe.

— Asseyez-vous, dit-elle en leur désignant les canapés.

Elle-même se plaça toute raide au bord d'un profond fauteuil en face d'eux, les genoux serrés comme une écolière bien élevée. Pourtant, elle ne posait toujours pas de questions. Manifestement assommée par la nouvelle, elle attendait.

Et qu'attendait-elle ? se demandait Barbara.

— Nous enquêtons sur les ramifications londoniennes de l'affaire, dit-elle à Vi. Notre collègue, l'inspecteur Lynley, s'occupe du Derbyshire.

— Les ramifications londoniennes...

— On a retrouvé un type mort avec la petite Maiden. (Nkata sortit son calepin de cuir de sa poche de veste.) Un certain Terry Cole. Il a un appart à Battersea. Ça vous dit quelque chose ?

— Terry Cole ? (Vi fit non de la tête.) Je ne le connais pas.

— C'est un artiste, un sculpteur. Il a un atelier sous le viaduc du chemin de fer dans Portslade Road. Un atelier qu'il partage. De même qu'il partage son appartement. Avec une certaine Cilla Thompson, précisa Barbara.

— Cilla Thompson, fit-elle en écho.

Et de nouveau, elle secoua la tête.

— Nicola n'a jamais mentionné leurs noms devant vous ? Terry Cole ? Cilla Thompson ? insista Nkata.

— Terry, Cilla, non.

— Miss Nevin, Nicola Maiden s'est fait assassiner.

Ça vous laisse peut-être indifférente, mais si vous pouviez collaborer... dit Barbara.

— Je vous en prie, fit-elle comme si elle ne pouvait supporter d'entendre ça de nouveau. La dernière fois que j'ai vu Nikki, c'était début juin. Je ne l'ai pas revue depuis. Elle est partie passer l'été dans le Nord et y travailler, et elle devait rentrer mercredi prochain.

— Pour faire quoi ? questionna Barbara.

— Comment ça, quoi ?

— Oui, qu'est-ce qu'elle comptait faire à son retour ici ?

Vi ne souffla mot, elle les considéra tous les deux.

— Travailler ? Se tourner les pouces ? J'imagine qu'elle avait des projets. Vous êtes sa colocataire, vous deviez bien avoir une idée sur la question, fit Barbara.

La petite avait des yeux intelligents. Gris, avec des cils noirs. Des yeux qui vous examinaient tandis qu'à l'évidence son cerveau pesait les conséquences possibles des réponses qu'elle pourrait faire. C'était certain, Vi Nevin savait quelque chose.

Barbara n'avait pas travaillé avec Lynley pendant près de quatre ans pour rien : elle savait qu'il y avait des moments où il fallait foncer et des moments où il fallait donner du mou. Soit on jouait la carte de l'intimidation, soit on jouait celle de l'échange d'informations. Comme elle n'avait aucun moyen de pression sur son interlocutrice, elle ferait bien de la jouer soft.

— D'après nos sources, elle a abandonné la fac de droit aux alentours du 1er mai pour un emploi à temps complet chez MKR Financial Management. Mais Mr Reeve, son patron chez MKR, nous a appris qu'elle avait quitté la société juste avant. Après lui avoir raconté à *lui* qu'elle allait s'installer chez ses parents, dans le Nord. Pourtant, quand elle a déménagé, c'est cette adresse et pas celle du Derbyshire qu'elle a donnée à sa logeuse d'Islington. Et d'après ce que nous avons pu savoir, personne dans le Derbyshire ne se doutait qu'elle était montée dans le Nord pour y rester plus d'un été. Que pensez-vous de tout ça, Miss Nevin ?

— Je pense que les choses n'étaient pas encore très claires dans sa tête. Elle n'avait pas encore pris de décision concernant son avenir...

— Alors qu'elle avait quitté la fac, démissionné de son boulot, raconté des histoires sans queue ni tête aux uns et aux autres ? Chacune des personnes que nous avons interrogées semble avoir une version différente de ses projets.

— Je ne sais comment vous expliquer, désolée. Je sais pas ce que vous attendez de moi.

— Avait-elle un job qui l'attendait à Londres ? fit Nkata, levant le nez de son carnet.

— J'en sais rien.

— Est-ce qu'elle avait une source de revenus ? questionna à son tour Barbara.

— Je l'ignore. Elle avait payé sa quote-part des dépenses ici avant de partir et...

— Pourquoi est-elle partie ?

— ... et comme elle payait en liquide, poursuivit Vi, je n'avais pas de raison de lui poser des questions sur ses finances. Désolée, c'est tout ce que je peux vous dire.

Tu parles, songea Barbara. Elle mentait comme une arracheuse de dents, cette jolie petite avec ses jolies quenottes blanches de bébé.

— Comment avez-vous fait connaissance ? Vous êtes inscrite à la fac de droit vous-même ?

— Non. On s'est rencontrées au boulot.

— Chez MKR ? (Et, comme Vi acquiesçait :) Qu'est-ce que vous y faites ?

— Rien. Je ne travaille plus chez eux. Je les ai quittés moi aussi, en avril. (Ce qu'elle faisait là-bas ? Elle était l'assistante de Tricia Reeve.) Je ne l'aimais pas tellement. Elle est un peu bizarre. J'ai donné ma démission en mars et je suis partie lorsqu'ils m'ont trouvé une remplaçante.

— Et maintenant ? fit Barbara.

— Maintenant ?

— Oui, qu'est-ce que vous faites maintenant ? précisa Nkata. Où travaillez-vous ?

Elle était mannequin, leur dit-elle. Elle en avait rêvé pendant longtemps, et Nikki l'avait encouragée à se lancer. Elle sortit un press-book plein de photos qui la montraient dans toutes sortes de tenues différentes. Sur la plupart des clichés elle ressemblait à une enfant abandonnée : mince jusqu'à la maigreur avec de grands yeux et cette expression vide qui est de rigueur de nos jours dans les magazines de mode.

Barbara hocha la tête pour marquer son approbation tout en se demandant intérieurement quand les silhouettes à la Rubens comme la sienne retrouveraient la cote dans l'esprit du public.

— Vous devez drôlement bien vous débrouiller. Parce qu'un appartement comme celui-là... ça doit pas être donné. Elle est à vous, au fait, la maison ?

— Je la loue, fit Vi en rassemblant ses photos qu'elle rangea dans le press-book.

— A qui ? questionna Nkata sans lever le nez de ses notes.

— Quelle importance ?

— Répondez toujours, on verra bien, fit Barbara.

— A Douglas et Gordon.

— Des mecs que vous connaissez ?

— Non, c'est une agence immobilière.

Barbara regarda Vi remettre le press-book en place sur une étagère, sous le téléviseur. Elle attendit que la jeune femme se soit retournée vers eux avant de poursuivre :

— D'après Mr Reeve, Nicola Maiden avait un... problème avec la vérité et du mal à garder le secret sur la situation financière de ses clients. Il nous a même confié qu'il était sur le point de la virer lorsqu'elle a donné sa démission.

— C'est faux. (Vi resta debout, bras croisés sous ses seins menus.) S'il avait dû la virer, ce qu'il n'a pas fait, ç'aurait plutôt été à cause de sa femme.

— Pourquoi ?

— Jalousie. Tricia ne songe qu'à éliminer les femmes sur lesquelles il lève les yeux.

— Et il regardait Nicola ?

— Je n'ai pas dit ça.

— Ecoutez, nous savons qu'elle avait un amant, fit Barbara, nous savons qu'il habite Londres. Est-ce que ça n'aurait pas pu être Mr Reeve ?

— Tricia ne le perd pas de l'œil une minute.

Mais c'est possible ?

— Non. Nikki voit quelqu'un, c'est exact. Mais pas à Londres. Dans le Derbyshire.

Vi fit un saut à la cuisine et revint avec des cartes postales représentant divers sites du Peak District : Arbor Low, Peveril Castle, grotte de Thor, Dovedale, Chatsworth House, Magpie, Little John's Grave, Nine Sisters Henge. Chacune des cartes était adressée à Vi Nevin et portait un message identique : *Oh là là*, suivi de l'initiale *N*.

Barbara tendit les cartes à Nkata.

— Je donne ma langue au chat, dit Barbara à Vi. Mettez-moi au parfum, qu'est-ce que ça veut dire, ce message ?

— Ce sont les endroits où elle a couché avec lui. Chaque fois qu'ils changeaient de coin, elle achetait une carte et me l'envoyait. C'était une plaisanterie entre nous.

— Très, très drôle, convint Barbara. Et c'est qui, le type ?

— Aucune idée. Mais ça m'étonnerait pas qu'il soit marié.

— Pourquoi ?

— Parce qu'elle n'a jamais mentionné son nom. Hormis sur les cartes, jamais elle n'y a fait allusion. C'est comme ça qu'elle aurait procédé si elle avait eu une relation avec un homme marié.

— C'était une habitude chez elle ? (Nkata reposa les cartes sur une table basse et griffonna dans son carnet.) De se faire sauter par des types mariés ?

— Je n'ai pas dit ça. J'ai seulement dit que je pensais que celui-là l'était. Et qu'il n'habitait pas Londres.

En tout cas, songea Barbara, il y en avait forcément un qui habitait Londres. Si Nicola Maiden avait eu l'intention de revenir en ville à la fin de l'été, il lui aurait fallu quelqu'un pour l'entretenir. Et devant cette petite bâtisse ultramoderne et récemment redécorée qui sentait la maison de rendez-vous à plein nez, il n'était pas déraisonnable de supposer qu'un type bourré de pognon l'avait mise dans ses meubles, et sur un grand pied, de façon à l'avoir à sa disposition nuit et jour.

Dans ce cas, qu'est-ce que Vi Nevin foutait là ? Mais peut-être que ça faisait partie de l'arrangement... Une colocataire avec qui la maîtresse pouvait passer le temps en attendant les apparitions de son seigneur et maître. C'était un peu tiré par les cheveux. Mais guère plus que la vision de Nicola Maiden randonnant dans les Peaks et sur la lande pour découvrir de nouveaux endroits où s'envoyer en l'air avec un amant marié.

Qu'est-ce que je fous dans la police, songea Barbara avec aigreur, alors que le reste du monde se paye autant de bon temps ?

Ils aimeraient jeter un coup d'œil à la chambre et aux affaires de Nicola Maiden, dit-elle à Vi Nevin. Forcément, quelque part, il devait y avoir la preuve que Nicola avait mijoté quelque chose, et elle était bien décidée à mettre la main dessus.

12

— Il avait l'air dans ses petits souliers, ce salopard, dit Hanken. Sacrément mal à l'aise, le fumier.

L'inspecteur Peter Hanken se laissa aller contre le dossier de sa chaise et savoura l'instant, bras croisés derrière la tête. Une cigarette allumée lui pendait au bec, ce qui ne l'empêchait nullement de parler : manifestement, il avait de l'entraînement. Planté devant des classeurs métalliques, Lynley étalait dessus les photos des deux corps. Il les étudiait en faisant de son mieux pour éviter les volutes de fumée. Victime lui-même du tabagisme en son temps, il se réjouissait de considérer enfin le tabac comme polluant alors que, quelques mois plus tôt, il aurait tout donné ne serait-ce que pour renifler le cendrier de Hanken. Non que son collègue utilisât les cendriers. Lorsque les fibres de tabac consumées avaient besoin d'être délogées de sa cigarette, il se contentait de détourner la tête et de laisser les cendres tomber par terre. Ce geste, qui n'allait absolument pas avec sa manie de la propreté, trahissait son degré d'excitation.

Hanken racontait son entretien avec Will Upman. L'entrain avec lequel il dévidait son récit augmentait à mesure qu'il atteignait le point culminant. Métaphoriquement parlant, du moins. Parce que, selon Hanken, l'avocat n'avait pas été à la hauteur.

— Mais il m'a dit que se vider les burnes, c'était pas le plus important pour lui quand il est avec une femme, ricana Hanken. L'important, c'est les « préliminaires »...

— Vous m'intriguez, fit Lynley. Comment vous y êtes-vous pris pour lui faire avouer ça ?

— Qu'il la tringlait ou qu'il n'arrivait pas à conclure après l'avoir embrochée ?

Lynley choisit le portrait le plus net de Terry Cole et le posa près de la photo la plus nette des blessures retrouvées sur son corps.

— Rassurez-moi, vous ne l'avez quand même pas torturé, Peter ?

— J'en ai pas eu besoin, fit Hanken en éclatant de rire. Je me suis borné à lui répéter les propos de ses voisins et il s'est empressé de hisser le pavillon blanc.

— Pourquoi est-ce qu'il avait menti ?

— Il n'a pas menti. D'après lui, il nous l'aurait dit si on lui avait posé la question.

— C'est ce qui s'appelle couper les cheveux en quatre !...

— Les avocats...

Will Upman, avait rapporté Hanken en substance, avait avoué n'avoir eu de relations avec Nicola Maiden qu'une seule fois, le soir où elle avait quitté son cabinet. Il s'était senti très attiré par elle pendant tout l'été, mais son statut d'employeur l'avait dissuadé de lui faire des avances.

— Ce n'est pas plutôt le fait d'avoir une liaison avec une autre femme qui l'a empêché de tenter un rapprochement avec Nicola ?

Pas du tout. Car comment pouvait-il être vraiment, follement amoureux de Joyce — et partant être légitimement « maqué » avec elle — alors qu'il se sentait violemment attiré par Nicola ? Et s'il était violemment attiré par Nicola, ne se devait-il pas de tirer la chose au clair ? Joyce le pressait de s'engager — elle voulait qu'ils vivent ensemble —, mais il s'en sentait incapable tant qu'il ne saurait pas à quoi s'en tenir sur ce qu'il éprouvait pour Nicola.

— Dois-je comprendre qu'il s'est précipité chez Joyce pour la demander en mariage après avoir tiré au clair ses sentiments pour la petite Maiden ?

Hanken rigola un bon coup. Upman avait régalé la jeune fille, lui offrant apéritifs, dîner et vin. Il l'avait ramenée chez lui. Il lui avait redonné à boire. Il avait mis de la musique. Il lui avait offert plusieurs cappuccinos. Il avait disposé des bougies autour de sa baignoire...

— Seigneur, frissonna Lynley, un fanatique de Hollywood...

... il l'avait fait se déshabiller et entrer dans l'eau sans aucun problème.

— Elle était aussi partante que lui, d'après ce qu'il dit, ajouta Hanken.

Ils avaient fait joujou dans l'eau chaude jusqu'à ressembler à des pruneaux et puis ils s'étaient repliés dans la chambre.

— Et c'est dans la chambre, conclut Hanken, que la mise à feu a avorté. La fusée n'a pas décollé.

— Et la nuit du meurtre ?

— Vous voulez savoir où il était ? (Mardi au déjeuner, poursuivit Hanken, Upman s'était payé une autre discussion avec sa petite amie. Joyce. Toujours au sujet de leur éventuelle cohabitation. Au lieu de rentrer à son domicile après le boulot — où il courait le risque de recevoir un coup de fil d'elle —, il était parti faire un tour en voiture. Il s'était retrouvé à l'aéroport de Manchester, où il avait pris une chambre pour la nuit, et s'était fait faire un massage pour se détendre.) Il m'a même brandi les reçus sous le nez. Et il a l'intention de faire passer ça dans ses notes de frais.

— Vous allez vérifier, j'espère.

— C'est bien mon intention. Plutôt deux fois qu'une. Je ne vais pas le lâcher. Et vous, quoi de neuf de votre côté ?

Lynley se dit qu'il allait devoir marcher sur des œufs. Jusque-là, malgré son entretien avec Upman, Hanken n'avait pas paru pencher de façon nette et irrévocable pour un scénario précis. Pourtant, la suggestion que Lynley s'apprêtait à faire allait à l'encontre des conjectures de l'inspecteur. Il lui fallait avancer prudemment, de façon que son collègue accepte sa logique et ne se braque pas.

Il n'avait pas retrouvé le bipeur. Mais il avait longuement examiné le site et réfléchi encore plus longuement aux deux cadavres. Et il voulait proposer à Hanken, si ce dernier voulait bien l'écouter, une hypothèse de travail différente de celle sur laquelle ils avaient planché jusqu'à présent.

L'inspecteur éteignit sa cigarette et, Dieu merci, se garda d'en allumer une autre. Il se passa la langue sur les dents, les yeux braqués sur Lynley. Puis finalement :

— Allez-y, fit-il comme quelqu'un qui s'attend à subir un long monologue.

— Je crois que nous sommes en présence d'un seul tueur. Un tueur sans complice. Il n'a pas téléphoné pour avoir du renfort lorsqu'il...

— Ou elle, peut-être, à moins que vous n'écartiez l'hypothèse que le tueur pût être une femme ?

— Ou elle, poursuivit Lynley qui en profita pour faire part à Hanken de sa rencontre avec Samantha McCallin sur la lande.

— Autant dire que ça la remet dans la course.

— Elle n'a jamais été hors course pour moi.

— Très bien, continuez.

— Le tueur n'a pas demandé de renfort quand il a vu qu'il y avait deux cibles au lieu d'une.

Hanken se croisa les mains sur l'estomac.

— Poursuivez.

Lynley prit la photo de Terry Cole. Brûlures au visage, mais pas de signes de lutte sur le corps. Cela voulait dire que Cole n'avait pas été maintenu de force dans le feu mais plutôt qu'il y était tombé. Les dégâts causés à sa peau indiquaient qu'il était resté un certain temps en contact avec les flammes. Il n'y avait pas de coups à la tête, suggérant qu'il avait été frappé, rendu inconscient et laissé dans le feu. Cela voulait donc dire qu'il avait dû être blessé ou mis hors d'état de réagir d'une façon ou d'une autre alors qu'il était assis près du feu.

— Un tueur se rend là-bas à la recherche de la fille, dit Lynley. Lorsqu'il arrive sur le site...

— Ou elle, coupa Hanken.

— Oui, lorsqu'il ou elle arrive sur les lieux, il découvre que Nicola n'est pas seule. Il lui faut donc éliminer Cole. D'abord parce qu'il est capable de la protéger et ensuite parce que c'est un témoin potentiel. Mais le tueur se trouve face à un dilemme. Est-ce qu'il ou elle tue Cole tout de suite et court le risque que Nicola s'échappe pendant qu'il règle son compte à Cole ? Ou est-ce qu'il tue Nicola et s'expose à ce que Cole intervienne ? L'effet de surprise joue en sa faveur mais c'est tout ce qu'il a pour lui, indépendamment de son arme. (Lynley tria les photos et sortit celle sur laquelle on voyait le plus nettement la trace de sang.) Si vous réfléchissez à tout ça et que vous prenez en compte les traces de sang laissées sur les lieux...

Hanken l'arrêta d'un geste. Son regard passa de Lynley à la fenêtre où le stade de football de Buxton de l'autre côté de la rue revêtait l'allure inquiétante d'un camp de concentration.

— Le tueur, dit-il pensivement, se précipite, son couteau au poing, et blesse le jeune homme. Le jeune homme dégringole dans le feu, se brûle au visage. La fille en profite pour prendre la fuite. Le tueur lui donne la chasse.

— Mais son arme est restée logée dans le corps du gamin.

— Oui, je vois. (Hanken se détourna de la fenêtre, le regard vague comme s'il visualisait la scène qu'il se mit à décrire :) Il fait nuit, la seule clarté est celle du feu, la fille cavale...

— Est-ce qu'il prend le temps de retirer le couteau du corps du jeune homme ou est-ce qu'il se lance à la poursuite de la petite immédiatement ?

— Il fonce derrière la petite. Il est bien obligé. Il lui règle son compte en la frappant à la tête puis il revient finir le gamin.

— Le temps qu'il revienne, Cole a réussi à ramper

jusqu'au bord du cercle de pierres, et c'est là que le tueur l'achève. Le sang raconte toute l'histoire, Peter. Le sang coule le long de la pierre levée puis forme une flaque sur le sol...

— Si les choses se sont passées de cette manière, le tueur est couvert de sang. Il fait nuit, il est dans un endroit perdu, il a un avantage là-bas. Mais il va avoir besoin de quelque chose pour camoufler ses vêtements, à moins qu'il n'ait été nu pour tuer ses victimes, ce qui est peu probable.

— Peut-être avait-il apporté quelque chose pour se protéger.

— Ou raflé quelque chose qu'il aura déniché sur place. (Hanken se donna une claque sur les cuisses et se leva d'un bond.) Il faut que les Maiden passent en revue les affaires de leur fille.

Barbara râla, s'administra un coup de poing dans la paume et se mit à faire les cent pas tandis que Winston Nkata appelait Lynley du pub à l'enseigne du Prince de Galles. Ils étaient en face de Battersea Park et à deux pas du domicile de Terry Cole. Alors qu'elle mourait d'envie d'arracher le téléphone des mains de Nkata et d'exprimer son point de vue de façon autrement plus agressive que lui, elle se disait qu'elle avait intérêt à tenir sa langue. Nkata rendait en effet compte à leur supérieur hiérarchique, et Barbara devait garder le silence si elle ne voulait pas que Lynley sache qu'elle avait déserté son poste.

« Je me remets sur le CRIS ce soir, avait-elle juré à Nkata lorsqu'elle avait compris que le peu d'empressement qu'il manifestait pour foncer de Fulham à Battersea était directement lié au fait qu'il se demandait si elle allait se charger de la tâche qui lui avait été confiée. Winston, sur la tête de ma mère, je resterai assise devant l'écran jusqu'à en perdre la vue. C'est promis, mais plus tard. Allons d'abord à Battersea. »

Nkata répercutait à Lynley les résultats de leurs visites à l'ancien employeur de Nicola et à sa colocataire. Après lui avoir parlé des cartes postales que Nicola avait envoyées à Vi Nevin et lui avoir expliqué le sens du message qu'elles portaient, il s'attarda sur le fait que la chambre de Nicola dans la petite maison de Fulham avait apparemment été « rangée » avant son passage.

— Vous en connaissez beaucoup, des nanas qui n'ont rien dans leur chambre qui soit de nature à trahir leurs goûts ou leur personnalité ? fit Nkata. Je vais vous dire un truc, la gamine, Vi, nous a fait poireauter avant de nous laisser entrer. Je suis sûr que c'était pour virer des trucs de la piaule quand elle a compris que les poulets étaient à la porte...

Barbara retint son souffle en entendant le pluriel. Lynley n'était pas un imbécile. A l'autre bout de la ligne, d'ailleurs, il bondit.

En guise de réponse et avec un coup d'œil à Barbara, Nkata fit l'innocent :

— Quoi ? Non. C'est juste une figure de style, monsieur. Ouais ouais, croyez-moi, c'est gravé. (Il se tut, écoutant ce que Lynley avait à lui répercuter de son côté. Il éclata de rire à un moment donné, puis :) Les préliminaires ? Seigneur, j'y croirai quand j'aurai le temps. (Et il se mit à jouer avec le cordon métallique du téléphone. Au bout d'un moment il dit :) A Battersea en ce moment même. D'après Barb, la colocataire de Cole devrait être là ce soir. Alors je me suis dit que je pourrais jeter un coup d'œil à ses affaires. La logeuse n'a pas voulu laisser entrer Barbara et...

Il s'arrêta pour laisser Lynley parler à l'autre bout du fil.

Barbara essaya de se faire une idée de ce que l'inspecteur pouvait bien lui dire en observant la tête de Nkata. Mais le visage du Noir était impénétrable.

— Quoi, quoi ? chuchota-t-elle.

Nkata la fit taire d'un geste.

— Elle fait une recherche sur les noms que vous lui avez donnés, dit-il. A ma connaissance, en tout cas. Vous connaissez Barb...

— Merci beaucoup, Winston, murmura-t-elle.

Nkata lui tourna le dos et se replongea dans sa conversation avec Lynley :

— D'après Barb, la colocataire dit que tout est possible. Le gamin était plein de fric, il avait toujours une grosse liasse de billets sur lui, or il ne vendait jamais rien. Ce n'est pas difficile à croire quand on voit son travail. Je le verrais bien faisant du chantage. (Il écouta puis dit finalement :) C'est pour ça que je veux pousser une petite reconnaissance. Il y a sûrement un lien quelque part.

Pour Barbara, ils étaient sur la piste de quelque chose d'important, cela ne faisait aucun doute, et d'ailleurs ils l'avaient compris face à l'impersonnalité de la chambre de Nicola Maiden à Fulham. En dehors de quelques vêtements et d'une insignifiante rangée de coquillages posée sur le rebord de la fenêtre, rien ne suggérait que la pièce ait été occupée véritablement. Barbara en aurait conclu que l'adresse de Fulham était une couverture et que la petite Maiden n'avait jamais habité là si elle n'avait eu la preuve que Vi Nevin avait mis à profit le temps qui s'était écoulé entre le moment où ils lui avaient parlé de la rue et le moment où elle était apparue à la porte d'entrée pour faire disparaître quelque chose. Deux tiroirs de la grande commode étaient complètement vides. Dans la penderie, un espace sur la tringle donnait à penser que des vêtements avaient été retirés en hâte. Et sur le dessus de la commode, des endroits vierges de poussière indiquaient que des objets encore posés là récemment venaient juste de disparaître.

Barbara avait constaté ces anomalies mais ne s'était pas donné la peine de demander si elle pouvait jeter un œil à la chambre de Vi Nevin pour y retrouver les objets manquants. La jeune femme leur avait dit clairement qu'elle connaissait ses droits, et il était inutile de l'obliger à les exercer. Mais le fait qu'elle ait fait disparaître des choses avait une signification, et seul un imbécile aurait omis d'en tirer des conclusions.

Nkata venait de raccrocher et résuma à sa collègue

les propos de Lynley. Barbara écouta attentivement, cherchant un lien entre les éléments dont ils disposaient. Lorsqu'il eut terminé, elle dit :

— Le gars Upman prétend ne l'avoir baisée qu'une fois. Mais il pourrait très bien être Mr Oh là là, celui des cartes postales, et mentir comme un arracheur de dents, non ?

— Ou mentir sur ce qu'il éprouvait quand il se la faisait. Peut-être que lui pensait que c'était important, ce qui se passait entre eux. Tandis qu'elle faisait ça juste pour se marrer.

— Et quand il s'est aperçu qu'ils n'étaient pas sur la même longueur d'onde, il l'a supprimée ? Où est-ce qu'il était mardi soir, au fait ?

— Il se faisait masser près de l'aéroport de Manchester pour soulager son stress.

Barbara poussa un hurlement de rire.

— Voilà un alibi qu'on m'a encore jamais servi !

Elle passa son sac à l'épaule et de la tête désigna la porte. Ils sortirent dans Parkgate Road.

La maison où se trouvait l'appartement de Terry Cole était à moins de cinq minutes à pied du pub. Barbara y conduisit Nkata. Cette fois, lorsqu'elle appuya sur la sonnette près de l'étiquette *Cole-Thompson*, la porte s'ouvrit.

Cilla Thompson les attendait en haut de l'escalier. Elle était habillée pour sortir. Sa minijupe argentée, son bustier et son béret assortis suggéraient qu'elle allait auditionner pour un rôle dans une version féministe du *Magicien d'Oz*.

— J'ai très peu de temps...

— Aucun problème, renvoya Barbara. Il ne nous en faudra pas beaucoup. (Après avoir présenté Nkata, elle entra avec les deux autres dans l'appartement qui, occupant le second étage de la maison, avait été réagencé et comportait maintenant deux petites chambres, un séjour, une cuisine et des toilettes de la taille d'un placard à balais. Ne voulant pas connaître la même déconvenue qu'avec Vi Nevin, Barbara annonça la couleur d'entrée de jeu :) Nous aimerions tout examiner, si ça ne vous dérange pas. Si Terry était embringué dans une histoire louche, il a peut-être laissé des indices quelque part. En évidence ou bien planqués dans un coin.

Cilla leur déclara qu'elle n'avait rien à cacher mais qu'elle n'avait pas envie qu'ils tripotent ses petites culottes. Elle leur montrerait tout ce qu'elle possédait et ça s'arrêterait là. Quant au foutoir de Terry, ils pouvaient gratter dedans à loisir.

Les règles du jeu ainsi établies, ils commencèrent par la cuisine où les placards ne révélèrent rien d'intéressant si ce n'est une prédilection pour le parmesan — que les occupants de l'appartement semblaient consommer au kilo. Des factures gisaient sur la paillasse de l'évier où séchaient plusieurs jours de vaisselle. Nkata examina les documents et les passa à Barbara. La facture du téléphone était respectable mais pas outrageusement élevée. La consommation d'électricité semblait normale. Le réfrigérateur ne leur apporta guère plus d'éléments d'information. Une laitue flétrie et un sachet de choux de Bruxelles en piteux état suggéraient que les deux locataires n'avaient pas mangé autant de légumes verts qu'ils l'auraient dû. Mais il n'y avait rien de plus inquiétant dans le frigo qu'une boîte de soupe ouverte qui semblait avoir été mangée sans même avoir été réchauffée. Barbara sentit son estomac se soulever. Et dire qu'elle trouvait ses goûts culinaires douteux...

— On mange dehors les trois quarts du temps, expliqua Cilla depuis la porte.

— Ça m'en a tout l'air, opina Barbara.

Ils passèrent dans le séjour, s'arrêtèrent pour examiner le décor. Dans la salle, en effet, étaient exposés les travaux des jeunes gens. Il y avait plusieurs pièces évoquant l'agriculture, dans l'esprit de celles que Barbara avait vues un peu plus tôt ce jour-là à l'atelier sous le viaduc du chemin de fer et qui étaient sorties des mains de Terry. Le reste, des toiles, était le résultat des cogitations de Cilla.

Nkata, qui ignorait tout de la fixation de Cilla sur la

bouche du fait qu'il n'avait pas visité l'atelier, siffla entre ses dents à la vue de la bonne douzaine d'orifices buccaux représentés sur toile. Hurlant, riant, pleurant, parlant, mangeant, sanglotant, vomissant, saignant, toutes ces bouches étaient peintes avec un sens du détail presque clinique. Cilla avait également exploré d'autres possibilités de cet orifice : plusieurs bouches vomissaient des êtres humains grandeur nature et notamment les membres de la famille royale.

— C'est très... spécial, commenta Nkata.

— Munch ne risque pas de souffrir de la comparaison, murmura Barbara près de lui.

Les chambres étaient de part et d'autre du séjour. Ils commencèrent par celle de Cilla, lui emboîtant le pas. En dehors d'une collection d'ours Paddington qui débordait du dessus de la commode et du rebord de la fenêtre pour se répandre par terre, la chambre de Cilla était en accord avec le peintre. Sa garde-robe renfermait les vêtements maculés de peinture que l'on s'attend généralement à trouver chez une artiste ; la caisse qui lui servait de table de nuit supportait une boîte de préservatifs, laquelle ne déparait pas dans la chambre d'une jeune femme sexuellement active et prudente en ces temps déprimants de maladies sexuellement transmissibles ; une collection impressionnante de CD eut l'approbation de Barbara tandis que Nkata mesurait à quel point ses goûts étaient ringards en matière de rock'n'roll ; des exemplaires de *What's On* et de *Time Out* avaient des pages cornées : des publicités pour des galeries de tableaux. Sur les murs étaient accrochés des échantillons de sa production. Le sol avait été peint par l'artiste, révélant un autre aspect de sa sensibilité singulière. Le long d'énormes langues, dégoulinaient des aliments partiellement mastiqués sur des nouveau-nés nus qui déféquaient sur d'autres langues géantes. Voilà qui aurait intéressé Freud.

— J'ai promis à Mrs Baden de tout repeindre le jour où je déménagerai, annonça Cilla en voyant la tête que faisaient les policiers. Elle soutient les jeunes talents. Vous n'avez qu'à lui demander.

— Je vous crois sur parole, fit Barbara.

Dans la salle de bains, ils ne trouvèrent rien, si ce n'est une auréole de crasse autour de la baignoire. De là, ils passèrent dans la chambre de Terry Cole, suivis de près par Cilla, comme si la jeune femme craignait qu'ils ne barbotent un de ses chefs-d'œuvre.

Nkata se plaça près de la commode et Barbara près de la penderie. Là, elle découvrit un détail bouleversant, à savoir qu'en matière de couleurs Terry Cole avait une vraie passion pour le noir : toute sa garde-robe était noire, tee-shirts, pulls, jeans, vestes, blousons, chaussures. Tandis que derrière elle Nkata ouvrait les tiroirs, Barbara commença à fouiller parmi les jeans et les vestes dans l'espoir qu'ils lui révéleraient quelque chose d'intéressant. Elle ne trouva que deux éléments susceptibles d'être exploités parmi les tickets de cinéma et les Kleenex froissés. Un bout de papier portant les mots *31-32 Soho Square* écrits d'une toute petite écriture, et une carte de visite pliée en deux dissimulant un chewing-gum mastiqué. Se disant qu'on pouvait toujours espérer, Barbara déplia la carte de visite.

Bowers était gravé en travers de la carte. A gauche, une adresse dans Cork Street et un numéro de téléphone. A droite, un nom : *Neil Sitwell*. L'adresse était dans le W1. Une autre galerie, conclut Barbara, mais, après avoir fait tomber le chewing-gum tout desséché sur la table de nuit, elle empocha néanmoins la carte de visite.

— J'ai fait une découverte, fit Nkata derrière elle.

Elle se retourna et vit qu'il avait sorti et ouvert une boîte à cigares du tiroir du bas de la commode.

— Quoi donc ?

Il l'inclina vers Cilla, qui se pencha en avant et s'empressa de dire :

— C'est pas à moi, ce truc-là.

La boîte contenait du cannabis. Plusieurs grammes, apparemment. Et du tiroir où il avait extrait le coffret à cigares, Nkata exhuma un shilum [1], du papier à cigarettes et un gros sac de congélation contenant au moins un kilo d'herbe.

— Ah, fit Barbara en zieutant Cilla d'un air soupçonneux.

— Je vous aurais pas laissés fouiller l'appartement si j'avais su qu'il était en possession de cette came, contra Cilla. J'y touche pas, moi, à l'herbe. J'évite tout ce qui risquerait de faire foirer le processus.

— Quel processus ? fit Nkata, intrigué.

— Le processus créatif.

— Je vois, dit Barbara, j'imagine qu'effectivement vous n'avez pas envie de jouer avec le feu. Très sage décision de votre part.

L'ironie fut perdue pour Cilla.

— Le talent est une chose précieuse. C'est vrai, quoi, faut pas le gâcher.

— Vous voulez dire que c'est ça... (mouvement de tête vers le cannabis)... qui a empêché Terry de réussir dans cette voie ?

— Je vous l'ai dit à l'atelier, il ne s'est jamais assez investi dans son art. Il n'a jamais voulu travailler autant que nous. Il pensait qu'il n'avait pas besoin de bosser. C'est peut-être plutôt pour ça qu'il a pas réussi.

— Parce qu'il forçait sur les pétards ? questionna Nkata.

Pour la première fois, Cilla parut mal à l'aise. Elle se mit à danser d'un pied sur l'autre dans ses chaussures à plate-forme.

— Ecoutez, il est mort. Et je suis désolée, c'est vrai, quoi. Mais la vérité, c'est la vérité. Son argent, fallait bien qu'il le sorte de quelque part. Alors pourquoi pas de la drogue ?

— S'il dealait, ça en fait pas beaucoup, fit Nkata à Barbara.

— Peut-être qu'il en a une réserve planquée dans un coin.

1. Pipe à marijuana. *(N.d.T.)*

Mais en dehors d'un fauteuil fortement rembourré, le seul meuble susceptible d'abriter de la drogue était le lit. La cachette était trop évidente pour qu'on s'en fût servi, mais Barbara fit néanmoins le nécessaire : elle souleva l'extrémité du vieux couvre-lit en chenille. Et ce faisant, elle mit en évidence le bord d'une boîte en carton qui avait été glissée sous le lit.

— Ah, dit Barbara, cette fois peut-être, peut-être...

Elle s'accroupit, attrapa la boîte. Elle ôta le couvercle, examina le contenu.

Des cartes postales. Il y en avait plusieurs milliers. Mais pas du genre de celles qu'on envoyait à ses parents quand on était en vacances. Ce n'était pas ce style de cartes postales. Ce n'étaient pas des cartes sur lesquelles on gribouillait des messages, ce n'étaient pas des souvenirs. C'était, en revanche, une piste, une indication, la première concernant l'identité de la personne qui avait tué Terry Cole, et surtout le mobile de son acte.

Barbara eut un sourire : cette fois, elle avait touché le jack-pot. Ils venaient de découvrir comment le jeune Terry Cole était entré en possession de son pognon.

Une femme constable était allée chercher les Maiden afin qu'ils passent en revue les affaires de leur fille. Hanken avait fait remarquer que si on se contentait de leur demander de venir, ils diraient qu'ils ne pouvaient se libérer étant donné que l'heure du dîner approchait et qu'il leur fallait veiller au bien-être de leurs hôtes.

« Si on veut une réponse ce soir, dit Hanken fort judicieusement, il faut aller les chercher en voiture. »

Lynley convint qu'une réponse le soir même pourrait être utile. Aussi, tandis que Hanken et lui attaquaient leurs *rigatoni puttanesca* au restaurant Florence sur la place du marché de Buxton, la constable Patty Stewart s'était-elle rendue à Padley Gorge pour y prendre les parents de la morte. Le temps que les inspecteurs terminent leur repas et s'octroient deux espressos chacun,

Patty Stewart avait téléphoné à Hanken pour lui annoncer qu'Andrew et Nan Maiden l'attendaient au commissariat.

« Demandez à Mott de vous remettre les affaires de la fille, lui dit Hanken sur son portable. Mettez-les dans la salle 4 et attendez-nous. »

Ils n'étaient pas à plus de cinq minutes du commissariat de Buxton. Hanken prit son temps pour régler l'addition. Il voulait faire transpirer les Maiden, expliqua-t-il à Lynley. Il aimait que les gens soient sur des charbons ardents parce qu'on ne savait jamais ce que ce genre d'état de nerfs pouvait rapporter.

— Et moi qui croyais que vous vous intéressiez plutôt à Will Upman ?

— Je m'intéresse à tout le monde. Je veux qu'ils soient tous sur les dents, répliqua Hanken. C'est fou ce que la mémoire des gens peut carburer quand on les met sous pression.

Lynley ne crut pas bon de rappeler à son collègue que l'expérience d'Andy Maiden au SO10 l'avait vraisemblablement préparé à subir des pressions nettement supérieures à celles qu'il subirait au terme d'une attente d'un quart d'heure dans un commissariat de police. Après tout, cette affaire était celle de Hanken et il n'avait pas envie de critiquer sa façon de procéder.

— Désolé de vous avoir ratée cet après-midi, dit Lynley à Nan Maiden lorsque son mari et elle furent introduits dans la salle 4 où Hanken et lui se tenaient de part et d'autre d'une grande table en pin.

Sur le plateau de la table, la constable Stewart avait disposé les affaires de Nicola avant d'aller se poster près de la porte, un carnet à la main.

— J'étais allée faire une promenade à vélo, dit Nan Maiden.

— Andy m'a dit que vous étiez sur Hathersage Moor. Ce n'est pas un peu dur de pédaler, par là-bas ?

— J'aime ça, l'exercice. Et il y a des pistes cyclables partout. Ce n'est pas aussi difficile que ça en a l'air.

— Vous avez croisé d'autres cyclistes là-bas ? fit Hanken.

Andy Maiden passa un bras autour des épaules de sa femme.

— Pas aujourd'hui, répondit-elle d'un ton uni. J'étais toute seule sur la lande, aujourd'hui.

— Vous sortez souvent, n'est-ce pas ? Le matin, l'après-midi, la nuit aussi ?

Nan Maiden fronça les sourcils.

— Je suis désolée mais vous...

La main de son mari se crispa sur son épaule et elle s'interrompit en chemin.

— Je croyais que vous vouliez nous faire passer en revue les affaires de Nicola, inspecteur, dit Andy Maiden.

Hanken et lui s'observèrent de part et d'autre de la table. Près de la porte, la constable Stewart les examinait tour à tour, crayon levé.

— Allez-y, fit Hanken, désignant les objets sur la table. Y a-t-il quelque chose qui manque ? Ou qui ne lui appartienne pas ?

Les Maiden prirent leur temps, inspectant les objets un à un. Nan Maiden tendit la main et toucha un pull bleu marine dont le col était bordé de coton ivoire :

— L'encolure n'était pas bonne. Elle ne tombait pas bien. Je voulais la reprendre, mais elle n'a rien voulu savoir. « Tu l'as tricoté, Maman, et c'est ce qui compte pour moi. » Et je regrette de ne pas l'avoir modifiée. Ça n'aurait pas été très difficile. (Elle cligna des yeux à plusieurs reprises. Sa respiration se modifia.) Je ne vois rien, désolée, je ne vous aide vraiment pas beaucoup.

— Encore un instant, chérie, dit Andy Maiden en la poussant tout doucement le long de la table.

Et ce fut lui qui remarqua ce qui manquait dans les objets récupérés sur la scène du crime.

— L'imperméable de Nicola. Bleu, avec une capuche. Je ne le vois nulle part.

Hanken jeta un regard à Lynley : « Voilà qui vient corroborer votre théorie. »

— Il ne pleuvait pas mardi soir, si ?

La question de Nan Maiden avait été posée à brûle-pourpoint. Tous savaient que quand on randonnait sur la lande il fallait être prêt à toute éventualité car le temps changeait extrêmement rapidement.

Andy passa un certain temps à examiner le matériel de camping, le compas, le réchaud, la cafetière, l'étui à cartes. Son front se plissa, puis finalement il remarqua :

— Son couteau manque également à l'appel.

C'était un couteau de l'armée suisse qui lui avait appartenu. Il l'avait donné à Nick à Noël, l'année où elle avait commencé à s'intéresser à la randonnée et au camping. Elle l'avait toujours conservé avec le reste de son matériel. Et chaque fois qu'elle allait se balader, elle l'emportait avec elle.

Lynley sentit plutôt qu'il ne vit Hanken regarder de son côté. Il se demanda en quoi l'absence du couteau pouvait bouleverser leurs conjectures.

— Il n'est pas là, vous en êtes sûr, Andy ?

— Elle a pu le perdre, répondit Maiden. Mais elle l'aurait remplacé par un autre. (Sa fille était une randonneuse expérimentée. Nick ne prenait pas de risques ni sur les landes, ni dans les Peaks. Elle ne sortait jamais sans avoir préparé son expédition.) On ne peut pas camper sans couteau.

Hanken voulut en avoir une description. Maiden lui dit qu'il s'agissait d'un outil multifonctions. La lame la plus longue faisait sept centimètres. Lorsque les parents de la jeune fille eurent fini, Hanken demanda à la constable Stewart de les emmener boire une tasse de thé. Une fois la porte refermée derrière eux, il se tourna vers Lynley :

— Vous pensez à la même chose que moi ?

— La longueur de la lame correspond aux conclusions du Dr Myles sur l'arme qui a servi à tuer Cole. (Lynley fixa pensivement les objets étalés sur la table et réfléchit à la remarque d'Andy Maiden — laquelle mettait du plomb dans l'aile de sa théorie.) C'est peut-être une coïncidence, Peter. Elle l'a peut-être perdu un peu plus tôt dans la journée...

— Mais si tel n'est pas le cas, vous voyez ce que ça signifie...

— Ça veut dire qu'on a un tueur sur la lande qui traque Nicola Maiden et, pour une raison que nous ignorons, il la traque sans arme...

— Ce qui signifie...

— Absence de préméditation. Rencontre fortuite au cours de laquelle les choses ont dégénéré.

— Où diable cela nous mène-t-il ? fit Hanken en soufflant.

— A reconsidérer sérieusement le problème, dit Lynley.

13

Le ciel était constellé d'étoiles lorsque Lynley sortit de Maiden Hall. Parce qu'il avait aimé le ciel nocturne alors qu'il était petit garçon en Cornouailles, où, comme dans le Derbyshire, il pouvait regarder, étudier, identifier les constellations avec une facilité impensable à Londres, il s'arrêta près du pilier de pierre rongé qui marquait le bord du parking pour contempler la voûte étoilée. En fait, il cherchait une réponse à ce que tout ça signifiait.

« Il y a sûrement une erreur dans leurs dossiers, lui avait dit Nan Maiden avec une tranquille insistance. (Elle avait les yeux creux, comme si les trente-six dernières heures l'avaient vidée de forces qu'elle ne retrouverait jamais plus.) Nicola n'aurait pas abandonné la fac. Et elle ne l'aurait certainement pas quittée sans nous le dire. Elle n'était pas comme ça. Elle adorait le droit. En outre, elle avait passé tout l'été à travailler chez Will Upman, à Buxton. Pourquoi diable aurait-elle fait ça si elle avait abandonné ses études au mois... au mois de mai, c'est ça ? »

Lynley les avait ramenés chez eux de Buxton et les avait suivis à l'intérieur pour avoir avec eux une dernière conversation. Le salon étant encore occupé par des clients de l'hôtel qui prenaient le café, le cognac, et grignotaient des chocolats, ils s'étaient réfugiés dans un petit bureau situé près de la réception. La pièce était pleine à craquer lorsqu'ils s'y retrouvèrent tous les trois car elle était destinée à une seule personne travaillant sur un ordinateur. Un fax dégorgeait un long message lorsqu'ils entrèrent. Andy Maiden y jeta un coup d'œil et expliqua : « C'est le groupe de New York », avant de mettre le message dans une corbeille marquée *Réservations*.

Les Maiden ignoraient que leur fille avait quitté la fac. Ils ignoraient qu'elle avait déménagé pour s'installer à Fulham avec Vi Nevin — nom que Nicola n'avait jamais prononcé devant eux. Ils ne savaient pas davantage qu'elle était partie travailler à plein temps chez MKR Financial Management. Ce qui apportait un sérieux démenti aux propos de Nan Maiden affirmant que sa fille était un modèle d'honnêteté et de franchise.

Andy Maiden avait gardé le silence face à ces révélations, mais il avait l'air sonné. C'était comme si chacune d'entre elles constituait pour lui un nouveau coup psychique. Alors que sa femme essayait d'expliquer la conduite bizarre de leur fille, lui semblait s'efforcer d'absorber toutes les contradictions du comportement de Nicola tout en minimisant le choc émotionnel que cela lui causait.

« Peut-être voulait-elle s'inscrire dans un établissement plus proche du Nord. (Nan éprouvait manifestement le besoin de croire à ses propres paroles, c'en était presque pathétique.) Est-ce qu'il n'y en a pas un à Leicester ? Ou à Lincoln ? Comme elle était fiancée à Julian, elle voulait peut-être se rapprocher de lui... »

Chasser de la tête de la mère de Nicola l'idée que celle-ci pût être fiancée à Julian Britton n'avait pas été une mince affaire. Les efforts déployés par Nan Maiden pour essayer de comprendre, d'élucider le comportement de sa fille avaient cessé lorsque Lynley lui avait appris que Julian Britton ne lui avait pas dit la vérité concernant ses relations avec sa fille.

« Ils n'étaient pas... avait-elle chuchoté d'un air abattu. Mais alors pourquoi... ? »

Puis, se taisant, elle s'était tournée vers son mari, comme s'il pouvait expliquer l'inexplicable.

Lynley en conclut qu'il n'était pas impossible que les

Maiden eussent ignoré que leur fille possédait un bipeur. Aussi, lorsque Nan Maiden avait affirmé qu'elle n'était pas au courant de l'existence du gadget, pas plus que son mari d'ailleurs, Lynley s'était-il senti enclin à la croire.

Pour l'heure, alors qu'il se tenait dans la pénombre entre le parking faiblement éclairé et l'hôtel brillamment illuminé, Lynley s'accorda quelques minutes pour réfléchir. Un peu plus tôt, il avait pris des mains de Hanken les clés de la voiture en lui disant : « Rentrez chez vous, Peter. Je vais reconduire les Maiden à Padley Gorge. » Et c'était à Hanken, à sa petite famille et aux paroles qu'il avait prononcées un peu plus tôt dans la journée que Lynley songeait en ce moment, planté près du pilier. L'inspecteur lui avait déclaré que tenir un nouveau-né à soi dans ses bras vous changeait irrévocablement un homme. Que la perte d'un enfant était une souffrance dont il ne pouvait imaginer l'ampleur tellement elle était immense. Dans ce cas, qu'est-ce qu'un homme comme Andy Maiden pouvait ressentir en ce moment même ? Son existence avait été modifiée des années plus tôt à la naissance de sa fille, sa personnalité avait évolué subtilement au cours de son enfance et de son adolescence, et son être intime avait été brisé, peut-être de façon irrémédiable, à sa mort. Et maintenant, comme si cela ne suffisait pas, il découvrait que cette fille unique avait eu des secrets pour lui. Lynley se demanda dans quel état d'esprit il pouvait être.

La mort d'un enfant tue l'avenir et décime le passé. A la lueur de cette mort, l'avenir devient une prison interminable, et le passé un sujet perpétuel de reproches. On ne pouvait se remettre d'un tel événement. On ne pouvait qu'essayer de continuer à vivre, cahin-caha.

Jetant un regard derrière lui au pavillon, il distingua la silhouette d'Andy Maiden qui sortait du petit bureau, traversait l'entrée, se dirigeait d'un pas lourd vers l'escalier. La lumière était restée allumée dans la pièce dont il venait de sortir et Lynley aperçut devant la fenêtre de cette pièce la forme de Nan Maiden. Les Maiden allaient chacun de leur côté. Lynley aurait voulu leur dire de rester ensemble. Ils s'étaient mis à deux pour créer Nicola, ils l'enterreraient de concert, il ne fallait pas qu'ils portent son deuil séparément.

« Nous sommes tous seuls, inspecteur, lui avait dit Barbara une fois, dans un cas semblable où un père et une mère avaient eu à pleurer la mort d'un enfant. Et croyez-moi, ceux qui croient le contraire se gourent. »

Mais Lynley n'avait pas envie de penser à Barbara Havers, à sa sagesse ou à son manque de bon sens. Il voulait faire quelque chose pour donner une certaine paix aux Maiden. Il leur devait bien ça. S'il ne le faisait pas pour un père et une mère dont il espérait bien ne jamais connaître la souffrance, alors il le devait à un ancien collègue envers qui il avait une dette. Mais il reconnut également qu'il cherchait à leur donner un peu de paix dans l'espoir qu'en atténuant leur chagrin présent lui-même réussirait à éviter de connaître une épreuve semblable.

Les faits entourant la mort de Nicola, les secrets qu'elle avait dissimulés à ses parents, Lynley ne pouvait les changer. Mais il pouvait réfuter des données qui, sous couleur d'être des révélations innocentes, semblaient en fait avoir été fabriquées de toutes pièces pour les besoins du moment.

C'était Will Upman qui, le premier, avait mentionné le bipeur et l'amant londonien. Et qui mieux qu'Upman pouvait inventer l'histoire du bipeur et celle de l'amant afin de détourner de lui l'attention de la police ? Il aurait très bien pu être l'amant en question, inondant de cadeaux une femme sur laquelle il faisait une fixation. Et en apprenant qu'elle laissait tomber le droit et le Derbyshire pour s'établir à Londres, qui sait comment il avait réagi à la perspective de la perdre définitivement ? D'après les cartes postales que Nicola avait envoyées à sa colocataire, ils savaient qu'elle avait un amant en dehors de Julian Britton. Et elle n'aurait certainement pas éprouvé le besoin d'utiliser un message codé si l'homme en question avait été quelqu'un avec qui elle sentait qu'elle pouvait se montrer en toute liberté. Et il y avait la place que Julian Britton tenait dans la vie de Nicola. S'il l'avait véritablement aimée et qu'il ait souhaité l'épouser, comment aurait-il réagi en découvrant ses relations avec un autre homme ? Rien n'interdisait d'imaginer que Nicola avait révélé à Britton l'existence de cette tierce personne pour lui expliquer son refus de l'épouser. Si elle l'avait fait, à quoi Julian Britton avait-il pensé et à quoi ses pensées l'avaient-elles poussé dans la nuit du mardi ?

Une porte se referma quelque part. Des pas crissèrent sur le gravier et une silhouette tourna au coin du bâtiment. C'était un homme qui poussait une bicyclette. Il s'avança dans une flaque de lumière devant les fenêtres. Là, il mit la bicyclette sur sa béquille et retira de sa poche un petit gadget qu'il appuya près des rayons de la bicyclette.

Lynley le reconnut car il l'avait vu la veille par la fenêtre du salon s'éloigner en pédalant du Hall tandis que lui-même et Hanken attendaient les Maiden. C'était manifestement un des employés de l'hôtel. Alors que Lynley le regardait, accroupi près de son engin, une mèche de cheveux lui tombant sur les yeux, il vit sa main glisser et se faire prendre entre les rayons puis il l'entendit crier :

— *Merde ! Saloperie de bécane ! Je sais pas ce qui me retient de t'envoyer à la casse*[1] *!*

L'homme se redressa d'un bond, les jointures pressées contre ses lèvres. Avec le bas de son sweat-shirt, il essuya le sang qui coulait de sa main.

En l'entendant pester, Lynley reconnut le grain de sable qui vient se glisser dans une enquête dont les éléments commencent à se mettre en place. Il s'empressa de rajuster le tir, se rendant compte que Nicola Maiden avait fait plus que plaisanter avec sa colocataire. Elle lui avait également donné un indice.

1. En français dans le texte. *(N.d.T.)*

— Vous vous êtes blessé ? dit-il en s'approchant de l'homme.

Ce dernier pivota, surpris, écartant ses cheveux de ses yeux :

— *Bon Dieu ! Vous m'avez fait peur*[1] !

— Excusez-moi, je ne voulais pas vous surprendre comme ça, dit Lynley qui sortit sa carte et se présenta.

En entendant « New Scotland Yard », l'autre eut un imperceptible haussement de sourcils. Il répondit en anglais, avec un accent à couper au couteau, qu'il était Christian-Louis Ferrer, chef cuisinier grâce à qui Maiden Hall avait décroché une *étoile* au Michelin.

— Je vois que vous avez des problèmes avec votre vélo. Je peux vous déposer quelque part ?

— Non, mais merci quand même.

Les longues heures passées dans la cuisine l'empêchaient de prendre de l'exercice. Et il lui fallait sa balade à vélo deux fois par jour pour se maintenir en forme. Ce *vélo de merde* était mieux que rien. Toutefois, il aurait été content d'avoir *un deux-roues* qui soit un petit peu plus fiable sur les routes et les pistes.

— Est-ce qu'on peut bavarder avant que vous ne partiez ? questionna poliment Lynley.

Ferrer haussa les épaules, geste signifiant que si la police désirait lui parler il serait idiot de sa part de refuser. Jusque-là, il s'était tenu dos à la fenêtre. Là, il changea de position, et son visage se trouva en plein dans la lumière.

En le voyant, Lynley s'aperçut qu'il était beaucoup plus âgé qu'il ne l'avait tout d'abord pensé lorsqu'il l'avait aperçu sur sa bicyclette. Il lui donna dans les cinquante ans. Sur son visage étaient inscrits le passage des années et l'habitude de la bonne chère. Ses cheveux châtain foncé étaient striés de gris.

Lynley s'aperçut bientôt que l'anglais de Ferrer était bon quand ça l'arrangeait. Bien sûr qu'il connaissait Nicola Maiden, dit Ferrer, cette *malheureuse jeune*

1. En français dans le texte. *(N.d.T.)*

femme. Il y avait cinq ans qu'il travaillait à l'hôtel pour faire de Maiden Hall un *temple de la gastronomie* — l'inspecteur savait-il combien d'auberges de campagne en Angleterre s'étaient vu décerner une *étoile* au Michelin ? —, alors bien sûr qu'il connaissait la fille de ses employeurs. Elle avait travaillé à la salle à manger chaque fois qu'elle venait en vacances chez ses parents depuis que lui-même exerçait son art chez *monsieur Andee*, alors évidemment qu'il la connaissait.

A ce stade de la conversation, Ferrer s'avéra soudain incapable de comprendre l'anglais bien que son sourire poli, même s'il était factice, indiquât qu'il en avait le désir. Lynley décida donc de recourir à ce qu'il appelait son français de survie. L'espace de quelques secondes, il envoya un message silencieux de remerciement à son imposante tante Augusta qui avait souvent décrété, alors qu'elle venait rendre visite à la famille : « *Ce soir on parlera tous français à table et après le dîner. C'est la meilleure façon de se préparer à des vacances d'été en Dordogne.* » Ce qui avait permis à Lynley de se débrouiller un peu mieux dans une langue dans laquelle autrement il aurait tout juste été capable de demander une tasse de café, une bière ou une chambre avec salle de bains. En français, il dit :

— Vos compétences en matière de cuisine ne sont pas en cause, monsieur Ferrer. Ce que j'aimerais, c'est savoir si vous connaissiez bien cette jeune fille. Son père m'assure que dans la famille tout le monde fait de la bicyclette. Vous aussi, apparemment. Est-ce que vous avez déjà eu l'occasion de faire des balades à vélo avec elle ?

Si Ferrer fut surpris qu'un barbare d'Anglais pratiquât sa langue, tout imparfaitement que ce fût, il le cacha fort bien. Il ne fit cependant pas de cadeau à Lynley et répondit à toute vitesse, obligeant ainsi ce dernier à lui demander de répéter, ce qui sembla faire plaisir au Français :

— Oui, bien sûr, une ou deux fois on est sortis ensemble à vélo.

Il faisait le trajet à vélo de Grindleford à Maiden Hall et, quand elle l'avait su, la jeune femme lui avait parlé d'un itinéraire à travers la forêt qui était un peu difficile mais beaucoup plus direct. Comme elle ne voulait pas qu'il se perde en route, elle l'avait accompagné à une ou deux reprises pour s'assurer qu'il retrouverait seul son chemin ultérieurement.

— Vous habitez à Grindleford ?

— Oui.

Il n'y avait pas assez de chambres à Maiden Hall pour loger le personnel de l'hôtel et du restaurant. Comme l'inspecteur s'en était sans doute rendu compte, c'était un petit établissement. C'est pourquoi Christian-Louis Ferrer avait une chambre chez une veuve, Mrs Clooney, et sa fille célibataire, laquelle, d'après Ferrer, avait sur lui des vues qu'il se trouvait dans l'impossibilité de satisfaire.

— Je suis marié, expliqua-t-il à Lynley. Ma très chère femme habite Nerville-la-Forêt jusqu'à ce que nous puissions nous retrouver.

L'arrangement était fréquent et n'étonna pas Lynley. Les couples européens mariés vivaient souvent séparément. L'un des deux restait avec les enfants dans leur pays d'origine tandis que l'autre émigrait pour trouver un emploi mieux rémunéré. Toutefois, un cynisme inné, qui n'avait fait que se développer au fil des années au contact de Barbara Havers, lui faisait dresser l'oreille d'un air soupçonneux lorsqu'il était en présence d'un homme qui accolait au nom de sa femme les mots « très chère ».

— Vous avez passé ces cinq ans en Angleterre ? Vous ne rentrez jamais chez vous pour les vacances ?

Hélas, avoua Ferrer, quand on exerçait sa profession il valait mieux passer ses vacances à rechercher l'excellence. Cette recherche, il aurait bien sûr pu la mener en France — ce paradis de la *cuisine* où les résultats auraient certainement été des plus concluants. Mais la sagesse lui imposait de faire des économies. C'est pourquoi il avait limité au maximum les allers-retours

Angleterre-France afin de pouvoir mettre plus d'argent de côté pour l'avenir de ses enfants et sa retraite.

— Ça doit être difficile, pour des époux, de rester si longtemps séparés, compatit Lynley. On doit se sentir seul.

— C'est comme ça, on n'a pas le choix.

— Il doit y avoir des moments où la solitude vous pousse à nouer des liens avec quelqu'un. Avec une personne qui sent les choses comme vous. Le travail, ce n'est pas tout dans la vie, n'est-ce pas ? Et un homme comme vous... Ce serait bien compréhensible...

Ferrer croisa les bras, faisant ressortir la puissance de ses biceps et de ses triceps. C'était à bien des égards l'image parfaite de la virilité, mais d'une virilité qui éprouvait le besoin de s'afficher. Lynley avait conscience en pensant ainsi de s'engager dans la dangereuse voie des stéréotypes. Pourtant il s'autorisa à le faire, curieux de voir où cela le mènerait. Aussi, avec un haussement d'épaules de connivence, ajouta-t-il d'un air entendu :

— Cinq ans sans ma femme, je ne tiendrais pas.

La bouche de Ferrer — lèvres pleines, bouche d'homme sensuel — se crispa légèrement et ses yeux se voilèrent.

— Estelle et moi, on se comprend, dit-il. C'est pourquoi il y a vingt ans que notre mariage tient le coup.

— Et de temps en temps, vous vous permettez un petit extra ici, en Angleterre...

— Rien d'important. Estelle, je l'aime. Tandis que l'autre... l'autre, c'était ce que c'était.

Lapsus intéressant, songea Lynley.

— « C'était », vous voulez dire que c'est fini ? (Lynley lut alors la vérité sur le visage de Ferrer.) Vous étiez l'amant de Nicola Maiden ?

Silence.

Lynley persévéra :

— Si vous et la petite Maiden avez été amants, Mr Ferrer, vous feriez mieux de répondre plutôt que d'attendre d'être confronté avec un témoin qui a pu vous apercevoir tous les deux.

— Ce n'est rien.

— Rien ? Mais vous pouvez être soupçonné dans une enquête pour meurtre !

Ferrer releva la tête.

— Je parle de la jeune femme.

— Il ne s'est rien passé avec la jeune femme ?

— Ce qui est arrivé n'était rien. Ça ne signifiait rien. Ni pour elle ni pour moi.

— Pourquoi ne pas m'en parler ?

Ferrer jeta un coup d'œil à la porte d'entrée de Maiden Hall. Elle était ouverte pour laisser pénétrer l'air de la nuit ; à l'intérieur, les clients s'approchaient de l'escalier tout en bavardant. Ferrer s'adressa à Lynley mais son regard resta braqué sur les clients.

— Si la beauté existe chez une femme, c'est pour que l'homme l'admire. Et la femme cherche naturellement à être plus belle pour qu'on l'admire davantage.

— Ça se discute...

— C'est comme ça. Ça a toujours été comme ça. Regardez, tout dans la nature va dans ce sens. Dieu a créé les sexes pour qu'ils s'attirent l'un l'autre.

Lynley ne fit pas remarquer à Ferrer que l'ordre naturel des choses dont il parlait faisait généralement obligation au mâle — et non à la femelle de l'espèce — d'être plus séduisant, de façon à se faire accepter d'elle.

— En trouvant Nicola séduisante, vous ne faisiez qu'obéir à l'ordre naturel établi par Dieu, alors...

— Ce n'était pas sérieux. Je le savais. Elle le savait aussi. (Il sourit, non sans tendresse.) C'était un jeu qu'elle adorait, je m'en suis rendu compte la première fois que je l'ai vue.

— Quand elle avait vingt ans ?

— Il faut être hypocrite pour ne pas savoir qu'on est belle. Nicola n'était pas hypocrite. Elle était consciente de son apparence. Et de l'effet qu'elle produisait. Sur moi entre autres. Le reste... (Il haussa de nouveau les épaules d'un air fataliste.) Toutes les relations entre homme et femme ont leurs limites.

— Nicola savait, fit astucieusement Lynley, que vous ne quitteriez pas votre femme.

— Elle ne m'a jamais demandé de la quitter. Ça ne l'intéressait pas, croyez-moi.

— Qu'est-ce qui l'intéressait ?

— Ce qui l'intéressait ? sourit-il à ce souvenir. Les endroits où nous nous rencontrions. Les efforts que je devais déployer pour m'y rendre. Ce qui me restait d'énergie une fois que j'étais sur place. Et l'usage que je faisais de cette énergie.

— Ah, fit Lynley. (Les sites : les grottes, les tumulus, les villages préhistoriques, les forts romains. Oh là là, songea-t-il. Ou plutôt, comme aurait dit Barbara Havers : « Bingo, inspecteur ! » Ils tenaient l'homme des cartes postales.) Vous et Nicola faisiez l'amour...

— On ne faisait pas l'amour, on baisait. Notre jeu consistait à choisir un lieu de rendez-vous différent à chaque fois. Nicola s'arrangeait pour me faire passer un message. Tantôt une carte de la région, tantôt une énigme. Si je l'interprétais correctement... (nouveau haussement d'épaules)... elle était là, avec la récompense.

— Combien de temps êtes-vous restés amants ?

Ferrer marqua un temps avant de répondre, soit parce qu'il faisait le calcul, soit parce qu'il essayait de se rendre compte du mal que la vérité pouvait lui faire. Il opta finalement pour la vérité :

— Cinq ans.

— Depuis votre arrivée à Maiden Hall, alors.

— En effet, reconnut-il. Si possible, j'aimerais bien que monsieur et madame... cela ne ferait que les peiner davantage et bien inutilement. Nous avons toujours été discrets. Nous ne partions jamais ensemble. Nous rentrions séparément. Ils n'ont jamais été au courant.

Comme ça ils n'ont jamais eu de raison de vous virer, songea Lynley.

Le Français se sentit obligé de fournir des explications supplémentaires :

— C'est le regard qu'elle m'a jeté la première fois qu'on s'est rencontrés. Vous voyez sûrement ce que je veux dire. J'ai compris à son regard. Elle était aussi intéressée que moi. Il y a parfois quelque chose d'animal entre un homme et une femme qui n'est pas de l'amour, pas de la tendresse... mais une douleur, une tension, une faim, là. (Il désigna son bas-ventre.) Vous êtes un homme, vous savez de quoi je parle. Toutes les femmes n'ont pas cet appétit qu'ont les hommes. Mais Nicola, si. Je m'en suis rendu compte tout de suite.

— Et vous avez agi en conséquence.

— C'était ce qu'elle souhaitait. C'est devenu un jeu peu après.

— Et le jeu, c'était une idée à elle ?

— C'est pourquoi je n'ai jamais cherché d'autre femme pendant que j'étais en Angleterre. C'était inutile. Elle avait une façon de transformer une simple liaison... (il chercha un mot)... en... C'était de la magie, c'était excitant. Jamais je ne me serais cru capable de rester fidèle à une maîtresse cinq années durant. Avant Nicola, jamais une femme n'avait réussi à me retenir plus de trois mois.

— Et ce qu'elle aimait, c'était le jeu ? C'est pour ça qu'elle a poursuivi cette liaison avec vous ?

— J'étais lié par le jeu. Pour elle, il y avait le plaisir physique, naturellement.

L'ego aussi, songea Lynley.

— Cinq ans, ça fait long pour intéresser une femme. Spécialement quand il n'y a aucun espoir d'avenir.

— C'est vrai, mais il y avait des gestes aussi, reconnut Ferrer. Petits, mais des symboles, des marques d'estime. J'ai très peu d'argent parce que la plus grande partie... Estelle se poserait des questions si je lui en envoyais moins. Il y avait des petits gestes mais ça suffisait.

— Des cadeaux que vous faisiez à Nicola ?

— Si vous voulez, oui. Du parfum, des breloques, ce

genre de choses, ça lui plaisait. Et le jeu se poursuivait. (Il plongea la main dans sa poche et en retira le petit outil qu'il avait manipulé quelque temps plus tôt. Il s'accroupit et de nouveau, avec beaucoup de patience, resserra les rayons de sa bicyclette l'un après l'autre.) Elle va me manquer, ma petite Nicola. On n'était pas amoureux. Mais qu'est-ce qu'on riait ensemble...

— Quand vous aviez envie de jouer, dit Lynley, comment faisiez-vous pour la prévenir ?

Le Français releva la tête, intrigué.

— Pardon ?

— Oui, fit Lynley, vous lui laissiez un mot ? Vous l'appeliez sur son bipeur ?

— Ah non, on se regardait. Ça suffisait.

— Vous ne l'avez jamais appelée sur son bipeur ?

— Non. Pourquoi j'aurais fait ça, un regard suffisait, mais pourquoi cette question ?

— Parce que cet été, alors qu'elle travaillait à Buxton, quelqu'un l'a appelée sur son bipeur et lui a téléphoné un certain nombre de fois. Je pensais que c'était peut-être vous.

— Ce n'était pas la peine. Mais l'autre... il ne lui laissait pas un instant de répit. Le vibreur n'arrêtait pas de retentir...

Voilà qui apporte de l'eau à mon moulin, songea Lynley.

— Elle recevait des appels sur son bipeur quand vous étiez ensemble ?

— C'était le seul hic dans notre petit jeu, son bipeur. Elle rappelait immédiatement. (Il testa les rayons de la bicyclette avec ses doigts.) Qu'est-ce qu'elle fabriquait avec lui ? Je vois mal ce qu'ils avaient en commun. Parfois, quand je pense à ce qu'elle devait vivre avec lui... Il était trop jeune pour savoir comment faire jouir une femme... C'était un crime contre l'amour de le savoir avec ma Nicola. Avec lui, elle attendait que ça se passe. Avec moi, elle prenait son pied.

— Vous voulez dire que c'était Julian Britton qui l'appelait sur son bipeur ?

— Il voulait toujours savoir quand ils pourraient se voir, se parler, faire des projets. Elle, elle lui disait : « Chéri, quelle coïncidence extraordinaire, j'étais justement en train de penser à toi, je te jure. Tu veux savoir à quoi je pensais ? Tu veux que je te dise ce que je ferais si on était ensemble ? » Et elle lui parlait, et lui, il était satisfait, ça lui suffisait.

Ferrer secoua la tête d'un air dégoûté.

— Vous êtes certain que c'est Britton qui l'appelait ?

— Qui d'autre ? Elle lui parlait comme elle me parlait à moi, comme on parle à un amant. Et il était son amant. Pas comme moi, bien sûr, mais un amant quand même.

— Elle se déplaçait en permanence avec son bipeur ? Ou seulement lorsqu'elle quittait Maiden Hall ?

Ferrer répondit qu'elle l'avait toujours sur elle. Elle le portait à la taille, coincé dans la ceinture de son pantalon, de sa jupe ou de son short de randonnée. Pourquoi ? voulut-il savoir. Est-ce que le bipeur avait une importance dans l'enquête ?

Ça, songea Lynley, c'était effectivement la question.

Nan Maiden les regardait. Elle était passée du bureau au couloir du premier. Elle se tenait dans l'embrasure d'une des fenêtres qui occupaient tout un mur comme quelqu'un qui admire le paysage sous la lune.

Nerveusement, elle tripota l'embrasse des rideaux, la soie s'accrocha à ses ongles qu'elle avait pris l'habitude de ronger. Elle observait les deux hommes qui étaient en conversation à ses pieds. Elle lutta contre le désir, le besoin de descendre les rejoindre afin de leur expliquer des aspects du caractère de sa fille qui pouvaient être incompris.

« Ecoute, Maman, lui avait dit Nicola, vingt ans, encore imprégnée de l'odeur du Français qui lui collait à la peau, je sais ce que je fais. Je suis suffisamment grande pour savoir ce que je veux, et ce que je veux, c'est baiser avec un type qui a l'âge d'être mon père.

Ça me regarde et ça ne fait de mal à personne. Alors pourquoi te mettre dans un état pareil ? »

Elle avait dardé sur Nan le regard clair de ses yeux bleus, si franc, si raisonnable. Elle avait déboutonné son chemisier, ôté son short, retiré son soutien-gorge et sa petite culotte. Tandis qu'elle passait devant sa mère pour entrer dans la baignoire, l'odeur de Ferrer n'avait fait que s'accentuer. Nan en avait été presque asphyxiée. Nicola se plongea dans le bain jusqu'aux épaules, si bien que l'eau recouvrit ses petits seins. Mais auparavant Nan eut le temps d'apercevoir les marques de dents. Nicola vit que sa mère les avait remarquées.

« C'est ce qu'il aime, Maman, l'amour vache, mais il ne me fait pas vraiment mal. Et de toute façon, je lui en fais autant. T'inquiète pas.

— M'inquiéter, fit Nan. Je ne t'ai pas élevée pour que tu...

— Maman. (Elle avait pris l'éponge et l'avait trempée dans l'eau. La pièce était pleine de buée. Nan s'assit sur le siège des toilettes. Elle avait la tête qui tournait, l'impression d'être dans un monde de fous.) Tu m'as bien élevée, dit Nicola. Et ça n'a rien à voir, ces traces, avec la façon dont tu m'as élevée. Il est sexy, il est drôle, j'aime baiser avec lui. Inutile d'en faire un plat. Pour nous, y a pas de problème, c'est simple.

— Il est marié, tu le sais. Il ne peut pas t'épouser. Tout ce qu'il veut, c'est... Tu ne vois pas que la seule chose qui l'intéresse, c'est le sexe ? Tu ne vois pas que tu es son jouet ? Son joujou anglais ?

— C'est pareil pour moi. Y a que le sexe qui m'intéresse. (Son visage s'éclaira comme si elle comprenait soudain les inquiétudes maternelles :) Maman ! Tu croyais que j'étais amoureuse de lui ? Que je veux l'épouser ou un truc comme ça ? Oh là là. Ah non, tu te trompes, je ne lui demande rien de plus que ce qu'il me donne.

— Et quand tu en voudras davantage et que tu ne pourras l'obtenir ? »

Nicola prit son savon en gel et, appuyant sur le tube, en appliqua sur l'éponge.

« Tout ce qui m'intéresse, c'est ce que je ressens physiquement avec lui, pas émotionnellement. Ce que j'aime, c'est les sensations qu'il me procure, c'est tout. J'aime ce qu'il fait et ce que je ressens quand il le fait, c'est ça que je veux, et c'est ça qu'il me donne.

— Du sexe.

— Exactement. Et il est drôlement doué, tu sais. (Elle inclina la tête, sourit, adressa un coup d'œil à sa mère.) Mais peut-être que tu le sais ? Peut-être que tu te l'es payé toi aussi ?

— Nicola !... »

Elle gigotait dans l'eau.

« Maman, t'inquiète pas, je dirai rien à Papa. Alors, t'as couché avec lui ? Quand je suis à Londres, il doit bien avoir besoin de quelqu'un pour... Allez, raconte. »

Nan avait eu envie de la frapper, de marquer le joli visage d'elfe comme Christian-Louis avait marqué le jeune corps souple. Elle aurait voulu la prendre par les épaules, la secouer jusqu'à ce que les dents lui sortent de la bouche. Elle n'aurait pas dû réagir comme ça, Nicola. Devant les accusations de sa mère, elle aurait dû nier, s'effondrer, demander pardon, mais en aucun cas confirmer les soupçons de sa mère avec l'aisance qu'elle aurait mise à répondre à une question portant sur son menu du petit déjeuner.

« Désolée, fit Nicola, voyant que sa mère ne répondait pas. C'est différent pour toi. Je le vois bien. J'aurais pas dû me mêler de ça. Désolée, Maman. »

Elle avait pris un rasoir et l'approchait de sa jambe droite. Une longue jambe bronzée au mollet élégamment galbé, aux muscles fermes de randonneuse. Nan la regarda faire courir le rasoir sur sa peau. Elle s'attendait à ce qu'elle se coupe, mais non.

« Qu'est-ce que tu es, exactement, Nicola ? Une pute, une chatte en chaleur ? »

Les mots n'avaient aucun impact, ils ne la touchaient

pas ; la jeune fille avait reposé le rasoir, regardé sa mère.

« Je suis Nicola, ta fille qui t'aime.

— Je t'interdis de dire ça. Si tu m'aimais, tu ne serais pas...

— Maman, j'ai pris une décision, j'ai agi en connaissance de cause, je n'ai pas pris cette décision pour te faire de la peine. Je l'ai prise parce que je voulais cet homme. Et quand cette histoire finira, puisque tout a une fin, ce que j'éprouverai ne regardera que moi. Si je souffre, je souffre, sinon tant pis. Je suis désolée que tu aies découvert la vérité puisque manifestement ça te bouleverse. Sache seulement que nous avons essayé d'être le plus discrets possible. »

Sa fille, sa ravissante fille était la voix de la raison. Elle appelait un chat un chat. Et, alors que Nan la voyait nettement — silhouette spectrale dont l'image lui apparaissait sur les vitres de la fenêtre devant laquelle elle se tenait —, elle s'efforça de ne pas penser que c'était l'honnêteté de sa fille qui avait été la cause de sa mort.

Nan n'avait jamais compris sa fille. Elle s'en apercevait maintenant beaucoup plus clairement qu'au cours des années où elle avait attendu que Nicola émerge de la chrysalide de son adolescence troublée sous la forme d'une adulte façonnée à l'image de ses géniteurs. En songeant à son enfant, Nan sentit se poser sur ses épaules le poids d'un échec si vaste qu'elle se demanda comment elle pouvait continuer à vivre. Se dire qu'elle avait enfanté une telle fille... que des années de sacrifices l'avaient conduite à ces instants... Que les soins qu'elle lui avait prodigués, les soucis, les projets, le don de soi à répétition l'avaient amenée à se sentir comme un poisson arraché à l'océan qu'on a laissé se dessécher et pourrir loin de l'eau... Se dire que les pulls qu'on avait tricotés, la température qu'on avait prise, les genoux éraflés qu'on avait soignés, les petites chaussures qu'on avait cirées, les vêtements qu'on avait soigneusement entretenus, tout cela avait finalement compté pour rien aux yeux de la seule personne pour laquelle on avait vécu et respiré... c'était insupportable.

Elle s'était consacrée corps et âme à la maternité et elle avait échoué, n'apprenant rien d'important à sa fille. Nicola était Nicola, et voilà tout.

Nan était contente que sa propre mère fût morte pendant l'enfance de Nicola. Il lui avait été épargné de voir sa fille échouer là où ses ancêtres avaient réussi. Car Nan elle-même incarnait toutes les valeurs que sa mère lui avait inculquées. Née à une époque de privations, elle avait été à l'école de la pauvreté, de la souffrance, de la générosité et du devoir. En temps de guerre, on ne cherchait pas à se faire plaisir. Le moi était secondaire et passait après la Cause. La maison où l'on habitait devenait un havre pour les soldats convalescents. La nourriture et les vêtements et jusqu'aux cadeaux qu'elle avait reçus pour son huitième anniversaire lui étaient gentiment mais fermement retirés des mains et donnés à plus nécessiteux qu'elle. C'était une époque dure, mais cela vous forgeait le caractère et Nan avait du caractère. C'était ça qu'elle aurait dû transmettre à sa fille.

Nan était devenue la réplique de sa mère et pour récompense elle avait eu l'approbation de cette dernière qui se manifestait sans phrase par un hochement de tête quasi royal. Elle avait vécu pour ce hochement de tête d'approbation qui disait : « Les enfants apprennent à vivre en observant leurs parents, tu as appris ta leçon à la perfection, Nancy. » Les parents donnaient au monde de leurs enfants sa signification. Les enfants découvraient ce qu'ils étaient et apprenaient à se comporter dans la vie en suivant l'exemple des parents. Qu'est-ce que Nicola avait bien pu voir dans ses parents pour devenir ce qu'elle était devenue ? Nan ne voulait pas répondre à cette question qui la mettait face à des monstres qu'elle n'avait pas envie d'affronter. Elle ressemble tellement à son père, lui chuchota une petite voix intérieure. Mais non, mais non. Nan se détourna de la fenêtre.

Elle gravit l'escalier pour gagner l'étage privé de Maiden Hall. Son mari était dans leur chambre, assis dans le noir, la tête dans les mains.

Il ne bougea pas lorsqu'elle ferma la porte. Elle traversa la pièce, s'agenouilla près de son fauteuil, posa la main sur son genou. Elle ne lui dit pas ce qu'elle aurait voulu lui dire, à savoir que lorsque Christian-Louis avait fait brûler des pignons de pin, des semaines plus tôt, il avait fallu des heures pour que le rez-de-chaussée cesse de sentir cette odeur âcre et que lui — Andy — n'avait pas fait allusion à l'odeur pour la bonne et simple raison qu'il ne l'avait pas remarquée. Elle ne voulait pas aborder le sujet parce qu'elle n'avait pas envie de parler de ce que ça impliquait. Alors elle dit simplement :

— Nous avons perdu Nicola. Essayons de ne pas nous perdre l'un l'autre, Andy.

A ces mots, il releva le nez. C'était fou ce que les derniers jours l'avaient fait vieillir. Son tonus naturel avait disparu. Elle n'arrivait pas à imaginer cet homme faisant son jogging de Padley Gorge à Hathersage, skiant comme un fou sur les pentes de la Whistler ou dévalant la piste de Tissington sur son VTT. Il semblait à peine capable de descendre l'escalier.

— Laisse-moi faire quelque chose, murmura-t-elle en portant une main à sa tempe pour lui lisser les cheveux.

— Dis-moi ce que tu en as fait, répondit-il.

La main de Nan retomba.

— De quoi parles-tu ?

— Inutile que je précise. Tu l'as emporté avec toi sur la lande cet après-midi ? Forcément. C'est la seule explication.

— Andy, je ne sais vraiment pas de quoi...

— Non, ne joue pas à ce petit jeu. Contente-toi de me répondre, Nan, et dis-moi pourquoi tu as dit ignorer qu'elle en possédait un. C'est ça que j'aimerais savoir.

Nan eut l'impression d'entendre un drôle de bruit dans sa tête. C'était comme si le bipeur de Nicola résonnait dans la pièce. Impossible, évidemment, car il se trouvait là où elle l'avait déposé, dans une crevasse, entre deux quartiers de calcaire, sur la lande d'Hathersage.

— Je ne sais vraiment pas de quoi tu parles, mon chéri, je t'assure.

Il la scruta. Elle lui rendit son regard. Elle attendit qu'il se montre plus direct, qu'il lui pose la question de manière explicite : elle n'avait jamais été douée pour le mensonge. Feindre l'étonnement, faire l'ignorante était à peu près tout ce dont elle était capable en matière de dissimulation.

Il ne lui posa pas la question. Il laissa sa tête aller contre le dossier du fauteuil et ferma les yeux.

— Mon Dieu, chuchota-t-il, qu'as-tu fait ?

Elle ne répondit pas. C'était Dieu qu'il avait invoqué. Pas elle. Et les voies du Seigneur étaient impénétrables. Pourtant, la souffrance d'Andy lui était si intolérable qu'elle aurait voulu mettre un baume dessus. Elle se décida à lui faire des révélations partielles. Il en ferait ce qu'il voudrait.

— Il ne faut pas qu'il y ait de complications, murmura-t-elle. Il faut que les choses soient aussi simples que possible.

14

Samantha tomba sur son oncle Jeremy dans le salon alors qu'elle passait une dernière fois la maison en revue avant d'aller se coucher. Elle vérifiait la fermeture des portes et des fenêtres plus par habitude que parce que la famille avait encore des choses de valeur à cambrioler et elle était entrée dans le salon avec l'intention de s'assurer que les fenêtres étaient bien fermées avant de se rendre compte que son oncle s'y trouvait.

Les lumières étaient éteintes mais pas parce que Jeremy dormait, non. Il se repassait un vieux film en 8 mm avec un projecteur qui faisait un bruit infernal de machine qui s'apprête à rendre l'âme. Le film lui-même clignotait mais pas sur l'écran car Jeremy avait eu la flemme de l'installer. Il se passait le film contre la bibliothèque, et les dos des livres rongés par l'humidité déformaient les silhouettes des personnages.

Il revivait apparemment un vieil anniversaire. Broughton Manor, à l'arrière-plan, n'était pas encore réduit à l'état de ruine. Pendant ce temps-là, au premier plan, un clown à pipeau et chapeau informe interprétait le Joueur de flûte de Hamlin devant une ribambelle d'enfants coiffés de couvre-chefs multicolores. Le clown entraînait tout son monde vers l'ancien petit pont permettant d'accéder à une prairie située de l'autre côté de la Wye. Dans cette prairie, un poney dont les rênes étaient tenues par un homme qui ressemblait si fort à Jeremy adulte que Samantha en conclut qu'elle était face à son grand-père maternel, à l'époque où il était jeune homme. Le bambin qu'avait été son oncle traversa le champ en courant et se jeta avec enthousiasme dans les bras de son père. Ce dernier l'installa à califourchon sur le poney tandis que les autres enfants, et parmi eux la mère de Samantha, s'agglutinaient tout autour et que le clown à la flûte dansait.

La scène changea, comme c'est souvent le cas dans les films d'amateur, et les protagonistes se retrouvèrent sous un arbre où une table avait été dressée pour un anniversaire. Les mêmes enfants se bousculaient de part et d'autre de la table. Une femme apporta un gâteau avec cinq bougies. Le petit Jeremy monta sur sa chaise pour faire un vœu et souffler les bougies. Il perdit l'équilibre et faillit dégringoler, mais sa mère le rattrapa au vol. Elle riait, faisait des signes à la caméra et tenait son fils sur sa chaise.

— Là, c'était deux ans avant sa mort, fit Jeremy Britton sans tourner la tête du film qui ondulait contre le dos des livres. (Il parlait d'une voix pâteuse mais pas aussi incompréhensible que d'habitude à cette heure de la journée.) Elle comptait sa monnaie pour m'acheter un paquet de chips à Longnor, tu te rends compte, et elle est tombée raide morte devant le comptoir. Elle avait rendu l'âme avant de toucher le sol. Et j'ai dit : « Maman, et mes chips ? » (Jeremy leva son verre et but. Il le replaça avec tant de précision sur la table près de son fauteuil que Samantha se demanda s'il buvait vraiment. Il tourna la tête et loucha dans sa direction comme s'il trouvait trop forte la lumière du couloir.) Ah, c'est toi, Sammy, tu es venue te joindre à l'insomniaque de service ?

— Je passais les fenêtres en revue avant d'aller me coucher. Je ne savais pas que vous étiez encore debout, Oncle Jeremy.

— Vraiment.

Il reporta son attention sur le film.

— Perdre sa mère, ça vous marque pour le reste de vos jours, murmura-t-il en reprenant son verre. Est-ce que je t'ai dit, Sammy... ?

— Oui.

A plusieurs reprises déjà depuis son arrivée dans le Derbyshire, Samantha avait entendu l'histoire : la mort de sa mère, le remariage rapide de son père, son exil dans une pension à l'âge de sept ans tandis que sa sœur unique, elle, était autorisée à rester à la maison. « Ça m'a complètement foutu en l'air », lui avait-il dit et redit.

— Ça vous prive un homme de son âme, crois-moi.

Samantha décida qu'il valait mieux le laisser à ses réminiscences. Alors qu'elle s'éclipsait, elle s'immobilisa en l'entendant soudain énoncer :

— C'est sympa de ne plus l'avoir dans les pattes, pas vrai ? Ça ouvre des horizons. En tout cas, c'est mon avis, Sammy. C'est pas le tien ?

— Quoi ? Je ne vois pas... fit-elle, feignant de ne pas comprendre.

C'était d'autant plus difficile pour elle de faire semblant de ne pas comprendre que le *High Peak Courier* était par terre près du fauteuil de son oncle, avec sa manchette qui proclamait *Mort à Nine Sisters*. C'était idiot de sa part d'essayer de jouer au plus fin avec son oncle. *Nicola est morte* allait désormais apparaître en filigrane dans toutes les conversations que Samantha aurait avec les uns et les autres, et elle ferait mieux de s'habituer à l'idée que Nicola Maiden allait jouer dans sa vie le rôle d'une Rebecca plutôt que de faire comme si la jeune femme n'avait jamais existé.

Jeremy regardait le film, un sourire flottant au coin des lèvres, comme s'il trouvait amusant de se voir à cinq ans sautiller dans le jardin, une baguette à la main.

— Sammy, mon ange, dit-il avec une prononciation remarquable de clarté. L'important, ce n'est pas de savoir comment c'est arrivé mais que ce soit arrivé. Et ce qui est encore plus important que le reste, c'est ce qu'on va faire maintenant.

Samantha ne broncha pas, elle se sentait comme rivée au sol, piégée et fascinée par ce qui risquait de la détruire.

— Ça n'a jamais été une fille pour lui, Sammy. C'était visible à l'œil nu. C'était elle qui portait la culotte. Lui, il suivait le mouvement. Peut-être qu'il s'en serait rendu compte, mais je ne crois pas. Elle le tenait, et bien : il l'avait dans la peau. Y a des femmes comme ça, elles savent vous tenir un homme.

Ce n'est pas ton cas, impliquaient ses propos. Samantha n'avait pas besoin de les entendre. Elle n'avait jamais été très douée pour séduire les hommes. Elle avait toujours cru que ses vertus, ses qualités suffiraient à lui gagner l'affection d'autrui. Les vertus féminines avaient une durée que n'avait pas l'attrait sexuel, et quand le désir et la passion s'éteignaient avec le temps, il fallait que quelque chose de plus profond les remplace. C'était du moins ce qu'elle s'était efforcée de croire tout au long de son adolescence et de sa jeune vie d'adulte, où la solitude avait été son lot.

— Ça n'aurait pas pu mieux se passer, disait Jeremy. Souviens-toi de ça, Sammy : les choses finissent toujours par s'arranger.

Elle sentit ses paumes devenir moites et elle les frotta subrepticement contre sa jupe.

— Tu es la fille qu'il lui faut. L'autre, non. Ce que tu as à lui offrir, elle ne le possédait pas. Elle n'aurait rien apporté à Julie s'il l'avait épousée, en dehors de la seule paire de chevilles décente que les Britton auraient eue dans la famille en deux cents ans. Tandis que toi, tu comprends, tu partages notre rêve. Tu peux nous aider à le réaliser. Avec toi, Julie peut rendre son éclat à Broughton Manor. Avec elle... Enfin, comme je viens de te le dire, les choses finissent toujours par s'arranger. Elles s'arrangent même très bien. Ce qu'il nous faut maintenant, c'est...

— Je suis désolée qu'elle soit morte, coupa Samantha parce qu'elle savait qu'il lui fallait réagir et qu'exprimer du chagrin était la seule parade qui lui vînt à l'esprit pour l'empêcher de poursuivre. Je suis désolée pour Julian. Il est anéanti, Oncle Jeremy.

— Mais certainement. Et c'est par ça qu'on commence.

— Qu'on commence ?

— Ne joue pas l'innocente et, pour l'amour du ciel, ne fais pas l'idiote non plus. La voie est libre : il faut échafauder un plan. Tu t'es donné assez de mal pour le séduire...

— Vous faites erreur.

— Tu as posé les fondations. Et maintenant, il va falloir bâtir sur ces fondations. Pas à la hâte, attention. Pas question que tu te précipites dans sa chambre et que tu tombes la culotte. Chaque chose en son temps.

— Oncle Jeremy, je ne pense pas...

— Très bien, ne pense pas, laisse-moi penser pour toi. Tenons-nous-en à une ligne de conduite simple. (Il porta son verre à ses lèvres et la fixa par-dessus le bord.) C'est quand une femme veut faire compliqué qu'elle fait tout foirer, si tu vois ce que je veux dire. Et je crois que tu saisis.

Samantha déglutit, incapable de détourner les yeux. Comment se faisait-il qu'un alcoolique vieillissant, un putain de pochetron, réussisse à lui faire perdre contenance aussi facilement ? Sauf que maintenant il n'avait plus tellement l'air d'un alcoolo. Gênée, elle s'approcha des fenêtres pour les fermer, comme elle en avait eu l'intention. Derrière elle, le film parvint à sa fin et la pellicule se mit à claquer bruyamment contre la bobine tandis que le projecteur continuait de tourner. Cliquetis, cliquetis, cliquetis. Jeremy parut ne se rendre compte de rien.

— Tu le veux, Julian, n'est-ce pas ? Ne t'amuse pas à me mentir. Si tu veux que je t'aide à le piéger, faut que je sache la vérité. Oh, pas tout entière, note bien, seulement le plus important.

— Ce n'est pas un enfant. C'est un homme qui...

— Mais oui.

— ... sait ce qu'il veut.

— Foutaises ! Il ne connaît qu'une chose : sa

queue. Ce qu'il faut, c'est arriver à lui faire comprendre qu'il a envie de te tringler.

— Oncle Jeremy, je vous en prie...

C'était horrible, inconcevable, humiliant. Comment pouvait-elle écouter un discours pareil ? Elle avait fait son propre chemin dans la vie, et se retrouver ainsi en situation de dépendre de quelqu'un était une chose pour elle tout à fait inimaginable et, de plus, dangereuse.

— Sammy, mon ange, je suis de ton côté, fit Jeremy d'une voix enjôleuse, l'incitant à se déclarer comme il aurait incité un chiot à sortir de sous la chaise où il se cachait. (Elle se détourna de la fenêtre. Il l'observait, le menton en appui sur ses doigts.) Je suis de ton côté à cent pour cent. Seulement écoute, mon ange, j'ai besoin de savoir exactement quel parti tu as choisi avant d'agir.

Elle essaya de détourner les yeux mais sans résultat.

— Je n'attends de toi qu'une chose, Sammy, que tu me dises que tu veux ce garçon, c'est tout. Je n'ai pas envie d'en savoir davantage. Dis-moi seulement que tu le veux.

— Je ne peux pas.

— Mais si, tu peux, c'est pourtant simple, trois petits mots, ça ne te tuera pas. Les mots ne tuent pas. Mais je ne t'apprends rien, j'espère ?

Elle ne pouvait détacher son regard de lui. Elle aurait voulu pourtant, elle aurait aimé pouvoir y arriver, et malgré tout elle n'y parvenait pas.

Les mots vinrent enfin, malgré elle, comme s'il les lui arrachait et qu'elle était incapable de l'en empêcher.

— Très bien. Je le veux.

— Inutile d'en dire davantage, fit Jeremy avec un sourire.

Barbara Havers avait l'impression qu'on lui avait planté des épines sous les paupières. Elle en était à sa quatrième heure d'empoignade avec les fichiers du SO10 sur le CRIS et elle commençait à regretter sérieusement sa promesse à Nkata de travailler toutes les nuits jusqu'à l'aube pour s'acquitter de la mission que lui avait confiée Lynley. Elle n'aboutissait à rien avec ce fatras. Elle n'allait réussir qu'à s'esquinter la rétine et risquer l'hypermétropie.

Après avoir effectué une reconnaissance de l'appartement de Terry Cole, Nkata et Barbara avaient regagné le Yard. Là, une fois qu'ils eurent transporté le cannabis et le carton de cartes postales dans la Mini de Barbara, ils s'étaient séparés. Nkata était parti ramener la Bentley de l'inspecteur chez lui, à Belgravia. Barbara s'était traînée au Yard pour faire ce qu'elle avait promis à Nkata de faire dans la base de données du CRIS. Pour l'instant elle n'avait trouvé que dalle, ce qui ne la surprenait pas trop. En ce qui la concernait, après la découverte des cartes postales dans l'appartement de Battersea, il lui avait semblé que des flèches au néon désignaient Terry Cole comme la cible principale du tueur et non Nicola Maiden. Et à moins de réussir à relier Cole au travail d'Andy Maiden au SO10, cette plongée dans les fichiers n'était qu'une putain de perte de temps. Seul un nom qui aurait réussi à apparaître sur l'écran sanguinolent en hurlant : « C'est moi, baby ! » la convaincrait du contraire. Pourtant, elle savait qu'elle avait intérêt à exécuter les ordres de Lynley. C'est pourquoi elle avait parcouru les dossiers se rapportant aux quinze noms qu'il lui avait communiqués et les avait classés dans des catégories qu'elle avait baptisées *Drogue*, *Chantage possible*, *Prostitution*, *Crime organisé* et *Contrats*. Elle avait mis les noms de la liste de Lynley dans ces catégories, elle y avait ajouté les prisons où chacun des malfaiteurs avait purgé sa peine. Elle avait cherché les durées d'emprisonnement, ajouté ça aux données qu'elle avait sélectionnées, et elle avait commencé à essayer de voir quels étaient les condamnés qui étaient aujourd'hui en liberté conditionnelle. Pénétrée du sentiment d'avoir été vertueuse, d'avoir obéi docilement aux ordres de son supérieur hiérarchique, elle décida à minuit et demi de mettre les voiles.

La circulation était fluide, aussi se retrouva-t-elle chez elle à une heure du matin. Espérant trouver un mobile au meurtre de Terry, elle prit la boîte de cartes postales et, traversant le jardin, regagna son domicile.

Le téléphone clignotait lorsqu'elle poussa la porte de son bungalow d'un coup d'épaule et déposa le carton sur la table. Elle alluma, attrapa un paquet de cartes reliées par des élastiques et, traversant la pièce, écouta ses messages.

Le premier était de Mrs Flo. « Votre maman a regardé votre photo, ce matin, ma petite Barbie, et elle a prononcé votre nom. Sans problème. Elle a dit : « C'est ma Barbie. » Qu'est-ce que vous dites de ça ? Je tenais à ce que vous le sachiez parce que c'est tellement déprimant quand elle est dans le brouillard, vous ne trouvez pas ? Et puis cette histoire à propos de... comment est-ce qu'elle l'appelait déjà, Libby O'Ryan ? Elle a été en pleine forme toute la journée. Alors ne vous inquiétez pas, elle ne vous a pas oubliée. J'espère que ça va. A bientôt. Au revoir, Barbie. »

Merci, mon Dieu, songea Barbara. Un jour de lucidité à côté de semaines et de mois de démence, il n'y avait peut-être pas de quoi pavoiser, mais elle avait appris à triompher modestement pour ce qui était de l'humeur maternelle.

Le second message commençait par un vibrant bonjour, suivi de trois notes de musique. « T'as entendu ? J'apprends la flûte. On me l'a achetée aujourd'hui après l'école, et je vais faire partie de l'orchestre ! Ils m'ont demandé, à l'école, si je voulais bien en jouer, j'ai demandé à Papa et il a dit d'accord. Alors voilà, je joue de la flûte. Pas très bien encore. Mais je m'entraîne. Je connais la gamme. Ecoute. (Il y eut un bruit sourd tandis qu'on déposait le téléphone sur un meuble. Après ça, huit notes. Puis :) La prof trouve que je suis douée,

Barbara, qu'est-ce que tu en penses ? (La petite voix fut interrompue par celle d'un homme qui parlait doucement à l'arrière-plan. Puis :) Oh, j'oubliais, c'est Hadiyyah à l'appareil. De l'appartement du rez-de-chaussée. J'ai oublié de me présenter. Mais tu savais que c'était moi. Je voulais te rappeler pour ma leçon de couture, c'est demain, et tu as dit que tu voulais voir ce que je fais. Tu veux toujours y aller ? On pourra manger le reste de la pomme au caramel après, avec le thé. Tu me rappelles ? » Le téléphone fut raccroché à l'autre bout de la ligne.

Après quoi, Barbara entendit la voix raffinée de la femme de l'inspecteur Lynley : « Barbara, Winston vient de ramener la Bentley. Il m'a dit que vous travailliez sur l'affaire en ville. J'en suis très heureuse et je voulais que vous le sachiez. Je suis sûre que vous allez rentrer en grâce au Yard. Barbara, vous voulez bien être patiente avec Tommy ? Il a vraiment une très haute opinion de vous, j'espère que vous le savez. Simplement, ce qui s'est passé cet été l'a un peu désarçonné. Oh, et puis zut, je voulais vous souhaiter bonne chance. Vous avez toujours fait du travail fantastique avec Tommy, je sais que vous allez continuer. »

Barbara grimaça. Sa conscience la tourmentait. Mais elle étouffa la petite voix qui lui soufflait qu'elle avait désobéi aux ordres de Lynley pendant une bonne partie de la journée. Elle se dit qu'elle n'avait désobéi à personne, qu'elle prenait simplement une initiative, qu'elle rajoutait à sa mission un certain nombre d'activités découlant de la logique de l'enquête.

C'était une excuse comme une autre.

Elle envoya promener ses chaussures, se laissa tomber sur le divan et retira l'élastique d'une des piles de cartes. Elle commença à les passer en revue. Et ce faisant, elle songea que la vie de Terry Cole — telle qu'elle se déroulait à travers l'examen auquel elle se livrait — le faisait apparaître comme la cible potentielle d'un tueur, tandis que la vie de Nicola Maiden, de quelque point de vue que l'on se plaçât, ne révélait en elle qu'une jeune femme sexuellement active de vingt-cinq ans qui avait un ou deux hommes dans chaque port et un amant plein aux as qu'elle menait par le bout du nez. Si la jalousie avait poussé l'un de ces hommes à trucider la fille, il n'aurait certainement pas eu besoin d'aller faire ça sur la lande, surtout quand il avait vu qu'elle était en compagnie. Ç'aurait été plus astucieux d'attendre qu'elle soit seule. A moins que Terry et elle aient été occupés — lorsqu'il les avait découverts — à batifoler. Auquel cas, aveuglé par la rage et la jalousie, il pouvait très bien avoir foncé à l'intérieur du cercle de pierres, agressé son rival, l'avoir blessé avant de s'en prendre à elle. Mais ce scénario semblait peu vraisemblable. Rien dans ce que Barbara avait appris jusque-là concernant Nicola Maiden ne suggérait qu'elle ait eu un faible pour les ados sans emploi.

Terry, en revanche, semblait avoir une existence tout en coins d'ombre et riche en activités susceptibles de lui valoir de graves ennuis. Selon Cilla, il se trimballait avec de grosses liasses de billets de banque. Et les cartes postales que Barbara disposa sur son divan indiquaient qu'il fréquentait un univers de violence. En dépit de ce que sa mère avait raconté sur la commande importante à laquelle Terry travaillait, en dépit des propos de Mrs Baden sur la générosité et la gentillesse du jeune homme, il devenait de plus en plus évident que le véritable Terry Cole avait vécu au coude à coude avec le monde de la pègre. A ce monde se rattachaient la drogue, la pornographie, les snuff movies, la pédophilie, la traite des Blanches. Sans compter une bonne centaine de croustillantes perversions d'où pouvait facilement émerger un mobile de meurtre.

Concernant Nicola, ils avaient pratiquement tout mis à plat : de son train de vie à Londres à l'argent dont elle disposait en quantité. Il leur restait à trouver ce qui l'avait poussée à aller travailler dans le Derbyshire pendant l'été. Mais quel rapport cela pouvait-il bien avoir avec le fait qu'elle avait été assassinée ?

En revanche, presque rien n'avait de sens dans la vie

de Terry Cole. Jusqu'à ce que Barbara déniche les cartes postales. Elle les examina, rangée après rangée, sur le divan, et pinça les lèvres. Allez, donnez-moi un indice. Je sais qu'il est là. Je le sais.

Elle entendait encore les protestations véhémentes de Cilla Thompson à la vue des cartes : « Il ne m'en a *jamais* parlé, mais ce qui s'appelle jamais ! Il prétendait être un *artiste*, bon sang ! Et les artistes consacrent leur temps à leur art. Lorsqu'ils ne sont pas en train de créer, ils pensent à ce qu'ils vont créer. Ils ne passent pas leur temps à crapahuter dans Londres et à coller sur les murs des cartes de ce genre. L'art engendrant l'art, ils ne perdent pas une occasion de se frotter à toutes les formes d'art. Ça... (geste de mépris vers les cartes)... ça, c'est vraiment de la merde ! »

Terry n'avait jamais été véritablement intéressé par l'art, se dit Barbara, c'était quelque chose de tout à fait différent qui l'intéressait. Dans la première pile, il y avait quarante-cinq cartes. Toutes différentes. Elle avait beau les étudier, essayer de les regrouper par catégories, tenter de les éliminer l'une après l'autre, force lui fut de se dire que seul le téléphone — même à cette heure de la nuit — pourrait l'aider à deviner dans quelle direction orienter son enquête.

Elle écarta la possibilité que Terry Cole pût avoir un lien avec Andy Maiden et son passé au SO10. Elle écarta l'idée que le SO10 jouât un rôle dans tout ça.

Elle attrapa le combiné. Elle savait pertinemment que, malgré l'heure, à l'autre bout de la ligne, il y avait quarante-cinq suspects qui attendaient qu'on leur téléphone et qu'on leur pose des questions.

En se levant à l'aube le lendemain matin pour rejoindre l'aéroport de Manchester en voiture, Lynley réussit à attraper le premier vol pour Londres. Il était neuf heures quarante lorsque son taxi le laissa devant la porte de chez lui, à Eaton Terrace.

Il fit une pause avant d'entrer. Malgré le beau temps

— le soleil brillait contre les carreaux des maisons qui bordaient la rue calme —, il avait l'impression de traverser une zone nuageuse. Il examina les belles bâtisses blanches, les grilles de fer forgé noir sans une trace de rouille qui ornaient les façades et, bien que né en une période de paix — la plus longue que le pays eût jamais connue —, il se mit à penser à la guerre sans savoir pourquoi.

Londres avait été dévastée. Nuit après nuit, les bombes s'étaient abattues sur la capitale, réduisant des quartiers entiers de la métropole en tas de briques, de mortier, de poutres et de débris divers. C'étaient la City, les docks et les banlieues — au nord comme au sud du fleuve — qui avaient le plus souffert. Mais personne n'avait échappé à la peur. La peur, elle s'installait le soir, annoncée par le mugissement des sirènes et le sifflement des bombes. La peur se traduisait par des explosions, des incendies, la panique, la confusion, l'incertitude et tout ce qui s'ensuit.

Pourtant, Londres ne s'était pas laissé décourager, renaissant de ses cendres — comme elle l'avait fait pendant deux mille ans. Les hommes de Boadicée ne l'avaient pas vaincue, pas plus que la peste ni le Grand Incendie ne l'avaient terrassée. Aussi le déluge de feu du Blitz ne pouvait-il espérer la réduire. Car elle avait toujours réussi à renaître au milieu de la douleur et de la destruction.

Peut-être était-il finalement possible d'affirmer, songea Lynley, que les dissensions et les douleurs de l'enfantement pouvaient déboucher sur la grandeur, que la détermination, une fois passé le test de l'adversité, devenait irrévocable et que la compréhension du monde, une fois traversée l'épreuve du chagrin et du malentendu, s'en trouvait à jamais renforcée. Mais la pensée que les bombes débouchaient sur la paix et l'accouchement sur la naissance ne suffisait pas à dissiper la tristesse et la terreur qu'il éprouvait. Le bien *pouvait* jaillir du mal, c'était un fait. Ce sur quoi il refusait de s'appesantir, c'était le no man's land infernal qui les séparait.

A six heures du matin, Lynley avait téléphoné à l'inspecteur Hanken pour lui dire que « des informations cruciales découvertes par les policiers qui travaillaient sur l'enquête à Londres » nécessitaient son retour en ville. Il se mettrait en communication avec le Derbyshire dès qu'il en saurait davantage, qu'il aurait réussi à voir de quel genre de données il s'agissait. Lorsque Hanken lui avait demandé fort logiquement s'il était bien nécessaire que Lynley se rende à Londres alors qu'il avait déjà deux policiers sur place et qu'il pouvait grâce à un coup de fil en mobiliser deux douzaines d'autres si besoin était, Lynley répondit que son équipe avait découvert des tuyaux qui donnaient à penser que c'était à Londres, et non dans le Derbyshire, que les faits les menaient. Partant de là, il lui semblait raisonnable que l'un des deux inspecteurs chargés de l'enquête aille sur place afin d'évaluer ces faits. Est-ce que Hanken lui communiquerait une copie du compte rendu d'autopsie ? Car il voulait remettre ce document à un expert en criminalistique afin de voir si les conclusions du Dr Myles au sujet de l'arme du crime étaient exactes.

« A supposer qu'elle ait fait une erreur concernant le couteau. La longueur de la lame, par exemple. J'aimerais le savoir le plus vite possible. »

Hanken lui avait demandé comment ce spécialiste réussirait à repérer une erreur sans avoir vu le corps, les radios, les photos ou la blessure elle-même.

Eh bien, parce que ce spécialiste n'était pas un spécialiste ordinaire, lui avait rétorqué Lynley.

Toutefois, il avait demandé également des copies des radios et des photos qu'il était passé prendre au commissariat de Buxton en se rendant à l'aéroport.

De son côté, Hanken allait lancer une recherche pour tenter de retrouver le couteau suisse et l'imper de la petite Maiden. Il interrogerait également personnellement la masseuse qui s'était occupée des muscles de Will Upman le mardi soir. Et, s'il en avait le temps, il ferait une visite à Broughton Manor afin de voir si le père de Julian Britton pouvait confirmer l'alibi de son fils ou celui de sa nièce.

« Concentrez-vous sur Julian, avait poursuivi Lynley. J'ai découvert un autre des amants de Nicola... »

Et de résumer dans les grandes lignes sa conversation de la veille au soir avec Christian-Louis Ferrer.

Hanken avait émis un long sifflement.

« Est-ce qu'on va réussir à mettre la main sur un type qui n'a *pas* tringlé cette nénette, Thomas ?

— Faudrait peut-être qu'on essaie d'en savoir davantage sur le type qui croyait être le seul, en tout cas.

— Britton.

— Il nous a dit qu'il l'avait demandée en mariage et qu'elle avait refusé. Mais nous n'avons que sa parole, n'est-ce pas ? Après tout, c'est un bon moyen d'éloigner de lui les projecteurs. Dire qu'il voulait l'épouser alors qu'en fait il avait envie de tout autre chose... »

Pour l'heure, à Londres, Lynley mettait sa clé dans la serrure, ouvrait et refermait la porte d'entrée tout doucement derrière lui. Il appela sa femme. Il s'attendait à moitié à ce que Helen fût déjà sortie mais, alors qu'il traversait le vestibule et se dirigeait vers l'escalier, il entendit une porte claquer et une voix d'homme qui disait : « Oh là, désolé, je ne connais pas ma force. » Un instant plus tard, il vit Denton et Helen s'avancer vers lui venant de la cuisine. Denton portait une pile de volumineux catalogues. Helen le suivait, une liste à la main.

— J'ai déjà éliminé un certain nombre de possibilités, Charlie. Et ils ont bien voulu me confier les échantillons jusqu'à trois heures. Je compte sur vous pour me donner votre avis...

— Je déteste les fleurs, les rubans et tous ces trucs-là, fit Denton. Alors inutile de me montrer ce genre-là, ça me fait penser à ma grand-mère.

— C'est noté, dit Helen.

— Oh, bonjour, fit Denton en apercevant Lynley. Regardez qui voilà, Lady Helen ! Vous n'avez plus besoin de moi, je suppose ?

— Besoin de vous pour quoi ? s'enquit Lynley.

— Tommy ! s'exclama Helen. Tu es rentré ! Ç'a été bref, ton déplacement.

— Pour choisir les papiers peints, dit Denton, répondant à Lynley.

Il désigna du menton les catalogues qu'il transportait.

— Les papiers des chambres d'amis, ajouta Helen. Tu les as regardés récemment, Tommy ? On dirait que le papier n'a pas été changé depuis le début du siècle...

— C'est effectivement le cas.

— C'est bien ce que je pensais. Ecoute, si on ne le change pas avant son arrivée, c'est ta tante Augusta qui s'en chargera. Autant lui couper l'herbe sous le pied. J'ai jeté un coup d'œil aux catalogues chez Peter Jones hier, et ils ont eu la gentillesse de me laisser en rapporter quelques-uns. Mais juste pour aujourd'hui. N'est-ce pas que c'était sympa de leur part ? (Elle s'engagea dans l'escalier, disant par-dessus son épaule :) Pourquoi es-tu rentré si tôt ? Tu as déjà tiré l'affaire au clair ?

Denton la suivit. Lynley se joignit à la procession, sa valise à la main. Il devait vérifier des informations à Londres, dit-il à sa femme. Et il avait des documents à montrer à Saint James.

— L'autopsie. Des photos et des radios.

— Les experts ne sont pas d'accord ? demanda-t-elle judicieusement.

Ce ne serait pas la première fois que Saint James serait prié de départager deux scientifiques en désaccord.

— Des questions que je me pose, fit Lynley, et puis la nécessité d'examiner des renseignements que Winston a réussi à recueillir.

— Ah... (Jetant un regard par-dessus son épaule, elle lui offrit un sourire fugace.) Je suis bien contente que tu sois de retour.

Les chambres d'amis qui avaient besoin d'être retapissées étaient au second étage de la maison. Lynley laissa sa valise devant la porte de leur chambre et rejoignit sa femme et Denton au-dessus. Helen disposait des échantillons de papier peint sur le lit de la première des chambres, retirant les catalogues des bras tendus de Denton et faisant son choix avec le plus grand soin. Le jeune homme avait une expression de patience exagérée sur le visage. Il s'éclaira considérablement en voyant Lynley pénétrer dans la pièce.

— Le voilà, dit-il, plein d'espoir. Si vous n'avez plus besoin de moi...

— Pas si vite, Denton, coupa Lynley, je ne peux pas rester. (Denton se renfrogna.) Un problème ? Est-ce que vous auriez une charmante enfant qui vous attend quelque part aujourd'hui ?

Cela n'aurait rien eu d'inhabituel. Denton était connu pour son zèle à poursuivre les dames.

— Non, j'ai un billet à prix réduit, répondit Denton. J'espérais arriver au théâtre avant la foule.

— Ah oui, je vois. Ne me dites pas que c'est encore une comédie musicale.

— Eh bien...

Denton eut l'air embarrassé. Son amour du spectacle, du genre de ceux qui passaient pour du théâtre dans le West End, absorbait une bonne partie de ses gages chaque mois. Dès qu'il s'agissait de maquillage, de fard gras, d'éclairages et d'applaudissements, il était pire qu'un junkie.

Lynley prit les catalogues des bras de Denton.

— Allez-y, je ne veux surtout pas vous priver d'une expérience pareille.

— C'est de l'art ! protesta Denton.

— C'est ce que vous n'arrêtez pas de me répéter. Filez, et si jamais vous achetez le CD une fois de plus, je vous demanderai de vous abstenir de le passer quand je serai à la maison.

— C'est vraiment un snob, en matière de culture, fit Denton en confidence à Helen.

— Ça, c'est bien vrai.

Elle continua à disposer les échantillons sur le lit une fois Denton parti. Elle en écarta trois, les remplaça par trois autres et prit un autre catalogue des mains de son mari.

— Ne te crois pas obligé de rester planté là, Tommy, tu as du travail, non ?

— Ça peut attendre quelques minutes.

— Sans doute, mais ça va me prendre plus de quelques minutes, j'en ai peur. Tu sais comment je suis quand il s'agit de choisir. J'avais pensé à quelque chose d'assez champêtre, avec des fleurs. Quelque chose de discret, d'apaisant, tu vois le genre. Mais Charlie m'a dit que ce n'était pas une bonne idée. Que ça faisait cucul. Et loin de moi l'idée de lui demander d'accompagner Tante Augusta jusqu'à une chambre qu'il trouve mièvre. Qu'est-ce que tu penses de ça ? Les licornes et les léopards, horrible, non ?

— Mais très bien pour des invités dont on veut écourter la visite.

— Effectivement, c'est un argument, fit Helen en riant.

Lynley ne souffla mot tandis qu'elle choisissait des papiers dans les catalogues. Après en avoir recouvert le lit, elle se mit à en joncher le sol. Pendant ce temps-là, il se dit que c'était bizarre de penser que, deux jours plus tôt, ils étaient à couteaux tirés. Il n'éprouvait plus ni irritation ni animosité maintenant. Et pas non plus cette impression d'avoir été trahi qui avait déclenché chez lui cette vertueuse indignation. Il n'éprouvait qu'un mouvement de son cœur qui le portait vers elle, ce que certains hommes auraient qualifié de désir mais qui pour lui n'avait rien à voir avec le sexe et tout avec l'amour.

— Tu avais mon numéro dans le Derbyshire. Je l'avais donné à Denton et à Simon. (Elle releva la tête. Elle écarta une mèche de cheveux châtains.) Tu ne m'as pas téléphoné.

— J'étais censée t'appeler ? Charlie m'a bien donné ton numéro mais il ne m'a pas dit que tu m'avais demandé de...

— Tu n'étais pas censée m'appeler. Simplement,

j'espérais que tu le ferais. J'avais envie de te parler. Tu as quitté la maison au beau milieu de notre conversation l'autre jour, et je voulais clarifier la situation.

— Oh...

Elle s'approcha de la vieille coiffeuse de style georgien et s'assit au bord du tabouret. Elle le regarda d'un air grave, une ombre jouant sur sa joue, là où ses cheveux abritaient son visage d'un rai de soleil qui se glissait par la fenêtre. Elle ressemblait tellement à une écolière qui s'attend à être tancée que Lynley se mit à réexaminer ce qu'il croyait être des griefs rationnels.

— Désolé pour cette dispute, Helen. Tu me faisais part de ton opinion. C'est ton droit le plus strict. Je me suis énervé parce que je voulais que tu sois de mon côté. C'est ma femme, me suis-je dit, c'est mon boulot. Et ces décisions, je suis forcé de les prendre. Je veux qu'elle m'appuie, me soutienne au lieu de me tenir tête. Sur le moment, je n'ai pas pensé à toi comme à un individu à part entière. Seulement comme à un prolongement de moi-même. Aussi, quand tu as remis en question ma décision concernant Barbara, j'ai vu rouge. Je me suis laissé emporter. Désolé.

Elle baissa les yeux. Elle passa les doigts le long du bord du tabouret.

— Ce n'est pas parce que tu t'es mis en colère que j'ai quitté la maison. Ce n'était pas la première fois que je te voyais perdre ton calme.

— Je sais pourquoi tu es partie. Je n'aurais jamais dû faire ça.

— Faire quoi ?

— Cette remarque, sur le pléonasme. C'était un manque de tact flagrant de ma part, de la cruauté. Je voudrais que tu me pardonnes d'avoir dit ça.

— Ce n'étaient que des mots, Tommy, fit-elle en levant la tête. Tu ne peux pas me demander pardon pour des mots.

— Je te le demande quand même.

— Non. Je t'ai déjà pardonné, je t'ai pardonné immédiatement. Les mots ne sont pas la réalité, tu sais, seulement une façon pour les gens d'exprimer ce qu'ils voient.

Elle se pencha pour prendre l'un des échantillons de papier peint, le tenant à bout de bras et l'examinant pendant quelques instants.

Ses excuses avaient été acceptées. Cependant, il avait l'impression que le sujet était loin d'être clos. Faisant référence au papier, il remarqua :

— C'est un bon choix.

— Tu crois ? (Helen laissa tomber l'échantillon par terre.) Choisir me tue. Faire un choix, c'est dur. Vivre avec ses choix, après, ça l'est également.

Une petite lueur d'avertissement s'alluma dans la conscience de Lynley. Sa femme ne l'avait pas épousé avec un fol enthousiasme. Il lui avait fallu du temps pour la persuader que le mariage était une bonne chose. Cadette de cinq sœurs, qui toutes avaient fait des mariages différents, les unes avec des aristocrates italiens, une autre avec un éleveur du Montana, elle avait été témoin des vicissitudes et des errements qui résultaient de tout attachement permanent. Elle n'avait jamais dissimulé son manque d'empressement à s'engager dans une voie où elle se disait qu'elle avait plus à perdre qu'à gagner. Mais elle n'avait jamais non plus été femme à laisser les malentendus s'installer. Ils avaient échangé quelques paroles un peu vives, c'était tout. Les mots ne présageaient pas nécessairement la fin de tout.

Toutefois, en réaction à ce qu'elle venait de dire, il observa :

— Quand j'ai réalisé que je t'aimais — je ne sais pas si je te l'ai déjà dit —, je n'ai pas compris comment j'avais pu ne pas m'en rendre compte plus tôt. Tu étais là, tu faisais partie de ma vie depuis des années, mais toujours en qualité d'amie. Et quand j'ai *su* que je t'aimais, j'ai eu l'impression de risquer de tout perdre en exigeant de toi davantage que ton amitié.

— Et tu prenais effectivement un sacré risque. Parce qu'il n'y a plus moyen de revenir en arrière au bout d'un certain temps. Mais je ne regrette pas un instant ce risque. Et toi, Tommy ?

Le soulagement le submergea.

— Alors nous sommes en paix l'un avec l'autre.

— En a-t-il jamais été autrement ?

— J'avais eu l'impression... (Il hésita, ne sachant comment décrire le changement qui s'était opéré entre eux.) Il faut s'attendre à une période d'ajustement, tu ne crois pas ? Nous ne sommes plus des enfants. Nous avons mené notre vie chacun de notre côté avant de nous marier. Il va nous falloir un certain temps pour nous habituer à l'idée que désormais nous vivons en permanence ensemble.

— Tu crois ? fit-elle d'un ton pensif en relevant le nez des échantillons.

— Comment ça, je crois ?

— Que nous avions des vies indépendantes. Oh toi, oui. Indiscutablement. Mais en ce qui concerne l'autre moitié de l'équation, rien n'est moins sûr. (Elle désigna vaguement les échantillons.) J'aurais choisi les fleurs sans hésitation mais Charlie les trouve fades. Et moi qui me croyais compétente en matière de décoration. Si ça se trouve, je me suis fait des idées.

Lynley, qui la connaissait depuis plus de quinze ans, ne pouvait se méprendre sur ce qu'elle voulait dire.

— J'étais en colère, Helen. Et quand je suis en colère, rien ne peut m'arrêter. Mais comme tu viens toi-même de le souligner, ce que j'ai dit, c'étaient des mots. Qui ne reflètent pas la vérité.

Tandis qu'il parlait, elle avait commencé à écarter les papiers à fleurs. Lorsqu'il eut fini, elle fit une pause. Tête inclinée, visage tendre, elle le fixa.

— Tu ne comprends pas de quoi je parle, n'est-ce pas ? Mais comment le pourrais-tu ? A ta place, je ne comprendrais pas non plus.

— Si, je comprends. J'ai corrigé ton langage. J'étais furieux de voir que tu refusais d'abonder dans mon sens, alors j'ai réagi comme j'ai cru que tu réagirais : à la forme et non au fond. Moyennant quoi je t'ai fait de la peine. J'en suis désolé.

Elle se mit debout, des échantillons contre la poitrine.

— Tommy, tu m'as décrite telle que je suis, dit-elle simplement. J'ai quitté la maison parce que je ne supportais pas d'entendre une vérité que j'évitais depuis des années.

15

Les femmes avaient toujours été un mystère pour Lynley. Helen était une femme, donc Helen resterait toujours pour lui une énigme. Du moins est-ce le raisonnement qu'il se tenait en se rendant de Belgravia à Westminster et New Scotland Yard. Il avait voulu poursuivre la discussion, mais elle lui avait gentiment opposé une fin de non-recevoir :

« Tommy, chéri, si tu es rentré à Londres, c'est parce que tu avais du travail. Alors il faut t'y mettre. Vas-y, nous reparlerons de tout ça plus tard. »

En homme qui réussit généralement à obtenir rapidement ce qu'il désire, Lynley avait du mal à supporter qu'on l'oblige à attendre. Mais Helen avait raison. Il s'était déjà attardé plus longtemps qu'il n'aurait dû à la maison. Il l'embrassa et se mit en route. A son arrivée au Yard, il trouva Nkata dans son bureau en train de griffonner dans son carnet, téléphone en main :

— Décrivez-le de votre mieux, quelle sorte de col, y a une fermeture Eclair ou des pressions ? Ecoutez, le détail le plus insignifiant sera le bienvenu. Pour être franc, je n'ai pas grand-chose à me mettre sous la dent... Hummmm ? Ouais. Okay, très bien, j'attends, passez-la-moi...

Il leva le nez en voyant Lynley entrer dans la pièce. Fit mine de lui libérer son fauteuil.

Lynley lui fit signe de n'en pas bouger. Il contourna le bureau pour se planter derrière lui et vit une pile de prospectus format carte postale posés sur son sous-main en cuir. Ces cartes — lui apprit alors Nkata — faisaient partie du lot saisi chez Terry Cole.

Certaines parlaient de punition, d'autres de domination. D'autres encore promettaient aux amateurs la réalisation de leurs fantasmes les plus débridés. Il y était question de bains à remous, de massages, de vidéos, de chambre des tortures. Certains cartons proposaient la participation d'animaux, d'autres précisaient que les costumes pouvaient être fournis par les prestataires de services. Un grand nombre de ces *fliers* comportaient des photos illustrant les délices offerts par la Transsexuelle Noire, la Maîtresse Ultime ou la Thaïlandaise Torride. En résumé, il y en avait pour tous les goûts et toutes les perversions. Et comme les prospectus avaient l'air de sortir de chez l'imprimeur et non d'avoir été décollés des murs d'une cabine téléphonique par un ado aux paumes moites en quête d'un support visuel pour se masturber, la seule conclusion à tirer de la présence de plusieurs milliers de ces cartons sous le lit de Terry Cole, c'était que, loin de les collectionner pour son plaisir personnel, il les distribuait, faisant ainsi partie de la grande machine à vendre du sexe de Londres.

Cela expliquait les sommes que, s'il fallait en croire Cilla Thompson, le jeune homme transportait sur lui. Les colleurs de *fliers* qui travaillaient vite dans le centre de Londres parvenaient à gagner très correctement leur vie car ils touchaient cent livres par série de cinq cents cartes qu'ils réussissaient à placarder dans les cabines. Les préposés à l'affichage étaient des personnages essentiels dans ce business. Les agents des télécommunications britanniques faisant retirer les prospectus tous les jours, il fallait les remplacer régulièrement.

Deux des cartes avaient été extraites de la pile et posées au milieu du bureau de Lynley. Sur l'une, la photo d'une prétendue écolière ; sur l'autre, un message. Lynley les prit et les examina tandis que Nkata poursuivait sa conversation.

En haut de la première, on pouvait lire : CHUT... Et sous la photo, cette légende : *Ne dites pas à Maman ce qui se passe après l'école !* Sur la photo, on voyait un sac à dos dégorgeant des livres de classe et, penchée, une fillette dont le derrière pointait vers la caméra. Ce n'était pas l'écolière ordinaire : sa jupette plissée était relevée sur un string et des bas noirs à bord de dentelle. Elle regardait la caméra par-dessus son épaule d'un air faussement timide, ses cheveux blonds lui tombant de part et d'autre du visage. Sous ses chaussures à talons aiguilles, un numéro de téléphone et, griffonnés près de ce numéro, ces mots : *Téléphonez-moi !*

— Seigneur, chuchota Lynley. (Lorsque Nkata eut raccroché, et comme si une explication à la lumière du jour pouvait annuler celle qu'il avait entendue la nuit précédente au téléphone, il demanda :) Racontez-moi tout du début jusqu'à la fin encore une fois, Winnie.

— Laissez-moi faire venir Barb. C'est elle qui a fait le boulot.

— Havers ? (Le ton de Lynley stoppa le constable qui s'apprêtait à décrocher son téléphone.) Winston, je lui ai donné un ordre, je croyais qu'elle devait travailler sur les fichiers. Vous m'avez assuré que c'était ce qu'elle faisait. Comment se fait-il qu'elle soit mêlée à cet aspect de l'enquête ?

Nkata leva les mains, paumes en l'air.

— Elle n'y est pas mêlée. La boîte de cartes se trouvait dans la Bentley quand je suis rentré ici hier soir après mon passage à Battersea. Je suis allé voir comment ça se passait pour elle sur le CRIS. Elle m'a demandé si elle pouvait emporter les cartes chez elle en rentrant. Pour y jeter un coup d'œil. Le reste, elle vous le racontera elle-même.

Le visage de Nkata exprimait l'innocence de l'enfant qui contemple le Père Noël. Lynley poussa un soupir :

— Faites-la venir.

Nkata tendit le bras vers le téléphone, il composa le numéro et, tout en attendant, remarqua d'un ton solennel :

— Elle est sur le CRIS, elle y est depuis six heures ce matin.

— Je sens que je vais tuer le veau gras, observa Lynley.

Peu au fait des allusions bibliques, Nkata se contenta d'un « très bien » peu compromettant, puis, au téléphone :

— Le patron est là, Barb.

Tandis qu'ils attendaient Havers, Lynley examina la seconde carte postale. Refusant de penser à l'angoisse des parents de la jeune femme assassinée, il reporta son attention sur Nkata.

— Quoi d'autre ce matin, Winnie ?

— Les Cole m'ont appelé, la mère et la sœur de Terry. C'était à la sœur que je parlais à l'instant.

— Et alors ?

— La veste du jeune homme a disparu.

— Sa veste ?

— Oui, un blouson en cuir noir qu'il portait pour faire de la moto. Quand vous avez donné à Mrs Cole la liste des effets de son gamin, le blouson ne figurait pas dessus. Elle croit que quelqu'un l'a piqué au commissariat de Buxton.

Lynley tâcha de se rappeler les photos de la scène de crime. Il repensa aux objets qu'il avait passés en revue à Buxton.

— Elles en sont certaines ?

— Elles prétendent qu'il le portait généralement, que jamais il ne serait allé à moto jusque dans le Nord vêtu d'un simple tee-shirt. Or, d'après la liste de ses effets, c'est tout ce qu'il avait sur le dos, un tee-shirt.

— Il ne faisait pas froid.

— Le blouson, c'était pas seulement pour se protéger du froid, c'était aussi en cas de chute. Elles aimeraient bien savoir où il est passé.

— On ne l'a pas retrouvé avec ses affaires dans l'appartement ?

— Barbara a tout passé en revue, elle vous dira...

Nkata s'interrompit brusquement et il eut le bon goût d'avoir l'air honteux.

— Ah, fit Lynley d'un air entendu. Barbara...

— Elle a travaillé sur les fichiers la moitié de la nuit après ça, s'empressa de préciser Nkata.

— Vraiment ? Qui a eu l'idée de l'emmener chez les Cole ?

L'arrivée de Havers évita à Nkata de répondre. Elle se pointait vraiment au bon moment, l'air affairée, carnet à la main. Sa tenue vestimentaire était celle d'une professionnelle.

Contrairement à son habitude, elle ne se laissa pas tomber dans le fauteuil qui était devant le bureau. Au lieu de cela, elle resta près de la porte, les talons de ses chaussures touchant le battant, comme au garde-à-vous, s'efforçant de capter sur le visage de son collègue la température qui régnait dans la pièce.

— Les fringues du jeune ? fit-elle avec prudence lorsque la mine de Nkata lui eut fait comprendre qu'elle ne courait pas un trop gros risque en révélant à Lynley qu'elle avait une fois de plus désobéi à ses ordres.

— On reviendra plus tard sur ce que vous étiez censée faire, Havers, dit Lynley. Est-ce que vous avez trouvé un blouson de cuir noir dans les vêtements du garçon ?

Elle réussit à avoir l'air gênée, remarqua Lynley. Elle se passa la langue sur les lèvres, s'éclaircit la gorge. Toute sa garde-robe était noire, dit-elle. Les pulls, les chemises, les tee-shirts, les jeans. Aucune trace de blouson au milieu de ces vêtements-là. De blouson en cuir, en tout cas.

— J'ai trouvé un coupe-vent, dit-elle, et un manteau, un truc très long, genre redingote, c'est tout. (Une pause, puis elle risqua :) Pourquoi ?

Nkata la mit au parfum.

— C'est que quelqu'un l'aura ramassé sur la scène du crime, alors... (et, comme pour indiquer qu'elle reconnaissait l'autorité de Lynley, elle ajouta :)... monsieur.

Lynley songea à ce que l'hypothèse impliquait. Deux vêtements avaient disparu de la scène du crime : un blouson et un imperméable. Cela signifiait-il qu'ils étaient en présence de deux meurtriers ?

— Peut-être que le blouson risquait de nous mettre sur la piste du tueur, fit Havers comme si elle lisait dans les pensées de Lynley.

— Si notre tueur se préoccupait de ce que la police scientifique pouvait « faire dire » aux vêtements, il aurait dû déshabiller le corps complètement. Qu'est-ce que ça lui rapportait d'embarquer uniquement le blouson ?

— De quoi se couvrir peut-être ? suggéra Nkata.

— Il avait l'imper pour camoufler le sang dont il était maculé...

— Mais s'il devait s'arrêter quelque part une fois son forfait commis ou s'il savait qu'on le verrait pendant qu'il regagnerait son domicile, il ne pouvait pas porter un imper. Pourquoi en aurait-il porté un ? Il ne pleuvait pas dans la nuit de mardi.

Toujours plantée près de la porte, Havers formulait ces remarques avec prudence, comme si elle s'était enfin rendu compte — à la satisfaction de Lynley — que sa présence chez lui n'était que tolérée.

Ces réflexions n'étaient pas dénuées de bon sens. Lynley hocha la tête comme pour en prendre bonne note. Il se tourna vers les cartes postales :

— Racontez-moi tout de nouveau.

Havers jeta un regard à Nkata comme si elle s'attendait à ce qu'il prenne la situation en main. Nkata s'empressa de dire :

— A vous l'honneur, Barbara, je vais sûrement oublier des détails.

— Très bien, fit-elle, restant près de la porte. Je me suis dit que n'importe laquelle de ces dames... (mouvement de menton en direction des cartons)... pouvait avoir un mobile pour tuer Terry Cole. Imaginez qu'il les ait entubées. Qu'il ait pris leurs prospectus, leur pognon, et n'ait pas fait son boulot de colleur. Ou qu'il n'ait pas placardé le nombre de *fliers* qu'il était censé coller. Après tout, comment est-ce qu'une prostituée pourrait savoir où ses cartes sont placardées, à moins de vérifier personnellement ? Et, à supposer qu'elle ait passé en revue toutes les cabines du centre de Londres, qu'est-ce qui empêchait Terry Cole de prétendre que les agents de l'entretien des Télécom avaient arraché les prospectus aussitôt après qu'il les avait mis en place ?... J'ai décidé d'appeler les nanas l'une après l'autre, histoire de voir ce qu'elles avaient à raconter sur ce jeune homme...

Cependant, elle avait eu peu de résultats, et elle commençait à composer le numéro indiqué sur la photo de l'écolière lorsque en examinant le portrait de plus près elle s'était rendu compte que la gamine ne lui était pas inconnue. Pratiquement certaine de son identité, elle avait fait le numéro et lancé d'entrée de jeu : « Allô, Vi Nevin ? » lorsqu'on avait répondu. « Constable Barbara Havers à l'appareil, avait-elle dit à la jeune femme. J'ai un ou deux points à tirer au clair si vous avez un peu de temps. Mais peut-être préférez-vous que je passe vous voir demain matin ? »

A l'autre bout de la ligne, Vi Nevin n'avait même pas cherché à savoir comment Havers s'était procuré son numéro. Et elle s'était contentée de rétorquer, de sa voix de comédienne de la BBC : « Vous savez qu'il est minuit passé, constable ? Vous essayez de me la faire à l'intimidation ? »

— Elle a l'air suffisamment jeune pour jouer le rôle d'une écolière dans les fantasmes d'un client, conclut Havers. Et en voyant son appart hier, je... (Elle fit une grimace et s'arrêta, comprenant qu'elle venait de se trahir et de révéler à quoi elle s'était occupée la veille. Elle poursuivit en hâte :) Ecoutez, inspecteur, j'ai persuadé Winnie de me laisser travailler avec lui hier. Il voulait que je me mette sur l'ordinateur comme vous me l'aviez demandé. Lui n'a rien à se reprocher dans cette affaire. Simplement, je me suis dit qu'à deux pour interroger la petite, on réussirait à...

— On reparlera de ça plus tard, Havers, coupa Lynley.

Et d'accorder son attention à la seconde des deux cartes postales qui étaient au milieu de son bureau. Le numéro de téléphone imprimé dessus était le même que celui figurant sur le portrait de la petite écolière. Mais le programme des réjouissances, lui, était totalement différent. *Nikki Tentation* s'affichait en gros caractères en haut de la seconde carte avec ces mots : *Découvrez les mystères de la domination*. Et, dessous, les mystères eux-mêmes : chambre des tortures consciencieusement équipée, cachot, cabinet médical, salle de classe. Avant le numéro de téléphone, cette phrase, pour finir d'appâter les clients : *Apportez vos joujoux ou utilisez les miens*. Pas de photo.

— Au moins, on sait pourquoi elles ont quitté MKR, dit Nkata. Ces nanas se font un fric fou dans ce business. Elles vous prennent entre cinquante livres de l'heure et quinze cents pour la nuit. D'après mes sources, en tout cas, s'empressa-t-il d'ajouter, de peur qu'on ne le croie capable d'y être allé voir de plus près. J'ai échangé quelques mots avec Hillinger, du service des publications obscènes. Ces mecs-là en voient vraiment de toutes les couleurs...

Lynley se dit que les différents éléments qu'ils avaient rassemblés sur Nicola Maiden commençaient à s'emboîter :

— Le bipeur, c'était pour ses clients. Ce qui explique que ses parents n'aient pas su qu'elle en possédait un. Mais qu'Upman et Ferrer, avec qui elle était intime, aient été au courant, eux.

— Vous voulez dire qu'elle se tapait Upman et Ferrer dans le cadre du boulot ? questionna Barbara.

— Peut-être. Mais même à supposer qu'elle ait couché avec eux juste pour rigoler, c'était une femme d'affaires et il fallait qu'elle reste en liaison avec ses clients réguliers.

— Elle leur faisait l'amour au téléphone pendant qu'elle était absente de Londres ?

— C'est possible.

— Mais pourquoi avait-elle quitté Londres ?

La question n'était toujours pas résolue.

— Quant à ces types des Peaks... ajouta Nkata pensivement.

— Oui ?

— On m'a parlé d'un accrochage à Islington. Je me demande à quel propos.

— Un accrochage ?

— La logeuse de Nicola à Islington l'a entendue s'engueuler avec un mec, dit Havers toujours sur le pas de la porte. En mai, juste avant qu'elle n'aille s'installer à Fulham.

— Je me demande si on a vraiment un mobile solide à coller sur le dos de Julian Britton, fit Nkata. Le mec disait qu'il préférerait la voir morte plutôt que de la laisser « faire ça ». Quelque chose dans ce goût-là. Peut-être savait-il qu'elle avait l'intention de plaquer la fac et MKR pour faire la pute.

— Comment Britton l'aurait-il appris ? contra Lynley, testant la théorie de Nkata. Julian et Nicola vivaient à plus de quatre cents kilomètres l'un de l'autre. Ne me dites pas qu'il est venu à Londres, qu'il est tombé par hasard sur une pub dans une cabine, qu'il a composé le numéro pour se payer une petite partie de rigolade avec fouets et menottes, et qu'il s'est trouvé nez à nez avec Nicola Maiden en grande tenue, prête à faire feu avec tout son matériel. Ça fait un peu beaucoup comme coïncidences...

— Il aurait pu débarquer en ville sans la prévenir, monsieur, suggéra Havers.

— Ouais, approuva Nkata. Il se pointe à Islington et découvre sa bonne femme en train de maltraiter les tétons d'un mec sanglé dans un harnais de cuir. Un spectacle pareil, y a de quoi se mettre en pétard, non ?

Lynley convint que c'était effectivement un scénario possible. Mais qu'il en existait un autre :

— Peut-être qu'il y a quelqu'un à Londres qui a été aussi choqué que Britton d'apprendre quels étaient les plans de carrière de Nicola. Il nous faut absolument mettre la main sur son amant londonien.

— Mais ça n'aurait pas pu être un autre de ses clients ?

— Qui lui aurait téléphoné aussi souvent qu'Upman et Ferrer le prétendent ? J'en doute.

— Y a Terry aussi, monsieur, fit Havers.

— Je vous parle d'un homme qui l'a tuée, constable, jeta Lynley. Pas d'un homme qu'on a retrouvé assassiné à côté d'elle.

Loin de moi l'idée de suggérer que Cole était son amant londonien, poursuivit Havers avec prudence. Nous avons un lien entre eux maintenant : entre Nicola Maiden et Cole. Manifestement, il collait ses pubs comme il collait celles des autres putes. Toutefois, je le vois mal fonçant la retrouver au fin fond du Derbyshire afin d'aller chercher d'autres cartes pour les afficher dans les cabines. Et cela d'autant moins qu'elle n'était même pas à Londres pour prendre les appels de ceux qui auraient relevé son numéro. Qu'est-ce qu'il fabriquait là-bas, pour commencer ? Il doit y avoir un autre lien entre eux...

— Cole, ce n'est pas le problème pour l'instant.

— C'est pas le problème ? Mais comment pouvez-vous dire une chose pareille ? Il est *mort*, inspecteur.

Lynley lui jeta un regard entendu. Nkata s'empressa de prendre la parole comme pour éviter un conflit :

— Et pourquoi ne pas imaginer que Cole ait été envoyé là-bas pour la supprimer ? Et qu'il ait fini par se faire tuer lui-même ? Ou qu'il essayait de la prévenir d'un danger quelconque ?

— Dans ce cas, pourquoi ne pas lui avoir téléphoné tout simplement ? contra Barbara. Ça n'a pas de sens. Il aurait sauté sur sa moto, se serait précipité dans le Derbyshire pour la prévenir qu'un danger la menaçait ? (Elle s'éloigna de la porte, comme pour tâcher de les convaincre qu'elle avait raison.) La fille était équipée d'un bipeur, Winston. Si vous voulez me dire que Terry s'est payé le trajet jusque dans les Peaks sous prétexte qu'il n'arrivait pas à la joindre par téléphone, pourquoi est-ce qu'il ne s'est pas contenté de la biper ? Si un danger la menaçait, il y a gros à parier que les emmerdes lui seraient tombées dessus avant que Cole ne débarque là-bas pour l'avertir.

— Ce qui s'est produit, d'ailleurs, souligna Nkata.

— Exact. La tuile redoutée s'est bel et bien produite. Et quelle tuile ! Rendez-vous compte, ils sont morts *tous les deux* ! Je crois qu'on ferait bien de penser à eux comme à un tout et non comme à une coïncidence.

— Et moi, fit Lynley d'un air entendu, ce que je dis, c'est que votre mission vous attend, Havers. Merci de nous avoir donné votre point de vue. Je vous le dirai, si je souhaite en entendre davantage.

— Mais, monsieur...

— Constable ?

Nkata s'agita, espérant que Havers regarderait de son côté.

Mais elle n'en fit rien. La main qui tenait son calepin retomba à son côté. Toute assurance avait disparu de sa voix lorsqu'elle poursuivit :

— ... je crois qu'il nous faut essayer de savoir ce que Cole fabriquait dans le Derbyshire. Quand nous connaîtrons la raison de son voyage, nous tiendrons notre tueur. J'en ai le sentiment. Pas vous ?

— Je prends bonne note de votre sentiment.

Elle se mordilla la lèvre supérieure. Puis se tourna vers Nkata comme pour lui demander la marche à suivre. Son collègue haussa légèrement les sourcils, lui désignant discrètement la porte. La sagesse ne voulait-elle pas qu'elle retourne au trot sur l'ordinateur ?

— Est-ce que je peux m'en occuper, monsieur ? s'obstina toutefois Havers.

— De quoi ?

— De l'aspect Cole.

— Havers, je vous ai confié une mission. Et je vous ai dit de vous y remettre. Lorsque vous en aurez fini avec le CRIS, vous irez remettre un rapport à Saint James. Après, on verra.

— Vous ne croyez pas que s'il s'est donné la peine

de monter dans le Nord, c'est parce qu'il y a quelque chose de plus entre eux ?

— Barb... fit Nkata, lui conseillant manifestement la prudence.

— Il était bourré de pognon, insista-t-elle, bourré de fric, inspecteur. Bon, très bien, peut-être que ça venait de son boulot de colleur de prospectus. Mais on a également retrouvé du hasch dans son appart. Et puis y avait cette histoire de commande, dont il a parlé à sa mère, à sa sœur, à Mrs Baden, à Cilla Thompson. Au début, j'ai cru qu'il frimait. Mais comme son boulot de colleur ne suffit pas à expliquer ce qu'il fichait dans le Derbyshire...

— Havers, je ne vous le répéterai pas...

— Mais, monsieur...

— Bon sang, non ! (Lynley eut l'impression qu'il allait perdre son sang-froid. L'entêtement de cette femme agissait sur lui comme une allumette qu'on approche d'un feu de bois.) Si vous essayez de suggérer que quelqu'un l'a suivi dans le Derbyshire avec l'intention de lui ouvrir les artères, je ne suis pas d'accord. Toutes les informations que nous avons recueillies nous mènent à la petite Maiden. Si vous êtes infichue de vous en rendre compte, c'est que vous avez perdu plus que votre grade à la suite de votre mini-croisière de juin dernier en mer du Nord !...

Barbara ferma la bouche aussi sec. Pincées en une grimace rectiligne, ses lèvres avaient la minceur d'espoirs de vieille fille. Nkata marmonna « Merde ».

— Et maintenant... dit Lynley, cherchant à gagner du temps pour se calmer. Si vous préférez faire équipe avec un autre inspecteur, Havers, dites-le franchement. C'est pas le travail qui manque au Yard.

Cinq secondes s'écoulèrent. Nkata se détourna de la fenêtre. Havers et lui échangèrent un regard lourd de signification dont le sens échappa à Lynley.

— Je ne veux pas d'une autre affectation, finit par dire Havers.

— Alors, remettez-vous au boulot.

Elle échangea un nouveau regard avec Nkata puis fixa Lynley :

— Bien, monsieur, dit-elle poliment en sortant de la pièce.

Lynley se rendit compte alors qu'il ne lui avait pas posé de questions concernant ses recherches dans les fichiers. Mais il n'y pensa que lorsqu'il eut pris la place de Nkata à son bureau. Puis il se dit que la rappeler serait lui donner l'avantage, chose impensable pour le moment.

— On va s'occuper de cette histoire de prostitution pour commencer, dit-il à Nkata. Y a de quoi donner à un homme amoureux un putain de mobile pour tuer.

— C'est sûr. Ça doit être drôlement moche, pour un mec, de découvrir que sa nana fait la pute...

— Et si elle faisait la pute à Londres, rien n'empêchait quelqu'un d'autre — à Londres — de découvrir aussi le pot aux roses. Vous n'êtes pas de cet avis ?

— Si.

— Alors, il nous faut commencer par mettre la main sur l'amant londonien, termina Lynley. Et j'ai ma petite idée sur la façon de procéder.

16

Vi Nevin prit la carte postale des doigts de Lynley et, après l'avoir examinée, elle la posa soigneusement sur la table basse au plateau de verre immaculé, placée entre le canapé couleur beurre frais et la causeuse recouverte du même tissu. Elle s'était installée dans le canapé, laissant Lynley et Nkata se caser tant bien que mal sur le siège. Nkata ne s'était toutefois pas laissé prendre à sa petite astuce. Et il s'était planté devant la porte de la petite maison, bras croisés, indiquant par son attitude qu'il était inutile qu'elle cherche à mettre les voiles.

— C'est vous l'écolière du prospectus, n'est-ce pas ? attaqua Lynley.

Vi attrapa le press-book qu'elle avait montré la veille à Havers et Nkata, le fit glisser sur la table basse.

— Je pose pour des photos, inspecteur, c'est mon travail. C'est pour ça qu'on me paye. J'ignore qui les utilise, à quoi elles servent, et d'ailleurs je m'en fiche. Pourvu que je sois payée...

— Vous n'êtes que le modèle ? La prestataire de services sexuels, c'est quelqu'un d'autre ?

— En effet, c'est exact.

— Dans ce cas, si ce n'est pas vous l'écolière, pourquoi est-ce votre numéro de téléphone qui est imprimé sur le carton ?

Elle détourna les yeux. C'était une fille vive, bien élevée, qui s'exprimait avec aisance et était loin d'être bête. Mais elle avait ses limites.

— Vous savez, je ne suis pas obligée de vous répondre. Et ce que je fais n'est pas illégal, alors ne vous comportez pas comme si ça l'était.

Lynley lui dit qu'il n'était pas venu discuter droit avec elle. Mais si elle faisait dans la prostitution...

— Montrez-moi où sur la carte il est écrit que je me fais payer.

Si, répéta Lynley, elle faisait dans la prostitution, il supposait qu'elle savait où elle mettait les pieds. Cela étant...

— Est-ce que je racole sur la voie publique ?

Cela étant, poursuivit-il d'un ton ferme, il supposait également que Miss Nevin savait ce qu'un magistrat entendait par le mot « bordel », un magistrat qui ne tolérait pas les arguties linguistiques. Pour qu'elle comprenne bien la portée de sa remarque, il jeta un coup d'œil appuyé autour de lui.

— Les flics, fit-elle d'un ton acerbe.

— Eh oui, rétorqua Lynley, affable.

Nkata et lui s'étaient rendus directement à Fulham de New Scotland Yard. Ils y avaient trouvé Vi Nevin qui déchargeait des sacs de Sainsbury d'une Alfa Romeo dernier cri. Quand elle avait aperçu Nkata qui extirpait sa longue carcasse de la Bentley, elle avait dit :

« Vous revoilà ? Pourquoi est-ce que vous ne cherchez pas l'assassin de Nikki ? Ecoutez, j'ai pas le temps de vous parler. J'ai un rendez-vous dans quarante-cinq minutes...

— Dans ce cas, vous serez contente de nous voir déguerpir le plus vite possible », avait rétorqué Lynley.

Elle avait jeté un regard aux deux hommes.

« Donnez-moi un coup de main, alors. »

Et elle leur avait passé deux sacs pleins de provisions.

Elle avait rangé les denrées périssables dans un grand réfrigérateur : foie gras, olives de Grèce, jambon de Parme, roquefort, feuilles de vigne farcies.

« Vous donnez une réception ce soir ? lui avait demandé Lynley. Ou est-ce la nourriture que vous fournissez à votre... rendez-vous ? »

Vi Nevin avait refermé la porte du frigo et s'était repliée dans le salon, où elle s'était installée dans le canapé, silhouette rétro, en richelieus et socquettes blanches, jeans relevés dans le bas, chemisier blanc à manches retroussées, petit col bien droit, écharpe autour du cou, queue de cheval. On aurait dit une jeune fille échappée d'un film de James Dean. Il ne lui manquait que le chewing-gum.

Toutefois, elle ne s'exprimait pas comme une échappée de films américains. Elle était peut-être habillée comme une adolescente fana de be-bop mais elle parlait comme une femme issue d'un milieu favorisé — ou du moins qui s'était entraînée à en acquérir la voix et les intonations. C'était sans doute la deuxième solution qui était la plus vraisemblable, se dit Lynley en l'écoutant répondre. Car de temps en temps la personnalité dont elle s'était dotée laissait entrevoir des failles — un mot qu'elle écorchait ici ou là, une prononciation erronée qui trahissait tout d'un coup ses origines. Pourtant, elle ne correspondait pas à ce qu'il se serait attendu à trouver à l'autre bout d'une carte postale de cette nature.

— Miss Nevin, fit Lynley, loin de moi l'idée de vous bousculer. Je suis là parce qu'une femme a été assassinée, et que si ce meurtre est lié à ses moyens d'existence...

— C'est toujours la même chose avec vous, n'est-ce pas ? C'est toujours à nos clients que vous voulez en venir. « C'est une pute, elle n'a eu que ce qu'elle méritait. Elle peut s'estimer heureuse d'avoir vécu aussi longtemps, compte tenu du genre de vie qu'elle mène et des mecs qu'elle fréquente. » C'est à ça que vous aimeriez mettre un terme, n'est-ce pas ? Mon mode de vie. Alors ne venez pas me parler de vos intentions concernant mes « moyens d'existence ». (Elle le regarda bien en face.) Hummmm, je pourrais vous citer des noms.

— Vos clients ne m'intéressent pas. Ce qui m'intéresse, c'est trouver le meurtrier de Nicola Maiden.

— Lequel serait, d'après vous, l'un de ses clients.

Pourquoi ne pas l'admettre, c'est bien ça que vous avez en tête, non ? Vous avez pensé aux réactions des clients en question quand les flics leur tomberont sur le poil ? Vous avez songé aux répercussions sur le business si on venait à savoir que je livre des noms ? A supposer que je les connaisse, d'ailleurs. Car, entre nous, je ne les connais pas. Dans ce métier, on n'utilise que les prénoms, et c'est pas ça qui va vous aider beaucoup...

A l'autre bout de la pièce, Nkata sortit son carnet, l'ouvrit.

— Tout ce que vous voudrez bien nous communiquer est bon à prendre, mademoiselle.

— Vous n'y pensez pas, constable, je ne suis pas bête à ce point-là.

— Dans ce cas, vous devez bien vous douter que je n'aurai aucun mal à vous faire fermer boutique, fit Lynley en se penchant vers elle. La présence d'un constable en uniforme qui patrouillerait dans le secteur nuirait fortement à la tranquillité d'esprit de vos clients. De même qu'un mot glissé à l'oreille des tabloïds — qui pourraient avoir envie de venir fouiner dans le coin. Histoire de voir si vous ne recevez pas des visites de VIP...

— Vous ne feriez pas ça, tout de même ! Je connais mes droits...

— Vos droits, c'est une chose. Mais qu'est-ce qui empêche une poignée de reporters ou de paparazzi de rôder dans le coin à la recherche de vedettes de cinéma ou de membres de la famille royale ?

— Espèce de sale...

— Le monde est plein de gens mal intentionnés, fit Nkata, solennel.

Elle les fusilla du regard. Le téléphone sonna, elle bondit et, décrochant :

— Que puis-je faire pour vous ?

De l'autre côté de la pièce, Nkata leva les yeux au ciel.

— Ne quittez pas, je consulte mon carnet de rendez-vous, dit Vi Nevin en feuilletant effectivement le carnet en question. Désolée, c'est impossible, j'ai déjà quelqu'un. (Elle fit courir son doigt le long de la page.) Quatre heures, à quatre heures ça irait, vous voulez une séance de combien ? (Elle écouta puis murmura :) Est-ce que vous n'êtes pas toujours en pleine forme pour aller la retrouver quand vous sortez de chez moi ? (Elle prit des notes dans son agenda, raccrocha, resta plantée les doigts sur le téléphone comme si elle réfléchissait, leur tournant le dos. Puis elle poussa un soupir et dit :) Très bien. (Elle entra dans la cuisine et en revint avec une enveloppe qu'elle tendit à Lynley.) Voilà, c'est ça que vous voulez. J'espère que vous n'allez pas en faire une maladie de constater que vous vous êtes complètement gouré concernant nos clients.

L'enveloppe décachetée, Lynley en fit glisser le contenu. Une feuille, et sur cette feuille un message rédigé à l'aide de lettres découpées dans des magazines sur papier glacé. *Deux salopes mourront dans leur vomi. Elles demanderont grâce mais n'obtiendront que souffrances*. Après avoir lu le billet, Lynley le passa à Nkata qui le parcourut à son tour avant de remarquer :

— De la même eau que ceux qu'on a retrouvés sur les lieux du crime.

Lynley hocha la tête. Et parla à Vi Nevin des lettres anonymes récupérées à Nine Sisters Henge.

— C'est moi qui les lui ai envoyées, dit-elle.

Intrigué, Lynley retourna l'enveloppe et constata qu'elle était adressée à Vi Nevin.

— Mais elle semble identique aux autres...

— Je ne veux pas dire que je les lui envoyais pour la menacer. Je les ai reçues ici, à la maison. Il en est arrivé pendant tout l'été. J'arrêtais pas d'en parler à Nikki quand je l'avais au téléphone, mais ça la faisait rire. Alors j'ai fini par les lui faire parvenir, par l'intermédiaire de Terry. Je voulais qu'elle sache que, loin de s'arranger, la situation empirait. Et qu'il fallait qu'on fasse attention toutes les deux. Apparemment, Nikki n'a pas tenu compte de mes avertissements, ajouta-t-elle, amère. Mon Dieu, pourquoi est-ce qu'elle n'écoutait jamais ce qu'on lui disait ?

Lynley reprit le message à Nkata, l'examina de nouveau puis le replia soigneusement avant de le remettre dans son enveloppe.

— Peut-être que vous feriez mieux de commencer par le commencement.

— Le commencement, c'est Shelly Platt... répondit la jeune femme. (Vi s'approcha de la fenêtre qui donnait sur la rue. Elle regarda en bas comme si elle s'attendait à y voir quelqu'un.) Nous étions amies. Depuis des années. Shelly et Vi, Vi et Shelly. C'est alors que Nikki est arrivée et que j'ai compris que c'était plus intéressant pour moi de m'installer avec elle. Shelly n'a pas supporté et elle s'est mise à me causer des ennuis. Je savais... (Sa voix trembla, elle marqua une pause.) Je savais qu'elle finirait par faire une bêtise. Seulement, Nikki ne me croyait pas. Elle riait. Elle traitait ça par le mépris.

— Quoi, « ça » ?

— Les lettres. Et les coups de fil. On avait emménagé depuis deux jours à peine que Shelly avait déjà réussi à dénicher notre numéro de téléphone. Elle a commencé à appeler. Puis à nous envoyer des lettres. Puis à se montrer dans la rue en bas de chez nous. Puis à nous piquer nos cartes. (Vi s'approcha du bar sur lequel était posé un seau à glace. Elle le souleva et, de sous le seau, sortit une petite pile de cartons.) Elle nous a menacées de nous détruire. C'est une petite garce jalouse... (Elle prit une inspiration.) Jalouse comme tout.

Sur les prospectus figurait l'écolière des pubs des cabines téléphoniques. A cette différence près que ces *fliers* — qui avaient été tagués — portaient, tracés au feutre rouge, les noms de diverses maladies sexuellement transmissibles.

— Terry est tombé dessus en faisant sa ronde des cabines, fit Vi. Un coup de Shelly, bien sûr. Elle ne sera heureuse que lorsque je serai ruinée.

— Parlez-nous d'elle, lui demanda Lynley.

— C'était ma bonne. On s'est rencontrées à C'est la

vie. Vous connaissez ? Une boulangerie française doublée d'un café près de South Kensington. J'avais fait un deal avec le chef boulanger. Il me filait des baguettes, des quiches et des tartes gratos. Et en échange, je lui faisais des gâteries dans les toilettes des hommes. Un matin, Shelly était là en train de se gaver de croissants au chocolat quand Alf et moi on est redescendus. Elle l'a surpris en train de me refiler de la nourriture sans que je casque, et elle s'est demandé ce qu'on fabriquait.

— Pour vous faire chanter ?

Vi prit un air vaguement amusé.

— Elle voulait surtout savoir comment s'y prendre pour avoir des croissants à l'œil. Et puis elle aimait la façon dont je m'habillais. Ce matin-là, j'étais en Mary Quant. Elle aurait bien aimé découvrir où je me procurais mes fringues.

— Elle s'intéressait à vos vêtements ?

— Pas seulement. A ma vie tout entière, comme j'ai pu le découvrir par la suite.

— Je vois, et une fois entrée à votre service avec la possibilité de toucher à vos petites affaires...

Vi éclata de rire. Plantée devant le bar, elle prit deux glaçons dans le seau et une petite boîte de jus de tomate sur l'étagère du bas. Elle se prépara adroitement un Bloody Mary en femme qui a une grande expérience de la chose.

— C'était ma bonne mais pas ma bonne à tout faire, inspecteur. Elle prenait les coups de fil des clients et elle notait les rendez-vous. (Vi remua sa boisson avec une tige de verre surmontée d'un perroquet d'un vert pétant. Elle coucha le perroquet sur une serviette en papier et revint vers le canapé, posa son verre sur la table basse tout en continuant ses explications. Avant de rencontrer Shelly Platt à C'est la vie, elle employait une Philippine d'un certain âge pour gérer ses rendez-vous. Mais comme tout le monde avait des bonnes philippines maintenant, elle s'était dit que ça la poserait d'engager comme bonne une adolescente. Une fois bien arrangée, bien maquillée, Shelly aurait une certaine gueule. En outre, et c'était plus important, comme elle ignorait tout de ce qui se passait dans le milieu et n'avait pas de moyen de comparaison, elle se laisserait sous-payer sans protester.) Elle était logée, nourrie, et je lui donnais trente livres par semaine. Croyez-moi, c'était nettement plus que ce qu'elle se faisait en taillant des pipes à Earl's Court. Car c'était comme ça qu'elle gagnait sa vie quand je l'ai rencontrée.

Elles avaient passé près de trois ans ensemble, et c'est alors que Vi avait rencontré Nikki Maiden et compris qu'elles avaient tout intérêt à partager un appartement.

— Au début, on a gardé Shelly. Mais elle détestait Nikki. Elle en était jalouse. Elle est comme ça, Shelly. Moi, je ne m'en suis pas rendu compte lorsque je l'ai embauchée.

— Comment, « comme ça » ?

— Elle vous plante ses griffes dans le corps et après elle s'imagine que vous lui appartenez. J'aurais dû m'en douter quand elle m'a parlé de ce qui s'était passé avec son petit ami. Elle l'a suivi à Londres, de Liverpool. Une fois dans la capitale, quand elle s'est aperçue qu'il renâclait à être son copain, elle a commencé à le harceler. Elle le suivait comme son ombre, lui téléphonant jour et nuit, rôdant autour de son appartement, lui écrivant, le couvrant de cadeaux. Moi, je n'ai pas réalisé tout de suite que c'était sa façon d'être. J'ai cru que c'était simplement la réaction d'une fille qui s'aperçoit que son premier amour lui file entre les doigts. (Elle avala une rasade de Bloody Mary.) Quelle imbécile j'ai été...

— Elle vous a réservé le même traitement ?

— Ah, j'aurais dû le voir venir ! Stan, c'est son petit ami, s'est pointé à l'appartement un jour qu'elle lui avait crevé ses pneus. Il était dans une rage... Il se figurait sans doute qu'il allait réussir à la faire changer de ton. Ce en quoi il se gourait.

— Comment ça ?

— Elle l'a planté avec un couteau de boucher.

Nkata regarda Lynley, qui hocha la tête. Les tueurs

avaient toujours une arme de prédilection. Cela étant, pourquoi Shelly aurait-elle tué Nicola si c'était Vi qu'elle visait ? Et pourquoi avoir attendu tous ces mois avant de passer à l'action ?

Vi parut se douter des questions qu'ils se posaient.

— Elle ignorait où Nikki se trouvait. Mais elle savait que Terry était copain comme cochon avec elle. Elle s'est dit qu'elle n'avait qu'à le suivre, qu'il la mènerait droit à Nikki. (Elle avala encore une gorgée de son cocktail et prit une serviette en papier pour s'essuyer le coin de la bouche.) Saloperie de petite meurtrière, dit-elle tranquillement. J'espère qu'elle va pourrir sur pied.

— « Cette salope a eu son compte », murmura Lynley, ainsi mis au fait de la provenance du message retrouvé dans la poche de Nicola Maiden. Il va nous falloir son adresse, si vous l'avez. Ainsi qu'une liste des clients de Nicola.

— Les clients n'ont *rien* à voir là-dedans, je viens de vous le dire.

— Oui, mais on nous a également dit que Nicola entretenait des relations à Londres avec un homme qui était vraisemblablement davantage pour elle qu'un client et un...

Il chercha un euphémisme.

— ... un compagnon de sortie ? suggéra Nkata.

— Il se peut que nous le trouvions parmi ses habitués, termina Lynley.

— Si quelqu'un tenait cette place-là dans sa vie, je ne suis pas au courant.

— J'ai du mal à vous croire, fit Lynley. De même que j'ai du mal à croire qu'un appartement comme celui-ci puisse être payé uniquement grâce à vos gains...

— Croyez ce qui vous chante, fit Vi en desserrant vivement l'écharpe qu'elle avait autour du cou.

— Miss Nevin, nous cherchons un tueur. Si c'est l'homme qui a installé Nicola Maiden dans cette maison, il vous faut nous donner son nom. Parce que s'il croyait avoir conclu un arrangement avec elle pour s'apercevoir ensuite qu'il n'en était rien, il se peut fort bien qu'il l'ait tuée. Et ça m'étonnerait que ça lui plaise de vous savoir ici à ses frais maintenant qu'elle est morte.

— Je vous ai déjà répondu.

— Est-ce que c'est Reeve, le type ? voulut savoir Nkata.

— Reeve ? fit Vi en tendant de nouveau la main vers son verre.

— Martin Reeve. De MKR.

Au lieu de boire, elle fit tournoyer le liquide dans son gobelet et regarda les glaçons cogner contre la paroi du verre.

— Je vous ai menti à propos de MKR, finit-elle par avouer. Je n'ai jamais travaillé pour Martin Reeve. Je ne le connais même pas. Tout ce que je connaissais de lui et de Tricia, c'est à travers ce que Nikki me racontait. Quand vous m'avez questionnée à son sujet hier, j'ai suivi le mouvement. Désolée. J'ignorais ce que vous saviez au juste. Me concernant, concernant Nikki. Et dans ma branche on ne peut pas se permettre de se fier à la police.

— Comment en êtes-vous arrivée à cohabiter avec Nikki ? voulut savoir Nkata.

— Nikki et moi, on s'est rencontrées dans un pub, le Jack Horner, dans Tottenham Court's Road, près de la fac. Y avait un mec à calvitie et brioche avec des dents gâtées qui la draguait. Quand il est parti, on s'est foutues de sa gueule. On a bavardé et... (elle haussa les épaules)... on a sympathisé. C'était facile de parler avec une fille comme Nikki. Facile de lui dire la vérité. Elle s'est intéressée à mon job. Et quand elle a appris combien de fric on pouvait se faire — c'était bien plus que ce qu'elle gagnait chez MKR —, elle a décidé de s'y mettre.

— Ça ne vous embêtait pas, d'avoir de la concurrence ? voulut savoir Lynley.

— On n'était pas concurrentes.

— Je ne comprends pas.

— Nikki n'aimait pas le sexe à la papa, expliqua Vi.

Elle ne s'occupait que des types qui avaient des goûts tordus : costumes, jeux de rôle, domination. Moi, je veux bien jouer les nymphettes pour plaire à des hommes qui veulent se faire des minettes de douze ans sans risquer de se retrouver au ballon. Mais ça va pas tellement plus loin. Naturellement, en plus de mon numéro de lolita, je les branle, je leur fais des pipes. Sinon, ce que je leur offre, c'est tout ce qui faisait gerber Nikki : du romantisme, de la séduction, de la compréhension. Vous seriez surpris du peu de compréhension que les maris trouvent chez leur femme...

— Autrement dit, conclut Lynley en évitant soigneusement de s'engager dans une discussion sur le mariage, à vous deux vous pouviez satisfaire tous les goûts et toutes les perversions ?

— C'est exact. Et Shelly le savait. Tout comme elle savait qu'entre Nikki et elle — s'il fallait que je choisisse — je n'hésiterais pas. C'est pour ça que c'est à elle qu'il faut que vous parliez. Et pas à je ne sais quel hypothétique client qui aurait installé Nikki dans cette maison...

— Où est-ce qu'on peut la trouver, votre Shelly ? demanda Nkata.

Vi n'avait pas son adresse, mais elle ne devait pas être difficile à trouver, elle fréquentait le Pilori, un club de Wandsworth qui avait pour clients des gens ayant des goûts particuliers. Vi précisa que Shelly était copine avec le barman.

— Si elle n'est pas là-bas maintenant, lui vous dira où la joindre.

Lynley l'examinait de la causeuse. Malgré les informations qu'elle leur avait données, il avait encore envie de lui faire passer un petit test, histoire de voir si elle disait la vérité. Parler d'abondance était essentiel pour survivre dans la profession qu'elle exerçait. Et la sagesse — sans compter les années qu'il avait passées à frayer avec ceux qui vivaient en marge de la loi — voulait qu'il ne prenne pas ses déclarations pour parole d'Evangile.

— Les allées et venues de Nicola Maiden pendant les mois qui ont précédé sa mort ne collent pas, Miss Nevin. Est-ce qu'elle se prostituait pour se procurer rapidement de l'argent en attendant que son boulot dans le droit paye ?

— Aucun boulot n'est aussi rentable que celui-ci, rétorqua Vi. Du moins quand on est jeune. C'est bien pour ça que Nikki avait plaqué les études. Elle savait qu'elle pourrait toujours les reprendre à quarante ans. Parce que ce n'était pas à cet âge-là qu'elle pourrait faire des passes. Elle était d'avis qu'il lui fallait gagner du fric tant que c'était possible.

— Dans ce cas, pourquoi avoir travaillé cet été chez un avocat ? A moins qu'elle n'ait fait plus que bosser pour lui...

Vi haussa les épaules :

— Ça, c'est une question qu'il vous faudra poser à l'avocat.

Barbara Havers travailla sur l'ordinateur jusqu'à midi. Elle avait quitté le bureau de Lynley en s'efforçant de se contenir. Cet effort avait été tel qu'au cours de la première heure passée devant l'écran elle avait été absolument incapable d'assimiler quoi que ce soit. Toutefois, arrivée au septième compte rendu, elle s'était calmée. Sa rage s'était transformée en détermination. Il ne s'agissait plus pour elle de se racheter aux yeux d'un homme qu'elle avait toujours respecté. Il lui fallait maintenant se prouver et lui prouver qu'elle avait raison.

Eût-elle repéré sur son visage patricien le moindre signe de mépris, d'impatience ou de haine, elle l'aurait attaqué bille en tête. Ils auraient pu se disputer franchement, comme ils s'étaient accrochés par le passé. Mais apparemment il avait conclu qu'elle était incompétente, un brin hystérique, donc indigne de son attention, et ce n'était pas ce qu'elle pourrait dire pour sa défense qui le ferait changer d'avis. Elle n'avait donc qu'une solution : lui prouver qu'il s'était trompé sur son compte.

Il n'y avait qu'une seule façon d'y parvenir. Barbara savait qu'elle allait mettre toute sa carrière en jeu. Mais elle savait également qu'elle n'avait plus de carrière pour ainsi dire à cet instant. Et qu'elle n'en aurait pas tant qu'elle ne se serait pas libérée du jugement qu'on avait porté sur elle et qui entravait ses mouvements.

Elle commença à se dire qu'il était peut-être temps de songer à déjeuner. Elle était arrivée très tôt au Yard et elle méritait bien une pause. Alors pourquoi ne pas faire une petite balade pendant ce break ? Il n'était écrit nulle part qu'elle devait prendre tous ses repas à Victoria Street. Un petit tour à Soho, voilà ce qu'il lui fallait avant de se replonger dans les affaires du SO10. Cette envie de se dégourdir les jambes ne lui tenait toutefois pas à cœur au point de l'inciter à gagner Soho à pied. Le temps était un facteur crucial. C'est pourquoi elle se rendit au parking en sous-sol du Yard, prit sa Mini et la direction de Soho via Charing Cross Road.

Il y avait foule dehors. Dans un quartier où l'on trouvait de tout, librairies, boîtes spécialisées dans les spectacles de cul, petites rues avec étals de légumes et de fleurs, sex-shops débitant godemichés et pseudo-vagins, il ne pouvait qu'y avoir du monde. Et par un samedi ensoleillé de septembre, avec les touristes qui étaient encore nombreux, la foule débordait du trottoir sur la chaussée, ne facilitant pas la circulation lorsque, après avoir tourné le dos à Shaftesbury Avenue et à ses théâtres, on remontait en direction de Frith Street.

Barbara ignora l'appel de sirène des restaurants. Elle respira par la bouche de façon à éviter de se laisser tenter par les effluves enivrants de nourriture italienne et d'ail qui flottaient dans l'air. Et elle poussa un soupir de soulagement lorsqu'elle aperçut enfin le bâtiment en bois, moitié treille et moitié abri de jardin, qui occupait le centre de la place.

Elle en fit le tour, cherchant un parking. Ne trouvant rien, elle repéra l'immeuble qu'elle cherchait et se résigna à dépenser l'équivalent d'une demi-journée de salaire pour se garer dans un box non loin de Dean Street. Elle reprit à pied le chemin de la place, pêchant dans son sac à bandoulière l'adresse qu'elle avait trouvée sur le bout de papier déniché dans l'un des pantalons de Terry Cole. Elle la vérifia : *31-32 Soho Square*.

Très bien, songea-t-elle. Voyons ce que le petit Terry fabriquait dans le quartier.

Elle tourna le coin de Carlisle Street et s'approcha de l'immeuble qu'elle visait. Celui-ci se dressait à l'angle sud-ouest de la place. C'était un édifice dynamique et récent en brique avec un toit mansardé. Un portique soutenu par des colonnes doriques abritait la porte d'entrée vitrée. Au-dessus de l'entrée, sur une plaque de cuivre, le nom des occupants de l'immeuble : *Triton International Entertainment*.

Barbara savait fort peu de choses sur Triton. Ce qu'elle savait, c'est qu'elle avait vu leur sigle à la fin de plusieurs dramatiques télévisées et au début de quelques films au cinéma. Cela l'amena à se demander si Terry Cole n'avait pas, par hasard, envisagé de faire une carrière d'acteur.

Elle essaya d'ouvrir la porte — qui était verrouillée. « Merde », murmura-t-elle en jetant un œil à travers le verre teinté afin de voir ce qui se passait à l'intérieur. Pas grand-chose, comme elle put le constater.

Le sol était recouvert de marbre. Des fauteuils de cuir couleur sépia formaient une salle d'attente. Au centre du hall, un tourniquet abritait des pubs pour les derniers films de Triton. Près de la porte d'entrée, la réception. De l'autre côté, une batterie de trois ascenseurs aux parois de bronze étincelant sur lesquelles Barbara eut le plaisir douteux de contempler son reflet.

Comme c'était samedi, il n'y avait aucun signe de vie dans le hall. Tandis qu'avec un juron énergique elle s'apprêtait à reprendre le chemin du Yard, l'une des portes d'ascenseur s'ouvrit sur un vigile en uniforme et cheveux gris qui remontait sa fermeture Eclair de braguette tout en se penchant pour remettre en ordre ses testicules. Il déboucha dans le hall, sursauta en voyant Barbara le nez collé à la vitre, et lui fit signe de détaler.

— C'est pas ouvert ! cria-t-il.

De derrière la vitre, Barbara parvint à distinguer le coup de glotte du Londonien du Nord bon teint. Elle sortit sa carte de son sac et la plaqua contre le carreau.

— Police ! cria-t-elle à son tour. Je peux vous dire un mot ?

Il hésita, jeta un regard vers une énorme pendule murale accrochée au-dessus d'une rangée de photos de célébrités sur le mur à gauche de la porte.

— C'est l'heure de ma pause déjeuner...

— Ça tombe bien, répondit Barbara, c'est aussi l'heure de la mienne. Venez, je vous invite à casser une croûte.

— De quoi s'agit-il ?

Il s'approcha de la porte, mais en gardant cependant ses distances.

— D'une affaire de meurtre, fit Barbara en agitant sa carte d'un air entendu.

Il sortit un trousseau garni d'une multitude de clés et prit tout son temps pour insérer la bonne dans la serrure.

Une fois entrée, Barbara alla droit au but, annonçant au vigile, dont la plaque indiquait qu'il s'appelait Dick Long, qu'elle enquêtait dans le Derbyshire sur le meurtre d'un jeune Londonien du nom de Terence Cole. Elle avait retrouvé dans les affaires du jeune homme un papier portant cette adresse et elle essayait de savoir ce qui l'avait amené au 31-32 Soho Square.

— Cole, vous dites ? fit le gardien. Terence, de son prénom ? Jamais eu personne de ce nom-là ici. A ma connaissance, du moins. Notez que ça veut pas dire grand-chose, vu que je travaille là que le week-end. Le reste du temps, je suis vigile à la BBC. Ça paye pas des masses mais ça m'empêche de coucher dehors.

Il se cura le nez et s'examina les doigts pour voir s'il avait ramené au jour quelque chose d'intéressant.

— Revenons à Terry Cole, fit Barbara. Il se peut

qu'il se soit fait passer pour un artiste. Un sculpteur. Ça ne vous rappelle rien ?

— Y a pas d'amateurs d'art, ici. Vous devriez chercher du côté des galeries, à Mayfair, de ce côté-là. Même si cet immeuble a un peu l'air d'une galerie, c'en est pas une. Vous aussi vous trouvez que ça ressemble à une galerie, ici ?

Barbara, qui pensait qu'elle n'avait pas le temps de disserter sur la décoration intérieure de Triton Entertainment, enchaîna :

— Peut-être qu'il avait rendez-vous avec quelqu'un de chez Triton ?

— Ou d'une autre société, suggéra Dick.

— Pourquoi, il y en a d'autres que Triton ?

— Oh oui, Triton n'est pas la seule boîte à avoir ses locaux ici. Ils ont leur nom au-dessus de la porte parce que c'est eux qui ont le plus de bureaux. Les autres sont pas mentionnés mais ils s'en fichent : ça leur fait moins cher de loyer.

Dick eut un mouvement de tête en direction des ascenseurs et entraîna Barbara vers un panneau. Sur ce panneau, des noms et des sigles. Dans la publicité, le cinéma et le théâtre. Il faudrait des heures, des jours pour interroger tous ceux dont les noms figuraient là-dessus. Sans parler de leurs collègues et collaborateurs.

Tournant le dos aux ascenseurs, Barbara aperçut le bureau de la réception.

— Est-ce que les visiteurs signent un registre avant d'entrer, Dick ?

— Oh oui.

— Génial. Je peux y jeter un coup d'œil ?

— Ça, c'est pas possible, Miss, euh... constable. Désolé.

— C'est une affaire de police, Dick.

— Très bien. Mais en principe on le met sous clé pendant le week-end. Enfin, vous pouvez toujours jeter un coup d'œil dans les tiroirs du bureau, on sait jamais. Des fois qu'il y serait.

Ce que Barbara s'empressa de faire, se glissant derrière le comptoir et ouvrant les tiroirs l'un après l'autre mais hélas sans résultat. Et merde ! songea-t-elle. Elle était furieuse de devoir attendre lundi. Elle mourait d'envie de coller les bracelets à un coupable et de le traîner devant Lynley en lui criant : « Vous voyez, vous voyez ? » Attendre près de quarante-huit heures pour faire un pas supplémentaire en direction du tueur du Derbyshire, c'était comme demander à des chiens de chasse qui sont sur la piste d'un renard de faire un somme après avoir repéré leur proie.

Elle n'avait pas le choix. Ça ne lui plaisait pas d'agir ainsi, mais il lui fallait tenter le coup.

— Dites donc, Dick, vous avez une liste des gens qui bossent ici ?

— Eh ben, Miss, euh... constable...

De nouveau, il se cura le nez, mal à l'aise.

— Oui, vous en avez certainement une. Au cas où il y aurait du louche dans l'immeuble, il faudrait que vous puissiez prévenir quelqu'un. Dick, j'ai besoin de cette liste.

— Je ne suis pas censé...

— ... la communiquer à n'importe qui. Je m'en doute. Mais je ne suis pas n'importe qui. C'est à la police que vous allez la confier, Dick. La police qui enquête sur un homicide. Si vous ne nous donnez pas un coup de main, on va s'imaginer que vous êtes impliqué.

— Ah non alors ! D'abord, j'ai jamais mis les pieds dans le Derbyshire...

— Mais quelqu'un d'ici y est peut-être allé. Dans la nuit de mardi. Et vous ne voulez pas qu'on vous accuse de protéger cette personne, n'est-ce pas ?... Ça la ficherait mal.

— Quoi ? Y aurait un meurtrier qui travaille dans cet immeuble ?

Dick jeta un coup d'œil aux ascenseurs comme s'il s'attendait à en voir jaillir Jack l'Eventreur.

— Ça se pourrait, Dick. Ça se pourrait.

Il réfléchit. Et Barbara le laissa réfléchir. De nouveau,

son regard navigua de l'ascenseur à la réception. Finalement, il capitula :

— Vu que c'est la police... (Il rejoignit Barbara derrière le bureau de la réception. Là, il ouvrit ce qui ressemblait à un placard à balais où étaient stockés du papier et de quoi préparer du café. De l'étagère du dessus, il descendit une liasse de papiers agrafés qu'il lui tendit.) Voilà.

Barbara le remercia avec ferveur. Lui dit qu'il travaillait pour la justice. Qu'elle aurait besoin d'emporter ce document, toutefois. Il allait falloir qu'elle téléphone à tous les employés qui étaient répertoriés là-dessus, et elle ne pensait pas qu'il la laisserait passer ses coups de fil d'ici. Elle promettait de le lui rapporter dès que possible.

Dick lui donna sa permission à contrecœur. Barbara fit de son mieux pour sortir avec pondération — et non pas en sautant de joie — de l'immeuble. S'efforçant de garder un maintien digne, elle attendit d'avoir tourné le coin de Carlisle Street pour jeter un regard au document convoité.

Son moral en prit un sacré coup. Car il n'y avait pas moins de deux cents noms sur la liste. Elle grogna en pensant au boulot que ça représentait.

Deux cents coups de téléphone et personne pour l'aider.

Il devait y avoir un autre moyen de faire rentrer ses paroles dans la gorge de Lynley. D'ailleurs, après un instant de réflexion, ce moyen, il lui sembla l'entrevoir.

17

L'inspecteur Peter Hanken avait prévu de distraire une heure de son programme du samedi pour installer la balançoire de Bella. Toutefois, il lui fallut abandonner ce projet à peine vingt minutes après son retour de l'aéroport de Manchester. Il en était rentré à midi, ayant passé la matinée à retrouver la masseuse du Hilton qui s'était occupée de Will Upman le mardi soir précédent. Au téléphone, lorsque Hanken lui avait parlé, elle lui avait semblé sexy, séduisante, presque torride. Lorsqu'il la rencontra, elle se révéla être une walkyrie de cent kilos en blouse blanche dotée de mains de joueur de rugby et de hanches de la largeur d'un bahut breton. Elle avait confirmé l'alibi d'Upman. L'avocat avait effectivement eu recours aux soins de Miss Freda — c'était son nom —, et il lui avait donné son généreux pourboire habituel lorsqu'elle avait eu fini d'assouplir ses tendons crispés. « Il vous refile des pourboires d'Américain, dit-elle à Hanken avec un sourire complice. Depuis le début, c'est comme ça. C'est pour ça que je suis contente de le voir. » C'était un de ses habitués, expliqua-t-elle. Il venait deux fois par mois au moins. « Son travail est très stressant. »

Upman avait pris un rendez-vous d'une heure seulement. Elle l'avait massé dans sa chambre, de sept heures et demie à huit heures et demie. D'après les calculs de Hanken, cela laissait tout le temps à Upman de revenir de Manchester pour foncer à Calder Moor régler son compte à la petite Maiden et à son compagnon à dix heures et demie, puis de regagner le Hilton pour consolider son alibi. En d'autres termes, l'avocat ne pouvait être rayé de la liste des suspects.

D'autant qu'un coup de téléphone de Lynley avait fait d'Upman l'un des acteurs principaux du drame, du moins aux yeux de Hanken.

Cet appel, il le reçut chez lui sur son portable alors qu'il venait de disposer par terre dans le garage les différentes pièces de la balançoire de sa fille et les examinait tout en comptant le nombre de vis. Lynley lui avait rapporté que ses subordonnés avaient retrouvé la piste d'une jeune femme qui était la nouvelle colocataire de Nicola Maiden et que lui-même venait d'interroger. Elle lui avait assuré qu'il n'y avait pas d'amant à Londres — Lynley n'était pas d'accord avec cette affirmation —, et elle lui avait également suggéré de réinterroger Upman s'il voulait savoir pourquoi Nicola Maiden avait décidé de passer l'été dans le Derbyshire. Hanken, à ces mots, avait réagi : « C'est Upman qui nous a dit que la petite avait un amant dans le Sud, Thomas. » A quoi Lynley avait répondu : « Mais ça n'a pas de sens qu'elle ait plaqué la fac en mai et qu'elle ait passé l'été à travailler pour Upman. A moins qu'il n'y ait eu anguille sous roche concernant leurs relations. Est-ce que vous avez le temps de lui extorquer davantage d'informations, Peter ? »

Hanken était ravi, en fait, à l'idée de cuisiner davantage ce salaud mielleux, mais il lui fallait s'appuyer sur des bases plus solides pour mener un second interrogatoire ; car si jusqu'à présent l'avocat de Buxton n'avait pas encore convoqué son conseil pour l'assister pendant l'interrogatoire, il n'était pas impossible qu'il le fasse s'il se doutait que l'enquête s'orientait dans sa direction.

— Nicola a eu une visite juste avant de quitter Islington pour Fulham. Vraisemblablement le 9 mai, était en train de lui expliquer Lynley. Un homme. Ils se sont engueulés. On les a entendus. L'homme disait qu'il préférait la voir morte plutôt que de la laisser « faire ça »...

— Faire quoi ?

Lynley le lui dit. Hanken écouta, non sans stupeur. A mi-chemin du récit de Lynley, il s'exclama :

— Ça alors ! Un instant, Thomas, il faut que je prenne des notes...

Il quitta le garage, entra dans la cuisine où sa femme surveillait le déjeuner des filles pendant que le bébé sommeillait dans un moïse posé sur le plan de travail. Débarrassant la table près de Sarah qui avait ouvert son sandwich aux œufs et s'en barbouillait le visage, il lança un « J'y suis, poursuivez » et commença à noter endroits, activités, noms. Il siffla tout doucement tandis que Lynley lui racontait la vie clandestine de Nicola Maiden, prostituée à Londres. Sidéré, il regardait ses propres filles tandis que Lynley lui expliquait les spécialités de la petite Maiden. Il se sentait déchiré entre le besoin de prendre correctement des notes et le désir de serrer Bella et Sarah contre son cœur bien qu'elles fussent couvertes d'œuf et de mayonnaise, comme si, par ce geste, il pouvait leur assurer un avenir de normalité. Ce fut en pensant à ses filles que Hanken demanda :

— Et Maiden, Thomas ? (Lynley venait de lui annoncer qu'il allait tâcher de retrouver la trace de Shelly Platt, ancienne colocataire de Vi Nevin et auteur des lettres anonymes.) S'il a découvert que sa fille faisait la pute à Londres, vous imaginez ce qu'il a dû ressentir ?

— Ce serait sans doute plus utile de se demander ce que cela a fait à un homme qui croyait être son amant. Upman et Britton, voire Ferrer, me semblent beaucoup plus plausibles qu'Andy dans le rôle de Némésis...

— Pas quand on pense au raisonnement que se tient un père devant sa progéniture : « Je lui ai donné la vie. » Imaginez qu'il se soit dit qu'il pouvait la lui reprendre, cette vie...

— On parle d'un flic, Peter, d'un flic bien. D'un flic exemplaire, dans la carrière duquel il n'y a jamais eu une seule fausse note.

— Très bien, mais cette histoire n'a rien à voir avec la carrière de Maiden. Imaginez qu'il soit allé à Londres. Qu'il ait découvert la vérité par hasard. Qu'il ait essayé de la persuader d'abandonner ce mode de vie — ça me rend malade rien que d'appeler ça un mode de vie. Mais qu'il ait échoué et compris qu'il n'y avait qu'une seule façon de mettre un terme à tout ça. Parce que dites-vous bien, Thomas, que s'il n'avait pas mis un terme à cette situation, la mère de la petite aurait fini par découvrir le pot aux roses. Or Maiden ne pouvait supporter le mal que cela aurait fait à la femme qu'il aime.

— C'est valable pour les autres également, contra Lynley. Upman et Britton. Eux aussi devaient vouloir la persuader d'arrêter. A juste titre. Bon sang, Peter, la jalousie sexuelle, c'est quand même plus violent comme mobile que le désir de protéger une mère de la vérité sur sa fille. Je n'ai pas besoin de vous faire un dessin.

— Il a retrouvé la voiture alors qu'elle était derrière un mur. Au beau milieu de ce putain de White Peak, nom de Dieu !...

— Pete, les enfants... le réprimanda sa femme en servant des verres de lait aux petites filles.

Hanken hocha la tête tandis que Lynley poursuivait :

— Je connais cet homme. Il n'est pas violent. Il a été obligé de quitter le Yard parce qu'il ne pouvait plus encaisser ce boulot. Alors où, quand, comment se serait-il métamorphosé en brute capable de fracasser le crâne de son propre enfant ? Je serais plutôt d'avis que nous creusions la question du côté d'Upman, de Britton, voire de Ferrer. Eux, on ne les connaît pas. Tandis qu'Andy Maiden, au Yard, il est connu comme le loup blanc. Il y a au moins deux cents personnes qui peuvent répondre de lui. Et puis la colocataire, Vi Nevin, insiste pour que nous revoyions Upman. Peut-être qu'elle cherche à gagner du temps. Mais je serais assez d'avis de commencer par lui.

C'était effectivement logique comme point de départ. Pourtant, la pensée d'attaquer l'enquête par ce biais chiffonnait Hanken.

— Vous êtes sûr que vous ne prenez pas l'affaire de manière trop personnelle ?

— Je pourrais vous renvoyer la question, répondit Lynley. (Sans laisser à Hanken le temps de discuter, Lynley termina son appel en l'informant que le blouson de cuir noir de Terry Cole n'était pas sur la liste de ses effets personnels remise à sa mère la veille dans la matinée.) Il va falloir le chercher sérieusement avant de rameuter les troupes. (Puis, comme s'il voulait mettre de l'huile dans les rouages, il ajouta :) Qu'en pensez-vous ?

— Je vais m'en occuper, dit Hanken.

Son coup de fil terminé, il contempla sa petite famille. Sarah et Bella continuaient à déchiqueter leur sandwich et trempaient les morceaux de pain dans leur lait. Peter Junior se réveillait et commençait à s'agiter, impatient lui aussi de manger. Quant à Kathleen, elle déboutonnait son chemisier, dégrafait son soutien-gorge d'allaitement et approchait leur fils de son sein. Cette famille, c'était un miracle, et il était prêt à tout pour que rien de fâcheux n'arrive aux siens.

— On a de la chance, Katie, dit-il à sa femme.

Bella était en train d'enfoncer une carotte dans la narine droite de sa sœur. Sarah protesta en hurlant, au grand dam du petit Peter. Détournant la tête du sein maternel, il se mit à pleurer.

Kathleen désigna de la tête son portable :

— Tu repars ?

— J'en ai peur, chérie.

— Et la balançoire ?

— Ne t'inquiète pas, elle sera montée à temps, je te le promets.

Il retira les carottes des mains de ses filles, prit un torchon sur l'évier, épongea les traces d'œuf sur la table.

Sa femme se mit à roucouler pour réconforter le petit dernier. Bella et Sarah firent la paix.

Après avoir demandé au constable Mott d'examiner tout ce qu'ils avaient rapatrié de la scène de crime et avoir téléphoné au labo pour s'assurer que le blouson de Terry Cole n'avait pas été accidentellement oublié sur la liste des vêtements envoyés aux techniciens aux fins d'examen, Hanken se prépara à affronter Will Upman une nouvelle fois. Il trouva l'avocat dans le petit garage qui jouxtait son domicile de Buxton. Tenue décontractée, jean et chemise de flanelle, il était accroupi près d'un superbe VTT dont il nettoyait la chaîne, armé d'un tuyau de caoutchouc, d'un flacon de solvant et d'une brosse en plastique en forme de croissant.

Il n'était pas seul. Appuyée contre le capot de sa voiture, les yeux braqués sur lui avec l'intensité d'une femme qui attend désespérément quelque chose, une petite brune lui disait :

— Tu avais dit midi et demi, Will, et cette fois je ne me suis pas trompée.

— Impossible, chérie, rétorqua Upman, j'avais prévu de nettoyer le vélo. Si tu es prête aussi tôt...

— Il n'est pas tôt et il sera encore moins tôt quand on arrivera. Zut ! Si tu n'avais pas envie d'y aller, tu aurais mieux fait de me le dire.

— Joyce, est-ce que je t'ai seulement laissé entendre que... ? (Upman aperçut Hanken.) Inspecteur, fit-il en se levant et en lâchant le tuyau qui laissa échapper de l'eau vers l'allée. Joyce, je te présente l'inspecteur Hanken, de la Criminelle de Buxton. Tu peux t'occuper du robinet, chérie ?

Avec un soupir, Joyce s'exécuta. Puis elle revint près de la voiture et se planta devant l'un des phares.

— Will... dit-elle d'un ton qui signifiait « J'ai été d'une patience d'ange ».

Upman lui adressa un sourire.

— Le travail m'appelle, fit-il en désignant Hanken de la tête. Tu nous accordes quelques minutes, Joy ? Laissons tomber cette histoire de déjeuner, mangeons un petit quelque chose ici. On pourra toujours pousser jusqu'à Chatsworth après. Faire une promenade, bavarder...

— Faut que j'aille récupérer les enfants...

— ... à six heures, j'ai pas oublié. On y arrivera, pas de problème. (De nouveau, le sourire. Plus intime cette fois, sourire qu'un homme adresse à une femme lorsqu'il souhaite lui faire comprendre qu'il parle un langage qu'ils sont seuls à saisir. Le langage des couilles, songea Hanken. Joyce parut s'en contenter.) Tu peux nous préparer des sandwiches, chérie, pendant que je termine ? Il y a du poulet dans le frigo.

Avec un nouveau soupir, Joyce dit :

— Très bien, je passe l'éponge. Mais la prochaine fois, tâche de noter l'heure à laquelle tu veux que je vienne. Avec mes enfants, c'est pas facile de...

— Je le ferai, sans faute, parole de scout. (Il lui envoya un baiser.) Désolé.

— Il y a des fois où je me demande pourquoi je me donne tout ce mal, fit-elle sans la moindre conviction.

La réponse à cette question, on la connaît tous, songea Hanken.

Lorsqu'elle fut partie montrer de quoi elle était capable en tant que femme d'intérieur, Upman se repencha sur son vélo. Accroupi, il pulvérisa du solvant sur la chaîne. Une odeur de citron imprégna l'air. Il fit tourner la pédale gauche en arrière tout en manœuvrant le spray le long de la chaîne. Lorsque celle-ci fut bien enduite de produit, il s'arrêta.

— Je ne crois pas que nous ayons grand-chose d'autre à nous dire, fit-il à Hanken. Je vous ai raconté tout ce que je savais.

— Fort bien. Mais ce que j'ai envie de savoir cette fois-ci, c'est ce que vous pensez.

— A quel sujet ? fit Upman en s'emparant de la brosse en plastique.

— La petite Maiden a déménagé, à Londres, il y a des mois. Elle a abandonné la fac de droit à la même époque. C'est donc qu'elle n'avait pas l'intention de reprendre ses études. En fait, elle s'était engagée dans une voie totalement différente. Vous pourriez m'en parler ?

— De sa nouvelle voie ? Non, j'en ai peur.

— Pourquoi passer l'été à travailler pour vous, à faire le genre de job qu'acceptent des étudiants en droit soucieux d'acquérir de l'expérience, si elle avait plaqué le juridique ? Qu'est-ce que ce boulot allait lui apporter ?

— Mystère. Je ne lui ai pas posé la question.

Upman approcha la brosse de la chaîne de sa bicyclette, poursuivant son nettoyage méticuleux.

— Vous saviez qu'elle l'avait plaquée, la fac ? (Et comme Upman hochait la tête en signe d'assentiment, il éclata :) Putain de merde, pourquoi vous l'avez pas dit quand on s'est vus hier ?

— Parce que vous me l'avez pas demandé, rétorqua Upman sèchement.

Ce qui signifiait clairement : un homme sain d'esprit ne parle à la police que quand celle-ci l'interroge.

— Très bien, j'ai commis une erreur, je vous pose la question aujourd'hui. Elle vous avait dit qu'elle quittait la fac de droit ? Pourquoi ? Et quand est-ce qu'elle vous a raconté tout ça ?

Upman examina la chaîne centimètre par centimètre tout en travaillant dessus. La saleté résultant du mariage de la poussière et du lubrifiant commençait à se liquéfier, formant de grosses gouttes brunes savonneuses qui dégoulinèrent sous le VTT.

— Elle m'a téléphoné en avril. Son père et moi, on avait pris des dispositions pour son job d'été en décembre de l'an dernier. Je lui avais dit alors que si je l'avais choisie, c'était parce que son père me l'avait recommandée. Et je lui avais demandé de me prévenir le plus vite possible au cas où elle trouverait quelque chose de plus à son goût. De façon à pouvoir proposer ce job à un autre étudiant. Je voulais dire de plus à son goût dans le domaine juridique. Mais quand elle m'a téléphoné en avril, ç'a été pour me faire savoir qu'elle laissait tomber complètement le droit. Elle avait déniché un autre emploi qui lui plaisait davantage, où elle gagnait plus en travaillant moins. Le rêve de tout un chacun.

— Elle ne vous a pas précisé de quoi il s'agissait ?

— Elle m'a donné le nom d'une société à Londres, nom que j'ai oublié d'ailleurs. On ne s'est pas attardés sur le sujet. On a bavardé quelques minutes. On a surtout parlé du fait qu'elle ne pourrait pas travailler pour moi cet été.

— Et pourtant elle a quand même fini par se repointer dans le Derbyshire. Pourquoi ? C'est vous qui l'avez fait revenir sur sa décision ?

— Pas du tout. Elle m'a rappelé quelques semaines plus tard, elle m'a dit qu'elle avait changé d'avis et voulait savoir si elle pouvait bosser chez moi, si la place n'était pas prise.

— Elle avait changé d'avis à propos de la fac également ?

— Non. La fac, elle arrêtait. Je lui ai posé la question, c'est ce qu'elle m'a répondu. Mais je ne sais pas si elle était prête à cracher le morceau à ses parents. Ils attachaient beaucoup d'importance à ses études. C'est normal, des parents... Et puis son père s'était décarcassé pour lui trouver un boulot d'été. Elle savait que c'était important pour lui. Ils étaient proches l'un de l'autre, et je crois qu'elle n'avait pas voulu le décevoir en voyant à quel point il était fier d'elle. « Ma fille, l'avocate. » Vous voyez ce que je veux dire.

— Pourquoi l'avez-vous engagée ? Si elle avait déjà quitté la fac, si elle vous avait fait comprendre clairement qu'elle n'y remettrait pas les pieds, si elle n'était plus étudiante en droit, pourquoi l'avez-vous prise chez vous ?

— Je connais son père, et j'étais prêt à mentir pour l'épargner.

— C'est des conneries, Upman. Je vous croirai quand j'aurai le temps. Vous êtes sûr que vous n'aviez pas une liaison avec la petite Maiden ? Cette histoire de job d'été, c'est un leurre. Et je suis certain que vous saviez ce qu'elle fabriquait à Londres.

Upman retira l'embout en forme de croissant de la chaîne. De la brosse coula un liquide gras et savonneux sur le sol. Il considéra Hanken.

— Je vous ai dit la vérité hier, inspecteur. D'accord, elle était séduisante. Et loin d'être bête. Et la perspective d'avoir de juin à septembre dans mon cabinet une stagiaire sexy et intelligente ne me déplaisait pas. Je me suis dit que, visuellement, ça ferait une diversion agréable. Aussi, quand elle m'a demandé si elle pouvait travailler chez moi, j'ai été très heureux de l'avoir. Mes associés aussi, d'ailleurs.

— L'*avoir*, dites-vous ?

— Allons, à quoi vous jouez, inspecteur ? C'est un lapsus, ça m'a échappé. Inutile d'en faire un plat. Je ne vous cache rien, vous perdez votre temps.

— Où est-ce que vous étiez le 9 mai ?

— Le 9 ? fit Upman, le front plissé. Va falloir que je consulte mon agenda. Avec des clients, comme d'habitude, me semble-t-il. Pourquoi ? Ah, dit-il après avoir dévisagé Hanken, quelqu'un a dû descendre à Londres voir Nicola, n'est-ce pas ? La persuader, peut-être la forcer à passer un été palpitant dans le Derbyshire à recueillir les déclarations d'épouses délaissées par leurs maris. C'est à ça que vous pensez ?

Il se leva et s'approcha du tuyau d'arrosage. Il ouvrit le robinet. Aspergea la chaîne de bicyclette, regarda la crasse gluante tomber.

— Peut-être que c'était vous, suggéra Hanken. Peut-être que c'était vous qui vouliez l'empêcher de se consacrer à son « autre job ». Peut-être que vous vouliez vous assurer que vous alliez bel et bien profiter de la petite « diversion visuelle » à laquelle vous aspiriez. Une fille si sexy et intelligente, pour reprendre vos paroles...

— Vous aurez des photocopies de mon agenda lundi matin, répondit Upman sans s'énerver.

— Vous n'oublierez pas d'y joindre les noms et numéros de téléphone de vos clients.

— Comptez sur moi. (Upman hocha la tête en direction de la maison et de la porte par laquelle Joyce avait disparu.) Au cas où vous ne l'auriez pas remarqué, j'ai déjà des femmes séduisantes et intelligentes dans ma vie, inspecteur. Croyez-moi, je n'aurais pas fait le chemin jusqu'à Londres pour m'en procurer une autre. Toutefois, pour rester dans le même ordre d'idées, vous devriez peut-être vous demander qui n'avait pas ce genre de femme à portée de main. Je crois que nous savons, vous et moi, qui est ce malheureux...

Teddy Webster ignora l'ordre aboyé par son père. Comme ça venait de la cuisine où ses parents finissaient de déjeuner, il se dit qu'il avait un bon quart d'heure de répit avant que l'ordre ne retentisse une seconde fois. Et comme sa mère avait fait une tarte aux pommes pour le dessert — c'était rare car en général elle se contentait plutôt de leur proposer à la fin du repas un paquet de biscuits aux figues ouvert sans cérémonie et jeté au milieu de la table qu'elle débarrassait —, ce quart d'heure avait des chances de se transformer en trente minutes, auquel cas Teddy aurait tout le temps de regarder la fin de *Hulk* avant que son père ne se mette à hurler : « Eteins-moi cette bon Dieu de télé et sors de la maison tout de suite ! Je ne plaisante pas, Teddy. Je veux que tu me fasses le plaisir d'aller t'aérer ! Et vite. M'oblige pas à te le répéter... »

Le samedi, c'était toujours pareil depuis qu'ils s'étaient installés dans les Peaks : une répétition assommante de tous les autres abrutissants samedis. Voilà comment ça se passait : Papa parcourait la maison dès sept heures et demie en faisant un boucan infernal, lançant d'une voix forte que c'était rudement *chouette* d'avoir *enfin* quitté la ville, qu'ils devaient s'estimer *heureux* de pouvoir respirer le bon air, d'avoir toutes sortes de coins à explorer dans la *nature*, de pouvoir s'imprégner de l'*histoire*, de la *culture*, de la *tradition* de leur pays inscrits au cœur des multiples tas de cailloux éparpillés dans ces saloperies de champs. La seule chose, c'est que ce n'étaient pas des champs. Mais des *landes*. Et n'est-ce pas qu'ils avaient de la chance, qu'ils étaient vernis... Ah, et n'était-ce pas *formidable* d'habiter dans un endroit où ils pouvaient, à peine sortis de la maison, marcher pendant des kilomètres et des kilomètres sans rencontrer âme qui vive ? Rien à voir avec Liverpool, n'est-ce pas, les enfants ? Ici, c'était le Paradis, l'Utopie, le...

C'était nul à chier, oui, songeait Teddy. Parfois il allait jusqu'à le dire à voix haute, ce qui mettait son père en rage, faisait pleurer sa mère et provoquait chez sa sœur une de ces crises où, geignant, se plaignant, elle se demandait comment elle allait bien pouvoir faire du théâtre et percer comme actrice dans ce no man's land où elle vivait recluse telle une lépreuse.

Là, Papa se déchaînait, et sans faire semblant. Teddy profitait de ce qu'il n'était plus la cible de la colère paternelle pour se glisser jusqu'à la télévision et mettre Fox Kids. Pour l'instant, sur l'écran on pouvait voir l'instant fatidique où le docteur David Banner, mis hors de ses gonds par un abruti quelconque, piquait une de ces crises super cool au cours desquelles ses yeux se révulsaient, ses bras et ses jambes jaillissaient de ses vêtements tandis que son torse crevait sa chemise dont les boutons sautaient et qu'il se mettait à hacher menu tous ceux qui lui tombaient sous la main.

Teddy poussa un soupir de pur bonheur tandis que Hulk finissait de réduire en bouillie ses derniers agresseurs. C'était exactement le sort que Teddy aurait aimé faire subir à toutes les petites têtes de nœud postées devant la grille de l'école tous les matins et qui le suivaient comme son ombre dès qu'il se pointait — l'asticotant, le bousculant, lui faisant des crocs-en-jambe dès qu'il avait posé le pied dans la cour. S'il avait été Hulk, il les aurait tabassés à mort. Il les prendrait l'un après l'autre ou tous ensemble, ça n'avait pas d'importance, vu qu'il mesurerait plus de deux mètres, pèserait une tonne — rien que du muscle —, et qu'ils ne sauraient ni d'où il était venu ni pourquoi. Lorsqu'ils seraient allongés dans leur vomi et leur pipi, il en empoignerait un par les cheveux et lui martèlerait : « Toi, tu vas me faire le plaisir de laisser Teddy Webster tranquille, t'entends, tête de fion, sinon je me repointe. » Et il laisserait retomber ce connard par terre, lui écrabouillerait la figure en s'en allant. Et alors...

— Nom de Dieu, Ted, sors d'ici !

Teddy se leva d'un bond, il était tellement plongé dans ses rêveries qu'il n'avait pas remarqué que son père était entré dans le séjour.

— C'est la fin de l'épisode, dit-il en hâte, je voulais juste voir comment...

Son père brandissait une paire de ciseaux. Il attrapa le fil de la télé.

— Je vous ai pas rapatriés à la campagne pour que vous passiez votre temps scotchés devant la télé. Tu as quinze secondes pour sortir. Sinon je coupe le câble.

— Papa ! Je voulais seulement...

— T'es sourd ou quoi, Ted ?

Il fonça vers la porte mais, là, il marqua une pause :

— Et Carrie, alors ? Pourquoi est-ce qu'elle...

— Ta sœur fait ses devoirs. Tu veux monter faire les tiens ou tu te décides à aller jouer dehors ?

Carrie n'était pas plus en train de faire ses devoirs que Teddy ne se préparait à opérer un cerveau lésé. Mais il savait reconnaître quand il était battu.

— Je préfère aller jouer.

Et il sortit, se félicitant de ne pas avoir cafté. Sa sœur était dans sa chambre, où elle rêvassait tout en feuilletant un magazine de cinéma et en écrivant des lettres d'amour débiles à un acteur cintré. Quelle façon idiote de passer le temps, songea Teddy, mais malgré tout il la comprenait : fallait bien qu'elle se trouve *quelque chose* à faire pour s'empêcher de devenir cinglée.

La télé, ça l'aidait. Ça lui faisait du bien de regarder la télé. Et de toute façon, qu'est-ce qu'il y avait d'autre à faire dans ce trou ?

Cette question, il était suffisamment malin pour ne plus la poser à Papa. Lorsqu'il la lui avait posée, peu de temps après avoir quitté Liverpool, il s'était retrouvé aussi sec chargé d'une corvée. Autant dire que maintenant Teddy ne lui demandait plus comment s'occuper. Il ferma la porte, non sans avoir jeté un regard mauvais par-dessus son épaule à Papa qui regagnait la cuisine.

— Pour son bien... marmonnait celui-ci.

Teddy en eut le désespoir au cœur, car il ne savait que trop ce que ces trois mots signifiaient.

S'ils s'étaient installés à la campagne, c'était à cause de lui — gamin bouffi, soufflé, affligé en outre de lunettes aux verres en cul de bouteille, de boutons d'acné, d'appareils dentaires, de seins de fille — qui n'avait cessé depuis le premier jour d'école de se faire charrier, bizuter, houspiller par ses condisciples. Un soir, il avait surpris ses parents échafaudant leur Grand Projet : « A la campagne, il pourra faire de l'exercice, il aura envie d'en faire. C'est forcé, c'est un garçon. Les garçons, ça aime remuer, Judy. Résultat, il décollera. Il aura pas à se préoccuper de savoir si on le regarde pendant qu'il bouge. Et ça fera du bien à toute la famille par la même occasion. — Je sais pas, Frank... » La mère de Teddy était du genre indécis. Elle n'aimait pas le changement. Et s'installer à la campagne, pour elle, c'était le grand chambardement.

Seulement, le père de Teddy avait pris sa décision. Et c'est comme ça qu'ils s'étaient retrouvés dans une ferme où les moutons et la terre étaient loués à un fermier habitant Peak Forest — ce qui ressemblait le plus à une ville à des kilomètres à la ronde. Sauf que ça n'était pas une ville, ni même un village. Juste une poignée de maisons avec une église, un pub, une épicerie où, si un mec décidait de s'acheter un paquet de chips pour se le taper en plein après-midi, il pouvait être sûr que sa mère, bientôt mise au courant, lui passerait vers six heures du soir un savon de première.

Teddy détestait cet endroit. L'espace vaste et vide qui s'étendait à perte de vue de tous côtés, le dôme du ciel qui prenait la couleur de l'étain en un tournemain, le vent qui à longueur de nuit fouettait la maison, secouait la fenêtre de sa chambre, comme des extraterrestres essayant de s'introduire chez lui, les moutons qui bêlaient comme s'ils avaient toujours un pet de travers mais se sauvaient chaque fois qu'on faisait un pas vers eux... Il détestait cet endroit, Teddy, ah ça oui, alors. Tandis qu'il quittait la maison et avançait d'un pas lourd dans la cour, une escarbille, tel un missile, lui frôla les lunettes avant de lui exploser dans l'œil, lui arrachant un hurlement. Décidément, il pouvait pas blairer ce coin ! Retirant ses lunettes, il approcha le bas de son tee-shirt de son œil. Ça piquait, ça brûlait, son humeur s'en ressentait. La vision floue, il se réfugia vers l'arrière de la maison où la lessive du samedi matin claquait et clapotait au vent sur la corde tendue entre les combles et un piquet rongé de rouille près d'un mur croulant en pierres sèches.

— Pooo, pooo, pooop, marmonna Teddy.

Par terre près de la maison, il avisa une longue branche mince. Il la ramassa, s'en fit une épée. Il la brandit en s'approchant de la lessive, visant les jeans paternels.

— Bougez pas, siffla-t-il. Je suis armé, vous autres. Et si vous croyez que je vais me laisser attraper vivant... Ha ! Prenez ça ! Et ça ! Et encore ça !

Ils étaient venus de l'Etoile de la Mort lui régler son compte. Ils savaient qu'il était le Dernier des Jedi. S'ils réussissaient à l'éliminer, l'empereur pourrait régner sur l'Univers. Mais ils n'arriveraient pas à le tuer. ImPOS-Sible. Ils avaient ordre de le capturer afin de faire un exemple et de dissuader tous les Rebelles du système solaire de l'imiter. Eh bien, JAMAIS ils ne s'empareraient de lui. Parce qu'il avait son sabrolaser et que *ffft, ffft* et *ffflchh* il n'hésiterait pas à s'en servir, non mais. Mais ohmondieu. Attention. Ils étaient équipés de fusils laser, eux. Et ils ne voulaient pas le capturer, mais pas du tout ! Ce qu'ils voulaient, c'était le tuer et... ouahouahouah ! Ils étaient nettement supérieurs en nombre ! Courscourscours !

Teddy pivota et s'enfuit, agitant son épée au vent. Il alla se réfugier derrière le mur de pierres sèches qui balisait la propriété et bordait la route. D'un bond, il l'enjamba. Cœur battant. Oreilles tintantes.

Je suis en sécurité, songea-t-il. Il avait atteint la vitesse de la lumière et semé les gardes de l'Empire. Il avait atterri sur une planète inconnue. Jamais ils ne retrouveraient sa trace. Il allait être empereur.

Woouuchh. Quelque chose passa sur la route à la vitesse de l'éclair. Teddy cligna des paupières. Le vent le frappait de ses poings fantomatiques, lui faisant monter les larmes aux yeux. Il avait du mal à voir. Pourtant, ça ressemblait à... Non. Impossible. Teddy tourna la tête. Droite. Gauche. Réalisa, horrifié, où il avait atterri. Pas du tout sur une nouvelle planète, non. Mais dans Jurassic Park ! Et ce qui l'avait dépassé en trombe n'était autre qu'un vélociraptor en quête d'une proie !

Ohmondieu ohmondieu. Et il n'avait RIEN pour se défendre. Pas la moindre ébauche d'arme. Juste un bâton minable. A quoi cela allait-il bien pouvoir lui servir contre un dinosaure affamé de chair fraîche ?

Il lui fallait se cacher. Les dinosaures, ça ne se déplaçait jamais seul. Ils étaient le plus souvent à deux. Quand ce n'était pas à vingt. A cent. Ou à mille !

Ohmondieu ! Il fila le long de la chaussée.

Non loin de là, il aperçut le salut. Une poubelle jaune dans les herbes du bas-côté. Il allait pouvoir s'y dissimuler en attendant que s'éloigne le danger.

Wooouuucchhhhh. *Wooouuucchhh*. De nouveaux monstres dépassèrent Teddy tandis qu'il plongeait dans la poubelle. Il s'accroupit tout au fond et rabattit le couvercle sur sa tête.

Il savait de quoi ces monstres rapaces étaient capables. Ils vous déchiquetaient la chair, vous suçaient les yeux, vous croquaient les os comme ils auraient grignoté des frites. Et ils avaient une nette préférence pour les petits garçons de dix ans.

Il fallait absolument qu'il fasse quelque chose. Il ne pouvait pas se laisser dévorer tout cru. Tassé au fond de la poubelle, il s'efforça de trouver une parade.

La poubelle contenait un reste de gravillons de l'hiver

précédent : quinze centimètres de ce gravier qu'on répandait sur la chaussée pour l'empêcher de verglacer. Teddy sentait les petits cailloux sous ses paumes.

Et s'il utilisait le gravier pour se défendre ? Pourquoi ne pas essayer d'en faire des boules compactes qu'il lancerait à ses poursuivants pour les persuader de le laisser tranquille ? S'il arrivait à les toucher avec ces projectiles, il aurait le temps de...

Ses doigts entrèrent soudain en contact avec quelque chose de dur qui était enterré sous les gravillons. Un objet étroit de la longueur d'une paume qu'il réussit peu à peu à dégager de sa gangue grumeleuse et à approcher de la faible lumière qui réussissait à transpercer les parois de sa cachette.

Génial, songea-t-il. Super trouvaille. Il était sauvé.

Un couteau.

Julian Britton faisait ce qu'il faisait toujours après une opération de sauvetage : il vérifiait son matériel à mesure qu'il le rangeait. Mais il n'était pas aussi méticuleux que d'habitude. Ses pensées étaient loin des cordes, des bottes, des pics, des marteaux, des compas, des cartes et de tout ce dont on avait besoin pour se lancer sur la piste d'un randonneur égaré ou blessé. Ses pensées étaient focalisées sur elle. Nicola. Sur ce qui avait été et ce qui aurait pu être si seulement elle avait joué le rôle qu'il souhaitait dans le scénario qu'il avait écrit pour eux.

« Mais je t'aime ! » avait-il protesté.

Et même à ses oreilles ces mots avaient rendu un son pathétique.

« Moi aussi, je t'aime, lui avait-elle répondu gentiment en lui prenant la main comme pour y déposer quelque chose. Seulement ça ne suffit pas, l'amour que j'ai pour toi. Et l'amour que tu mérites, Jule... eh bien, ce n'est pas le genre d'amour que je risque d'éprouver pour qui que ce soit.

— Mais tu es bien avec moi, tu me l'as dit et redit !

Ça suffit, n'est-ce pas ? Est-ce que l'autre sorte d'amour dont tu parles ne peut pas... naître de là ? Je veux dire que nous sommes amis. Nous sommes copains. Nous sommes... amants, bon Dieu ! Si ça ne signifie pas que nous entretenons des relations privilégiées, qu'est-ce que ça signifie ? »

Elle avait soupiré, regardé par la vitre de la voiture vers l'obscurité. Il voyait son reflet.

« Jule, je suis hôtesse d'accompagnement. Est-ce que tu sais ce que ça signifie ? »

La question avait jailli comme de nulle part si bien que, l'espace d'un instant, il avait associé bêtement le mot « hôtesse » au tourisme, songeant aux guides accompagnateurs qui, assis à l'avant des autocars, parlent dans un micro tandis que le véhicule parcourt la campagne avec sa cargaison de touristes.

« Tu voyages ?

— Non, je sors avec des hommes moyennant finance. Je passe la soirée avec eux. Parfois la nuit. Je vais les chercher à leur hôtel et on fait ce dont ils ont envie. Tout ce dont ils ont envie. Ensuite, ils casquent. Deux cents livres de l'heure. Quinze cents, si je passe la nuit dans leur lit. »

Il la dévisageait. Il l'entendait mais son cerveau refusait d'assimiler :

« Je vois. Tu as quelqu'un d'autre à Londres.

— Jule, tu ne m'écoutes pas.

— Mais si, tu viens de...

— Tu as entendu mais tu n'écoutes pas. Je te dis que les hommes me paient pour avoir le plaisir d'être en ma compagnie.

— Tu sors avec eux...

— On peut appeler ça sortir, oui. Je les accompagne au restaurant, au théâtre, à des vernissages, à des réceptions quand ils ont envie de se montrer avec une fille jeune. Ils me paient, mais pas seulement pour frimer. Pour le sexe, aussi. C'est fonction des prestations bien sûr, mais ça rapporte, crois-moi. Baiser un type que tu n'as jamais vu ni d'Eve ni d'Adam, ça rapporte plus que je n'aurais jamais cru... »

Les mots sifflaient à ses oreilles. Il réagit comme si elle l'avait criblé de balles. Se retrouva en état de choc. Pas comme lorsqu'on a subi un traumatisme physique du genre accident de voiture ou chute d'un toit. Mais le genre de choc qui vous brise psychiquement et vous laisse incapable d'absorber autre chose que des détails, généralement les plus insignifiants.

Aussi ne vit-il que ses cheveux éclairés par-derrière et qui brillaient si fort qu'on aurait dit ceux d'un ange descendu du ciel. Seulement, ce qu'elle lui racontait était loin d'être angélique, c'était dégoûtant, infect. Et tandis qu'elle continuait de parler, lui avait l'impression de mourir.

« Personne ne m'a forcée à faire ça, avait-elle dit en prenant un bonbon dans son sac. A faire l'escort-girl, à coucher avec des mecs. C'est moi qui ai décidé de m'y mettre quand j'ai vu ce que ça pouvait rapporter, et les atouts dont je disposais. Au début, je me suis contentée de boire l'apéritif avec eux, de dîner en leur compagnie, d'aller au théâtre. Tout ça était très réglo : quelques heures de conversation, quelqu'un qui vous écoute, vous répond et, le reste du temps, vous regarde avec de grands yeux admiratifs. Mais à chaque fois ils me demandaient si j'étais d'accord pour pousser les choses plus loin. Au commencement, j'ai pensé que je ne pouvais pas, que je ne les connaissais pas. Or je m'étais toujours dit que je ne me voyais pas le faisant avec quelqu'un que je ne connaissais pas. Et puis, un jour, il y en a un qui m'a demandé s'il pouvait me toucher. Simplement me toucher. Cinquante livres pour mettre sa main dans ma culotte et caresser ma toison. (Sourire.) A l'époque, je m'étais pas encore rasé le pubis. J'ai laissé faire, c'était pas si mal. C'était plutôt marrant, en fait. Ça m'a fait rigoler intérieurement parce que je trouvais ça tellement idiot, ce type plus vieux que mon père, qui soufflait comme un phoque, larmes aux yeux, tout ça parce qu'il avait la main sur mon sexe. Alors quand il m'a demandé de le toucher à son tour, je lui ai dit que ça ferait cinquante livres de mieux. Lui, tout de suite : "Oh mon Dieu, bien sûr, n'importe quoi, tout ce que vous voudrez." Alors je l'ai fait. Cent livres pour lui tâter le zizi et le laisser faire joujou avec ma touffe...

— Arrête ! » avait-il finalement réussi à articuler.

Mais elle tenait à lui faire comprendre comment ça s'était passé. Après tout ils étaient amis, ils avaient toujours été amis, ils avaient été copains dès l'instant où ils s'étaient rencontrés, à Bakewell, alors qu'elle avait dix-sept ans, qu'elle roulait les mécaniques et qu'elle avait cette démarche aguichante, que lui avait près de trois ans de plus, qu'il passait ses vacances chez ses parents, se rongeait les sangs à cause de son père qui buvait et de la maison qui tombait en ruine. Nicola n'avait pas pensé à ses soucis. Tout ce qu'elle avait vu en lui, c'était une occasion de se marrer, et elle avait sauté dessus ; il le comprenait maintenant...

« Ce que j'essaie de t'expliquer, c'est que cette façon de vivre, ça fonctionne bien pour moi maintenant. Ça marchera pas tout le temps, bien sûr. Mais pour l'instant c'est bon, et j'en profite. Je serais la dernière des imbéciles si je ne le faisais pas.

— Tu es devenue folle, fit-il d'une voix atone. Voilà ce que ça t'a fait, Londres, il faut que tu reviennes à la maison. Nick, tu as besoin de retrouver tes amis, tu as besoin d'aide.

— D'aide ?

— Mais c'est évident, y a quelque chose qui va pas chez toi. Tu peux pas nuit après nuit vendre ton corps et être bien dans ta tête.

— Plusieurs fois par nuit, même. Six, quand je travaille jusqu'à l'aube. »

Il s'était pris la tête à deux mains.

« Seigneur, Nick, il faut absolument que tu parles à quelqu'un. Laisse-moi te trouver un médecin, un psychiatre. Je n'en soufflerai mot à personne. Ce sera notre secret. Et quand tu iras mieux...

— Julian. (Elle l'avait obligé à la regarder.) Tout va

bien, je t'assure. C'est si je m'imaginais avoir une relation avec ces hommes que ça ne tournerait pas rond chez moi. Si je m'imaginais être en quête de l'amour véritable, c'est alors que ça ne collerait pas. Si j'essayais de me venger, de blesser quelqu'un, de vivre dans un monde imaginaire, là, d'accord, il faudrait m'emmener d'urgence à l'asile. Mais ce n'est pas le cas. Je fais ce boulot parce que ça me plaît, que je suis bien payée, que mon corps est une marchandise appréciée des hommes. Et que même si, à moi, ça me paraît idiot qu'ils me paient pour obtenir mes faveurs, je suis toute disposée à... »

Alors il l'avait frappée. Dieu lui pardonne, il l'avait frappée, pas tellement pour lui faire mal ou pour la punir, mais parce qu'il n'avait pas d'autre moyen de l'empêcher de parler. Il l'avait frappée au visage de son poing fermé et la tête de Nicola avait heurté la vitre. Ils s'étaient entre-regardés, elle les doigts posés à l'endroit où il l'avait cognée, lui avec sa main gauche tenant la main droite qui avait décoché le coup et, dans ses oreilles, un sifflement pareil à celui des pneus d'une voiture qui dérape.

Il n'y avait rien à dire. Il n'y avait pas de mot pour excuser son geste ou excuser ce qu'elle leur faisait compte tenu des choix qu'elle faisait, de la vie qu'elle menait. Pourtant, il avait essayé :

« Comment ça t'est venu ? lui avait-il demandé d'une voix rauque. Il a bien fallu que ça vienne de quelque part, Nick, ce n'est pas comme ça que les gens normaux vivent...

— Un squelette dans le placard, tu veux dire ? avait-elle répondu d'un ton léger, ses doigts toujours posés sur sa joue. (Sa voix était identique mais ses yeux avaient changé. C'était comme si elle le voyait différemment. Comme un ennemi. Le désespoir l'avait envahi... Il l'aimait tellement...) Non, je n'ai pas d'excuse, personne à blâmer, personne à accuser, simplement j'ai fait des expériences qui ont débouché sur d'autres, je viens de te le dire. D'abord j'ai été hôtesse d'accompagnement. Ensuite je me suis laissé tripoter, et puis de fil en aiguille... le reste a suivi. »

Soudain, il avait compris :

« Comme tu dois nous mépriser, nous les hommes. Avec nos désirs, nos gestes... »

Elle lui avait pris la main, cette main qui était encore crispée, elle lui avait desserré les doigts, elle avait porté sa main à ses lèvres et avait embrassé les jointures qui l'avaient frappée.

« Tu es ce que tu es, Julian ; de même que je suis ce que je suis. »

Mais il ne pouvait accepter la simplicité de cette phrase. Ça l'avait mis en colère. Il était en colère, et décidé à la changer quel qu'en soit le prix. Elle entendrait raison, s'était-il dit.

Toutefois, au lieu d'aide, c'était la mort qu'elle avait trouvée.

Julian se sentait l'esprit gourd en rangeant son matériel de sauvetage dans son sac à dos. Son esprit fourmillait de souvenirs et il était prêt à tout pour imposer silence aux voix qui lui résonnaient dans la tête.

L'arrivée de son père fit diversion, son père qui titubait le long du couloir du premier étage tandis que Julian rangeait son sac à dos dans la vieille malle. Jeremy Britton tenait un verre dans une main, ce qui n'avait rien de surprenant, et des prospectus dans l'autre. Ça, en revanche, c'était nouveau.

— Ah mon garçon, te voilà, tu as une minute à consacrer à ton père ?

Il avait l'élocution nette et claire, aussi Julian examina-t-il d'un œil curieux son verre. Le liquide incolore évoquait le gin ou la vodka mais le verre était grand et, comme il était aux trois quarts vide et que Jeremy n'aurait jamais si peu rempli un verre de cette taille, qu'il ne parlait pas d'une voix embarrassée cela ne pouvait vouloir dire qu'une chose : son verre ne contenait ni vodka ni gin. Ce qui signifiait... Julian se gratta le cuir chevelu. Seigneur, il avait l'impression de perdre la tête.

— Bien sûr, dit-il en s'efforçant de ne pas zieuter le verre ni d'en renifler le contenu.

Jeremy comprit cependant. Avec un sourire il leva son gobelet.

— De l'eau. De la bonne vieille H_2O, j'en avais presque oublié le goût...

— De l'eau ?

— La meilleure qui soit. Tu n'as jamais remarqué, mon grand, que l'eau de ces terres est plus douce que de l'eau en bouteille ? Evian, Perrier et compagnie. (Il approcha le verre de sa bouche, but une gorgée et fit claquer ses lèvres.) T'as une petite minute pour moi ? Il faut que je te demande ton avis, mon grand.

Intrigué, méfiant, éberlué par le changement qu'il constatait chez son père, changement que rien de précis ne semblait avoir déclenché, Julian le suivit dans le salon. Jeremy prit place dans son fauteuil habituel et en approcha un autre en face du sien. Il fit signe à Julian de s'y asseoir, ce que fit ce dernier non sans avoir hésité.

— T'as pas remarqué, au déjeuner ? attaqua Jeremy.

— Remarqué quoi ?

— Je n'ai bu que de l'eau. T'as pas remarqué ?

— Désolé, j'avais d'autres soucis en tête. Mais j'en suis heureux, Papa, je te félicite, c'est formidable !

Jeremy hocha la tête, l'air content de soi.

— J'ai bien réfléchi, la semaine dernière, Julie, et voilà mes conclusions : je vais suivre cette cure de désintoxication. J'y pense depuis... oh je ne sais même plus depuis quand. Je crois que le moment est venu.

— Tu vas arrêter de boire ? Tu vas vraiment arrêter de boire, Papa ?

— Oui, ça suffit. Je suis dans le coltard depuis quelque chose comme trente-cinq ans. Je vais essayer de passer les trente-cinq prochaines années sobre.

Ce n'était pas la première fois que Julian entendait ça. Mais en général, lorsque son père parlait de faire une cure, c'était qu'il était saoul ou qu'il avait la gueule de bois. Or cette fois ce n'était pas le cas.

— Tu vas te pointer aux réunions des Alcooliques anonymes ?

Il y avait des réunions à Bakewell, à Buxton et dans les environs. Julian avait téléphoné partout afin d'obtenir les horaires de ces réunions, qui avaient été expédiés au manoir et jetés à la poubelle.

— C'est de ça que je voudrais te parler, dit Jeremy. La meilleure façon pour moi de m'en sortir une bonne fois. Voilà, Julie. (Et d'étaler les prospectus sur les genoux de Julian.) Tout ça, c'est des cliniques. Des cliniques pour alcooliques repentis. Tu t'inscris là-bas un mois, deux ou trois si c'est nécessaire, et tu suis la cure de désintoxication. Tu as un régime alimentaire approprié, tu fais de l'exercice, tu rencontres le psy maison. Tout le toutim. C'est par là qu'on commence. Et une fois que tu en sors, tu t'inscris aux AA. Jette un coup d'œil, mon petit, dis-moi ce que tu en penses.

Julian n'avait pas besoin de regarder pour savoir ce qu'il en pensait. Ces cliniques étaient des établissements privés horriblement chers. Il n'avait pas de quoi les payer à moins de cesser de restaurer Broughton Manor, de vendre les chiens et de se trouver un boulot comme tout le monde. Ce serait la fin de son rêve. S'il expédiait son père en cure, il ne pourrait plus redonner vie au domaine.

Jeremy l'observait, plein d'espoir.

— Je sais que j'y arriverai cette fois, mon grand. Je le sens. Avec un petit peu d'aide, j'y arriverai.

— Les Alcooliques anonymes, t'es sûr que ça suffirait pas pour t'aider ? Parce que tu vois, Papa, t'envoyer dans un endroit comme ça, je veux dire, bien sûr je peux voir ça avec notre assurance et je le ferai, c'est certain. Mais j'ai l'impression qu'ils refuseront de casquer. Notre couverture n'est pas assez importante. A moins que tu veuilles que je... (Il n'en avait pas envie et en eut terriblement mauvaise conscience. Toutefois, il s'obligea à prononcer certaines paroles. L'homme qui se tenait devant lui n'était-il pas son père ?) Je devrais cesser de travailler au domaine, me trouver un boulot à l'extérieur...

Jeremy tendit le bras pour ramasser en hâte les brochures.

— Non non, grands dieux, il n'en est pas question, Julie ! Je veux que Broughton Manor retrouve son lustre d'antan. Je le désire autant que toi. Je ne veux pas te retirer ça, mon garçon. Je me débrouillerai, t'inquiète pas.

— Mais si tu penses que tu as besoin d'une...

— Oui oui, la clinique, ça me permettrait de repartir sur des bases saines. Mais si on n'a pas de fric... eh bien, on n'a pas de fric, tant pis. Peut-être qu'un jour... plus tard... (Jeremy fourra les brochures dans la poche de sa veste. D'un œil rêveur, il contempla la cheminée.) L'argent, murmura-t-il, l'argent... C'est toujours des histoires d'argent, Julie.

La porte du salon s'ouvrit sur ces entrefaites et Samantha fit son entrée.

A croire qu'elle n'avait attendu que cette réplique.

18

— Désolée, mes biquets, c'est réservé aux membres.

C'est ainsi que Lynley et Nkata furent accueillis à Wandsworth, devant le lutrin près de l'escalier. Cet escalier conduisait à un orifice sombre qui semblait être l'entrée du Pilori — laquelle était gardée, en ce début d'après-midi, par une matrone occupée à faire de la tapisserie au petit point. Sans sa tenue pour le moins incongrue — fourreau de cuir noir à fermeture Eclair argent descendue jusqu'à la taille, qui dévoilait des seins pendouillants au grain de peau peu engageant —, ç'aurait pu être une grand-mère ordinaire. Ce qu'elle était probablement d'ailleurs lorsqu'elle ne travaillait pas. Ses cheveux gris semblaient frisottés pour le service religieux du dimanche et elle portait des lunettes en demi-lune au bout du nez. Regardant par-dessus ses verres, elle ajouta :

— A moins que vous ne souhaitiez vous inscrire, c'est ça ? Jetez un coup d'œil, alors, fit-elle en leur tendant à chacun un dépliant.

Le Pilori, lut Lynley, était un club privé réservé aux adultes amateurs de domination. Moyennant une cotisation annuelle raisonnable, ils se verraient offrir l'accès à un monde où leurs fantasmes les plus secrets pourraient se concrétiser de la façon la plus titillante. Dans un cadre où ils pourraient déguster nourriture et boissons entourés d'enthousiastes de leur acabit, ces adultes pourraient assister ou participer à la réalisation des rêves les plus fous de l'humanité. Leur identité, leur profession seraient soigneusement protégées par la direction, qui leur promettait une totale discrétion. Tandis que leurs moindres désirs seraient comblés par un personnel qui n'était là que pour leur plaire. Le Pilori était ouvert de midi à seize heures du lundi au samedi, jours fériés compris. Les dimanches étaient réservés au culte.

Le culte de quoi ? se demanda Lynley en se gardant toutefois de poser la question. Ayant glissé le prospectus dans la poche de sa veste, il eut un sourire aimable :

— Merci, j'y penserai. (Et sortant sa carte professionnelle :) Police. Nous aimerions dire un mot à votre barman.

Fourreau de Cuir Noir, si elle n'était pas un authentique cerbère, connaissait néanmoins la musique.

— C'est un club privé réservé aux membres, monsieur, je vous le répète. Pas une maison de débauche. Personne n'entre sans avoir montré patte blanche. Et quand quelqu'un veut s'inscrire, il doit présenter des papiers d'identité avec photo. Des papiers précisant sa date de naissance. Ne sont acceptés comme membres que les adultes consentants. Quant à nos employés, avant de les engager, nous épluchons soigneusement leur CV, histoire de nous assurer qu'ils sont « clean » et n'ont pas eu de démêlés avec la justice...

Lynley profita de ce qu'elle reprenait son souffle :

— Madame, si nous voulions faire fermer votre établissement...

— Rien ne vous y autorise. Comme je vous l'ai dit, c'est un club privé. Nous avons un avocat, nous connaissons nos droits.

Lynley décida de faire preuve de patience :

— J'en suis fort aise. L'homme de la rue est terriblement mal informé en général. Comme ce n'est pas votre cas, vous devez savoir que si nous voulions vous faire fermer boutique, nous ne débarquerions pas chez vous avec nos cartes. Mon collègue et moi sommes de la Criminelle, nous n'enquêtons pas undercover.

Près de Lynley, Nkata dansait d'un pied sur l'autre, ne sachant où poser les yeux. Le décolleté de la femme était directement dans son champ de vision et, manifestement, c'était la première fois qu'il avait sous le nez une peau en aussi piteux état.

— Nous essayons de retrouver la trace d'une certaine Shelly Platt, expliqua Lynley. On nous a dit que votre barman savait où elle se trouvait. Si vous voulez aller le chercher, nous lui parlerons ici même. Sinon, nous descendrons l'interroger. A vous de voir.

— Il travaille.

— Nous aussi, fit Lynley avec un sourire. Et plus vite nous lui aurons parlé, plus vite nous pourrons poursuivre notre travail ailleurs...

— Bien, dit-elle à regret en composant un numéro sur son téléphone. (Tout en parlant, elle garda les yeux rivés sur Nkata et Lynley, comme si elle avait peur qu'ils ne s'engouffrent dans l'escalier.) Y a là deux flics qui veulent retrouver une certaine Shelly Platt. Paraît que tu la connais... Non. La Criminelle. Tu veux monter ou je... T'es sûr ? Bon bon, d'accord. (Elle reposa le récepteur sur son support et, de la tête, leur désigna l'escalier.) Descendez, dit-elle. Il ne peut pas quitter le bar, nous sommes à court de personnel en ce moment. Il peut vous accorder cinq minutes.

— Son nom ?

— Vous pouvez l'appeler Lash.

— Mr Lash ? questionna Lynley.

— C'est ça.

L'escalier descendu, ils se retrouvèrent dans un couloir éclairé par des lumières rouges fixées aux murs nus peints en noir. Au bout du couloir, un rideau de velours noir et, derrière, le Pilori. De la musique filtrait à travers le velours mais pas du heavy metal discordant, plutôt un genre de chant grégorien comme ceux qu'entonnent des moines allant assister à la prière. *Agnus Dei qui tollis peccata mundi*. Comme en réponse, un fouet claqua, évoquant une détonation de revolver.

— Bienvenue dans le monde SM, dit Lynley à Nkata en écartant le rideau.

— Seigneur, qu'est-ce que Maman va dire ? fit le constable.

Un samedi après-midi, Lynley s'attendait à trouver le club désert mais tel n'était pas le cas. Il soupçonnait certes que la nuit attirerait bien d'autres membres sortis des tanières sombres où ils se réfugiaient pendant la journée. Toutefois, il y avait suffisamment d'adeptes pour se faire une idée de ce à quoi pouvait ressembler le Pilori quand il faisait salle comble. Au centre du club se trouvait l'instrument de supplice moyenâgeux éponyme. Il était prévu pour cinq personnes mais, ce samedi-là, il n'y avait qu'un seul pécheur qui payait le prix de ses méfaits : un homme à épaules larges et calvitie luisante qu'une femme en forme de tonneau fouettait en criant : « Vilain, vilain, vilain ! » Il était nu. Elle portait une guêpière de cuir noir et des bas en dentelle. Elle était chaussée de chaussures à talons si hauts qu'elle aurait pu faire des pointes sans se forcer.

Au-dessus de leurs têtes, un plafonnier tournait. Ce plafonnier était équipé de spots. L'un des spots était dirigé vers le pilori tandis que les autres, tels des tentacules, tournoyaient au rythme du plafonnier, illuminant ce qui se passait ailleurs dans le club.

— Oh là là, murmura Nkata.

Et Lynley ne trouva rien à ajouter à cela.

Au son du chant grégorien, plusieurs hommes à collier de chien et laisse étaient promenés autour de la salle par des femmes à l'air farouche vêtues de combinaisons noires ou de strings de cuir et de cuissardes. Un gentleman entre deux âges en uniforme nazi fixait un petit objet aux testicules d'un plus jeune enchaîné à un mur de brique noir, cependant qu'une femme attachée à un chevalet non loin de là se tordait en criant « Encore ! » alors qu'on versait une substance bouillante sur sa poitrine nue et son entrejambes. Une blonde en gilet de PVC sévèrement ajusté à la taille se tenait debout sur une table, mains sur les hanches, pendant qu'un quinquagénaire à masque de cuir et string métallique léchait consciencieusement les talons aiguilles de ses escarpins de cuir verni. Pendant que dans les coins sombres ou moins sombres se déroulaient toutes ces activités, un stand de location de costumes, où les membres du club pouvaient se procurer à peu près toutes les tenues et tous les accessoires, de la robe de cardinal au chat à neuf queues, semblait faire des affaires en or. Près de Lynley, Nkata sortit un mouchoir neigeux et s'en tapota vivement le front.

Lynley l'examina.

— Pour un type qui se battait jadis au couteau à Brixton, vous avez mené une existence plutôt protégée, Winston... Voyons ce que Lash va pouvoir nous raconter.

Ce dernier semblait ignorer complètement les activités qui se déroulaient autour de lui. Il ne consentit à remarquer la présence des deux policiers qu'après avoir versé six doses de gin dans un shaker, ajouté du vermouth et rajouté au mélange quelques gouttes de liquide prélevées dans un bocal d'olives vertes. Il vissa le bouchon du shaker, commença à l'agiter, et c'est alors seulement qu'il se décida à tourner les yeux de leur côté.

Tandis que l'un des spots l'éclairait, Lynley comprit d'où Lash[1], le sobriquet de cet homme, lui venait : d'une cicatrice qui courait de son front à l'une de ses paupières. Slash[2] aurait certainement été plus approprié comme nom, car la cicatrice résultait manifestement d'un coup de couteau. Mais sans doute avait-il souhaité respecter l'esprit du club.

Lash dévisagea non pas Lynley, mais Nkata. Brusquement, il reposa son shaker.

— Putain, grogna-t-il, j'aurais dû te faire la peau, Démon. Cette histoire de rançon, c'était de la couille...

— Vous vous connaissez ? fit Lynley en zieutant son constable.

— On... (Nkata tenta de formuler la chose avec délicatesse :) Disons qu'on s'est... croisés à une ou deux

1. Coup de fouet. *(N.d.T.)*
2. Entaille. *(N.d.T.)*

reprises près de Windmill Gardens, y a quelques années de ça...

— Vous désherbiez des laitues, j'imagine, remarqua Lynley, ironique.

Lash poussa une sorte de grognement :

— Oh pour ça, oui, on désherbait. (Et, s'adressant à Nkata :) Je m'suis toujours demandé c'que t'étais devenu. J'aurais dû me douter que tu finirais comme ça. (Il fit un pas en avant et examina Nkata à la lueur douteuse du club. Ses lèvres esquintées se retroussèrent, esquissant ce qui lui tenait lieu de sourire.) Espère de fumier ! s'écria-t-il, hurlant de rire. Je savais bien que je t'avais marqué, cette nuit-là, Démon ! J'savais bien que tout ce sang, ça pouvait pas être que le mien...

— Pour m'avoir marqué, tu m'as marqué, fit Nkata, bon bougre, en tapotant la cicatrice qui lui barrait la joue. (Il tendit la main.) Comment ça va, Dewey[1] ?

— Lash, corrigea Dewey.

— Ouais, c'est vrai, Lash.

— C'est ça, fit Lash avec un nouveau sourire. (Il prit la main tendue de Nkata et la serra, répétant :) Je savais bien que je t'avais marqué, Démon. Merde, tu te défends, avec un couteau... Regardez ma putain de tronche si vous me croyez pas, fit-il à Lynley. (Puis, s'adressant de nouveau à Nkata :) Et moi, je me suis toujours drôlement bien démerdé au rasoir, non ?

— Je peux pas dire le contraire, convint Nkata.

— Qu'est-ce que vous lui voulez, à Shelly Platt ? grimaça Lash. J'imagine que c'est pas ses services habituels qui vous intéressent.

— Nous voudrions lui parler d'un meurtre, fit Lynley. Nicola Maiden. Ça vous dit quelque chose ?

Lash réfléchit en versant les martinis dans quatre verres alignés sur un plateau. Il ajouta deux olives vertes fourrées par verre et les laissa tomber dans le cocktail avant de répondre.

— Sheila, aboya-t-il, c'est prêt ! (Et lorsque la bar-

1. Perle de rosée. *(N.d.T.)*

maid s'approcha en titubant sur des bottes à plate-forme, moulée dans un maillot résille qui en dévoilait plus qu'il n'en cacherait jamais, il fit glisser le plateau dans sa direction et se retourna vers les inspecteurs :) C'est cool comme nom, Maiden[1], pour un endroit comme ça. Je m'en serais souvenu si je l'avais entendu. Non, je la connais pas.

— Shelly si, apparemment. Maintenant, elle est morte.

— Shelly n'est pas un assassin. C'est une pute et une garce, et une langue de vipère. Mais elle a jamais fait de mal à une mouche.

— N'empêche que nous aimerions bien lui parler. Il paraît que c'est une habituée. Vous pouvez peut-être nous dire où on peut la trouver si elle n'est pas dans vos murs en ce moment. Je doute que cela vous plaise de nous voir traîner dans les parages à l'attendre...

— Il cause toujours comme ça ? fit Lash à Nkata.

— C'est de naissance.

— Merde, ça doit te gêner, toi, c'est pas ton style.

— T'inquiète pas, je me débrouille, fit Nkata. Tu peux me dépanner, Dewey ?

— Lash.

— Lash. Excuse-moi.

— Ouais, fit Lash, en souvenir du bon vieux temps. Mais attention, moi je t'ai rien dit, OK ?

— OK, opina Nkata en sortant son petit carnet de cuir bien propre.

Lash eut un sourire :

— Seigneur Dieu, t'es un vrai flic, alors, si t'as le carnet ?

— Ouais, mais motus. Garde ça pour toi, vieux.

— Merde, le Démon de la Mort est un keuf...

Il gloussa. Shelly Platt faisait le trottoir du côté d'Earl's Court. Mais à cette heure de la journée, ce n'était pas là qu'ils la dénicheraient. Elle travaillait de préférence la nuit, et maintenant il y avait des chances

1. Vierge. *(N.d.T.)*

pour qu'elle soit chez elle à en écraser. Il leur indiqua l'adresse.

D'un signe de tête, ils le remercièrent et se glissèrent hors de la salle. Dans le couloir aux murs noirs, dans un renfoncement qu'ils n'avaient pas remarqué en arrivant, ils virent qu'était aménagée une sorte d'échoppe barrée d'un comptoir. Derrière le comptoir se tenait une femme à dégaine de vampire et cheveux violets coiffée commc la Fiancéc dc Frankenstein, lèvres et paupières soulignées de noir, visage et oreilles hérissés de piercings.

— Allons-y, mes jolis, fit-elle avec une grimace salace tandis que Lynley et Nkata passaient devant elle. Si y a quelque chose qui vous tente, faut en profiter.

L'attention de Lynley se porta sur les marchandises offertes dans la boutique. Dans le genre porno, il y avait de tout : des « joujoux » aux cassettes. Le comptoir en verre abritait des pots contenant du *Shaft : Lubrifiant Intime* ainsi que des objets en cuir et en métal de formes et de tailles diverses et variées sur la destination desquels Lynley préféra ne pas spéculer. Toutefois, l'œil accroché au passage par l'un de ces gadgets, il ralentit, s'immobilisa, s'accroupit devant la vitrine.

— Inspecteur, fit Nkata d'un ton gêné d'écolier dont le père se rend coupable d'un impardonnable manque de tact.

— Un instant, Winnie. (Et, s'adressant à la femme aux cheveux violets :) Qu'est-ce que c'est que ça ?

Elle sortit l'objet qu'il pointait du doigt. Un cylindre en chrome, identique à celui qu'il avait retrouvé parmi les affaires de Nicola Maiden.

— Ça, dit-elle fièrement, ça vient de Paris. C'est joli, hein ?

— Ravissant, approuva Lynley. Qu'est-ce que c'est ?

— Un extenseur de couilles.

— Quoi ?

Elle sourit. Elle attrapa derrière le comptoir une poupée gonflable mâle grandeur nature et anatomiquement correcte qui était allongée par terre et elle la redressa en disant à Nkata :

— Tenez-le bien droit, mon mannequin. Généralement, il est couché sur le dos mais j'hésite pas à faire appel à lui pour les démos. Empoignez-le par les fesses, mon petit. Et ne craignez rien, il vous mordra pas.

— Je serai muet comme la tombe, souffla Lynley à Nkata. Ce sera notre secret.

— C'est bien la première fois que je palpe le cul d'un mec, dit Nkata. En plastique ou autrement.

— Ah, la première fois... C'est toujours la plus angoissante, ironisa Lynley. Donnez donc un coup de main à cette dame.

Crispé, Nkata s'exécuta néanmoins, plaquant les mains sur les fesses en plastique de la poupée qu'on avait assise à califourchon sur le comptoir.

— C'est bien, approuva la vendeuse, maintenant regardez. (Prenant l'extenseur de couilles dans une main, elle en dévissa les deux boulons. Le gadget s'ouvrit de façon à pouvoir être fixé autour du scrotum de la poupée, laissant librement pendouiller les testicules. Après quoi elle remit en place les boulons, précisant que la dominatrice les vissait autant que le soumis le désirait, augmentant la pression sur le scrotum jusqu'à ce que le soumis lui dise d'arrêter la torture.) On peut aussi y suspendre des poids, précisa-t-elle en montrant les anneaux latéraux. Tout dépend des goûts de chacun et de la dose de douleur dont le sujet a besoin pour éprouver une sensation de plaisir. La plupart des mecs veulent qu'on les tabasse en même temps. Mais ça, c'est leur affaire, pas vrai ? Je vous en enveloppe un ?

Lynley ravala un sourire à l'idée de remettre à Helen ce souvenir de ses activités de la journée.

— Une autre fois, peut-être.

— Vous savez où nous trouver.

Une fois dans la rue, Nkata poussa un profond soupir.

— Si jamais on m'avait dit que je verrais des trucs comme ça... Y a de quoi avoir les jetons, un endroit pareil.

— Démon de la Mort, vous vous êtes battu au couteau avec un Mr Lash, vous n'allez pas me faire croire que vous tourneriez de l'œil à la vue d'un pauvre petit instrument de torture ?

Nkata fit la grimace puis sourit.

— Si jamais vous m'appelez Démon en public, je vous adresse plus la parole.

— Je me le tiendrai pour dit. Allons, venez.

Barbara Havers songea que c'était ridicule de refaire tout le trajet jusqu'au Yard après s'être acheté une pita pour casser la croûte du côté de Walker's Court. Après tout, Cork Street était à deux pas. Effectivement, au nord-ouest de la Royal Academy, Cork Street n'était qu'à un jet de pierre du garage où Barbara avait laissé sa Mini avant de se mettre en quête du 31-32 Soho Square. Et comme de toute façon, utilisée ou non, elle allait devoir payer une heure de parking complète, il lui sembla beaucoup plus astucieux de faire un saut à Cork Street pendant qu'elle était dans le quartier plutôt que d'y revenir en fin de journée après avoir peiné quelques heures de plus devant son terminal d'ordinateur.

Elle sortit de sa poche la carte de visite récupérée dans l'appartement de Terry Cole pour se remettre en mémoire le nom qui s'y trouvait gravé : *Bowers*. L'adresse : *Cork Street*. Et sous l'adresse, un nom : *Neil Sitwell*. Le moment était venu de savoir ce que Terry Cole avait en tête lorsqu'il avait empoché le bristol.

Elle descendit nonchalamment Old Compton Street, s'engagea dans Brewer Street, évitant la foule du samedi, le flot de véhicules qui jaillissait de Piccadilly Circus et les touristes qui cherchaient le Café Royal dans Regent Street. Elle n'eut aucun mal à trouver Bowers parce qu'un énorme camion garé juste en face, dans Cork Street, bloquait la circulation et provoquait la colère d'un taxi qui hurlait des injures aux deux manutentionnaires occupés à décharger une caisse sur le trottoir.

Barbara se glissa à l'intérieur de ce qui semblait être non pas une galerie mais plutôt une salle des ventes rappelant Christies. Manifestement, une vente était en préparation, et c'étaient les marchandises qui allaient être mises aux enchères que l'on déchargeait du camion garé dehors. Il s'agissait de tableaux dans des cadres dorés. Il y en avait partout : rangés dans des caisses, appuyés contre les comptoirs, accrochés aux murs, posés à même le sol. Au milieu des tableaux évoluaient des employés en blouse bleue, planchette porte-documents à la main, qui prenaient des notes et triaient les toiles en fonction de leur état de conservation. Certaines avaient leur cadre endommagé, d'autres devaient être restaurées, les dernières étaient prêtes pour la vente.

Derrière un comptoir, un panneau vitré renfermait des affiches de ventes passées et à venir. Outre des tableaux, la maison avait vendu au plus offrant absolument de tout : fermes en Irlande, argenterie, bijoux, objets d'art...

Bowers était beaucoup plus vaste qu'on ne pouvait le croire vu de l'extérieur, car sur la rue il n'y avait que deux vitrines et une porte, donnant à penser que l'établissement était de taille modeste. En réalité, à l'intérieur, les salles débouchaient sur d'autres salles et se succédaient jusqu'à Old Bond Street. Barbara erra de pièce en pièce, cherchant quelqu'un qui pourrait lui indiquer Neil Sitwell.

Sitwell se révéla être le chef d'orchestre de toute cette activité. C'était un homme plutôt gras nanti d'une perruque qui lui donnait l'aspect d'un animal tué par un chauffard. Lorsque Barbara l'aperçut, il était accroupi devant une toile non encadrée représentant trois chiens de chasse sous un chêne et l'examinait avec soin. Il avait posé sa planchette par terre et passé la main à travers une déchirure de la toile qui défigurait la peinture tel un éclair. Ou plutôt tel un commentaire sur l'œuvre elle-même, songea Barbara, car à ses yeux c'était plutôt un désastre.

Son examen terminé, Sitwell lança à un jeune assistant qui passait, plusieurs autres toiles dans les bras :

— Emportez ça à restaurer. Dites-leur qu'il nous la faut pour dans six semaines.

— Très bien, Mr Sitwell ! cria le jeune homme en retour. C'est comme si c'était fait, j'embarque ça et je reviens tout de suite.

Sitwell se remit debout. Il eut un mouvement de tête en direction de Barbara puis du tableau qu'il venait d'étudier.

— Celui-là fera au moins dans les dix mille.

— Vous plaisantez. A cause du peintre ?

— Non, des chiens. Vous connaissez les Anglais. Moi, je peux pas les blairer. Je parle des chiens, bien sûr. Qu'est-ce que je peux faire pour vous ?

— J'aimerais vous dire un mot, si possible dans un endroit tranquille.

— A quel sujet ? Nous sommes débordés et nous attendons encore deux autres camions cet après-midi.

— Au sujet d'un meurtre, fit Barbara en lui tendant sa carte.

Cela lui valut aussitôt toute l'attention de Stiwell.

Il lui fit gravir un escalier étroit. En haut des marches, son bureau occupait un réduit donnant sur les salles d'exposition. Ce bureau était simplement meublé d'une table de travail, de deux fauteuils et d'un classeur. Unique décoration : les murs. Ceux-ci étaient recouverts de liège du sol au plafond et on y avait punaisé l'histoire de la maison dans laquelle travaillait Mr Sitwell. Apparemment, cette salle des ventes avait un passé historique. Mais, tel un enfant moins doué dans un foyer peuplé de frères et sœurs au QI impressionnant, il lui fallait se faire mousser par ses propres moyens pour arriver à faire entendre sa voix au-dessus du tumulte provoqué par Sotheby et Christies. Barbara s'empressa de mettre Sitwell au courant de la mort de Terry Cole. Le jeune homme dont le corps avait été retrouvé dans le Derbyshire avait conservé une carte de visite à son nom dans ses affaires. Mr Sitwell avait-il une idée de la raison qui l'avait poussé à garder ce bristol ?

— C'était un artiste, ajouta Barbara. Un sculpteur.

Son matériau, c'étaient les outils de jardin et les instruments aratoires. C'est peut-être comme ça que vous l'avez rencontré, dans une exposition. Ça vous rappelle quelque chose ?

— Pas le moins du monde. J'assiste à de nombreux vernissages. Il vaut mieux se tenir au courant de ce qui se passe dans le monde de l'art. Ça donne une idée de ce qui va se vendre ou non. Mais c'est plus un passe-temps chez moi, cette manie de suivre les tendances. Comme nous sommes une salle des ventes et non une galerie, je n'aurais eu aucune raison de remettre ma carte à un jeune artiste.

— Vous ne vous occupez pas d'art moderne ?

— Nous ne commercialisons pas le travail d'artistes encore inconnus. Pour des raisons évidentes.

Barbara réfléchit, se demandant si Terry Cole avait tenté de se faire passer pour un sculpteur reconnu. Ça semblait peu probable.

— Est-ce qu'il aurait pu venir ici ou vous avoir rencontré ailleurs pour une autre raison ?

Sitwell réunit ses doigts en clocher sous son menton.

— Depuis trois mois, nous sommes à la recherche d'un restaurateur de tableaux qualifié. Comme c'était un artiste...

— J'utilise le terme au sens large.

— Oui, je comprends. S'il se considérait lui-même comme un artiste, il avait peut-être des connaissances dans ce domaine et il est peut-être venu passer un entretien. Attendez. (Il réussit à extraire un carnet de rendez-vous du tiroir de son bureau. Il se mit à le feuilleter, son doigt courant le long des pages tout en lisant.) Pas de Cole. Ni de Terry, ni de Terence, j'en ai peur. Aucun Cole là-dedans.

Il se tourna ensuite vers une boîte métallique esquintée dans laquelle se trouvaient des bristols et des séparateurs alphabétiques cornés. Il avait l'habitude, expliqua-t-il à Barbara, de conserver les nom et adresse des gens dont les compétences pouvaient être utiles à Bowers. Peut-être que Terence Cole en faisait partie... Mais non.

Son nom ne figurait nulle part sur les bristols. Il était désolé, mais il n'allait pas pouvoir aider le constable.

Barbara tenta une dernière question. Etait-il possible que Terry Cole soit entré en possession de la carte de visite de Mr Sitwell d'une autre façon ? D'après ce qu'elle avait compris, en parlant à la mère et à la sœur du jeune homme, il rêvait d'ouvrir sa propre galerie d'art. Peut-être avait-il rencontré Mr Sitwell dans un vernissage, bavardé avec lui ? Peut-être que Mr Sitwell lui avait remis sa carte et l'avait invité à passer le voir à l'occasion...

Barbara racontait son histoire sans trop croire qu'elle allait aboutir à un résultat. Toutefois, aux mots « sa propre galerie d'art », Sitwell avait brandi l'index, comme si un détail venait de lui revenir.

— Oui oui, la galerie d'art, je m'en souviens. C'est parce que vous avez dit qu'il était sculpteur. Ce jeune homme ne s'est jamais présenté comme un sculpteur quand il est venu me voir, ni même comme un artiste, d'ailleurs. Il m'a seulement confié qu'il espérait...

— Vous vous souvenez de lui ?

— Ç'avait l'air d'être un projet plutôt hasardeux pour quelqu'un qui parlait d'une façon si... qui s'habillait avec autant de...

Sitwell hésita à poursuivre après avoir jeté un coup d'œil à Barbara. Sans doute venait-il de se rendre compte qu'il était à deux doigts de gaffer. L'accent de Barbara trahissait ses origines, voisines après tout de celles de Terry Cole. Quant à sa tenue vestimentaire... Barbara n'avait pas besoin d'une glace pour savoir qu'on ne lui aurait jamais demandé de poser pour *Vogue*.

— Exact, il était tout le temps en noir, et il avait un accent affreusement popu, dit Barbara. Une petite barbe, des cheveux coupés ras et une queue de cheval.

— Oui oui, c'était bien lui ! confirma Sitwell.

Il était passé chez Bowers la semaine d'avant, oui. Apportant un échantillon de quelque chose qui pourrait — du moins le pensait-il — intéresser la salle des ventes. Il comptait sur le produit de la vente pour financer la galerie qu'il souhaitait ouvrir.

Un échantillon de quelque chose à vendre ? Barbara pensa à la boîte de cartes postales trouvée sous le lit de Terry Cole. Des choses plus étranges avaient été mises en vente auparavant.

— De quoi s'agissait-il ? D'une de ses sculptures ?

— D'une partition, répondit Sitwell. Il avait lu quelque part que quelqu'un avait vendu une chanson manuscrite de Lennon et McCartney ou un carnet, un truc dans ce goût-là, et il espérait vendre les autres partitions qu'il avait en sa possession.

— C'était signé Lennon et McCartney, sa partition ?

— Non. C'était un morceau de Michael Chandler. Le gamin m'a affirmé en détenir une bonne douzaine d'autres, qu'il espérait mettre en vente. Il se figurait sans doute que des milliers de fans de comédies musicales s'amuseraient à faire des heures de queue dans l'espoir de payer vingt mille livres une feuille de papier sur laquelle un homme aujourd'hui décédé avait jadis griffonné.

Sitwell sourit d'un air de condescendante dérision. Barbara sentit sa main la démanger : elle lui aurait volontiers claqué le beignet.

— Ce document n'avait aucune valeur ?

— Non, c'est pas ça.

Et Sitwell d'expliquer que la partition aurait pu valoir une fortune mais qu'elle appartenait à la succession Chandler et que Bowers ne pouvait la mettre en vente — à moins que les Chandler ne l'y autorisent. Auquel cas, l'argent irait à la famille Chandler.

— Comment ces partitions sont-elles arrivées en sa possession ?

— Kermesse ? Vide-grenier ? Aucune idée. Les gens jettent des choses de valeur sans s'en rendre compte. Ça arrive plus souvent qu'on ne croit. Ou alors ils les oublient dans une valise, dans un carton, et puis valise ou carton atterrissent entre les mains de quelqu'un d'autre. En tout cas, le jeune homme ne s'est pas expliqué là-dessus et je ne lui ai pas posé de question. Je lui ai proposé de retrouver les avocats de la succession Chandler et de leur remettre la partition pour qu'ils la fassent parvenir à la veuve et aux enfants. Mais Cole a préféré s'en charger lui-même dans l'espoir de toucher une récompense. Pour avoir restitué à ses légitimes propriétaires des objets trouvés.

— Des objets trouvés ?

— Oui, c'est ainsi qu'il les a qualifiés.

A la fin de l'entretien, le jeune homme ne lui avait posé qu'une question : comment contacter les avocats des Chandler. Sitwell lui avait conseillé de s'adresser à King-Ryder Productions étant donné que, comme la plupart des gens le savaient, Michael Chandler et David King-Ryder avaient travaillé ensemble jusqu'à la mort de Chandler.

— Je suppose que j'aurais dû l'adresser à la succession King-Ryder, fit Sitwell pensivement. Pauvre homme, ajouta-t-il en faisant référence au suicide de David King-Ryder, qui datait du début de l'été. Mais comme la maison de production a toujours bon pied bon œil, je me suis dit qu'il valait mieux qu'il commence par là.

Comme Barbara gardait le silence, Sitwell crut bon de s'excuser. Il était désolé de ne pouvoir l'aider davantage. La visite du jeune homme n'avait rien eu de particulièrement exceptionnel. En tout cas, Sitwell avait oublié dans quelles circonstances il l'avait rencontré. Et il était bien incapable de dire comment Terry Cole s'était procuré sa carte. Ce qui était sûr, c'est qu'il ne se souvenait absolument pas de lui en avoir donné une.

— Il se sera servi, fit Barbara en indiquant d'un mouvement de tête la pile de bristols sur le bureau de Sitwell.

— Ah je vois, je ne me rappelle pas l'avoir vu faire, mais c'est probablement comme ça que ça s'est passé. Je me demande bien pourquoi il en a pris une...

— Pour y mettre son chewing-gum, lui dit-elle.

Elle se dirigea vers la sortie. Une fois dans la rue,

elle extirpa de son sac la liste des membres du personnel du 31-32 Soho Square que Dick Long lui avait remise. Il s'agissait d'une liste alphabétique par noms d'employés. Elle comportait le numéro de téléphone professionnel de la personne, son adresse et son numéro de téléphone personnels, ainsi que le nom de la société pour laquelle elle travaillait.

Barbara balaya la liste des yeux jusqu'à ce qu'elle trouve ce qu'elle cherchait. *King-Ryder Productions*, lut-elle à côté du dixième nom.

Et pan dans le mille.

La sécurité était réduite à sa plus simple expression chez Shelly Platt. Elle habitait non loin d'Earl's Court Station, dans un immeuble jadis équipé d'interphones. Aujourd'hui, la porte était entrouverte. En la voyant entrebâillée, Lynley en examina le mécanisme et constata que, si la porte elle-même était en bon état, le chambranle avait été esquinté. Bienvenue aux cambrioleurs. Telle aurait pu être l'épigraphe du bâtiment.

Il n'y avait pas d'ascenseur, aussi Lynley et Nkata se dirigèrent-ils vers l'escalier situé au bout du couloir du rez-de-chaussée.

Shelly habitait au quatrième, ce qui permit aux deux hommes de tester leur condition physique : celle de Nkata était meilleure que la sienne, constata Lynley. Il n'avait pour ainsi dire jamais touché au tabac. Sa forme le proclamait. Nkata s'abstint charitablement de le faire remarquer à son supérieur. Même s'il fit semblant de s'arrêter au second étage pour admirer l'absence de vue ct offrir à Lynley l'occasion de souffler.

Il y avait deux appartements au quatrième, l'un donnant sur la rue et l'autre sur l'arrière. C'était là que Shelly Platt habitait. Un petit studio.

Il leur fallut frapper plusieurs fois avant d'obtenir une réponse. Lorsque la porte s'entrouvrit finalement de la largeur d'une chaîne de sécurité, un visage surmonté de cheveux orange embroussaillés de sommeil se montra.

— Quoi, qu'est-ce que vous voulez ? Oh, vous êtes deux. Faut pas le prendre mal, mon petit loup, je fais pas les Noirs. C'est pas que je sois raciste, c'est simplement un deal que j'ai fait avec une collègue qu'est plus toute jeune. J'peux te donner son numéro, si tu veux.

La fille avait l'accent nasal d'une femme qui a passé son enfance au nord de la Mersey.

— Miss Platt ? fit Lynley.

— Quand je suis consciente. (Elle sourit sur des dents grises.) Des gars dans votre genre, y en a pas des masses par ici. Qu'est-ce que vous voulez ?

— Bavarder. (Lynley sortit sa carte professionnelle et réagit au quart de tour lorsqu'elle fit mine de lui claquer la porte au nez.) Brigade criminelle. Nous aimerions vous dire un mot.

— Je dormais, fit-elle en rouspétant. Repassez plus tard.

— Ça m'étonnerait que ce soit une bonne idée, dit Lynley, surtout si plus tard on vous trouve en plein rendez-vous. Je ne sais pas si ça arrangerait tellement vos affaires qu'on se pointe. Laissez-nous entrer.

— Oh, et puis merde, fit-elle en ôtant la chaîne.

Elle pivota, les laissant ouvrir eux-mêmes.

Lynley poussa le battant qui leur dévoila une pièce avec une fenêtre où pendait un de ces rideaux à perles qui servent souvent de portières. Sous la fenêtre, à même le sol, un matelas faisait office de lit. Shelly Platt gagna le matelas en traînant les pieds et s'approcha d'un tas de fringues. Elle enfila une salopette sur le peu de vêtements qu'elle portait : un tee-shirt fané à l'effigie du Gavroche des *Misérables*. Elle réussit à exhumer du foutoir une paire de mocassins et se chaussa. Les mocassins avaient été perlés mais il ne restait plus que des petites babioles turquoise minuscules sur des fils qui traînaient par terre quand elle marchait. Le lit était défait, le couvre-lit consistait en un jeté indien jaune et orange, la couverture en un carré de laine à rayures violettes et roses bordé de satin élimé. Shelly traversa la pièce jusqu'au lavabo et remplit d'eau une casserole.

Elle mit la casserole sur l'un des brûleurs d'une plaque chauffante posée sur une commode maculée de taches.

Il n'y avait qu'un seul siège dans la pièce, un futon noir constellé de traces grises. Semblables à des nuages, ces taches revêtaient une variété infinie de formes. Avec un peu d'imagination, on pouvait y voir toutes sortes d'animaux, des licornes aux phoques. Shelly leur désigna de la tête le futon tandis qu'elle retournait vers le lit.

— L'un de vous peut se coller là. L'autre, faudra qu'il reste debout... (Ni l'un ni l'autre ne s'approcha du siège crasseux.) Comme vous voudrez, fit-elle en se laissant tomber sur le matelas et en se plaquant l'un des deux oreillers sur l'estomac. (D'un coup de pied, elle écarta un autre tas de vêtements, une minijupe en PVC rouge, des bas résille noirs, encore attachés au porte-jarretelles, et un haut vert plein de taches d'une couleur semblable à celle du futon. Elle observa Lynley et Nkata, l'œil complètement vide, ce qui lui donnait l'air malsain d'une accro à l'héroïne, allure que les mannequins arboraient ces temps-ci dans les magazines de mode.) Eh bien, qu'est-ce qui vous amène ? Vous êtes de la Criminelle, pas des mœurs. Donc c'est pas le business...

Lynley retira de la poche de sa veste la lettre anonyme que Vi Nevin lui avait montrée un peu plus tôt dans la journée. Il la lui tendit. Shelly prit son temps pour l'examiner, se mordillant la lèvre inférieure d'un air pensif.

Profitant de ce qu'elle était ainsi occupée, Nkata ouvrit son calepin et régla la mine de son stylo cependant que Lynley laissait courir ses yeux autour de la pièce, histoire de recueillir des infos. Cette pièce possédait deux caractéristiques, en dehors de l'odeur reconnaissable entre toutes du sexe — que ne camouflait même pas le parfum d'un bâtonnet d'encens au jasmin que l'on avait récemment fait brûler. L'une était une vieille malle de voyage ouverte et révélant son contenu : vêtements de cuir noir, chaînes, masques, fouets et autres accessoires. L'autre était une collection de photos punaisées au mur. Ces clichés étaient essentiellement des portraits de deux personnes : un jeune loubard à guitare électrique et Vi Nevin prise dans une variété de poses sexy ou gamines. Shelly surprit Lynley en train de regarder les photos alors qu'elle relevait la tête de la lettre anonyme.

— Et alors ? dit-elle en faisant allusion à la missive.

— C'est vous qui l'avez envoyée ? voulut savoir Lynley.

— J'arrive pas à croire qu'elle ait pu appeler les flics pour ça. Vraiment, c'est devenu une drôle de...

— Vous l'avez envoyée ? Vous en avez envoyé d'autres ?

— J'ai pas dit ça.

Shelly jeta la lettre par terre. Elle s'allongea à plat ventre et exhuma une boîte bariolée de sous plusieurs exemplaires jaunis du *Daily Express*. La boîte contenait des chocolats et elle en choisit un. Elle le lécha avant de le faire pénétrer lentement dans sa bouche. Ses joues se gonflaient comme un soufflet tandis qu'elle se mettait à le sucer. Elle ébaucha une moue de plaisir. A l'autre bout de la pièce, Nkata poussa le soupir d'un homme qui se demande si sa journée peut être encore plus moche.

— Où étiez-vous mardi soir ?

La question était de pure forme, Lynley ne pouvait imaginer cette fille ayant l'intelligence de venir à bout de deux jeunes adultes normalement constitués. Néanmoins, il la posa. On ne savait jamais ce qu'on allait obtenir en fouinant.

— Où je suis toujours, répondit-elle en s'allongeant sur le côté en appui sur un coude, sa main contre ses cheveux orange. Du côté d'Earl's Court Station pour renseigner les mecs qui se perdent en sortant du métro évidemment. (Là, elle eut une sorte de sourire grimacé.) C'est là que j'étais la nuit dernière, c'est là que je serai ce soir et c'est là que j'étais mardi soir également. Pourquoi ? Vi vous a dit autre chose ?

— Elle dit que vous lui avez envoyé ces lettres. Que vous l'avez suivie à la trace pendant plusieurs mois.

— Ecoutez-moi ça, ironisa Shelly, on est en démocratie, que je sache. Je vais où je veux et si elle se trouve y être aussi, c'est bien dommage pour elle. Moi personnellement, j'en ai rien à battre.

— Même quand elle est avec Nicola Maiden ?

Shelly ne répondit pas, se contentant de piocher une nouvelle fois dans sa boîte de friandises. Elle était d'une maigreur squelettique sous sa salopette.

— Quelles salopes, ces deux-là ! Des profiteuses. J'aurais dû m'en rendre compte plus tôt. Je croyais qu'être copines ça voulait dire quelque chose, mais je m'étais gourée. J'espère qu'elles paieront. C'est dégueulasse la façon dont elles m'ont traitée.

— Nicola Maiden a payé, lui dit Lynley. Elle a été assassinée mardi soir. Est-ce que quelqu'un peut confirmer vous avoir vue mardi entre dix heures et minuit, Miss Platt ?

— Assassinée ? fit Shelly en se redressant. Nikki Maiden a été assassinée ? Comment ? Quand ? Je n'aurais jamais... Vous dites... assassinée ? Putain de merde, alors ! Faut que je téléphone à Vi. Faut absolument que j'appelle Vi. (Elle se dressa d'un bond et fonça sur le téléphone qui, comme la plaque chauffante, se trouvait sur la commode. L'eau qui était dans la casserole avait commencé à bouillir, ce qui arrêta Shelly un instant dans son désir de contacter Vi Nevin. Elle emporta la casserole jusqu'au lavabo, versa de l'eau dans une tasse lavande en répétant « assassinée ».) Comment va-t-elle ? Vi va bien ? Vi, on lui a pas fait de mal au moins ?

— Elle va bien.

Lynley trouvait bizarre le soudain changement de la jeune femme, et révélateur aussi.

— Elle vous a demandé de m'annoncer la nouvelle, c'est ça ? Merde, pauvre chou. (Shelly ouvrit un placard au-dessus du lavabo et en sortit un pot de Gold Blend, un pot de lait en poudre et un paquet de sucre. Elle plongea les doigts dans la poudre pour y pêcher une cuiller crasseuse dont elle se servit pour mesurer les différents ingrédients, remuant avec vigueur sans même essuyer la cuiller entre deux manœuvres. A la fin, celle-ci se trouva imprégnée d'une peu ragoûtante pellicule couleur de boue.) Attention, ne nous emballons pas, dit-elle, ayant manifestement mis à profit la préparation du café pour réfléchir à la nouvelle que Lynley lui avait annoncée. Pas question que je fonce là-bas ventre à terre, sans blague ! Elle a pas été sympa avec moi. Et si elle veut que je me repointe, va falloir qu'elle me le demande gentiment. Et c'est même pas sûr que je vais y retourner. J'ai ma fierté.

Lynley se demanda si elle avait entendu sa question. Il se demanda si elle comprenait ce que cette question impliquait : non seulement au sujet de la place qu'elle pouvait tenir dans l'enquête sur le meurtre de Nicola Maiden, mais aussi sur la nature de ses relations avec Vi Nevin.

— Le fait que vous lui ayez envoyé des lettres de menace fait de vous une suspecte, Miss Platt. Il va donc falloir que vous trouviez quelqu'un pour confirmer où vous étiez mardi dans la nuit, entre dix heures et minuit...

— Mais Vi sait que jamais... (Shelly fronça les sourcils, manifestement quelque chose venait de la frapper. Son visage trahissait d'ailleurs le travail souterrain qui s'effectuait dans sa conscience : si les policiers étaient dans son studio à lui poser des questions sur la mort de Nikki, il ne pouvait y avoir qu'une raison à leur visite et qu'une personne qui les lui avait envoyés.) C'est Vi qui vous a envoyés chez moi, pas vrai ? Vi... vous... a envoyés... chez... moi. Vi pense que c'est *moi* qui ai réglé son compte à Nikki. Ah ben merde, alors, quelle garce ! Quelle sale petite garce ! Décidément, elle est prête à tout pour se venger...

— Se venger de quoi ? demanda Nkata. (Le loubard à la guitare grimaçait par-dessus son épaule sur une photo grand format. Il tirait la langue. Une langue ornée de piercings. Et d'où partait une petite chaîne rattachée à un anneau qu'il avait à l'oreille.) De quoi voulait-elle se venger ? répéta patiemment Nkata, stylo en l'air, regard brillant.

— De ce que j'avais cafté auprès de Gland d'Acier. Je veux dire de Reeve.

— Celui de MKR Financial Management ? Martin Reeve ? demanda Nkata.

— Exactement, fit Shelly en s'approchant du matelas, son mug de café à la main, sans se préoccuper du liquide qui éclaboussait le sol. (Elle s'accroupit, prit un chocolat et le laissa tomber dans sa tasse. Elle prit un autre chocolat qu'elle se fourra dans la bouche, se mit à le sucer énergiquement en se concentrant.) Ouais, je lui ai tout déballé. Et alors, qu'est-ce que ça peut foutre ? Il avait bien le droit de savoir qu'elles lui racontaient des craques. Oh, c'est pas qu'il méritait qu'on l'affranchisse, ce branleur. Mais comme elles l'avaient traité, lui, de la même manière qu'elles m'avaient traitée, moi, et qu'elles auraient continué à profiter de tout le monde de la même façon, je me suis dit qu'il avait le droit de savoir, après tout. Si les gens vous utilisent, faut qu'ils payent, bordel. D'une façon ou d'une autre, merde. Comme les clients.

Nkata avait l'air d'un homme qui écoute du chinois et qui doit en plus le traduire en grec. Lynley ne paraissait pas trouver ça tellement plus limpide.

— Miss Platt, dit-il, de quoi parlez-vous ?

— De Reeve. De Gland d'Acier. Vi et Nikki l'avaient trait comme une vache. Et après s'en être mis plein les poches, elles se sont barrées. Seulement, elles ont bien pris soin d'embarquer leurs clients avec elles quand elles ont mis les voiles. Elles ont plaqué ce connard pour se mettre à leur compte, Nikki et Vi. Ça lui aurait fait drôlement du mal au porte-monnaie, à Gland d'Acier, il l'aurait senti passer. J'ai trouvé ça moche. Alors je suis allée tout lui raconter.

— Alors comme ça, Vi Nevin travaillait pour Martin Reeve ? fit Lynley.

— Ben oui. Toutes les deux elles travaillaient pour Reeve. C'est comme ça qu'elles se sont connues.

— Et vous aussi ?

— Y a pas de danger. Oh, c'est pas faute d'avoir essayé. Quand Vi a été engagée, j'ai tenté ma chance. Mais j'étais pas le genre qu'il recherchait. Monsieur voulait du *raffinement*. Des filles capables de faire la *conversation*, d'utiliser des *couverts à poisson*, de regarder un *opéra* sans piquer du nez, d'aller à un *cocktail* au bras d'un gros type moche qu'est content de vous faire passer pour sa petite amie l'espace d'une soirée et...

— Je crois avoir saisi, l'interrompit Lynley, en résumé MKR est une agence spécialisée dans les hôtesses d'accompagnement.

— Et qui se fait passer pour une société financière, ajouta Nkata.

— C'est bien ça ? insista Lynley. Nicola et Vi travaillaient comme call-girls pour MKR avant de quitter cette boîte pour voler de leurs propres ailes ? C'est ça, Miss Platt ?

— C'est exactement ça. Il engage des filles, Martin. Et il les bombarde stagiaires dans la finance. Seulement, ce boulot dans la finance, c'est du pipeau. Tout ce qu'il fait, c'est les coller devant un bureau avec des bouquins qu'elles sont censées potasser pour apprendre le business. Et puis, au bout d'une semaine, il leur demande si elles veulent pas lui rendre un petit service. Sortir avec un gros client de passage en ville pour une conférence. Dîner au restaurant avec un monsieur qui a envie de compagnie. Il leur dit qu'il les paiera, bien sûr, pour lui tirer cette épine du pied. Que c'est juste un petit dépannage. Seulement, après la première sortie, il en arrive une autre. Le temps qu'elles pigent ce qu'est exactement la spécialité de MKR, elles s'aperçoivent qu'elles se font beaucoup plus de fric à sortir avec des informaticiens coréens, des Arabes du pétrole ou des politiciens américains qu'elles s'en seraient jamais fait en faisant le boulot qu'elles étaient censées faire chez Gland d'Acier au départ. Evidemment, elles gagnent encore plus de pognon quand elles accordent à leur compagnon un peu plus que leur compagnie. Et c'est alors que Dugland leur met les points sur les *i*. Qu'il leur explique en quoi consiste exactement son business. Lequel n'a foutre rien à voir avec la finance, vous pouvez me croire...

— Comment en êtes-vous arrivée à savoir tout ça ? demanda Lynley.

— Vi a amené Nikki à la maison, une fois. Elles se sont mises à bavarder. J'ai écouté. Vi avait été engagée par Reeve sous un autre prétexte que Nikki et elles se racontaient leurs histoires d'embauche pour comparer.

— Ça s'était passé comment pour Vi ?

— Différemment, comme je viens de vous le dire. C'est la seule qu'il ait recrutée dans la rue. Les autres, c'étaient des étudiantes qui voulaient travailler à mi-temps. Mais Vi, elle, elle racolait des clients grâce à ses cartes. Qu'elle s'arrangeait pour faire coller dans les cabines téléphoniques...

— C'est à cette époque que vous étiez à son service comme bonne ?

— Exact. Gland d'Acier est tombé sur une de ses cartes professionnelles. Son look lui a plu. Des filles qui peuvent se faire passer pour des gamines de dix ans, faut dire que ça se trouve pas sous le sabot d'un cheval. Il en avait sans doute pas en réserve. Et il lui a téléphoné. C'est moi qui lui ai fixé rendez-vous. Mais quand il s'est pointé, ç'a été pour parler business. (Elle souleva sa tasse et but, examinant Lynley par-dessus le bord.) C'est comme ça que Vi s'est mise à travailler pour lui.

— Et qu'elle a cessé d'avoir besoin de vous, conclut Lynley.

— Elle m'a gardée. Je faisais la cuisine, la lessive, le ménage. Et puis, un beau jour, elle a décidé de partager l'appart avec Nikki et de s'associer avec elle. Du coup, moi, je me suis retrouvée dehors. Comme ça ! (Elle claqua des doigts.) Un jour, je lavais ses petites culottes. Le lendemain, je baissais la mienne devant des gars qui poireautaient entre deux trains.

— Et c'est là que vous avez décidé de mettre Martin Reeve au courant de ce qu'elles mijotaient, remarqua Lynley. Pour vous venger.

— J'ai fait de mal à personne ! s'écria Shelly. Si quelqu'un est capable de faire du mal à des gens — capable de les tuer, je veux dire —, c'est Dugland, pas moi !

— Seulement Vi ne nous a pas mis sur sa piste, dit Lynley, c'est pourtant ce qu'elle ferait si elle le soupçonnait de quoi que ce soit. Comment expliquez-vous qu'elle nie même le connaître ?

— Ben tiens, bien sûr qu'elle nie ! déclara Shelly. Si ce type savait qu'elle a parlé à la police de son business d'hôtesses après s'être servie de lui pour se faire une clientèle et se mettre ensuite à son compte... (Shelly fit le geste de se trancher la gorge.) Elle en aurait pas pour dix minutes à vivre. Comme Gland d'Acier est pas du genre à aimer se faire baiser, je lui fais confiance : il ferait en sorte qu'elle paie...

Shelly parut soudain se rendre compte de ce qu'elle était en train de faire. Nerveusement, elle jeta un regard vers la porte.

— Si tel est le cas, dit Lynley, si Reeve est responsable de la mort de Nicola Maiden — ce que vos paroles semblent suggérer...

— J'ai jamais dit ça !

— D'accord, pas de façon aussi explicite. Mais vous l'avez sous-entendu. (Lynley attendit qu'elle réagisse. La voyant cligner des paupières, il prit ça pour un acquiescement.) Si c'est Reeve qui est responsable de la mort de Nicola Maiden comme vous semblez le suggérer, pourquoi aurait-il attendu si longtemps pour la tuer ? Elle l'a quitté en avril. Et on est en septembre. Comment expliquez-vous qu'il ait attendu cinq mois pour se venger ?

— Je lui avais pas dit où elles étaient, dit fièrement Shelly. J'ai fait celle qui savait pas. Je voulais bien lui raconter ce qu'elles manigançaient. Mais c'était à lui de retrouver leur piste. Et c'est ce qu'il a fait. Vous pouvez en être sûr.

19

L'inspecteur Peter Hanken venait de regagner son bureau après son entretien avec Will Upman lorsque la nouvelle lui parvint. Un écolier de dix ans nommé Theodore Webster qui jouait à cache-cache dans une poubelle sur la route entre Peak Forest et Lane Head avait trouvé un couteau enterré dans un reste de gravillons ayant servi à sabler la chaussée l'hiver précédent. Il s'agissait d'un couteau de poche de bonne taille muni de plusieurs lames et de divers gadgets et qui à ce titre faisait partie de la panoplie obligée du campeur ou du randonneur moyen. Le gamin aurait gardé sa trouvaille sans en souffler mot à quiconque, avait expliqué son père, si les lames n'avaient pas été impossibles à sortir de leur logement sans l'aide d'un adulte. Le gosse avait apporté le couteau à son père, se disant que quelques gouttes d'huile régleraient la question. Seulement le père avait vu le sang séché qui était à l'origine du problème et il s'était souvenu des morts de Calder Moor qui avaient fait la une du *High Peak Courier*. Aussi avait-il immédiatement contacté la police. Ce n'était peut-être pas le couteau qui avait servi à assassiner l'une des deux victimes de Calder Moor, dit à Hanken sur son portable la femme constable qui avait pris la communication, mais l'inspecteur avait peut-être envie d'y jeter un œil avant qu'on n'expédie l'objet au labo. Hanken déclara qu'il l'y apporterait lui-même. C'est pourquoi il fonça vers le nord et la A623 et à Sparrowpit prit la direction du sud-est.

Une fois sur place, Hanken examina la poubelle où l'arme avait été retrouvée. Il constata qu'un tueur ayant déposé le couteau à l'intérieur aurait poursuivi sa route jusqu'à un croisement distant de quelque sept kilomètres, où il aurait pu soit bifurquer vers l'est puis vers le nord pour atteindre Padley Gorge, soit se diriger vers le sud et Broughton Manor, qui n'était qu'à trois kilomètres de là. Une fois que Hanken se fut remis les lieux en tête en regardant la carte, il s'en alla examiner le couteau dans la cuisine de la ferme des Webster.

C'était effectivement un couteau de l'armée suisse, qui pour l'instant était enfermé dans un sac de mise sous scellés posé sur la banquette près de lui. Le labo procéderait à tous les tests nécessaires pour s'assurer que le sang qui le maculait était celui de Terry Cole. Mais avant d'en arriver à ce stade, un examen nettement moins scientifique permettrait aux enquêteurs de recueillir des renseignements précieux.

Hanken trouva Andy Maiden au bas de l'allée conduisant au Hall. L'ancien policier du SO10 mettait en place une nouvelle enseigne — travail qui nécessitait l'emploi d'une brouette, d'une pelle, d'une petite bétonnière, de plusieurs longueurs de fil et d'impressionnants projecteurs. L'ancienne enseigne avait déjà été démontée et gisait en plusieurs morceaux sous un tilleul. La nouvelle — sculptée et peinte à la main, une vraie splendeur — attendait d'être fixée sur un solide poteau de chêne et de fer forgé.

Hanken se gara sur le bas-côté et observa Maiden qui s'activait comme un malade, à croire qu'il lui fallait s'acquitter de sa tâche en un temps record. Il transpirait abondamment, la sueur dégoulinant en filets le long de ses jambes et plaquant son tee-shirt contre son torse. Hanken en profita pour constater qu'il était en remarquable condition physique, qu'il semblait avoir la force et l'endurance d'un garçon de vingt ans.

— Mr Maiden, appela-t-il en ouvrant sa portière. Je peux vous dire un mot ? (Et, haussant la voix comme l'autre ne réagissait pas :) Mr Maiden ?

Maiden se détourna de son labeur, dévoilant son visage, dont l'expression frappa Hanken. Si le corps de l'ancien policier pouvait passer pour celui d'un jeune homme, son visage en revanche semblait celui d'un vieillard. Il paraissait ne tenir debout que grâce à l'activité physique abrutissante à laquelle il se livrait. Il est probable que si on lui avait demandé de faire autre chose que d'abattre de la besogne, l'enveloppe de l'homme qu'il était devenu se serait désintégrée telle une fine carapace sous l'effet d'un coup de marteau.

A cette vue, Hanken éprouva une double réaction : un mouvement de sympathie immédiat aussitôt battu en brèche par le souvenir d'un élément capital. Caméléon par profession, Andy Maiden possédait à fond l'art de jouer un rôle.

Après avoir glissé le sac des scellés dans la poche de sa veste, Hanken rejoignit Andy Maiden, qui, l'air impavide, le regardait s'approcher.

Hanken désigna d'un mouvement de menton admiratif l'enseigne que Maiden s'apprêtait à accrocher.

— Joli travail.

— Merci. (Mais Maiden n'avait pas fait carrière à la Metropolitan Police pour s'imaginer que l'inspecteur chargé de l'enquête sur le meurtre de sa fille était venu lui donner son avis sur la façon dont il concevait la pub de Maiden Hall. Il laissa tomber du béton dans le trou qu'il avait creusé et planta sa pelle dans la terre, non loin de là.) Vous avez du nouveau, fit-il, s'efforçant de lire sur le visage de Hanken.

— On a retrouvé un couteau.

Et Hanken de mettre son ancien collègue au courant de la façon dont ce dernier avait atterri dans les mains de la police.

— Vous voulez sûrement que j'y jette un coup d'œil, fit Maiden, le devançant.

Hanken exhuma le sachet en plastique et le posa sur sa paume. Maiden ne chercha pas à s'en emparer. Il se contenta de le fixer comme si le corps du couteau, les lames et le sang qui les maculait pouvaient fournir les réponses aux questions qu'il ne voulait pas poser.

— Vous nous avez dit lui avoir fait cadeau de votre propre couteau, fit Hanken. Serait-ce celui-là ? (Maiden acquiesça.) Y a-t-il des détails qui permettent de distinguer ce couteau-ci des autres du même type ?

— Andy ? Andy ? (La voix de femme allait s'amplifiant à mesure que sa propriétaire descendait du Hall, traversant le rideau d'arbres.) Andy chéri, tiens. Je t'ai apporté de... (Nan Maiden s'arrêta net à la vue de Hanken.) Excusez-moi, inspecteur. J'ignorais que vous étiez... Andy, je t'ai apporté de l'eau. La chaleur. San Pellegrino, ça te va ?

Elle tendit la bouteille à son mari. Effleura des doigts sa tempe en disant :

— Tu n'en fais pas trop, j'espère ?

Il tressaillit.

Hanken eut l'impression qu'un souffle lui frôlait la nuque. Son regard navigua du mari à la femme, évaluant le bref échange, il comprit qu'allait bientôt venir le moment de poser la question que personne n'avait encore formulée.

Après avoir salué la femme de Maiden, il reprit :

— Y a-t-il un détail qui différencie le couteau que vous avez offert à votre fille des autres couteaux suisses ?

— L'une des lames s'est cassée il y a quelques années. Je ne l'ai jamais remplacée, dit Maiden.

— Autre chose ?

— Pas que je me souvienne.

— Après avoir fait cadeau de votre couteau à votre fille, vous vous en êtes racheté un ?

— Oui, en effet. Mais plus petit que celui-ci, toutefois. Plus facile à transporter.

— Vous l'avez sur vous ?

Maiden tendit la main vers la poche de son jean. Il en extirpa un autre couteau suisse et le tendit à Hanken. Ce dernier l'examina, se servant de l'ongle de son pouce pour faire jaillir la plus grosse des lames, longue d'environ cinq centimètres.

— Inspecteur, intervint Nan Maiden, je ne comprends pas le rapport avec le couteau d'Andy. (Et sans lui laisser le temps de réagir, elle enchaîna :) Tu n'as pas encore déjeuné, chéri. Je t'apporte un sandwich ?

Mais Andy Maiden regardait Hanken mesurer les lames de son couteau. Hanken sentait son regard vissé sur lui.

— Andy ? Je t'apporte...

— Non.

— Mais il faut que tu manges quelque chose. Tu ne peux pas rester...

— Non.

Hanken releva la tête. Le couteau de Maiden était trop petit pour être l'arme du crime. Pourtant, cela ne l'empêchait pas de poser la question qui devait être posée. Maiden avait reconnu avoir aidé sa fille à mettre son matériel de camping dans sa voiture mardi. Et il lui avait fait cadeau du couteau dont il avait lui-même signalé la disparition.

— Mr Maiden, où étiez-vous mardi soir ?

— C'est monstrueux, votre question, se rebiffa Nan Maiden.

— Tout à fait, convint Hanken. Mr Maiden ?

Maiden jeta un regard vers le Hall comme si la maison pouvait confirmer son alibi.

— J'ai eu des problèmes de vue mardi soir. Je suis monté tôt parce que mon champ de vision avait considérablement diminué. Ça m'en a fichu un coup. J'étais tellement inquiet que je me suis allongé un moment, histoire de voir si ça ne passerait pas.

Un champ de vision qui diminuait ? songea Hanken, incrédule. Drôle d'alibi.

Maiden s'aperçut à sa mimique de son scepticisme.

— Ça s'était produit pendant le dîner, inspecteur. Mon champ de vision n'était pas plus gros qu'une pièce de monnaie. Impossible de préparer des cocktails ou de servir à table.

— C'est la stricte vérité, confirma Nan Maiden. Il est monté se reposer dans la chambre.

— Quelle heure était-il ?

— Les premiers dîneurs en étaient aux entrées, répondit Nan. Andy a dû s'éclipser vers sept heures et demie.

Du regard, Hanken demanda confirmation à l'intéressé. Maiden fronçait les sourcils comme s'il était plongé dans un dialogue intérieur complexe.

— Combien de temps êtes-vous resté dans votre chambre ?

— Toute la soirée, toute la nuit.

— Votre vision ne s'est pas améliorée ?

— Pas du tout.

— Vous avez consulté un médecin ? C'est sérieux, comme problème.

— Andy a des tas de problèmes de ce type, fit Nan Maiden. Ça passe. Il faut seulement qu'il se repose. C'est ce qu'il a fait mardi soir. Se reposer. Pour sa vue.

— J'imagine qu'il faut s'en occuper sérieusement quand on a un problème comme ça. On ne peut pas rester sans rien faire. Ça risque de dégénérer. Un accident cérébral, peut-être. Si j'avais ce genre de symptômes, il me semble que j'appellerais tout de suite une ambulance.

— On a déjà eu des alertes semblables. On sait quoi faire dans ce cas, dit Nan Maiden.

— Que faut-il faire ? questionna Hanken. Application de poches de glace ? Acupuncture ? Massage ? Comprimés d'aspirine ? Que faites-vous quand votre mari semble sur le point de faire une attaque ?

— Ce n'est pas une attaque.

— Alors vous l'avez laissé seul, se reposer au lit. De sept heures et demie à... A quelle heure, Mrs Maiden ?

Le couple s'efforça de ne pas se regarder.

— Je n'ai pas laissé Andy seul, inspecteur. Je suis montée le voir deux fois. Peut-être même trois. Pendant la soirée.

— A quelle heure ?

— Aucune idée. Vers neuf heures. Et de nouveau vers onze heures. Dans ces eaux-là. Inutile de poser la question à Andy. Il s'était assoupi et je n'ai pas cherché à le réveiller. Mais il était bien dans la chambre. Et c'est là qu'il a passé toute la nuit. J'espère que vous n'avez plus de questions, inspecteur Hanken, parce que la seule idée... que... (Les yeux brillants, elle coula un regard vers son mari.) J'espère que vous en avez fini avec les questions, conclut-elle avec dignité.

Mais Hanken poursuivit :

— Avez-vous une idée de ce que votre fille comptait faire en regagnant Londres, de retour du Derbyshire ?

— Aucune, répondit Maiden en le fixant.

— Je vois. Vous en êtes certain ? Vous n'avez rien à ajouter ? Ou à expliquer ?

— Rien, fit Andy Maiden. Et toi, Nancy ?

— Non, rien.

— Vous connaissez la procédure, Mr Maiden, fit Hanken en agitant le sachet où reposait le couteau. Lorsque nous aurons le compte rendu du labo de police scientifique, il me faudra vraisemblablement avoir une autre petite conversation avec vous.

— Je comprends, dit Maiden. Faites votre travail, inspecteur. Et faites-le bien. C'est tout ce que je vous demande.

Mais il ne regarda pas sa femme.

Hanken trouva qu'ils ressemblaient à deux étrangers sur un quai de gare, liés par la présence d'un voyageur en partance dont ils ne voulaient pas admettre qu'ils le connaissaient.

Nan Maiden regarda l'inspecteur s'éloigner au volant de son véhicule. Sans même s'en rendre compte, elle se mit à ronger ce qui restait des ongles de sa main droite. Près d'elle, Andy posa la bouteille de Pellegrino qu'elle lui avait apportée dans un creux qu'il avait fait avec son talon dans la terre meuble. Il détestait le Pellegrino. Il détestait tout ce qui n'était pas l'eau de leur puits. Elle ne l'ignorait pas. Lorsque de la fenêtre du premier elle avait vu l'inspecteur sortir de sa voiture, elle avait sauté sur le premier prétexte venu pour descendre la colline et les rejoindre. Elle se pencha pour récupérer la bouteille.

Andy s'empara du poteau de chêne où allait être accrochée l'enseigne flambant neuve. Il le planta bien vertical dans le sol, le maintenant en place à l'aide de quatre piquets. Il répandit du béton tout autour.

Quand est-ce qu'on va parler ? se demanda-t-elle. Quand est-ce qu'on va oser parler ? Elle s'efforça de se dire que trente-sept ans de mariage rendaient toute conversation inutile. Mais elle savait bien que ce n'était pas vrai. C'est seulement quand un homme et une femme vivent dans l'exaltation de la rencontre, qu'ils se font la cour, se fiancent, se marient qu'un regard, un geste, un sourire leur suffisent pour se communiquer l'essentiel. Eux avaient dépassé cette période bénie depuis longtemps. Ils avaient dépassé de trente ans et d'une mort l'époque où les mots sont accessoires dans la connaissance que les partenaires peuvent avoir l'un de l'autre — laquelle est aussi immédiate, intime et naturelle que la respiration.

En silence, Andy tassa le béton autour du poteau. Puis il s'occupa des projecteurs. Serrant la bouteille d'eau minérale contre sa poitrine, Nan pivota pour remonter jusqu'au Hall.

— Pourquoi leur as-tu dit ça ? fit Maiden.

Elle fit demi-tour.

— Quoi ?

— Pourquoi leur as-tu dit que tu étais passée me voir, Nancy ?

Sous sa paume, la bouteille était collante. Et dure contre son sein. Comme l'avertissement d'un ami bien intentionné qui empêche le cœur d'une jeune fille de se donner à un homme qui lui promet l'amour.

— Mais je suis allée te voir...

— Non. Et nous le savons, toi et moi.

— Je t'assure que si, chéri. Tu dormais. Tu avais dû t'assoupir. J'ai passé le nez à la porte et suis redescendue travailler. Pas étonnant que tu ne m'aies pas entendue.

Il se tenait devant elle, projecteurs à la main. Elle aurait voulu le rejoindre, l'emmitoufler dans un manteau qui aurait chassé les démons et dissipé le désespoir. Mais elle ne bougea pas, tenant toujours la bouteille de Pellegrino dont ils savaient tous deux qu'il ne la voulait pas et ne la boirait jamais.

— Elle était ma raison d'être, dit-il doucement. Toutes les journées ont une fin. Mais si on a de la chance, chacune d'entre elles contient en germe celle qui suit. Nicky était ma raison d'être. Tu comprends ?

Leurs regards se rivèrent un instant l'un à l'autre. Ses yeux — où elle avait appris à lire au long de ces trente-sept années d'amour et de frustration, de rire et de peur, de délice et d'angoisse — lui parlaient un langage indéniable mais incompréhensible. Nan en trembla de peur, persuadée qu'elle ne pouvait se permettre de comprendre ce que l'homme qu'elle aimait allait lui dire.

— J'ai à faire au Hall, dit-elle.

Elle commença à gravir la pente sous les tilleuls. L'air était frais sous les arbres et cette fraîcheur semblait tomber des feuilles telle une ondée. Elle frôla d'abord ses joues, puis glissa sur ses épaules, et ce fut cette sensation de frais contre sa peau qui la poussa à pivoter vers son mari pour lui poser une ultime question.

— Andy, fit-elle sans élever le ton. Tu m'entends, de là où tu es ?

Il ne réagit pas. Ne releva pas la tête. Il était occupé à placer le premier projecteur sur le sol sous le poteau qui soutiendrait la nouvelle enseigne.

— Oh mon Dieu, chuchota Nan.

Elle fit demi-tour et reprit son ascension.

Après sa conversation de la veille au soir avec son oncle, Samantha s'était efforcée de ne pas croiser son chemin. Bien sûr, elle l'avait vu au petit déjeuner et au dîner mais elle avait évité de lever les yeux sur lui et de lui parler. Et sitôt après avoir fini de manger, elle s'était empressée de débarrasser le plancher.

Elle était dans la vieille cour et s'apprêtait à faire disparaître cinquante bonnes années de crasse des fenêtres lorsqu'elle aperçut son cousin. Il était assis à sa table de travail dans son bureau, de l'autre côté de la cour. Elle déroulait un tuyau d'arrosage. Elle s'arrêta pour l'observer, admirant la lumière d'automne qui entrait par la fenêtre ouverte et, frappant le sommet de sa tête, transformait ses cheveux en or roux. Le voyant se frotter le front, elle comprit à quoi il était occupé.

Les chiffres, c'était sa spécialité. Il examinait les comptes de la propriété comme chaque semaine. Il épluchait tout avec soin : les rentrées provenant de la vente des chiots, les sommes déboursées pour l'entretien des chenils, le montant des loyers des métayers, l'argent destiné à l'entretien des fermes, les revenus provenant des tournois et des fêtes organisés à Broughton Manor, les frais occasionnés par la présence au manoir de visiteurs pas toujours délicats, les intérêts du capital et la portion de ce capital qui devait être entamée, rognée, lorsque les dépenses du mois excédaient les recettes.

Lorsqu'il en aurait terminé avec ça, il passerait à l'étude des registres comptables où il notait scrupuleusement les dépenses suscitées par les travaux de rénovation de Broughton Manor, puis il jetterait un coup d'œil, histoire de se rafraîchir la mémoire, au montant des dettes qui faisaient également partie du tableau financier des Britton. Ensuite, il aurait une idée assez exacte de la situation financière et il pourrait faire le nécessaire pour la semaine suivante.

Samantha n'était pas étonnée de le voir examiner les comptes. Ce qui l'étonnait, en revanche, c'était de le voir se pencher dessus pour la seconde fois en quatre jours.

Elle le vit fourrager d'une main dans ses cheveux tout en entrant des chiffres sur une vieille machine à calculer. De là où elle se tenait, Samantha entendit bruire et cliqueter l'appareil tout à ses pénibles additions. Lorsqu'il eut le total, Julian arracha le ruban de la machine et l'étudia. Puis il fit une boule du morceau de papier, le jeta par-dessus son épaule et se replongea dans ses comptes.

A cette vue, Samantha eut un coup au cœur. Un homme aussi responsable que Julian, est-ce que cela existait ? Un fils moins soucieux de l'histoire de la famille et moins conscient de ses devoirs aurait abandonné depuis longtemps la demeure ancestrale, qui était un vrai cauchemar. Un fils moins aimant aurait laissé son père boire jusqu'au delirium tremens, jusqu'à la cirrhose du foie, jusqu'à une mort précoce. Mais Julian n'appartenait pas à cette race. Il se sentait tenu par les liens du sang et les obligations de l'héritage. Qui étaient tous deux des fardeaux. Mais des fardeaux qu'il assumait avec dignité. Les eût-il envisagés sous un autre angle que Samantha ne l'aurait pas chéri autant. La détermination et la force de caractère de Julian la touchaient d'autant plus vivement qu'elles étaient en phase avec sa conception de la vie.

Son cousin et elle étaient faits l'un pour l'autre. Et qu'ils fussent cousins germains n'y changeait rien. Des alliances entre cousins, ça s'était déjà vu et il en était souvent résulté un enrichissement de la famille.

Alliance, quelle drôle de formulation, songea Samantha. Et pourtant, les choses n'allaient-elles pas mieux durant la période où les mariages étaient conclus pour de semblables motifs ? On ne parlait pas d'amour, à l'époque où les mariages se faisaient pour des raisons politiques et financières. On ne parlait pas de souffrance ni de désir tant que le véritable amour n'avait pas fait son apparition. Ce qui unissait les époux, c'était une fidélité, un dévouement qui venaient de ce que l'un et l'autre savaient ce que l'on attendait d'eux. Pas d'illusion, pas de fantaisie. Simplement un accord, la décision de lier son destin à celui d'un autre dans une situation où les deux parties étaient également gagnantes : argent, statut social, propriétés, autorité, protection, authenticité. Authenticité, surtout. On n'était pas complet tant qu'on n'était pas marié. On n'était pas marié tant que le mariage n'était pas consolidé par le coït et légitimé par la reproduction. C'était simple. Le romantisme, les élans du cœur, la passion, l'abandon exquis, il n'y avait rien de tout cela. Seulement l'assurance que son compagnon correspondait à ce que les deux parties attendaient.

Façon sensée de voir les choses, pensait Samantha. Dans un monde où les hommes et les femmes étaient accouplés de cette manière, elle savait que ses ambassadeurs et ceux de Julian auraient depuis longtemps conclu un accord.

Mais ils ne vivaient plus dans ce monde. Et le monde où ils vivaient était un monde suggérant que l'âme sœur n'était distante de vous que d'une fine pellicule de celluloïd : le garçon rencontre la fille, ils tombent amoureux, ont des problèmes qui sont résolus à l'acte III, juste avant le générique de fin. Cet univers était affolant car Samantha savait que si son cousin croyait à cette forme d'amour, elle était condamnée à échouer. Tuyau d'arrosage à la main, elle aurait voulu lui crier : « Je suis là ! J'ai ce dont tu as besoin. Regarde-moi. »

Comme s'il avait perçu ce cri silencieux, Julian leva la tête et la surprit qui l'observait. Se penchant, il ouvrit la fenêtre. Samantha traversa la cour pour le rejoindre.

— Tu as l'air préoccupé, je n'ai pas pu m'empêcher de le remarquer. J'aimerais trouver un remède au mal qui te ronge.

— Crois-tu que j'aie un avenir comme faux-monnayeur ? (Le soleil lui tapait de plein fouet sur le visage et il plissait les yeux.) Parce que c'est probablement la seule solution.

— Tu crois ? Tu n'aurais pas plutôt une riche jeune fille à séduire ?

— Ça n'en a pas l'air. (Il la vit observer la masse de documents et de registres étalés sur son bureau.) J'essaie de faire le point de la situation financière, expliqua-t-il. J'espérais réussir à distraire dix mille livres de... de rien, c'est ça le problème. On ne peut pas tondre un œuf.

— Pour quoi faire ? (Remarquant son air de découragement, elle s'empressa d'ajouter :) Julie, il y a une urgence ? Quelque chose qui ne va pas ?

— C'est justement ça qui me démolit. Y a un truc génial qui pourrait se réaliser si... Seulement pour ça, faudrait que j'aie assez de fric pour faire autre chose que tenir jusqu'à la fin du mois...

— Tu sais que tu peux toujours me demander... (Elle hésita, de peur de le blesser, sachant qu'il était aussi fier que responsable. Elle décida de reformuler la chose :) On est parents, Julie. Si tu as un imprévu et que je peux faire quelque chose pour toi... ce ne serait même pas un prêt. Tu es mon cousin, cet argent, je t'en ferais cadeau.

— Je voudrais surtout pas que tu penses... commença-t-il, horrifié.

— Arrête, je ne pense à rien.

— Bien, parce que jamais je ne pourrais accepter. Jamais.

— Très bien, on n'en parle plus. Mais dis-moi ce qui se passe. Tu as l'air dans tous tes états.

— Oh et puis merde ! (Il grimpa sur son bureau, et de là sur la fenêtre pour la rejoindre dans la cour.) Qu'est-ce que tu bricoles ? Ah, je vois. Sais-tu depuis quand les carreaux n'ont pas été faits, Sam ?

— Depuis qu'Edward a renoncé à tout pour épouser Wallis ? L'imbécile !

— C'est pas impossible.

— Qu'est-ce qui n'est pas impossible ?

— Je ne sais pas, fit-il avec un sourire de résignation. Samantha se garda bien de lui dire ce qui lui venait à l'esprit : une semaine plus tôt, ce n'était pas comme ça qu'il aurait répondu. Elle réfléchit quelques instants à ce que sa réponse impliquait.

Ils s'approchèrent des fenêtres, les vitraux étaient trop fragiles pour qu'on dirige le jet droit dessus, il leur fallut donc faire partir la crasse avec des chiffons, petit carreau par petit carreau — ce qui n'était pas un mince travail.

— On n'est pas sortis de l'auberge, fit Julian après dix minutes de nettoyage silencieux.

— Tu peux le dire, renchérit Samantha. (Elle voulait lui demander s'il était prêt à ce qu'elle s'incruste au manoir le temps de finir ce travail d'Hercule mais elle s'abstint. Manifestement, il était préoccupé par un problème grave et elle voulait savoir de quoi il s'agissait, histoire de lui montrer que rien de ce qui le concernait ne la laissait indifférente.) Julie, je suis désolée que tu aies des soucis comme ça. Comme si tu n'en avais pas déjà suffisamment... Je ne peux rien faire concernant... (impossible de prononcer son nom. Pas là, pas maintenant, pas devant Julian)... concernant ce qui s'est passé ces derniers jours. Mais s'il y a quoi que ce soit que je puisse faire...

— Je suis désolé.

— Bien sûr, comment pourrait-il en être autrement ?

— Je veux dire, désolé de ce que j'ai dit quand je t'ai questionnée au sujet de cette nuit-là.

Elle se concentra tout particulièrement sur un carreau incrusté de fientes.

— Oh, tu étais bouleversé.

— Ce n'était pas la peine que je t'accuse de...

— D'avoir assassiné la femme que tu aimais.

Elle regarda de son côté, il rougit.

— Parfois j'ai l'impression de ne pas pouvoir faire taire les voix qui sont dans ma tête. Je me mets à parler et je dis tout ce que les voix me soufflent. Ça n'a rien à voir avec ce que je crois. Désolé.

Elle brûlait de lui dire : « Mais ce n'était pas quelqu'un pour toi de toute façon, Julie. Pourquoi ne t'es-tu jamais rendu compte que ce n'était pas une fille pour toi ? Et quand comprendras-tu ce que sa mort peut signifier ? Pour toi, pour moi, pour nous. » Mais elle se tut car parler serait révéler ce qu'elle ne pouvait se permettre de lui révéler.

— J'accepte tes excuses, fit-elle.

— Merci, Sam. Tu es un roc.

— Tu recommences.

— Je veux dire...

— Non non, t'inquiète pas, fit-elle avec un sourire, je comprends. Passe-moi le tuyau. Il va falloir rincer, maintenant.

Un filet d'eau, c'était tout ce qu'ils pouvaient faire couler sur les fenêtres. S'ils mettaient le jet plus fort, les vitraux risquaient d'y passer. Tôt ou tard, il faudrait faire remplacer le plomb, sinon tout ce qui restait des anciennes fenêtres serait détruit. Mais ce n'était pas le moment de parler de ça. Julian avait assez de problèmes d'argent.

— C'est Papa.

— Quoi ? dit-elle.

— C'est Papa qui me préoccupe. C'est pour ça que je viens d'éplucher les comptes. (Et d'expliquer la situation à Sam, terminant tristement par ces mots :) Il y a des années que je rêve de l'entendre m'affirmer qu'il veut essayer d'arrêter de boire.

— Nous avons tous attendu ça.

— Et maintenant qu'il a l'air décidé, je me demande comment saisir l'occasion avant qu'elle ne s'échappe. Car je connais le processus. J'ai suffisamment potassé la question pour savoir qu'il doit l'enclencher lui-même. Il faut qu'il veuille s'arrêter. Si tu l'avais vu, si tu l'avais entendu parler... Je ne crois pas qu'il ait bu quoi que ce soit de la journée, Sam.

— Vraiment ? C'est marrant, j'ai la même impression que toi. (Et elle songea à son oncle tel qu'il avait été la veille : son élocution impeccable, la façon dont il avait réussi à lui soutirer des aveux malgré elle. Un grand calme l'envahit, elle comprit qu'elle aussi devait saisir l'occasion par les cheveux ou la laisser filer. Pesant ses mots, elle dit :) Peut-être que c'est sérieux cette fois, Julie. Il prend de l'âge. Il se trouve confronté à sa condition de mortel. (Sa condition de mortel, songea-t-elle, et non sa mort. Pour rien au monde elle n'aurait pu utiliser ce mot, parce qu'il était crucial de maintenir un équilibre dans la conversation.) Je suppose que tout le monde, un jour ou l'autre, se trouve confronté à la notion d'éphémère. Peut-être qu'il a pris un coup de vieux et qu'il a envie de s'amender pendant qu'il en est encore temps. Et qu'il en a la possibilité.

— Mais justement, fit Julian, est-ce qu'il l'a, la possibilité ? Comment peut-il se désintoxiquer sans aide alors qu'il n'a jamais été capable d'y arriver seul auparavant ? Et maintenant qu'il me réclame de l'aide, comment puis-je la lui refuser ? Parce que je veux l'aider, Sam, je veux qu'il réussisse !

— Nous aussi, Julie, toute la famille le veut.

— C'est pour ça que j'ai passé les comptes en revue. Que j'ai relu les papiers de l'assurance maladie. Mais j'aurais aussi bien fait de m'abstenir. Il n'y a aucun moyen de...

Il examina le carreau qu'il récurait, grattant le verre de l'ongle.

Samantha frissonna, croyant entendre un crissement d'ongle sur un tableau noir, et elle détourna la tête.

Et c'est alors qu'elle le vit à l'endroit où il se tenait toujours, derrière la fenêtre du salon. Il la regardait parler avec son fils. Samantha le vit lever la main, approcher un doigt de sa tempe, laisser retomber sa main, peut-être pour lisser ses cheveux en arrière. Mais, en réalité, le geste ressemblait bien davantage à un salut de dérision.

20

— Je ne comprends pas, on est entrés comme une fleur hier, dit Nkata, comme le buzzer restait sourd à leurs coups de sonnette près de la porte blanche. Qu'est-ce que vous en pensez ? La petite Platt les aurait prévenus et ils se seraient tirés ?

— Je n'ai pas eu l'impression que Shelly Platt avait beaucoup de sympathie pour les Reeve. (Lynley sonna de nouveau chez MKR.) Elle m'a semblé plutôt contente d'avoir une occasion de baver sur eux à condition qu'on ne sache pas que ça venait d'elle. Les Reeve travaillent là mais ils y habitent également, Winnie, non ? Ça m'a tout l'air d'être une résidence. (Lynley recula puis descendit les marches du perron et prit pied sur le trottoir. La bâtisse en sucre glace avait beau sembler vide, il avait l'impression qu'on le surveillait de l'intérieur. C'était peut-être parce qu'il avait hâte de cuisiner Martin Reeve, n'empêche qu'il lui sembla distinguer une silhouette derrière les rideaux arachnéens d'une fenêtre du premier étage. Alors qu'il était là, le nez en l'air, à loucher sur cette fenêtre, le rideau frémit. Il éleva la voix :) Police ! Vous feriez mieux de nous laisser entrer, Mr Reeve. Si possible, j'aimerais autant ne pas avoir à appeler les collègues de Ladbroke Grove à la rescousse...

Une minute s'écoula. Nkata appuya encore sur la sonnette. Lynley se dirigea vers la Bentley pour téléphoner au commissariat de Ladbroke Grove. La manœuvre fut efficace car, alors qu'il parlait au sergent de garde, Nkata l'apostropha :

— Ça y est, inspecteur !

Et il poussa la porte puis attendit Lynley dans le vestibule.

Le bâtiment était silencieux, l'air empreint d'une faible odeur de citron. Celle de la cire, sans doute, qui servait à entretenir un impressionnant meuble signé Sheraton. Alors que Lynley et Nkata refermaient la porte derrière eux, une femme descendait l'escalier.

En la voyant, Lynley songea tout de suite à une poupée. En fait, elle ressemblait à une femme qui passerait un temps considérable et consacrerait une énergie et un budget faramineux à se faire passer pour le sosie de Barbie. Elle était vêtue de Lycra noir de la tête aux pieds et exhibait un corps d'une perfection agressive dont la plastique semblait devoir beaucoup à l'utilisation du silicone. Tricia Reeve, songea Lynley. La description de Nkata avait été fidèle.

Lynley se présenta :

— Nous aimerions dire un mot à votre mari, Mrs Reeve. Pouvez-vous aller le chercher ?

— Il n'est pas là.

Elle s'arrêta sur la dernière marche de l'escalier. Elle était grande et, sur sa marche, plus grande encore.

— Où est-il passé ? fit Nkata en se préparant à prendre des notes.

La main de Tricia était posée sur la balustrade, de ses longs doigts squelettiques couverts de bagues elle serrait fortement la rambarde : ses diamants luisaient tandis que son bras tremblait tellement elle se cramponnait.

— Je ne sais pas.

— Vous avez bien une petite idée, dit Nkata. Je vais noter. Nous nous ferons un plaisir de partir à sa recherche. Nous avons le temps.

Silence.

— A moins que nous ne l'attendions ici, suggéra Lynley. Où pourrions-nous attendre, Mrs Reeve ?

Elle écarquilla les yeux. Des yeux bleus, aux pupilles

énormes. Nkata avait dit à Lynley qu'elle se droguait. Manifestement, elle était « chargée » à mort.

— A Camden Passage, fit-elle, dardant la langue entre ses lèvres. Chez un marchand de miniatures. Martin en fait collection. Il est allé voir ce que le marchand a déniché dans une vente la semaine dernière.

— Le nom du marchand ?

— Je ne le connais pas.

— Le nom de la galerie ?

— Je ne le connais pas.

— A quelle heure a-t-il quitté votre domicile ? questionna Nkata.

— Je l'ignore. J'étais partie.

Lynley se demanda fugacement quel sens elle donnait à ce mot. Lui, en tout cas, avait son idée sur la question.

— On va l'attendre, alors. Dans la réception. C'est par là, Mrs Reeve, c'est cette porte-là ?

Elle les suivit en disant très vite :

— Il est allé à Camden Passage. Après, il a rendez-vous avec l'entreprise de peinture qui fait des travaux chez nous, à Cornwall Mews. J'ai l'adresse, vous la voulez ?

Ce revirement, cette coopération, c'était beaucoup trop rapide. Soit Reeve était à la maison, soit elle avait trouvé un moyen de lui faire savoir qu'on le cherchait. Elle aurait pu y parvenir sans trop de mal. Lynley n'imaginait pas un homme tel que Reeve errant dans les petites rues de Londres sans un portable. A l'instant où Nkata et lui auraient franchi le seuil, sa femme se précipiterait sur le téléphone pour le prévenir.

— Je crois que nous allons attendre, décida Lynley. Joignez-vous à nous, Mrs Reeve. Je peux toujours passer un coup de fil au commissariat de Ladbroke Grove afin qu'une constable vienne vous tenir compagnie, au cas où vous vous sentiriez mal à l'aise seule avec nous. Vous voulez que je fasse ça ?

— Non ! (De la main droite, elle attrapa son coude gauche. Elle consulta sa montre et les muscles de son cou se contractèrent tandis qu'elle déglutissait. Elle atterrissait, songea Lynley, et manifestement elle se demandait quand elle allait pouvoir se repiquer en toute sécurité. Leur présence chez elle constituait un obstacle, et cela pouvait être une donnée utile aux policiers. D'un ton insistant, elle dit :) Martin n'est pas là. Si j'en savais davantage je vous le dirais. Mais ce n'est pas le cas.

— Je ne suis pas tout à fait convaincu, fit Lynley.

— Je vous dis la vérité !

— Dites-nous plutôt autre chose. Où votre mari se trouvait-il dans la nuit de mardi ?

— Mardi ? (Son visage reflétait la plus extrême confusion.) Je n'en ai pas... Il était là. Avec moi, on a passé la soirée à la maison...

— Est-ce que vous avez un témoin qui peut confirmer ?

Cette question déclencha un signal d'alarme car elle se dépêcha d'ajouter :

— On est allés manger un curry à l'Etoile des Indes dans Old Brompton Road, vers huit heures et demie.

— Autrement dit, vous n'étiez pas chez vous.

— On a passé le reste de la soirée ici.

— Vous aviez réservé au restaurant, Mrs Reeve ?

— Le maître d'hôtel se souviendra de nous. Martin et lui ont échangé quelques mots un peu vifs parce que nous n'avions pas réservé et qu'au début il ne voulait pas nous donner de table. Alors qu'il y en avait plusieurs de libres. On a dîné et puis on est rentrés. C'est la vérité. Voilà ce qu'on a fait mardi.

Lynley songea qu'il serait facile de vérifier au restaurant. Cela dit, combien de maîtres d'hôtel se rappelleraient que ce soir-là ils avaient eu un accrochage avec un client qui avait oublié de réserver, se privant du même coup d'un alibi fiable ?

— Nicola Maiden travaillait pour vous...

— Martin n'a pas tué Nicola ! Je sais que c'est pour ça que vous êtes venus, inutile de prétendre le contraire ! Il était avec moi mardi soir. Nous sommes allés à l'Etoile des Indes pour dîner. Nous sommes rentrés à dix heures. Nous avons passé le reste de la soirée à la maison. Interrogez nos voisins. Il y en aura bien un qui nous aura vus sortir ou rentrer. Voyons, vous la voulez, l'adresse des Mews ? Parce que si vous ne la voulez pas, j'aimerais autant que vous partiez...

Nouveau regard à sa montre.

— Il va nous falloir un mandat de perquisition, Winnie, dit Lynley, bien décidé à faire pression sur elle.

— Pourquoi un mandat ? s'écria Tricia. Je vous ai tout dit. Téléphonez au restaurant. Interrogez nos voisins. Comment pouvez-vous espérer obtenir un mandat de perquisition alors que vous ne vous êtes même pas donné la peine de vérifier ce que je disais ?

Elle semblait horrifiée mais surtout terrorisée. La dernière chose qu'elle souhaitait, c'était qu'une équipe de policiers vienne mettre son nez dans ses affaires. Elle n'avait peut-être rien à voir avec la mort de Nicola Maiden, mais la détention de stupéfiants risquait de lui attirer de sérieux ennuis.

— Il nous arrive de prendre des raccourcis dans notre métier, dit Lynley d'un ton affable. Et j'ai l'impression que c'est le moment. Figurez-vous que nous sommes à la recherche d'une arme et d'un vêtement. Si jamais l'un ou l'autre de ces objets se trouvait être chez vous, il faudra bien que vous nous expliquiez pourquoi.

— Qu'est-ce que je fais, patron, je téléphone ? fit Nkata, mine de rien.

— Martin n'a pas tué Nicola ! Ça fait des mois qu'il ne l'a pas vue, il ne savait même pas où elle était. Si vous cherchez un homme qui voulait la supprimer, il y en a suffisamment qui...

Elle s'interrompit net.

— Oui ? la relança Lynley. Suffisamment d'hommes qui...

Croisant les bras, elle se mit à faire les cent pas dans la salle de réception.

— Mrs Reeve, poursuivit Lynley, nous savons que MKR Financial Management est une couverture. Nous savons que votre mari engage des étudiantes pour les faire travailler comme escort-girls et comme prostituées.

Nicola Maiden était l'une d'elles et elle a quitté votre mari, en compagnie de Vi Nevin, pour se mettre à son compte. Ces éléments d'information peuvent nous permettre de vous inculper, votre mari et vous. J'espère que vous en êtes consciente. C'est pourquoi, si vous voulez faire l'économie d'une inculpation, d'une condamnation et d'une peine d'emprisonnement, je vous invite à coopérer sans plus attendre...

Elle était raide comme un bout de bois. C'est à peine si ses lèvres remuèrent lorsqu'elle murmura :

— Que voulez-vous ?

— Savoir quelles étaient les relations que votre mari entretenait avec Nicola Maiden. Les proxénètes, c'est bien connu...

— Ce n'est pas un proxénète !

— ... ne sont généralement pas ravis lorsqu'une de leurs « protégées » décide de les quitter.

— Ce n'est pas comme ça que les choses se passaient ! Ce n'est pas ce qui s'est passé.

— Vraiment, fit Lynley. Comment, alors ? Vi et Nicola décident de voler de leurs propres ailes, coupant l'herbe sous le pied de votre mari. Seulement, elles font ça sans le prévenir. Ça n'a pas dû lui plaire quand il a pigé le truc...

— C'est faux !

Elle s'approcha du bureau et sortit un paquet de Silk Cut d'un tiroir. Elle en alluma une. Le téléphone se mit à sonner. Elle le regarda, tendit le bras pour appuyer sur une touche, s'interrompit à la dernière seconde. Vingt sonneries plus tard, l'appareil se tut. Mais moins de dix secondes après, il repartait de plus belle.

— L'ordinateur devrait prendre l'appel, je ne sais pas pourquoi... (Et, avec un regard gêné en direction de la police, elle décrocha :) Global. (Après avoir écouté quelques instants, elle dit, d'une voix on ne peut plus affable :) Ça dépend de vous, en fait. Oui. Non, ça ne devrait pas poser de problèmes. Je peux avoir votre numéro, s'il vous plaît ? Je vous rappellerai.

Elle griffonna sur un bout de papier. Puis elle releva

la tête d'un air de défi comme pour dire à Lynley : « Essayez toujours de prouver quoi que ce soit » en faisant allusion à la conversation qu'elle venait d'avoir.

— Global, dit Lynley. C'est le nom de l'agence d'hôtesses, Mrs Reeve ? Mais Global quoi ? Global Désir ? Global Rendez-vous ?

— Global Escort. Que je sache, procurer une escort-girl intelligente à un homme d'affaires de passage en ville pour un séminaire n'a rien d'illégal...

— Par contre, vivre de gains malhonnêtement gagnés, ça l'est. Mrs Reeve, vous voulez vraiment que la police rafle vos livres de comptes ? A condition, bien entendu, que vous en teniez. Rien ne nous empêche de faire main basse dessus, vous savez. Nous pouvons vous demander des justificatifs pour la plus petite somme que vous avez gagnée. Et une fois que nous aurons fini nos recherches, nous pouvons remettre tout ça aux impôts de façon que les enquêteurs, nos collègues, s'assurent que vous avez payé tout ce que vous deviez au fisc. Qu'est-ce que vous en pensez ?

Il lui laissa le temps de réfléchir. Le téléphone sonna de nouveau. Trois sonneries plus tard, un infime déclic se fit entendre. Sans doute la communication était-elle basculée sur une autre ligne.

Tricia parut se rendre à l'évidence. Elle était consciente que Global Escort et la situation des Reeve étaient compromis : il suffirait que Lynley glisse un mot au fisc ou à la police des mœurs de Ladbroke Grove et le train de vie des Reeve serait foutu. Sans compter qu'ils risquaient gros si une fouille en règle de leur domicile mettait au jour les substances hallucinogènes planquées dans la maison et censées faire leur œuvre salvatrice sur Tricia.

Elle parvint à se ressaisir.

— Très bien. Si je vous donne un nom... si je vous donne *le* nom, ce n'est pas de moi que vous le tenez, d'accord ? Parce que, voyez-vous, si jamais il venait à se savoir qu'une indiscrétion a été commise chez nous...

Elle laissa sa phrase en suspens.

« Indiscrétion »... Lynley trouva que c'était vraiment une drôle de façon de formuler les choses. Et au nom du ciel, pourquoi se figurait-elle être en mesure de marchander avec lui ?

— Mrs Reeve, vos affaires sont finies, j'en ai peur.

— Martin ne verra pas les choses de cette façon.

— Martin, contra Lynley, se trouvera sous le coup d'une inculpation si tel est le cas.

— Martin demandera sa mise en liberté sous caution. Il se retrouvera dehors en l'espace de vingt-quatre heures. Et où est-ce que ça vous mènera, inspecteur ? Certainement pas plus près de la vérité. (Elle ressemblait peut-être à Barbie, elle avait peut-être la cervelle en compote avec toutes les drogues qu'elle prenait, mais elle n'était pas complètement ignare dans l'art du marchandage, dont elle se sortait pour l'instant plutôt bien. Lynley songea que son mari aurait été fier d'elle. Elle bluffait et elle s'en tirait bien. Il se sentit obligé d'admirer son culot, à défaut d'autre chose.) Je peux vous donner un nom, poursuivit-elle. Le nom, et vous, vous continuez votre petit bonhomme de chemin. Je peux également ne rien dire, vous pouvez fouiller la maison, m'expédier en prison, arrêter mon mari, sans pour autant vous retrouver plus près du tueur de Nicola. Oh bien sûr, vous aurez nos registres comptables, n'est-ce pas, mais vous ne pouvez quand même pas penser que nous sommes idiots au point de noter les noms de nos clients ? Alors, à quoi est-ce que ça vous avancera ? Et combien de temps perdrez-vous ?

— Je suis disposé à me montrer raisonnable si votre information est bonne. Pendant que je m'emploierai à en vérifier la solidité, je gage que votre mari et vous envisagerez sérieusement une délocalisation. Melbourne me semble tout indiqué, compte tenu du changement dans la législation...

— Ça risque de prendre du temps.

— La vérification de votre information aussi.

Lynley attendit qu'elle se décide. Ce qu'elle fit. Elle prit un crayon sur le bureau.

— Sir Adrian Beattie, dit-elle, écrivant. Il était fou de Nicola. Il était disposé à lui donner tout ce qu'elle voulait pour l'avoir à lui tout seul. Je doute qu'il ait sauté de joie en apprenant qu'elle allait se mettre à son compte.

Elle lui tendit l'adresse. Dans les Boltons.

Cette fois, songea Lynley, ils semblaient bien tenir l'amant londonien.

Lorsque Barbara Havers trouva le mot sur sa porte en rentrant ce soir-là, elle se rappela soudain la leçon de couture. Nom de Dieu, fit-elle en se reprochant d'avoir oublié. Certes, elle était sur une affaire et Hadiyyah comprendrait. Mais Barbara n'avait pas envie de penser qu'elle avait pu décevoir sa jeune amie.

Vous êtes cordialement invitée à admirer le travail des apprenties couturières de Miss Jane Bateman, annonçait le billet rédigé d'une main enfantine dans une écriture que Barbara reconnut aussitôt. Un tournesol aux pétales languissants était dessiné en bas. A côté, la date et l'heure. Barbara se promit mentalement de les noter dans son agenda.

Elle s'était coltiné encore trois heures au Yard après sa conversation avec Neil Sitwell. Elle avait rongé son frein, désireuse de commencer le plus vite possible à téléphoner aux employés figurant sur la liste du personnel de King-Ryder Productions. Mais elle préféra se montrer prudente, de peur que l'inspecteur Lynley ne se pointe et ne lui demande ce qu'elle avait déniché dans les ordinateurs. C'est-à-dire que dalle, évidemment. Qu'il aille se faire foutre, avait-elle commencé à penser en entamant sa huitième heure sur le terminal. S'il voulait un putain de rapport sur tous les bon Dieu de truands que l'inspecteur Andrew Maiden avait côtoyés au cours de ses années en immersion, elle le lui fournirait. Mais ces données ne lui apporteraient rien qui pût le mettre sur la piste du tueur du Derbyshire. Ça, elle l'aurait parié.

Elle avait quitté le Yard vers quatre heures et demie, faisant un crochet par le bureau de Lynley pour déposer un rapport et un petit mot. Dans ce rapport, elle avait formulé les choses clairement, sans s'abaisser à lui mettre le nez dans l'évidence. « J'ai raison, vous avez tort mais je jouerai votre jeu » : inutile d'écrire ça en toutes lettres. Son heure viendrait et elle remerciait le ciel de ce que la façon dont Lynley organisait l'enquête lui laissait plus de liberté qu'il ne l'imaginait. Le petit mot qu'elle avait joint au rapport précisait dans les termes les plus polis qu'elle allait apporter à Chelsea le dossier d'autopsie préparé par le Dr Sue Myles dans le Derbyshire. C'est ce qu'avait fait Barbara aussitôt après avoir quitté New Scotland Yard.

Simon Saint James et sa femme étaient dans le jardin de leur maison de Cheyne Row. Deborah arpentait le chemin de brique parallèle à la bordure verdoyante qui courait le long du mur du jardin. Elle était armée d'un pulvérisateur qu'elle traînait après elle en se déplaçant et tous les mètres environ elle s'arrêtait pour pulvériser énergiquement un insecticide au parfum violent.

« Simon, il y en a des millions, et même quand je vaporise le produit, elles continuent à bouger ! En cas de guerre nucléaire, les fourmis seront les seules à survivre, c'est connu. »

Saint James, allongé sur une chaise longue, un chapeau à large bord abritant son visage, lui fit gentiment remarquer :

« Tu es sûre que tu en as passé près des hortensias, mon petit cœur ? J'ai l'impression que tu as également oublié les fuchsias...

— Franchement, tu me rendras folle, tu ne veux pas le faire toi-même ? Ça m'ennuie que tu te sentes obligé de me surveiller en permanence.

— Hum... (Saint James parut réfléchir à la proposition.) Non, je ne crois pas, tu t'améliores. Et puis je ne voudrais pas te priver d'une occasion de t'entraîner... »

Eclatant de rire, Deborah avait fait mine de lui

envoyer un jet de produit. C'est alors qu'elle aperçut Barbara devant la porte de la cuisine.

« Exactement ce qu'il me fallait ! Un témoin ! Bonjour, Barbara ! Regardez, ce sont toujours les mêmes qui travaillent. Mon avocat se fera un plaisir de recueillir votre déposition le moment venu.

— Ne croyez surtout pas un mot de ce qu'elle raconte, se défendit Saint James, je viens seulement de m'asseoir.

— Bizarre, mais j'ai comme l'impression que vous mentez, rétorqua Barbara, traversant la pelouse jusqu'à la chaise longue. A propos, votre beau-père vient de me suggérer d'allumer un bâton de dynamite sous votre chaise...

— Ah bon, fit Saint James, fronçant les sourcils en regardant la fenêtre de la cuisine par laquelle on pouvait apercevoir la silhouette de Joseph Cotter.

— Merci, Papa ! » cria Deborah en direction de la maison.

Barbara sourit. Elle approcha une chaise de jardin, se laissa tomber dessus, tendit le dossier à Saint James.

« Sa Seigneurie aimerait que vous l'étudiiez.

— Qu'est-ce que c'est ?

— Les autopsies du Derbyshire. Celle de la fille et celle du garçon. L'inspecteur voudrait que vous examiniez plus particulièrement celle de la fille.

— Mais pas vous ? »

Barbara sourit d'un sourire sans joie :

« Moi, je préfère me taire. »

Saint James ouvrit le dossier. Deborah traversa la pelouse pour les rejoindre, traînant toujours le pulvérisateur.

« Des photos, fit Saint James à sa femme en guise d'avertissement.

— Et ce n'est pas beau à voir ?

— L'une des victimes a été poignardée de plusieurs coups de couteau », dit Barbara.

Deborah blêmit et s'assit sur la chaise longue aux pieds de son mari. Saint James jeta un coup d'œil aux clichés puis les posa à l'envers sur la pelouse. Il feuilleta le rapport, s'arrêtant pour lire ici et là.

« Tommy cherche quelque chose de particulier, Barbara ?

— L'inspecteur et moi, on ne communique pas directement. Je lui sers de grouillot. Il m'a dit de vous remettre le rapport. J'ai claqué les talons et exécuté les ordres.

— La situation ne s'arrange pas entre vous ? fit Saint James en levant les yeux. Helen m'a appris que vous étiez sur l'enquête, pourtant...

— Si on peut dire, de façon marginale.

— Il finira par changer d'avis.

— Tommy reconnaît toujours ses erreurs », affirma Deborah.

Le mari et la femme échangèrent un regard.

« Oui, dit Saint James au bout d'un moment. (Puis, s'adressant à Barbara :) Je vais jeter un coup d'œil, Barbara. J'imagine que ce qui l'intéresse, ce sont les anomalies, comme d'habitude. Dites-lui que je lui téléphonerai.

— Très bien, dit Barbara avant d'ajouter : Je me demandais, Simon...

— Oui ?

— Vous ne pourriez pas m'appeler aussi... si jamais vous dénichiez quelque chose ? (Comme il ne répondait pas tout de suite, elle s'empressa de poursuivre :) Je sais, ce n'est pas très régulier. Et je ne veux pas vous mettre mal avec l'inspecteur. Mais il ne me dira pas grand-chose, à moi. Et il me renverra sèchement sur l'ordinateur : "Remettez-vous sur le CRIS, constable", si j'ai le malheur de lui faire une suggestion. C'est pour ça... si vous vouliez bien être sympa et m'affranchir... Je sais, il serait pas content s'il venait à l'apprendre. Mais je vous jure que je saurai la fermer et que...

— Je vous téléphonerai, promis, l'interrompit Saint James. Mais il se peut que je ne trouve rien. Je connais Sue Myles, c'est quelqu'un de consciencieux. Franchement, je ne vois pas pourquoi Tommy veut que je repasse sur son travail... »

Moi non plus, aurait voulu renchérir Barbara. Sa promesse de lui téléphoner l'ayant requinquée, elle finit la journée de meilleure humeur qu'elle ne l'avait commencée.

Lorsqu'elle vit le mot de Hadiyyah, toutefois, elle eut un pincement au cœur. La petite fille n'avait pas de mère, du moins pas à portée de main, et si Barbara ne s'attendait pas à prendre sa place, elle avait lié amitié avec Hadiyyah — une amitié qui était une source de joie pour toutes les deux. Hadiyyah avait espéré que Barbara assisterait à sa leçon de couture cet après-midi, et Barbara lui avait fait faux bond. Elle s'en voulait.

Aussi, lorsqu'elle eut déposé son sac sur la table et écouté ses messages — Mrs Flo lui parlant de sa mère, sa mère lui racontant un voyage à la Jamaïque, Hadiyyah lui disant qu'elle avait laissé un mot sur sa porte —, elle se dirigea vers la grande maison édouardienne dont les portes-fenêtres du rez-de-chaussée étaient ouvertes. A l'intérieur du séjour, une voix enfantine disait :

— Elles me vont pas, Papa, je t'assure qu'elles me vont pas !

Hadiyyah et son père étaient à l'intérieur. Hadiyyah était assise sur un pouf crème et Taymullah Azhar à genoux devant elle tel un Orsino devant son Olivia. L'objet de leur attention ? Les chaussures de la fillette. D'austères pompes noires d'uniforme dans lesquelles Hadiyyah se tortillait comme prisonnière d'un nouvel instrument de torture.

— J'ai les orteils tout recroquevillés... Ça fait très très mal.

— Cette douleur, tu es sûre que ça n'a rien à voir avec le désir de suivre la mode, *khushi* ?

— Papa, fit Hadiyyah d'un ton de martyre, c'est des chaussures d'école.

— Et c'est de notoriété publique, intervint Barbara

du dehors, les chaussures d'école, c'est pas cool : elles sont jamais à la mode.

Le père et la fille levèrent la tête de concert. Hadiyyah poussa un cri :

— Barbara ! Je t'ai laissé un mot sur la porte, tu l'as trouvé ? Je l'avais collé avec du Scotch.

Assis sur ses talons, Azhar examinait objectivement les souliers de sa fille.

— Il paraît qu'ils sont trop justes, dit-il à Barbara. Personnellement, je ne suis pas convaincu.

— Je peux vous servir d'arbitre ?

— Mais oui, entrez.

Azhar se leva et lui adressa un geste de bienvenue à sa manière toujours formelle.

L'appartement embaumait le curry. La table était dressée pour le dîner. Voyant ça, Barbara s'empressa de s'excuser :

— Désolée, j'ai complètement oublié l'heure, Azhar. Vous n'avez pas encore dîné. Vous voulez que je repasse ? J'ai trouvé le mot de Hadiyyah et décidé de faire un saut chez vous. C'est au sujet de la leçon de couture de cet après-midi. J'avais promis...

Elle s'interrompit net. Ça suffit, se dit-elle. Inutile de t'enferrer.

— Vous ne voulez pas dîner avec nous ?

— Oh non, je veux dire... j'ai pas encore mangé mais je voudrais surtout pas...

— Si, si ! s'écria Hadiyyah, ravie. On a du poulet tikka et du riz au safran. Et Papa a fait un curry de légumes. Celui qui fait pleurer Maman tellement il est épicé. Elle se plaint toujours. « Hari, c'est beaucoup trop fort. » Même que son maquillage coule, pas vrai, Papa ?

Hari, songea Barbara.

— C'est vrai, *khushi*, fit Azhar qui ajouta à l'intention de Barbara : Nous serions ravis que vous vous joigniez à nous.

File, va te cacher, songea-t-elle, mais elle se laissa convaincre néanmoins.

— Merci, j'accepte.

Hadiyyah poussa un nouveau cri, elle pirouetta dans ses chaussures prétendument trop petites. Son père la considéra d'un air entendu :

— Quant à tes pieds, Hadiyyah...

— Laissez-moi regarder ça, s'interposa Barbara.

Hadiyyah courut se laisser tomber sur le pouf.

— Elles me serrent, elles me serrent, Papa.

Azhar se mit à rire et s'éloigna en direction de la cuisine.

— Barbara va trancher.

— Elles me serrent horriblement. Mes orteils sont tout crispés.

— Je sais pas, Hadiyyah, fit Barbara en tâtant le bout de la chaussure. Par quoi tu vas remplacer ces écrase-machin à lacets ? Un truc dans le même goût ?

La fillette ne répondit pas. Barbara leva la tête. Hadiyyah se mordillait la lèvre.

— Eh bien, quoi, Hadiyyah, le style de chaussures qu'on peut porter avec l'uniforme a changé ?

— Elles sont affreuses, celles-là. J'ai l'impression d'avoir des barques. Les autres, Barbara, c'est des mocassins. Avec un mignon petit pompon. Evidemment, elles sont un peu chères. C'est pour ça que tout le monde en a pas. Mais je suis sûre que si j'en avais, je les porterais tout le temps.

Ses yeux bruns grands comme d'anciennes pièces de deux pence exprimaient l'espoir.

Barbara se demanda comment son père réussissait à lui refuser quoi que ce soit. Comme elle était en position d'arbitre, elle suggéra :

— Que dirais-tu d'un compromis ?

Hadiyyah plissa le front.

— C'est quoi, un compromis ?

— Un accord aux termes duquel les deux parties finissent par obtenir ce qu'elles désirent en faisant chacune un petit effort.

Hadiyyah réfléchit, battant du pied contre le pouf.

— Bon, d'accord. Elles sont drôlement jolies, ces chaussures. Si tu les voyais, tu craquerais.

— Je n'en doute pas. Moi, tu me connais : la mode, je ne pense qu'à ça.

Elle se releva avec un clin d'œil à la fillette et s'écria en direction de la cuisine :

— Elle peut les garder encore plusieurs mois, Azhar !

— Plusieurs mois ? gémit Hadiyyah, consternée.

— Mais à Guy Fawkes [1], il lui en faudra une paire de neuves, poursuivit Barbara.

Elle articula silencieusement le mot « compromis » à l'adresse de Hadiyyah et vit la petite calculer mentalement le temps qui la séparait du mois de novembre. Azhar s'approcha de la porte, il avait un torchon autour de la taille en guise de tablier, tenait à la main une cuiller en bois.

— C'est possible, une telle précision dans l'évaluation des chaussures, Barbara ?

— Parfois, je m'étonne moi-même.

Le curry était un des autres talents d'Azhar. Il refusa son aide même pour la vaisselle. « Votre présence est une joie, Barbara, nous ne voulons rien d'autre », disait-il chaque fois qu'elle lui proposait un coup de main. Néanmoins, à force d'insister, elle réussit quand même à débarrasser la table. Et pendant qu'il lavait les assiettes et les essuyait dans la cuisine, elle tint compagnie à sa fille — ce qui était un plaisir.

Une fois la table débarrassée, Hadiyyah entraîna Barbara dans sa chambre, lui déclarant qu'elle avait quelque chose à lui montrer. Un truc de fille, songea Barbara. Mais au lieu d'une collection de photos de vedettes de cinéma ou de petits mots au crayon qu'on lui aurait passés à l'école, Hadiyyah sortit de sous son

1. Jour anniversaire de la conspiration des Poudres, le 5 novembre. *(N.d.T.)*

lit un sac en plastique dont elle étala amoureusement le contenu sur son dessus-de-lit.

— Je l'ai fini aujourd'hui, annonça-t-elle fièrement, au cours de couture. J'aurais dû le laisser à l'école pour l'exposition. Au fait, t'as bien eu mon invitation, hein, Barbara ? J'ai promis à Miss Bateman que je le rapporterais. Mais fallait absolument que je le donne à Papa le plus vite possible. Il a déjà abîmé un pantalon en préparant le dîner.

L'objet était un tablier. Hadiyyah l'avait taillé dans un chintz pastel parsemé de mamans canards conduisant leur progéniture vers un étang bordé de roseaux. Les mamans portaient toutes des bonnets identiques. Les canetons, un ustensile de plage sous le bras.

— Tu crois que ça va lui plaire ? Les canards sont tellement mignons... Mais peut-être que pour un monsieur c'est un peu... Moi, les canards, j'en suis folle. Papa et moi, on va les nourrir à Regent's Park. C'est pour ça, quand j'ai vu ce tissu... Mais peut-être que j'aurais dû choisir quelque chose de plus... de plus homme.

A l'idée d'Azhar enveloppé dans le tablier, Barbara eut envie de sourire mais elle s'abstint. Elle examina avec soin les coutures zigzagantes et l'ourlet de travers.

— Il est parfait, il va l'adorer.

— Tu crois ? C'est mon premier travail de couture et je suis pas très douée. Miss Bateman voulait que je commence par quelque chose de plus simple comme un mouchoir. Mais je savais que Papa avait taché un de ses pantalons et qu'il n'avait pas envie d'en abîmer d'autres. C'est pour ça que je le lui ai apporté ce soir.

— On le lui donne maintenant ?

— Oh non, demain, dit Hadiyyah. Demain, on a un programme spécial, Papa et moi. On va au bord de la mer. On prendra un pique-nique et on mangera sur la jetée. C'est là que je le lui offrirai pour le remercier de m'avoir emmenée à la mer. Après, on ira sur les montagnes russes et Papa jouera à des jeux d'adresse. Il est drôlement bon, à la grue.

— Je sais, je l'ai vu à l'œuvre, tu te souviens ?

— Oui oui, c'est vrai, dit Hadiyyah, toute contente. Tu veux venir avec nous au bord de la mer, Barbara ? On emporte un pique-nique et on ira sur la jetée. Je vais demander à Papa si tu peux venir. (Elle sauta sur ses pieds, criant :) Papa, Papa, est-ce que Barbara peut... ?

— Non ! l'interrompit vivement Barbara. Non, Hadiyyah. Non, ma puce, je ne peux pas venir. Je suis en pleine enquête et j'ai des tonnes de boulot. Je devrais même pas être chez toi, là, avec tous les coups de fil que j'ai à donner avant de me coucher. Mais merci d'avoir pensé à moi, ce sera pour une autre fois.

— Mais on ira jouer sur la jetée, fit Hadiyyah d'un ton enjôleur.

— Je penserai à toi, lui assura Barbara, s'émerveillant de la force des enfants et de leur aptitude à prendre les choses comme elles venaient.

Etant donné ce qui s'était passé la dernière fois que Hadiyyah était allée au bord de la mer, Barbara s'étonnait qu'elle veuille y retourner. Il est vrai que les enfants ne sont pas comme les adultes, songea-t-elle, ce qui est trop dur à supporter pour eux, ils s'empressent de l'oublier.

21

— Au moins, on fait pas tache ici, commenta Winston Nkata tandis qu'ils atteignaient les Boltons, petit quartier en forme de ballon de rugby pris en sandwich entre Fulham Road et Old Brompton Road.

Les Boltons, c'étaient deux rues incurvées et feuillues, formant un ovale autour de St Mary the Boltons. Les caractéristiques de cette enclave verdoyante ? Le nombre de caméras de surveillance installées sur les murs des demeures et la présence ostentatoire de Rolls Royce, Mercedes et autres Range Rover derrière les grilles de fer forgé de bon nombre de propriétés.

Lorsque Lynley et Nkata s'y engagèrent, les réverbères n'étaient pas encore allumés le long des trottoirs presque déserts. Seuls signes de vie, un chat qui se glissait le long de la gouttière à la poursuite d'un autre félin et une domestique philippine anachronique dans sa tenue noir et blanc qui, son sac sous le bras, grimpa dans une Ford Capri en face de la maison que Lynley et Nkata cherchaient.

La remarque de Nkata se rapportait bien sûr à la Bentley de Lynley, aussi à l'aise dans ce quartier cossu que la veille à Notting Hill. Les deux enquêteurs, eux, étaient tout à fait déplacés. Lynley, compte tenu du métier qu'il avait choisi — si invraisemblable pour un homme dont la famille remontait à Guillaume le Conquérant et dont les ancêtres auraient certainement considéré les Boltons comme peu dignes de leur fréquentation. Et Nkata à cause de sa voix aux accents chantants qui évoquait si fortement les Caraïbes et la rive sud de la Tamise.

— Y doivent pas voir circuler beaucoup de keufs dans le coin, dit Nkata, examinant les grilles de fer, les caméras de surveillance, les systèmes d'alarme et les interphones omniprésents. Franchement, à quoi ça sert d'être bourré de pognon s'il faut se cloîtrer pour en profiter.

— Je suis assez d'accord avec vous, Winnie, dit Lynley, acceptant un Opal Fruit, l'ouvrant et pliant soigneusement le papier dans sa poche de façon à ne pas polluer le trottoir immaculé. Voyons un peu ce que Sir Adrian Beattie va nous raconter...

Lynley avait reconnu le nom lorsque Tricia Reeve l'avait prononcé, à Notting Hill. Sir Adrian Beattie n'était autre que l'homologue britannique de Christian Barnard. C'était lui qui avait pratiqué la première transplantation cardiaque en Angleterre et il avait continué ces dernières décennies à en réaliser dans le monde entier avec un taux de réussite qui lui avait valu une place à part dans l'histoire de la médecine, et la fortune. Cette dernière était manifeste. La demeure de Beattie était une forteresse aux murs d'un blanc polaire et aux fenêtres de fer forgé, dotée d'un portail qui en interdisait l'accès aux malheureux incapables de fournir à ses occupants le sésame par le truchement d'un interphone d'où jaillit une voix désincarnée qui se contenta d'énoncer un « Oui ? » d'un ton qui suggérait que la réponse avait tout intérêt à être satisfaisante.

Partant du principe que « New Scotland Yard » ferait plus chic que le simple mot « police », Lynley utilisa le nom de son lieu de travail ainsi que son rang et celui de son collègue lorsqu'il se présenta et présenta Nkata. La grille s'entrebâilla. Le temps que Lynley et Nkata gravissent les six marches du perron, la porte de la demeure avait été ouverte par une femme à chapeau de cotillon en forme de cône. Elle se présenta : Margaret Beattie, fille de Sir Adrian. Et leur expliqua que la famille fêtait un anniversaire. Elle ôta l'élastique du chapeau de sous son menton et retira le cône de sa tête. Y avait-il un problème dans le quartier ? Pas un cambriolage, au moins ? Regard anxieux glissé vers la rue, à croire que les actes de vandalisme étant monnaie courante dans les Boltons, elle risquait d'encourager les malfaiteurs à sévir en laissant sa porte ouverte plus longtemps que nécessaire.

Lynley lui expliqua qu'ils étaient venus voir Sir Adrian et que leur visite n'avait aucun rapport avec le quartier ni avec les cambrioleurs.

— Je vois, fit Margaret Beattie, les laissant entrer.

S'ils voulaient bien attendre son père dans le bureau-bibliothèque du premier étage, elle irait le chercher.

— J'espère que vous ne le retiendrez pas trop longtemps, dit-elle avec l'insistance souriante d'une femme bien élevée qui sait manier l'allusion pour se faire comprendre. Molly est sa petite-fille préférée et il lui a promis d'être tout à elle ce soir. Il doit lui lire un chapitre entier de *Peter Pan*. Il lui a demandé ce qu'elle voulait pour son anniversaire et elle a répondu : « Que tu me fasses la lecture. » Etonnant, non ?

— En effet.

Manifestement ravie, Margaret Beattie eut un sourire jusqu'aux oreilles et leur expliqua comment se rendre dans le bureau de son père qu'elle s'en alla chercher.

Le bureau de Sir Adrian était au premier étage, en haut d'un vaste escalier. Décorée de fauteuils de cuir bourgogne et d'une moquette vert sapin, la pièce renfermait une quantité impressionnante de livres aussi bien techniques que non techniques qui témoignaient des deux versants de la vie de Sir Adrian. L'aspect professionnel était présent sous la forme de diplômes, récompenses, souvenirs aussi variés qu'instruments de chirurgie anciens et gravures vieilles de plusieurs siècles représentant le cœur humain. Le côté personnel était, lui, illustré par des photos. Il y en avait partout. Sur la cheminée. Sur les étagères de la bibliothèque. Alignées sur son bureau. Les personnes photographiées ? La famille du médecin. En vacances, à la maison, à l'école, au fil des années. Lynley s'empara d'un cliché qu'il examina tandis que Nkata se penchait pour étudier les instruments anciens disposés sur le dessus d'une petite bibliothèque. Apparemment, le chirurgien avait quatre enfants. Sur le cliché que tenait Lynley, Beattie posait au milieu d'eux et de leurs conjoints en pater familias comblé avec sa femme et onze petits-enfants massés autour de lui telles de minuscules gouttes d'huile agglutinées autour d'une goutte plus grosse qui aurait cherché à les absorber. La photo avait été prise à l'occasion d'un Noël. Chacun des enfants tenait un cadeau et Beattie lui-même était déguisé en Père Noël mais sans barbe. Tout le monde souriait ou riait et Lynley se demanda quelle tête ils feraient si la liaison de Sir Adrian avec une dominatrice devenait publique.

— Inspecteur Lynley ?

Lynley pivota au son de cette voix de ténor. C'était une voix d'homme jeune et pourtant elle venait du rondelet chirurgien lui-même. Il se tenait debout dans l'encadrement de la porte, une casquette de marin en papier mâché sur la tête, une flûte de champagne à la main.

— Nous nous apprêtions à porter un toast à la petite Molly et elle va ouvrir ses cadeaux. Ça ne peut pas attendre encore une heure ?

— J'ai peur que non, fit Lynley, remettant la photo en place et présentant Nkata qui avait sorti de sa poche son carnet et son stylo-mine.

Beattie eut l'air consterné. Il pénétra dans la pièce et referma la porte derrière lui.

— C'est une visite professionnelle ? Serait-il arrivé quelque chose à... ?

Il eut un regard en direction du rez-de-chaussée, renonça à poursuivre. La police ne pouvait être venue lui apporter de mauvaises nouvelles de sa famille, puisque tous ses membres étaient réunis chez lui.

— Une jeune femme nommée Nicola Maiden a été assassinée dans le Derbyshire mardi soir, apprit Lynley au chirurgien.

Beattie se figea, dans l'expectative. Ses yeux étaient

rivés sur Lynley. Ses mains de chirurgien, des mains de vieil homme qui semblaient aussi agiles que celles d'un homme de trente ans plus jeune, n'eurent pas un frémissement, elles ne se crispèrent pas non plus sur son verre. Son regard se dirigea vers Nkata et vers le carnet de cuir du constable avant de revenir se poser sur Lynley.

— Vous connaissiez Nicola Maiden, je crois, n'est-ce pas, Sir Adrian ? fit Lynley. A moins que vous ne l'ayez connue sous son nom de guerre : Nikki Tentation.

Beattie foula la moquette et posa son verre de champagne sur le bureau. Il alla se poster derrière ce bureau, s'assit dans un fauteuil à haut dossier et, de la tête, désigna aux visiteurs les sièges de cuir.

— Asseyez-vous, inspecteur, vous aussi, constable. (Et lorsqu'ils se furent exécutés :) Je n'ai pas lu le journal. Que lui est-il arrivé ?

C'était le genre de question qu'un homme ayant l'habitude de prendre les choses en main aurait posée à un subordonné. Lynley s'attacha à lui faire comprendre dans sa réponse lequel d'entre eux mènerait la conversation :

— Vous connaissiez donc Nicola Maiden.

Beattie croisa les doigts. Lynley constata qu'il avait deux ongles tout noirs, déformés par une espèce de mycose. Etonnant, de la part d'un médecin.

— Oui, je connaissais Nicola Maiden.

— Parlez-nous de vos relations.

Derrière les lunettes à monture dorée, le regard était circonspect.

— Me considéreriez-vous comme suspect ?

— Tous ceux qui la connaissaient sont suspects.

— Vous avez dit mardi soir...

— Effectivement, oui.

— J'étais là mardi soir.

— Chez vous ?

— Non, à Londres. A mon club. Vous voulez que je vous fasse confirmer ça, inspecteur ?

— Parlez-nous de Nicola. Quand l'avez-vous vue pour la dernière fois ?

Beattie tendit la main vers son champagne et but. Pour gagner du temps, se calmer les nerfs, apaiser sa soif : difficile à dire.

— La veille de son départ pour le Nord. Dans la matinée.

— En juin dernier, alors ? se fit préciser Nkata. (Et comme Beattie acquiesçait de la tête, Nkata ajouta :) A Islington ?

— Islington ? reprit Beattie avec un froncement de sourcils. Non, ici même. Elle venait chez moi. C'était toujours ici que nous nous rencontrions quand j'avais besoin de ses services.

— Vos relations étaient d'ordre sexuel, donc, fit Lynley. Vous étiez l'un de ses clients, c'est ça ?

Beattie détourna la tête, fixant le dessus de la cheminée où était exposée son abondante collection de photos de famille.

— Vous connaissez la réponse à cette question. Vous ne seriez pas venus jusqu'ici un samedi soir si on ne vous avait pas dit quelle place j'occupais dans la vie de Nikki. Oui, j'étais un de ses clients. On pourrait dire les choses comme ça.

— Et vous, comment diriez-vous ?

— Je dirais que nous avions conclu un accord qui nous satisfaisait l'un et l'autre. C'était pour moi une prestataire de services précieux — que je rétribuais largement.

— Vous jouissez d'une grande notoriété, souligna Lynley. Et vous possédez tous les signes extérieurs du bonheur : carrière exemplaire, femme, enfants, petits-enfants...

— Je n'en ai pas seulement les signes extérieurs, corrigea Beattie, je *suis* heureux. Pourquoi risquer de tout perdre en me commettant avec une vulgaire prostituée, c'est bien la question qui vous turlupine ? Le problème, inspecteur Lynley, c'est que Nikki n'était pas une vulgaire prostituée...

De la musique emplit soudain la maison. Du Chopin, interprété avec feu et talent. A quoi succéda, au milieu d'un brouhaha, une chanson de Cole Porter reprise sans complexe à pleins poumons. *« Call me irreSPONsible, call me unreLIable »*, rugit le chœur au milieu des éclats de rire. La réunion de famille battait son plein.

— Je commence à m'en rendre compte, opina Lynley. Vous n'êtes pas le premier à me dire qu'elle sortait de l'ordinaire. Enfin, de là à tout compromettre pour une liaison...

— Ce n'était pas une liaison.

— Un arrangement, si vous préférez. Mais ce qui m'intéresse, ce n'est pas tellement de savoir pourquoi vous étiez prêt à tout risquer. C'est ce que vous étiez prêt à faire pour protéger votre bonheur au cas où il aurait été menacé...

— Menacé ?

Le ton de Beattie était trop indigné pour que Lynley croie sa réaction sincère. Cet homme devait savoir ce qu'il risquait en fréquentant une professionnelle du sexe.

— On a tous des ennemis, poursuivit Lynley. Vous ne faites pas exception à la règle. Si un témoin malveillant avait découvert votre arrangement avec Nicola Maiden et décidé de le révéler au grand jour, vous auriez perdu beaucoup dans l'histoire.

— Ah, je vois. « On ne défie pas impunément la société », murmura Beattie. (Puis il poursuivit, sur le ton de la conversation, ce qui donna à Lynley l'impression bizarre qu'il décortiquait le bulletin météo du lendemain :) Je vois mal comment ça aurait pu arriver, inspecteur. Je crois vous l'avoir dit, Nikki me rendait visite chez moi. Elle s'habillait de façon passe-partout, elle portait un attaché-case, elle conduisait une Saab. Si bien qu'elle donnait l'impression de venir prendre des notes sous ma dictée ou de nous aider à organiser une soirée. Et comme nos rencontres se déroulaient à l'écart des fenêtres, il n'y avait rien qu'un observateur indiscret pût surprendre...

— Elle ne portait pas un bandeau sur les yeux, quand même.

— Bien sûr que non.

— Dans ce cas, vous en conviendrez, elle pouvait fort bien être en possession de certains détails vous concernant. Des détails susceptibles d'étoffer un papier et qui, vendus à un tabloïd, confirmeraient la véracité des faits qu'elle dévoilait. Les lecteurs de la presse de caniveau sont toujours avides de ragots salaces.

Beattie murmura d'un ton pensif :

— Mon Dieu.

— Voilà pourquoi je vais devoir me faire confirmer votre emploi du temps de mardi, dit Lynley. Et pourquoi il va me falloir le nom de votre club.

— Selon vous, j'aurais tué Nikki parce qu'elle ne s'estimait pas assez payée ? Ou parce que j'avais décidé de me passer de ses services et qu'elle menaçait de dévoiler le pot aux roses si je ne continuais pas à casquer ? (Il avala une autre gorgée de son champagne, rit d'un rire triste et repoussa son verre. Il se mit péniblement debout.) Sainte Mère de Dieu, si seulement ç'avait été le cas. Attendez ici, je vous prie...

Il quitta la pièce.

Nkata se leva d'un bond.

— Patron, vous voulez que je... ?

— Attendez, on va bien voir.

— Si ça se trouve, il est au téléphone pour se forger un alibi...

— Je ne crois pas, dit Lynley sans être toutefois capable de s'expliquer sa certitude.

Tout ce qu'on pouvait dire, c'est qu'il y avait quelque chose de bizarre dans la façon dont réagissait Sir Adrian.

Lorsque Beattie revint, quelques minutes plus tard, il était accompagné d'une femme qui n'était autre, ainsi qu'il l'apprit aux policiers, que son épouse, Lady Beattie.

— Chloe, ces messieurs sont là à propos de Nikki Maiden.

Lady Beattie — une femme maigre coiffée à la Wallis Simpson et exhibant le teint trop lisse de qui s'est fait trop souvent lifter — porta une main au triple rang de perles qui pendaient à son cou telles des balles de golf miniature.

— Nikki Maiden ? Il ne lui est rien arrivé de fâcheux, j'espère ?

— Hélas, ma chère, elle a été assassinée, dit son mari en lui posant une main sur le coude comme s'attendant à ce qu'elle trouve la nouvelle affligeante.

Ce fut le cas d'ailleurs, car s'approchant de son mari, elle murmura :

— Oh mon Dieu, Adrian...

Il lui prit la main et la serra avec ce qui parut à Lynley une authentique tendresse.

— C'est horrible, c'est épouvantable, c'est une catastrophe. Ces messieurs de la police me croient impliqué dans sa mort du fait de notre arrangement.

Lady Beattie se dégagea, haussa un sourcil :

— N'est-ce pas plutôt Nikki qui aurait pu te nuire et non l'inverse ? Elle n'aurait laissé personne avoir barre sur elle ou la dominer. C'était tout sauf une passive. Souviens-toi, elle nous l'a clairement dit la première fois que nous l'avons interviewée. « Pas question que je fasse la soumise. J'ai essayé une fois, j'ai trouvé ça révoltant. » Et si tu te rappelles, après ça, elle s'est excusée, craignant de t'avoir offensé. Je me rappelle parfaitement cette scène, pas toi ?

— Je ne crois pas qu'elle ait été tuée lors d'une séance, fit Beattie. On vient de me dire que ça s'était passé dans le Derbyshire où elle avait un petit boulot pour l'été chez l'avocat.

— Et pendant ses loisirs elle ne...

— A ma connaissance, ce genre d'activités, elle ne le pratiquait qu'à Londres.

— Je vois.

Lynley avait l'impression d'être passé de l'autre côté du miroir. Il jeta un coup d'œil à Nkata et constata que le constable semblait être dans le même état d'esprit que lui.

— Peut-être pourriez-vous nous expliquer de quel

arrangement il s'agissait, Sir Adrian, Lady Beattie ? dit Lynley. Ça nous aiderait à comprendre...

— Bien sûr.

Lady Beattie et son mari semblaient boire du petit-lait à l'idée de révéler les penchants sexuels de Sir Adrian. Lady Beattie s'assit élégamment sur un canapé près de la cheminée tandis que les trois hommes reprenaient leurs places respectives. Cependant que son mari précisait la nature exacte de ses relations avec Nicola Maiden, elle ajoutait des détails ou des précisions chaque fois qu'il en oubliait.

Il avait rencontré Nicola Maiden vers le 1er novembre de l'année précédente, neuf mois environ après que l'arthrite de Chloe fut devenue trop sévère pour lui permettre de se livrer aux pratiques rituelles auxquelles ils avaient pris goût au fil de leur mariage.

— Au début, on s'est dit qu'on ferait une croix dessus, fit Sir Adrian. Sur la douleur, j'entends. Pas sur le sexe. On pensait qu'on s'en sortirait en le faisant à la manière traditionnelle. Mais il ne nous a pas fallu longtemps pour nous apercevoir que mes besoins... (Il fit une pause, cherchant un raccourci pour expliquer les choses sans fouiller pour autant dans les tréfonds de sa psyché.) C'est un besoin, vous voyez. Une faim. Il faut absolument que vous compreniez cela si vous voulez comprendre le reste...

— Poursuivez, dit Lynley, jetant un coup d'œil à Nkata.

Le constable notait soigneusement dans son carnet et sur son visage on pouvait lire : Seigneur, qu'est-ce que Maman va dire de tout ça...

Comprenant que le besoin de Sir Adrian allait devoir être comblé s'ils voulaient continuer à avoir des relations sexuelles, les Beattie avaient cherché quelqu'un de jeune, en bonne santé, fort et surtout discret pour s'occuper de lui.

— Nicola Maiden, fit Lynley.

— La discrétion était... est... un facteur crucial pour un homme dans ma position, dit Sir Adrian. (Manifestement, il ne pouvait choisir une dominatrice à l'aveugle, en s'en remettant à un prospectus ramassé dans une cabine ou à une annonce passée dans un magazine spécialisé. Il pouvait difficilement demander à ses amis et collègues de lui recommander quelqu'un. Et se rendre dans un club SM ou une boîte de Soho dans l'espoir de rencontrer une candidate possible n'était pas très malin comme tactique. Il aurait couru le risque d'être vu, reconnu et soumis au genre de lynchage dont les tabloïds étaient friands et qui risquait de causer un atroce chagrin à ses enfants, à leurs conjoints et à leur progéniture.) Et à Chloe aussi, bien sûr, ajouta Sir Adrian. Car si elle a toujours su que j'étais habité par cette pulsion, ses amis et ses proches l'ignorent, et j'imagine qu'elle n'a pas envie qu'ils le sachent...

— Merci, chéri, dit Chloe.

Alors Sir Adrian avait contacté une agence d'hôtesses accompagnatrices. Global Escort. Et par l'intermédiaire de cette agence il avait fini par rencontrer Nicola Maiden. Leur première rencontre, thé, scones et conversation, avait été suivie d'une seconde au cours de laquelle ils avaient conclu le marché.

— Le marché ? voulut savoir Lynley.

— Oui, nous avons défini les modalités de nos rencontres, la fréquence des séances et le montant de leur rémunération, expliqua Chloe.

— Chloe était présente lors des deux premiers entretiens, expliqua Sir Adrian. Il fallait absolument faire comprendre à cette fille qu'elle ne gagnerait rien à me menacer de tout révéler à ma femme d'une liaison censée lui faire de la peine.

— Parce que ça ne me peinait pas, dit Chloe.

— Tu veux bien leur montrer la salle, chérie ? fit Sir Adrian à sa femme. Je vais faire un saut en bas, dire aux enfants que je n'en ai plus pour longtemps.

— Bien sûr, suivez-moi, inspecteur, constable...

Et aussi gracieusement qu'elle s'était assise, elle se leva en les entraînant vers la porte, leur fit monter deux étages tandis que Sir Adrian s'en allait dire quelques mots à sa petite famille qui faisait la fête aux accents gentiment ironiques de « Le champagne, c'est pas avec ça que je prends mon pied ».

Lady Beattie les emmena au dernier étage de la maison. Des profondeurs d'une vieille armoire coincée dans le couloir étriqué, elle sortit une clé qu'elle introduisit dans la serrure d'une des portes. Elle la poussa, précéda la police et donna de la lumière.

— Au début, tout ce qu'il voulait, c'était qu'on lui donne la discipline, expliqua-t-elle. Ça, c'était à ma portée, même si je trouvais ses goûts bizarres. Coups de règle sur les paumes, coups de battoir sur les fesses, coups de ceinture sur la face externe des jambes. Mais, au bout de quelques années, il a commencé à en réclamer davantage, et lorsque je me suis trouvée ne plus être suffisamment d'attaque pour... Mais j'imagine qu'il a dû vous expliquer tout ça. Enfin bref, c'est là que se déroulaient les séances. C'est là que lui et moi tenions nos séances du temps où j'étais encore capable d'y participer activement.

La chambre de tortures, comme ils l'avaient baptisée, résultait de la fusion en une seule de plusieurs des pièces où couchaient jadis les domestiques. Pour réaménager les lieux, il avait fallu abattre certaines cloisons, revêtir les autres d'un matériau isolant et mettre en place un système de ventilation car les fenêtres étaient condamnées par des volets fermés pour se prémunir contre toute curiosité intempestive. Les Beattie avaient créé un monde fantasmatique : à cheval entre bureau de censeur, salle d'opération, donjon et chambre de tortures médiévale. Des placards avaient été installés sous les combles. Lady Beattie les ouvrit, dévoilant les costumes et accessoires qu'elle-même et plus tard Nicola Maiden avaient utilisés pour le plaisir de Sir Adrian. Il était facile de voir pourquoi la petite Maiden venait dans les Boltons sans apporter quoi que ce soit d'autre que le désir de plaire à Sir Adrian et celui d'être payée pour sa prestation. Les costumes allaient de la robe de nonne à l'uniforme de gardien de prison avec matraque. On y trouvait aussi les vêtements traditionnellement associés aux jeux de rôle SM : tenues en PVC rouge ou noir, masques de cuir, bottes à talons hauts. Les instruments de discipline de Sir Adrian, soigneusement alignés à l'instar des instruments chirurgicaux anciens qui trônaient dans son bureau, expliquaient également pourquoi elle avait pu venir les mains vides. Tout ce qui était nécessaire aux fessées et corrections, tout ce qui pouvait infliger douleur et humiliation avait été rassemblé entre ces murs.

Lynley avait passé de nombreuses années dans la police et il en avait vu de toutes les couleurs. Cependant, chaque fois qu'il croyait avoir fait le tour des turpitudes humaines, il s'apercevait que son éducation était loin d'être terminée. Cette fois, ce n'était pas tant la présence de la fameuse chambre au domicile des Beattie qui le laissait pantois mais plutôt l'attitude du couple vis-à-vis de cette salle. Et particulièrement, celle de la femme — qui se comportait comme si elle leur faisait admirer une cuisine dernier cri.

Elle parut s'en rendre compte, d'ailleurs. Car, regardant Lynley depuis le seuil et observant Nkata qui arpentait la pièce avec une expression éloquente indiquant qu'à la vue des costumes et gadgets son imagination travaillait à plein rendement, elle ajouta avec calme :

— Si j'avais eu le choix, ce n'est pas comme ça que je me serais organisée. J'aurais préféré un mariage traditionnel. Mais aimer, c'est faire des compromis. Et sachant combien c'était important pour lui... (Elle désigna la pièce d'une main dont les articulations déformées par la maladie avaient rendu nécessaire l'arrivée de Nicola Maiden dans son univers secret.) Une pulsion, c'est une pulsion. Tant qu'on s'abstient de porter un jugement dessus, elle ne peut pas nous faire de mal.

— Cela vous ennuyait-il qu'une autre femme comble les besoins de votre mari ?

— Mon mari m'aime. Je n'en ai jamais douté un instant.

Lynley se posa in petto la question.

Sur ces entrefaites, Sir Adrian les rejoignit.

— On te demande au rez-de-chaussée, chérie. Molly ne peut plus attendre pour ouvrir ses cadeaux.

— Mais tu vas...

Ils communiquèrent en silence comme des gens mariés depuis plus d'une génération.

— Dès que j'en aurai fini ici. Ce ne sera pas long.

Lorsqu'elle fut partie, Sir Adrian attendit un moment avant de poursuivre :

— Il y a un aspect de la situation dont il vaudrait mieux que Chloe ignore tout. Cela la blesserait inutilement.

Nkata s'apprêta à prendre des notes tandis que Lynley réfléchissait à la phrase du chirurgien.

— Vous l'avez bipée, vous avez bipé Nicola pendant tout l'été, Sir Adrian. Mais comme elle ne pouvait vous donner la discipline depuis le Derbyshire, mon petit doigt me dit que votre « arrangement » devait sortir du cadre que vous avez tracé devant votre femme.

— Vous êtes observateur, inspecteur. (Beattie ferma la porte de la chambre.) J'étais amoureux d'elle. Pas au début bien sûr, on ne se connaissait pas assez. Il m'a fallu un mois ou deux pour comprendre, mettre un nom sur ce que j'éprouvais. Au commencement, j'ai pensé que j'étais bêtement accro : le fait qu'une autre femme que la mienne me donne la discipline décuplait mon plaisir. Et ce plaisir, c'était comme une drogue, il me fallait me le procurer de plus en plus souvent. Mais à la fin, à cause de la personnalité de Nikki dont je n'avais pas soupçonné la complexité, je me suis attaché à elle, j'ai voulu la garder. Je ne pensais plus qu'à ça.

— La garder près de vous, en faire votre femme ?

— J'aime Chloe. Mais il n'y a pas qu'une seule sorte d'amour dans la vie d'un homme ; vous le découvrirez si vous ne le savez déjà. Egoïstement, j'espérais le vivre avec Nicola. (Il baissa les yeux sur ses ongles déformés.) Ce que j'éprouvais pour Nikki, c'était un amour sexuel. Un amour qui va de pair avec la possession physique. Un besoin animal. L'amour que je ressens pour Chloe, en revanche, c'est un sentiment que nous avons tissé au fil des années. Quand j'ai compris que j'aimais sexuellement Nikki — que je ne pensais qu'à ça —, je me suis dit que c'était naturel. Elle comblait un besoin tyrannique chez moi. Et quels que soient mes désirs, elle était toujours prête à les satisfaire. Seulement quand j'ai pris conscience qu'elle était beaucoup plus qu'une dominatrice...

— Vous n'avez plus été aussi désireux de la partager avec les autres.

— Vous avez beaucoup d'intuition, fit Beattie avec un sourire.

Nicola se rendait chez lui cinq fois par semaine, poursuivit Beattie. Pour expliquer la fréquence de leurs séances à Chloe, il mettait en avant le stress accru que lui procurait le fait de travailler avec des collègues plus jeunes et les progrès de la chirurgie — domaine « pointu » où il fallait sans cesse se dépasser. Son anxiété avait atteint de telles proportions que seule la discipline pouvait le soulager. D'ailleurs, ce n'était pas si loin de la vérité.

— J'ai dit à Nikki que, quand le besoin s'emparait de moi, il fallait qu'elle puisse le satisfaire immédiatement.

— Mais la réalité était beaucoup plus complexe ? dit Lynley.

— La réalité était infiniment simple : je ne pouvais pas supporter l'idée que Nikki fasse à d'autres ce qu'elle me faisait à moi ni qu'elle soit pour d'autres ce qu'elle était pour moi. L'imaginer avec un autre homme, c'était pour moi descendre aux enfers. Jamais je ne me serais attendu à éprouver ça pour une pute. Sans doute parce que, quand je l'ai engagée, j'étais loin de me douter qu'elle deviendrait pour moi quelque chose de très différent d'une pute.

A l'insu de sa femme, il avait proposé un autre marché à Nicola. Il l'entretiendrait, il la paierait grassement, il lui trouverait un logement — appartement, maison, suite d'hôtel, cottage, peu importe —, pourvu qu'elle lui promette de lui consacrer tout son temps.

— Je ne voulais plus être obligé de faire la queue comme tout le monde ou de prendre un rendez-vous. Je voulais qu'elle soit disponible à toute heure. A moi de m'arranger pour qu'elle soit libre de ses mouvements et débarrassée de ses clients.

Il l'avait donc installée dans la petite maison de Fulham. Comme Nicola se rendait toujours chez Sir Adrian, qu'il n'allait jamais chez elle, il se moquait pas mal qu'elle ait une colocataire pour lui tenir compagnie pendant les moments où il n'avait pas besoin de ses services.

— Ça m'était égal, leur dit-il. Tout ce que je voulais c'était qu'elle soit à ma disposition dès que je téléphonais. Et le premier mois, c'est comme ça que les choses se sont passées. A raison de cinq ou six visites par semaine, parfois même de visites biquotidiennes. Elle arrivait une heure après que je l'eus bipée. Et elle restait aussi longtemps que je le désirais. L'arrangement était impeccable.

— Mais elle est repartie dans le Derbyshire. Pourquoi ?

— Elle a prétendu qu'elle s'était engagée à travailler chez un avocat, qu'elle ne s'absenterait que pour l'été. J'étais fou d'elle, mais pas idiot au point de la croire. Je lui ai dit que je cesserais de payer le loyer de Fulham si elle quittait Londres.

— Mais ça ne l'a pas empêchée de s'en aller au risque de perdre ce que vous lui offriez. Qu'est-ce que vous pensez de cette attitude ?

— C'est évident. Si malgré l'argent que je lui donnais pour rester elle allait passer l'été dans le Nord, c'est qu'il y avait une raison. Et cette raison, c'était l'argent. Il devait y avoir là-bas quelqu'un de plus généreux que moi. Un autre homme, évidemment.

— L'avocat.

— Je l'ai accusée, elle a nié. Je reconnais qu'un avocat ordinaire n'aurait jamais pu s'offrir ses services. A moins de disposer d'une fortune personnelle. Ça devait donc être quelqu'un d'autre. Mais elle a refusé de me donner son nom malgré mes menaces. Elle n'arrêtait pas de répéter : « C'est seulement pour l'été ! » Et moi de hurler : « Je m'en fous ! »

— Vous avez eu un accrochage.

— Violent. Je lui ai coupé les vivres. Je savais qu'il lui faudrait retourner à l'agence d'escort-girls. Peut-être même redescendre dans la rue si elle voulait garder la maison une fois de retour à Londres. Et je me disais que ça lui donnerait à réfléchir. Mais je me trompais. Car elle est partie. J'ai tenu quatre jours. Le cinquième, j'ai décroché mon téléphone. J'étais prêt à lui donner n'importe quoi pourvu qu'elle revienne. De l'argent, une maison, et bon Dieu, oui, jusqu'à mon nom.

— Mais elle a refusé de rentrer.

— Ça lui était égal de faire le trottoir. Elle m'a dit ça d'un ton... mais alors vraiment... sur le ton de la conversation. Comme si je lui demandais de me raconter les paysages du Derbyshire. « On s'est fait faire des cartes, des prospectus, tout. Ceux de Vi sont déjà en place dans les cabines. Les miens y seront dès mon retour en ville. Je ne t'en veux pas, Ady. De toute façon, c'est pas la peine qu'on s'inquiète, avec Vi : le téléphone sonne nuit et jour. »

— Vous l'avez crue ?

— Je l'ai accusée d'essayer de me rendre cinglé. Je l'ai engueulée. Je me suis excusé. Elle a joué les enjôleuses au téléphone. Moi je la désirais plus que jamais. Je refusais de penser à ce qu'elle accordait à l'autre. Je l'ai engueulée de nouveau. C'était idiot, complètement idiot, mais je n'en pouvais plus, je voulais qu'elle revienne, j'aurais fait n'importe quoi...

Il s'arrêta, semblant se rendre compte de la façon dont ses paroles pourraient être interprétées.

— Alors, Sir Adrian, pour mardi soir ? dit Lynley.

— Inspecteur, je n'ai pas tué Nikki. Jamais je n'aurais pu lui faire du mal. Je ne l'ai pas vue depuis le mois de juin. Je ne serais pas là à vous raconter tout ça si... Non, je n'aurais pas pu lui faire de mal.

— Le nom de votre club ?

— Brooks. J'ai dîné là-bas avec un de mes collègues, mardi. Il vous le confirmera. Mais, mon Dieu, vous ne lui direz pas que je... Personne n'est au courant, inspecteur. C'est strictement entre Chloe et moi.

Et ceux à qui Nicola Maiden avait jugé bon de divulguer la chose, songea Lynley. Comment Sir Adrian Beattie réagirait-il en apprenant que son secret le mieux gardé était brandi au-dessus de sa tête comme une épée de Damoclès ? Comment se comporterait-il si quelqu'un le menaçait de révéler ce secret au grand jour ?

— Nicola vous avait présenté sa colocataire ?

— Je l'ai vue une fois. Quand je lui ai remis les clés de la petite maison.

— Vi Nevin connaissait votre arrangement ?

— Peut-être. Je n'en sais rien.

Pourquoi s'exposer à courir le risque que quelqu'un sache ? se demanda Lynley. Pourquoi laisser une colocataire être au courant de la combine et risquer que ce témoin claironne les penchants sexuels qui pouvaient si fort humilier un homme dans la situation de Beattie ?

Beattie parut lire la question dans le regard de Lynley.

— Vous savez ce que c'est de vouloir désespérément une femme ? De la vouloir au point de consentir à tout. De tout faire pour l'avoir. C'est ça que je ressentais.

— Et Terry Cole là-dedans, quel rôle jouait-il ?

— Je ne connais personne de ce nom.

Lynley se demanda s'il devait le croire. Beattie avait un tel air de franchise qu'il était permis d'en douter. La méfiance de Lynley n'allait pas se dissiper de sitôt.

Il remercia le chirurgien de l'avoir reçu et prit congé avec Nkata, laissant Beattie aux joies familiales. Bizarrement, l'homme avait gardé sa casquette de cotillon en papier mâché pendant tout l'entretien. Lynley se demanda si le port du couvre-chef l'avait aidé à rester ancré dans la réalité de sa vie de famille ou si ce n'était que le symbole creux d'une affection qu'il n'éprouvait pas.

Une fois dans la rue, Nkata s'exclama :

— Doux Jésus, dans quels guêpiers les gens ne vont-ils pas se fourrer, inspecteur...

— Hum, oui. Et de quoi ne réussissent-ils pas à se sortir...

— Vous ne croyez pas à son histoire ?

— Faites un saut au Brooks, répondit indirectement Lynley. On vous dira quand il y est passé. Puis rendez-vous à Islington. Vous avez vu Sir Adrian Beattie en chair et en os, Martin Reeve également. Tâchez de tailler une bavette avec la logeuse de la petite Maiden, avec ses voisins. Peut-être que quelqu'un se souviendra d'avoir croisé l'un de ces messieurs là-bas le 9 mai...

— C'est beaucoup demander, patron, ça remonte à quatre mois.

— J'ai foi dans vos talents d'enquêteur, Winnie. (Lynley désactiva l'alarme de la Bentley, disant par-dessus le toit de la voiture :) Montez, je vous dépose au métro.

— Et vous, votre programme ?

— Vi Nevin. Si quelqu'un peut confirmer l'histoire de Nikki, c'est elle.

Azhar ne voulut rien savoir : pas question de laisser Barbara parcourir seule à pied les cent mètres qui la séparaient de son bungalow au fond du jardin. Elle risquait d'être accostée, agressée, violée, ou bien attaquée par un chat amateur de dames à chevilles épaisses.

Il mit donc sa fille au lit, ferma soigneusement à clé la porte de l'appartement et escorta Barbara. Une fois dehors, il lui offrit une cigarette qu'elle accepta. Ils s'arrêtèrent pour l'allumer, l'allumette faisant ressortir les couleurs contrastées de leurs peaux tandis qu'elle approchait la cigarette de ses lèvres et qu'il abritait de sa main la flamme près de la bouche de Barbara.

— Sale manie, dit-elle sur le ton de la conversation.

Hadiyyah n'arrête pas de me tarabuster pour que j'arrête.

— Je suis logé à la même enseigne. Sa mère était une militante antitabac et Hadiyyah a hérité d'Angela cette aversion pour la nicotine.

Azhar n'avait jamais autant parlé de la mère de son enfant. Barbara aurait voulu lui demander s'il avait dit à la petite qu'elle était partie pour de bon ou s'il s'en tenait toujours au conte de fées selon lequel Angela Weston passait ses vacances au Canada — des vacances qui duraient maintenant depuis près de cinq mois. Toutefois, elle se contenta d'observer :

— Ouais, ben, vous êtes son père. Normal qu'elle ait envie de vous conserver près d'elle. (Ils suivirent le sentier qui conduisait au cottage.) Merci pour le dîner, Azhar, c'était délicieux. Lorsque je serai un peu plus aguerrie côté cuisine, je vous rendrai votre invitation.

— Ce sera avec plaisir, Barbara.

Elle s'attendait à ce qu'il fasse demi-tour pour regagner son appartement — son modeste logis était maintenant bien en vue et il y avait peu de chances qu'il lui arrivât quoi que ce soit avant de l'atteindre. Mais il continua de marcher à son côté.

Ils arrivèrent devant la porte d'entrée. Elle ne l'avait pas fermée à clé et lorsqu'elle la poussa Azhar, fronçant les sourcils, lui fit remarquer qu'elle aurait pu prendre davantage de précautions. Elle dit que oui, en effet, mais qu'elle avait juste eu l'intention de faire un petit saut dehors, histoire de s'excuser auprès de Hadiyyah d'avoir oublié sa leçon de couture. Elle n'avait pas songé du tout qu'elle pourrait rester dîner chez ses voisins.

— Au fait, merci pour ce repas. Vous êtes un merveilleux cuisinier. Mais peut-être vous l'ai-je déjà dit ?

Azhar prétendit poliment qu'elle n'avait pas fait allusion à ses talents de chef, après quoi il insista pour qu'elle l'autorise à entrer. Il tenait à s'assurer qu'il n'y avait pas de visiteur indésirable caché dans la douche ou sous le divan.

Après avoir examiné les lieux, Azhar lui conseilla de verrouiller soigneusement sa porte après son départ. Mais il ne prit pas congé pour autant. Il jeta un coup d'œil à la table où Barbara avait déposé ses affaires lorsqu'elle était rentrée du boulot. Ses affaires, c'étaient son vieux sac à bandoulière informe et une chemise cartonnée dans laquelle elle avait fourré la liste des employés du 31-32 Soho Square, une photocopie qu'elle avait prise en douce du compte rendu d'autopsie remis à Saint James, et enfin le brouillon du rapport rédigé à l'attention de Lynley où elle avait consigné les renseignements glanés sur Andy Maiden dans les fichiers du SO10.

— Cette nouvelle enquête vous absorbe, constata Azhar. Vous devez être contente d'avoir retrouvé vos collègues.

— Ouais, dit Barbara. J'ai attendu bougrement longtemps. Regent's Park et moi, on s'est beaucoup fréquentés. Je ne pensais pas que j'irais traîner mes guêtres là-bas si souvent...

Azhar tira sur sa cigarette, l'observant par-dessus le nuage de fumée. Elle n'aimait pas qu'il la regarde comme ça. Elle se demandait toujours ce qui allait arriver.

— Merci encore pour le dîner.

— Merci de l'avoir partagé avec nous. (Pourtant il ne faisait toujours pas mine de s'en aller. Elle comprit pourquoi lorsque finalement il se jeta à l'eau :) La lettre *C*, Barbara, devant votre nom, c'est ça qui indique le grade dans la police, non ?

Barbara eut un coup au cœur. Elle aurait voulu détourner la conversation, l'étouffer dans l'œuf, mais elle ne savait comment s'y prendre.

— Ouais, en général. Ça dépend. Par exemple, le *C* de Washington DC, c'est pas un grade. Mais Washington, c'est pas la police non plus.

— Quand le *C* est accolé au nom, ça signifie « constable », non ?

Merde, songea Barbara. Et à voix haute :

— Ouais, c'est exact.

— Alors vous avez été rétrogradée. J'ai vu le *C* sur le petit mot que ce gentleman a déposé pour vous. Au début, j'ai cru à une erreur. Mais comme vous ne travaillez pas avec l'inspecteur Lynley...

— Je ne travaille pas toujours avec l'inspecteur Lynley, Azhar, nous ne travaillons pas toujours forcément sur le même volet de l'enquête.

— Ah oui. (Mais elle voyait qu'il n'était pas convaincu. Ou du moins qu'il soupçonnait autre chose.) Vous avez été rétrogradée. Et pourtant il n'y a pas eu de réduction d'effectifs dans la police. C'est bien ce que vous m'avez dit, n'est-ce pas ? C'est bizarre, j'ai l'impression que vous me cachez quelque chose. Je me demande pourquoi.

— Azhar, je ne vous cache rien. Merde, on n'est quand même pas cul et chemise ! lâcha Barbara qui devint rouge comme une pivoine en se rendant compte de l'incongruité de sa phrase. (Nom de Dieu, songea-t-elle, la conversation avec cet homme est un véritable champ de mines...) On parle pas tellement boulot, vous et moi, que je sache ! Vous enseignez à l'université, je bosse au Yard, où j'essaie de me donner l'air indispensable. Point final.

— La rétrogradation, ce n'est pas une plaisanterie. Quelle que soit la profession. Pourquoi ai-je l'impression que cette sanction est le résultat de votre séjour dans l'Essex ? Qu'est-ce qui s'est passé, dans l'Essex, Barbara ?

— Ouh là, comment pouvez-vous dire ça ?

Il écrasa sa cigarette dans un cendrier d'où jaillissaient une dizaine de mégots de Players. Il la fixa.

— Je suis tombé pile, n'est-ce pas ? Vous avez fait l'objet de mesures disciplinaires à la suite de votre mission dans l'Essex, en juin dernier. Qu'est-il arrivé là-bas, Barbara ?

— C'est personnel, fit-elle en cherchant à gagner du temps. Pourquoi vous voulez le savoir ?

— Parce que j'ai peur de ne pas très bien comprendre la législation anglaise et que je souhaiterais me familiariser avec elle. Comment puis-je aider mes compatriotes en difficulté si j'ignore comment on traite quelqu'un qui a enfreint la loi dans ce pays ?

— Je n'ai pas enfreint la loi, dit Barbara.

Après tout, elle ne s'était pas retrouvée au tribunal accusée de voies de fait ou de tentative de meurtre, aussi n'avait-elle eu aucun mal à se persuader qu'au regard de la loi elle avait toujours été réglo.

— Bref, vous êtes mon amie... du moins, je l'espère...

— Bien sûr que je suis votre amie.

— ... et j'aimerais que vous m'aidiez à comprendre les rouages de votre société.

Mes couilles ! songea Barbara. Il en savait plus sur la société britannique qu'elle-même n'en saurait jamais. Mais pas question de le contredire sur ce point, elle n'en sortirait pas.

— C'est pas grave. J'ai eu un accrochage avec l'inspecteur principal chargé de l'affaire de l'Essex au beau milieu d'une chasse à l'homme. Or un subordonné n'est pas censé remettre en question les ordres de son supérieur hiérarchique. Voilà pourquoi j'ai perdu mon grade de sergent.

— Pour une remise en question d'un ordre ?

— C'est que moi, quand je remets quelque chose en question, j'y vais pas avec le dos de la cuiller ! C'est un truc que j'ai appris à l'école. Quand on n'est pas grand, faut gueuler pour se faire entendre. Vous devriez me voir commander une pinte de Bass au bar quand les cinglés de football suivent un match d'Arsenal à la télé. Le problème, c'est que l'inspecteur principal Barlow n'a pas apprécié mes méthodes...

— De là à vous faire repasser constable... Ce n'est pas un peu sévère, comme sanction ? On a voulu faire un exemple, peut-être ? Vous ne pouvez pas protester ? Il n'existe pas un syndicat qui pourrait vous défendre assez efficacement pour... ?

— Dans une situation comme celle-là, vaut mieux

pas faire de vagues. Vaut mieux laisser à la fumée le temps de se dissiper. Faut pas réveiller le chat qui dort. (Intérieurement elle se crispa : décidément, elle était la reine des clichés.) De toute façon avec le temps ça s'arrangera, ma situation.

Elle écrasa sa cigarette, mettant fin à la discussion. Elle attendit qu'il lui souhaite bonne nuit mais au lieu de cela il dit soudain :

— Hadiyyah et moi, on va au bord de la mer demain.

— C'est ce qu'elle m'a dit. Elle attend ça avec impatience. Elle meurt d'envie d'aller revoir la jetée, les attractions foraines, tout ça. Et elle compte sur vous pour décrocher le gros lot à la grue, Azhar. Vous vous êtes entraîné, au moins ?

— Elle exige si peu, fit-il avec un sourire. Et la vie lui apporte tellement.

— Ceci explique cela, souligna Barbara. Quand on passe pas son temps à courir après des trucs impossibles, on est content de ce qu'on finit par récolter.

— Voilà des paroles bien sages.

La sagesse, ça coûte rien, songea Barbara. Fouillant dans la chemise cartonnée qui était sur la table, elle en sortit la liste de noms de Soho Square. Le devoir l'appelait. Azhar, fine mouche, reçut le message cinq sur cinq.

Le trajet de chez Sir Adrian Beattie jusqu'à la maison de Vi Nevin se déroula sans problème. La circulation était fluide dans Fulham Road et il ne fallut pas longtemps à Lynley pour arriver à destination. Suffisamment longtemps toutefois pour qu'il réfléchisse à ce qu'il venait d'apprendre chez les Beattie et à ses impressions. Après toutes ces années à la Criminelle, il se rendait bien compte qu'il n'y avait pas de place dans l'enquête pour les réactions personnelles que lui inspiraient les révélations dont il était le dépositaire — encore moins pour celles que lui inspiraient les révélations de Sir Adrian. Malgré tout, c'était plus fort que lui. Alors, pour justifier le cours que prenaient ses pensées, il prit le parti de les considérer comme naturelles. Après tout, les perversions sexuelles étaient une curiosité comme une autre : au même titre que les chats à deux têtes. Pareille anomalie pouvait donner le frisson. Mais cela ne vous empêchait pas de vous pencher dessus — fût-ce brièvement.

Examiner ce comportement déviant, c'est justement ce qu'il était en train de faire. D'abord pour la part d'anomalie qu'il recelait, et puis parce qu'il se demandait s'il n'était pas possible que cette déviance fût l'élément qui lui permettrait de dénicher l'assassin de Nicola Maiden. Le problème, quand on faisait appel à la déviance sexuelle pour remonter jusqu'à un tueur — et Lynley en faisait d'ailleurs l'expérience —, c'est qu'on avait du mal à prendre du recul par rapport au phénomène. Qu'on se laissait obnubiler par lui.

Pourquoi cela ? se demanda-t-il. Est-ce que ça l'excitait, cette conduite ? Est-ce qu'il réagissait en bien-pensant toujours prêt à condamner ? Est-ce qu'il était intrigué ? hérissé ? séduit ? Quoi donc ?

Impossible à dire. Il savait bien entendu qu'existait ce que certains appelaient la face sombre du désir. Il connaissait certaines des théories échafaudées par ceux dont le métier consistait à étudier le psychisme. Selon l'école de pensée à laquelle on choisissait d'adhérer, le sadomasochisme pouvait être considéré comme un blasphème érotique né du désaccord sexuel ; un vice touchant la classe huppée et résultant d'années passées dans les pensionnats où les châtiments corporels avaient droit de cité — et où, plus ils étaient ritualisés, meilleurs ils étaient ; une réaction de défi face à une éducation rigide et conservatrice ; une expression de dégoût pour qui ne supportait pas la présence en soi de pulsions sexuelles ; ou la seule façon d'atteindre une intimité physique pour ceux dont la terreur de l'intimité était plus grande que leur désir de la surmonter. Ce qu'il ne s'expliquait pas, c'était pourquoi l'idée de la déviance le rongeait. Et c'était ce pourquoi qui lui empoisonnait l'esprit.

Qu'est-ce que cela a à voir avec l'amour ? aurait voulu demander Lynley au chirurgien. Qu'est-ce que le fait d'être frappé, battu jusqu'au sang, humilié, avait à voir avec la joie ineffable et *transcendante* — même si le terme était d'un romantisme absurde, il devait bien le reconnaître — liée au fait de posséder un autre être ou d'être possédé par lui ? Cette joie n'était-elle pas l'aboutissement auquel les partenaires aspiraient lorsqu'ils se livraient aux jeux de l'amour ? Ou était-il trop jeune marié pour espérer comprendre ce qui passait pour de la dévotion entre adultes consentants ? Et d'ailleurs, le sexe avait-il quelque chose à voir avec l'amour ? Devait-il vraiment exister un rapport entre les deux ? Ou n'était-ce pas là que tout le monde se trompait, attribuant à une fonction physiologique une importance qui n'aurait pas dû dépasser celle d'un brossage de dents ?

Mais tout ça, c'étaient des sophismes, n'est-ce pas ? Se laver les dents n'était pas un *besoin*. On ne le *ressentait* pas, ce besoin. Or c'était le « ressenti » du besoin — la lente montée d'une tension d'abord larvée puis finalement irrésistible — qui comptait. C'était ce ressenti qui provoquait une faim exigeant l'assouvissement. Et c'était la soif de gratification qui vous poussait à abjurer tout ce qui se dressait sur votre route pour vous empêcher de satisfaire vos pulsions. L'honneur, le sens des responsabilités, la tradition, la fidélité, le devoir : on tournait allègrement le dos à tout cela quand on s'abandonnait à sa passion. Et pourquoi ? Parce qu'on était « désirant ».

Il suffisait à Lynley de se reporter quelque vingt ans en arrière, de replonger dans son histoire personnelle, pour voir comment le désir avait déchiré sa famille. Ou du moins comment il avait laissé le désir — qu'il n'avait alors qu'imparfaitement compris — la déchirer. L'honneur liait sa mère à son père. Le sens des responsabilités et la tradition la reliaient au domaine familial et aux quelque deux cent cinquante années pendant lesquelles les comtesses d'Asherton avaient géré la propriété et contribué à lui conférer de l'éclat. Le devoir exigeait d'elle qu'elle s'occupe de la santé déclinante de son époux et du bien-être de ses enfants. Et la fidélité, qu'elle s'acquitte de cette tâche sans souhaiter autre chose que le sort qu'elle avait choisi en se mariant à dix-huit ans. Elle y avait merveilleusement réussi jusqu'à ce que la maladie commence à ronger son mari. Même alors, elle était arrivée à tenir la vie de la famille à bout de bras. Jusqu'au moment où l'obligation de faire face, de se forcer à jouer un rôle là où jadis elle le vivait sans effort, lui avait fait désirer du secours. Et le secours était venu, même si ça n'avait pas duré.

Garce, salope, putain. C'était ainsi qu'il l'avait appelée. Il l'aurait frappée, cette mère qu'il adorait, si elle n'avait la première levé la main sur lui. Avec une violence, une rage telle qu'elle lui avait ouvert la lèvre.

Pourquoi avoir réagi si violemment lorsqu'il avait découvert son infidélité ? C'était la question que Lynley se posait tout en freinant pour éviter un groupe de cyclistes qui négociaient le virage dans North End Road. Machinalement, il les observa — sérieux, concentrés, casques et maillots en synthétique. Non seulement pour ce qu'elle révélait sur son adolescence mais pour l'impact que la réponse pouvait avoir sur l'enquête qu'il menait. La réponse, décida-t-il, se trouvait en partie dans l'amour. Et dans les aspirations insidieuses et souvent extravagantes inhérentes au fait d'aimer. Comme c'est répandu, songea-t-il, ce besoin qu'on a de considérer l'être aimé comme un prolongement de soi-même... Faute de pouvoir parvenir à cette fusion, on se sent frustré, obligé de calmer l'agitation et les tourments qu'engendre l'échec.

Mais les tourments, manifestement, il en existait de toutes sortes dans les relations que Nicola Maiden avait entretenues avec les uns et les autres. Si les désirs contrecarrés jouaient un rôle dans sa vie — et vraisemblablement dans sa mort —, il ne pouvait sous-estimer la place qu'occupaient la jalousie, la vengeance, la cupidité et la haine. Toutes ces passions mutilantes provoquaient le trouble. Toutes pouvaient mener au crime.

Lynley constata bientôt que Rostrevor Road n'était qu'à quelque huit cents mètres au sud de Fulham Road Way. La porte de la maison de Vi Nevin était ouverte lorsqu'il grimpa les marches du perron. Un mot manuscrit fixé au montant expliquait pourquoi, ainsi que le bruit qui provenait de l'appartement du rez-de-chaussée dont la porte était elle aussi restée entrebâillée. *Tildy et Steve, c'est au fond.* Tels étaient les mots tracés aux feutres de toutes les couleurs sur une feuille de papier à dessin. *Prière de rester dehors pour fumer !* avait été ajouté au-dessous.

Le vacarme était considérable. Les fêtards se délectaient des douteux talents musicaux d'un boys band anonyme conseillant d'une voix gutturale à leurs congénères « d'user d'elle, d'en abuser, de la prendre et de la jeter », à grand renfort de guitare électrique, cordes et cuivres. Rien de tout cela n'était particulièrement harmonieux. Décidément, se dit Lynley, il vieillissait, et ses goûts ne rajeunissaient pas, eux non plus. Il se dirigea vers l'escalier.

La lumière du couloir fonctionnait avec une minuterie. On appuyait sur un bouton au pied de l'escalier. Il y avait des fenêtres sur le palier et, comme il faisait nuit, elles n'arrivaient pas à dissiper l'obscurité. Lynley donna de la lumière, arrivé à l'étage de Vi Nevin, et se dirigea vers sa porte.

Elle n'avait pas voulu lui dire la vérité sur les circonstances de sa rencontre avec Nicola Maiden. Elle n'avait pas voulu donner le nom de l'homme qui avait financé l'appartement où elle vivait. Il devait bien y avoir des faits qu'elle pouvait lui révéler à condition de mettre la pression avec doigté.

Lynley s'en sentait capable. Certes, Vi Nevin n'était pas idiote. Il était peu probable qu'il arrive à obtenir d'elle des révélations fracassantes, mais elle vivait en marge — ou presque — de la loi et, comme les Reeve, elle serait sans doute prête à faire des compromis si on lui permettait de continuer son business.

Il frappa sèchement avec le heurtoir de bronze. Elle

ne pouvait pas ne pas l'entendre, même si la musique et les cris de la fête résonnaient à plein volume. Cependant, il n'y eut pas de réponse. A la réflexion, il n'y avait pas de quoi s'en étonner puisque c'était le weekend. On n'allait pas ameuter le quartier pour une femme qui s'était absentée de chez elle un samedi soir.

Il prit une carte dans sa veste, mit ses lunettes et sortit un stylo pour lui laisser un mot. Après avoir écrit, il rangea le stylo dans sa poche, coinça le bristol dans la porte à hauteur de la poignée.

Soudain, cela lui sauta aux yeux.

Une tache. Du sang. Une empreinte de pouce sur la poignée, impossible de s'y tromper. Et une autre tache, quelques centimètres plus haut.

— Seigneur, fit Lynley, frappant du poing contre le battant. Miss Nevin ? appela-t-il avant de hurler carrément : Vi Nevin !

Pas de réponse. Pas un bruit à l'intérieur.

Lynley sortit son portefeuille de la poche de son pantalon, en extirpa une carte de crédit et l'approcha du vieux verrou Banham.

22

— Non mais... tu as une idée de ce que tu as fait ? Tu te rends compte ?

Combien de temps s'était-il écoulé depuis son dernier fix ? se demanda Martin Reeve. Pouvait-il espérer contre toute attente que cette pathétique junkie ait « halluciné » et rêvé la rencontre, au lieu de la vivre réellement ? Ça n'était pas exclu, car Tricia n'ouvrait jamais la porte en son absence. Sa paranoïa était beaucoup trop avancée pour ça. Alors pourquoi diable aurait-elle ouvert cette fois-ci alors qu'ils étaient à deux doigts de perdre leur situation et de tomber du haut de la falaise ?

La réponse à cette question, il la connaissait. Elle avait répondu au coup de sonnette parce qu'elle n'avait pas de cervelle, parce qu'elle était incapable de réfléchir plus de cinq minutes aux conséquences de ses actes, que si le premier venu lui avait suggéré que la source à laquelle elle s'approvisionnait en héro risquait de se tarir, elle aurait fait *n'importe quoi* pour empêcher cela de se produire. Elle aurait vendu son corps, elle aurait vendu son âme, elle les aurait vendus au diable tous les deux. Et c'était exactement ce que cette évaporée avait réussi à faire pendant son absence.

Il l'avait découverte dans leur chambre, dodelinant de la tête dans son rocking-chair de rotin blanc non loin de la fenêtre, un rai de lumière du réverbère lui balayant l'épaule gauche et lui dorant le sein. Elle était complètement nue et une psyché ovale près du fauteuil reflétait la perfection fantomatique de son corps.

« Qu'est-ce que tu fous, Tricia ? » avait-il dit, mais pas d'un ton vraiment désagréable car, au bout de vingt ans de mariage, il avait l'habitude de trouver sa femme dans les attitudes et les tenues les plus invraisemblables — aussi bien impeccablement sanglée dans une robe de couturier coûtant une fortune que traînant au lit en Babygro à trois heures de l'après-midi avec une piñacolada. Il avait d'abord pensé en la voyant qu'elle s'était mise nue pour sa délectation. Même s'il n'était pas d'humeur à l'honorer, il n'avait pu s'empêcher de reconnaître que l'argent qu'il avait claqué sans compter chez les chirurgiens plasticiens de Beverly Hills avait été un excellent investissement dont les résultats étaient bien agréables à contempler.

Mais cette pensée s'éteignit telle la flamme d'une bougie soufflée par un courant d'air lorsque Martin constata à quel point sa femme était pétée. Si la torpeur induite par la dope l'incitait généralement à la prendre à la hussarde — sa manière de procéder préférée lorsqu'il copulait avec une femme prête à accueillir favorablement ses travaux d'approche —, l'après-midi et la soirée ne s'étaient pas déroulés selon ses souhaits et il connaissait suffisamment bien le fonctionnement de son corps et de son mental pour se rendre compte que s'il se décidait à sauter une autre femme aujourd'hui — surtout une qui ne lui donnerait pas le plaisir de se débattre —, ce ne serait pas une femelle dont les réactions avaient beaucoup à voir avec celles d'un flacon de plasma. Cela ne lui procurerait pas la distraction qu'il cherchait.

Aussi avait-il écarté la possibilité de recevoir une réponse cohérente à sa question, et l'avait-il ignorée complètement lorsqu'elle s'était mise à murmurer : « Faut qu'on parte pour Melbourne, Marty. Faut qu'on se tire. Tout de suite. » Encore ses insanités d'envapée, avait-il songé. Il pénétra dans la salle de bains, fit couler l'eau chaude de la douche et se passa les mains sous le robinet, enduisant ses jointures douloureuses et son visage du savon crémeux dont Tricia raffolait.

Près de la fenêtre, elle parla de nouveau, cette fois plus fort, de façon qu'il entende par-dessus le bruit d'eau : « J'ai passé des coups de fil. Pour voir ce que ça coûterait de partir. Le plus vite possible, Marty. Tu m'entends, Babe ? Faut qu'on se tire à Melbourne. » Il s'approcha de la porte, s'essuyant les mains et le visage doucement avec une serviette. Elle le vit, sourit, fit courir ses doigts manucurés sur sa cuisse, son estomac, autour de son sein. La pointe de son sein durcit. Martin, lui, resta privé de réaction.

« Le problème, en Australie, c'est la chaleur, ça m'ennuie. Je sais que t'aimes pas beaucoup la chaleur, Marty. Mais faut qu'on se barre à Melbourne. Il me l'a fait promettre... »

A ces mots, Martin avait commencé à la prendre un peu plus au sérieux. Le *il* avait fini par capter son attention.

« De quoi tu parles, Tricia ?

— T'écoutes pas, Marty, dit-elle avec une moue. Je déteste quand tu m'écoutes pas. »

Martin savait qu'il était indispensable de conserver un ton aimable, du moins pour le moment.

« Détrompe-toi, chérie. Melbourne. La chaleur. L'Australie. La promesse. J'ai tout entendu. Simplement, je ne comprends pas où tu veux en venir. Peut-être que si tu daignais m'expliquer...

— Où je veux en venir... (D'un geste vague, elle désigna la pièce. Puis changeant brutalement de ton, tel un Jekyll-Hyde, et d'une voix méprisante :) Quel snobinard tu fais, Marty ! Tu peux pas parler comme tout le monde ? "Peut-être que si tu daignais m'expliquer..." »

Martin sentait ses réserves de patience s'épuiser. Encore quelques minutes de ce petit jeu et il allait l'étrangler.

« Tricia, si tu as quelque chose d'important à me communiquer, vas-y. Sinon, je retourne sous la douche.

— Oooohhh, ironisa-t-elle. Marty prend une douche. Je sais pourquoi monsieur prend une douche : suffit de le renifler. Je sais ce qu'il sent. Alors c'était qui, cette fois ? Laquelle de ces dames t'es-tu envoyée aujourd'hui ? Et inutile de mentir, Marty, je sais à quoi m'en tenir sur toi et les filles. Elles me racontent tout, tu sais. Elles vont même jusqu'à se plaindre, figure-toi. Je parie que tu t'y attendais pas, à celle-là. Ça t'en bouche un coin, pas vrai ? »

L'espace d'un moment, Martin fut tenté de la croire. Il y avait des moments où le fait d'exiger et de prendre ce qu'on ne lui offrait pas ne suffisait pas à le satisfaire. De temps à autre, les événements s'accumulaient de sorte que seule une certaine férocité réussissait à compenser son incapacité à gérer les innombrables causes d'agacement quotidiennes qui se pressaient tels des moucherons autour de lui. Mais Tricia n'en était pas sûre à cent pour cent. Et il n'y avait pas une seule fille de son cheptel qui aurait été assez bête pour lui dévoiler le pot aux roses. Aussi Martin se détourna-t-il sans se donner la peine de répondre, se débarrassant de sa chemise avant d'entrer dans la salle de bains.

De la chambre, elle avait lancé :

« Dis au revoir à tout ça, Marty. T'es prêt à tout lâcher, Babe ? »

Il avait descendu la fermeture Eclair de son pantalon et l'avait laissé tomber par terre. Avait retiré ses chaussettes. Toujours sans répondre.

Elle poursuivait :

« Il a dit que si on allait en Australie, toi et moi, il la bouclerait sur notre business. Je suppose qu'on a pas le choix.

— Il, fit Martin, regagnant la chambre vêtu de son seul caleçon. Il ? Qui ça, *il* ? »

Il éprouvait comme une sensation de débâcle intérieure, l'amorce d'une crise de nausée indiquant qu'un événement jusque-là inconcevable s'était produit pendant son absence.

« Il était noir comme du chocolat. Et sûrement aussi onctueux au palais. Il était pas avec la mocheté cette fois, c'était l'occasion ou jamais de goûter. Seulement, il était pas seul... »

Seigneur, avait pensé Martin. Ils étaient revenus, ces salopards. Ils étaient entrés chez lui. Et ils avaient parlé à son écervelée de femme.

D'un bond, il fut près du fauteuil à bascule. D'une tape, il avait délogé sa main de son sein.

« Raconte ! La police était là, hein ? Raconte, crénom !

— Eh ! » avait-elle protesté, tendant de nouveau la main vers son téton.

Il lui avait attrapé les doigts, les avait serrés. Serrés jusqu'à ce que les os craquent, comme des brindilles.

« Je vais te le couper. D'un coup de ciseau. Tu l'aimes, ton joli petit téton, ça t'emmerderait de le perdre, hein ? Alors accouche, sinon je ne réponds pas de la suite. »

Et pour être sûr qu'elle avait compris, il lui lâcha les doigts et lui emprisonna le poignet qu'il lui tordit. Une bonne torsion, il avait découvert ça longtemps auparavant, c'était plus efficace que des coups de fouet. Et puis, ce qui était plus important, ça ne laissait pas de traces qu'on pouvait aller montrer à Papa et Maman après.

Tricia avait poussé un cri. Il avait resserré sa prise. Elle hurlait : « Marty ! » Et lui : « Parle ! » Elle essayait de glisser du fauteuil sur le sol mais il s'était assis sur ses genoux, la chevauchant. Lui avait plaqué un bras contre la gorge et repoussé la tête en arrière contre le dossier du siège.

« Je continue ? Ou ça te suffit ? »

Elle avait opté pour la seconde proposition et lui avait raconté toute l'histoire. Il écoutait avec une incrédulité grandissante, brûlant de lui casser la figure, se demandant comment il réussissait à se retenir. Qu'elle ait laissé entrer les flics, c'était ahurissant. Qu'elle leur ait parlé du service d'hôtesses, c'était incroyable. Mais qu'elle leur ait fourni le *nom* et l'*adresse* de Sir Adrian Beattie — qu'elle ait communiqué ces renseignements aux flics sans même se demander où ça la mènerait de trahir la confiance d'un homme dont les besoins particuliers avaient été comblés par Global Escort et seraient de nouveau satisfaits par l'agence maintenant que cette petite pute de Maiden était hors circuit, cela constituait une telle folie que Martin se demanda comment il faisait pour ravaler sa colère.

— Tu te rends compte de ce que tu as fait ? hurlait-il maintenant, ses entrailles se tordant comme une serpillière qu'on essore. Tu te rends compte, vingt dieux ?

Il l'empoigna par les cheveux et lui ramena violemment la tête en arrière.

— Arrête ! Ça fait mal, Marty ! Arrête !

— Tu sais ce que tu as fait, pauvre conne ? Tu te rends compte que par ta faute on est cuits ?

— Non ! Tu me fais mal !

— Tant mieux, chérie. (Il lui tirait la tête si brutalement en arrière qu'il voyait se dessiner les muscles de son cou.) Tu es nulle, ma chérie, lui souffla-t-il à l'oreille. Tu es nulle à chier, ma pauvre petite. Si ton père n'avait pas les relations qu'il a, il y a belle lurette que je t'aurais jetée sur le trottoir et bon vent.

A ces mots, elle se mit à pleurer. Elle avait toujours eu peur de lui et pour Martin cette peur était le plus souvent un aphrodisiaque, mais pas ce soir. Ce soir, il aurait voulu la tuer.

— Ils allaient t'arrêter ! s'écria-t-elle. Qu'est-ce que tu voulais que je fasse ? Que je les laisse faire ?

Il lui plaqua son autre main sous la mâchoire, façon crochet, le pouce d'un côté, l'index de l'autre. C'était le genre de prise qui laissait des traces, mais mon Dieu, elle était si incroyablement bête que ça valait presque le coup de risquer de la marquer.

— Ah vraiment ? lui souffla-t-il de nouveau à l'oreille. Et pour quel motif ?

— Martin, ils étaient au courant. Ils savaient tout. Pour Global Escort. Pour Nicola, pour Vi. Leur décision de travailler en solo. Je ne leur ai rien dit de tout ça. Ils le savaient déjà. Ils m'ont demandé où tu étais mardi soir. Je leur ai dit au restaurant. Mais ça leur a pas suffi. Ils allaient perquisitionner, mettre les mains sur nos livres comptables et les remettre au fisc, t'accuser de tenir une maison de débauche...

— Arrête tes conneries !

Il enfonça davantage son pouce et son index dans sa chair pour souligner ses propos. Il avait besoin de temps pour réfléchir et ce n'était pas en l'écoutant cracher des bêtises comme un chat en colère qu'il allait pouvoir réussir à se concentrer.

Très bien, songea-t-il, une main agrippant les cheveux de Tricia, l'autre plaquée contre sa gorge. Ce qu'il craignait s'était produit. Sa bien-aimée, qui avait la présence d'esprit d'un glaçon en train de fondre, s'était trouvée devoir affronter les flics lors de leur second passage à Lansdowne Road. C'était malheureux, mais on n'y pouvait plus rien. Quant à Sir Adrian Beattie et aux milliers de livres qu'il était prêt à claquer en un mois pour satisfaire ses besoins les plus excentriques, ils avaient probablement perdu sa clientèle. Sa défection risquait d'en entraîner d'autres, surtout s'il s'amusait à raconter aux soumis de sa connaissance que son nom et ses goûts avaient été « fuités » et révélés à la police par une source jusque-là digne de confiance. Heureusement, il y avait un point positif dans tout cela : les flics n'avaient rien de concret sur Martin Reeve. Juste le bavardage d'une junkie dont la crédibilité était à peu près aussi grande que celle d'un escroc qui vendait des colliers en « or » 18 carats du côté du métro de Knightsbridge.

Ils risquaient de venir l'arrêter, songea Martin. Qu'ils y viennent, putain ! Son avocat le tirerait du ballon en deux temps trois mouvements, à croire que les barreaux de sa cellule étaient enduits de graisse. Et s'il devait jamais comparaître devant un magistrat ou s'il était jamais inculpé d'autre chose que d'avoir présenté des gentlemen ayant des goûts pour les rencontres pimentées à des jeunes filles séduisantes et intelligentes, il avait dans son carnet d'adresses suffisamment de clients haut placés pour tirer les ficelles en sa faveur et le sortir de ce mauvais pas.

Non, il n'avait aucune inquiétude à avoir à long terme. Et son départ pour l'Australie était à peu près aussi vraisemblable qu'un voyage sur la Lune. La situation risquerait d'être un peu difficile pendant quelque temps. Il lui faudrait graisser la patte de certains journalistes pour « geler » les papiers où son nom risquait d'apparaître dans un contexte déplaisant. Mais ce serait tout, indépendamment de l'argent qu'il lui faudrait également verser à son avocat. Et la perspective de cette dépense le foutait dans une rogne pas possible. A tel point qu'en y songeant, en s'attardant une nanoseconde sur la putain de cause de cette accumulation de contrariétés, Seigneur, il aurait voulu lui défoncer la figure, lui casser le nez, lui pocher les yeux, la pilonner alors qu'elle n'était pas prête, qu'elle ne mouillait pas, qu'elle crierait, le supplierait d'arrêter, tant et si bien que l'espace d'un instant il se sentirait si fort que personne au monde ne le toiserait jamais plus ni ne penserait qu'il était moins que ou plus petit que ou plus faible que ou, Seigneur, Seigneur, Seigneur, comme il aurait voulu la piétiner et tabasser tous ceux qui disaient Martin Reeve sans mettre dans leur intonation la nuance de respect voulue, qui souriaient d'un air de dérision, qui croisaient son chemin sans s'écarter, qui osaient même penser...

Tricia avait cessé de bouger. Elle ne se débattait plus. Ses jambes étaient immobiles. Ses bras flasques.

Martin la scruta, contempla sa main dont le pouce et l'index formaient un demi-cercle sur la gorge de sa femme.

Il se releva d'un bond, recula précipitamment. A la clarté de la lune elle était blême, aussi immobile que du marbre.

— Tricia, fit-il d'une voix rauque, va te faire foutre, salope !

La carte de crédit de Lynley fit merveille. La porte d'entrée s'ouvrit. A l'intérieur, obscurité complète. Pas un bruit en dehors du boucan qui montait du rez-de-chaussée où se déroulait la fête.

— Miss Nevin ?

Pas de réponse.

La lumière du couloir dessinait un parallélogramme sur le sol. Au milieu de cette figure géométrique, un gros coussin à moitié sorti de sa taie de brocart jaune. Près du coussin, une flaque en forme de crocodile tachait la moquette ; juste derrière, le bar gisait sur le flanc, entouré de bouteilles, de carafes maintenant débouchées et vidées de leur contenu, de verres et de pichets.

Lynley tâtonna à la recherche de l'interrupteur à droite de la porte. Il l'actionna. Les lumières jaillirent au plafond, dévoilant l'étendue du chaos.

D'après ce qu'il put en voir du seuil, l'appartement avait été dévasté. Le canapé et la causeuse étaient sens dessus dessous, leurs coussins privés de housses. Les tableaux avaient été décrochés des murs et, semblait-il, délibérément lacérés. La chaîne stéréo et le téléviseur avaient été projetés par terre et systématiquement détruits. Les panneaux arrière des haut-parleurs et du téléviseur avaient été désolidarisés de leur support. Un press-book éventré vomissait des photos. Même la moquette avait été vandalisée, arrachée du sol avec une force trahissant une rage longtemps contenue qui s'était enfin donné libre cours.

Dans la cuisine, le spectacle était identique : vaisselle brisée en mille morceaux sur le carrelage blanc, étagères nues car débarrassées par une main impatiente de tous les objets qu'elles supportaient et qui gisaient maintenant çà et là sur les plans de travail ou sur le sol. Le réfrigérateur avait lui aussi morflé : le contenu du freezer était répandu parmi les débris d'assiettes, tandis que celui des bacs à légumes, réduit en bouillie, semblait avoir été écrasé par un camion fou, laissant des traînées gluantes sur le carrelage et contre les portes des placards.

Près des tessons d'une bouteille de ketchup et d'un

pot de moutarde, des empreintes de pas conduisaient de la cuisine au couloir. L'une d'elles était parfaitement dessinée, comme peinte en orange sur les carreaux.

Dans la cage de l'escalier, les tableaux, décrochés des murs, avaient subi le même sort que ceux du séjour. Tout en montant les marches, Lynley sentait une colère sourde lui brûler la poitrine. Colère mêlée de peur glacée. Il se surprit à prier que l'état de la maison signifiât que Vi Nevin n'avait pas été là lorsque l'intrus, qui cherchait si manifestement à s'en prendre à elle, avait passé sa rage et ses nerfs sur ses petites affaires.

Il l'appela de nouveau. Toujours pas de réponse. Il actionna l'interrupteur dans la première des chambres. La lumière révéla un spectacle de désolation. Pas un meuble n'était entier.

Seigneur, murmura-t-il. C'est alors qu'en bas les pulsations de la musique cessèrent abruptement. Sans doute avait-on décidé de passer à d'autres distractions.

Et à la faveur de l'accalmie il entendit soudain un grattement. Genre trottinement de rongeur sur le parquet. Cela venait de la chambre dans laquelle il se tenait, de derrière le matelas appuyé tant bien que mal contre un mur. En trois enjambées, il y fut. Il repoussa le matelas. S'exclamant « Mon Dieu ! », il se pencha vers la forme allongée dont les cheveux si longs, si blonds, si Alice au Pays des Merveilles mais maintenant imbibés de sang, lui apprirent que Vi Nevin s'était bel et bien trouvée chez elle lorsque la vengeance avait frappé à la porte de Rostrevor Road.

Le grattement venait de ses ongles qu'elle plantait spasmodiquement dans la plinthe maculée de son sang. Le sang lui-même venait de sa tête et plus particulièrement de son visage qui avait été défoncé à plusieurs reprises, détruisant la joliesse de petite fille qui avait été son signe distinctif et son gagne-pain.

Lynley s'empara de la main menue. Il ne voulait pas prendre le risque de la déplacer. S'il l'avait fait, il l'aurait emportée dans ses bras après avoir téléphoné pour demander de l'aide et aurait tenu son corps meurtri contre sa poitrine jusqu'à l'arrivée de l'ambulance. Mais comme il lui était impossible de savoir si elle n'avait pas une blessure interne, il se contenta de se cramponner à sa main.

L'arme ensanglantée gisait tout près, c'était une glace à main — un miroir façonné dans du métal mais qui était maintenant luisant de sang et poissé de mèches de cheveux blonds et de particules de peau. Lynley ferma brièvement les yeux à cette vue. Lui qui avait observé des scènes de crime beaucoup plus impressionnantes et des victimes beaucoup plus sérieusement blessées, il n'aurait pu dire pourquoi un objet aussi anodin qu'une glace à main le touchait à ce point, si ce n'est que ce miroir — accessoire innocent de la vanité féminine — lui rendait la présence de Vi Nevin beaucoup plus sensible, beaucoup plus réelle. Pourquoi ? se demanda-t-il. Et alors même qu'il se posait la question, il revit Helen, un miroir semblable à la main, examinant ses cheveux et déclarant : « Quelle tête affreuse ! J'ai l'air d'un hérisson en colère. Seigneur, Tommy, comment peux-tu aimer une femme aussi nulle ? »

Lynley aurait voulu que Helen soit là en cet instant. Il aurait voulu la serrer dans ses bras, comme si par ce geste simple et primitif il pouvait protéger toutes les femmes du danger.

Vi Nevin gémit. Lynley serra plus fort sa main.

— Ne craignez rien, Miss Nevin. (Mais il était probable qu'elle ne l'entendait ni ne le comprenait.) L'ambulance arrive. Tenez bon. Je suis là. N'ayez pas peur. Vous êtes en sécurité.

C'est alors qu'il remarqua qu'elle était en tenue de travail, un uniforme d'écolière dont la jupe était haut relevée sur ses cuisses. Dessous, une culotte de dentelle noire réduite à sa plus simple expression et des bas en dentelle également fixés à un porte-jarretelles assorti. Par-dessus les bas, des chaussettes qui montaient au genou. Aux pieds, de grosses chaussures de classe. Son ensemble était manifestement destiné à émoustiller un client désireux de se trouver en présence d'une nymphette rougissante.

Seigneur, songea Lynley. Qu'est-ce qui poussait une femme à prendre de tels risques, à se rendre aussi vulnérable en présence d'hommes potentiellement dangereux ? Pourquoi se lancer dans une activité qui débouchait forcément d'une façon ou d'une autre sur la destruction ?

La première des sirènes troua la nuit tandis que l'ambulance bifurquait dans Rostrevor Road. Quelques instants plus tard, la porte de la petite maison s'ouvrait avec fracas.

— Par là ! cria Lynley. En haut !

Vi Nevin s'ébroua.

— Oublié... murmura-t-elle. Il aime le miel. Oublié.

Là-dessus, la chambre fut envahie par les ambulanciers tandis que la rue s'emplissait des sirènes de police.

Dans l'immeuble, les jeunes fêtards ayant fait leur choix, la musique de *Rent* se mit à retentir. Le groupe chantait les louanges de l'amour.

23

Que les techniciens du laboratoire de police scientifique soient pour la plupart des garçons et des filles d'une insatiable curiosité était à la fois une bénédiction et une calamité. Une bénédiction parce que tous étaient disposés à travailler jour et nuit, week-end et jours fériés inclus, lorsqu'ils étaient suffisamment intrigués par les éléments qu'on soumettait à leur examen. Une calamité parce que personne ne pouvait ignorer leurs heureuses dispositions et leur zèle au travail. En effet, conscients que le labo employait des experts en criminalistique que leur nature curieuse poussait à rester collés des heures devant leur microscope pendant que d'autres individus plus sains d'esprit restaient tranquillement chez eux ou allaient se promener, leurs collègues du terrain se sentaient obligés de se tenir prêts à recueillir à tout moment les données qu'ils étaient si impatients de leur fournir.

C'est ainsi qu'un samedi soir, au lieu de se reposer en famille avec femme et enfants à Buxton, l'inspecteur Peter Hanken se retrouva planté devant un microscope tandis que Miss Amber Kubowsky, responsable des techniciens, pérorait avec enthousiasme sur ses découvertes concernant le couteau suisse et les blessures infligées à Terry Cole. Le sang sur le couteau, fut-elle heureuse de confirmer tout en se grattant le cuir chevelu avec la gomme de son crayon comme pour effacer de son crâne quelque gribouillis, était bien celui de Cole. En outre, après avoir testé les différentes lames et les gadgets dudit couteau, elle avait constaté que la lame gauche des ciseaux était, comme l'avait signalé Andy Maiden, cassée. D'où la conclusion inéluctable : le couteau qu'on lui avait soumis était bien celui qui avait frappé Terry Cole et, d'autre part, il ressemblait comme un frère à celui qu'Andy Maiden avait, disait-il, refilé à sa fille.

— Bien, ponctua Hanken.

Elle parut contente de l'entendre confirmer ses remarques.

— Jetez un coup d'œil à ça, alors, dit-elle en désignant le microscope.

Hanken approcha l'œil de l'appareil. Tout ce que Miss Amber Kubowsky venait de dire était tellement évident qu'il se demandait pourquoi elle était aussi excitée. La vie devait être bien morne au laboratoire si la pauvre fille se mettait dans un état pareil pour si peu de chose.

— Qu'est-ce que je suis censé voir ? demanda-t-il en relevant la tête et en montrant d'un geste l'appareil. Ça ressemble pas vraiment à une lame de ciseau. Ni à du sang...

— Parce que ça n'en est pas ! fit-elle joyeusement. Et justement, c'est ça qui est intéressant, inspecteur, et qui m'intrigue.

Hanken jeta un coup d'œil à la pendule murale. Il y avait plus de douze heures qu'il était sur la brèche et avant d'arrêter les frais il lui fallait encore comparer les informations qu'il détenait avec ce que Londres avait dû glaner. Aussi n'avait-il guère envie de jouer aux devinettes avec la spécialiste en criminalistique aux cheveux frisés.

— Si ce n'est pas la lame et si ce n'est pas le sang de Cole, pouvez-vous m'expliquer ce que je fais là, Miss Kubowsky ?

— C'est agréable, les gens polis. Les inspecteurs ne sont pas tous aussi bien élevés.

Hanken lui conseilla intérieurement de se dépêcher de lui fournir des explications sous peine de devoir réviser ses positions le concernant. A haute voix, il la remercia du compliment, précisant qu'il serait heureux d'entendre ce qu'elle avait d'autre à lui apprendre à condition qu'elle fît fissa.

— Ah, bien sûr ! Ce que vous avez sous les yeux, c'est la plaie à l'omoplate. Pas dans son intégralité. Si vous l'agrandissiez, elle ferait dans les vingt-cinq centimètres de long. Ce n'en est qu'une partie.

— La blessure à l'omoplate ?

— Oui. La plus grosse plaie qu'on ait retrouvée sur le corps du jeune homme. Comme le médecin a dû vous le préciser.

Hanken se rappela alors le compte rendu du Dr Myles. L'une des lésions avait endommagé l'omoplate gauche et failli perforer l'une des artères du cœur.

— Normalement, je n'y aurais pas prêté attention, dit Miss Kubowsky, si je n'avais pas lu dans le rapport que l'omoplate... inutile que je vous dise où ça se trouve, je pense... portait la marque d'une arme. Quand j'ai vu ça, j'ai comparé cette marque avec les lames du couteau, toutes les lames. Et vous savez quoi ?

— Quoi ?

— Ce n'est pas le couteau qui a laissé cette trace, inspecteur Hanken. Absolument pas, totalement hors de question.

Hanken la fixa, s'efforçant d'assimiler la nouvelle. Il se demanda si elle n'avait pas mis à côté de la plaque. Elle avait l'air si peu soignée, avec cette moitié d'ourlet qui pendait à sa blouse et cette tache de café qui en maculait le devant, qu'il n'était pas impossible que son travail laissât lui aussi à désirer.

Amber Kubowsky parut lire le doute sur son visage car elle comprit qu'il lui fallait le dissiper. Lorsqu'elle poursuivit, ce fut en scientifique consommée, s'exprimant en termes de rayons X, de largeur, d'obliquité, d'angle, de micromillimètres. Elle ne s'arrêta qu'une fois certaine qu'il avait compris la portée de ses propos : l'extrémité de l'arme qui avait transpercé le dos de Terry Cole, éraflé l'omoplate et provoqué une section osseuse ne coïncidait avec aucune des lames du couteau suisse. Alors que ces dernières étaient pointues, évidemment, des lames, c'était forcément pointu, fit-elle avec la voix du bon sens, elles s'évasaient selon un angle tout à fait différent dans l'arme qui avait transpercé le dos de Terry Cole.

Hanken siffla entre ses dents. Malgré l'exposé impressionnant de la technicienne, il ne put s'empêcher de lui poser la question :

— Vous en êtes sûre ?

— Je suis prête à le jurer, inspecteur. On serait tous passés à côté si je n'avais pas, sur les rayons X et les microscopes, une théorie dont je vous ferai grâce pour le moment...

— Les autres plaies ont été infligées par le couteau, elles ?

— Les autres, oui, c'est exact.

Elle avait d'autres données à lui communiquer. Et elle l'entraîna vers une autre partie du laboratoire où elle lui fit un long discours à propos d'une tache qu'on lui avait également demandé d'analyser.

Lorsqu'il eut entendu ce qu'Amber Kubowsky avait à lui dire sur le sujet, Hanken se mit immédiatement en quête d'un téléphone. Il était temps de joindre Lynley.

Hanken appela son collègue sur son portable. Lynley était aux urgences du Chelsea & Westminster Hospital, il le mit au courant en deux mots : la colocataire à Fulham de Nicola, Vi Nevin, avait été agressée dans la petite maison qu'elle habitait avec Nicola Maiden.

— Comment va-t-elle ?

Bruit à l'arrière-plan. Quelqu'un cria : « Par là ! » et le hululement insistant d'une sirène d'ambulance retentit.

— Thomas ? fit Hanken en élevant la voix. Comment va-t-elle ? Vous avez pu en tirer quelque chose ?

— Rien, répondit Lynley. Nous n'avons pas encore réussi à prendre sa déposition. Et on n'est pas près d'y arriver. Ça fait une heure que les médecins s'occupent d'elle.

— Qu'en pensez-vous ? Est-ce que ça a un rapport avec notre affaire ?

— Probable. (Lynley entreprit de raconter ce qu'il avait appris depuis leur dernière conversation, commençant par son interrogatoire de Shelly Platt, poursuivant avec un résumé de sa visite chez MKR, et terminant par son entretien avec Sir Adrian Beattie et sa femme.) Nous avons réussi à dénicher l'amant londonien, en fin de compte, mais il a un alibi — qui reste à confirmer, entre parenthèses. Seulement, même s'il n'avait pas d'alibi, je dois dire que je le vois mal se traîner sur la lande pour poignarder une victime et se lancer ensuite à la poursuite de l'autre. Il a facilement plus de soixante-dix ans.

— Ainsi Upman disait la vérité, fit Hanken, du moins concernant le bipeur et les appels que la petite Maiden prenait pendant qu'elle était au boulot...

— On dirait que oui, Peter. Mais Beattie prétend qu'il devait y avoir quelqu'un dans le Derbyshire qui la finançait, que sans ça elle ne serait jamais allée là-bas.

— Upman ne peut pas gagner des mille et des cents avec ses affaires de divorce. Il nous a dit qu'il n'était pas à Londres au mois de mai, à propos. Et qu'il suffirait qu'on jette un coup d'œil à son agenda pour en avoir la preuve.

— Et Britton ?

— Toujours sur ma liste. J'ai dû m'occuper du couteau suisse. (Hanken mit Lynley au courant, ajoutant l'information concernant la blessure à l'omoplate.) Manifestement, on s'est servi d'une autre arme pour tuer le jeune.

— Un autre couteau ?

— C'est possible. Et Maiden en a un. Il me l'a même montré.

— Vous ne pensez pas qu'Andy serait assez bête pour vous mettre sous le nez l'une des armes du crime ? Ecoutez, Peter, c'est un flic, pas un demeuré...

— Attendez. Quand je l'ai vu, je me suis dit que le couteau de Maiden ne pouvait pas avoir servi à poignarder le petit Cole parce que ses lames étaient trop courtes. Mais je pensais aux autres plaies, pas au coup à l'omoplate. L'omoplate, elle est située profond sous la peau ? Et si Kubowsky a rejeté la possibilité qu'un couteau suisse puisse être à l'origine de la blessure à l'omoplate, faut-il en conclure qu'aucun autre couteau de ce type n'a été utilisé ?

— Ça nous ramène au mobile, Peter. Andy n'en a pas. Mais, en revanche, tous les autres hommes de la vie de Nicola, sans parler d'une ou deux femmes, en avaient.

— Ne l'écartez pas si vite de votre liste, objecta Hanken, parce que ce n'est pas tout. Ecoutez plutôt ça. La substance retrouvée sur le cylindre de chrome qu'on a repêché dans le coffre de la voiture a été identifiée. A votre avis, c'est quoi ?

— Je vous écoute.

— Du sperme. Et on a retrouvé deux autres dépôts de sperme sur cet objet. Kubowsky n'a pas été fichue de me dire à quoi ça sert, ce foutu cylindre. Je n'ai jamais rien vu de semblable, et elle non plus.

— C'est un extenseur de couilles.

— Un *quoi* ?

— Ne quittez pas, Pete... (A l'autre bout de la ligne, Hanken entendit un brouhaha de voix masculines entrecoupé de bruits d'hôpital. Lynley reprit la communication :) Elle va s'en tirer, Dieu merci.

— Vous pouvez communiquer avec elle ?

— Pour le moment, elle est inconsciente. (Et à quelqu'un d'autre :) Je veux qu'elle soit protégée vingt-quatre heures sur vingt-quatre. Pas de visiteur qui n'ait été autorisé par moi à la voir. Et à ceux qui se pointent, n'oubliez pas de demander leurs papiers d'identité... Non, aucune idée, d'accord. (Il reprit :) Désolé. Où est-ce que j'en étais ?

— A l'extenseur de couilles.

— Ah oui.

Hanken écouta son collègue lui expliquer en quoi consistait cet instrument de torture. Il eut l'impression que ses propres testicules se recroquevillaient en entendant ça.

— L'objet a dû glisser d'un sac alors qu'elle se rendait chez un client ou qu'elle en revenait lorsqu'elle bossait pour Reeve, conclut Lynley. Si ça se trouve, il est resté en souffrance dans le coffre pendant des mois.

Hanken réfléchit et entrevit une autre possibilité. Il savait que Lynley aurait du mal à l'accepter, aussi amorça-t-il avec prudence :

— Thomas, peut-être qu'elle l'a utilisé dans le Derbyshire. Sur quelqu'un qui ne va pas s'en vanter...

— Je vois mal Upman ou Britton donner dans le genre fouet et chaînes. Quant à Ferrer, je l'imagine davantage tabassant les femmes que se faisant tabasser. Ça nous laisse qui ?

— Son père.

— Seigneur, Peter, en voilà une idée malsaine...

— N'est-ce pas ? Mais le SM, c'est malsain, et d'après ce que vous venez de me dire, les principaux acteurs sont tout sauf normaux.

— Il n'y a aucun moyen de...

— Ecoutez. (Et Hanken de rapporter son entretien avec les parents de la jeune fille décédée, y compris l'interruption de Nan Maiden et l'alibi fragile de Maiden.) Qui peut dire avec certitude que, parmi tant d'autres, Nicola n'avait pas également son père comme client ?

— Peter, vous ne pouvez pas laisser vagabonder votre imagination dans tous les sens. Si, comme vous le dites, elle offrait ses services à son père — ce qui m'étonnerait bigrement — il ne peut pas l'avoir tuée à cause de son mode de vie. Ce qui était, si vous vous en souvenez, votre précédente façon de voir.

— Vous admettez qu'il a un mobile ?

— Je vois simplement que vous déformez mes paroles. (Nouvelle vague de bruits : sirènes, voix, confusion. Hanken eut l'impression que sa conversation avec son collègue se déroulait au beau milieu d'une autoroute. Lorsque le bruit fut un peu retombé, Lynley enchaîna :) Et puis il faut également penser à ce qui est arrivé à Vi Nevin. A l'agression dont elle a été victime ce soir. Si ça a un rapport avec ce qui s'est passé dans le Derbyshire, vous devez bien voir qu'Andy Maiden n'est pas impliqué.

— Alors qui est impliqué ?

— Je parierais assez sur Martin Reeve. Il avait un compte à régler avec ces deux femmes.

Lynley poursuivit en disant que le mieux serait que Vi Nevin sorte du potage et leur donne le nom de son agresseur. Alors ils auraient de quoi agrafer Martin Reeve et le traîner à la Metropolitan Police.

— Je vais rester un moment, histoire de voir si elle reprend ses esprits. Si elle n'émerge pas d'ici une heure ou deux, je leur demanderai de m'appeler dès qu'elle aura repris conscience. Et vous, de votre côté ?

Hanken soupira. Il frotta ses yeux fatigués et s'étira pour essayer de se débarrasser de ses contractures dans le dos. Il songea à Will Upman et à ses massages antistress du Hilton de l'aéroport de Manchester. Lui-même aurait bien eu besoin d'un massage réparateur.

— Je vais m'occuper de Julian Britton, dit-il. Même si, je l'avoue, j'ai du mal à le voir en tueur. Un type qui s'occupe de chiots à ses moments perdus, je l'imagine mal défonçant le crâne de sa maîtresse. Quant à larder un mec de coups de couteau, ça m'étonnerait un peu.

— Mais s'il croyait avoir une raison sérieuse de la tuer ? suggéra Lynley.

— Certes, convint Hanken. Quelqu'un croyait avoir une bonne raison de tuer Nicola Maiden, ça c'est sûr.

Le médecin lui avait prescrit des somnifères, mais Nan Maiden avait cessé de les prendre au bout d'une nuit. Elle ne pouvait se permettre de relâcher sa vigilance, aussi ne chercha-t-elle pas à encourager le sommeil à la prendre. Lorsqu'elle se mettait au lit, elle s'assoupissait, mais jamais longtemps. La plupart du temps, elle arpentait le couloir ou s'asseyait dans le fauteuil rembourré de la chambre d'où elle regardait son mari se reposer. Ce soir-là, ses jambes repliées sous elle, une couverture tricotée à la main autour des épaules, Nan était blottie dans le fauteuil et observait son époux qui s'agitait dans le lit. Impossible de dire s'il dormait vraiment ou s'il faisait semblant, mais de toute façon ça n'avait pas d'importance. Le voir couché éveillait chez elle un mélange d'émotions complexe auquel elle décida de réfléchir.

Elle le désirait toujours. C'était étrange après toutes ces années, mais elle éprouvait encore du désir pour lui. Ce désir n'avait jamais faibli, au contraire. Il semblait avoir augmenté au fil des années, comme si la durée de leur mariage avait renforcé la passion qu'ils éprouvaient l'un pour l'autre. C'est pourquoi lorsque Andy avait cessé de la solliciter la nuit, elle n'avait pas manqué de le remarquer. De même qu'elle avait remarqué lorsqu'il avait cessé de l'étreindre et de la prendre avec l'assurance et la familiarité nées d'un long mariage heureux.

Ce que ce changement chez lui signifiait, elle le redoutait.

Cela s'était déjà produit une fois, chez Andy, cette perte d'intérêt pour un aspect vital de leur relation — mais cela remontait à si loin en arrière que Nan se plaisait à croire qu'elle avait presque oublié cet épisode. Seulement, ce n'était pas la stricte vérité, ainsi d'ailleurs qu'elle réussit à se l'avouer dans l'obscurité protectrice, tandis que son mari dormait ou feignait de dormir à quelques mètres d'elle.

Il avait participé à une opération en immersion où la séduction s'était trouvée faire partie du jeu. Pour coller à son rôle, il lui avait fallu accepter toutes les avances, de quelque nature qu'elles fussent. Et lorsque plusieurs d'entre elles avaient été ouvertement sexuelles... Qu'était-il censé faire d'autre que de céder puisque son personnage l'exigeait ? lui avait-il fait remarquer plus tard. Que faire d'autre qui ne compromît pas le succès de l'opération et ne menaçât pas la sécurité des policiers impliqués ?

Mais il n'y avait pris aucun plaisir, lui avait-il dit en se confessant. Il n'avait *absolument pas* été ému par la chair élastique des belles jeunes personnes qui auraient pu être ses filles. Ce qu'il avait fait, il l'avait fait parce qu'on l'exigeait de lui, et il tenait à ce que ce soit clair pour sa femme. Ces accouplements ne lui avaient procuré aucune joie. Il n'y avait eu que l'acte physique — dénué d'émotion parce que exécuté sans amour.

De bien grands mots... Des mots qui demandaient à une femme intelligente de compatir, de pardonner, d'accepter et de comprendre. Mais des mots qui avaient amené Nan à s'interroger sur la raison pour laquelle Andy avait éprouvé le besoin de confesser sa transgression.

La réponse à cette question, elle l'avait découverte au fil des années, en apprenant petit à petit à connaître son mari. Et elle avait vu les changements qui survenaient chez lui chaque fois qu'il était infidèle à sa nature profonde. C'était pour cela que le SO10 était devenu un tel cauchemar, finalement : parce qu'il était forcé jour après jour et mois après mois d'être quelqu'un qu'il n'était pas, obligé par les nécessités du métier de dissimuler pendant de longues périodes. Son esprit et son âme obéissaient mais non sans exiger de son corps qu'il en paie le prix.

Au début, ce prix, il avait été facile de l'ignorer, de le qualifier d'allergie, de le mettre sur le compte de la vieillesse qui approchait. Les papilles s'émoussent avec l'âge, aussi la nourriture cesse-t-elle d'avoir du goût, et la seule façon de lui rendre sa saveur est de la noyer sous la sauce ou de l'envelopper d'un nuage de poivre. Qu'est-ce que signifiait réellement le fait de ne plus pouvoir capter le parfum subtil du jasmin la nuit ? Ou l'odeur de renfermé d'une église de campagne ? Ces épisodes mineurs de dysfonctionnement sensoriel étaient faciles à ignorer.

Mais bientôt ils avaient commencé à s'aggraver et il

avait été impossible de fermer les yeux dessus sous peine de faire courir des risques à sa santé. Les médecins et les spécialistes lui avaient fait passer des batteries d'examens, ils avaient posé des diagnostics puis finalement haussé les épaules en un mélange insupportable de fascination, de perplexité et d'échec. Alors les hordes psychiatriques étaient montées à bord de la maladie, se lançant tels des Vikings à destination des eaux inexplorées du psychisme d'Andy. Jamais on n'avait réussi à mettre un nom sur son mal. Il s'était désuni petit à petit, et la confession avait été le seul moyen lui permettant de remettre de l'ordre dans sa vie, de se retrouver. Mais, en fin de compte, la tenue de son journal, les analyses, les discussions, les confessions n'avaient pas suffi à lui rendre la santé.

C'est malheureux, compte tenu du type de métier qu'il exerce, mais votre mari ne peut pas vivre une vie dichotomique, lui avaient dit les médecins après des mois et des années de visites. Pas s'il souhaite être un individu parfaitement intégré.

Une vie dichoto... quoi ?

Andrew ne peut pas vivre dans la contradiction permanente, Mrs Maiden. Il ne peut pas compartimenter son existence. Il est incapable d'endosser une identité en contradiction avec sa personnalité. C'est l'adoption d'une succession d'identités qui semble être la cause des problèmes de son système nerveux. Un autre homme à sa place pourrait trouver ce genre de vie exaltante, un acteur par exemple, ou, à l'autre extrémité de la chaîne, un sociopathe ou un maniaco-dépressif. Mais votre mari, non.

Est-ce que la vie d'un policier undercover ne consiste pas ni plus ni moins à jouer à se déguiser ? avait-elle demandé.

Peut-être, mais ça n'était pas une activité anodine, ça présentait des dangers, il y avait un prix à payer.

Au début, elle s'était dit qu'elle avait de la chance d'avoir épousé un homme qui ne pouvait être que ce qu'il était. Depuis qu'il avait pris sa retraite et quitté le

Yard, la vie qu'ils s'étaient construite dans le Derbyshire avait effacé tous les mensonges et gommé les subterfuges complexes qu'Andy avait dû faire siens par le passé.

Jusqu'à maintenant.

Elle aurait dû se rendre compte que quelque chose ne tournait pas rond le jour où il n'avait pas senti l'odeur des pignons de pin qu'on avait fait brûler dans la cuisine. Pourtant, Dieu sait que cette odeur avait imprégné Maiden Hall comme de la musique qu'on joue à fond et faux. Oui, elle aurait dû comprendre que quelque chose clochait à ce moment-là. Mais ça lui avait échappé parce que pendant des années tout avait parfaitement fonctionné chez lui.

— Peux pas dire, fit Andy du fond de son lit.

Nan se pencha, angoissée, et chuchota :

— Quoi ?

Il se tourna, enfonçant l'épaule dans l'oreiller.

— Non. (Il parlait dans son sommeil.) Non. Non.

La vue de Nan se brouilla. Elle passa mentalement en revue ces derniers mois, se demandant ce qu'elle aurait pu faire pour modifier la situation telle qu'elle se présentait aujourd'hui.

Andy se tourna de nouveau. Il donna un coup dans son oreiller et se retourna sur le dos. Il avait les yeux fermés.

Nan se leva et s'approcha du lit, où elle s'assit. Tendant le bras, elle passa les doigts sur le front de son mari : il était moite et brûlant. Depuis trente-sept ans il était le centre de son univers, et il n'était pas question qu'elle s'en laisse déposséder à l'automne de sa vie.

Pourtant, alors même qu'elle prenait cette décision, Nan était consciente que la vie telle qu'elle la connaissait actuellement était pleine d'incertitudes. Et que c'était dans ces incertitudes qu'étaient tapis ses cauchemars — autre raison pour laquelle elle refusait de dormir.

Lynley rentra chez lui juste après une heure du matin. Il était épuisé, il avait le cœur lourd. Il avait du mal à croire que sa journée avait commencé dans le Derbyshire et plus de mal encore à se persuader qu'elle s'était achevée sur la rencontre qu'il venait de faire à Notting Hill.

Les hommes et les femmes n'en finissaient pas de l'étonner. Ce fait, il l'avait accepté depuis longtemps ; toutefois, il se rendait maintenant compte qu'il commençait à se lasser des surprises constantes que l'humanité lui réservait. Après quinze ans passés à la Criminelle, il aurait voulu pouvoir penser qu'il avait tout vu. Que tel ne fût pas le cas — qu'on pût continuer à l'étonner — lui pesait telle une pierre sur la poitrine. Non pas tant parce qu'il n'arrivait pas à s'expliquer les réactions de tel ou tel mais plutôt parce qu'il ne parvenait pas à les anticiper.

Il avait tenu compagnie à Vi Nevin jusqu'à ce qu'elle reprenne connaissance, espérant qu'elle serait à même de lui fournir le nom de son agresseur et du même coup une raison immédiate d'arrêter le salopard. Mais elle avait secoué sa tête couverte de pansements et ses yeux noircis s'étaient considérablement embués lorsque Lynley l'avait questionnée. Tout ce qu'il avait réussi à lui soutirer comme informations, c'était qu'on lui avait sauté dessus si vite qu'elle n'avait pas eu le temps de voir son assaillant. S'agissait-il d'un mensonge qu'elle lui racontait pour se protéger ? C'était ce que Lynley n'arrivait pas à discerner. Toutefois, il avait sa petite idée et il avait cherché un moyen de l'aider à parler et à prononcer les mots nécessaires :

« Racontez-moi ce qui s'est passé, étape par étape. Il y a peut-être un détail qui vous reviendra que nous pourrons utiliser pour...

— Ça suffit pour l'instant, intervint alors la sœur responsable du service, son visage d'Ecossaise exprimant la détermination la plus ferme.

— Voyons, c'était un homme ou une femme ? avait insisté Lynley.

— Inspecteur, je crois avoir été claire... »

La sœur s'était mise à rôder d'un air protecteur autour de sa minuscule patiente, tripotant sans véritable nécessité couvertures, oreillers et perfusion.

« Miss Nevin ? poursuivit cependant Lynley.

— Dehors ! avait hurlé la sœur.

— C'était un homme, inspecteur », avait alors murmuré Vi.

A ces mots, Lynley décida que, question identification, ça suffisait. Après tout, elle ne lui disait rien qu'il ne sût déjà. Il avait simplement voulu s'assurer que ce n'était pas Shelly Platt qui avait rendu visite à son ancienne copine. Ayant obtenu le résultat qu'il souhaitait, il se dit qu'il pouvait passer au stade suivant.

Il s'était rendu à l'Etoile des Indes, dans Old Brompton Road. Une conversation avec le maître d'hôtel lui avait permis d'établir que Martin Reeve et sa femme Tricia, des habitués de l'établissement, avaient effectivement dîné là en début de semaine. Personne ne put lui préciser quel soir ils avaient occupé leur table près de la fenêtre. Les serveurs hésitaient entre lundi et mardi alors que le maître d'hôtel lui ne se fiait qu'à ce qu'il avait écrit dans son registre de réservations.

« Ils n'avaient pas réservé, dit-il avec un accent chantant. Et il faut absolument réserver chez nous si on veut avoir une table.

— Effectivement, elle m'a bien précisé qu'ils n'avaient pas prévenu de leur arrivée, fit Lynley. Elle m'a dit que d'ailleurs cela avait été la cause de l'accrochage qui avait eu lieu entre son mari et vous. Mardi soir.

— Je ne me dispute pas avec les clients, monsieur », avait coupé l'homme d'un ton rogue.

La confirmation obtenue à l'Etoile des Indes était tellement imprécise que Lynley se dit que, malgré l'heure, il allait faire un saut chez les Reeve. Au volant de sa voiture, il se focalisa sur l'image du visage détruit de Vi Nevin. Lorsqu'il eut finalement réussi à atteindre le haut de Kensington Church Street et qu'il eut tourné dans Notting Hill Gate, il éprouvait une brûlante sensation de colère qui l'encouragea à insister, une fois arrivé devant la sonnette de MKR Financial Management, en voyant que personne ne répondait à son appel.

« Vous avez une idée de l'heure ? » avait lancé rageusement Martin Reeve en ouvrant violemment sa porte.

Il n'eut même pas à se présenter : Lynley comprit aussitôt à qui il avait affaire. La lumière du plafond illuminait son visage, mettant en relief quatre profondes égratignures toutes fraîches sur sa joue.

Lynley l'avait repoussé dans le couloir de la maison. Il le plaqua contre le mur — ce qui ne fut pas difficile car le proxénète était beaucoup plus petit que Lynley ne s'y attendait — et il le maintint là, une joue pressée contre l'élégant papier peint à rayures.

« Eh ! protesta Reeve. Qu'est-ce que vous croyez que vous...

— Parlez-moi de Vi Nevin, fit Lynley en lui tordant le bras.

— Eh ! Si vous croyez que vous pouvez entrer chez les gens comme dans un moulin et... (Lynley tordit de nouveau le bras de Reeve qui se mit à hurler :) Allez vous faire foutre ! »

Lynley s'approcha davantage et, d'une secousse, lui releva le bras. Il lui souffla à l'oreille :

« Dites-moi ce que vous avez fait cet après-midi et ce soir, Mr Reeve. En détail. Je suis fatigué, j'ai besoin qu'on me raconte un conte de fées avant d'aller au lit. Faites-moi plaisir.

— Vous avez perdu la boule, bordel ? (Reeve avait tourné la tête vers l'escalier et hurlé :) Trish... Tricia... Trish ! Téléphone aux flics !

— Bien, votre comédie, avait reconnu Lynley, mais les flics sont là. Venez, Mr Reeve, nous allons bavarder... »

Il poussa le petit homme devant lui. Arrivé dans la réception, il le projeta sur une chaise et alluma la lumière.

« J'espère que vous avez un mobile béton, grinça

Reeve. Sinon je vais vous foutre un procès au cul ! Qui fera date dans l'histoire du pays...

— Epargnez-moi vos menaces, ça marche peut-être en Amérique mais ici, ça ne vous mènera pas très loin.

— C'est ce qu'on verra.

— Où étiez-vous cet après-midi ? Et ce soir ? Que vous est-il arrivé au visage ?

— Quoi ? Parce que vous vous figurez que je vais répondre à vos questions ?

— Si vous ne voulez pas que l'immeuble soit bouclé par les mœurs, vous avez intérêt à me répondre, et de façon détaillée. Et ne me poussez pas à bout, Mr Reeve. J'ai eu une longue journée, et quand je suis fatigué, je suis tout sauf raisonnable.

— Allez vous faire mettre ! (Reeve avait à nouveau tourné la tête vers la porte et hurlé :) Tricia ! Remue-toi le cul, merde ! Descends, bordel ! Téléphone à Polmanteer, je paye pas ce connard à rien... »

Lynley attrapa un lourd cendrier sur le bureau de la réception et le lança en direction de Reeve. Le cendrier lui frôla la tempe et télescopa un miroir qu'il brisa.

« Putain ! brailla Reeve. Que diable... ?

— L'après-midi et le soir. Je veux votre emploi du temps. Et tout de suite. (Comme Reeve ne répondait pas, Lynley s'avança, l'attrapa par le col de son pyjama, le poussa dans la chaise et tordit le col jusqu'à ce qu'il lui serre bien le cou.) Dites-moi qui vous a amoché, Mr Reeve, et dites-moi pourquoi. (Reeve étouffa un cri, ce qui ne déplut pas à Lynley.) Voulez-vous que je remplisse moi-même les cases ? Je crois savoir qui sont les personnages de la pièce. (A chaque nom, Lynley serrait davantage le cou de Reeve :) Vi Nevin, Nicola Maiden, Terry Cole, Shelly Platt... »

Reeve, hoquetant :

« Merde... vous... perdu... boule... »

Lynley l'avait relâché, le poussant en avant comme un tas de chiffons.

« Vous mettez ma patience à rude épreuve. Je commence à me dire qu'un coup de fil au commissariat du coin ne serait pas une mauvaise idée. Quelques nuits en cellule de garde à vue à Ladbroke Grove pourraient vous délier la langue...

— Considérez-vous comme foutu ! Je connais suffisamment de gens qui...

— Je n'en doute pas. Les relations, vous en avez dans le monde entier. J'imagine que ces gens-là sont prêts à prendre votre défense au cas où on vous inculperait de proxénétisme. Mais de là à vous soutenir si on vous accusait d'avoir agressé des femmes, c'est une autre paire de manches. Ces braves gens n'ont pas envie de se faire descendre par les médias, ce qui arriverait si ces derniers apprenaient qu'ils vous ont donné un coup de main. Et vous allez voir qu'ils vont se rendre compte que ça va pas être facile de vous aider une fois que je vous aurai fait tomber pour proxénétisme. A votre place, je n'attendrais d'eux aucun secours, Mr Reeve, je ne ferais pas cette erreur. Et maintenant répondez à ma question : qu'est-il arrivé à votre visage ? »

Reeve gardait le silence mais Lynley voyait bien qu'il cogitait sérieusement, s'efforçant de deviner ce que la police pouvait avoir contre lui. Il n'avait pas vécu sur le fil du rasoir tout ce temps-là sans acquérir des notions de droit. Il devait savoir que si Lynley avait eu du solide — un témoin oculaire ou la déposition signée de la victime de l'agression — il l'aurait immédiatement arrêté. Mais il devait savoir également que dans la situation où il se trouvait par rapport à la loi il n'avait pas tellement le choix s'il se retrouvait en posture délicate.

« Très bien, s'était décidé Reeve, c'est Tricia. Elle se shoote. Je rentrais d'une visite à deux de mes filles dont le travail laisse à désirer. Elle était dans les vapes. J'ai perdu la boule. Seigneur, j'ai cru qu'elle était morte. Je me suis mis à lui taper dessus tellement j'avais les jetons. Et puis je me suis rendu compte qu'elle était pas aussi pétée que je le pensais. La preuve : elle s'est mise à répliquer avec des arguments frappants... »

Lynley n'en crut pas un mot.

« Vous voulez dire que c'est votre femme — qui était

dans les vapes — qui vous a mis le visage dans cet état ?

— Elle était pétée comme c'est pas possible. Faut que je m'occupe des filles et de leurs problèmes, je peux pas être partout à la fois. Ça finit par faire lourd. Alors j'ai disjoncté.

— Quels problèmes ?

— Quoi ?

— Les filles. Quels problèmes ? »

Reeve avait jeté un coup d'œil au bureau de la réception et aux brochures qui vantaient ostensiblement les services de MKR.

« Vous êtes au courant, vous connaissez mon business. Ce que vous savez peut-être pas, c'est le mal que je me donne pour que les petites restent en bonne santé. Analyses de sang tous les quatre mois, contrôles pour voir si elles ne se droguent pas, visites médicales, régime équilibré, exercice...

— Une sacrée ponction dans vos finances...

— Merde, je me fous de ce que vous pensez. La société que je dirige est une société de services. Si je ne rends pas ces services, quelqu'un d'autre s'en chargera. J'ai pas à m'excuser. Je fournis aux clients des filles saines, bien élevées, dans un environnement décent. Les types qui veulent passer du temps avec elles en ont pour leur argent et ne risquent pas de ramener de sales maladies à Bobonne. C'est pour ça que j'étais si furieux quand je suis rentré. Deux filles avec des maladies, ça fait chier, merde !...

— Maladies ?

— Oui. Verrues génitales. Chlamydia. Pensez bien que je pouvais pas être de bon poil. Aussi quand j'ai vu Tricia dans cet état, c'est pas compliqué, mes nerfs ont lâché. Si vous voulez que je vous donne leur nom, leur adresse et leur numéro de téléphone, je me ferai un plaisir de vous les communiquer... »

Lynley le regardait attentivement, se disant que c'était une sacrée coïncidence que le barbeau porte sur le visage des lacérations causées par sa femme le soir où Vi Nevin avait été agressée.

« Faites donc venir Mrs Reeve ici pour qu'elle nous raconte sa version.

— Voyons mais... elle dort.

— Ça ne vous a pas gêné tout à l'heure quand vous lui avez hurlé de téléphoner à la police. Et à Polmanteer... votre avocat, non ? Vous pouvez le sonner, si le cœur vous en dit... »

Avec un air de dégoût et d'antipathie sur le visage, Reeve fixait Lynley. Finalement, il avait mis les pouces :

« Je vais la chercher.

— Peut-être, mais pas seul. »

Lynley ne voulait surtout pas laisser à Reeve la possibilité d'obliger sa femme à confirmer ses dires.

« Très bien, suivez-moi. »

Reeve avait pris l'escalier jusqu'au second. Arrivé dans une chambre qui donnait sur la rue, il s'approcha d'un lit de la taille d'un terrain de football et alluma une lampe sur l'une des tables de nuit. La lumière éclaira la silhouette de sa femme allongée sur le côté en fœtus et profondément endormie.

Reeve la retourna sur le dos, l'attrapa sous les aisselles et, la soulevant, l'installa en position assise. Sa tête alla ballotter en avant comme celle d'une poupée de chiffon. Il la renvoya en arrière, l'appuya contre la tête de lit. « Bonne chance », avait-il dit à Lynley avec un sourire. (Du doigt, il désigna les ecchymoses qui lui marbraient le cou.) Elle m'a forcé à être méchant, la garce. Elle était déchaînée, j'ai cru qu'elle allait me tuer... »

Lynley eut un mouvement de menton pour indiquer à Reeve qu'il voulait que ce dernier recule. Reeve s'exécuta. Lynley le remplaça près du lit. Il attrapa le bras de Tricia, vit les traces de piqûre, chercha son pouls. Soudain, elle poussa un profond soupir. Il lui administra une petite claque.

« Mrs Reeve, Mrs Reeve, vous pouvez vous réveiller ? »

Reeve s'approcha par-derrière et, avant que Lynley eût compris ce qu'il mijotait, il attrapa un vase, jeta les fleurs par terre et aspergea d'eau le visage de sa femme.

« Bon Dieu, Tricia, réveille-toi !

— Reculez ! » ordonna Lynley.

Tricia cilla, ouvrit les yeux tandis que l'eau lui dégoulinait sur les joues. Son regard égaré passa de Lynley à son mari. Aussitôt, elle eut un mouvement de recul révélateur.

Lynley, entre ses dents :

« Sortez, Reeve...

— Je vous emmerde ! Il veut que tu lui dises qu'on s'est battus, Tricia ! Qu'on s'est empoignés tous les deux. Tu te rappelles comment ça s'est passé. Alors raconte-lui que tu m'as griffé au visage et il débarrassera le plancher en vitesse, fais-moi confiance...

— Sortez, je vous dis ! »

Reeve agitait un doigt sous le nez de sa femme.

« Raconte-lui comment ça s'est passé. Il voit bien qu'on s'est battus mais il veut que ce soit toi qui le lui racontes. Alors vas-y. »

Lynley l'avait jeté dehors manu militari et avait claqué la porte. Puis il était revenu près du lit. Tricia était assise dans la position où il l'avait laissée, n'esquissant pas le moindre geste pour s'essuyer.

Lynley s'approcha alors de la salle de bains contiguë pour y prendre une serviette. Il la lui passa tout doucement sur le visage, épongea son cou recouvert de bleus et sa poitrine trempée. Tricia le fixa, l'air abruti, avant de tourner la tête et de contempler la porte par laquelle Lynley avait éjecté son mari.

« Dites-moi ce qui s'est passé, Mrs Reeve. (Elle se tourna de nouveau vers lui, se passa la langue sur les lèvres.) Votre mari vous a agressée ? Vous vous êtes défendue ? (La question était ridicule et il le savait bien. Comment aurait-elle pu se défendre ? Ce n'étaient pas des accros à l'héro qui risquaient de pratiquer l'autodéfense musclée.) Laissez-moi passer un coup de fil à quelqu'un pour vous. Il faut que vous quittiez cette maison. Vous devez bien avoir un ami. Des frères, des sœurs, des parents ?

— Non ! »

Elle lui attrapa la main, elle ne serrait pas fort mais ses ongles — aussi longs et artificiels que le reste de sa personne — s'enfoncèrent dans sa chair.

« Je ne crois pas que vous vous soyez débattue, Mrs Reeve. Pas un instant. Et le fait que je ne vous croie pas va vous rendre la vie difficile une fois que votre mari aura obtenu sa mise en liberté sous caution. J'aimerais vous faire sortir d'ici avant que tout ça ne se produise, alors si vous voulez bien me donner le nom de quelqu'un à qui je peux téléphoner...

— Arrestation ? (Elle faisait un effort gigantesque pour s'éclaircir les idées.) Vous allez l'arrêter ? Mais vous aviez dit...

— C'était avant. Quelque chose s'est passé ce soir qui m'empêche de tenir ma promesse. Je suis désolé, mais je n'ai pas le choix. Et maintenant, si je peux prévenir quelqu'un... Vous voulez bien me donner un numéro ?

— Non non, c'était... je l'ai frappé, j'ai essayé... mordre.

— Mrs Reeve, je sais que vous êtes morte de peur. Mais essayez de comprendre...

— Je l'ai écorché. Avec mes ongles. Son visage. Ecorché. Parce qu'il m'étouffait et que je voulais qu'il arrête. Je lui ai griffé le visage, même que ça a saigné, je vous assure... »

Elle était de plus en plus agitée. Il avait juré en silence, maudissant Reeve d'avoir réussi à s'insinuer dans sa conversation avec sa femme, maudissant son épouvantable faiblesse, cette tendance à perdre son sang-froid qui obscurcissait toujours sa vision et l'empêchait de penser correctement.

Pour l'heure, dans sa maison d'Eaton Terrace, Lynley réfléchissait à tout cela. Son sentiment d'injustice, son besoin de venger Vi Nevin avaient contrecarré ses intentions, permis à Martin Reeve de se montrer plus astucieux que lui. La peur que Tricia avait de son mari, jointe à une dépendance à l'héroïne que ce dernier devait alimenter, l'avait contrainte à confirmer les déclarations de Reeve. Lynley aurait volontiers flanqué ce sale petit individu au ballon pour le cuisiner six ou sept heures de rang, mais ce n'était pas par hasard que l'Américain avait réussi dans ce business : il connaissait les ficelles, il connaissait ses droits. Il savait par exemple qu'il avait le droit d'être représenté par un avocat et il n'aurait pas manqué de le faire valoir avant de quitter la maison. Les deux parties n'auraient gagné qu'une nuit d'insomnie à ce jeu-là. Et au bout du compte Lynley n'aurait pas été plus près d'opérer une arrestation que lorsqu'il était arrivé à Londres ce matin-là.

Si les choses s'étaient terminées de cette façon à Notting Hill, c'était à cause d'une erreur de tactique de sa part et force lui était de le reconnaître. Dans sa hâte à s'entretenir avec Tricia Reeve, Lynley avait laissé son mari suffisamment longtemps en sa présence pour lui fournir les grandes lignes de son texte. Ainsi il avait perdu l'avantage qu'il aurait dû acquérir sur son adversaire en se présentant à son domicile au beau milieu de la nuit. C'était une erreur lourde de conséquences, le genre d'erreur que seul un débutant devait commettre.

Il aurait voulu pouvoir se dire que cette erreur était le résultat d'une journée interminable, d'un sens mal placé de la chevalerie et d'une extrême fatigue. Mais le sentiment de malaise qu'il avait commencé à ressentir au vu de la carte portant la pub de Nikki Tentation avait sa source ailleurs. Et, refusant de se pencher dessus, Lynley descendit à la cuisine et fouilla dans le réfrigérateur où il dénicha un reste de paëlla.

Il prit une Heineken pour accompagner son en-cas et l'ouvrit avant de la poser sur la table. Il se laissa lourdement tomber sur l'une des chaises et s'octroya une grande gorgée de bière. Un magazine était posé près d'une coupe remplie de pommes et, tout en attendant que le micro-ondes réchauffe la nourriture, Lynley prit ses lunettes dans sa poche et jeta un coup d'œil à ce qui se révéla être un programme de théâtre.

Denton, malgré la foule qui se pressait au guichet, avait donc réussi à dénicher une place pour le spectacle du West End le plus retentissant de la saison. HAMLET se détachait en lettres argent sur la couverture noire avec une épée, et les mots *King-Ryder Productions* surmontaient le titre. Amusé, Lynley secoua la tête tout en feuilletant les pages de photos sur papier glacé. Il connaissait bien son Denton et il y avait gros à parier que les prochains mois à Eaton Terrace allaient résonner des airs de l'opéra pop qui hantaient l'âme de ce fou de théâtre. Si sa mémoire était bonne, il avait fallu près de neuf mois à Charlie Denton pour cesser d'entonner à la première occasion *The Music of the Night*.

Dieu merci, cette nouvelle production n'était pas l'œuvre de Lloyd Webber, songea-t-il avec soulagement. Il avait même pensé liquider Denton pour échapper à ses roucoulades sur la mélodie de *Sunset Boulevard*.

Le micro-ondes émit son signal et Lynley, ayant attrapé la barquette, versa son contenu dans une assiette. Il attaqua son dîner tardif. Mais manger, mastiquer, avaler n'étaient pas des gestes suffisants pour le distraire de ses pensées. Aussi chercha-t-il un autre dérivatif. Ce dérivatif, ce fut Barbara Havers qui le lui fournit.

Elle avait dû, à l'heure qu'il était, réussir à dénicher quelque chose d'utile : elle était sur l'ordinateur depuis le matin et il devait sûrement avoir réussi à lui enfoncer le message dans le crâne et lui faire comprendre qu'elle était priée de continuer ses recherches sur le CRIS jusqu'à ce qu'elle découvre des infos exploitables et lui donne du grain à moudre.

Il tendit le bras vers le téléphone posé sur le plan de travail et, sans tenir compte de l'heure, composa son numéro. La ligne était occupée. Fronçant les sourcils, il consulta sa montre. Seigneur, à qui Havers pouvait-elle bien parler à une heure vingt du matin ? Incapable de répondre à cette question, il en conclut qu'elle avait dû débrancher l'appareil. Il reposa le récepteur sur son support et se mit à songer à ce qu'il allait bien pouvoir faire d'elle.

Réalisant bientôt que s'aventurer sur ce terrain ne lui rapporterait qu'une nuit agitée, il termina son repas, se focalisant de nouveau sur le programme de *Hamlet* et remerciant silencieusement Denton de lui avoir fourni cette distraction. Les photos étaient bonnes. Et le texte intéressant. Le suicide de David King-Ryder était encore suffisamment frais dans la mémoire du public pour donner une touche de romanesque et de mélancolie à tout ce qui était associé à son nom. D'ailleurs, ça n'était pas si difficile, il suffisait de regarder la jeune fille voluptueuse à qui avait été confié le rôle d'Ophélie. Ça avait été très astucieux de la part du responsable des costumes de la faire marcher vers la mort dans une tunique si diaphane qu'elle rendait le port du vêtement pratiquement inutile. Eclairée par-derrière, Ophélie se tenait sur la rive, prête à se noyer, telle une créature déjà prise entre deux mondes. La robe arachnéenne évoquait l'éther et les régions de l'âme, tandis que son corps bien charnel la retenait enchaînée dans toute sa beauté sensuelle à la terre. C'était un parfait mélange de...

— Ce n'est pas possible, Tommy, dis-moi que j'hallucine ! Trois mois de mariage, et déjà tu salives à la vue d'une autre femme ?

Helen se tenait dans l'encadrement de la porte, plissant les yeux, cheveux en désordre, nouant la ceinture de sa robe de chambre.

— C'est parce que tu dormais.

— Drôlement rapide, ta riposte. Ce n'est certainement pas la première fois que tu t'en sers. (Elle traversa la pièce, regarda par-dessus son épaule, posant une main fraîche sur sa nuque.) Ah, je vois...

— Un peu de lecture pour accompagner le dîner, Helen. Rien de plus.

— Hum, oui. Elle est belle, n'est-ce pas ?

— Ah, tu veux dire Ophélie ? Je n'avais pas vraiment remarqué.

Il referma le programme, prit la main de sa femme, pressant sa paume contre sa bouche.

— Tu es un piètre menteur. (Helen lui embrassa le front, lui retira sa main et se dirigea vers le réfrigérateur où elle prit une bouteille d'Evian. Appuyée contre le comptoir, elle le regarda tendrement par-dessus le bord de son verre.) Quelle mine affreuse. Tu as pensé à manger aujourd'hui ? Non, ne réponds pas. C'est ton premier repas décent depuis le petit déjeuner, c'est ça ?

— Tu veux une réponse ?

— Inutile, je lis sur ton visage. Comment se fait-il, mon chéri, que tu oublies pendant seize heures d'affilée de t'alimenter alors que je suis incapable de cesser de penser à la nourriture plus de dix minutes ?

— C'est toute la différence entre les cœurs purs et les cœurs impurs...

— Voilà une définition de la gloutonnerie que je ne connaissais pas.

Lynley éclata de rire, se leva, s'approcha d'elle, la prit dans ses bras. Elle sentait le citron et le sommeil, ses cheveux étaient doux comme la brise lorsqu'il posa sa joue contre sa tête.

— Je suis heureux de t'avoir réveillée, murmura-t-il, puisant le réconfort dans leur étreinte.

— Je ne dormais pas.

— Non ?

— J'essayais, mais sans succès.

— Ça ne te ressemble pas.

— Je sais.

— Quelque chose te tracasse, alors. (Il la relâcha, la scruta, écartant doucement les cheveux de son visage. Leurs yeux se rencontrèrent et il étudia ceux de Helen.) Raconte-moi tout.

Elle sourit et du bout des doigts lui effleura les lèvres.

— Je t'aime. Plus encore que lorsque je t'ai épousé. Plus encore que la première fois où nous avons couché ensemble.

— J'en suis heureux. Mais j'ai l'impression que ce n'est pas ce qui te préoccupe.

— Non, effectivement, ce n'est pas ça qui me turlupine. Mais il est tard, Tommy, et tu es trop fatigué pour faire la conversation. Allons nous coucher.

Il aurait bien voulu. Rien ne lui semblait plus agréable que l'idée de mettre sa tête sur un oreiller de plumes bien douillet et de chercher l'oubli et le calme du sommeil près de sa femme. Cependant, à sa mine, il comprit que ce n'était peut-être pas une bonne idée pour l'instant. Il y avait des moments où les femmes disaient une chose alors qu'elles voulaient en exprimer une autre, et cela semblait être le cas. Moitié mentant et moitié disant la vérité, il fit :

— Je suis exténué mais on n'a pas parlé aujourd'hui et je ne pourrai pas dormir tant qu'on n'aura pas eu une petite conversation...

— Vraiment ?

— Tu me connais.

Elle le scruta et parut satisfaite de son examen.

— Ce n'est pas si grave. Une gymnastique mentale, je suppose. Toute la journée, j'ai pensé au mal que les gens se donnent pour éviter de regarder les choses en face... (Il frissonna malgré lui.) Quoi ? s'enquit-elle.

— Rien. Comment en es-tu arrivée là ?

— A cause du papier peint.

— Le papier peint ?

— Pour les chambres d'amis. J'avais réussi à en choisir six, ce qui me semblait admirable compte tenu du mal que j'avais eu à me décider, et j'ai passé tout l'après-midi à y réfléchir. Je les ai punaisés au mur, j'ai mis les meubles devant, j'ai accroché les tableaux, et malgré ça impossible de prendre une décision.

— Parce que tu pensais à autre chose ? Aux gens qui évitent de regarder les choses en face ?

— Non, c'est justement ça. J'étais absorbée par cette histoire de tapisserie et de décision à prendre concernant le papier ou plus exactement de mon incapacité à trancher, et ça m'a fait penser à ma vie, tu comprends ?

Lynley ne voyait absolument pas où elle voulait en venir, d'ailleurs il était trop épuisé pour voir quoi que ce soit, toutefois il hocha la tête, prit un air pensif, espérant qu'elle se contenterait de ça.

— Toi, à ma place, tu aurais choisi et voilà tout. Mais moi, impossible, et pourtant Dieu sait que j'ai essayé. Je me suis finalement demandé pourquoi et la réponse a jailli, lumineuse. A cause de ma personnalité. A cause de la personnalité que l'on m'a façonnée. De ma naissance au jour de mon mariage.

Lynley cligna des yeux.

— Comment ça, « façonnée » ? On t'a façonnée ?

— Pour être ta femme, oui. Ou la femme d'un homme te ressemblant comme deux gouttes d'eau. Nous étions cinq et chacune d'entre nous s'était vu confier un rôle. D'abord tranquilles dans le sein de notre mère, nous nous sommes vite retrouvées dans les bras de notre père qui, après nous avoir observées, a décrété : « Hum, celle-ci fera une femme de comte, je crois ; et elle, princesse de Galles, ça lui ira comme un gant... » Une fois mises au courant du rôle qu'il nous avait distribué, on a joué le jeu. Oh, on n'était pas obligées, note bien, et Dieu sait que ni Penelope ni Iris n'ont fait ses quatre volontés. Mais les trois autres, Cybele, Daphne et moi, nous n'avons été que de l'argile tiède entre ses mains. Une fois que j'ai eu bien compris ça, Tommy, je suis passée au stade suivant et je me suis demandé pourquoi.

— Pourquoi tu avais été de l'argile ?

— Oui. Je me suis posé cette question et j'ai examiné la réponse, et que crois-tu qu'elle ait été ?

Lynley avait la tête qui tournait et les paupières lourdes de fatigue. D'un ton qui lui parut mesuré, il s'enquit :

— Helen, quel rapport avec le papier peint ?

A peine eut-il posé la question qu'il comprit qu'il l'avait déçue.

Elle s'arracha à son étreinte.

— Aucune importance. Ce n'est pas le moment. Je le savais. Tu es à bout. Allons nous coucher.

Il s'efforça de rectifier le tir :

— Non. Je veux que tu me dises. Je reconnais que je ne suis pas très frais. Et je me suis un peu perdu à suivre tes histoires d'argile et de docilité. Mais je veux t'écouter et je veux savoir...

Elle fronça les sourcils :

— Comment ça, l'argile, la docilité ? Mais de quoi tu parles ?

— De rien. Je suis idiot. Oublie ça. Je t'en prie, reviens, que je te serre contre moi...

— Non. Explique-moi ce que tu veux dire.

— Helen, ce n'est rien, une bêtise.

— Une bêtise, voilà ce que t'inspire ma conversation...

— Je suis désolé, dit-il avec un soupir, tu as raison, je suis crevé. J'ai parlé sans réfléchir. Tu disais que deux de tes sœurs avaient refusé d'obéir à ton père alors que les autres ne s'étaient pas fait prier, ce qui faisait de toi de l'argile. Je suis parti de là et je me suis demandé comment l'argile pouvait être docile... Désolé, c'était une remarque stupide. Je ne suis pas dans mon état normal. Je n'ai pas les idées très claires.

— Et moi, je n'ai pas d'idée. D'ailleurs, c'est simple : des idées, je suis incapable d'en avoir. Mais tu n'es pas surpris, c'est bien ce que tu voulais, n'est-ce pas ?

— Quoi ?

— Une femme incapable de réfléchir.

Il eut l'impression de recevoir une gifle.

— Ça, Helen, c'est une ânerie et c'est aussi une insulte pour nous deux. (Il alla prendre dans l'assiette ses couverts qu'il emporta dans l'évier. Il les rinça, s'attardant à regarder couler l'eau, puis finalement, avec un soupir :) Bon sang, je suis désolé, chérie. (Il se tourna vers elle :) Je ne veux pas qu'on se dispute.

— Mais on ne se dispute pas, dit-elle en se radoucissant.

Il s'approcha d'elle, l'attira contre lui de nouveau.

— Alors qu'est-ce qui se passe ? demanda-t-il.

— Je suis en colère après moi-même.

24

Découvrir à qui Terry Cole avait rendu visite chez King-Ryder Productions n'avait pas été aussi facile que Barbara se l'était figuré après sa conversation avec Neil Sitwell. Primo, la liste des employés confiée à ses soins comportait une bonne trentaine de personnes. Secundo, comme c'était un samedi soir, la plupart n'étaient pas chez elles. C'étaient des gens de théâtre, après tout. Et ces gens-là — ainsi qu'elle eut l'occasion de le constater — n'étaient pas du genre à moisir tranquillement chez eux quand ils pouvaient traîner en ville. Aussi n'était-ce que vers deux heures du matin qu'elle avait réussi à retrouver la trace du contact de Terry Cole au 31-32 Soho Square. Lequel n'était autre que Matthew King-Ryder, fils du fondateur aujourd'hui décédé de la compagnie.

Il avait accepté de la voir — « après neuf heures, si ça ne vous ennuie pas, car je suis à ramasser à la petite cuiller » — chez lui, à Baker Street.

Il était neuf heures et demie lorsque Barbara se pointa à l'adresse indiquée en regard du nom et du numéro de téléphone de King-Ryder. C'était dans un hôtel particulier, une de ces énormes bâtisses victoriennes en brique qui, à la fin du dix-neuvième siècle, évoquaient l'espace et l'opulence, et avaient été, pour la plupart, par la suite, scindées en appartements. Des logements forcément moins vastes. Enfin, relativement parlant. Car comparé au modeste cottage de Barbara, le domicile de King-Ryder faisait figure de palace malgré un certain manque de confort, la ventilation et la lumière naturelle ayant été quelque peu sacrifiées du fait des travaux de réaménagement.

Après l'avoir fait entrer, King-Ryder demanda à Barbara de bien vouloir excuser le désordre — dû à son déménagement imminent. Et de désigner un tas d'objets mis au rebut et des sacs-poubelle alignés devant sa porte qui attendaient les hommes de ménage. Il la conduisit le long d'un couloir peu éclairé vers un séjour. Là, des cartons béaient sur des livres, des trophées, des bibelots emballés à la va-vite dans du papier, des photos encadrées et des affiches de théâtre posées contre les murs.

— Je vais enfin entrer dans mes murs, confia King-Ryder. J'ai de quoi payer la maison, mais pas assez pour la maison et les déménageurs. Alors je m'y colle moi-même. D'où le foutoir. Désolé. Tenez, prenez un siège. (Il fit tomber une pile de programmes par terre.) Je vous offre un café ? J'allais justement en faire.

— Volontiers.

Il gagna la cuisine derrière le coin repas. Un passe-plat avait été ménagé dans l'un des murs et il parla par la fente tout en versant le café en grains dans un moulin :

— Je vais m'installer au sud de la Tamise. Ce sera moins commode pour rejoindre le West End. Mais je vais habiter une maison individuelle. Pas un appartement. Une petite maison avec un bout de jardin. Qui m'appartiendra. (Penchant la tête, il sourit.) Désolé, je suis surexcité, forcément. Trente-trois ans, et voilà que je deviens propriétaire. Qui sait ? La prochaine étape, c'est peut-être le mariage. Je l'aime fort, à propos, le café. Ça vous va ?

Okay pour le café fort, opina Barbara. Plus il y avait de caféine, plus elle bichait. Machinalement, elle passa en revue les photos encadrées posées près de sa chaise. La plupart représentaient le même homme posant au fil des années en compagnie de dizaines de visages connus du monde de la scène.

— Votre père ? fit Barbara, élevant la voix pour couvrir le bruit du moulin à café.

King-Ryder jeta un œil par l'ouverture.

— Ouais, c'est mon père.

Les deux hommes se ressemblaient fort peu. Physiquement, Matthew possédait tous les atouts que la nature avait refusés à son géniteur. Si le père était petit avec un visage de crapaud, des yeux exophtalmés d'hyperthyroïdien, des bajoues de bon vivant, les verrues faciales d'une canaille de roman de cape et d'épée, le fils, lui, était grand, doté d'un nez aristocratique ainsi que d'une peau, d'yeux et d'une bouche que nombre de femmes auraient donné cher pour posséder.

— Y avait pas une grande ressemblance entre vous, commenta Barbara.

De la cuisine, Matthew lui jeta un sourire de regret.

— Non, il payait vraiment pas de mine, n'est-ce pas ? Et malheureusement, il en était conscient. Gamin, il s'est fait drôlement bizuter. C'est sans doute pour ça qu'il est passé d'une femme à l'autre : il devait avoir quelque chose à se prouver.

— Dommage qu'il soit mort. J'ai été désolée quand j'ai appris...

Barbara, mal à l'aise, se demandait ce qu'il fallait dire en pareil cas.

Matthew hocha la tête mais ne broncha pas. Il se replongea dans la préparation du café, et Barbara dans les photos. Sur l'une d'elles le père et le fils posaient ensemble. C'était une vieille photo de classe. Le jeune Matthew avait un trophée à la main et un sourire éclatant aux lèvres tandis que son père, un programme roulé entre les doigts, fronçait les sourcils. Matthew portait l'uniforme d'une équipe sportive, la courroie de cuir qui lui barrait le torse en diagonale lui donnait l'allure d'un soldat de la Première Guerre mondiale. David, lui, était vêtu de son uniforme personnel, un costume trois pièces évoquant conseils d'administration et autres réunions d'affaires.

— Il n'a pas l'air de bonne humeur, fit Barbara, retirant la photo de la pile pour l'étudier.

— La fête sportive à l'école, Papa détestait ça. C'était tout sauf un athlète. Maman était très forte dès qu'il s'agissait d'appuyer sur le bouton de la culpabilité quand elle l'avait au bout du fil. Alors il se pointait à la cérémonie. Mais sans enthousiasme. Et quand quelque chose lui déplaisait, il n'en faisait pas mystère. C'est ça, les artistes.

— Pas très sympa pour vous.

— C'est vrai. Mais comme mes parents étaient divorcés à l'époque, ma sœur et moi, on se contentait des miettes qu'il voulait bien nous accorder.

— Où est-elle, votre sœur ? Qu'est-ce qu'elle fait ?

— Isadora ? Elle dessine des costumes. Pour la Royal Shakespeare Company essentiellement.

— Vous avez suivi la voie de votre père, alors.

— Isadora, surtout. Elle crée. Pas moi. Je suis dans les chiffres.

Il regagna le séjour, portant un vieux plateau où étaient disposés des mugs de café, un pot de lait, et des morceaux de sucre dans une assiette. Il posa le tout sur une pile de magazines rangés sur une ottomane et expliqua qu'il avait été l'agent et le manager de son père. Il négociait les contrats, récupérait l'argent des royalties des productions des œuvres paternelles, vendait les droits à qui voulait les monter, surveillait les dépenses engagées lorsque la compagnie montait un nouvel opéra pop à Londres.

— Votre travail n'a donc pas pris fin à la mort de votre père...

— Non. Son travail — la musique — n'a pas de fin. Tant qu'on continuera de monter ses opéras, je continuerai de bosser. Nous finirons peut-être par réduire les effectifs de la compagnie, mais il faudra toujours quelqu'un pour s'occuper des droits. Et du fonds.

— Le fonds ?

Matthew laissa tomber trois sucres dans son mug et remua avec une cuiller à manche de céramique. Son père, expliqua-t-il, avait créé une fondation quelques années plus tôt pour financer des artistes. L'argent servait à envoyer comédiens et musiciens à l'école, à soutenir de nouvelles productions, à lancer des pièces d'auteurs inconnus, à aider des paroliers et des compositeurs qui débutaient dans le métier. Après la mort de David King-Ryder, toutes les sommes que son travail rapporterait serviraient à alimenter ce fonds. A l'exception d'un legs à sa cinquième et dernière femme, le Fonds David King-Ryder était le seul bénéficiaire du testament de ce dernier.

— Je l'ignorais, fit Barbara, impressionnée. C'est généreux de sa part de donner un coup de pouce aux autres comme ça.

— C'était un type bien, Papa. Il n'a jamais eu la fibre paternelle très développée avec ma sœur et moi quand on était petits, il n'était pas partisan de gâter les enfants. Mais il savait soutenir le talent chaque fois qu'il rencontrait un artiste qui en voulait.

— C'est dommage ce qui lui est arrivé, je veux dire...

— Merci. Ç'a été... Je ne comprends toujours pas. (Matthew examina le bord de son mug.) Le plus étrange, c'est qu'il venait de remporter un énorme succès. Après toutes ces années d'échec. Le public était transporté, les gens l'acclamaient. Du délire. Et il était là. Il a assisté à son triomphe. Jusqu'aux critiques qui étaient debout. Les articles n'allaient pas manquer d'être dithyrambiques. Il devait s'en douter.

Barbara connaissait l'histoire. La première de *Hamlet*. Une réussite éclatante après des années de bides. Pas de mot manuscrit ou autre pour expliquer son geste. Le compositeur s'était collé une balle dans la tête pendant que sa femme prenait un bain dans la pièce contiguë.

— Vous étiez proche de votre père, fit Barbara, voyant le chagrin qui marquait encore le visage de Matthew.

— Pas quand j'étais enfant ou adolescent. Plus tard,

oui. Mais apparemment pas assez proche. (Matthew cligna des yeux et but une gorgée de café.) Bien. Mais vous êtes venue dans un but précis, je crois. Vous vouliez me voir au sujet de Terence... Le jeune homme en noir qui était passé à Soho me rendre visite.

— Oui, Terence Cole. (Et Barbara de résumer les faits.) Neil Sitwell — qui est un gros ponte chez Bowers, dans Cork Street — m'a dit qu'il vous l'avait envoyé. Que Cole lui avait montré un morceau écrit de la main de Michael Chandler sur lequel il était tombé par hasard. Il pensait que vous sauriez comment Cole pourrait entrer en contact avec les avocats de la succession Chandler.

— Vraiment ? fit Matthew, sourcils froncés. Voilà qui n'est pas banal.

— Vous ne savez pas comment contacter ces avocats ? fit Barbara, incrédule.

Matthew s'empressa de rectifier.

— Je connais ces messieurs. Je connais les Chandler. Michael avait quatre enfants qui habitent tous Londres. De même que sa veuve. Mais quand il est venu me trouver, ce jeune homme ne m'a pas touché un mot de Bowers. De Neil Sitwell non plus, d'ailleurs. Mais le plus fort, c'est qu'il ne m'a absolument pas parlé de musique.

— Ah bon ? Qu'avait-il à vous demander, alors ?

— Il m'a dit avoir entendu parler du Fonds. Pas étonnant. La presse s'en est suffisamment fait l'écho à la mort de Papa. Cole espérait obtenir des subsides. Il m'avait apporté des photos de son travail.

Barbara ne manqua pas de s'étonner :

— Vous en êtes sûr ?

— Sûr et certain. Il avait un carton à dessin avec lui et au début j'ai pensé qu'il avait besoin d'un soutien financier pendant qu'il faisait ses études de décorateur ou de costumier. Parce que ce sont ces gens-là que le Fonds dépanne : des artistes qui travaillent pour le théâtre. Pas les artistes au sens large du terme. Apparemment, il l'ignorait. Ou alors il avait mal compris.

— Il vous a montré ce qu'il avait dans son carton ?

— C'était drôlement moche. Des outils de jardin tordus, martyrisés. Je ne connais pas grand-chose à l'art moderne, mais d'après le peu qu'il m'a montré, je me suis dit qu'il ferait aussi bien de choisir une autre voie.

Barbara réfléchit. Quand cette visite de Terry Cole avait-elle eu lieu ?

Matthew cogita un moment et quitta la pièce pour aller chercher son agenda, qu'il rapporta dans le séjour, ouvert. Il n'avait pas noté, car le petit Cole n'avait pas pris rendez-vous à l'avance. Mais ç'avait été un jour où Ginny — la veuve de son père — s'était trouvée au bureau. Et ça, il l'avait noté. Matthew indiqua la date à Barbara. C'était le jour même de la mort de Terence Cole.

— Bien entendu, je ne lui ai pas dit ce que je pensais de son travail. Ç'aurait été inutile. Et puis il avait l'air de prendre cela tellement à cœur...

— Il a fait allusion à une partition ? A Michael Chandler ? A votre père ?

— Pas le moins du monde. Certes, il savait qui était mon père. Il ne me l'a pas caché. Mais c'était peut-être parce qu'il espérait se voir financer par le Fonds. Et qu'il essayait de m'amadouer avec des compliments, si vous voyez ce que je veux dire. (Matthew se rassit, referma son agenda et prit son mug.) Désolé, je ne vous ai pas été d'un grand secours.

— Je ne sais pas, fit Barbara, pensive.

— Puis-je vous demander pourquoi vous vous renseignez sur ce jeune homme ? Aurait-il fait... ? Après tout, vous êtes de la police.

— C'est à lui qu'il est arrivé quelque chose. Il a été assassiné le jour où vous l'avez rencontré, figurez-vous.

— Le jour où... Seigneur, ça alors, c'est moche. Vous êtes sur la piste du tueur ?

Barbara se posait sérieusement la question. C'était l'impression qu'elle avait eue, en tout cas. D'être sur une piste. Toutefois, pour la première fois depuis que l'inspecteur Lynley lui avait ordonné de se remettre sur le CRIS et de passer en revue les affaires traitées jadis par Andrew Maiden afin d'y trouver un lien éventuel avec la mort de sa fille, et pour la première fois depuis qu'elle avait décidé de laisser tomber ces recherches informatiques qu'elle jugeait vaines, elle se sentit obligée de se demander si elle n'était pas sur une fausse piste. Impossible de savoir.

Elle sortit ses clés de voiture de son sac et dit à Matthew King-Ryder qu'elle le contacterait si elle avait d'autres questions à lui poser. Et que s'il se rappelait quoi que ce soit concernant son entrevue avec Terry Cole... Elle lui remit son numéro. Pourrait-il l'appeler ? On ne savait jamais ce qui pouvait vous revenir à la mémoire.

Matthew King-Ryder promit de téléphoner. Il ajouta qu'au cas où Terry Cole aurait réussi à dénicher le nom des avocats de Chandler sans son aide, il tenait à communiquer à la police les coordonnées du cabinet. Il se reporta à son répertoire à la fin de son agenda, fit courir son doigt le long d'une page et récita les renseignements qu'il cherchait. Barbara s'empressa de noter dans son calepin corné. Elle remercia le jeune homme de son aide et lui souhaita bonne chance pour l'emménagement. Il la raccompagna jusqu'à la porte qu'en Londonien avisé il ferma soigneusement après son départ.

Dehors dans le couloir, Barbara passa en revue ce qu'elle avait appris et se demanda comment — et si — ces données pouvaient être casées dans le puzzle de la mort de Terry Cole. Terry avait abondamment parlé d'une grosse commande. Faisait-il allusion à ses espoirs d'obtenir une bourse du Fonds King-Ryder ? Elle avait conclu un peu hâtivement peut-être que sa visite à King-Ryder avait un rapport avec la musique de Michael Chandler qu'il détenait. Mais si on lui avait dit que ça n'avait pas de valeur pour lui, pourquoi se serait-il donné la peine de retrouver les avocats des Chandler et de remettre les partitions à ces derniers ? Sans doute espérait-il qu'ils le récompenseraient. Mais à supposer qu'ils l'aient dédommagé, le montant de la récompense par lui touchée ne pouvait en aucun cas atteindre celui d'une bourse King-Ryder qui lui aurait permis de poursuivre sa carrière de sculpteur. Sûrement pas, songea Barbara. Il valait mieux pour lui tenter d'impressionner favorablement par son talent un mécène ayant pignon sur rue plutôt que de compter sur la générosité d'inconnus contents d'avoir récupéré leur bien.

Oui. C'était bien vu. Et il y avait gros à parier que Terry Cole avait renoncé à l'idée de se faire du fric avec la partition après avoir compris combien la générosité d'étrangers était importante pour la réalisation de son ambition. Après s'être entretenu avec Sitwell, il s'était probablement débarrassé de la musique ou alors il l'avait rapportée chez lui et rangée parmi ses affaires. Seulement, la question qui se posait alors était celle de savoir pourquoi Nkata et elle n'étaient pas tombés dessus en fouillant l'appartement. Mais auraient-ils remarqué une partition au milieu du fouillis et du bombardement visuel auquel les œuvres des occupants des lieux les avaient soumis ?

L'art, songea-t-elle. Il y avait un lien entre tous les éléments de l'affaire. L'art, les artistes. Le Fonds King-Ryder. Matthew avait déclaré que seuls pouvaient bénéficier de bourses les artistes œuvrant dans le milieu du théâtre. Mais qu'est-ce qui empêchait un artiste de se convertir au théâtre dès lors qu'il y avait de l'argent à la clé ? Et si Terry Cole, sautant sur l'occasion, s'était présenté comme décorateur et non comme sculpteur, s'il avait monté un bateau à Matthew pour soutirer de l'argent aux administrateurs d'un fonds créé par un géant du monde de la scène...

Non. Elle allait trop loin. Elle compliquait trop les choses, elle mélangeait tout. Si ça continuait, elle allait se filer la migraine. Il lui fallait réfléchir, prendre un bol d'air, faire une petite marche dans Regent's Park pour mettre de l'ordre dans ses idées qui partaient dans toutes les directions.

Barbara cessa net de cogiter tandis que ses yeux se rivaient sur les objets mis au rebut par King-Ryder. En arrivant elle ne leur avait pas prêté attention, mais maintenant si.

Il y avait une toile au milieu des affaires dont King-Ryder se débarrassait. Retournée et appuyée contre le mur près des sacs-poubelle.

Barbara jeta un regard à gauche puis à droite. Et décida de voir ce que King-Ryder considérait comme de l'art. Elle poussa les sacs et écarta la toile.

— Nom de Dieu, chuchota-t-elle à la vue de sa découverte.

Une blonde grotesque à la bouche vaste comme un four, un chat lui déféquant sur la langue.

Des variations sur ce thème, Barbara en avait vu des dizaines. Et elle s'était entretenue avec leur auteur. Cilla Thompson. Qui lui avait fièrement annoncé avoir vendu une peinture à un « gentleman qui avait bon goût » pas plus tard que la semaine précédente.

Barbara examina la porte close de l'appartement de Matthew King-Ryder. Elle sentit un frisson glacé la parcourir. Un tueur vivait là. Et elle se promit séance tenante que ce serait elle, le flic qui le traînerait devant la justice.

En arrivant au Yard ce matin-là, à dix heures, Lynley découvrit sur son bureau le rapport de Barbara Havers. Il lut les conclusions afférentes aux fichiers du CRIS qu'elle avait passés en revue, remarquant bien sûr que le choix de ses mots et leur tonalité particulière trahissaient chez elle un fort sentiment d'injustice et d'agacement. Pour l'instant, pas question de s'appesantir sur la critique voilée des ordres qu'il lui avait donnés. La matinée avait été suffisamment éprouvante comme ça et il avait des choses plus urgentes en tête que le mécontentement d'un constable.

Il avait fait un détour en sortant d'Eaton Terrace pour passer à Fulham au Chelsea & Westminster Hospital, histoire de prendre des nouvelles de Vi Nevin. Les médecins de la jeune femme lui avaient accordé une visite d'un quart d'heure. Mais, sous calmants, la blessée n'avait pas bougé. Un chirurgien plasticien était venu l'examiner. On lui avait ôté ses pansements mais elle ne s'était pas réveillée pour autant.

Alors que le chirurgien étudiait la situation, Shelly Platt s'était pointée en tailleur-pantalon de lin et sandales, ses cheveux orange dissimulés sous un chapeau de paille à large bord, les yeux cachés derrière des lunettes de soleil. Sous prétexte de réconforter Vi à l'occasion de la mort de Nicola Maiden, elle avait téléphoné non stop à Vi depuis que Lynley était passé chez elle à Earl's Court. Ses tentatives pour joindre Vi étant demeurées infructueuses, elle avait fini par se rendre à Rostrevor Road, où elle avait appris par la rumeur publique l'agression dont son ancienne colocataire avait été victime.

« Faut que je la voie ! »

Telle fut la phrase que Lynley entendit de la chambre tandis que devant lui l'homme de l'art scrutait le visage esquinté de Vi tout en parlant tranquillement os brisés, greffes de peau et cicatrisation avec l'air impavide d'un scientifique plus à l'aise dans la recherche que dans les contacts avec les patients. Reconnaissant les coups de glotte sinon la voix qui fusait du couloir, Lynley s'excusa et sortit. Dehors, il tomba sur Shelly Platt qui essayait de repousser le policier de garde et une infirmière.

« C'est lui qu'a fait ça ! Je vous l'avais bien dit ! braillait Shelly lorsqu'elle aperçut Lynley. Il l'a retrouvée. Et il lui a fait sa fête. Et maintenant, je vais y avoir droit aussi quand il aura découvert que je vous ai tout raconté sur son business. Comment va-t-elle ? Comment va Vi ? Laissez-moi la voir, bon sang ! »

Sa voix frôlait l'hystérie et l'infirmière en avait profité pour demander si « cette personne » était une parente de la patiente. Shelly retira ses lunettes, dévoilant ses yeux injectés de sang qu'elle roula en lançant à Lynley un appel muet.

« C'est sa sœur, avait dit Lynley à l'infirmière en prenant Shelly par le bras. Elle peut entrer. »

Une fois à l'intérieur, Shelly se jeta sur le lit, où une autre infirmière remettait à Vi Nevin ses pansements tandis que le chirurgien se lavait les mains dans le lavabo avant de se retirer. Shelly se mit à pleurer.

« Vi, Vi, baby, je le pensais pas. J'en pensais pas un mot. (Là-dessus, elle prit la main inerte sur le drap et se la plaqua sur le cœur comme pour attester de sa bonne foi.) Qu'est-ce qu'elle a ? demanda-t-elle à l'infirmière. Qu'est-ce que vous lui avez fait ?

— Elle est sous calmants, fit l'infirmière, pinçant les lèvres de désapprobation en finissant le pansement.

— Mais elle va récupérer, pas vrai ? »

Après un coup d'œil à l'infirmière, Lynley dit :

« Oui.

— Et son visage, tous ces pansements... Qu'est-ce qu'il lui a fait au visage ?

— Il l'a cognée. »

Shelly se mit à pleurer de plus belle.

« Non. Oh, Vi, je suis désolée. Je voulais pas te faire de mal. J'étais en pétard, c'est tout. Tu me connais. »

Fronçant le nez devant ces manifestations d'émotion, l'infirmière avait quitté la chambre.

« Elle va avoir besoin de chirurgie plastique, avait expliqué Lynley à Shelly lorsqu'ils furent seuls. Après ça... (Il cherchait ses mots, s'efforçant de résumer la situation avec tact et compassion.) Il est probable qu'elle va voir ses chances de travailler diminuer quelque peu... »

Il patienta, histoire de voir si Shelly comprendrait sans qu'il ait à s'engager dans des explications plus détaillées. Elle devait bien se douter de ce que des cicatrices représenteraient pour une femme qui avait jusque-là gagné sa vie en jouant les lolitas.

Le regard angoissé de Shelly passait de Lynley à son amie.

« Je m'occuperai d'elle, si c'est comme ça. A partir

de maintenant je m'occuperai de ma petite Vi. Pas question que je la quitte de l'œil. »

Elle lui embrassa alors la main, qu'elle serra plus fort, et ses pleurs redoublèrent.

« Il faut qu'elle se repose maintenant, avait fait Lynley.

— Je ne la quitte pas tant qu'elle aura pas repris conscience.

— Vous pouvez attendre avec le constable. Je vais lui laisser des instructions, lui dire de vous laisser pénétrer dans la pièce toutes les heures. »

C'est à contrecœur que Shelly avait relâché la main de Vi.

« Vous allez lui courir au cul, pas vrai ? Le coller au trou en vitesse, pas vrai ? »

Ces deux questions ne cessèrent de hanter Lynley jusqu'au Yard.

Martin Reeve faisait un suspect idéal dans l'agression de Vi Nevin. Mobile, moyen, occasion. Il avait un train de vie à assurer et une femme à approvisionner en dope. Il ne pouvait se permettre de perdre une source de revenus. A supposer qu'une de ses filles le plaque et s'en sorte sans bobo, qu'est-ce qui empêchait les dix autres pouliches de l'imiter ? Et s'il laissait la chose se produire, il ne lui restait plus qu'à fermer boutique. Parce que les deux partenaires indispensables dans la prostitution, c'étaient les prostituées et les clients. Les souteneurs, eux, sont quantité négligeable. Ce que Martin Reeve savait pertinemment. Il régnait sur son petit peuple de femmes par la peur, et le sort qu'il avait fait subir à Vi Nevin servirait d'exemple aux autres. La question était de savoir si Nicola Maiden et Terry Cole avaient également servi d'exemple.

Pour ça, il n'y avait qu'un seul moyen de le savoir : amener Reeve au Yard sans avocat et, là, se montrer plus malin que lui. Seulement, pour y parvenir, il allait falloir jouer serré.

Lynley se pencha sur les photos de la petite maison que le photographe de la police lui avait fait parvenir le matin même. Il examina tout particulièrement une empreinte de pas sur le sol de la cuisine, se demandant si les dessins hexagonaux de la semelle étaient suffisamment rares pour être d'un intérêt quelconque pour les enquêteurs. Sans doute que cela devrait suffire à lui permettre d'obtenir un mandat de perquisition. Et munis de ce mandat, trois ou quatre officiers de police pourraient mettre le siège de MKR sens dessus dessous et y découvrir des indices sur le véritable business de Reeve même s'il avait été suffisamment malin pour se débarrasser des chaussures aux semelles à motif hexagonal. Une fois en possession de ces indices, ils seraient à même d'intimider le souteneur.

Il passa en revue d'autres instantanés, les rejetant l'un après l'autre. Il était toujours plongé dans son examen lorsque Barbara Havers se rua dans son bureau.

— Putain de merde ! fit-elle tout de go, attendez un peu, inspecteur, voilà qui va vous en boucher un coin ! (Et de lui dégoiser un laïus sur une salle des ventes de Cork Street, un certain Sitwell, Soho Square et les Productions King-Ryder.) C'est alors qu'en sortant de son appartement j'ai vu le tableau, conclut-elle, triomphante. Et croyez-moi, monsieur, si vous aviez vu les œuvres de Cilla Thompson à Battersea, vous seriez d'accord avec moi pour dire que tomber sur quelqu'un qui a acheté une de ces horreurs est plus qu'une simple coïncidence ! (Elle s'affala sur l'un des fauteuils devant le bureau et ramassa une poignée de photos. Après y avoir jeté un coup d'œil machinal, elle ajouta :) King-Ryder est notre homme. Je suis prête à le parier.

Lynley l'observait par-dessus la monture de ses lunettes.

— Qu'est-ce qui vous a mise sur cette piste ? Auriez-vous découvert un lien entre Mr King-Ryder et le service actif de Maiden au sein du SO10 ? Parce que dans votre rapport, vous n'avez fait nulle part état... (Il marqua une pause.) Havers, comment en êtes-vous arrivée à soupçonner King-Ryder ?

Elle continua d'étudier les clichés tout en répondant :

— Je vais vous expliquer. J'ai déniché une carte de visite chez Terry Cole. Avec une adresse. Et j'ai pensé... Je sais, j'aurais dû vous la remettre, mais ça m'est sorti de la tête quand vous m'avez renvoyée sur le CRIS. Et comme j'avais un peu de temps libre hier après avoir fini le rapport... (Elle hésita, les yeux toujours braqués sur les photos. Mais quand elle releva le nez, son expression avait changé, moins assurée maintenant que lorsqu'elle avait fait irruption dans la pièce.) Comme j'avais cette carte et l'adresse, je me suis rendue à Soho Square et de là à Cork Street et... zut, inspecteur. En quoi est-ce important de savoir ce qui m'a mise sur la piste de King-Ryder ? Il ment. Et s'il ment, nous savons qu'il ne peut y avoir qu'une raison à cela...

Lynley posa le reste des clichés sur son bureau.

— Je ne vous suis pas très bien. Nous avons établi le lien entre nos deux victimes : la prostitution et la pub pour la prostitution. Nous avons un mobile possible : la vengeance d'un souteneur contre deux filles de son cheptel — il a dérouillé l'une d'elles la nuit dernière. Personne ne peut confirmer l'alibi du barbeau pour la soirée de mardi, si ce n'est sa femme, qui est tout sauf fiable. Il nous reste à découvrir l'arme du crime, qui — si ça trouve — est chez Martin Reeve. Maintenant que nous avons tous ces éléments — des éléments que nous avons glanés grâce au travail policier que vous répugnez tant à faire ces temps-ci —, j'aimerais que vous m'expliquiez sur quoi vous vous basez pour conclure que Matthew King-Ryder est notre tueur... (Pas un mot ne franchit les lèvres de Barbara dont le cou rougit abominablement.) J'espère que vos conclusions sont le résultat de vos recherches. Et pas le fruit de votre seule intuition.

Havers rougit de plus belle.

— Vous êtes le premier à affirmer qu'en matière de meurtre les coïncidences n'existent pas, inspecteur...

— En effet. Mais quelle coïncidence ?

— La toile. L'abomination peinte par Cilla Thompson. Qu'est-ce que cette peinture fout chez lui ? Vous n'allez pas prétendre qu'il l'a achetée pour l'accrocher sur son mur alors qu'elle était dehors, avec les trucs à jeter. Ça signifie forcément quelque chose. Et je crois que ça veut dire...

— ... qu'il est le tueur. Mais ce serait quoi, son mobile, Havers ?

— Je commence juste mon enquête. Au départ, je ne suis allée voir King-Ryder que parce que Terry Cole avait été envoyé chez lui par Neil Sitwell. Je ne m'attendais pas à découvrir une des toiles de Cilla près de sa porte. Quand je suis tombée dessus, j'en suis restée baba. N'importe qui à ma place aurait été scié. Cinq minutes plus tôt, King-Ryder me disait que Terry Cole était venu lui parler d'une bourse. Je sors de l'appartement munie de cette info et je découvre cette peinture qui me dit que King-Ryder a un lien avec le meurtre dont il s'est bien gardé de me parler.

— Un lien avec le meurtre ? fit Lynley sans cacher son scepticisme. Havers, tout ce que vous avez découvert pour l'instant, c'est qu'il se peut que King-Ryder ait un lien avec quelqu'un qui est lié à quelqu'un qui a été assassiné en compagnie d'une femme qu'il ne connaissait ni d'Eve ni d'Adam.

— Mais...

— Pas de *mais*, Havers. Pas de *et* ni de *si* non plus, d'ailleurs. Vous êtes en désaccord avec moi depuis le début dans cette affaire et il faut que cela cesse. Je vous ai affectée à une tâche — que vous avez négligée sous prétexte qu'elle ne vous plaît pas. Vous avez voulu faire cavalier seul et suivre votre petit bonhomme de chemin au détriment du travail d'équipe...

— Vous êtes injuste ! protesta-t-elle. J'ai rédigé le rapport. Je l'ai mis sur votre bureau.

— Oui, et je l'ai lu. (Lynley fouilla dans les papiers. Il prit le document et le brandit en parlant :) Vous me prenez pour un imbécile, Barbara ? Vous croyez que je ne suis pas capable de lire entre les lignes ?

Elle baissa les yeux. Elle tenait toujours une poignée de photos du foyer dévasté de Vi Nevin et les fixa. Ses phalanges blanchirent tant elle crispait les doigts dessus. Elle était carrément cramoisie.

Dieu merci, songea Lynley. Le message serait-il enfin passé ? Il poursuivit, s'échauffant :

— Quand on vous confie une mission, il faut la mener à bien. Ne pas discuter. Et quand vous avez terminé, vous rédigez un rapport dans un langage neutre, celui du professionnel impartial. Après, vous attendez qu'on vous en fixe une autre, l'esprit libre et capable d'assimiler. Vous n'êtes pas censée, en cas de désaccord, commenter — même de façon voilée — la pertinence des opérations liées au déroulement de l'enquête. Ce document... (il fit claquer le rapport contre sa paume)... illustre magistralement la raison pour laquelle vous vous retrouvez dans la situation qui est la vôtre présentement. Quand on vous donne un ordre qui vous déplaît ou avec lequel vous êtes en désaccord, vous prenez les choses en main. Vous foncez, sans vous soucier de la hiérarchie ni de la sécurité publique. Vous avez adopté ce comportement il y a trois mois dans l'Essex, et vous recommencez aujourd'hui. Alors que tout autre constable à votre place se tiendrait à carreau dans l'espoir de se racheter et de sauver son job, vous vous obstinez à ne faire que ce qui vous chante, n'est-ce pas, Havers ?

Tête toujours baissée, elle ne broncha pas. Mais sa respiration s'était altérée dans l'effort qu'elle faisait pour maîtriser son émotion. Pour l'instant du moins, elle avait l'air de quelqu'un qui vient de se faire sacrément doucher. Ce qui mit du baume au cœur de Lynley.

— Très bien, dit-il. Maintenant, écoutez-moi bien. Je veux un mandat pour fouiller la maison de Reeve. Et quatre policiers pour s'en charger. Je veux que vous me retrouviez une paire de chaussures avec des semelles à dessin hexagonal et tous les indices que vous pourrez dénicher sur l'agence d'hôtesses. Est-ce que je peux vous mettre sur le coup et avoir la certitude que vous gratterez comme je vous l'ai demandé ?

Pas de réponse.

L'exaspération s'empara de lui.

— Havers, vous m'écoutez ?

— Une perquise.

— Oui. Je veux un mandat de perquisition. Dès que vous l'aurez, vous filez chez Reeve avec le reste de l'équipe.

Elle releva le nez des photos.

— Une putain de perquisition, fit-elle, avec un grand sourire cette fois. Oui, oui. Merde, inspecteur, c'est exactement ça.

— Ça quoi ?

— Vous voyez pas ? (Dans son excitation, elle froissa une photo.) Vous voyez pas, monsieur ? Vous pensez à Martin Reeve parce qu'on lui a trouvé un mobile — et un mobile tellement gros que les autres en comparaison, c'est de la gnognote. Et parce que son mobile vous paraît évident, tout ce que vous croisez sur votre route, vous le rattachez à ce mobile. Mais si vous oubliez Reeve un moment, vous voyez sur ces photos que...

— Havers. (Lynley n'en croyait pas ses oreilles. Cette femme était têtue comme une mule, impossible à canaliser. Pour la première fois depuis qu'il la connaissait il se demanda comment il avait réussi à travailler avec elle.) Vous avez une mission ! Je ne vous le répéterai pas deux fois. Et vous allez me faire le plaisir de l'exécuter !

— Mais je veux juste vous montrer que...

— Non, bon sang ! Ça suffit ! Procurez-vous le mandat. Par n'importe quel moyen, je m'en moque. Mais arrangez-vous pour l'avoir. Rassemblez une équipe de gens de la Criminelle. Rendez-vous chez Reeve. Retournez la maison de fond en comble. Rapportez-moi les chaussures et tout ce que vous pourrez dénicher sur l'agence d'escort-girls. Mieux encore, rapportez-moi une arme susceptible d'avoir tué Terry Cole. C'est clair ? Et maintenant, débarrassez-moi le plancher !

Elle le fixa. L'espace d'un instant, il crut qu'elle allait le défier. Et il comprit ce que l'inspecteur principal Barlow avait dû éprouver en mer du Nord à la poursuite d'un suspect alors que ses décisions étaient anticipées par une subordonnée incapable de garder ses opinions pour elle. Havers avait eu une sacrée chance qu'Emily Barlow n'ait pas été armée. Si l'inspecteur Barlow avait été « chargée », la poursuite en mer du Nord se serait terminée d'une tout autre façon.

Havers se leva. Reposa avec soin sur le bureau les photos de la maison de Vi Nevin.

— Un mandat, une perquisition. Une équipe de quatre officiers de police. Je m'en occupe, inspecteur.

Le ton était mesuré. Poli et respectueux à l'extrême, bref tout ce qu'il y avait de plus correct.

Lynley préféra ignorer ce que cela sous-entendait.

Martin Reeve avait les mains qui le démangeaient. Il y enfonça ses ongles. Ça commençait à le brûler. Tricia l'avait épaulé lorsqu'il avait eu besoin de son soutien face à cet abruti de flic. Mais il ne pouvait compter sur elle pour se cramponner à son histoire. Il suffisait qu'on lui promette de lui fournir suffisamment de poudre au moment précis où elle se trouvait en manque pour qu'elle dise ou fasse n'importe quoi. Pour cela, les keufs n'avaient qu'à l'embarquer. En moins de deux heures elle leur fondrait entre les doigts, se répandrait tel du beurre sur un toast. Et, putain, il ne pouvait pas la surveiller en permanence pour l'empêcher de déconner comme ça.

Qu'est-ce que vous voulez savoir ? Donnez-m'en.

Signez là, Mrs Reeve, et on vous en donne une dose.

Le tour serait joué. Et il serait fait comme un rat. Il lui fallait donc un témoin pour appuyer ses dires.

Il pouvait soit extorquer un faux témoignage à quelqu'un qui était bien placé pour savoir ce qu'on risquait à lui refuser un service, soit demander à quelqu'un d'autre de dire la vérité, au risque que cette personne prenne sa démarche pour une preuve de faiblesse. S'il optait pour la première solution, il se retrouverait dans la situation inconfortable du type qui doit un retour d'ascenseur. S'il choisissait la seconde, il passerait pour une couille molle à qui on pouvait manquer de respect sans craindre de représailles.

D'un côté comme de l'autre, il était perdant de toute façon. Pris entre deux feux, il ne pouvait qu'essayer de limiter les dégâts. Il se rendit à Fulham. C'était là que ses ennuis avaient commencé et c'était là qu'il trouverait des solutions.

Il choisit le moyen le plus simple pour s'introduire dans l'immeuble de Rostrevor Road : il sonna partout et attendit qu'un imprudent lui ouvre sans lui avoir demandé de s'annoncer à l'interphone.

Il fonça dans l'escalier, mais s'arrêta sur le palier. Une pancarte était apposée sur la porte et de là où il était il arrivait à lire. *Scène de crime. Interdiction d'entrer.*

— Merde, dit Martin.

Et il entendit la voix laconique du flic aussi clairement que si ce dernier s'était trouvé sur le palier près de lui :

— Parlez-moi de Vi Nevin.

Bordel de merde.

Est-ce qu'elle était morte ?

Pour obtenir une réponse, il alla frapper chez les habitants de l'appartement du dessous. Ces derniers avaient donné une fête la veille, mais ils n'avaient pas été occupés au point de ne pas remarquer l'arrivée d'une ambulance. Les ambulanciers avaient eu beau faire un rempart de leur corps à la forme enveloppée dans une couverture qu'ils avaient brancardée dehors, la hâte avec laquelle ils l'avaient embarquée et l'apparition subséquente d'une dizaine de policiers qui avaient commencé à poser des questions dans tout l'immeuble suggéraient qu'elle avait été victime d'un crime.

— Morte ? fit Martin en empoignant par le bras le jeune homme qui replongeait déjà dans son appartement pour continuer son somme. Attendez, bon sang. Elle était morte ?

— Elle n'était pas dans une housse à cadavre, répondit le jeune d'un ton indifférent. Mais il est pas impossible qu'elle ait clamsé à l'hosto pendant la nuit.

Martin maudit sa mauvaise étoile et une fois dans sa voiture sortit son *London Streetfinder*. L'hôpital le plus proche était le Chelsea & Westminster dans Fulham Road. Il s'y rendit tout droit. Si elle était morte, il était foutu.

Aux urgences, l'infirmière lui annonça qu'on avait changé Miss Nevin de service. Elle voulut savoir s'il était un parent.

Un vieil ami, lui assura Martin. Il était passé chez elle et avait appris qu'elle avait eu un accident... S'il pouvait voir Vi et s'assurer qu'elle allait bien... De façon à répercuter l'info auprès de leurs amis communs et de ses parents... Il aurait dû se raser, songea-t-il. Mettre sa veste Armani. Se préparer à faire plus que frapper à une porte et soutirer des renseignements à un voisin.

Miss Schubert — comme l'annonçait son badge — le fixa avec la franche animosité des gens surchargés de travail et sous-payés. Après avoir consulté sa planchette porte-documents, elle lui donna un numéro de chambre. Il ne manqua pas de remarquer que lorsqu'il l'eut remerciée et eut gagné les ascenseurs elle se saisit d'un téléphone pour passer un coup de fil.

Aussi ne fut-il pas pris de court lorsqu'il aperçut un constable en uniforme assis devant la porte fermée de Vi Nevin. En revanche, il fut complètement scié quand il vit la harpie à cheveux orange assise près du policier. Elle bondit et se précipita dans sa direction.

— C'est lui, c'est lui, c'est lui ! glapit-elle. (Et de se jeter sur Martin avec la virulence d'un aigle affamé qui vient de repérer un lapin tout en enfonçant ses griffes dans le plastron de sa chemise.) Je vais te tuer, salopard ! Sale fumier !

Le poussant contre le mur, elle lui flanqua un coup de boule. La tête de Martin alla valser contre le bord d'un panneau d'affichage. Sa mâchoire se referma d'un coup sec sur sa langue, et il eut le goût salé de son sang dans la bouche. Elle lui avait arraché les boutons de sa chemise et s'apprêtait à l'étrangler lorsque le constable réussit enfin à l'écarter. Là-dessus, elle commença à hurler :

— Arrêtez-le ! C'est lui ! Arrêtez-le !

Le policier demanda à Martin ses papiers d'identité. Il dispersa la foule qui s'était massée au bout du couloir pour observer la scène — chose dont Martin lui fut reconnaissant.

C'est alors qu'il reconnut la femme qu'on maintenait à bout de bras loin de lui. La couleur de sa chevelure l'avait désarçonné. Lorsqu'ils avaient fait connaissance — elle était venue passer un entretien chez lui au siège de MKR —, elle était brune. A part ça, elle n'avait guère changé. Toujours aussi squelettique, teint terreux, dents épouvantables, haleine atroce, et empestant de surcroît le poisson pas frais.

— Shelly Platt...

— C'est vous ! Vous avez essayé de la tuer !

Martin se demanda s'il pouvait encore lui arriver pire ce jour-là. Avait-il cette fois touché le fond ? Il ne tarda pas à avoir la réponse. Le constable étudia ses papiers, tenant toujours Shelly d'une poigne d'acier.

— Miss, chaque chose en son temps.

Il les entraîna vers le téléphone du bureau des infirmières, où il composa un numéro.

— Ecoutez, fit Martin à son intention. Tout ce que je veux, c'est savoir si Miss Nevin va bien. Aux urgences, on m'a dit qu'elle avait été transférée dans ce service...

— Il veut la tuer ! cria Shelly.

— Ne soyez pas stupide, rétorqua Martin. Si je voulais l'effacer, je ne viendrais pas au beau milieu de la journée avec mes papiers. Que s'est-il passé, que diable ?

— Comme si vous ne le saviez pas !

— Il faut que je lui parle, c'est tout, dit-il au constable qui lui rendit ses papiers en refusant de le laisser entrer. C'est l'affaire de cinq minutes, pas plus...

— Désolé.

— Ecoutez, vous ne comprenez pas. Il s'agit d'une affaire urgente et...

— Vous l'arrêtez pas ? s'enquit Shelly. Jusqu'où faut-il qu'il aille pour que vous vous décidiez à le coffrer ?

— Pourriez-vous la faire taire le temps que je vous explique...

— Les ordres sont les ordres, fit le constable, relâchant sa prise sur Shelly pour faire comprendre à Reeve qu'il ferait mieux de battre en retraite.

Ce dernier s'exécuta aussi élégamment que possible compte tenu du fait que la furie à cheveux orange avait fait de lui le point de mire de l'étage avec son barouf. Il regagna la Jaguar, s'assit, mit la climatisation à fond.

Merde, songea-t-il. Sacré bordel de putain de merde. Il avait sa petite idée sur l'identité de celui que le constable venait de contacter. Il avait tout lieu de s'attendre à voir les flics débarquer de nouveau chez lui. Il se demanda sous quel angle il leur présenterait sa visite au Chelsea & Westminster Hospital. « Je cherchais quelqu'un capable de corroborer mes dires. » L'explication n'était guère crédible, sachant à qui il était allé demander cette confirmation.

Dans un rugissement de moteur, il décolla de son parking. De nouveau dans Fulham Road, il baissa le pare-soleil et dans le miroir de courtoisie examina les dégâts causés à sa tenue par Shelly Platt. Seigneur, cette morue l'avait bien arrangé, elle avait réussi à le faire saigner lorsqu'elle l'avait empoigné par sa chemise. Il serait bien inspiré de se faire faire une piqûre contre le tétanos. Et fissa.

Il emprunta Finborough Road, direction la maison, réfléchissant aux possibilités qui s'offraient maintenant à lui. Il n'allait pas pouvoir approcher Vi Nevin dans l'immédiat. Non seulement ça. Mais comme le flic posté devant sa porte à l'hosto avait sans nul doute téléphoné au comique qui s'était pointé à Landsowne Road la veille au beau milieu de la nuit, il n'avait pratiquement aucune chance de l'approcher avant un bout de temps.

Du moins pas tant que les poulets pourchassaient le tueur de la petite Maiden — ce qui risquait de durer des mois. Il lui fallait donc trouver quelqu'un d'autre pour confirmer son alibi. Aussi se mit-il à échafauder fébrilement scénario sur scénario.

A la hauteur d'Earl's Court Station, côté Exhibition Hall, il s'arrêta à un feu rouge. Il chassa sèchement de la main un gamin qui voulait nettoyer son pare-brise et observa une pute qui négociait une passe avec un client éventuel devant la bouche de métro. Il la jaugea automatiquement, passant en revue sa laconique jupette de synthétique rouge, son chemisier en polyester noir au décolleté plongeant et aux volants impressionnants, ses talons aiguilles et ses bas résille. Une spécialiste de la branlette ou de la pipe, décida-t-il. Vingt-cinq livres si le micheton était aux abois, dix maxi si elle était à court de poudre.

Le feu passa au vert et en s'éloignant Martin se sentit de plus en plus en rogne. Décidément, la police le gonflait. Il rendait à cette ville merdique un putain de service, et personne — pas même les flics — ne semblait s'en rendre compte. Ses filles n'encombraient pas les trottoirs avec leurs clients et leurs palabres, et elles ne polluaient pas non plus le paysage en s'attifant comme des pétasses de bas étage. Elles étaient raffinées, bien élevées, séduisantes, discrètes, et si elles acceptaient de l'argent pour écarter les jambes à l'occasion et qu'elles lui refilaient un pourcentage — à lui qui leur donnait la possibilité de sortir avec des hommes riches prêts à payer grassement leurs services —, qu'est-ce que ça pouvait foutre ? A qui est-ce que ça faisait du tort ? A personne. Le fond de l'histoire, c'est que le sexe tenait dans la vie des hommes une place différente de celle qu'il occupait dans l'existence des femmes. Pour les hommes, c'était un acte fondamental, nécessaire. Une signature. Leurs épouses se fatiguaient de la chose, elles s'en lassaient, mais eux non. Et si quelqu'un était prêt à fournir à ces hommes des femmes qui accueillaient leurs attentions sans déplaisir, des femmes qui tels des réceptacles dociles étaient prêtes à laisser ces pauvres frustrés se vider en elles de leurs sécrétions les plus intimes, n'était-il pas normal que la transaction s'effectue moyennant paiement ? Et pourquoi quelqu'un comme lui — avec ses talents d'organisateur et son flair pour recruter des sujets exceptionnels — n'en ferait-il pas son gagne-pain ?

Si les lois avaient été conçues par des visionnaires de son envergure et non par un ramassis de couilles molles qui se souciaient davantage de l'opinion publique que des besoins réalistes d'adultes consentants, Martin se dit qu'il n'aurait pas été dans la situation où il se trouvait actuellement. Il ne chercherait pas fébrilement quelqu'un capable de confirmer son alibi et de le débarrasser des keufs, parce que la police ne lui serait jamais tombée sur le poil pour commencer. Et même s'ils étaient venus chez lui et lui avaient posé des questions, ils n'auraient rien eu à se mettre sous la dent pour le persuader de collaborer parce qu'il ne se serait pas trouvé du mauvais côté de la loi.

Et puis c'était quoi, ce pays où la prostitution était légale et le proxénétisme illégal ? Qu'était-ce que la prostitution, sinon un moyen de subsistance ? Et de quel droit ces rigolos s'imaginaient-ils qu'ils pouvaient légiférer là-dessus à Westminster alors que les trois quarts des hypocrites vissés à leur banc à la Chambre sautaient sans se gêner sur tout ce qui bougeait — secrétaires, étudiantes ou assistantes parlementaires un tant soit peu réceptives à leurs avances ?

Et merde, cette situation lui donnait envie de foutre des coups de poing dans les murs. Plus il y pensait, plus il était fumasse. Et plus il était furieux, plus il se focalisait sur la cause de ses problèmes actuels. Au diable Maiden et Nevin, se dit-il. On avait pris soin d'elles, après tout. Ce n'était pas elles qui l'avaient balancé aux flics. Tricia. Il allait devoir s'occuper de Tricia.

Le reste du trajet, il le passa à se demander comment il allait s'y prendre. Le fruit de ses cogitations n'avait rien d'agréable. Mais était-ce agréable pour une figure connue du Tout-Londres de perdre sa femme accro à l'héro après avoir tout fait pour la sauver et lui éviter l'opprobre familial et les critiques du public ?

Il se sentit de meilleure humeur. Son front se dérida, ses sourcils et son visage se décrispèrent. Il se mit à chantonner. Il quitta Landsowne Walk pour bifurquer dans Landsowne Road.

Et c'est alors qu'il les vit.

Quatre hommes montaient les marches de son perron, quatre hommes qui puaient le flic en civil. Costauds, grands, le gabarit impressionnant. Des gorilles en route pour un bal costumé.

Martin s'engagea dans l'allée, appuya sur l'accélérateur. Il sauta hors de la Jaguar, monta les marches dans leur sillage avant qu'ils aient eu la possibilité de sonner.

— Qu'est-ce que vous voulez ?

Gorille Numéro 1 retira une enveloppe blanche de la poche de son blouson d'aviateur en cuir.

— Mandat de perquisition, fit-il, annonçant la couleur.

— Qu'est-ce que c'est que cette histoire ?

— Vous ouvrez ou on défonce la porte ?

— J'appelle mon avocat, fit Martin, les bousculant et déverrouillant la porte.

— Comme vous voudrez, laissa tomber Gorille Numéro 2.

Ils le suivirent à l'intérieur. Gorille Numéro 1 donna ses instructions tandis que Martin se ruait sur le téléphone. Deux des flics lui emboîtèrent le pas et pénétrèrent à sa suite dans son bureau. Les deux autres gravirent l'escalier. Merde, songea-t-il, criant :

— Hé ! Ma femme est là-haut !

— Vous inquiétez pas, ils la salueront au passage, fit Gorille 1.

Tandis que Martin composait frénétiquement son numéro, Gorille 1 commença à dégarnir les étagères de leurs livres et Gorille 2 s'approcha du classeur métallique.

— Je veux que vous me foutiez le camp d'ici ! gronda Martin.

— Ça m'étonne pas, dit Gorille 2.

A l'étage, une porte claqua contre un mur. Des voix étouffées résonnèrent tandis que des meubles étaient traînés dans une pièce. Dans le bureau de Martin, les flics effectuaient leurs recherches avec un minimum d'efforts et en mettant un maximum de bordel : ils jetaient les livres par terre, décrochaient les tableaux des murs, vidaient le classeur où Martin rangeait les documents concernant son business d'hôtesses. Gorille 2 se pencha et de ses doigts en trognon de cigare se mit à farfouiller dans les papiers.

— Merde, grinça Martin, récepteur collé à l'oreille.

Où diable était passé cet enculé de Polmanteer ?

A l'autre bout de la ligne, au domicile de son avocat, le téléphone sonna à quatre reprises. Le répondeur se mit en marche. Martin jura, raccrocha, essaya de joindre l'homme de loi sur son portable. Où était-il donc passé, un dimanche, pour l'amour du ciel ? Ce fumier n'était tout de même pas allé à l'église...

Il n'obtint guère plus de résultats avec le portable. Il reposa violemment le récepteur sur son support et fouilla dans son bureau à la recherche de la carte de l'avocat. Gorille 2 le poussa d'un coup de coude.

— Désolé, monsieur. Défense d'embarquer...

— J'embarque rien ! Je cherche le bipeur de mon avocat...

— M'étonnerait qu'il soit dans votre bureau, fit Gorille 1 en continuant de vider les étagères.

Des livres atterrirent avec fracas sur le sol.

— Vous faites pas plus bête que vous n'êtes, s'énerva Martin. C'est son numéro de bipeur que je cherche. Il est noté sur une carte. Je connais mes droits. Maintenant écartez-vous ou je ne réponds...

— Martin ? Qu'y a-t-il ? Qu'est-ce qui se passe ? Il y a des hommes dans notre chambre... Ils ont vidé les penderies et...

Martin se retourna. Tricia se tenait dans l'encadrement de la porte, en petite tenue, non douchée, non maquillée. On aurait dit une de ces clochardes qui, assises sur leur sac de couchage, mendient dans le métro à Hyde Park Corner. Elle avait la tête de ce qu'elle était en réalité : une droguée à l'héro.

Martin sentit ses mains le démanger de nouveau. Une fois encore, il se planta les ongles dans les paumes. Tricia était l'unique cause des difficultés qu'il avait connues au cours des vingt dernières années. Et maintenant elle allait provoquer sa perte.

— Nom de Dieu, toi alors ! fit-il en se précipitant à l'autre bout de la pièce. (Il l'empoigna par les cheveux et réussit à lui cogner la tête contre le montant de la porte avant que les flics s'interposent.) Pauvre conne ! hurla-t-il tandis qu'ils l'arrachaient à sa femme. (Et aux poulets :) C'est bon, c'est bon, fit-il en se dégageant. Appelez votre abruti de patron. Dites-lui que je suis prêt à passer un marché avec lui.

25

Il était près de midi lorsque Simon Saint James fut en mesure de se pencher sur les comptes rendus d'autopsie que Lynley lui avait fait parvenir par l'intermédiaire de Barbara Havers. Il ne savait trop ce qu'il devait chercher. L'examen de la petite Maiden avait été effectué dans les règles.

L'hématome épidural concordait avec le coup qu'elle avait reçu à la tête. Que le coup ait été administré de haut en bas par un droitier collait avec l'hypothèse selon laquelle elle s'était trouvée en train de courir et avait trébuché — ou été plaquée — pendant sa fuite dans l'obscurité sur la lande. En dehors du coup à la tête et des contusions et éraflures qu'elle avait récoltées dans sa chute précipitée sur le sol accidenté émaillé d'aspérités, son corps ne présentait pas dc traces ou marques anormales ou intéressantes. A moins de considérer comme telles les multiples piercings qu'elle portait, des sourcils aux organes génitaux. Mais il n'était guère raisonnable de voir les choses sous cet angle à une époque où faire percer telle ou telle partie de son anatomie constituait pratiquement l'un des derniers gestes de défi d'une génération de jeunes dont les parents avaient pratiqué la révolte sous toutes ses formes.

Après lecture du compte rendu, Saint James eut l'impression que tous les aspects significatifs avaient été couverts : heure, cause de la mort et signes — ou plutôt absence de signes — de lutte. Radios et photos avaient été prises, le corps examiné sur toutes les coutures. Les divers organes avaient été prélevés et étudiés. Des échantillons des sécrétions corporelles avaient été expédiés en toxicologie aux fins d'analyse. Le rapport concluait laconiquement et clairement que la jeune femme était décédée des suites d'un coup porté à la tête.

Saint James relut les conclusions afin de s'assurer qu'il n'avait rien raté, qu'aucun détail pertinent ne lui avait échappé. Puis il se plongea dans le second compte rendu qui concernait Terence Cole.

Lynley lui avait appris au téléphone qu'une des plaies retrouvées sur le corps du jeune homme n'avait pas été infligée par le couteau suisse responsable des autres lacérations et parmi elles la rupture de l'artère fémorale. Après avoir lu l'essentiel, Saint James se concentra sur tout ce qui concernait cette blessure particulière. Il en nota la taille, l'emplacement sur le corps, la trace laissée sur l'os en dessous. Il jeta un coup d'œil à ses notes et s'approcha pensivement de la fenêtre du labo où il observa Peach qui, dans le jardin, se roulait avec délices dans une flaque de soleil, exposant ses flancs soyeux à la chaleur de midi.

Le couteau suisse, ainsi qu'il le savait, avait été repêché dans un conteneur à ordures. Pourquoi la seconde arme ne s'y trouvait-elle pas aussi ? Pourquoi planquer une arme et pas l'autre ? Ces questions étaient du ressort de la police et non des scientifiques, pourtant elles méritaient qu'on se les pose.

Deux réponses semblaient possibles : soit la seconde arme permettait de remonter trop facilement au tueur pour qu'il jugeât bon de la laisser sur la scène du crime. Soit elle était restée sur les lieux et elle avait échappé à la police, qui l'avait prise pour quelque chose d'autre.

Si la première supposition était la bonne, il ne pouvait leur être d'aucune aide. Si c'était la seconde qui était valable, il allait lui falloir étudier plus à fond les indices retrouvés sur place. Il n'avait pas accès à ces indices et il savait qu'on ne l'accueillerait pas à bras ouverts dans le Derbyshire s'il débarquait là-bas pour fouiller dedans. Aussi se replongea-t-il dans le compte rendu d'autopsie afin d'y dénicher quelque chose qui le mettrait sur une piste.

Le Dr Sue Myles n'avait rien laissé passer : insectes présents dans et sur les corps, feuilles, fleurs, brindilles accrochées aux cheveux de la jeune femme et aux blessures du jeune homme.

Ce fut sur ce dernier détail — une écharde de bois de deux centimètres de long extraite du cadavre de Terence Cole — que Saint James se concentra, toute curiosité aiguisée. L'écharde avait été expédiée au labo pour y être analysée et quelqu'un avait mis une note au crayon dans la marge. Des mots griffonnés pendant une conversation téléphonique sans doute.

Cèdre, avait-on gribouillé. Et à côté, entre parenthèses, ces mots : *Port Orford*. Saint James n'était pas botaniste, aussi Port Orford ne lui disait-il rien. Songeant qu'il n'avait guère de chances de réussir à joindre un dimanche le botaniste de la police scientifique qui avait identifié l'essence, il rassembla ses papiers et descendit jusqu'à son bureau-bibliothèque.

Deborah s'y trouvait, absorbée dans le *Sunday Times*.

— Un problème, mon amour ?

— L'ignorance est un problème.

Il découvrit l'ouvrage qu'il cherchait parmi les plus poussiéreux de ses livres. Il se mit à le feuilleter tandis que Deborah le rejoignait.

— Qu'est-ce que tu cherches ?

— Je ne sais pas trop. Si je te dis cèdre et Port Orford, ça t'évoque quelque chose ?

— Un nom de lieu. Port Isaac. Port Orford. Pourquoi ?

— Un éclat de bois de cèdre a été retrouvé sur le corps de Terence Cole. Le jeune homme de la lande.

— L'affaire dont s'occupe Tommy ?

— Mmmm. (Saint James se reporta à l'index en fin de volume et au mot *cèdre*.) Atlas, bleu, Liban. Tu savais qu'il existait autant d'espèces de cèdres ?

— C'est important ?

— Ça pourrait l'être.

Il parcourut la page et c'est alors qu'il tomba sur les mots « Port Orford ». Une autre espèce de cèdre.

Il se reporta à la page indiquée, où il trouva une photo du feuillage du conifère, et lut le paragraphe le concernant.

— Bizarre.

— Quoi ? fit Deborah, passant son bras sous le sien.

Dans le rapport d'autopsie, lui dit son mari, l'éclat de bois identifié par le botaniste de la police scientifique comme étant du cèdre de Port Orford avait été extrait d'une des blessures de Terence Cole.

Deborah renvoya en arrière la masse de ses cheveux d'un air pensif.

— Pourquoi est-ce curieux ? Ils ont été tués dehors, non ? Sur la lande. (Puis, écarquillant les yeux :) Oh, je vois...

— Exactement, abonda Saint James. Sur quel genre de lande les cèdres poussent-ils ? Mais c'est encore plus étrange que tu ne l'imagines, mon amour. Figure-toi que cette variété de cèdre ne croît qu'en Amérique, aux Etats-Unis. Dans l'Oregon et la Californie du Nord.

— Peut-être cet arbre avait-il été importé ? fit judicieusement Deborah. Pour être planté dans le jardin d'un particulier ou dans un parc. Dans une serre. Comme les palmiers ou les cactus.

Saint James s'approcha de sa table de travail pour y poser le livre. Il s'installa dans son fauteuil pour réfléchir.

— Très bien. Admettons qu'on l'ait fait venir pour le replanter dans un jardin ou un parc.

— Je vois ce que tu veux dire. Ça ne résout pas la question de savoir pourquoi ce cèdre importé par un particulier s'est retrouvé sur la lande.

— Et sur une partie de la lande à proximité de laquelle il n'y a ni jardin ni parc.

— On l'aurait planté pour des raisons religieuses ?

— Je serais plutôt tenté de croire que personne ne l'a planté.

— Mais tu disais... (Deborah fronça les sourcils.) Oh

oui. Je vois. Le botaniste du labo aura fait une erreur, alors.

— Je ne crois pas.

— Mais, Simon, s'il n'avait qu'un fragment de bois sur quoi s'appuyer pour...

— Un botaniste compétent n'a pas besoin de davantage de matière.

Et Saint James d'expliquer que même un petit morceau portait l'empreinte des conduits et des veines qui transportaient les fluides du pied à la cime d'un arbre. Les arbres dont le bois est tendre — et les conifères faisaient partie des bois tendres — sont moins évolués et par conséquent plus faciles à identifier. Sous le microscope, un éclat de bois se révèle renfermer des caractéristiques qui sont propres à son espèce et le différencient des autres. Un botaniste de la police rassemble ces caractéristiques et grâce à un système d'identification informatisé identifie l'arbre concerné. Le processus était d'une étonnante précision.

— Très bien, dit Deborah lentement car elle n'était pas tout à fait convaincue. Alors c'est du cèdre ?

— Du cèdre de Port Orford. Je crois qu'on peut en être sûr.

— Et c'est un fragment de cèdre qui ne provient pas d'un arbre poussant dans la région ?

— En effet. Dans ce cas, d'où vient-il et comment a-t-il atterri sur le corps ?

— Ils campaient, non ?

— La fille, oui.

— Sous une tente ? Et si ça provenait d'un piquet de tente ? D'un piquet en cèdre ?

— Elle randonnait, je doute qu'elle ait trimballé ce type de matériel...

Deborah croisa les bras et s'appuya contre le bureau tout en réfléchissant.

— D'un pliant ? Du pied d'un pliant !

— Possible. A condition qu'on ait retrouvé un pliant sur les lieux.

— D'outils, alors. Elle avait sûrement des outils avec

elle. Une hache pour fendre le bois. Un truc comme ça. Le morceau de bois provenait peut-être d'un des manches.

— Les outils, il fallait qu'ils soient sacrément légers pour qu'elle puisse les transporter dans son sac à dos.

— Pourquoi pas des ustensiles de cuisine ? Des cuillers en bois ?

Saint James ne put retenir un sourire.

— Une gastronome dans le désert ?

— Ne te moque pas de moi, dit-elle en riant elle-même. J'essaie seulement de t'aider.

— J'ai une meilleure idée, suis-moi.

Il l'entraîna jusqu'au labo où l'ordinateur ronronnait doucement près de la fenêtre. Là, il s'assit, Deborah à portée de lui, et se connecta à Internet.

— Interrogeons le réseau.

Au bout d'un instant, l'écran prit vie et Saint James sélectionna le moteur de recherche qu'il utilisait habituellement. Il tapa le mot *cèdre* et eut une moue de consternation en s'apercevant qu'il n'y avait pas moins de six cent mille entrées.

— Doux Jésus, fit Deborah. Cela ne va guère t'aider.

— On va limiter le champ des recherches. (Saint James tapa *Cèdre de Port Orford* à la place du seul mot *Cèdre*. Le total des entrées chuta immédiatement à cent quatre-vingt-trois. Mais lorsqu'il commença à parcourir la liste, il vit qu'il y avait de tout. D'un article sur Port Orford, Oregon, à un traité sur les maladies du bois. Il s'appuya contre son dossier, réfléchit un instant et tapa à la suite de *cèdre* le mot *utilisation*, sans oublier d'ajouter les symboles appropriés, guillemets, etc. Cela ne lui rapporta rien d'intéressant. Alors il remplaça *utilisation* par *marché* et appuya sur la touche RETURN. Le texte affiché à l'écran se modifia et c'est alors qu'il eut sa réponse.

Il lut la première liste, murmurant « Seigneur » lorsqu'il vit de quoi il s'agissait.

Deborah, qui regardait du côté de la chambre noire, ramena les yeux sur lui :

— Quoi ?

— C'est l'arme, dit-il, le doigt pointé sur l'écran.

Deborah lut les données affichées et dans un hoquet :

— Tu veux que j'essaie de joindre Tommy ?

Saint James hésita. Lynley était passé par Barbara pour lui demander d'étudier les comptes rendus d'autopsie. Cela lui fournissait un excellent prétexte pour essayer de rapprocher les deux policiers.

— Essayons plutôt de joindre Barbara, répondit-il à sa femme. Elle se chargera de transmettre la nouvelle à Tommy.

Barbara Havers tourna le coin d'Anhalt Road à toute vitesse, espérant que la chance serait avec elle encore quelques heures. Elle avait réussi à dénicher Cilla Thompson. Dans son atelier du viaduc, l'artiste autoproclamée travaillait à une toile où une bouche caverneuse aux amygdales surdimensionnées béait sur une fillette nantie de trois jambes et occupée à sauter à la corde sur une langue spongieuse. Deux ou trois questions lui avaient suffi pour recueillir des infos complémentaires sur le « gentleman de goût » qui avait acheté l'un des chefs-d'œuvre de Cilla une semaine plus tôt.

Cilla avait été infichue de se rappeler son nom au débotté. D'ailleurs, à la réflexion, elle s'aperçut qu'il ne s'était pas présenté. Toutefois, il lui avait rédigé un chèque qu'elle avait photocopié pour mieux prouver sans doute aux saints Thomas du monde des arts qu'elle avait bel et bien vendu une toile. Cette photocopie, elle l'avait collée avec du ruban adhésif à l'intérieur de sa boîte de peinture et elle la montra sans se faire prier.

« Oh ouais, le nom du mec est là. Mince, regardez-moi ça. Je me demande si c'est un parent. »

Comme Barbara put le constater, Matthew King-Ryder avait payé une somme exorbitante pour une peinture merdique. Il avait utilisé un chèque tiré sur une banque de Saint Helier, dans l'île de Jersey. Il avait manifestement écrit à toute vitesse. Peut-être qu'il était pressé, se dit Barbara.

Par quel hasard Matthew King-Ryder avait-il échoué à Portslade Street ? demanda-t-elle à l'artiste. Parce que ce viaduc perdu, Cilla en conviendrait sûrement, n'avait pas spécialement la réputation d'être un terrain où l'art s'épanouissait à Londres.

Cilla haussa les épaules. Elle ignorait comment il avait atterri chez elle. Mais elle n'était pas du genre à cracher sur une occasion quand elle se présentait. Lorsqu'il s'était pointé, demandant s'il pouvait jeter un coup d'œil, s'intéressant à son travail, elle l'avait laissé fouiller partout. Le type au chéquier avait passé une bonne heure à examiner tout ce qui se trouvait dans l'atelier...

Les œuvres de Terry aussi ? voulut savoir Barbara. Est-ce qu'il avait montré de l'intérêt pour le travail de Terry ? Est-ce qu'il l'avait appelé par son nom ?

Non, expliqua Cilla. Tout ce qu'il voulait, c'était voir ses peintures. Toutes ses peintures. Ne trouvant rien à son goût, il lui avait demandé si elle n'en avait pas d'autres entreposées dans un coin. Elle l'avait envoyé à l'appartement après avoir prévenu Mrs Baden de sa visite et lui avoir demandé de le laisser entrer. Il s'était rendu là-bas directement et avait fait son choix. Le lendemain, il lui avait envoyé un chèque par la poste.

« Il a payé recta et sans marchander, avait déclaré fièrement Cilla. Y a pas eu de lézard. »

Songeant à ce détail — le fait que King-Ryder s'était introduit chez Terry Cole —, Barbara appuya à fond sur le champignon en traversant Battersea pour gagner l'appart de Cilla.

Pas un instant elle ne songea à ce qu'elle était censée faire au lieu de se garer au bout d'Anhalt Road. Elle s'était procuré le mandat de perquisition comme on le lui avait demandé, et après consultation du tableau de service elle avait mis sur pied une équipe. Elle était même allée retrouver les policiers devant Snappy Snaps à Notting Hill Gate et leur avait fait un topo sur ce que l'inspecteur voulait qu'ils cherchent chez Martin Reeve.

Elle avait seulement omis de leur dire qu'elle était censée les accompagner. Cette omission n'était pas difficile à justifier. L'équipe constituée par ses soins — et dont deux des membres boxaient en amateur pendant leurs heures de loisir — pouvait bouleverser une maison de fond en comble et en intimider les occupants nettement plus efficacement que si elle avait compté une femme dans ses rangs. Une présence féminine aurait diminué l'effet menaçant produit par les physiques imposants des policiers et leur tendance à ne communiquer que par monosyllabes. En outre elle faisait d'une pierre deux coups, voire davantage, en expédiant ses collègues hommes à Notting Hill pour secouer les Reeve et leur souffler dans les bronches. Pendant qu'ils s'occupaient ainsi sainement, elle de son côté en profiterait pour voir ce qu'elle pourrait glaner comme infos à Battersea. Voilà ce qui s'appelait déléguer, faire la preuve qu'on était un chef en puissance. Et de chasser la petite voix insistante qui lui murmurait que son attitude portait un tout autre nom.

Elle appuya sur l'interphone de Mrs Baden au rez-de-chaussée. Le son du piano, faible, hésitant, s'interrompit brutalement. Les rideaux arachnéens du bow-window s'écartèrent d'un centimètre.

— Mrs Baden ? cria Barbara. Mrs Baden ? Barbara Havers, de nouveau. Criminelle de New Scotland Yard...

Le buzzer crépita. Barbara se glissa à l'intérieur.

— Doux Jésus, dit Mrs Baden, j'ignorais que les constables travaillaient le dimanche. On vous laisse aller à l'église, au moins ?

Elle-même avait assisté à l'office du matin, confia-t-elle sans attendre la réponse à sa question. Et après ça, elle s'était rendue à une réunion de marguilliers chargés de se prononcer sur l'opportunité de tenir des soirées de bingo histoire de réunir des fonds pour remplacer le toit du chœur. Personnellement, elle était pour cette idée même si elle n'avait pas de sympathie pour les jeux de hasard. Mais là, c'était différent : il s'agissait de jouer pour une bonne cause. Rien à voir avec le jeu tel qu'il était pratiqué dans les casinos, lequel ne servait qu'à remplir les poches des directeurs de ces établissements.

— Conclusion, je n'ai pas de gâteau à vous offrir, fit Mrs Baden, contrariée. J'ai emporté ce qui restait à la réunion ce matin. C'est plus agréable de discuter devant une pâtisserie et un café que de rester le ventre vide avec l'estomac qui proteste. Surtout que par les temps qui courent (elle sourit de son mot d'esprit), les protestations, c'est pas ça qui manque.

L'espace d'un instant, Barbara la fixa sans comprendre. Puis la mémoire lui revint.

— Oh, le gâteau au citron. Les marguilliers ont dû s'en lécher les babines.

La vieille dame baissa modestement les yeux.

— Quand on fait partie d'un groupe, il faut payer de sa personne. Avant que ces maudits tremblements me handicapent (elle leva ses mains qui semblaient tordues de frissons), je tenais l'orgue pendant les offices. Ce que je préférais, franchement, c'était les enterrements. Mais bien sûr je n'en ai jamais soufflé mot aux marguilliers. Ils auraient peut-être trouvé ça macabre. Lorsque mon problème s'est déclaré, j'ai dû abandonner. Maintenant je joue du piano pour la chorale enfantine, et ça n'a guère d'importance si je fais une ou deux fausses notes par-ci par-là. Les enfants ne m'en tiennent pas rigueur. Aux enterrements, évidemment, les gens sont moins indulgents.

— Sûrement, dit Barbara. Mrs Baden, je viens de voir Cilla.

Et d'expliquer ce que la jeune femme lui avait appris.

Tandis qu'elle parlait, Mrs Baden s'approcha du vieux piano droit sur lequel tictaquait un métronome et bourdonnait un minuteur. Elle arrêta le métronome et le minuteur. Elle remit le banc en place, rassembla en un tas bien net les partitions éparses, les reposa sur le porte-musique et s'assit, mains croisées, concentrée. En face du piano, les passereaux gazouillaient dans leur volumineuse cage, voletant d'un perchoir à l'autre. Mrs Baden les enveloppa d'un regard affectueux tandis que Barbara poursuivit :

— Oh, oui, ce gentleman est venu, Mr King-Ryder, dit Mrs Baden lorsque Barbara eut fini son récit. Je l'ai tout de suite « situé » quand il s'est présenté. Je lui ai offert une tranche de gâteau au chocolat, mais il a refusé. Il n'a même pas voulu poser le pied chez moi. Tant il était impatient de voir les tableaux.

— Vous l'avez fait entrer chez Terry et Cilla ?

— Cilla m'avait appelée pour me prévenir qu'un monsieur devait venir et pour me demander d'ouvrir la porte et de le laisser regarder son travail. Elle ne m'avait pas donné son nom — la pauvre petite n'avait même pas pensé à le lui demander, vous vous rendez compte ? — mais comme les collectionneurs ne sont pas nombreux à frapper à ma porte pour demander à voir son travail, lorsqu'il s'est présenté, j'ai supposé que c'était lui. Et je ne l'ai pas laissé seul dans l'appartement. Pas avant d'en avoir référé à Cilla.

— Autrement dit, il est resté seul là-haut ? Après votre coup de fil à Cilla ? (Barbara se frotta mentalement les mains. Ça commençait à se préciser.) Il a demandé à rester seul ?

— Une fois là-haut, quand il s'est rendu compte du nombre de toiles qui étaient là, il m'a dit qu'il lui faudrait du temps pour faire son choix et tout examiner. En tant que collectionneur, il voulait...

— Il vous a dit qu'il était collectionneur, Mrs Baden ?

— L'art était sa passion, c'est ce qu'il m'a confié. Mais comme il ne roule pas sur l'or, il ne collectionne que des inconnus. Je m'en souviens d'autant mieux qu'il m'a parlé des gens qui avaient acheté des Picasso avant que Picasso ne devienne... Picasso. Ils avaient marché à la confiance pour faire ces acquisitions et l'histoire de l'art leur avait donné raison. Lui fonctionnait de la même façon, à ce qu'il m'a dit.

Ainsi Mrs Baden l'avait laissé seul dans l'appartement. Et plus d'une heure durant il avait étudié le travail de Cilla Thompson avant de faire son choix.

— Il me l'a montré après avoir fermé la porte à clé et m'avoir remis cette dernière, poursuivit Mrs Baden. Je ne peux pas dire que j'aie compris son choix. Mais bien sûr je ne suis pas collectionneur, n'est-ce pas ? Mes oiseaux exceptés, je ne collectionne rien.

— Vous êtes sûre qu'il est resté une heure là-haut ?

— Plus d'une heure. Je joue du piano l'après-midi, voyez-vous. Quatre-vingt-dix minutes par jour. Ce n'est pas que ça serve à grand-chose au point où j'en suis avec mes mains. Mais je suis convaincue qu'il faut que je persévère. Je venais de remonter le métronome et de mettre le minuteur lorsque Cilla a téléphoné pour me prévenir de sa venue. J'ai décidé d'attendre pour me mettre à jouer qu'il soit venu et reparti. Je déteste être interrompue. Surtout ne prenez pas ça personnellement, ma chère. Notre conversation constitue l'exception qui confirme la règle.

— Merci. Et...

— Et quand il m'a dit qu'il voulait prendre son temps, j'ai décidé de me mettre à mes exercices. Je jouais — pas très bien, j'en ai peur — depuis plus d'une heure lorsqu'il a de nouveau frappé chez moi. Il avait une toile sous le bras et m'a demandé de dire à Cilla qu'il lui enverrait un chèque par la poste. Oh mon Dieu, fit Mrs Baden en se redressant soudain, une main à son cou fripé qu'enserrait un quadruple rang de perles baroques. Il ne lui a pas fait parvenir le chèque ?

— Si, il le lui a envoyé.

Sa main retomba.

— Dieu soit loué. Ça me soulage de l'apprendre. Vous voyez, j'étais particulièrement préoccupée par la musique ce jour-là parce que je voulais mettre au moins un morceau au point pour ce cher Terry d'ici la fin de la semaine. Il m'avait fait un si gentil cadeau. Ce n'était ni mon anniversaire, ni la fête des Mères, et pourtant il... Non que j'aie attendu d'un jeune homme qui n'était pas mon fils un présent pour la fête des Mères, mais c'était un amour et d'une telle générosité... Je me sentais obligée de lui montrer à quel point j'avais été touchée en lui interprétant quelque chose. Mais ça n'avait pas très bien marché, mes exercices, parce que ma vue baisse et que lire une partition écrite à la main n'est pas commode. J'étais donc préoccupée. Mais cet homme — Mr King-Ryder — me semblait honnête et digne de confiance, aussi, lorsqu'il m'a parlé d'envoyer un chèque à Cilla, je l'ai cru sur parole. Je suis heureuse de voir qu'il n'a pas failli à sa promesse.

C'est à peine si Barbara entendit la fin de ces commentaires. Elle était focalisée sur le début du récit de la vieille dame.

— Mrs Baden, dit-elle précautionneusement, de peur de l'effrayer, Terry Cole vous a offert des partitions ?

— Exactement, ma chère. Mais il me semble vous en avoir parlé l'autre jour, non ? C'était un garçon adorable, ce Terry. Un type formidable. Toujours partant pour me dépanner, bricoler chez moi. Il donnait à manger aux oiseaux quand je n'étais pas là. Il faisait les carreaux, passait l'aspirateur. Il adorait ça. C'est ce qu'il prétendait, du moins.

Elle eut un sourire attendri.

Barbara arracha la vieille dame à ses réminiscences et la rebrancha sur le sujet qui l'intéressait :

— Ces partitions, vous les avez, Mrs Baden ?

— Certainement. Ici même.

Lynley fit conduire Martin Reeve dans l'une des salles d'interrogatoire du Yard. Il avait refusé de lui parler lorsque le constable Steve Budde, de l'équipe chargée de la perquisition, avait appelé de la maison du souteneur à Notting Hill pour lui transmettre la proposition de Reeve concernant le marché qu'il était prêt à conclure avec la police. Reeve, avait ajouté Budde, souhaitait fournir des informations à la police moyennant l'autorisation d'émigrer à Melbourne — ville où Reeve semblait avoir hâte de s'installer. Comment Lynley comptait-il jouer le coup ? Lynley lui rétorqua que Scotland Yard ne traitait pas avec les tueurs. Et après avoir chargé Budde de transmettre ce message à Reeve, il lui avait demandé d'amener le proxénète.

Comme Lynley l'avait espéré, Reeve débarqua sans son avocat. Il était blême, pas rasé, en jean et chemise hawaïenne. Celle-ci béait sur un torse pâle que zébraient des coups d'ongles tout frais.

— Rappelez vos guignols, fit Reeve sans préambule lorsque Lynley le rejoignit. Les copains de cette tête de nœud (mouvement de menton en direction de Budde) continuent à dévaster la maison. Qu'ils partent, sinon je ne coopère pas.

Lynley fit signe au constable Budde de s'asseoir contre le mur. Le constable — un poids lourd — fit craquer la chaise métallique sous sa masse.

Lynley et Reeve prirent place autour de la table.

— Vous n'êtes pas en situation d'exiger quoi que ce soit, Mr Reeve.

— Mon cul, oui. Si vous voulez des tuyaux, vous allez me faire le plaisir de faire sortir ces canaques de chez moi.

En guise de réponse, Lynley introduisit une cassette vierge dans le magnétophone, appuya sur la touche ENREGISTREMENT et indiqua la date, l'heure ainsi que les noms des personnes présentes. Il récita la formule d'usage à l'intention de Reeve, ajoutant :

— Vous renoncez à la présence d'un avocat ?

— Seigneur, qu'est-ce que c'est que ces boniments ?

— Contentez-vous de me répondre.

— Je n'ai pas besoin d'avocat.

— Le suspect renonce à être représenté, fit Lynley à haute et intelligible voix. Mr Reeve, connaissiez-vous Nicola Maiden ?

— Abrégeons, d'accord ? Vous savez que je la connaissais. Vous savez qu'elle travaillait pour moi. Vi Nevin et elle ont démissionné l'été dernier et je ne les ai revues ni l'une ni l'autre. Fin de l'histoire. Mais ce n'est pas de ça que je suis venu vous parler...

— Combien de temps après leur départ Shelly Platt est-elle venue vous raconter qu'elles s'étaient mises à leur compte ?

Reeve baissa les paupières.

— Shelly quoi ?

— Shelly Platt. Vous ne pouvez pas nier que vous la connaissez. Si j'en crois le policier de faction à l'hôpital, elle vous a reconnu à la minute où elle vous a aperçu ce matin.

— Elle n'est pas la seule à me reconnaître. Je sors, je me montre. Tricia aussi. Nous avons notre photo dans les journaux une fois par semaine.

— Shelly Platt a affirmé qu'elle vous avait appris que les deux filles s'étaient installées à leur compte. Ça n'a pas dû vous plaire. Pour votre image de marque d'homme capable de contrôler son cheptel, ça la fichait mal...

— Ecoutez, si une pute a envie de bosser en solo, c'est son problème. Elles ont vite fait de s'apercevoir du boulot que ça représente de se trouver des clients du standing de ceux que je leur procure. Quand elles en ont tâté, elles reviennent, la queue entre les jambes. Et si elles ont du pot, et que je suis d'humeur, je les reprends à mon service. C'est déjà arrivé. Ça se reproduira. Je savais que je récupérerais ces deux morues à condition d'attendre le temps nécessaire...

— Et si elles n'avaient pas manifesté l'intention de revenir ? Si leur succès avait dépassé votre attente ? Que se serait-il passé ? Qu'est-ce que vous pouvez faire pour empêcher vos filles de voler de leurs propres ailes ?

Reeve s'appuya contre le dossier de sa chaise.

— On est là pour parler de mon boulot ou vous voulez des réponses à vos questions d'hier soir ? A vous de choisir, inspecteur. Mais décidez-vous vite. J'ai pas le temps de rester là à tailler une bavette, moi.

— Mr Reeve, vous n'êtes pas en situation de négocier. L'une de vos protégées est morte. L'autre — son associée — a été passée à tabac et laissée pour morte. De deux choses l'une : ou c'est une étonnante coïncidence, ou les deux événements sont liés. Et moi je crois que le lien, c'est vous et leur décision de se mettre à leur compte.

— Ce qui fait que ce ne sont plus mes filles, reprit Reeve. Et que je ne suis pas concerné.

— Vous voudriez nous faire croire qu'une call-girl peut vous plaquer pour travailler en solo et vous faire concurrence sans risquer de représailles ? L'économie de marché avec les profits tombant dans l'escarcelle de celui ou de celle qui a le meilleur produit, c'est ça ?

— On ne saurait dire mieux.

— Le meilleur gagne ? Ou plutôt, en l'occurrence, la meilleure ?

— C'est le précepte clé du commerce, inspecteur.

— Je comprends. Vous ne verrez donc pas d'objection à me dire où vous étiez hier pendant que Vi Nevin se faisait agresser...

— Je serai heureux de vous renseigner sur ce point. Mais dites-moi, quelle sera votre part du marché ?

Lynley en eut soudain assez des manœuvres du proxénète.

— Inculpez-le d'agression et de meurtre, dit-il à Budde qui se leva.

— Hé ! Une minute ! Je suis venu là pour parler ! Vous avez proposé un marché à Tricia, hier. J'accepte de traiter avec vous. Mais faut que chacun de nous sache à quoi il s'engage. Alors abattez vos cartes...

— C'est pas comme ça que ça marche, fit Lynley en se mettant debout à son tour.

Le constable Budde s'approcha du souteneur et le prit par le bras.

— Allons-y.

Reeve se dégagea.

— Et merde ! Vous voulez savoir où j'étais ? C'est bon, je vais vous le dire.

Lynley se rassit. Il n'avait pas éteint le magnéto et le barbeau ne s'en était pas rendu compte tant il était énervé.

— Je vous écoute.

Reeve attendit que Budde eut repris place sur sa chaise.

— Tenez votre monstre en laisse. J'aime pas qu'on me bouscule.

— J'en prends bonne note.

Reeve se frotta le bras comme s'il envisageait de faire un procès au Yard pour brutalité policière.

— Très bien. Je n'étais pas chez moi hier. Je suis sorti dans l'après-midi et ne suis rentré que le soir. Vers neuf, dix heures.

— Où étiez-vous ?

Reeve parut se demander jusqu'à quel point sa réponse allait lui nuire.

— Je me suis rendu là-bas. Je le reconnais. Mais je n'y étais pas lorsque...

Pour les besoins de l'enregistrement, Lynley précisa :

— Vous êtes allé à Fulham ? A Rostrevor Road ?

— Elle n'y était pas. Tout l'été, j'avais essayé de retrouver la trace de Vi et Nick. Lorsque les deux flics — le Noir à la carrure impressionnante et la fille genre pot à tabac avec les dents de devant esquintées — sont passés me voir vendredi, je me suis dit qu'ils pouvaient me conduire à Vi si je jouais correctement mes cartes. Alors je les ai fait suivre. Je suis retourné là-bas le lendemain. (Il eut un sourire.) Pas mal, non, comme situation. J'ai filoché les poulets au lieu de me faire filer par eux...

— Vous êtes allé à Rostrevor Road hier, Mr Reeve, résuma Lynley toujours pour les besoins de l'enregistrement.

— Et l'oiseau n'était pas au nid. La maison était vide.

— Pourquoi vouliez-vous la voir ?

Reeve examina ses ongles qu'il venait manifestement de polir. Ses jointures étaient enflées et couvertes d'ecchymoses.

— Disons que je voulais mettre les choses au point.

— En d'autres termes, vous avez battu Vi Nevin.

— Absolument pas. Je n'en ai pas eu l'occasion, elle

était pas là, je vous dis. J'y suis retourné à trois reprises dans l'après-midi. Et trois fois je me suis cassé le nez. Inutile de dire que je commençais à l'avoir mauvaise. Et quand je suis dans cet état-là... (Reeve frappa sa paume du poing)... j'agis. Je suis pas du genre à rentrer chez moi la queue basse comme une couille molle à attendre qu'on m'entube de nouveau...

— Vous avez essayé de la retrouver ? Vous deviez avoir une liste de ses clients, de ceux dont elle s'occupait quand elle travaillait pour vous. Si elle n'était pas chez elle, vous avez dû vous mettre à sa recherche. Surtout si vous commenciez à vous impatienter.

— J'agis quand je suis en pétard, Lynley. Je voulais mettre les choses au point avec cette pétasse, et j'étais furieux de ne pas la trouver au gîte. Alors j'ai décidé de faire le point avec quelqu'un d'autre.

— Dans quel but ?

— Je me suis dit qu'il était temps de montrer aux autres pouffes qui était le patron. J'ai pas envie qu'elles s'amusent à me jouer le même tour que Nikki et Vi. Les putes se figurent que les hommes sont des andouilles. Si vous voulez les faire bosser, faut être prêt à faire ce qu'il faut pour qu'elles vous respectent...

— D'où le recours à la violence, fit Lynley, s'émerveillant du culot de Reeve.

Comment le mac pouvait-il ne pas se rendre compte qu'il creusait un peu plus sa tombe à mesure qu'il racontait son histoire ? Se figurait-il qu'il améliorait son cas avec ses déclarations ?

Reeve poursuivit. Il avait commencé à rendre des visites surprises à ses employées dans l'après-midi. Histoire de renforcer son autorité, qui en avait pris un coup. Il s'était emparé de leurs documents comptables, afin de les comparer avec ceux qu'il détenait. Il avait écouté les messages sur leurs répondeurs afin de voir si par hasard elles n'encourageaient pas les clients à éviter de passer par Global Escort quand ils prenaient rendez-vous. Il avait examiné leur garde-robe pour voir s'il ne s'y trouvait pas des vêtements qu'elles auraient été incapables de s'offrir avec ce qu'elles gagnaient chez lui. Il avait fouillé dans leurs réserves de préservatifs, gel lubrifiant, joujoux érotiques, pour voir si ça correspondait à la clientèle dont elles traitaient les besoins.

— Certaines n'ont pas manqué de protester. Et elles se sont plaintes, fit Reeve. Alors je les ai calmées.

— Vous les avez battues.

— Battues ? fit Reeve éclatant de rire. Putain, non, je les ai baisées ! C'était ça, les marques que j'avais sur la figure, hier soir. Des coups d'ongles préliminaires.

— Ça porte un autre nom.

— Je n'ai violé personne, si c'est à ça que vous pensez. Et pas une seule des filles ne se plaindra d'avoir été violée. Mais si vous voulez les amener ici — les trois que j'ai tringlées — et les cuisiner, libre à vous. De toute façon, je vais vous donner leurs noms. Elles confirmeront.

— Je n'en doute pas, fit Lynley. Car apparemment celles qui ne sont pas d'accord pour se laisser... comment dites-vous déjà ? calmer ? s'exposent à subir vos traitements spéciaux. (Se levant, il mit un terme à l'interrogatoire enregistré. S'adressant à Budde :) Je veux que vous l'inculpiez. Conduisez-le près du téléphone car il va appeler son avocat à la rescousse avant même que nous ne commencions...

— Hé ! fit Reeve en se levant d'un bond. Qu'est-ce que vous faites ? Je ne les ai pas touchées, ces connes ! Vous n'avez rien contre moi...

— Vous êtes un proxénète, Mr Reeve. C'est enregistré sur la bande. Pas mal pour un début, non ?

— Vous m'avez proposé un marché. Je suis venu. Je parle et je me tire à Melbourne. Vous avez proposé ça à Tricia et...

— Tricia est libre de l'accepter si ça lui chante. (Lynley se tourna vers Budde :) Il va falloir envoyer les mœurs à Landsowne Road. Passez-leur un coup de fil et demandez à Havers qu'ils se pointent...

— Hé ! Ecoutez-moi ! (Reeve contourna la table. Le

constable Budde se cramponna à son bras.) Retirez vos sales pattes...

— Elle a dû dénicher de quoi le faire inculper de proxénétisme, fit Lynley à Budde. Ça ira pour l'instant.

— Pauvres cons, vous savez pas à qui vous avez affaire !

Budde resserra sa prise.

— Havers ? Patron, elle est pas à Notting Hill. Jackson, Stille et Smiley perquisitionnent. Vous voulez que je la retrouve ?

— Pas là-bas ? fit Lynley. Mais alors où... ?

Reeve se débattait.

— J'aurai votre peau !

— Reste cool, Raoul, tu bouges pas d'ici. (Budde expliqua à Lynley :) Elle était là-bas quand on est arrivés, elle nous a remis le mandat. J'essaie de...

— Putain de merde !

La porte de la salle d'interrogatoire s'ouvrit.

— Inspecteur ? fit Nkata. Besoin d'aide ?

— Nous avons la situation en main, fit Lynley. (Et à Budde :) Conduisez-le près d'un téléphone. Qu'il appelle son avocat. Et mettez-vous à la paperasse pour l'inculpation.

Budde poussa Reeve devant Nkata et s'engagea dans le couloir. Lynley resta près de la table, doigts sur le magnéto pour être en contact avec quelque chose de tangible. S'il se laissait aller à agir sans réfléchir maintenant, il le regretterait.

Havers, songeait-il. Seigneur. Quand finirait-elle par comprendre ? Il n'avait jamais été facile de travailler avec elle, mais cette fois ça dépassait carrément les bornes. Il n'arrivait pas à comprendre qu'elle ait pu passer outre à un ordre après ce qu'elle avait traversé. Ou elle était poussée par un instinct de mort qui n'avait pas son pareil, ou elle avait perdu l'esprit. Lynley était à bout. Sa patience aussi.

— ... nous a fallu un certain temps pour retrouver la camionnette qui patrouille dans le secteur, mais ça a payé, disait Nkata.

— Désolé, fit Lynley, j'étais dans les nuages. Vous disiez, Winnie ?

— Je suis allé vérifier l'alibi de Beattie au club. Ça tient la route. Je suis allé interroger les voisins de la petite Maiden à Islington. Aucun de ses visiteurs ne ressemble aux photos de Beattie et de Reeve — que j'avais réussi à me procurer grâce à mes contacts au *Daily Mail*.

— Vous avez fait chou blanc...

— Mais pendant que j'étais là-bas, j'ai vu une Vauxhall garée sur une double ligne jaune avec un sabot de Denver. Du coup, ça m'a ouvert des horizons.

Nkata raconta qu'il avait téléphoné à tous les services de Londres chargés d'immobiliser les voitures en stationnement interdit afin de voir quel était celui qui s'occupait plus particulièrement des rues d'Islington. Sa démarche n'avait que peu de chances d'aboutir, mais il avait néanmoins cru bon de tenter le coup. Comme nul parmi les voisins n'avait reconnu en Martin Reeve ou en Sir Adrian Beattie des gentlemen ayant rendu visite à Nicola Maiden avant son déménagement pour Fulham, il avait décidé de voir si un automobiliste à qui on aurait posé un sabot le 9 mai ne correspondait pas à une personne liée d'une façon ou d'une autre à Nicola Maiden.

— Et c'est là que j'ai touché le gros lot...

— Bien joué, Winnie, fit Lynley, félicitant Nkata pour son sens de l'initiative. Qu'avez-vous trouvé ?

— Quelque chose de bizarre.

— Comment ça, bizarre ?

— Je parle de l'identité de l'automobiliste au sabot...

Le constable eut l'air gêné, ce qui aurait dû constituer un avertissement. Mais Lynley ne s'en rendit pas compte tant il était content de la façon dont les choses s'étaient passées avec Reeve.

— De qui s'agissait-il ?

— D'Andrew Maiden, fit Nkata. Il était en ville le 9 mai. Il s'est fait mettre un sabot juste au coin de la rue où habite Nicola.

Lynley éprouva une douleur au creux de l'estomac en fermant sa porte d'entrée et commença à gravir l'escalier. Il se rendit dans sa chambre, sortit la valise qu'il avait rapportée la veille du Derbyshire et la posa ouverte sur le lit. Il se mit à préparer ses bagages, fourrant en vrac pyjama, chemises, pantalons, chaussettes et chaussures sans faire attention à ce dont il aurait besoin là-bas. Il emballa son nécessaire à raser et piqua le savon de Helen sur la baignoire.

Sa femme entra alors qu'il rabattait le couvercle de la valise, dissimulant un désordre qui aurait arraché des cris d'orfraie à Denton.

— Il me semblait bien t'avoir entendu. Que s'est-il passé ? Tu repars déjà ? Tommy chéri, quelque chose qui ne va pas ?

Il posa la valise par terre et s'efforça de trouver une explication. Il lui répercuta les faits sans les interpréter.

— La piste nous ramène dans le Nord. Il semble qu'Andy Maiden soit impliqué.

Les yeux de Helen s'écarquillèrent.

— Mais pourquoi ? Comment ? Mon Dieu, c'est épouvantable. Et toi qui l'admirais tellement...

Lynley lui rapporta la découverte de Nkata. Il lui raconta ce que le constable avait appris antérieurement concernant la dispute et les menaces de mai. Il ajouta ce qu'il avait lui-même tiré de ses entretiens avec l'ancien officier du SO10 et sa femme. Il finit en lui communiquant les infos que Hanken lui avait transmises au téléphone. Il se garda bien en revanche de s'embarquer dans un monologue dévoilant la raison pour laquelle Andy Maiden avait demandé que l'inspecteur Lynley — une nullité qui s'était fait jeter avec perte et fracas du SO10 — soit le policier de Scotland Yard dépêché dans le Nord pour prêter son concours à l'enquête. Il aborderait ce sujet ultérieurement, lorsque son amour-propre serait un peu moins à vif.

— Au début, j'ai trouvé que ça avait un sens de me focaliser sur Julian Britton. Puis sur Martin Reeve. Je m'en suis tenu à ces deux-là, et j'ai négligé ce qui pouvait m'entraîner dans des directions différentes...

— Mais, chéri, il se peut que tu aies raison, fit Helen. Surtout en ce qui concerne Reeve. Si quelqu'un est bien placé, côté mobile, c'est lui. Et il aurait très bien pu pister Nicola Maiden dans le Derbyshire...

— Et sur la lande également ? Comment s'y serait-il pris, tu veux me le dire ?

— Peut-être qu'il a suivi le garçon. Ou qu'il l'a fait suivre par quelqu'un d'autre.

— Rien ne nous permet de penser que Reeve le connaissait, pour commencer.

— Il a peut-être découvert son existence par les pubs des cabines téléphoniques. Il surveille la concurrence, n'est-ce pas ? S'il avait découvert qui collait les affichettes de Vi Nevin et avait commencé à le faire suivre, de même qu'il avait fait filer Barbara et Nkata jusqu'à Fulham... pourquoi n'aurait-il pas retrouvé la trace de Nicola de la même manière ? On aurait pu suivre le jeune homme pendant des semaines, Tommy, sachant qu'il finirait par aboutir à Nicola...

Helen visiblement s'enflammait en parlant. Pourquoi quelqu'un que Reeve aurait payé pour suivre le garçon ne l'aurait-il pas suivi hors de Londres, dans le Derbyshire et sur la lande pour rencontrer Nicola ? Une fois la fille « logée », un coup de fil à Martin Reeve du pub le plus proche aurait suffi. Reeve aurait pu commanditer les meurtres depuis Londres, ou sauter dans un avion pour Manchester — ou faire le trajet en voiture en moins de trois heures — et s'être rendu jusqu'au cercle de pierres pour les liquider lui-même.

— Ce n'est pas forcément Andy Maiden le coupable, conclut-elle.

Lynley lui caressa la joue du bout des doigts.

— Merci de ton soutien.

— Ne me sous-estime pas, Tommy. Et ne te sous-estime pas non plus. D'après ce que tu m'as dit, Martin Reeve a un mobile en béton. Pourquoi diable Andy Maiden aurait-il tué sa fille ?

— A cause de ce qu'elle était devenue, fit Lynley. Parce qu'il n'arrivait pas à l'empêcher de s'engager dans cette voie. Parce que ni la raison, ni la persuasion, ni les menaces n'avaient de prise sur elle. Alors il a eu recours à l'unique moyen qu'il connaissait.

— Mais pourquoi ne pas se contenter de la faire arrêter ? Elle et l'autre fille...

— Vi Nevin.

— Oui, Vi Nevin. Elles travaillaient ensemble. Est-ce qu'à ce moment-là on ne peut pas considérer qu'elles tenaient un bordel ? N'aurait-il pas simplement pu téléphoner à un vieux copain de la Metropolitan Police et régler le problème comme ça ?

— Et tous ses anciens collègues auraient appris comment elle avait tourné ? Comment sa propre fille avait tourné ? C'est un homme fier, Helen. Jamais il n'aurait choisi une solution pareille. (Lynley lui embrassa le front, puis les lèvres. Il prit sa valise.) Je rentre le plus vite possible.

Elle le suivit dans l'escalier.

— Tommy, de tous les gens que je connais tu es celui qui se traite le plus durement. Tu es certain que tu n'exagères pas en ce moment ? Cela pourrait avoir des conséquences dramatiques...

Il se tournait vers sa femme pour lui répondre lorsque la sonnette de l'entrée retentit. La sonnerie était insistante. Quelqu'un dehors semblait avoir laissé son pouce sur le bouton. Pressentant une urgence, il en oublia ce qu'il allait dire.

Leur visiteur se révéla être Barbara Havers. Une fois que Lynley eut posé sa valise pour la faire entrer, elle se rua devant lui, une grosse enveloppe en kraft dans la main, en disant :

— Crénom de Dieu, inspecteur, je suis drôlement contente de vous trouver ! Nous approchons du paradis.

Elle dit bonjour à Helen et, pénétrant dans le séjour, se laissa tomber sur un canapé et fit glisser le contenu de l'enveloppe sur une table basse.

— Voilà ce qu'il cherchait, dit-elle mystérieusement.

Il a passé plus d'une heure chez Terry Cole sous prétexte d'étudier les toiles de Cilla. La pauvre s'imaginait que ses peintures lui avaient tapé dans l'œil. (Havers s'ébouriffa énergiquement les cheveux, geste indiquant chez elle une grande excitation.) Mais il était seul à l'appartement, inspecteur, et il a eu tout le temps de fouiller les moindres coins et recoins. Il n'a toutefois pas réussi à mettre la main sur ce qu'il cherchait. Parce que Terry en avait fait cadeau à Mrs Baden après s'être rendu compte qu'il n'en tirerait rien dans une vente aux enchères. Et Mrs Baden m'a refilé le tout. Tenez, jetez un œil...

Lynley ne bougea pas de la porte du salon. Helen s'approcha de Barbara et examina les feuillets qu'elle avait fait tomber de l'enveloppe.

— De la musique, dit Barbara, en veux-tu en voilà. Un sacré paquet de musique écrite par Michael Chandler. Neil Sitwell de chez Bowers m'avait dit qu'il avait envoyé Terry Cole chez King-Ryder Productions pour avoir le nom des avocats de Chandler. Mais Matthew King-Ryder a nié le truc. Il m'a raconté que Cole était venu lui demander une bourse d'études. Si c'est vrai, comment diable se fait-il que personne ne nous ait parlé de cette histoire de bourse ?

— A vous de me le dire, fit Lynley d'un ton posé.

Havers choisit de ne pas tenir compte de l'intonation et poursuivit :

— Parce que King-Ryder ment comme un arracheur de dents. Il l'a suivi. Il a filé Terry Cole à travers Londres pour mettre la main sur ces partitions, inspecteur.

— Pourquoi ?

— Parce que la vache qu'il était si juteux de traire est morte, fit Havers, triomphante. Et que le seul espoir de King-Ryder de maintenir le navire à flot encore quelques années est de produire un autre spectacle capable de faire un tabac...

— Vous mélangez les métaphores, laissa tomber Lynley.

— Tommy, s'empressa Helen.

Contrairement à Barbara, elle avait remarqué le ton de son mari. Elle avait également vu qu'il était resté près de la porte, et elle savait ce que cela signifiait.

Inconsciente, Havers poursuivait avec le sourire :

— Très bien, désolée. King-Ryder m'a dit que par testament son père entendait que tous les bénéfices de ses productions soient reversés à un fonds destiné à soutenir les gens de théâtre. Acteurs, auteurs, etc. Sa dernière femme se voit attribuer un legs, mais elle est seule bénéficiaire. Matthew et sa sœur ne touchent pas un centime. Certes, il se verra concéder un fauteuil de président au sein du conseil d'administration du fonds, mais rien à voir certainement avec le fric qu'il se ferait s'il montait une autre production de son papa. Une nouvelle production, inspecteur. Une production posthume. Une production non soumise aux dispositions du testament. Le voilà, le mobile. Il lui fallait mettre le grappin sur cette musique et éliminer la seule personne qui savait que Michael Chandler — et non David King-Ryder — en était l'auteur.

— Et Vi Nevin ? fit Lynley. Son rôle dans tout ça ?

Le visage de Barbara s'illumina de plus belle.

— King-Ryder croyait que c'était elle qui avait les partitions. Il ne les avait pas retrouvées chez elle. Il ne les avait pas trouvées lorsqu'il avait filé Terry et l'avait liquidé avant de retourner le campement de fond en comble. Alors il est rentré à Londres et il s'est pointé chez Vi en son absence. Il fouillait l'appartement quand elle l'a surpris.

— L'appartement a été dévasté. On ne s'est pas contenté de le fouiller, Havers...

— Pas d'accord, inspecteur. C'est d'une fouille qu'il s'agit. Regardez les photos. Les objets ont été lancés par terre, les meubles ouverts. Mais si on avait voulu obliger Vi à fermer boutique, on aurait tagué les murs. Débité les meubles en morceaux, lacéré les moquettes et percé des trous dans les murs...

— Et ce quelqu'un lui aurait défoncé la figure. Ce que Reeve a fait.

— C'est King-Ryder qui l'a battue, parce qu'elle l'avait vu. Ou du moins il pensait qu'elle l'avait vu. Et il ne pouvait pas courir de risque. Et, pour ce qu'il en savait, elle savait également à quoi s'en tenir sur l'existence de la musique parce qu'elle connaissait Terry. De toute façon, qu'est-ce que ça peut faire ? Ramenons-le au Yard et cuisinons-le. (Pour la première fois depuis qu'elle était arrivée, elle remarqua la valise toujours posée près de Lynley.) Où allez-vous ?

— Effectuer une arrestation. Parce que, pendant que vous parcouriez Londres avec vos idées fumeuses, le constable Nkata, conformément aux ordres, faisait son boulot à Islington. Et ce qu'il a découvert n'a strictement rien à voir avec Matthew King-Ryder ni quiconque de ce nom.

Havers devint blanche comme un linge. Près d'elle, Helen reposa sur la pile une partition qu'elle avait examinée. Elle ébaucha un geste destiné à inciter son mari au calme. Lynley capta la mimique mais n'en tint pas compte.

— On vous avait confié une mission, Havers...

— Je me suis procuré le mandat, inspecteur. J'ai mis sur pied une équipe chargée de perquisitionner, je les ai attendus devant la maison. Je leur ai dit ce qu'ils...

— Je vous avais demandé de faire partie de l'équipe.

— Mais le hic c'est que je croyais... Mes tripes me disaient...

— Au diable vos tripes ! Dans la situation où vous êtes, s'il y a une chose que vous ne pouvez pas vous permettre, c'est bien d'écouter vos tripes !...

— Tommy... tenta de s'interposer Helen.

— Havers, vous n'avez cessé de me défier depuis le début de cette affaire. Je vous retire de l'enquête.

— Mais...

— Comment dois-je vous le dire ?

— Tommy, fit Helen.

Il voyait bien qu'elle mourait d'envie d'intercéder en faveur de Barbara. Elle détestait le voir en colère. Par égard pour elle, il s'efforça de se maîtriser.

— Tout autre que vous dans votre situation — vous venez d'être rétrogradée, vous avez échappé de justesse à des poursuites criminelles, et compte tenu de votre passé peu glorieux à la Criminelle...

— Ça, c'est un coup bas, murmura Havers.

— ... se serait fait un devoir d'obéir à la lettre dès lors que Hillier avait prononcé la sentence.

— Hillier est un fumier. Je ne vous apprends rien.

— Tout autre que vous, poursuivit résolument Lynley, se le serait tenu pour dit. Tout ce qu'on vous demandait, c'était d'interroger le CRIS à propos d'affaires liées au SO10. Et on vous a demandé à maintes reprises de vous remettre sur l'ordinateur ces derniers jours...

— Mais je les ai effectuées, les recherches ! Vous avez eu mon rapport...

— Et après ça, vous n'en avez fait qu'à votre tête.

— Parce que j'ai vu ces photos. Dans votre bureau. Ce matin. J'ai compris que l'appartement de Fulham avait été fouillé, j'ai essayé de vous le dire mais vous avez refusé de m'écouter. Que pouvais-je faire ? (Elle n'attendit pas de réponse, se doutant de ce qu'on lui dirait.) Et quand Mrs Baden m'a montré ces partitions et que j'ai vu qui en était l'auteur, j'ai su qu'on avait trouvé notre homme, inspecteur. Bon, d'accord. J'aurais dû me joindre à l'équipe de Notting Hill. Vous me l'aviez demandé et je ne vous ai pas obéi. Mais en fin de compte je nous ai fait gagner un temps précieux. Vous êtes sur le point de filer dans le Derbyshire, n'est-ce pas ? Je vous évite de faire le voyage.

Lynley cilla.

— Havers, vous vous figurez vraiment que je crois à ces boniments ?

« Boniments ». Elle articula le mot en silence au lieu de le prononcer.

Le regard de Helen naviguait de l'un à l'autre. Elle laissa retomber sa main. Avec une expression de regret, elle s'empara d'un feuillet. Havers la regarda, ce qui déclencha la colère de Lynley. Pas question que sa femme s'immisce entre le constable et lui.

— Rendez compte à Hillier demain matin, dit-il à Havers. Quelle que soit votre prochaine mission, c'est lui qui vous la confiera.

— Vous ne jetez même pas un coup d'œil à ce que je vous ai apporté ? fit Havers, éberluée mais sans s'indigner.

Ce qui mit d'autant plus Lynley en rogne.

— Il vous faut un plan pour retrouver la sortie, Havers ?

— Tommy !

— Allez vous faire foutre !

Non sans dignité, elle se leva du canapé, ramassa son sac informe. En passant devant la table basse, elle fit tomber cinq partitions qui voletèrent jusqu'à terre.

26

Dans le Derbyshire, le temps était à l'image de l'humeur de l'inspecteur Hanken : sombre. Tandis que du ciel d'argent tombait la pluie, il suivait la route reliant Buxton à Bakewell, se demandant ce que signifiait l'absence d'un blouson de cuir noir dans les objets collectés à Nine Sisters Henge. L'absence de l'imperméable avait été facile à expliquer, mais pas celle du cuir. Car un tueur n'avait pas besoin de deux pièces de vêtement pour camoufler le sang de sa victime.

Il n'avait pas cherché seul le blouson de Terry Cole. Le constable Mott l'avait accompagné, un sandwich à la main. En tant que responsable des scellés, Mott était tenu de se joindre à lui. Mais il ne l'avait guère aidé. Au lieu de fouiller à droite et à gauche pour tenter de remettre la main sur le cuir, il s'était contenté de mastiquer bruyamment avec force claquements de lèvres, déclarant qu'il n'avait vu l'ombre d'un blouson nulle part.

Effectivement, aucune trace. Le registre de Mott était donc à jour. Après avoir répercuté le message à Londres, Hanken se mit en route pour Bakewell et Broughton Manor. Blouson ou pas, il fallait qu'il se penche de plus près sur le cas de Julian Britton, histoire de voir s'il devait le laisser ou non sur la liste des suspects.

Tandis que Hanken franchissait le pont qui enjambait la Wye, il déboucha soudain dans un autre siècle. Malgré la pluie qui continuait de tomber à verse, une farouche bataille se déroulait autour du manoir. Sur la colline qui descendait vers la rivière, cinq ou six soldats du roi portant les couleurs du monarque et de la noblesse croisaient vaillamment le fer avec un nombre égal de parlementaires en armure et casque rond. Dans la prairie, d'autres soldats en armure installaient les canons tandis qu'un peu plus loin une division de fantassins casqués et armés de pistolets se dirigeaient vers la grille sud du manoir, traînant après eux un bélier.

Les Cavaliers et les Têtes rondes revivaient une bataille de la Guerre civile, conclut Hanken. Julian Britton se décarcassait pour réunir des fonds destinés à la remise en état de la propriété.

Une fille de ferme du dix-septième siècle abritée sous un parapluie de chez Burberry fit signe à Hanken de rallier un parking improvisé non loin de la maison. Là, d'autres acteurs allaient et venaient, déguisés en royalistes, paysans, fermiers, gentilshommes, chirurgiens et mousquetaires. Mangeant à même une boîte de soupe devant la porte d'une caravane, l'infortuné roi Charles — un pansement sanguinolent autour de la tête — draguait une accorte jeune fille chargée d'une corbeille de pain que la pluie détrempait consciencieusement. Non loin de là, Oliver Cromwell, tout de noir vêtu, s'efforçait de s'extirper de son armure sans en dénouer les liens. Des chiens et des enfants jaillissaient de la foule puis de nouveau s'y fondaient tandis qu'un stand débitait des boissons chaudes à tout va.

Hanken se gara et demanda où étaient passés les Britton.

On lui indiqua une manière de stade installé dans l'un des jardins en ruine. Là, sur le flanc sud-ouest de la bâtisse, une foule compacte protégée par une champignonnante multitude de parapluies était massée sur des gradins de bois ou assise sur des chaises pliantes afin de contempler la bataille.

D'un côté des spectateurs, un homme était installé sur un pliant à trois pieds du genre de ceux qu'utilisaient les artistes ou les chasseurs de safari au début du siècle. Il portait un vieux costume de tweed et un casque colonial, et s'abritait du déluge sous un parapluie à rayures. Il suivait l'action à l'aide d'un télescope. A ses pieds gisait une canne. Jeremy Britton, songea Hanken, vêtu comme de coutume des défroques de ses ancêtres.

— Mr Britton ? fit le policier, s'approchant. Je ne sais si vous vous souvenez de moi. Inspecteur Peter Hanken. De la Criminelle de Buxton.

Britton se tourna à demi sur son pliant. Il avait pris un sacré coup de vieux depuis la dernière fois qu'ils s'étaient vus au commissariat de Buxton — ce qui remontait à cinq ans. Britton était ivre, à l'époque. On avait fracturé la porte de sa voiture dans High Street alors qu'il « prenait les eaux » — doux euphémisme — et il avait demandé à cor et à cri à la police d'agir et de punir les fautifs — des hooligans dépenaillés.

En le regardant, Hanken constata sur sa personne les ravages de la boisson. L'état de son foie était évident dans la couleur de son teint et dans le blanc de son œil — qui était jaune. Hanken remarqua la présence de la Thermos près du pliant où Britton était installé. Il était peu probable qu'elle contînt du café.

— Je cherche Julian. Est-ce qu'il participe à la reconstitution, Mr Britton ?

— Julie ? (Britton loucha à travers les gouttes.) J'ignore où il est passé. Il ne participe pas à la bataille, non. (Il désigna d'un geste le champ de bataille. Le bélier était coincé dans une ornière engorgée de boue et les Royalistes profitaient de cette déconvenue des Puritains. Epée au poing, un groupe compact d'entre eux se ruèrent le long de la pente pour repousser les forces des parlementaires.) Julie, c'est pas sa tasse de thé, les empoignades viriles, fit Britton, la prononciation approximative. J'arrive pas à comprendre qu'il autorise ces manifestations sur la propriété. Mais c'est amusant, non ?

— Tout le monde met du cœur à l'ouvrage, en tout cas, renchérit Hanken. Vous êtes un passionné d'histoire, Mr Britton ?

— En aucun cas, fit Britton, qui se mit à crier à l'intention des soldats : Au diable, les traîtres ! Vous rôtirez en enfer pour avoir osé toucher à un cheveu de la tête de celui que Dieu a sacré !

— Savez-vous où je peux le trouver ?

— On l'a évacué du champ de bataille avec une blessure à la tête. Personne ne peut dire que le pauvre type manque de courage.

— Je vous parle de Julian. Pas du roi Charles.

— Ah, Julie. (D'une main mal assurée, Britton pointa son télescope vers l'ouest. Une nouvelle troupe de Cavaliers arrivait par le car. Le véhicule les dégorgeait de l'autre côté du pont où ils se dépêchaient de s'armer. Parmi eux, un noble gentilhomme vêtu avec recherche semblait crier des ordres.) Ça devrait pas être permis, commenta Britton. S'ils ne sont pas capables d'arriver à l'heure, autant abandonner. (Il pivota vers Hanken.) Mon fils était là, si c'est la raison de votre visite.

— Est-ce qu'il se rend souvent à Londres ? Vu que sa petite amie y habitait, j'imagine qu'il...

— Petite amie, fit Britton en soufflant d'un air de mépris. Ce terme suppose une certaine réciprocité. Qui n'existait pas entre eux. Il aurait bien voulu, lui, être son petit ami. Il la désirait. Mais elle n'en voulait pas. Tout ce qui l'intéressait, c'était une partie de jambes en l'air quand elle était d'humeur. S'il avait eu les yeux en face des trous, il s'en serait rendu compte.

— Vous n'aviez pas une sympathie débordante pour Miss Maiden.

— Je vois mal ce qu'elle lui aurait apporté.

Britton reporta les yeux sur la bataille, hurlant : « Surveillez vos arrières, les gars ! » aux parlementaires tandis que les royalistes traversaient la Wye et chargeaient, tout trempés, vers la maison.

— J'ai des chances de trouver votre fils au manoir, Mr Britton ?

Britton observa le choc tandis que les Cavaliers arrivaient à la hauteur de ceux des Têtes rondes qui étaient à la traîne, s'efforçant toujours de dégager le bélier de sa gangue de boue. Soudain, le cours de la bataille changea. Les Têtes rondes étaient en minorité.

— Sauvez-vous, bougres d'idiots ! brailla Britton.

Et de rire tandis que les rebelles commençaient à perdre pied et à glisser. Plusieurs hommes dégringolèrent dans la gadoue, perdant leurs armes. Britton applaudit.

— Je vais faire un saut à l'intérieur, annonça Hanken. Britton stoppa net le repli de l'inspecteur avec ces mots :

— J'étais avec lui. Mardi soir.

— Avec Julian ? Où ? A quelle heure ?

— Dans les chenils. Vers onze heures, je crois. La chienne mettait bas. Julie était près d'elle.

— C'est curieux, il ne m'a pas signalé votre présence à son côté.

— Pas étonnant. Il ne m'a pas vu. Quand j'ai réalisé ce qu'il fabriquait, je lui ai fichu la paix. Je suis resté un moment à l'observer du seuil — c'est toujours intéressant à observer, les mises bas — et puis je me suis éclipsé.

— C'est dans vos habitudes d'aller au chenil à onze heures du soir ?

— Je ne suis pas un homme d'habitudes. Je fais ce qui me plaît quand ça me plaît.

— Qu'est-ce qui vous a incité à vous rendre là-bas, alors ?

Britton tendit une main hésitante vers la poche de sa veste. Il en retira des brochures en piteux état.

— Ça, je voulais en parler à Julie.

C'étaient des plaquettes publicitaires de cliniques proposant des cures de désintoxication pour les alcooliques. Tachées, froissées, elles semblaient venir de la bibliothèque d'Oxfam. Soit Britton les avait tripotées, manipulées pendant des semaines, soit il se les était procurées par l'intermédiaire d'une tierce personne en prévision d'une occasion comme celle-ci.

— Je suis décidé à suivre une cure, fit Britton. Il serait temps que j'y songe. Pas envie que les enfants de Julie aient un abruti pour grand-père...

— Julian envisage de se marier ?

— Oh, il semble qu'on s'oriente tout doucement dans cette voie.

Britton tendit la main pour récupérer ses brochures. Hanken se pencha sous le parapluie pour les lui rendre.

— C'est un bon garçon, mon Julie, fit Britton, fourrant les prospectus dans la poche de sa veste. Faut pas oublier ça. Ça fera un bon père. Et je veux faire un grand-père dont il puisse être fier.

Il était permis d'en douter. Car l'haleine de Britton était si chargée en gin qu'une allumette aurait suffi à y mettre le feu.

Julian Britton s'entretenait avec les organisateurs de la reconstitution historique sur les créneaux lorsque Hanken fit son apparition. Julian avait vu l'inspecteur en conversation avec son père et surpris ce dernier en train de brandir ses brochures sous le nez du visiteur. Il y avait peu de chances que Hanken fût venu au manoir pour parler alcoolisme avec Jeremy, aussi ne fut-il pas complètement pris au dépourvu lorsque le policier retrouva sa trace.

Leur entretien fut bref. Hanken voulait savoir quand il s'était rendu à Londres pour la dernière fois. Julian l'entraîna dans son bureau où son agenda traînait au milieu des registres comptables et le lui tendit. Tout était soigneusement noté. D'après l'agenda, son dernier séjour à Londres remontait à Pâques, au début avril. Il avait retenu une chambre au Lancaster Gate Hotel. Hanken n'aurait qu'à téléphoner pour vérifier car le numéro figurait en regard du nom de l'établissement dans l'agenda.

— C'est toujours là que je descends quand je suis de passage en ville. Pourquoi cette question ?

Hanken répondit par une autre question :

— Vous ne logiez pas chez Nicola Maiden ?

— Elle n'occupait qu'un petit studio, fit Julian en rougissant. Et puis elle préférait que j'habite à l'hôtel.

— Mais vous vous étiez rendu en ville pour la voir, non ?

— En effet.

Ça avait été une démarche stupide, se dit Julian en regardant Hanken se frayer un chemin au milieu des royalistes qui encombraient la cour, massés sous leurs parapluies, en attendant la suite de la bataille. S'il s'était rendu à Londres, c'est parce qu'il avait détecté un changement chez elle. Non seulement parce qu'elle n'était pas venue passer les vacances de Pâques dans le Nord comme elle l'avait toujours fait étant étudiante mais parce que à chacune de leurs rencontres depuis l'automne il avait senti le fossé se creuser entre eux, toujours plus profond. Il soupçonnait la présence d'un autre homme dans sa vie, et il avait voulu apprendre le pire de sa bouche.

Il eut un rire amer en repensant à ce voyage à Londres. Pas une fois il ne lui avait demandé s'il y avait quelqu'un d'autre parce que au fond de son cœur il ne voulait pas le savoir. Il s'était contenté de constater avec soulagement que sa visite éclair ne l'avait pas surprise en galante compagnie et que les placards de la salle de bains, l'armoire à pharmacie et sa commode ne contenaient aucun des objets qu'un homme pût y ranger en prévision de la toilette du lendemain. Comme si cela ne suffisait pas, elle avait fait l'amour avec lui. Et lui, triple buse, s'était figuré que ça signifiait quelque chose.

Mais cela faisait juste partie de son boulot. Partie de la façon dont Nicola gagnait sa vie.

— Y a pas de problème avec les flics, Julie, t'inquiète pas.

Julian se retourna et tomba nez à nez avec son père qui était venu le rejoindre dans le bureau, fatigué apparemment de la pluie, de la reconstitution ou de la compagnie des autres spectateurs. Jeremy avait un parapluie dégoulinant à son bras, un pliant à la main et une Thermos dans l'autre. La lunette de son grand-oncle pointait hors de la poche poitrine de la veste de son aïeul.

Jeremy sourit, content de lui.

— Je t'ai fourni un alibi, mon fils. En béton.

— Que lui as-tu dit ?

— J'ai raconté à ce flicard que j'étais avec toi et les chiots dans la nuit de mardi. Que je t'avais regardé aider la chienne à mettre bas...

— Voyons, Papa, je n'ai jamais dit que tu étais là ! Je ne leur ai jamais dit... (Julian soupira. Se mit à farfouiller au milieu des registres. Les regroupant par années.) Ils vont se demander pourquoi je n'ai pas parlé de toi. Tu t'en rends compte, non ?

Jeremy se tapota la tempe d'un doigt qui tremblait.

— J'y avais pensé, figure-toi. J'ai précisé que je ne m'étais pas manifesté. Que tu faisais la sage-femme, et que j'ai eu peur de troubler ta concentration. Que j'étais allé te voir pour te parler d'une cure de désintoxication. Que j'étais allé te montrer ça. (De nouveau, Jeremy sortit ses brochures.) Riche idée que j'ai eue, pas vrai ? Tu les avais déjà vues. Aussi, quand il t'a interrogé à ce propos, tu lui en as parlé, pas vrai ?

— Il ne m'a pas posé de questions sur mardi soir. Il voulait savoir quand j'étais allé à Londres pour la dernière fois. J'imagine qu'il doit se demander maintenant pourquoi tu t'es décarcassé pour me fournir un alibi alors qu'il ne m'en demandait même pas. (Son exaspération retombant quelque peu, Julian réalisa soudain ce qu'impliquait le comportement de son père.) Pourquoi m'as-tu fourni un alibi, Papa ? Tu sais que je n'en ai pas besoin. J'étais avec les chiens. Cassie mettait bas. Et de toute façon, qui t'a mis cette idée en tête ?

— Ta cousine.

— Sam ? Pourquoi ?

— Parce que, d'après elle, la police te regarde d'un drôle d'air, et que ça lui plaît pas des masses. « Comme si Julie était capable de faire du mal à qui que ce soit, Oncle Jeremy », n'arrête-t-elle pas de répéter. Et elle est furieuse, si tu savais... Quelle femme ! Pareille loyauté, ça ne se trouve pas sous le sabot d'un cheval.

— Je n'ai que faire de la loyauté de Sam. Et que faire de ton aide. Je n'ai pas tué Nicola.

Jeremy quitta des yeux son fils pour fixer le plateau du bureau.

— Personne ne dit que tu l'as tuée.

— Mais si tu te figures devoir mentir à la police, cela signifie... Papa, tu crois que je l'ai tuée ? Tu crois sincèrement... ?

— Ne prends pas la mouche. Tu es rouge comme un coq. Je sais ce que ça signifie. Je ne crois rien du tout. Je veux juste te faciliter un peu les choses. On n'est pas obligés de prendre la vie comme elle vient, Julie, on peut donner des coups de pouce au destin, tu sais.

— Et c'est ça que tu t'es amusé à faire ? Donner un coup de pouce à mon destin ?

Il fit non de la tête.

— Egoïste que je suis, c'est le mien que j'essaie de modeler. (Il désigna les brochures.) Je veux en finir avec la boisson. Le moment est venu. Mais Dieu sait que sans aide je n'y arriverai pas.

Julian connaissait son père depuis suffisamment longtemps pour savoir quand il essayait de le manipuler. Prudence, songea-t-il.

— Papa, je sais que tu veux te faire désintoxiquer. Je t'admire. Mais ces cures... le prix...

— Tu peux le faire pour moi. Moi, je le ferais pour toi.

— Ce n'est pas que je refuse. Mais nous n'avons pas les moyens. J'ai examiné la comptabilité sur toutes les coutures, nous n'avons tout bonnement pas les moyens. As-tu pensé à appeler Tante Sophie ? Si elle savait à quoi tu destines cet argent, je suis sûr qu'elle te prêterait...

— Prêter ? Bah ! (Jeremy écarta cette suggestion d'un geste.) Jamais ta tante ne marchera. « Il cessera de boire le jour où il l'aura décidé », c'est sa philosophie. Elle ne lèvera pas le petit doigt pour me dépanner.

— Et si je lui téléphonais ?

— Qu'es-tu pour elle, Julie ? Un parent qu'elle n'a jamais vu qui vient mendier un peu de l'argent durement gagné par son mari. Non. Ce n'est pas à toi de quémander.

— Parle à Sam, alors.

Jeremy repoussa l'idée tel un insecte importun.

— Impossible. Cette petite a suffisamment de bontés comme ça pour nous. Son temps. Son énergie. Sa sympathie. Son amour. C'est simple : elle nous donne tout. Je ne peux pas lui en demander davantage. (Avec un soupir, il fourra les brochures dans sa poche.) Tant pis, je me débrouillerai.

— Je pourrais demander à Sam d'en toucher un mot à Tante Sophie. Je pourrais lui expliquer...

— Non, laisse tomber. Je serrerai les dents. Ce ne sera pas la première fois que...

Et de fait, la vie de son père n'était qu'une suite de promesses non tenues et de bonnes intentions qui n'avaient débouché sur rien. Il avait vu Jeremy renoncer maintes et maintes fois à boire. Et tout aussi souvent replonger dans la boisson. Il y avait du vrai dans ce qu'il disait : s'il voulait réussir à maîtriser ses démons, il n'y parviendrait pas seul.

— Ecoute, Papa. Je vais dire un mot à Sam. Je veux le faire.

— Tu es sûr ? reprit Jeremy. Ce n'est pas un truc que tu fais parce que tu t'y sens obligé ?

— Non, je vais lui poser la question.

Jeremy eut les yeux qui s'emplirent de larmes.

— Elle t'aime, Julie. Cette fille formidable est amoureuse de toi.

— Je vais lui parler, Papa. Promis.

La pluie tombait toujours lorsque Lynley remonta l'allée menant à Maiden Hall.

Barbara Havers lui avait fourni quelques minutes de distraction pendant lesquelles il avait chassé de son esprit le trouble qui l'avait envahi lorsqu'il avait appris la présence à Londres d'Andy Maiden. Son trouble avait laissé place à une violente colère suscitée par l'incapacité de Barbara à exécuter ses ordres. L'attitude de Helen, qui avait essayé de comprendre les raisons du comportement de Havers, n'avait pas arrangé son humeur.

« Peut-être qu'elle n'a pas compris tes ordres, Tommy, avait-elle dit une fois Havers partie. Dans le feu de l'action, il se peut qu'elle ait cru que tu n'avais pas l'intention de la laisser participer à la perquisition de Notting Hill...

— Seigneur, avait-il contré. Ne prends pas sa défense, Helen. Tu l'as entendue. Elle savait ce qu'elle était censée faire, et elle a choisi de suivre son petit bonhomme de chemin.

— Mais tu admires l'initiative. C'est une qualité que tu as toujours admirée. Tu m'as toujours dit que l'esprit d'initiative de Winston était l'un des plus aiguisés...

— Bon sang, Helen, quand Nkata s'avise d'entreprendre quelque chose, il s'y met une fois la mission qu'on lui a confiée exécutée ! Pas avant. Il ne discutaille pas, ne geint pas, ne refuse pas de voir ce qu'il a sous le nez sous prétexte qu'il a une meilleure idée. Et quand par hasard on le réprimande — ce qui est rarissime —, il se le tient pour dit, change son fusil d'épaule et ne recommence pas deux fois la même erreur. Je croyais que Barbara avait tiré la leçon de ses aventures de cet été et du danger qu'il y a à ne pas obéir aux ordres. Mais il n'en est rien. Cette femme est une tête de mule. »

Helen avait soigneusement rassemblé les partitions laissées là par Havers. Elle en avait fait un tas qu'elle avait posé sur la table basse au lieu de les ranger dans leur enveloppe.

« Tommy, si Winston Nkata — et non Barbara — s'était trouvé sur ce bateau avec l'inspecteur Barlow... Si Winston Nkata — et non Barbara — s'était emparé de cette arme... (Elle l'avait fixé, le visage grave.) Tu aurais été aussi en colère ? »

La réponse avait fusé :

« Ce n'est pas une question de sexe. Tu devrais le savoir. Tu me connais mieux que ça.

— Je te connais, oui », avait-elle répondu tranquillement.

Il avait réfléchi plus d'une fois à sa question pendant les cent premiers kilomètres du trajet qui le menait dans le Derbyshire. Mais chaque fois qu'il examinait ses réactions possibles à la question et à l'insubordination de Havers en mer du Nord, sa réponse restait la même. Havers s'était laissée aller à commettre une agression et non à faire preuve d'initiative. Et ça, rien ne pouvait le justifier. Si Winston Nkata avait brandi le revolver — hypothèse ridicule —, il aurait réagi de la même façon. C'était certain.

Pour l'heure, alors qu'il s'engageait sur le parking de Maiden Hall, sa colère était tombée, remplacée par un sentiment de malaise identique à celui qui l'avait envahi lorsqu'il avait appris la visite d'Andy Maiden à sa fille. Il immobilisa la voiture et contempla l'hôtel sous la pluie.

Il ne pouvait se résoudre à croire ce que les faits lui demandaient de croire. Tendant le bras vers la banquette arrière, il prit son parapluie. Sous l'orage, il traversa le parking. Une fois à l'intérieur de l'hôtel, il demanda au premier employé qu'il aperçut d'aller lui chercher Andy Maiden. Cinq minutes plus tard, l'ancien officier de police du SO10 se présentait devant lui. Seul.

— Tommy, vous avez du nouveau ? Suivez-moi.

Il l'entraîna vers le bureau jouxtant la réception. Et referma soigneusement la porte.

— Parlez-moi d'Islington en mai, Andy, attaqua Lynley sans autre préambule. « Je préfère te voir morte plutôt que de te laisser faire ça », est-ce que cette phrase vous rappelle quelque chose ?

Maiden s'assit. Il désigna un siège à Lynley. Il attendit pour répondre que ce dernier se fût assis. Puis, après avoir rassemblé ses forces :

— Le sabot.

— Personne ne vous a jamais accusé d'être un flic incompétent.

— On peut en dire autant de vous, Tommy. Vous

avez fait du bon boulot. J'ai toujours pensé que vous vous distingueriez au sein de la Criminelle.

— J'ai une équipe efficace. Parlez-moi d'Islington.

Cette fois, ils étaient dans le vif du sujet. Il y avait tant d'angoisse dans le regard de Maiden que Lynley dut lutter pour s'interdire d'éprouver un sentiment de pitié envers lui.

— Elle voulait me voir. Alors j'y suis allé.

— En mai dernier. A Londres, précisa Lynley. Vous êtes allé à Islington voir votre fille.

— C'est exact.

Maiden avait cru que Nicola voulait prendre des dispositions pour faire transporter ses affaires dans le Derbyshire pour l'été avant de prendre ses fonctions chez Will Upman. Au lieu de voyager en avion ou en train, il avait pris la Land Rover, de façon à pouvoir l'aider à déménager son matériel.

— Elle ne voulait pas rentrer, poursuivit Maiden. Ce n'était pas pour me parler déménagement qu'elle m'avait demandé de passer à Londres. Mais pour m'entretenir de ses projets d'avenir.

— La prostitution. Son installation à Fulham.

— Oh mon Dieu, chuchota Maiden après s'être éclairci la gorge.

Luttant contre sa tendance naturelle à l'empathie, Lynley se rendit néanmoins compte qu'il ne pouvait forcer son interlocuteur à lui exposer en détail les faits qu'il avait glanés ce jour-là à Londres. Aussi s'en chargea-t-il pour lui. Lynley repassa donc les événements tels qu'il les avait appris, du job de Nicola chez MKR en qualité de stagiaire puis de call-girl jusqu'à son association avec Vi Nevin et au choix de sa spécialité — la domination. Il conclut en disant :

— D'après Sir Adrian, ce qui l'a poussée à se rendre dans le Nord pour l'été au lieu de rester à Londres tient en un mot : l'argent.

— C'était un compromis, corrigea Maiden. Elle l'a fait pour moi.

Ils s'étaient violemment disputés mais finalement il

avait réussi à lui faire accepter le boulot chez Upman — histoire de voir si ça ne la réconcilierait pas avec le droit. En lui versant plus que ce qu'elle aurait engrangé en restant en ville, il avait obtenu qu'elle coopère. Il lui avait fallu prendre un prêt bancaire pour pouvoir lui verser la somme qu'elle avait demandée à titre de dédommagement, mais il avait estimé que c'était de l'argent bien placé.

— Vous étiez à ce point convaincu que le droit finirait par la tenter ? fit Lynley, songeant que rien n'était moins sûr.

— J'étais surtout persuadé que Will Upman saurait la retenir, rétorqua Maiden. Je l'ai vu à l'œuvre avec les femmes. Il a l'art et la manière. Je me disais que Nicola et lui... J'étais prêt à tout, Tommy. Je me disais que seul un homme — à condition que ce soit le bon — réussirait à lui faire entendre raison.

— N'aurait-il pas mieux valu compter sur Julian Britton ? Il était amoureux d'elle, n'est-ce pas ?

— Julian la désirait beaucoup trop vivement, ses sentiments étaient beaucoup trop évidents. Il lui fallait un homme capable de la séduire et de la maintenir dans la tension permanente de l'incertitude. Upman me semblait tout désigné pour jouer ce rôle. (Maiden parut se rendre compte de ce qu'il venait de dire, car il se mit à pleurer.) Mon Dieu, Tommy, voilà par quoi il a fallu que je passe, fit-il, un poing sur la bouche.

C'est à ce moment-là que Lynley se trouva face à ce qu'il avait refusé de voir jusqu'à présent. Il avait refusé de considérer cet homme comme un possible coupable en raison de ce qu'il avait été au Yard, alors que précisément son passé éclairait sa culpabilité comme rien d'autre n'aurait pu le faire. Maître ès dissimulation, Andy Maiden avait passé des décennies dans les enfers de l'immersion, où la frontière entre réalité et fantasme, illégalité et honneur, après s'être estompée, finit par devenir inexistante.

— Racontez-moi comment ça s'est passé, fit Lynley. Qu'avez-vous utilisé en dehors du couteau ?

Maiden laissa retomber sa main.

— Dieu du ciel... fit-il d'une voix rauque. Tommy, vous ne pensez pas... (Puis il parut se repasser ses répliques afin d'essayer de comprendre d'où venait le malentendu.) Elle m'a obligé à la payer. Je l'ai payée pour qu'elle travaille pour Upman. Je voulais donner à ce dernier une chance de la faire revenir sur sa décision... De façon que sa mère ne découvre jamais ce qu'elle était... Ça l'aurait démolie, Nan. Mais mon Dieu, non, vous ne pouvez pas penser que je l'ai tuée. J'étais ici la nuit où elle est morte. A l'hôtel. Seigneur, c'était ma fille unique, Tommy...

— Et elle vous a trahi. Après tout ce que vous aviez fait pour elle, vous lui aviez donné la vie...

— Je l'aimais. Vous avez des enfants ? Savez-vous ce que c'est que de voir l'avenir de votre fille et de savoir que vous continuerez à vivre quoi qu'il arrive simplement parce qu'elle existe ?

— Une prostituée ? Une professionnelle qui gagne sa vie en se rendant chez des messieurs qu'elle fouette à tour de bras ? « Je préfère te voir morte plutôt que de te laisser faire ça. » Ce sont vos propres paroles. Et elle regagnait Londres la semaine d'après, Andy. En la payant pour la persuader de travailler à Buxton, vous n'aviez réussi qu'à reculer pour mieux sauter.

— Je ne l'ai pas tuée ! Tommy, écoutez-moi ! J'étais là, mardi soir !

Maiden avait élevé la voix et un coup fut frappé à la porte. Celle-ci s'ouvrit sur Nan Maiden dont le regard passa de Lynley à son mari. Elle ne souffla mot.

Mais c'était inutile : Lynley lisait sur son visage. Elle sait ce qu'il a fait, songea-t-il. Depuis le début, elle est au courant.

— Laisse-nous, cria Maiden à sa femme.

— Je ne crois pas que ce soit nécessaire, fit Lynley.

Barbara Havers n'était jamais allée à Westerham et elle s'aperçut bientôt qu'il n'y avait pas de trajet commode pour s'y rendre de chez les Saint James. Elle avait fait un saut chez eux à Chelsea, au sortir d'Eaton Terrace — pourquoi n'y serait-elle pas allée ? Elle était à deux pas de King's Road, et Cheyne Row était vraiment tout près —, car elle avait hâte de lâcher la vapeur devant le couple qui avait certainement lui aussi à un moment ou un autre fait les frais de l'irrationalité insupportable de l'inspecteur Lynley. Toutefois, elle n'avait pas eu l'occasion de vider son sac. Car Deborah, après lui avoir ouvert et poussé un cri de joie inexplicable en direction du bureau-bibliothèque, l'avait attirée à l'intérieur, l'accueillant comme elle aurait accueilli un soldat revenant du front.

« Simon, regarde ! Quelle coïncidence ! C'était écrit ! »

La discussion qui avait suivi avait poussé Barbara à se rendre dans le Kent. Avant d'arriver là-bas, cependant, elle avait dû batailler ferme pour traverser un labyrinthe de rues embouteillées. Elle s'était égarée de l'autre côté d'Albert Bridge, où une seconde d'inattention lui valut de perdre son sang-froid et quelque vingt bonnes minutes à la hauteur de Clapham Common, tout ça pour attraper la A205. Une fois qu'elle l'eut trouvée et se fut frayé un chemin jusqu'à Lewisham, elle commença à se demander si c'était une bonne idée de recourir au Net pour dénicher des experts.

L'expert en question habitait Westerham, où il tenait un petit magasin non loin de Quebec House. « Impossible de le rater, lui avait-il dit au bout du fil. Quebec House est en haut d'Edenbridge Road. Il y a une pancarte devant. Quebec House est ouvert aujourd'hui. Il y aura sûrement des cars au parking. Moi je suis à moins de cinq cents mètres, au sud. »

Effectivement, dans une construction de bardeaux. Au-dessus de la porte de cette maison, une enseigne : *L'Archerie*.

Le propriétaire avait nom Jason Harley, et sa boutique lui tenait également lieu de domicile. Domicile où un mur sans doute pensé par un émule de Salomon coupait la bâtisse originelle en deux. Dans ce mur avait été pratiquée une porte de belle taille par laquelle apparut Harley dans son fauteuil roulant hypersophistiqué d'athlète de marathon lorsque Barbara eut sonné.

— Constable Havers ?

— Barbara.

Il rejeta en arrière une masse de cheveux blonds très épais et raides comme des baguettes.

— Va pour Barbara. Vous avez eu du pot de me trouver là. Généralement, le dimanche, je tire. (Reculant, il lui fit signe d'entrer.) Assurez-vous que la pancarte est du côté *fermé*. J'ai un club de fans dans le coin. Ils déboulent chez moi quand je suis ouvert, fit-il, ironique.

— Des ennuis ? s'enquit Barbara, songeant aux tracasseries que des hooligans ou des petits loulous pouvaient s'amuser à faire subir à un paraplégique.

— Des mômes de neuf ans. J'ai fait un laïus dans leur école. Résultat, je suis devenu leur héros. Voyons, Barbara, en quoi puis-je vous être utile ? Vous vouliez voir ce que je vends...

— Exact.

Ils l'avaient découvert sur Internet, où il avait un site, et le fait qu'il fût si près de Londres avait incité Barbara à le prendre comme expert. Au téléphone, lequel sonnait aussi bien à la boutique que chez lui, Jason Harley lui avait dit qu'il n'ouvrait pas le dimanche. Mais lorsqu'elle lui avait expliqué les raisons de sa visite, il avait accepté de la recevoir.

Pour l'instant, elle était dans l'échoppe et examinait les matériaux dont Harley se servait dans sa profession : la fibre de verre, l'if, le carbone. Contre les murs, des râteliers. Des vitrines s'alignaient le long de l'allée centrale de la boutique. A l'autre bout, un atelier. A la place d'honneur, sur un socle en érable, une médaille ornée d'un ruban trônait sous verre. Médaille d'or olympique, constata Barbara. Jason Harley était quelqu'un. Et pas seulement à Westerham.

Lorsqu'elle reporta son attention sur lui, elle vit qu'il l'observait.

— Je suis très impressionnée. Vous avez tiré de votre fauteuil ?

— J'aurais pu. Je pourrais le faire aujourd'hui si j'avais davantage de temps pour m'entraîner. Mais je n'étais pas encore cloué dans un fauteuil, à l'époque. Le fauteuil, c'est venu après. Un accident. Deltaplane.

— C'est moche.

— Pas trop à me plaindre. Je me débrouille. Je m'en sors même mieux que d'autres. Et maintenant que puis-je faire pour vous, Barbara ?

— Parlez-moi des flèches en cèdre.

La médaille d'or remportée par Jason Harley aux Jeux était l'aboutissement d'années de compétition et de pratique. Ces années de compétition et de pratique lui avaient permis d'acquérir une exceptionnelle maîtrise dans l'art du tir à l'arc. Son accident l'avait obligé à se demander comment se recycler afin de subvenir aux besoins de la petite famille qu'il souhaitait fonder avec son amie. C'est ainsi qu'avait germé l'idée du magasin. Il y vendait les flèches de carbone tirées par les arcs modernes en fibre de verre ou en lamelles de bois et il fabriquait à la main et commercialisait les flèches de bois utilisées par les archers de jadis, notamment à la bataille d'Azincourt.

Il équipait également ses clients en accessoires nécessaires à la pratique du tir : des diverses protections de cuir pour la main et le torse jusqu'aux têtes de flèche — qu'on appelait des pointes —, qui différaient selon l'usage qu'on souhaitait en faire.

Qu'aurait-on utilisé pour tuer un jeune homme de dix-neuf ans dans le dos ? Telle était la question qui brûlait les lèvres de Barbara. Pourtant, elle y alla mollo, sachant qu'il lui faudrait un sacré dossier à présenter à Lynley si elle voulait avoir une chance d'ébranler ses certitudes et de lui faire épouser sa thèse.

Elle demanda à Harley de lui parler des flèches de bois qu'il fabriquait. Particulièrement de celles qui étaient réalisées en cèdre de Port Orford.

Le cèdre était la seule variété de bois qu'il travaillait, lui précisa-t-il. Les fûts provenaient de l'Oregon. Ils étaient pesés, calibrés, soumis à divers tests de résistance avant d'être expédiés en Angleterre.

— Ils sont étonnamment costauds. C'est indispensable parce que plus l'arc a de puissance, plus la flèche doit avoir de résistance. Il existe également des flèches en pin ou en frêne, ajouta-t-il après lui avoir mis en main une flèche en cèdre. Certaines sont façonnées dans des bois locaux ou dans des essences provenant de Suède. Toutefois, c'est le cèdre de l'Oregon qui est le plus facile à trouver dans le commerce — sans doute parce qu'il pousse là-bas en quantité, je suppose —, et vous pourrez constater, si vous étudiez la question, que toutes les archeries d'Angleterre le commercialisent.

Il l'entraîna vers le fond du magasin où se trouvait l'atelier. Là, un plan de travail à hauteur de la taille faisait office d'établi, lui permettant de passer sans difficulté de l'un à l'autre de ses outils, de la scie à la station d'encollage. La pointe était fixée avec de l'Araldite. Et, comme il l'avait spécifié, les pointes différaient selon l'usage auquel la flèche était destinée.

— Certains adeptes du tir préfèrent fabriquer eux-mêmes leurs flèches, résuma-t-il. Mais c'est un boulot de dingue, comme vous devez vous en douter. Alors ils s'arrangent pour trouver un facteur de flèches à leur convenance et lui acheter leur matériel. Le fabricant peut les personnaliser en fonction des desiderata des clients aux fins d'identification...

— D'identification ?

— A cause des compétitions. Le grand arc s'utilise presque essentiellement en compétition aujourd'hui.

Il existait deux types de compétition pour les archers tirant au grand arc : le tir en tournoi et le tir nature. Dans le premier cas, les sportifs tiraient sur des cibles traditionnelles : douze douzaines de flèches à des distances variables de la cible. Dans le second, ils tiraient, dans des régions boisées ou sur des collines, sur des cibles en papier où étaient silhouettés des animaux. Dans un cas comme dans l'autre, la seule façon de désigner le vainqueur, c'était d'identifier les signes distinctifs portés par la flèche tirée. Tous les adeptes de la compétition en Angleterre faisaient en sorte que leurs flèches soient distinctes de celles des autres participants.

— Sinon, comment sauraient-ils quelle flèche a touché le cœur de cible ?

— En effet, acquiesça Barbara.

Elle avait lu le compte rendu d'autopsie de Terry Cole. De par sa conversation avec Saint James, elle savait qu'on avait parlé à Lynley d'une troisième arme en plus du couteau et de la pierre ayant servi à tuer les victimes. Cette troisième arme étant maintenant pratiquement identifiée, elle commençait à entrevoir les circonstances exactes du crime.

— Dites-moi, Mr Harley, si on prend le cas d'un archer expérimenté utilisant un grand arc — de quelqu'un qui aurait quelque chose comme une dizaine d'années d'expérience de ce sport derrière lui —, combien de temps s'écoule-t-il entre deux lancers de flèches ?

Harley réfléchit, tirant sur sa lèvre inférieure.

— Dix secondes maximum, je dirais.

— C'est si long que ça ?

— Je vais vous montrer. (Elle crut qu'il allait faire lui-même la démonstration. Au lieu de quoi, il alla prendre un carquois au râtelier, y glissa six flèches et fit signe à Barbara de s'approcher.) Droitière ou gauchère ?

— Droitière.

— Bon, tournez-vous.

Se sentant un peu bête, elle le laissa lui passer le carquois et le fixer avec la courroie.

— Imaginez que l'arc est dans votre main gauche, fit-il lorsque le carquois fut en place. Tendez le bras pour prendre une flèche. Une seule. (Lorsqu'elle y fut parvenue, non sans tâtonnements, il lui expliqua comment la positionner sur la corde en Dacron. Ensuite, il lui dit qu'il lui faudrait bander l'arc et viser.) Vous devez recharger et viser de nouveau après chaque tir. Un bon archer est capable d'effectuer la manœuvre en moins de dix secondes. Mais quelqu'un comme vous... ne le prenez pas mal...

— Moi, c'est plutôt vingt minutes qu'il me faudrait, fit Barbara en riant.

Elle s'examina dans la glace accrochée sur la porte par laquelle Jason était entré. Là, elle s'exerça à attraper une flèche dans le carquois. Elle se représenta avec un arc, essaya d'imaginer la cible devant elle : non une cible inerte, en papier, mais un être humain vivant. Deux, plus exactement, assis près d'un feu de camp — seule lumière visible sur la lande.

Il n'a pas tiré sur la fille parce que ce n'était pas après elle qu'il en avait, songea-t-elle. Mais il n'avait pas d'autre arme sur lui, et il lui fallait absolument tuer le garçon, il avait donc dû utiliser ce qu'il avait et espérer qu'il ferait mouche parce que en présence d'une autre personne il n'aurait pas la possibilité de décocher une seconde flèche sur Cole.

Alors, que s'était-il passé ? Il avait raté sa cible. Peut-être que le jeune homme avait bougé à la dernière minute. Peut-être qu'en visant le cou il l'avait touché plus bas, au dos. La fille, réalisant que quelqu'un dans l'obscurité en voulait à leur vie, avait dû bondir et tenter de prendre la fuite. Comme elle courait et qu'il faisait nuit, l'arc et la flèche étaient sans pouvoir contre elle. Alors il l'avait poursuivie, lui avait réglé son compte et était retourné s'occuper du jeune homme.

— Jason, si on vous tirait une flèche dans le dos, vous sentiriez quoi ? Vous sauriez que vous avez été touché par une flèche ?

Harley reporta son attention sur le râtelier comme si là se trouvait la réponse.

— Un coup violent, pour commencer, voilà ce que je ressentirais. Genre coup de marteau.

— Vous pourriez bouger ? Vous tenir debout ?

— Pourquoi pas ? Avant d'avoir pris conscience de ce qui vous est arrivé, possible. Parce que après, vous êtes en état de choc. Surtout si, en tendant la main, vous sentez dépasser le fût de votre dos. Seigneur, quelle horreur... Il y a de quoi vous faire...

— Perdre connaissance ? Tomber ?

— C'est sûr.

— Et dans votre chute la flèche se briserait, n'est-ce pas ?

— Possible, tout dépend de la façon dont vous tombez.

Ce qui aurait, conclut-elle en silence, fort bien pu faire se déloger un éclat de bois lorsque le tueur — impatient d'arracher du corps la seule chose capable de le faire identifier par la police — avait extrait le reste de la flèche du dos de sa victime. Mais Terry Cole n'était pas mort. Seulement sous le choc. Aussi le tueur devait-il revenir finir la besogne après avoir défoncé le crâne de la fille. Comme il n'avait d'autre arme que son arc, il lui fallait en trouver une près du campement.

L'ayant trouvée et ayant achevé le garçon à coups de couteau, il se retrouvait libre de chercher ce qu'il supposait que Terry Cole transportait : la musique de Chandler, source d'une fortune dont les dispositions testamentaires de son père l'avaient privé.

Il ne restait plus qu'un détail à clarifier avec Harley.

— Jason, est-ce que l'extrémité d'une flèche...

— La pointe, corrigea-t-il.

— Est-ce que la pointe peut transpercer de la chair humaine ? Je croyais que les flèches, quand on les transportait, devaient être munies d'embouts de protection en caoutchouc...

— Des ventouses, vous voulez dire ? Comme celles avec lesquelles jouent les gosses ?

Il fit rouler son fauteuil jusqu'à une vitrine où il prit une petite boîte qu'il vida sur le comptoir. Ça, lui dit-il, c'étaient des pointes utilisées au bout des flèches de cèdre. Les plus communes étaient les têtes fuselées. Barbara pouvait en toucher le fuseau si elle le souhaitait.

Elle ne se fit pas prier. La pièce métallique, d'abord cylindrique, allait en s'effilant et paraissait tout à fait capable de causer une perforation mortelle pour peu que la flèche fût tirée avec suffisamment de force. Tandis qu'elle tâtait du doigt l'extrémité de métal, Harley continuait de discourir sur les têtes qu'il commercialisait. Il lui montra des pointes à lames et des pointes destinées à la chasse. Enfin, il sortit du lot des répliques d'armes médiévales.

— Celles-ci, on s'en sert lors des démonstrations et des batailles...

— Des batailles ? fit Barbara, interloquée. Les gens se tirent dessus à coup de flèches ?

— Il ne s'agit pas de vraies batailles, bien sûr, fit Harley, riant. Et quand les hostilités commencent, les flèches sont équipées d'embouts de caoutchouc, comme ça elles ne sont pas dangereuses. Ce sont des reconstitutions. Les guerriers du week-end rassemblés dans une cour de château rejouent la guerre des Deux-Roses. Il y en a dans tout le pays, des manifestations de ce genre.

— Les gens s'y rendent en voiture, n'est-ce pas ? Avec leurs arcs et leurs flèches dans le coffre de leur voiture ?

— Exactement.

27

La pluie tombait sans discontinuer. Le vent s'était mis de la partie. Sur le parking de l'hôtel de l'Ange Noir, vent et pluie fouaillaient les ordures détrempées d'une benne chargée jusqu'à la gueule. Le vent soulevait et projetait en l'air cartons et vieux journaux que le déluge collait contre les pare-brise et les roues des véhicules vides.

Lynley descendit de la Bentley, parapluie tendu pour se protéger de l'orage de fin d'été. Sa valise à la main, il se dépêcha de tourner le coin du bâtiment pour atteindre la porte de l'établissement. A l'entrée, aux patères courbes d'un perroquet étaient accrochés les imperméables et vestes dégoulinant d'eau des quelque dix ou douze clients du dimanche dont Lynley distinguait les silhouettes par la vitre ambrée de la porte du bar. Près du portemanteau, une dizaine de parapluies ruisselants étaient fichés dans une sorte de bac métallique et luisaient sous la lumière du porche où Lynley se mit à taper des pieds dans ses chaussures mouillées pour tenter d'en faire quelque peu partir l'humidité. Il suspendit son manteau avec les autres, joignit son parapluie à ceux qui se trouvaient là et, traversant le bar, gagna la réception.

Si le propriétaire de l'Ange Noir fut surpris de le revoir si tôt, il ne le manifesta pas. La saison touristique touchait pratiquement à sa fin. Il n'allait pas mégoter sur les rares clients qui se présenteraient chez lui au cours des mois à venir. Il lui remit une clé — la même, hélas, constata Lynley, que celle qu'il avait eue à son précédent passage — et demanda à l'inspecteur s'il voulait qu'on lui monte ses bagages ou s'il préférait s'en charger lui-même. Lynley lui passa sa valise et se dirigea vers le bar pour se restaurer.

On ne servait plus à déjeuner. Mais on lui proposa de lui confectionner une salade au jambon, ou une pomme de terre farcie en robe des champs. Du moment qu'il n'était pas difficile sur la farce. Ayant déclaré avoir des goûts simples, Lynley commanda les deux.

Toutefois, lorsqu'il se trouva face à la nourriture, il constata qu'il n'était pas aussi affamé qu'il se l'était imaginé. Il s'attaqua à sa pomme de terre au cheddar mais, lorsqu'il approcha la fourchette de sa bouche, il eut un mouvement de recul à l'idée d'avaler quelque chose de solide. Posant sa fourchette, il attrapa sa bière. Il pouvait toujours prendre une cuite.

Il voulait les croire. Non parce qu'ils étaient en mesure de lui offrir des preuves pour étayer leurs dires, mais parce qu'il ne voulait croire à rien d'autre. Les flics tournaient mal parfois. Et cela, seul un imbécile aurait pu le nier. Il suffisait de prononcer des noms comme Birmingham, Guildford et Bridgewater pour s'en convaincre. Les inculpés dans ces affaires — respectivement au nombre de six, quatre et quatre — avaient été condamnés grâce à des preuves fallacieuses, des passages à tabac en salle d'interrogatoire, des aveux extorqués par la violence ou dont les signatures étaient des faux grossiers. Chacune de ces condamnations avait été obtenue par le truchement d'une police dévoyée et inexcusable. Effectivement, il existait des flics pourris. C'était même une race qui n'était pas près de disparaître. Certains trop zélés, d'autres sur le fil du rasoir, d'autres encore corrompus jusqu'à la moelle. D'autres, enfin, trop paresseux ou trop ignorants pour faire leur boulot comme il le méritait.

Mais Lynley refusait de croire qu'Andy Maiden était un policier qui avait mal tourné. De même qu'il refusait de croire qu'Andy pût n'être qu'un père qui avait perdu patience avec son enfant et échoué dans son métier de parent. Maintenant encore, après son entretien avec Andy, après avoir observé les faits et gestes de cet homme et de sa femme et pesé la signification des paroles qu'ils avaient échangées, Lynley constatait que son cœur et son esprit étaient loin de converger.

Nan Maiden les avait rejoints dans le petit bureau étroit derrière la réception. Elle avait fermé la porte.

« Non, Nancy. Les clients... On n'a pas besoin de toi ici », lui avait dit son mari.

Et de lancer un regard suppliant à Lynley, qui n'en avait pas tenu compte. Car ils allaient avoir besoin de Nan Maiden s'ils voulaient tirer au clair ce qui était arrivé à Nicola sur la lande de Calder.

« Nous n'attendions personne d'autre aujourd'hui, avait-elle dit à Lynley. J'ai expliqué hier à l'inspecteur Hanken qu'Andy était à la maison cette nuit-là. Je lui ai expliqué...

— On me l'a répété, oui.

— Dans ce cas je ne vois pas l'utilité de nous poser davantage de questions. (Elle était plantée, très raide, près de la porte et ce fut d'un ton tout aussi rigide qu'elle poursuivit :) Je sais que c'est pour cela que vous êtes venu, inspecteur. Pour interroger Andy. Au lieu de nous en dire plus long sur la mort de Nicola. Andy ne ferait pas cette tête-là — il a l'air ravagé — si vous n'étiez pas venu lui demander s'il... était allé sur la lande pour... (La voix lui manqua.) Il était ici même mardi soir. Je l'ai dit à l'inspecteur Hanken. Que voulez-vous de plus ? »

Toute la vérité, aurait voulu lui rétorquer Lynley. Et qu'ils la regardent en face. Mais à la dernière minute, alors qu'il aurait pu lui révéler la nature des activités de sa fille à Londres, il s'était abstenu. La vérité sur Nicola finirait par se faire jour — dans les salles d'interrogatoire, les dépositions, au procès —, mais il n'y avait pas de raison de la révéler maintenant tel un squelette ricanant arraché à un placard dont la mère de la jeune fille ignorait l'existence. Il pouvait exaucer les souhaits d'Andy Maiden et se taire, pour le moment du moins.

« Qui peut corroborer votre déclaration, Mrs Maiden ? L'inspecteur Hanken m'a dit qu'Andy était allé se coucher de bonne heure. Est-ce que quelqu'un d'autre que vous l'a vu ?

— Qui d'autre ? Le personnel n'a pas pour habitude de rôder du côté des appartements privés...

— Vous n'aviez demandé à aucun de vos employés pendant la soirée de monter voir si Andy n'avait besoin de rien ?

— Je m'en suis chargée moi-même.

— Donc, vous voyez le problème...

— Non. Je vous dis qu'Andy n'a pas... (Elle plaqua ses poings contre sa gorge et ferma les yeux.) Il ne l'a pas tuée ! »

Les mots étaient enfin sortis. Mais, alors même qu'ils étaient prononcés, Nan Maiden ne posa pas la question qui venait logiquement à l'esprit : « Pourquoi ? Pourquoi mon mari aurait-il assassiné sa propre fille ? » C'était en soi une omission parlante.

Poser cette question aurait été pour Nan Maiden la meilleure façon de récuser les conjectures de la police concernant son époux. Mais elle ne la posa pas. Et comme la plupart des gens qui s'abstiennent de poser des questions lorsque ces dernières sont nécessaires, elle s'était trahie. Car, en posant la question, elle donnait à Lynley la possibilité de semer dans son esprit les germes d'un doute qu'elle ne pouvait se permettre d'y laisser croître. Mieux valait nier et éviter l'obstacle que de penser l'impensable et devoir ensuite apprendre à l'accepter. Lynley ne la poussa pas dans ses retranchements et il s'abstint de répondre à la question qu'elle n'avait pas formulée.

« Que saviez-vous des projets d'avenir de Nicola ? avait fait Lynley, s'adressant aux deux parents et laissant à Maiden le privilège d'annoncer à sa femme ce qu'était devenue leur fille unique.

— Notre fille n'a pas d'avenir, rétorqua Nan. Ses projets, quels qu'ils aient pu être, sont sans intérêt.

— Je veux passer au détecteur de mensonges, déclara abruptement Andy Maiden. (A ces mots, Lynley comprit combien il était désireux de tenir sa femme en dehors de ce qui concernait la vie londonienne de leur progéniture.) Ça ne devrait pas présenter de difficultés insurmontables, n'est-ce pas ? On peut trouver quelqu'un... Je veux passer au détecteur, Tommy.

— Non, Andy.

— Nous y passerons même tous les deux, si vous voulez, fit Maiden sans tenir compte de l'intervention de sa femme.

— Andy !

— Comment lui faire comprendre autrement qu'il s'oriente dans la mauvaise direction ?

— Mais avec tes nerfs et l'état dans lequel tu... Ils vont se crisper. Ne fais pas ça.

— Je n'ai pas peur. »

Et de fait, Lynley avait bien vu qu'il semblait à l'aise et ne rien redouter. Il se raccrocha à ce détail pendant le trajet du retour jusqu'à Tideswell et l'hôtel de l'Ange Noir.

Pour l'instant, son repas devant lui, Lynley réfléchit à ce que signifiait cette absence d'appréhension. Innocence, bravade ou dissimulation ? Et malgré ce que Lynley avait appris sur cet homme, il savait à laquelle de ces trois réactions allaient encore ses préférences.

— Inspecteur Lynley ?

Il leva le nez. La barmaid était plantée près de lui, fronçant les sourcils à la vue de son dîner resté en plan. Il allait s'excuser d'avoir commandé ce qu'il n'avait pas réussi à consommer lorsqu'elle le devança :

— Un coup de fil de Londres. Le téléphone est derrière le bar.

C'était Winston Nkata et c'était urgent.

— Ça y est, patron, dit-il, laconique, en entendant la voix de Lynley. L'autopsie a révélé la présence d'un morceau de cèdre dans le corps de Cole. D'après Saint

James, la première arme du crime était une flèche. Tirée dans le noir. La fille a pris la fuite afin qu'il ne puisse lui tirer dessus. Il a été obligé de lui donner la chasse et de lui écrabouiller la tête avec une pierre.

Et Nkata d'expliquer. Le détail que Saint James avait relevé en lisant le compte rendu d'autopsie, comment il avait interprété cette donnée, et ce que lui-même avait appris sur les flèches et les arcs, et qu'il tenait d'un facteur de flèches du Kent.

— Le tueur a dû repartir, son coup fait, avec la flèche, termina Nkata. Toutes les flèches sont marquées aux fins d'identification.

— Marquées comment ?

— Elles portent les initiales du tireur.

— Seigneur. Autant dire que ça équivaut à signer le crime.

— Eh oui. Les initiales peuvent être sculptées ou pyrogravées dans le bois du fût ou se présenter sous forme de décalcomanies. Mais, sur une scène de crime, elles ont la même valeur que des traces papillaires.

— Félicitations, Winnie. Excellent travail.

Le constable s'éclaircit la gorge.

— Ouais, bon.

— Alors si on trouve l'archer, on trouve le tueur.

— Ça m'en a tout l'air, acquiesça Nkata qui posa la question qui s'imposait logiquement : Vous avez parlé aux Maiden, inspecteur ?

— Maiden veut passer au détecteur de mensonges, fit Lynley en résumant son entretien avec les parents de Nicola.

— N'oubliez surtout pas de lui demander s'il joue à la guerre de Cent Ans pendant ses loisirs.

— Pardon ?

— Les gens qui tirent au grand arc s'adonnent à la compétition, participent à des tournois, à des reconstitutions historiques. Alors, est-ce que Mr Maiden s'amuse à se battre contre les Français au fond de son Derbyshire ?

Lynley inspira à fond. Il eut l'impression qu'on lui

ôtait un poids de la poitrine tandis qu'au même moment un voile de brouillard se dissipait dans son cerveau.

— Broughton Manor, dit-il.

— Quoi ?

— C'est là que je vais trouver un grand arc, expliqua Lynley. Et j'ai ma petite idée sur la personne qui sait s'en servir.

A Londres, Barbara regarda Nkata raccrocher. Il l'observait, la mine sombre.

— Quoi ? fit-elle, soudain oppressée. Ne me dites pas qu'il ne vous a pas cru, Winnie...

— Il m'a cru.

— Dieu merci. (Elle le scruta : il semblait grave.) Alors quoi ?

— C'est votre boulot, Barb. Ces félicitations, je ne les ai pas méritées. C'est à vous qu'elles reviennent.

— Oh... Vous pensez tout de même pas qu'il m'aurait écoutée si je lui avais téléphoné la nouvelle ? Il valait mieux qu'on procède comme ça.

— Résultat des courses, mon image de marque en sort grandie. J'ai le vent en poupe. Ça me plaît d'autant moins que je n'ai rien fait pour obtenir ce résultat...

— N'y pensez plus. C'était la seule façon de s'y prendre. Me laisser en dehors du coup pour éviter à Sa Majesté de piquer une crise. Qu'est-ce qu'il a l'intention de faire, maintenant ?

Et Nkata de lui rapporter que Lynley comptait retrouver l'arc à Broughton Manor. Elle secoua la tête.

— Il va faire chou blanc, Winnie. Il n'y aura pas de grand arc dans le Derbyshire.

— Comment pouvez-vous être aussi affirmative ?

— Je le sens. (Elle rassembla les affaires qu'elle avait apportées dans le bureau de Lynley.) Je vais me faire porter pâle un jour ou deux. La grippe. Bien entendu, je ne vous ai rien dit. Okay ?

— Qu'allez-vous faire ? fit Nkata après avoir hoché la tête en signe d'assentiment.

Barbara brandit le document que Jason Harley lui avait remis avant qu'elle ne quitte son magasin de Westerham. C'était le listing des clients à qui il adressait ses catalogues. Il le lui avait généreusement communiqué, avec les factures des gens qui lui avaient passé commande au cours des six derniers mois. « J'ignore si ça vous sera très utile, car les magasins où se fournissent les amateurs de tir à l'arc sont légion dans le pays. Les maisons où votre homme a pu commander ses flèches, c'est pas ce qui manque. Mais si vous voulez jeter un œil, je vous la donne volontiers. »

Elle avait sauté sur la proposition. Elle avait même embarqué deux de ses catalogues pour faire bonne mesure. De la lecture distrayante pour le dimanche soir, s'était-elle dit en les fourrant dans son sac. Les choses étant ce qu'elles étaient, elle n'avait rien d'autre à foutre. Que dalle.

— Et vous ? demanda-t-elle à Nkata. L'inspecteur vous a confié une autre mission ?

— La soirée de dimanche avec Papa-Maman.

— Ça, c'est une mission... (Elle le salua et s'apprêtait à sortir lorsque le téléphone sonna.) Oh... Je sens que c'est mal barré pour votre petite soirée, Winston. M'est avis que vous allez devoir faire une croix dessus.

— Merde, maugréa-t-il en attrapant le téléphone. (De son côté, la conversation se résuma à :) Non, il n'est pas là. Désolé... Dans le Derbyshire... Constable Winston Nkata. Ouais. Très bien. C'est pas exactement la même affaire, j'en ai peur... (Une pause plutôt longue, suivie de :) Vraiment ? (Un sourire. Nkata regarda Barbara et leva le pouce pour lui faire signe que tout baignait.) Bonne nouvelle. Pouvait pas y en avoir de meilleure. Merci. (Il écouta encore un peu, consulta la pendule murale.) Très bien. On fait comme ça. Dans trente minutes ? Ouais. Oh, on a quelqu'un qui va pouvoir prendre une déposition, vous inquiétez pas. (Il raccrocha, jeta un coup d'œil à Barbara.) Et ce quelqu'un, c'est vous, Barb.

— Moi ? Une petite minute, Winnie, vous n'avez pas

d'ordre à me donner, protesta Barbara, voyant ses projets pour la soirée de dimanche tomber à l'eau.

— Très juste. Mais je suis sûr que vous voudrez pas rater ça.

— On m'a mise sur une voie de garage. Je m'occupe plus de l'affaire.

— Je sais. Mais vu la tournure que prend l'enquête et l'orientation que lui donne le patron, cette info n'a plus rien à voir avec l'affaire. Je vois donc pas pourquoi vous ne la prenez pas vous-même.

— Prendre quoi ?

— Vi Nevin. Elle a refait surface, Barb. Et faut que quelqu'un prenne sa déposition.

Lynley appela l'inspecteur Hanken chez lui, où il le trouva claquemuré dans son minuscule garage, essayant de monter la balançoire de sa fille.

— Je ne suis pas ingénieur, nom d'un chien, rouspéta Hanken, trop heureux d'être interrompu dans une tâche apparemment impossible.

Lynley le mit au courant pour l'arc et la flèche. Hanken tomba d'accord avec lui : il y avait de grandes chances que l'arme jusque-là introuvable fût une flèche.

— Ça explique pourquoi on ne l'a pas retrouvée dans la benne avec le couteau. Et quant aux initiales gravées dessus, j'ai mon idée...

— Si ma mémoire est bonne, vous m'avez bien expliqué comment Julian Britton s'y prend pour faire de l'argent à Broughton Manor, fit Lynley. Il semblerait que l'étau se resserre autour de lui, Peter. Je me rends là-bas maintenant pour avoir...

— Vous vous rendez... Où diable êtes-vous ? s'enquit Hanken. Je vous croyais à Londres...

Lynley se doutait du chemin que Hanken prendrait dès qu'il aurait connaissance de la raison pour laquelle Lynley avait rebroussé si vite chemin pour le Nord. Et l'inspecteur ne le déçut pas.

— Je savais que c'était Maiden ! s'exclama Hanken

au terme des explications de Lynley. Il a retrouvé la Saab sur la lande, Thomas. Ce qu'il n'aurait jamais pu faire s'il n'avait su où elle était garée pour commencer. Il savait quel métier elle exerçait à Londres et ça, il ne pouvait pas le supporter. Alors, il l'a liquidée. C'était la seule façon de l'empêcher de raconter son histoire à sa mère.

C'était bien vu et tellement près de ce que Maiden souhaitait que Lynley se sentit glacé par la perspicacité de son collègue. Pourtant il dit :

— Andy veut qu'on le passe au détecteur de mensonges. Jamais il ne proposerait une chose pareille s'il avait le sang de Nicola sur les mains...

— Sans blague ! rétorqua Hanken. C'est un flic qui a travaillé des années undercover, ne l'oublions pas. S'il n'avait pas été capable de mentir à des centaines de malfrats, ce serait un homme mort, à l'heure qu'il est. A ce petit jeu du détecteur, il va nous rouler dans la farine. Il en a roulé bien d'autres.

— Celui qui a le mobile le plus sérieux, c'est toujours Julian Britton. Laissez-moi voir si je ne peux pas essayer de le déstabiliser.

— Vous faites le jeu de Maiden, vous vous en rendez compte ? Il vous manipule comme si vous étiez du même bord que lui.

D'une certaine façon, c'était vrai qu'ils étaient du même bord. Mais Lynley refusait de se laisser aveugler par leur passé commun. Il refusait également de rejeter toutes les possibilités, de quelque nature qu'elles soient. Il était aussi imprudent de croire dur comme fer qu'Andy Maiden était le tueur que d'ignorer la culpabilité éventuelle d'un tueur mû par un mobile plus consistant.

Hanken raccrocha. Lynley, qui avait passé l'appel de sa chambre d'hôtel, prit cinq minutes pour défaire sa valise avant de se diriger vers Broughton Manor. Il avait laissé son parapluie et son trench-coat dans le vestibule avant de monter téléphoner dans sa chambre. Il alla les récupérer après avoir donné sa clé à la réception.

Les clients du dimanche après-midi étaient presque tous partis. Il ne restait que trois parapluies dans le porte-parapluie et, en dehors de son imperméable, un blouson accroché au perroquet.

En d'autres circonstances, le blouson n'aurait pas attiré son attention. Mais, tandis qu'il essayait de libérer son parapluie coincé dans les baleines d'un autre, il bouscula le vêtement, le délogea de son perchoir et dut se baisser pour le ramasser.

Que le blouson fût en cuir ne le frappa pas particulièrement dans un premier temps. Ni même que le cuir fût noir. C'est seulement lorsque le silence et l'absence de lumière au bar de l'hôtel lui eurent rappelé que les clients avaient déserté les lieux qu'il réalisa que le blouson n'avait pas de propriétaire.

Son regard navigua de la porte du bar obscur au blouson de cuir, et un frisson le parcourut. Impossible, songea-t-il. Mais, alors même qu'il prononçait silencieusement le mot, ses doigts entrèrent en contact avec la doublure raidie du vêtement. Une seule substance semblait capable d'avoir empesé le tissu souple de cette façon — une substance qui au lieu de sécher se coagulait...

Lynley en laissa échapper son parapluie. Il approcha le blouson de la fenêtre pour l'examiner à la lumière. Et là, il constata que si la doublure avait été endommagée par la substance visqueuse, le cuir avait souffert, lui aussi. Un trou de la grosseur d'une pièce de cinq pence en avait percé le dos.

Lynley savait déjà que la doublure du blouson avait été trempée de sang. Il n'avait pas besoin d'être étudiant en anatomie pour savoir que le trou dans le dos coïncidait exactement avec l'omoplate gauche de la personne qui l'avait porté.

Nan Maiden le découvrit dans son refuge près de leur chambre. Il avait quitté le bureau dès que l'inspecteur était sorti de l'hôtel et elle ne l'avait pas suivi. Au lieu de ça, elle avait passé près d'une heure à ranger le salon après le départ des derniers clients du dimanche et à mettre le couvert pour ceux de ses pensionnaires qui souhaiteraient faire un dîner léger. Après avoir effectué ces préparatifs, s'être assurée à la cuisine que le potage du soir était en bonne voie et avoir fourni des renseignements à des randonneurs américains désireux de rejouer *Jane Eyre* à North Lees Hall, elle se mit en quête de son époux.

Elle avait un prétexte tout trouvé : un repas. Il y avait plusieurs jours qu'elle ne l'avait rien vu avaler et, s'il continuait sur cette lancée, il finirait par tomber malade. Mais c'était tout autre chose qui la préoccupait. Elle voulait dissuader Andy de donner suite à son projet de détecteur, le convaincre de renoncer à se faire poser des électrodes sur le corps la prochaine fois qu'on l'interrogerait. Compte tenu de l'état de santé qui était le sien, toutes les réponses s'en trouveraient irrémédiablement faussées.

Elle mit sur un plateau de quoi le tenter. Elle ajouta des boissons et grimpa l'escalier avec son fardeau.

Il était assis à son bureau et sur l'abattant ouvert du secrétaire il avait posé le contenu d'un carton à chaussures. Nan l'appela mais il ne l'entendit pas, absorbé dans ses papiers.

Elle s'approcha. Par-dessus son épaule, elle vit qu'il examinait des lettres, billets, dessins, cartes de vœux couvrant près d'un quart de siècle. Il y en avait pour toutes les occasions. Mais elles émanaient de la même source. C'était la correspondance que Nicola avait expédiée à Andy au long de sa vie.

Nan déposa le plateau sur une table guéridon ouvragée près du vieux fauteuil rembourré où Andy s'installait parfois pour lire.

— Je t'ai monté de quoi grignoter, chéri.

Son absence de réaction ne la surprit pas. N'entendait-il pas ? Souhaitait-il rester seul sans vouloir le dire nettement ? Dans un cas comme dans l'autre, cela n'avait pas d'importance. Elle saurait bien se faire entendre et lui faire accepter sa présence.

— Laisse tomber pour le détecteur, Andy, je t'en prie. Ces appareils sont censés être fiables. Mais dans des conditions normales seulement. Or depuis des mois ton état est tout sauf normal. (Ne voulant pas penser à la cause de cette détérioration, elle se dépêcha de poursuivre :) Je vais téléphoner à ce policier demain matin et lui dire que tu as changé d'avis. Il n'y a pas de mal à ça. Tu en as tout à fait le droit.

Andy remua. Il tenait entre les doigts un dessin enfantin représentant un papa sortant du bain qui les avait fait beaucoup rire des années plus tôt. A la vue de ce père nu — et doté d'un pénis surdimensionné — dessiné par la fillette, Nan éprouva un frisson, comme suivi d'un arrêt d'une de ses fonctions vitales.

— Je vais passer au détecteur. (Andy reposa le dessin.) C'est le seul moyen.

« De quoi ? » aurait-elle voulu lui dire. Ce qu'elle aurait fait si elle avait été en état d'entendre la réponse.

— Et si tu échoues ?

Là, il se tourna vers elle. Il tenait une vieille lettre à la main. *Très cher Papa*, lut Nancy de l'écriture hardie de Nicola.

— Pourquoi est-ce que j'échouerais ?

— A cause de ta santé, fit-elle très vite, beaucoup trop vite. Si tes nerfs se mettent à dérailler, ils vont envoyer des messages erronés à l'appareil. La police s'en servira. La machine dira que ton corps ne fonctionne pas correctement. Mais la police verra les choses autrement.

Ils mettront ça sur le compte de la culpabilité. La phrase n'eut même pas besoin d'être prononcée. Ils s'entre-regardèrent. Nan eut soudain l'impression que son mari et elle se trouvaient sur des continents différents et que c'était elle qui avait créé cet océan entre eux.

— Le polygraphe mesure la température, le pouls, le rythme respiratoire, dit Andy. Ça ne posera pas de problème. Ça n'a rien à voir avec les réactions des nerfs. Je veux y passer.

— Mais pourquoi ? Pourquoi ?

— Parce que c'est le seul moyen. (Il lissa la missive contre l'abattant. Du bout des doigts, il suivit les contours de *Très cher Papa*.) Je ne dormais pas. J'ai bien essayé mais je n'y suis pas arrivé. J'étais trop préoccupé, avec ma vue qui me posait des problèmes. Pourquoi leur avoir dit que tu étais montée voir si j'allais bien, Nancy ?

Relevant la tête, il croisa son regard.

— Je t'ai apporté de quoi grignoter, Andy, dit-elle d'une voix vibrante. Il y a sûrement quelque chose qui te tente parmi tout ça. Que dirais-tu d'un peu de pâté sur de la baguette ?

— Nancy, je t'en prie, dis-moi la vérité.

Comment l'aurait-elle pu ? C'était impossible. Il lui avait donné la vie. L'avait regardée grandir. Il avait conservé tous ses messages d'affection, gardé précieusement ses paroles. Il l'avait vue traverser l'enfance avec son cortège de maladies et de crises d'adolescence, entrer dans l'âge adulte. S'il y avait une chance — si faible soit-elle — que son état de santé n'eût rien à voir avec la mort de Nicola, elle s'y raccrocherait.

— N'est-ce pas qu'elle était formidable ? chuchota Nan Maiden, désignant d'un geste les souvenirs que son mari avait sortis de la boîte. N'est-ce pas que notre petite fille était la meilleure ?

Lorsque Barbara arriva au Chelsea & Westminster Hospital, Vi Nevin n'était pas seule dans sa chambre. Assise près d'elle sur le lit, tête pressée contre le matelas telle une suppliante à cheveux orange au pied d'une déesse couverte de pansements, se trouvait une fille tout en membres, aux poignets et aux chevilles d'anorexique. La fille releva la tête en entendant la porte se refermer derrière Barbara.

— Comment vous êtes entrée ? lança-t-elle en s'interposant de toute sa maigreur entre l'intruse et le lit. Le flic dehors, il est censé laisser entrer personne...

— On se calme, fit Barbara en fouillant dans son sac pour y prendre sa carte. Je fais partie des gentils.

La fille s'approcha, s'empara de la carte de Barbara, la lut, un œil sur le document et l'autre sur sa propriétaire pour surveiller ses gestes. Sur le lit derrière elle, la patiente s'ébroua, murmurant :

— T'inquiète pas, Shell. Je la connais. C'est elle qu'est venue avec le Black, l'autre jour.

Shell — qui disait être la meilleure amie de Vi Nevin et entendait prendre soin d'elle jusqu'à la fin des temps — rendit ses papiers à Barbara et revint s'asseoir. Barbara extirpa un bloc et un stylo-bille mâchonné et plaça l'unique autre chaise de la pièce de façon que Vi Nevin puisse la voir.

— On vous a bien arrangée. Désolée pour vous. Moi-même je me suis fait tabasser il y a quelques mois. Sale affaire. Mais au moins j'ai réussi à identifier mon agresseur. Et vous ? Vous vous souvenez de quelque chose ?

Shelly s'approcha de la tête du lit, prenant la main de Vi dans la sienne et la caressant. Sa présence, qui agissait sur Barbara comme un irritant, semblait une source de réconfort pour la jeune fille. Si ça peut l'aider, tant mieux, songea Barbara. Stylo levé, elle attendit.

Sous les pansements, tout ce qu'on voyait du visage tuméfié de Vi Nevin, c'étaient ses yeux, une partie de son front et sa lèvre inférieure recousue. On aurait dit une victime d'attentat à l'explosif. D'une voix si faible que Barbara dut tendre l'oreille, elle murmura :

— J'attendais un client. Un vieux. Il aime le miel. Je commence par l'enduire... Puis je le lèche.

Géant, songea Barbara.

— Du miel, dites-vous ? Génial. Continuez.

Vi Nevin poursuivit, disant qu'elle s'était apprêtée pour le rendez-vous, revêtant un uniforme d'écolière — tenue qu'affectionnait particulièrement son client. Toutefois, en sortant le miel du placard, elle s'était aperçue qu'il n'y en aurait pas assez pour en tartiner toutes les parties du corps que le gentleman exigeait de voir soumises à ce traitement.

— Y en avait suffisamment pour tartiner la queue, fit Vi avec sa franchise de professionnelle. Mais pour le reste...

— Je crois que j'ai pigé, fit Barbara, coupant court.

A la tête du lit, Shelly posa une cuisse grêle sur le matelas.

— Je peux lui raconter, si tu veux, Vi. Faudrait pas que tu t'épuises.

Mais Vi fit non de la tête et poursuivit.

Elle avait fait un saut dehors pour aller acheter du miel avant l'arrivée du micheton. En rentrant, elle avait transvasé le miel dans un pot et préparé un plateau avec des serviettes et divers aliments et boissons dont elle se servait lorsqu'elle recevait cet homme. Elle apportait le plateau dans le salon lorsqu'elle avait entendu du bruit en haut.

Parfait, songea Barbara. Son interprétation des photos prises à Fulham allait être confirmée. Afin d'en être parfaitement sûre, elle posa la question :

— C'était votre client qui vous avait devancée ?

— Non, c'était pas lui, lâcha Vi dans un souffle presque inaudible.

— Vous voyez pas qu'elle est crevée ? intervint Shelly. Ça suffit pour aujourd'hui.

— Attendez, fit Barbara. Alors y avait un mec en haut mais ce n'était pas votre client ? Dans ce cas, comment était-il entré ? Vous n'aviez pas fermé la porte à clé ?

Vi souleva faiblement la main qu'agrippait Shelly. La laissa retomber sur le lit.

— J'étais juste sortie faire un saut, j'ai pas dû m'absenter plus de dix minutes.

C'est pourquoi elle n'avait pas jugé bon de fermer à clé. En entendant du bruit à l'étage du dessus, expliqua-t-elle, elle était montée voir et elle avait découvert un type dans sa chambre. La pièce était sens dessus dessous.

— Vous l'avez vu ? fit Barbara.

Entrevu plutôt tandis qu'il se jetait sur elle, expliqua Vi.

Bien, songea Barbara, c'est déjà mieux que rien.

— Super. Tâchez de me dire si vous vous rappelez quelque chose. Un détail. Une cicatrice. Une marque. N'importe quoi.

Et d'évoquer le visage de Matthew King-Ryder pour le comparer avec ce que Vi pourrait lui révéler.

Mais Vi lui fournit un signalement décevant, celui de Monsieur Tout-le-Monde. Taille moyenne, corpulence moyenne, cheveux bruns, teint clair. Si la description correspondait parfaitement à King-Ryder, elle correspondait également hélas à soixante-dix pour cent de la population masculine.

— Trop rapide, fit Vi. Ça s'est passé trop vite.

— Mais ce n'était pas votre habitué ? Vous en êtes sûre ?

Vi ébaucha un sourire et grimaça de douleur à cause des points de suture.

— Mon client est un mec de quatre-vingt-un ans. Il a du mal à monter l'escalier.

— Et ce n'était pas Martin Reeve ?

Non, fit-elle d'un signe.

— Un autre client ? Un ancien petit ami peut-être ?

— Mais puisqu'elle vous dit... interrompit Shelly, énervée.

— Faut rien négliger, fit Barbara. C'est la seule façon d'arriver à un résultat. Vous voulez qu'on coince celui qui l'a agressée, pas vrai ?

Grommelant, Shelly caressa l'épaule de Vi. Tapotant avec son stylo sur son carnet, Barbara réfléchit.

Ils pouvaient difficilement faire transporter Vi Nevin au commissariat pour qu'elle assiste à une séance d'identification. Et à supposer que cela fût possible, ils n'avaient pour le moment aucune raison de demander à King-Ryder de participer à un retapissage. Il leur fallait donc une photo, qu'ils découperaient dans un quotidien ou un magazine. Ou se procureraient chez King-Ryder

Productions sous un prétexte quelconque. Il ne fallait surtout pas que King-Ryder se doute qu'ils étaient sur sa piste : il s'empresserait de prendre ses précautions, de lester son arc et ses flèches, et de les jeter dans la Tamise.

Mais se procurer une photo allait prendre du temps parce qu'il leur fallait un cliché original bien net et pas un portrait faxé à l'hôpital. Fax ou pas, où diable allaient-ils dénicher une photo de Matthew King-Ryder un dimanche soir à — Barbara consulta sa montre — dix-neuf heures trente ? Impossible. Elle n'avait d'autre solution que de tenter le tout pour le tout. Prenant une profonde inspiration, elle se jeta à l'eau :

— Vous ne connaîtriez pas un certain Matthew King-Ryder, par hasard ?

— Si, fit Vi, de façon tout à fait inattendue.

Lynley tenait le blouson par sa doublure de satin. Il avait dû être tripoté par une bonne douzaine de personnes depuis qu'il avait été retiré du corps de Terry Cole mardi soir. Mais il avait également été manipulé par le tueur et si ce dernier ignorait qu'il était possible aux techniciens de relever des empreintes sur du cuir aussi facilement que sur du verre ou du bois, il y avait une chance qu'il ait laissé sans le faire exprès sa marque sur le vêtement.

Une fois que le propriétaire de l'Ange Noir eut saisi la portée de la requête de Lynley, il rassembla en hâte son personnel. Il proposa à l'inspecteur du thé, du café ou tout autre rafraîchissement à sa convenance, cherchant à se rendre utile avec le désir de plaire qu'éprouvent soudain les gens qui se trouvent inopinément côtoyer un meurtre. Lynley refusa les boissons. Tout ce qui l'intéressait, c'étaient des infos.

Le fait de montrer le blouson au patron et à ses employés ne lui rapporta rien. Il n'y avait rien qui ressemblait autant à un blouson qu'un autre blouson, à leurs yeux. Personne ne fut capable de dire comment ou quand le vêtement était apparu à l'hôtel. Ils poussèrent les cris d'horreur de circonstance lorsqu'il leur montra le sang séché sur la doublure et le trou dans le dos. Et s'ils le fixèrent d'un air attristé lorsqu'il fit allusion aux deux homicides de Calder Moor, il n'y en eut pas un qui cilla à l'idée qu'un tueur aurait pu se trouver dans leurs rangs.

— Quelqu'un l'a laissé là, dit la barmaid. C'est sûrement ça qui s'est passé.

— Y a des vêtements qui restent accrochés au portemanteau tout l'hiver, fit l'une des femmes de chambre. J'y fais jamais attention.

— Mais justement, dit Lynley. On n'est pas en hiver. Et jusqu'à aujourd'hui on n'a guère eu l'occasion de porter trench-coat, imperméable ou blouson...

— Alors, où voulez-vous en venir, inspecteur ? fit le patron.

— Comment se fait-il que personne parmi vous n'ait remarqué un blouson au portemanteau si ce blouson est seul à y être accroché ?

Les dix employés réunis dans le bar haussèrent les épaules, prirent un air gêné. Mais nul ne put éclaircir cette histoire de blouson ni dire comment il avait atterri sur le perroquet du vestibule. Quand ils arrivaient le matin pour prendre leur service, ils passaient par-derrière, pas par-devant. Et ils repartaient de même. C'est simple, ils n'avaient même pas vu le portemanteau de la journée. En outre, les clients oubliaient souvent des affaires à l'Ange Noir : parapluies, cannes, sacs, cartes. Tout ça atterrissait dans le placard des objets trouvés et tant qu'ils n'y étaient pas entreposés personne n'y prêtait attention.

Lynley décida d'adopter une démarche frontale, leur demandant s'ils étaient en relation avec la famille Britton. Reconnaîtraient-ils Julian Britton s'ils le voyaient ?

Le patron se fit leur porte-parole :

— Tout le monde les connaît, à l'Ange Noir.

— L'un d'entre vous aurait-il vu Julian, mardi soir ?

Apparemment, personne.

Lynley les renvoya. Il demanda un sac en papier pour y ranger le blouson et tandis qu'on allait lui en chercher un, il s'approcha de la fenêtre et, tout en regardant la pluie tomber, songea à Tideswell, à l'Ange Noir et au crime.

Tideswell, comme il avait pu le constater, jouxtait la partie est de Calder Moor. Le tueur, nettement plus familiarisé que lui avec le White Peak, ne pouvait l'ignorer. Une fois en possession d'un blouson percé d'un trou compromettant qui aurait « parlé » s'il avait été retrouvé sur la scène du crime, il avait été obligé de s'en débarrasser au plus vite. Quoi de plus facile que de faire halte à l'hôtel en rentrant de Calder Moor, surtout si — en habitué du bar — il savait que des imperméables et des vestes pouvaient passer une saison entière accrochés au portemanteau de l'entrée sans que quiconque y jette un coup d'œil ?

Mais Julian Britton aurait-il réussi à suspendre le blouson de cuir dans le vestibule sans que quiconque le voie de l'intérieur ? C'était possible. Risqué, certainement, mais possible.

A ce stade, Lynley était prêt à accepter le possible. Cela lui évitait de penser au probable.

Barbara se pencha sur sa chaise et, s'efforçant de ne pas laisser sa voix trahir son excitation :

— Vous le connaissez ? Matthew King-Ryder ? Vous le connaissez ?

— Terry, murmura Vi.

Ses paupières s'alourdissaient. Mais Barbara la pressa néanmoins de poursuivre malgré les protestations de Shell Platt qui se cramponnait toujours à la main de son amie.

— Terry connaissait Matthew King-Ryder ? Comment ?

— La musique.

Déception immédiate de Barbara. La barbe, songea-t-elle. Terry Cole, la musique de Michael Chandler et Matthew King-Ryder, ça n'était pas nouveau.

— Terry l'avait trouvée à l'Albert Hall, fit Vi.

Froncement de sourcils de Barbara.

— Terry a trouvé la musique à l'Albert Hall ?

— Sous un siège.

Barbara fut sciée. Alors qu'elle tentait d'assimiler, Vi poursuivait son histoire.

Terry apposait régulièrement des cartes dans les cabines de South Kensington. Il travaillait le soir car il avait moins de chances d'avoir maille à partir avec la police la nuit. Il venait de faire sa ronde dans le quartier de Queen's Gate lorsque le téléphone d'une des cabines avait sonné.

— Au coin d'Elvaston Place et des Mews, expliqua Vi.

Pour s'amuser, Terry avait décroché. Une voix masculine avait dit : « Le paquet à l'Albert Hall. Balcon Q, rangée 7, siège 19. »

Après quoi, la communication avait été coupée.

Le caractère mystérieux de l'appel avait intrigué Terry et piqué sa curiosité. Le mot « paquet » et ce qu'il suggérait quant à son possible contenu — argent, drogue — firent le reste. Se trouvant à deux pas de Kensington Gore et du Royal Albert Hall, Terry décida d'aller enquêter. Un concert venait de s'achever, le théâtre était ouvert. Il se rendit au balcon et récupéra un tas de partitions sous le siège indiqué.

La musique de Chandler, songea Barbara. Que diable faisait-elle là-bas ?

Dans un premier temps, il se dit qu'il avait été victime d'un mauvais plaisant qui avait voulu faire une blague à la personne censée décrocher le téléphone au coin d'Elvaston Place. Et lorsqu'il avait vu Vi pour prendre livraison d'une nouvelle fournée de cartes, il lui avait raconté sa petite aventure.

— J'ai pensé qu'on tenait peut-être un moyen de se faire du fric, dit Vi. Et Nikki aussi, quand on l'a mise au courant.

Shelly lâcha brutalement la main de la blessée.

— Me parle pas de cette salope.

— Voyons, Shell. Elle est morte.

Shelly alla se rasseoir sur la chaise qu'elle occupait précédemment. Et là, elle se mit à bouder, bras croisés sur sa poitrine étroite. Barbara se laissa un instant aller à spéculer sur l'avenir incertain des relations des deux femmes. Vi ignora cette manifestation de contrariété.

Ils avaient tous des ambitions, dit-elle à Barbara. Terry, la création de Destination Art. Vi et Nikki, l'ouverture d'une agence d'escort-girls de grand standing. Il leur faudrait également se procurer de quoi subvenir à leurs besoins une fois que Nikki aurait rompu avec Adrian Beattie. La musique pouvait être une source providentielle de revenus.

— Sotheby devait mettre en vente une partition de Lennon et McCartney. Un unique feuillet qui était censé atteindre plusieurs milliers de livres. Ce que Terry avait trouvé, c'était tout un paquet de partitions. Je lui ai dit qu'il devrait essayer de les vendre. Nikki a proposé de faire une recherche pour savoir dans quelle salle les faire passer. La vente conclue, on partagerait l'argent en trois.

— Pourquoi vous faire profiter de l'occase, Nikki et vous ? C'était la trouvaille de Terry, après tout, commenta Barbara.

— Oui, mais il avait un faible pour Nikki, dit simplement Vi. Il voulait lui en mettre plein la vue.

Barbara connaissait le reste. Chez Bowers, Neil Sitwell avait mis Terry au courant pour les copyrights. Il lui avait communiqué l'adresse du 31-32 Soho Square, précisant que King-Ryder Productions le mettrait en contact avec les avocats des Chandler. Terry s'était rendu chez Matthew King-Ryder avec la musique. King-Ryder y avait jeté un coup d'œil et compris qu'il pouvait s'en servir pour gagner la fortune dont les dispositions du testament paternel l'avaient dépossédé. Mais pourquoi n'avait-il pas acheté la musique au jeune homme ce jour-là ? Pourquoi le tuer pour se l'approprier ? Mieux encore, pourquoi ne pas acheter les droits à la famille Chandler ? Si la production qu'il réussirait à mettre sur pied ressemblait tant soit peu à celles qui avaient été montées par le passé, l'argent serait rentré à flots dans ses caisses même si cinquante pour cent des recettes revenaient aux Chandler.

— ... pas eu le nom, disait Vi.

Barbara s'arracha à ses pensées :

— Quoi ? Vous disiez ?

— Matthew King-Ryder n'a pas donné le nom de l'avocat à Terry. Il ne l'a même pas laissé le lui demander. Il l'a flanqué dehors lorsqu'il a vu ce que Terry avait apporté.

— Quand il a vu la musique ?

Elle hocha la tête. A son air, Barbara comprit qu'il était temps de mettre un terme à l'interrogatoire.

— Il est devenu rouge comme un coq et il a appelé la sécurité. Deux vigiles se sont pointés et l'ont foutu à la porte.

— Mais Terry n'était allé là-bas que pour obtenir l'adresse de l'avocat des Chandler, non ? C'est tout ce qu'il a demandé à King-Ryder ? Il ne lui a pas réclamé d'argent ou de récompense ?

— Il voulait que les Chandler lui donnent de l'argent. Quand on a compris que la musique ne pouvait passer en salle des ventes.

Une infirmière arriva sur ces entrefaites, un plateau à la main. Et sur le plateau, une seringue. L'heure des calmants.

— Une dernière question, dit Barbara. Pourquoi Terry s'est-il rendu dans le Derbyshire mardi ?

— C'est moi qui le lui avais demandé, dit Vi. Nikki trouvait que je me conduisais comme une idiote à propos de Shelly. (Cette dernière releva la tête et ce fut à elle que Vi parla plutôt qu'à Barbara :) Tu n'arrêtais pas de m'envoyer des lettres, de me coller, et je commençais à avoir les jetons...

— Tu avais peur de moi ? fit Shelly, doigt pointé vers sa maigre poitrine.

— Nikki a pris ces missives à la blague quand je lui en ai parlé. Je me suis dit que si elle les voyait de ses yeux, on pourrait trouver un moyen de neutraliser Shelly. J'ai écrit un mot à Nikki et j'ai demandé à Terry d'aller lui porter le tout. Je vous l'ai dit, il avait un faible pour elle. Tous les prétextes pour la voir étaient bons.

L'infirmière s'interposa.

— Désolée d'insister, fit-elle, seringue brandie.

— Bon, okay, fit Vi Nevin.

Barbara s'arrêta pour faire des courses en rentrant à Chalk Farm, aussi était-il plus de neuf heures lorsqu'elle arriva chez elle. Elle déballa son butin et rangea les provisions dans les placards et le microcoscopique frigo de son bungalow. Pendant ce temps-là, elle se repassait les renseignements fournis par Vi Nevin. Quelque part au cœur de leur entretien, elle en avait la certitude, se trouvait la clé de tout ce qui s'était passé dans le Nord et à Londres.

Assurément, si elle mettait les données dans le bon ordre, elle arriverait à découvrir l'info dont elle avait besoin.

Munie d'une assiette de *rogan josh* achetée chez l'épicier-traiteur dont elle était devenue l'une des clientes attitrées lorsqu'elle avait emménagé dans le quartier, elle s'installa à sa petite table près de la fenêtre. Pour accompagner le plat, elle se servit une Bass tiédasse et posa son carnet près du mug qu'elle utilisait pour boire vu qu'étaient empilés dans l'évier plusieurs jours de vaisselle, de couverts et de verres sales. Elle avala une gorgée d'ale, piqua un morceau de viande avec sa fourchette et ouvrit son carnet afin de se reporter aux notes qu'elle avait prises pendant son entretien avec Vi Nevin.

Une fois qu'on lui eut administré sa piqûre de calmant, la patiente s'était peu à peu endormie, non sans avoir auparavant répondu à deux ou trois dernières questions. Dans son rôle d'Argos veillant sur Io, Shelly

Platt avait protesté. Mais Vi, docile sous l'effet des antalgiques, avait continué à murmurer des réponses jusqu'à ce que ses yeux se ferment et que sa respiration devienne régulière.

Relisant ses notes, Barbara conclut qu'il était logique de prendre comme hypothèse de départ le coup de téléphone que Terry Cole avait intercepté à South Kensington. Cet événement avait déclenché tous les autres. Il suscitait également suffisamment de questions pour suggérer que seule une compréhension du coup de fil lui permettrait d'avoir les preuves qui lui permettraient d'épingler Matthew King-Ryder.

Bien qu'on fût en septembre, Vi Nevin avait précisé que c'était en juin que Terry avait intercepté le coup de fil. Sans pouvoir donner la date exacte, elle savait que c'était au début du mois parce qu'elle était allée prendre ses nouvelles cartes à ce moment-là pour les remettre à Terry qui devait les coller le jour même. C'était à ce moment-là qu'il lui avait raconté l'histoire du mystérieux appel.

Ce n'était pas début juillet ? avait demandé Barbara. Début août ? Septembre ?

Vi n'en avait pas démordu. C'était en juin. Elle s'en souvenait parce que avec Nikki elles avaient récemment emménagé à Fulham et que, comme elles allaient se mettre à leur compte, elles auraient besoin des cartes pour se faire connaître et que cette fournée était la première de celles qu'elles avaient commandées chez l'imprimeur. Elle avait tenu à ce que Terry colle les siennes le plus vite possible, de façon à pouvoir continuer à se faire une clientèle, et elle avait même mis celles de Nikki dans le tas, disant à Terry d'attendre l'automne et la veille du retour de Nikki pour les placarder dans les cabines.

Mais pourquoi alors Terry avait-il mis si longtemps à se rendre chez Bowers avec la musique ?

D'abord, lui avait expliqué Vi, parce qu'elle n'avait pas fait part tout de suite à Nikki de la trouvaille de Terry. Et ensuite, parce qu'une fois qu'elle lui en eut parlé et qu'ils eurent conçu le projet de se faire de l'argent avec, il avait fallu un certain temps à Nikki pour découvrir celle des salles des ventes qui était susceptible d'être intéressée.

« Elle voulait pas se faire matraquer avec les taxes, avait poursuivi Vi, paupières lourdes. C'est pour ça qu'elle avait pensé à une vente en province d'abord. Elle a passé des coups de fil. Parlé à différentes personnes...

— Et en fin de compte on l'a aiguillée sur Bowers ?

— Oui », avait fait Vi, se tournant sur le côté.

Shelly avait alors tiré la couverture et la lui avait remontée jusqu'au cou.

Pour l'instant, occupée à manger son *rogan josh* dans son bungalow de Chalk Farm, Barbara repensait à ce coup de téléphone. Elle avait beau tourner ça de tous les côtés, elle arrivait à la même conclusion. L'appel devait avoir été destiné à Matthew King-Ryder, qui avait été dans l'incapacité d'être là à l'heure pour le recevoir. En entendant le seul mot, « Ouais », prononcé par une voix masculine — celle de Terry Cole —, le correspondant en avait déduit que son message était réceptionné par son destinataire. Et comme celui qui était en possession des partitions ne souhaitait pas être vu — sinon pourquoi appeler une cabine ? —, il semblait raisonnable de conclure soit que la remise de la musique à King-Ryder était illégale, soit que le correspondant avait mis la main dessus par des procédés irréguliers, ou encore que la musique allait être utilisée par King-Ryder à des fins illicites. De toute façon, le correspondant croyait avoir fait parvenir la musique à King-Ryder, lequel avait dû débourser une coquette somme pour se l'approprier. Muni de cette somme — qui avait dû être payée d'avance et en liquide —, le correspondant avait disparu dans l'obscurité, laissant King-Ryder le portefeuille plus léger, mais sans la musique. Aussi lorsque Terry Cole était passé chez lui lui mettre sous le nez une partition de Chandler, Matthew King-Ryder avait-il dû penser qu'on venait le narguer après l'avoir roulé. Parce que s'il était arrivé à South Kensington avec une petite minute de retard, il avait dû poireauter pendant des heures en attendant que le téléphone sonne dans la cabine et en déduire qu'on l'avait pris pour un imbécile.

Il avait dû vouloir se venger. Il voulait aussi récupérer la musique. Et il n'y avait qu'un seul moyen d'aboutir à ses fins.

L'histoire de Vi Nevin confortait Barbara dans l'idée que Matthew King-Ryder était leur homme. Malheureusement, ce n'étaient pas des preuves. Or, si Barbara voulait convaincre Lynley, il lui fallait de quoi étayer solidement ses conjectures. Ce n'est qu'en étalant sous le nez de Lynley des faits irréfutables qu'elle se rachèterait à ses yeux. Il avait vu dans son refus d'obéissance une manifestation supplémentaire de l'indifférence qu'elle affichait à l'égard de la hiérarchie. Il fallait qu'il considère ce refus d'obéissance comme le principe dynamique qui permettrait de neutraliser un tueur.

Réfléchissant à tout ça, Barbara s'entendit appeler du dehors. Levant la tête, elle vit Hadiyyah courir le long du chemin menant au jardin.

— On est rentrés ! On est rentrés de la mer ! chantonna Hadiyyah. Regarde ce que Papa a gagné !

Barbara agita la main en signe de bienvenue et ferma son carnet. Elle ouvrait sa porte alors que la petite finissait une pirouette. Une de ses longues nattes commençait à se défaire, et le ruban de satin argent flottait derrière elle telle une comète. Ses chaussettes plissaient sur ses chaussures, son tee-shirt était maculé de moutarde et de ketchup, mais son visage était radieux.

— On s'est drôlement bien amusés ! s'écria-t-elle. Dommage que t'aies pas pu venir, Barbara ! On est montés sur les montagnes russes, les bateaux, l'avion et puis — oh, Barbara, attends que je te raconte — j'ai conduit le train ! On est même allés au Burnt House Hotel, et je suis restée un moment avec Mrs Porter ! Papa est repassé me chercher. On a pique-niqué sur la plage et après on a trempé un orteil dans l'eau. La mer était si froide qu'on a préféré aller sur la jetée.

Elle reprit sa respiration.

— Et tu tiens encore debout après une journée pareille ?

— J'ai dormi dans la voiture. Pendant presque tout le trajet. (Elle tendit le bras et Barbara vit qu'elle tenait une petite grenouille en peluche.) T'as vu ce que Papa a gagné à la grue ? Il est fort à la grue.

— C'est joli. Qu'est-ce que tu as d'autre ?

Un sac en plastique, apparemment, dont les poignées étaient attachées à l'un des passants de la ceinture de son short.

— C'est pour toi. Papa l'a gagné. Il l'a attrapé avec la grue. Il se défend à la...

— A la grue, finit Barbara. Je sais.

— Je l'ai déjà dit ?

— Ça ne fait rien, certaines choses supportent d'être répétées. Passe-moi ce sac. Voyons ce qu'il y a là-dedans.

Non sans difficulté, Hadiyyah défit les anses du sac et le tendit à Barbara. Elle l'ouvrit et découvrit un petit cœur de velours rouge bordé de dentelle blanche.

— Eh ben ça alors, fit Barbara, qui devint cramoisie en posant l'objet sur la table.

— Hein qu'il est mignon ? fit Hadiyyah. Papa l'a gagné à la grue. Comme la grenouille. « Attrape-lui une grenouille, Papa. Comme ça, nos grenouilles pourront jouer ensemble. » Mais lui il a dit : « Non, une grenouille, ce n'est pas ce qu'il lui faut, à notre amie, petite *khushi*. » C'est comme ça qu'il m'appelle.

— *Khushi*, ouais, je sais, fit Barbara, sentant son pouls battre plus vite.

Elle fixait le cœur comme une dévote dévore des yeux les reliques de son saint préféré.

— Alors il a visé le cœur. Il s'y est repris à trois fois. Il aurait pu attraper l'éléphant, ç'aurait été plus facile. Ou alors commencer par s'emparer de l'éléphant pour dégager le terrain et me le donner, mais j'ai déjà un éléphant, il le sait. C'était le cœur qu'il voulait. Il te l'aurait sûrement apporté lui-même mais j'ai voulu venir. Il a dit d'accord tant que c'était encore allumé chez toi et que t'étais encore debout. J'ai bien fait ? T'as l'air un peu bizarre. Ta lumière était allumée, pourtant. Je t'ai vue à la fenêtre. T'aurais préféré que je vienne pas ?

Barbara sourit et lui passa un bras autour des épaules.

— C'est tellement adorable que je ne sais pas quoi dire. Merci. Remercie ton père de ma part. Dommage que son adresse au jeu de la grue ne fasse pas partie des compétences reconnues sur le marché du travail.

— Il est tellement...

— Adroit. Doué. Je sais. Je l'ai vu à l'œuvre, si tu te souviens.

Hadiyyah n'avait pas oublié. Elle frotta sa grenouille contre sa joue.

— C'est super, d'avoir un souvenir d'une journée au bord de la mer, tu trouves pas ? Chaque fois qu'on fait une sortie, Papa m'achète un souvenir. Pour que j'oublie pas. C'est important, d'après lui. Les souvenirs. Aussi important que les actes.

— Je suis assez d'accord avec lui.

— Dommage que t'aies pas pu nous accompagner. Qu'est-ce que tu as fait aujourd'hui ?

— J'ai travaillé, j'en ai peur, fit Barbara, désignant d'un geste la table où étaient posés son carnet ainsi que la liste et les catalogues de l'archerie. Et j'ai pas fini.

— Alors je reste pas, dit la fillette, battant en retraite vers la porte.

— Non, non, fit vivement Barbara, se rendant compte à quel point elle avait besoin de compagnie. Je ne voulais pas te chasser...

— Papa m'a autorisée à rester cinq minutes seulement. Il voulait que j'aille directement au lit. Mais je lui ai demandé si je pouvais t'apporter ton souvenir et il a craqué. « Cinq minutes, *khushi.* » C'est comme ça qu'il...

— Qu'il t'appelle. Je sais.

— Il a été drôlement gentil de m'emmener au bord de la mer, hein, Barbara ?

— Très gentil, oui.

— C'est pour ça que je dois obéir. Cinq minutes, c'est cinq minutes. C'est une façon de le remercier.

— Oui, tu ferais mieux de filer.

— Il te plaît, alors, le cœur ?

— Plus que tout au monde.

Une fois la petite fille partie, Barbara s'approcha de la table. Elle marchait avec précaution comme si le cœur était une créature craintive qu'un mouvement brusque risquait d'effaroucher. Les yeux sur le velours rouge et la dentelle, elle prit son sac, sortit ses cigarettes et en alluma une. Fumant pensivement, elle examina le cœur.

Une grenouille, ce n'est pas ce qu'il lui faut, à notre amie, petite khushi.

Jamais phrase ne lui avait semblé aussi extraordinaire.

28

Hanken manipulait le blouson de cuir noir avec une sorte de vénération : il avait enfilé une paire de gants en latex avant de toucher le sac dans lequel Lynley avait déposé le vêtement, et quand il étendit le blouson sur l'une des tables de la salle à manger de l'hôtel de l'Ange Noir, dont ils étaient les seuls occupants, ce fut avec les gestes respectueux qu'on réserve normalement aux objets du culte.

Lynley lui avait téléphoné peu après son entretien infructueux avec le personnel de l'Ange Noir. Hanken s'était levé de table pour répondre et avait promis d'être à Tideswell dans la demi-heure. Il avait tenu parole.

A présent, penché sur le cuir, il examinait le trou qui en perçait le dos. La déchirure était de fraîche date, fit-il remarquer à Lynley, qui, de l'autre côté de la table, suivait l'examen minutieux que faisait son collègue de chaque millimètre de la circonférence de la perforation. Bien sûr, ils ne sauraient rien avec certitude tant que le blouson n'aurait pas été vu au microscope, poursuivit Hanken, mais l'état du cuir laissait penser que le trou était récent, et quelle aubaine si le laboratoire de police scientifique trouvait ne serait-ce qu'une quantité microscopique de cèdre sur le pourtour !

— Quand nous aurons établi une correspondance entre ce sang et celui de Terry Cole, un morceau de cèdre de plus ou de moins ne changera rien à l'affaire, n'est-ce pas ? fit remarquer Lynley. Après tout, nous avons déjà l'éclat extrait de la blessure...

— C'est vrai, répondit Hanken, mais ça sera la cerise sur le gâteau. (Il remit le blouson dans le sac après avoir examiné sa doublure maculée de sang.) Cela nous suffira pour obtenir un mandat, Thomas. On n'aurait pas pu rêver mieux !

— Ça facilitera les choses, aquiesça Lynley. Et le fait qu'il organise des tournois et autres manifestations de ce genre au manoir devrait nous permettre de...

— Attendez. Je ne parle pas d'un mandat pour perquisitionner chez les Britton. Celui que nous allons coincer grâce à ça (Hanken souleva le sac), c'est Maiden.

— Je ne vois pas comment. (Puis, constatant que Hanken s'apprêtait à disserter sur les raisons qui le poussaient à vouloir un mandat de perquisition de Maiden Hall, Lynley enchaîna rapidement :) Ecoutez-moi un instant. Etes-vous d'accord avec moi pour dire qu'un arc est vraisemblablement la troisième arme que nous cherchons ?

— Au vu du trou dans ce blouson, oui, dit Hanken. Où voulez-vous en venir ?

— Je veux en venir au fait que nous avons déjà connaissance d'un endroit où l'on s'est vraisemblablement servi d'arcs. Broughton Manor a déjà accueilli des tournois, non ? A l'occasion de reconstitutions et de kermesses, d'après ce que vous m'avez dit. Cela étant, et Julian étant l'homme qui espérait épouser une femme qui, comme nous le savons, l'a trompé avec deux autres hommes dans le seul Derbyshire, pourquoi aller fouiner à Maiden Hall ?

— Parce que le père de la fille est l'homme qui l'a menacée à Londres, contra Hanken. Parce qu'il criait qu'il préférait la voir morte plutôt que de la laisser vivre la vie qu'elle avait choisie. Et, bon sang, parce qu'il a fait un gros emprunt à la banque pour la convaincre de vivre selon ses principes à lui, qu'elle a empoché l'argent, a joué sagement le jeu pendant trois petits mois avant de déclarer : « Bien. Merci pour le blé. C'était très chouette, Papa, mais je pars à Londres gagner ma vie à coincer des couilles dans un cylindre. J'espère que tu comprendras. » Mais il n'a pas compris. Quel père pourrait accepter une pareille chose ?

Lynley répondit :

— Peter, je sais que ça prend une sale tournure pour Andy...

— D'une façon comme de l'autre, ça prend effectivement une sale tournure pour Andy.

— Mais quand j'ai demandé aux employés de l'hôtel s'ils connaissaient les Britton, ils ont dit oui. Et pas seulement oui. Ils ont dit : « Nous connaissons les Britton de vue. » Pourquoi ça ? (Lynley n'attendit pas la réponse de Hanken :) Parce qu'ils fréquentent cet endroit. Parce qu'ils prennent des verres au bar. Parce qu'ils prennent des repas dans la salle. Ce qui n'a d'ailleurs rien de surprenant vu que Tideswell se trouve pratiquement pile sur le trajet de Broughton à Calder Moor. Et on ne peut pas foncer faire une perquisition à Maiden Hall sans réfléchir à ce que tout cela implique...

Hanken garda les yeux rivés sur Lynley tandis que celui-ci parlait. Quand Lynley eut achevé sa plaidoirie, il dit : « Venez avec moi, mon vieux » et emmena son collègue à la réception de l'hôtel, où il se fit remettre une carte du White Peak. Il conduisit Lynley au bar et choisit une table un peu en retrait pour y déplier la carte.

Lynley ne se trompait pas, concéda-t-il. Tideswell se trouvait bien dans la partie est de Calder Moor. Un bon marcheur animé par des idées de meurtre pouvait partir de l'hôtel de l'Ange Noir, gagner le sommet du village, puis rejoindre Nine Sisters Henge par la lande. Il lui faudrait quelques heures, vu l'étendue de la lande, et ce ne serait pas aussi efficace que de suivre simplement l'itinéraire que la jeune fille elle-même avait emprunté en partant du site juste après le hameau de Sparrowpit. Mais c'était faisable. D'un autre côté, on pouvait envisager que ce même tueur avait fait tout le trajet en voiture : il se serait garé à l'endroit où Nicola avait laissé sa Saab derrière le mur de pierre et, ses forfaits commis, il serait rentré chez lui en passant non seulement par l'Ange Noir mais aussi par le hameau de Peak Forest, aux abords duquel il se serait débarrassé du couteau.

— Exactement, dit Lynley. C'est exactement ce que je veux dire. Donc, vous voyez bien que...

Mais, rétorqua Hanken, si son collègue voulait se donner la peine d'examiner la carte de plus près, il constaterait que le même petit détour de moins de trois kilomètres qui aurait permis à leur tueur de se débarrasser du blouson de cuir à l'Ange Noir avant de repartir vers le sud et de rentrer sur Bakewell et Broughton Manor était *identique* au petit détour de moins de trois kilomètres qui aurait permis à leur tueur de se débarrasser du blouson de cuir à l'Ange Noir avant de repartir vers le *nord* pour rentrer sur Padley Gorge et Maiden Hall.

Lynley suivit les deux itinéraires que lui indiquait Hanken. Force lui fut d'admettre que son collègue ne s'efforçait pas de manipuler les faits pour les faire coller à une hypothèse infondée. Il voyait bien comment leur tueur, après avoir quitté la scène du crime, après avoir traversé Peak Forest en voiture pour se débarrasser du couteau dans une poubelle, après avoir fait un bref détour par Tideswell pour déposer le blouson à un endroit où il n'attirerait pas l'attention, aurait pu poursuivre sa route jusqu'à la bifurcation qui marquait le début de Wardlow Mires. De là, l'une des deux routes menait à Padley Gorge et l'autre à Bakewell. Et quand moyens et occasion coïncidaient pour deux suspects dans une enquête, la police était tenue par la logique comme par l'éthique de s'intéresser d'abord au suspect le plus plausible. Une fouille de Maiden Hall s'imposait donc bien.

Cette perquisition constituerait une épreuve terrible pour Andy et sa femme, mais Lynley ne voyait pas comment elle pouvait leur être épargnée. Tout de même, un reste de la vieille loyauté qui le liait à Andy le poussa à exiger de Hanken une garantie, une seule. Bien entendu, on ne dirait pas aux Maiden ce que cherchait la police dans sa fouille de Maiden Hall. Logiquement, donc, il n'y avait aucune raison de faire plus ample état de tout ce qui touchait à la vie qu'avait menée Nicola à Londres.

— Vous ne faites que repousser l'inévitable, Thomas. A moins de mourir avant que nous n'aboutissions à une arrestation et à un procès, Nan Maiden finira bien par apprendre le pire concernant sa fille. Même si — ce que je ne crois pas un instant mais admettons —, même si le papa ne l'a pas rectifiée. Si c'est Britton qui lui a réglé son compte...

Hanken fit un geste vague de la main.

Le pire éclaterait quand même au grand jour, termina Lynley pour lui-même. Ça, il le savait. Mais, s'il ne pouvait épargner à son ancien collègue l'humiliation d'une fouille en bonne et due forme de son domicile et de ses affaires, au moins pourrait-il lui éviter pour l'instant le tourment supplémentaire de voir souffrir la seule personne qui lui restait.

— Programmons ça pour demain, dit Hanken, repliant la carte et se saisissant du sac et de la pièce à conviction qu'il contenait. Je vais emmener ça au labo. Vous feriez mieux d'aller dormir un peu.

Voilà une directive qu'il ne lui serait pas aisé de suivre, pensa Lynley.

A Londres, la femme de Lynley dormit mal, elle aussi, et se réveilla d'humeur pensive le lendemain matin. Ce sommeil troublé avait quelque chose d'insolite pour elle. Généralement, elle sombrait dans un semi-coma dès que sa tête touchait l'oreiller, et elle restait dans cet état jusqu'au matin. Ainsi, Helen vit dans son sommeil perturbé la preuve irréfutable que quelque chose la tracassait, et elle n'eut pas à plonger bien loin dans les recoins de son esprit pour identifier l'origine de ce trouble.

Depuis quelques jours, la réaction et les agissements de Tommy envers Barbara Havers lui faisaient l'effet lancinant d'une toute petite écharde venue se loger sous sa peau, quelque chose qui ne la gênait pas en temps normal, mais qui l'irritait et la blessait dès lors qu'elle y faisait attention. Et elle avait bien été obligée d'y prêter attention, tant cette réalité lui avait sauté aux yeux lors de la dernière empoignade entre son mari et Barbara.

Helen comprenait la position de Tommy : il avait donné à Barbara un ensemble de consignes, consignes que Barbara n'avait suivies qu'à contrecœur et en traînant les pieds. Tommy avait interprété cela comme une mise à l'épreuve que son ancienne partenaire avait ratée. Barbara, elle, avait interprété la situation comme une punition injuste. Aucun des deux n'avait voulu reconnaître le point de vue de l'autre, et c'est Barbara qui était le moins en mesure de défendre sa position. Helen n'avait donc aucun mal à admettre que la réaction finale de Tommy à la résistance de Barbara était justifiée, et elle savait que ses supérieurs approuveraient les mesures qu'il avait prises.

Mais c'étaient ces mêmes mesures, ajoutées à sa décision préalable de travailler avec Winston Nkata au lieu de Barbara Havers, qui dérangeaient Helen. Qu'y avait-il vraiment au cœur de la colère de son mari contre Barbara ? se demanda-t-elle en se levant et en s'enveloppant dans son peignoir. Le fait qu'elle lui avait tenu tête ou le fait que c'était une *femme* qui lui avait tenu tête ? Bien sûr, Helen lui avait posé cette même question en d'autres termes la veille, avant son départ, et, comme on pouvait s'y attendre, il avait nié avec véhémence que le sexe eût quoi que ce soit à voir avec son comportement vis-à-vis de Barbara. Mais tout le passé de Tommy n'opposait-il pas un démenti formel aux protestations qu'il aurait pu émettre ?

Elle se lava le visage, se passa une brosse dans les cheveux et réfléchit à ce problème. Le passé de Tommy était encombré de femmes : des femmes qu'il avait voulues, des femmes qu'il avait eues, des femmes avec lesquelles il avait travaillé. Sa toute première maîtresse avait été la mère d'un camarade de classe avec laquelle il avait eu une liaison tumultueuse pendant plus d'un an, et, avant sa relation avec Helen, sa plus grande passion avait été pour celle qui était aujourd'hui la femme de son meilleur ami. A part cette dernière relation, les relations de Tommy avec les femmes avaient toutes ceci en commun, à ce qu'il semblait à Helen : c'était Tommy qui dirigeait le cours des choses. Les femmes, elles, suivaient docilement.

Il lui avait toujours été facile de prendre et de garder le dessus. Des kyrielles de femmes, au cours des années, avaient été si sensibles à son physique, à son titre ou à sa fortune que l'abandon de leur volonté, en même temps que le don de leur corps, semblait bien peu de chose par rapport à ce qu'elles espéraient obtenir en retour. Et Tommy s'était habitué à ce pouvoir. Quel être humain n'en eût pas fait autant ?

La vraie question était de savoir ce qui l'avait poussé à prendre le pouvoir cette toute première fois, avec cette toute première femme. Il était jeune, certes, mais il aurait pu prendre sur lui de rétablir l'équilibre de manière à traiter cette maîtresse et toutes les autres sur un pied d'égalité, malgré l'incapacité des femmes à lui imposer cet équilibre. Mais il ne l'avait pas fait, et Helen était persuadée que le *pourquoi* derrière l'emprise de Tommy sur les femmes expliquait en grande partie ses difficultés avec Barbara Havers.

Mais Barbara avait *tort*, Helen entendait la voix de son mari lui répondre, et il n'y avait aucun moyen de déformer les faits pour leur faire dire qu'elle avait raison.

Helen ne pouvait pas s'opposer à Tommy sur ce point. Mais elle voulait lui dire que Barbara n'était qu'un symptôme. La maladie, elle en était sûre, était ailleurs.

Elle quitta la chambre et descendit à la salle à manger, où Denton lui avait composé son petit déjeuner préféré. Elle remplit son assiette d'œufs et de champignons, se versa un verre de jus d'orange et une tasse de café, et emporta le tout sur la table, où son exemplaire du *Daily Mail* l'attendait à côté des couverts, posé sur le *Times* de Tommy. Elle parcourut négligemment le courrier du matin tout en ajoutant de la crème et du sucre à son café. Elle mit les factures de côté (pourquoi gâcher son petit déjeuner ?) et en réserve aussi le *Daily Mail*, dont la première page se répandait en éloges sur la dernière dulcinée royale, décidément fort laide, qui avait été « radieuse au thé annuel au profit de l'Enfance nécessiteuse ». Pourquoi, se dit Helen en écartant fermement le journal, gâcher aussi toute sa *journée* ?

Elle allait ouvrir une lettre de sa sœur — dont le cachet de la poste de Positano lui révélait que Daphne avait réussi à imposer à son mari son choix de destination pour la célébration de leur vingtième anniversaire de mariage — quand Denton fit son entrée dans la pièce.

— Bonjour, Charlie ! lui lança joyeusement Helen. Vous vous êtes surpassé avec les champignons, aujourd'hui...

Denton ne lui rendit pas son salut avec le même enthousiasme. Il dit « Lady Helen... », hésitant (en tout cas c'est l'impression qu'eut Helen) entre embarras et inquiétude.

— J'espère que vous n'allez pas me gronder pour le papier peint, Charlie. J'ai téléphoné chez Peter Jones pour fixer un autre rendez-vous. C'est vrai, je vous assure...

— Non, ce n'est pas le papier peint, dit Denton.

Il souleva l'enveloppe en papier kraft qu'il tenait dans la main, la ramenant au niveau de sa poitrine.

Helen posa son toast.

— Qu'y a-t-il, alors ? Vous avez l'air tout... (De quoi avait-il l'air, au juste ? se demanda-t-elle. Il avait l'air bien agité, conclut-elle.) Est-ce qu'il s'est passé quelque chose ? Vous n'avez pas eu de mauvaises nouvelles, n'est-ce pas ? Votre famille va bien ? Oh mon Dieu, Charlie, vous ne vous êtes pas fourré dans le pétrin à cause d'une femme ?

Il secoua la tête. Helen remarqua le torchon qui pendait à son avant-bras, et tout s'expliqua : il venait de faire du ménage, et avait certainement des remontrances à lui adresser concernant le manque de soin qui caractérisait certaines de ses habitudes. Pauvre garçon. Il ne savait pas par où commencer.

Il venait du salon, et Helen se rappela qu'elle n'avait pas rangé les partitions que Barbara avait laissées l'après-midi de la veille lors de son départ précipité. Cela n'avait pas dû plaire à Denton, pensa Helen. Il ressemblait tellement à Tommy dans sa manie du rangement.

— Vous m'avez prise en faute, avoua-t-elle en désignant l'enveloppe d'un mouvement de tête. Barbara a apporté ça pour le montrer à Tommy. Ça m'était complètement sorti de la tête, Charlie. Me croirez-vous si je vous promets de faire mieux la prochaine fois ? Hmm, je suppose que non. Je n'arrête pas de vous faire ce genre de promesse, n'est-ce pas ?

— Où avez-vous trouvé ceci, Lady Helen ? Ce... enfin je veux dire, cette... ?

Et Denton de gesticuler avec l'enveloppe, comme s'il ne trouvait pas de mots pour décrire son contenu.

— Je viens de vous le dire. Barbara Havers l'a apporté. Pourquoi ? Est-ce que c'est important ?

En guise de réponse, Charlie Denton fit quelque chose de tout à fait inattendu. Pour la première fois depuis que Helen le connaissait, il attira à lui une des chaises disposées autour de la table et, sans y avoir été invité, il s'assit.

— Pour le sang, ça colle, fut le constat laconique que Hanken fit à Lynley.

Il appelait de Buxton, où il venait d'avoir les résultats du laboratoire de police scientifique. La veste appartenait bien au garçon.

Hanken ajouta qu'ils attendaient un mandat de perquisition pour Maiden Hall d'une minute à l'autre.

— J'ai six gars capables de trouver des diamants dans de la merde de chien. S'il a caché l'arc là-bas, nous le trouverons.

Hanken pesta un peu à propos du fait qu'Andy Maiden avait eu plus de temps qu'il n'en fallait depuis le soir du meurtre pour se débarrasser de l'arc en trente-six endroits différents dans les environs de White Peaks, ce qui rendait leur recherche doublement difficile. Mais au moins Maiden ignorait-il qu'ils avaient découvert que l'arme manquante était une flèche, ce qui leur donnait l'avantage de la surprise s'il ne s'était pas débarrassé de tout le matériel.

— Nous n'avons pas la moindre raison de penser qu'Andy sait tirer à l'arc, fit remarquer Lynley.

— Combien de rôles a-t-il tenus en tant qu'agent secret ? riposta Hanken. (Avant de raccrocher, il ajouta :) Vous êtes de la partie, si vous le voulez. Rendez-vous à Maiden Hall dans quatre-vingt-dix minutes.

Le cœur lourd, Lynley reposa le combiné.

La position de Hanken était justifiée dans son acharnement contre Andy. Quand tout concordait pour désigner un suspect en particulier, on s'occupait de ce suspect. On ne se refusait pas à penser l'impensable parce qu'on n'arrivait pas à se défaire du passé, du souvenir de ses vingt-cinq ans et d'une mission secrète à laquelle on avait tant brûlé de participer. On faisait son devoir en professionnel.

Pourtant, tout en sachant très bien que l'inspecteur Hanken ne faisait que suivre la procédure dans sa perquisition de Maiden Hall, il continuait de patauger dans un océan d'indices, de faits et de questions, à la recherche de quelque chose qui permettrait d'innocenter Andy. Il s'obstinait à penser que c'était bien le moins qu'il pût faire.

Un seul élément semblait pouvoir mener à quelque chose : le ciré de Nicola n'avait pas été retrouvé avec ses affaires à Nine Sisters Henge. Seul dans sa chambre, entouré des bruits matinaux de l'hôtel qui s'éveillait, Lynley ne pensait plus qu'à ce ciré et à ce que son absence sur le lieu du crime pouvait signifier.

Au départ, ils avaient pensé que le tueur avait pris l'imper et l'avait revêtu pour couvrir ses vêtements maculés de sang. Mais s'il était passé à l'Ange Noir mardi après le meurtre, il n'aurait pas porté un vêtement de pluie par un aussi beau soir d'été. Il n'aurait pas voulu prendre le risque de se faire remarquer, et quoi de plus insolite qu'un homme se promenant en imperméable à la belle saison, alors que depuis des semaines on n'avait pas vu le moindre nuage ?

Pour en avoir le cœur net, cependant, Lynley téléphona au patron de l'Ange Noir. Une seule question, qui fit le tour du rez-de-chaussée, relayée à haute voix d'un employé à l'autre, suffit à Lynley pour s'assurer qu'il ne s'était rien déroulé de tel à l'hôtel quelque soir que ce fût de mémoire récente. Qu'était donc devenu le ciré ?

Lynley se mit à arpenter la pièce de long en large. Il pensa à la lande, aux meurtres, et aux armes, et s'attarda sur la représentation imaginaire qu'il s'était faite de la manière dont les crimes s'étaient déroulés.

Si le tueur avait pris le ciré sur le lieu du crime mais sans le revêtir, il ne voyait que deux façons dont il aurait pu s'en servir. Ou bien le ciré avait servi à transporter un objet que le tueur avait emporté avec lui en quittant le cercle de pierres, ou alors le tueur s'en était servi d'une façon ou d'une autre lors de l'exécution de son crime.

Lynley élimina la première possibilité, la jugeant peu probable : les deux victimes s'étaient rendues au cercle de pierres à pied. Qu'auraient-elles bien pu emporter qui n'aurait pu en être retiré qu'à l'aide d'un objet de la taille d'un ciré ? Il passa à la seconde possibilité. Et quand il eut recoupé tout ce qu'il savait sur les meurtres, ce qu'ils avaient supposé et ce qu'il avait découvert à l'hôtel de l'Ange Noir, la réponse lui apparut enfin.

Le tueur avait immobilisé le jeune homme à l'aide d'une flèche. Il s'était ensuite lancé à la poursuite de la jeune fille en fuite et lui avait réglé son compte sans trop de difficultés. De retour au cromlech, il avait constaté que la blessure du garçon était grave mais pas mortelle. Il avait cherché un moyen sûr de l'achever. Il aurait pu faire lever le garçon, comme devant un peloton d'exécution, et en faire un saint Sébastien des temps modernes, mais la victime n'aurait certainement pas accepté d'entrer dans le jeu. Le tueur s'était donc jeté sur les affaires qui se trouvaient sur place, pour découvrir le couteau et le ciré. Il avait revêtu ce dernier pour protéger ses vêtements pendant qu'il poignardait le garçon. Ainsi, il pourrait se rendre impunément à l'Ange Noir plus tard.

Cependant, il n'était pas possible de laisser un ciré maculé de sang accroché avec le blouson de cuir. Le sang répandu sur le blouson avait pénétré jusqu'à la doublure, où la couleur du tissu l'avait camouflé. Il aurait pu se passer des mois avant que le blouson soit remarqué. Alors qu'un ciré ensanglanté aurait plus vite attiré l'attention.

Mais le tueur devait absolument s'en débarrasser. Et le plus tôt serait le mieux. Mais où... ?

Tout en continuant d'arpenter la pièce, Lynley se représentait les événements de cette nuit, les meurtres, et ce qui avait suivi.

Le tueur s'était débarrassé du couteau sur le chemin du retour. Il aurait été facile de l'ensevelir sous quelques centimètres de gravillons dans une poubelle en bord de route, une opération qui n'aurait probablement pas nécessité plus de trente secondes. Mais pas question de se débarrasser du ciré au même endroit, car la quantité de gravier n'aurait pas été suffisante, et d'ailleurs, sur une route publique, même en pleine nuit, cela aurait été pure folie de s'arrêter le temps nécessaire pour enfouir un objet aussi volumineux dans une poubelle.

Mais il devait exister quelque chose de très semblable à une poubelle qui aurait très bien convenu à la dissimulation d'un vêtement ; un objet d'usage courant, un objet qu'on voyait sans le remarquer, un objet qui se trouvait sur le chemin de l'hôtel où, comme le tueur le savait, on pouvait introduire un blouson de cuir au vu de tous sans que personne s'en aperçoive avant très longtemps...

Une boîte aux lettres ? Lynley se posa la question.

Mais il écarta cette possibilité presque aussitôt après l'avoir envisagée. Outre que le tueur aurait hésité devant l'effort à fournir pour enfoncer le ciré centimètre par centimètre dans la fente de la boîte aux lettres, le courrier était relevé tous les jours.

La poubelle d'un particulier ? Mais, là encore, il se heurtait à un problème du même ordre. Même tassé au fond du conteneur, le ciré serait découvert dès qu'on soulèverait le couvercle pour y déposer des détritus. Sauf, bien sûr, si le tueur réussissait à trouver une poubelle conçue de telle sorte que son contenu ne soit pas visible par l'utilisateur. Une poubelle de jardin public aurait pu faire l'affaire, le genre de poubelle où les débris sont introduits pas une ouverture latérale ou pratiquée dans le couvercle. Mais où, sur le chemin qui reliait Calder Moor à Tideswell, existait-il un tel jardin, équipé de telles poubelles ? Voilà ce qu'il lui fallait découvrir.

Lynley descendit les marches et se fit remettre la carte des White Peaks qu'il avait consultée avec Hanken la veille. Après un examen minutieux de la région, il constata que ce qui se rapprochait le plus d'un jardin public était une réserve naturelle près de Hargatewall. Il fronça les sourcils en voyant combien elle s'écartait de la ligne directe. Le tueur aurait été obligé de faire un détour de plusieurs kilomètres. Mais cela valait le coup d'essayer.

Dehors, il faisait à peu près le même temps que la veille : gris et pluvieux, avec du vent. Mais contrairement à la veille, au moment où Lynley était arrivé, le parking de l'Ange Noir était pour l'heure pratiquement désert, car il était trop tôt pour que même les plus assoiffés des habitués soient déjà allés se caler contre le bar. Ainsi, s'abritant sous son parapluie et derrière le col retourné de son Barbour, Lynley, évitant les flaques, contourna à la hâte le bâtiment pour regagner le seul emplacement qu'il avait trouvé l'après-midi de la veille pour y garer sa Bentley.

Ce n'est qu'à ce moment-là qu'il vit enfin ce qu'il aurait dû remarquer à son arrivée.

L'emplacement qu'il avait trouvé pour la Bentley avait été libre la veille pour la simple et bonne raison que ce serait toujours le dernier endroit choisi pour y garer sa voiture. Aucun conducteur un tant soit peu soucieux de sa carrosserie ne se garerait tout à côté d'une benne à ordures qui, maintenant encore, vomissait des détritus tel un volcan en éruption.

Mais bien sûr, pensa Lynley alors même qu'un crissement de vitesses derrière lui annonçait l'approche d'un camion.

Ainsi, il atteignit la benne quelques secondes avant les éboueurs venus emporter les détritus accumulés par l'Ange Noir au cours de la semaine précédente.

Samantha entendit le bruit avant de voir son oncle. Le son de bouteilles qui s'entrechoquent résonnait dans la vieille cage d'escalier de pierre, devançant l'arrivée de Jeremy Britton dans la cuisine, où Samantha faisait la vaisselle du petit déjeuner. Elle jeta un coup d'œil à sa montre, qu'elle avait posée sur une étagère près du grand évier. Même pour Oncle Jeremy, il paraissait bien tôt pour boire.

Elle frotta la poêle à frire dans laquelle elle avait fait cuire le bacon, en essayant de ne pas remarquer la présence de son oncle. Des pas traînants allaient et venaient derrière elle. Les bouteilles continuaient de s'entrechoquer. Quand il ne fut plus possible de faire la sourde oreille, Samantha tourna la tête pour voir ce que faisait son oncle.

Jeremy portait sous le bras un grand panier. Dedans, il avait entassé une douzaine de bouteilles d'alcool. Il y avait surtout du gin. Il se mit à fouiller dans les placards à provisions, passant leur contenu en revue pour en extraire encore des bouteilles. Des petites, de celles qu'on achète dans les avions, et il en sortait du sac à farine, des boîtes de riz, de pâtes et de haricots secs, de derrière les boîtes de fruits en conserve, de l'espace de rangement des poêles et des casseroles. Tandis que le contenu du panier grossissait à vue d'œil, Oncle Jeremy parcourait la cuisine au bruit d'un infernal cliquetis, tel le Fantôme des Noëls d'antan [1].

Il marmonnait :

— Cette fois, c'est la bonne...

Samantha posa la dernière casserole sur l'égouttoir et laissa l'eau s'écouler dans l'évier. Elle se sécha les mains sur son tablier et observa. Elle n'avait jamais trouvé son oncle aussi mal depuis son arrivée dans le Derbyshire. Et les tremblements qui lui parcouraient le corps n'étaient pas faits pour atténuer l'impression qu'il donnait d'être au bord d'une grave maladie.

Elle demanda :

— Oncle Jeremy ? Vous n'allez pas bien ? Qu'y a-t-il ?

— J'arrête, répondit-il. C'est le diable. Ça vous envoûte, puis ça vous envoie en enfer.

Il s'était mis à transpirer et, dans la lumière tamisée de la cuisine, sa peau avait l'apparence d'un citron enduit d'huile. Les mains tremblantes, il posa le panier, rempli de son précieux chargement, sur l'égouttoir. Il saisit d'une main crispée la première des bouteilles. Bombay Sapphire, l'amour de sa vie. Il retira le bouchon et renversa la bouteille dans l'évier. L'odeur du gin monta comme une fuite de gaz.

Une fois la bouteille vidée, Jeremy la posa sur le bord de l'évier.

— Fini, déclara-t-il. J'en ai fini avec ce poison. Juré. C'est fini.

Puis il se mit à pleurer. Il pleurait à grands sanglots, rauques et durs, qui lui secouaient le corps, plus encore que l'absence d'alcool dans ses veines. Il dit :

— J'ai peur. Je n'y arriverai pas tout seul.

Samantha fut prise de pitié.

1. Personnage spectral du *Chant de Noël* de Charles Dickens. *(N.d.T.)*

— Oncle Jeremy, laissez-moi vous aider. Je vous tiens le panier, d'accord ? Ou voulez-vous que je vous ouvre les bouteilles ?

Elle en prit une, une Beefeater's cette fois, et la tendit à son oncle.

— J'en mourrai ! s'écria-t-il. Regarde ce que ça m'a déjà fait...

Il tendit les mains pour lui montrer ce qu'elle avait déjà vu : ce terrible tremblement. Il s'empara du Beefeater's et brisa la bouteille sur le bord de l'évier sans même prendre la peine de la vider. Le gin gicla et les éclaboussa tous les deux. Il en saisit une autre.

— Pauvre type, sanglota-t-il. Misérable. Ivrogne. Les ai fait fuir tous les trois, mais ça ne m'a pas suffi... Non, non, il ne sera content que quand le dernier sera parti...

Samantha tenta de voir clair dans les paroles de son oncle. Il parlait de sa femme et des enfants, certainement. La sœur, le frère et la mère de Julian avaient fui le manoir il y avait très longtemps de cela, mais elle avait du mal à croire que Julian pût un jour abandonner son père.

— Julian vous aime, Oncle Jeremy, déclara-t-elle. Il ne vous quittera pas. Il veut ce qu'il y a de mieux pour vous. Vous savez bien que c'est pour ça qu'il travaille aussi dur pour remettre le manoir en état...

Pendant qu'elle parlait, Jeremy vida encore un demi-litre de gin dans l'évier.

— C'est un garçon merveilleux. Et j'arrête, ce coup-là j'arrête. Pour de bon. (Et le contenu d'une nouvelle bouteille suivit le même chemin que les autres.) Il travaille si dur pour sauver cet endroit, et pendant ce temps son ivrogne de père boit toutes les économies. Mais c'est fini.

L'évier se remplissait rapidement de verre, mais Samantha ne s'en offusqua pas. Elle voyait que son oncle vivait un moment si important qu'un ou deux kilos de verre brisé ne prêtaient vraiment pas à conséquence en comparaison.

— Allez-vous arrêter de boire, Oncle Jeremy ? demanda-t-elle. Allez-vous vraiment arrêter de boire ?

Elle avait quelques doutes quant à sa sincérité, mais, bouteille après bouteille, le panier se vidait inexorablement. Quand Jeremy en eut fini avec le lot tout entier, il se pencha sur l'évier et se mit à prier avec une ardeur qui toucha Samantha au plus profond d'elle-même.

Il jura sur la vie de ses enfants et de ses futurs petits-enfants qu'il ne boirait plus une goutte d'alcool. Il refusait de devenir l'exemple vivant des méfaits d'une vie d'ébriété. Il tournerait le dos à la bouteille, tout de suite, et ne regarderait jamais plus en arrière. Il devait au moins ça, sinon à lui-même, au moins au fils qui, par amour filial, était resté dans ce domaine familial qui tombait en ruine, quand il aurait pu partir se construire ailleurs une vie normale et saine.

— Si je n'avais pas été là, il serait marié aujourd'hui. Une femme, des enfants. Une vie. Et je lui ai pris tout ça. J'ai fait ça. *Moi.*

— Oncle Jeremy, il ne faut pas dire ça. Julie vous aime. Il sait à quel point Broughton Manor compte pour vous, et il veut en refaire un vrai foyer. D'ailleurs, il n'a même pas trente ans. Il a tout le temps de fonder une famille...

— Il passe à côté de la vie, fit Jeremy. Et il continuera de passer à côté tant qu'il restera ici à se démener pour remettre les choses sur pied. Et il m'en voudra quand il se réveillera et qu'il comprendra ce que je lui ai fait.

— Mais c'est ça, la vie ! (Samantha posa une main rassurante sur l'épaule de son oncle.) Ce que nous faisons ici, au château, tous les jours. C'est la vie, ça, Oncle Jeremy...

Se décollant de l'évier, son oncle se redressa, tout en portant la main à sa poche. Il en retira un mouchoir plié en quatre et se moucha avec un bruit de trompette avant de se tourner vers elle. Pauvre homme, pensa-t-elle. Quand avait-il pleuré pour la dernière fois ? Et pourquoi les hommes étaient-ils si gênés quand ils finissaient par céder à la force d'une émotion parfaitement raisonnable ?

— Je veux en refaire partie, dit-il.

— En refaire partie ?

— De la vie. Je veux vivre, Sammy. Ça (il désigna d'un geste l'évier), ça va contre tout ce qui vit. Je dis assez.

Bizarre, se dit Samantha. Sa voix était soudain devenue si forte, comme si rien ne s'interposait plus entre lui et son espoir de sobriété. Et tout aussi soudainement, elle voulut tout cela pour lui : la vie qu'il s'imaginait, heureux chez lui, entouré de ses petits-enfants adorés. Elle les voyait déjà, ces petits-enfants pas encore conçus.

— Ça me fait tellement plaisir, Oncle Jeremy, dit-elle. Tellement plaisir ! Et Julian... Julie sera tellement heureux ! Il voudra vous aider. J'en suis certaine.

Jeremy hocha la tête, ne la quittant pas des yeux.

— Tu crois ? dit-il en hésitant. Après toutes ces années passées à me voir... dans cet état ?

— Je sais qu'il vous aidera, répondit-elle. Je le sais.

Jeremy ajusta ses vêtements. A nouveau, il se moucha bruyamment et plia le mouchoir avant de le remettre dans sa poche. Il dit :

— Tu l'aimes, hein, petite ? (Samantha se dandina d'un pied sur l'autre.) Tu n'es pas comme l'autre, toi. Tu ferais tout pour lui.

— C'est vrai, dit Samantha. Oui, je ferais tout.

Quand Lynley arriva à Padley Gorge, la perquisition à Maiden Hall battait son plein. Hanken avait emmené six constables avec lui, et les avait déployés avec économie et efficacité. Il en avait affecté trois respectivement à l'étage occupé par la famille, à celui des clients et au rez-de-chaussée du Hall proprement dit. L'un d'entre eux fouillait les dépendances. Deux autres se chargeaient des terres. Hanken lui-même coordonnait les efforts, et quand Lynley s'immobilisa sur le parking il trouva son collègue près d'une voiture pie. Maussade, il fumait sous un parapluie pendant que le constable de l'étage de la famille lui faisait son compte rendu.

— Rejoignez les autres sur les terres, si vous avez fini, lui ordonna Hanken. Si on a creusé dans le coin, je veux que vous soyez dessus comme des chiens dans un terrier à renard. Compris ? Et attention à ce nouveau panneau au bout de l'allée. (Le constable partit en trottinant vers la pente qui descendait jusqu'à la route. Là, sous la pluie, Lynley discerna deux autres policiers qui arpentaient le terrain d'un pas régulier à l'abri des arbres.) Rien pour l'instant, annonça Hanken à Lynley. Mais il est là, quelque part. Ou alors quelque chose qui nous y conduira. Et nous le trouverons.

— J'ai le ciré, dit Lynley.

Hanken haussa un sourcil et jeta sa cigarette par terre.

— Vraiment ? C'est du beau travail, Thomas. Où l'avez-vous trouvé ?

Lynley lui raconta le raisonnement qui l'avait conduit jusqu'à la benne à ordures de l'hôtel. Sous une semaine de détritus, il avait trouvé l'imperméable à l'aide d'une fourche et grâce à la patience des éboueurs qui étaient arrivés juste derrière lui pour emporter le contenu de la benne.

— Vous n'avez pas vraiment l'air d'un homme qui vient de s'ébattre dans une benne à ordures... lui dit Hanken.

— J'ai pris une douche et je me suis changé, avoua Lynley.

Les ordures de la benne, qui s'étaient accumulées sur le ciré pendant presque toute une semaine, avaient en fait protégé celui-ci de la pluie, qui sinon n'aurait pas manqué d'effacer tous les indices susceptibles d'être recueillis. Là, le vêtement n'avait été en contact qu'avec du marc de café, des épluchures de légumes, des restes de repas, des vieux journaux et des mouchoirs usés. Et comme de toute façon le ciré avait été retourné, ces ordures n'avaient souillé que l'intérieur, qui avait pris l'apparence d'une vieille bâche. L'extérieur en était pratiquement intact, si bien que les éclaboussures de sang dont il était recouvert n'avaient pas bougé depuis le mardi précédent, témoins muets de ce qui s'était passé à Nine Sisters Henge. Lynley avait fourré le ciré dans un sac de supermarché. Celui-ci se trouvait, dit-il, dans le coffre de la Bentley.

— Eh bien voyons ça, alors.

— D'abord, dit Lynley avec un mouvement de menton en direction du Hall, est-ce que les Maiden sont là ?

— Nous n'avons pas besoin d'une identification de l'imper s'il y a le sang du gamin dessus, Thomas...

— Je ne posais pas la question d'un point de vue professionnel. Comment réagissent-ils à la fouille ?

— Maiden prétend qu'il a trouvé un type à Londres qui peut lui faire passer le test du détecteur de mensonges. Il dirige une entreprise qui s'appelle Polygraph Professionals ou quelque chose dans le genre.

— S'il est d'accord...

— Foutaises ! coupa Hanken, agacé. Vous savez que les détecteurs ne valent rien. Maiden aussi le sait. Mais pour gagner du temps, c'est très utile. « S'il vous plaît, ne m'arrêtez pas, je vais passer au détecteur... » Cette bonne blague ! Passez-moi plutôt le ciré...

Lynley le lui tendit. Il était à l'envers, comme il l'avait trouvé. Mais un des bords était relevé, là où le sang s'était accumulé, dessinant une tache violette en forme de feuille.

— Ah, dit Hanken en le voyant. Oui. Envoyons donc ça au laboratoire. Mais à mon avis, tout est fini, à part les pleurs.

Lynley n'en était pas si sûr, lui. Mais pourquoi ? se demanda-t-il. Etait-ce parce qu'il ne pouvait se résoudre à croire qu'Andy Maiden avait tué sa fille ? Ou était-ce parce que les faits indiquaient réellement une autre piste ?

— On dirait qu'il n'y a personne, dit-il en désignant le Hall d'un mouvement de la tête.

— A cause de la pluie, lui dit Hanken. Ils y sont, pourtant. Tous autant qu'ils sont. La plupart des clients sont partis, vu qu'on est lundi. Mais les Maiden sont là, comme les employés. A part le chef cuisinier. Il n'arrive en général pas avant quatorze heures, à ce qu'ils disent.

— Vous leur avez parlé ? Aux Maiden ?

Hanken sembla comprendre ce que sous-entendaient les paroles de Lynley car il répondit :

— Je n'ai encore rien dit à la femme, Thomas. (Puis il fit passer le ciré sur le siège avant de la voiture pie.) Fryer ! lança-t-il en direction de la pente. (Le constable affecté à l'étage de la famille leva la tête, puis arriva en trottinant quand Hanken lui fit signe d'approcher.) Le labo, précisa-t-il avec un coup sec de la tête en direction de la voiture. Emportez le sac et faites analyser les taches de sang. Voyez si vous pouvez faire faire ça par une certaine Kubowsky. Elle est du genre rapide et on est plutôt pressés...

Le constable ne semblait pas trop mécontent d'échapper à la pluie. Il retira sa parka jaune citron et s'installa aussitôt au volant de la voiture. En moins de dix secondes, il avait disparu.

— C'est vraiment pour la forme. C'est le sang du garçon, c'est sûr.

— Sans doute, acquiesça Lynley. (Il regardait toujours le Hall.) Cela ne vous dérange pas que je dise un mot à Andy ?

Hanken l'observa.

— Vous n'arrivez pas à vous y faire, hein ?

— Je n'arrive pas à oublier que c'est un flic.

— C'est un être humain. Sujet aux mêmes passions que nous tous, dit Hanken. (Dieu merci, pensa Lynley, il n'avait pas ajouté la suite : Andy Maiden connaissait mieux que quiconque les moyens d'assouvir ses passions.) N'oubliez surtout pas ça, conclut Hanken avant de s'éloigner à grands pas en direction des dépendances.

Lynley trouva Andy et sa femme dans le salon, dans l'alcôve où Hanken et lui-même leur avaient parlé pour la première fois. Cette fois, pourtant, ils n'étaient pas ensemble. Au contraire, ils se tenaient assis, silencieux, sur les deux canapés qui se faisaient face. Leurs attitudes étaient identiques : penchés en avant, les bras posés juste au-dessus des genoux. Andy se frictionnait les mains. Sa femme l'observait.

Lynley écarta de son esprit l'image shakespearienne [1] qu'évoquait l'attention que portait Andy à ses mains. Il prononça le nom de son ancien collègue. Andy leva la tête. Et d'un air interrogateur :

— Que cherchent-ils ?

Le choix du pronom n'échappa pas à Lynley, ni la distinction entre lui et la police locale qu'impliquait ce choix.

— Ça va, vous deux ? demanda-t-il.

— A votre avis ? Ça n'est pas assez qu'on nous ait pris Nicola. Maintenant vous mettez la maison à sac, sans avoir la *correction* de nous dire pourquoi. Vous arrivez en brandissant une espèce de torchon signé par un magistrat et vous débarquez chez nous comme une bande de hooligans avec...

La colère de Nan Maiden menaçait de faire place aux larmes. Elle serra les poings sur ses genoux et, dans un geste qui ressemblait assez à celui de son mari, elle les cogna l'un contre l'autre, comme si cela lui permettait de conserver une emprise sur elle-même qu'elle avait déjà perdue.

— Tommy ? fit Maiden.

Lynley lui donna ce qu'il pouvait :

— On a trouvé son imperméable.

— Où ça ?

— Il y a du sang dessus. Probablement celui du garçon. Nous pensons que le tueur l'a enfilé pour protéger ses vêtements. Il pourrait y avoir d'autres indices dessus. Des cheveux, par exemple...

— Vous êtes en train de me demander de fournir un échantillon ?

— Vous devriez peut-être contacter un avocat...

1. Allusion à Lady Macbeth s'efforçant en vain de se laver les mains après le meurtre du roi Duncan. *(N.d.T.)*

— Vous ne pouvez pas croire que c'est lui qui a fait ça ! s'écria Nan Maiden.

— Croyez-vous que j'aie besoin d'un avocat ? demanda Maiden à Lynley.

Ils savaient tous les deux ce que cette question signifiait en réalité : « Me connaissez-vous vraiment, Thomas ? » Et : « Croyez-vous vraiment que je suis tel que je parais ? »

Lynley ne pouvait donner à Maiden la réponse qu'il souhaitait. Il préféra poser la question qui le hantait depuis plusieurs jours :

— Pourquoi m'avez-vous demandé moi, en particulier ? Quand vous avez téléphoné au Yard, pourquoi m'avez-vous demandé ?

— A cause de vos qualités, répondit Maiden. Et au premier chef, votre sens de l'honneur, de l'honneur avant toute chose. Je savais que je pouvais compter là-dessus. Je savais que vous feriez ce qui est juste. Et que, s'il le fallait, vous tiendriez parole.

Ils échangèrent un long regard. Lynley en comprenait le sens. Mais il ne pouvait pas prendre le risque de se laisser berner.

— Nous approchons de la fin, Andy. Que je tienne parole ou non, ça ne va rien changer, au bout du compte. Il vous faut un avocat.

— Je n'en ai pas besoin.

— Bien sûr que tu n'en as pas besoin, approuva sa femme d'une voix posée, ayant puisé dans la force tranquille de son mari de quoi raviver son propre courage. Tu n'as rien fait. On n'a pas besoin d'avocat quand on n'a rien à se reprocher.

Le regard d'Andy se reporta sur ses mains. Il se remit à les masser. Lynley quitta le salon.

Au cours de l'heure qui suivit, la fouille de Maiden Hall et de ses environs se poursuivit. Mais au terme de l'opération, les cinq constables restants n'avaient rien trouvé qui ressemblât de près ou de loin à un arc, aux restes d'un arc, ou à un quelconque objet lié à l'archerie. Hanken se tenait debout sous la pluie, et le vent faisait claquer son imperméable contre ses jambes. Il broyait du noir en fumant, scrutant Maiden Hall comme si sa façade de calcaire pouvait dissimuler l'arc à la vue de tous. Son équipe de policiers attendait de nouvelles consignes, épaules rentrées, cheveux aplatis sur le crâne, cils collés par la pluie. Lynley se sentit conforté dans ses positions par le peu de succès de Hanken. Si son collègue avait l'intention de suggérer que leur tueur avait vidé son domicile d'absolument tout ce qui touchait de près ou de loin à un arc — sans même savoir qu'ils avaient lié les deux premiers meurtres à l'archerie —, il était prêt à batailler sur ce front. Aucun tueur ne pensait à tout. Même si ce tueur-là était un flic, il ferait une erreur, et cette erreur finirait par le perdre.

— Allons à Broughton Manor, Peter, proposa Lynley. Nous avons l'équipe, et il ne faudra pas longtemps pour obtenir un deuxième mandat.

Hanken se ressaisit.

— Retournez au poste ! lança-t-il à ses hommes. (Puis à Lynley, quand les constables furent partis :) Je veux ce dossier du SO10. Celui que votre homme à Londres a constitué.

— Vous ne pouvez pas croire encore à un règlement de comptes. En tout cas pas lié à son passé...

— Ce n'est pas à ça que je pense, répondit Hanken. Mais un gars au passé chargé aurait pu s'y prendre d'une manière que nous n'avons pas encore envisagée.

— Comment ?

— En trouvant quelqu'un qui accepterait de faire le sale boulot pour lui. Venez, inspecteur. J'ai l'intention de consulter attentivement le registre de l'Ange Noir.

29

Tout en faisant leur travail en profondeur, les policiers avaient aussi fait preuve d'une relative délicatesse dans leur traitement des affaires personnelles des Maiden et du mobilier. Andy Maiden avait assisté à des fouilles bien plus dévastatrices en son temps, et il voulut prendre comme un signe rassurant le fait que ses collègues s'étaient abstenus de saccager son domicile lors de leur perquisition. Tout de même, il fallait remettre le Hall en ordre. Quand les policiers furent partis, Andy, sa femme et leur personnel se répartirent le travail.

Andy était soulagé que Nan ait accepté cette façon raisonnable de procéder. Ainsi, ils seraient séparés pendant un moment. Il s'en voulait de ne pas désirer sa présence à son côté. Il savait qu'elle avait besoin de lui, mais avec le départ de la police, Andy ressentait soudain un terrible besoin de solitude. Il fallait qu'il réfléchisse. Il savait qu'il n'y arriverait pas si Nan s'accrochait à lui, essayant d'oublier sa douleur en se jetant corps et âme dans la tâche stérile qui consistait à s'occuper de lui. Il ne voulait pas de la sollicitude de sa femme pour l'instant. Les choses étaient allées trop loin pour ça.

La mort de Nicola, comme la roue d'un moulin, menaçait de les broyer tous les deux. Andy se rendit compte qu'il pourrait protéger Nan tant que l'enquête était en cours, mais il ne savait pas comment il pourrait continuer quand la police aurait procédé à son arrestation. Sa brève conversation avec Lynley lui avait fait comprendre sans équivoque que cette arrestation était imminente. Et la recommandation de Tommy, lui conseillant de faire appel à un avocat, ne laissait guère planer le doute quant aux mesures que s'apprêtait à prendre la police.

Tommy était un type bien, se dit Andy. Mais il y a des limites à ce que l'on peut demander à un homme bon. Quand les limites de cet homme sont atteintes, il ne faut plus se fier qu'à soi-même.

C'était un principe que Nicola avait bien compris. Alliée à son besoin insatiable de gratification immédiate à chaque fois qu'elle jetait son dévolu sur quelque chose, c'était sa tendance à compter sur elle-même plutôt que sur les autres qui l'avait conduite sur la voie qu'elle avait suivie.

Andy savait depuis longtemps que le but que sa fille s'était fixé dans la vie était tout simplement de ne jamais se priver de rien. Elle avait vu quelles économies ses parents avaient dû faire à la fois pour épargner en vue de l'achat d'une maison de campagne et pour financer le père d'Andy, dont la retraite ne suffisait pas à couvrir les dépenses liées à son train de vie dissolu. Et plus d'une fois, surtout quand ses parents refusaient d'accéder à une de ses exigences, elle avait déclaré qu'elle, elle ne se trouverait jamais en situation de devoir économiser sur ceci et cela et de se refuser les plaisirs simples de la vie. Elle profiterait de l'existence, au lieu de perdre son temps en activités stériles comme recoudre draps et taies d'oreiller, repasser les cols de chemise et repriser les chaussettes. « Tu ferais mieux de ne pas finir comme Grand-Père, Papa, parce que moi j'ai l'intention de garder tout mon argent pour moi. »

Pourtant, ce n'était pas l'avarice qui motivait son comportement. C'était plutôt un immense vide intérieur, qu'elle cherchait à combler à l'aide de biens matériels. Combien de fois n'avait-il pas tenté de lui expliquer le dilemme fondamental de l'humanité : nous sommes issus de parents, nés dans une famille, nous sommes liés les uns aux autres, mais au bout du compte nous sommes seuls. La conscience primitive que nous avons de notre propre solitude crée un vide en nous. Ce n'est qu'en se cultivant l'esprit que l'on peut combler ce vide. « Oui, mais je veux cette mobylette », répondait-elle comme s'il ne venait pas de tenter de lui expliquer pourquoi l'acquisition d'une mobylette ne calmerait pas un esprit dont les envies sans cesse renouvelées clamaient fiévreusement leur besoin d'être assouvies. « Ou cette guitare », répondait-elle. Ou cette paire de boucles d'oreilles en or, ce voyage en Espagne, cette voiture de sport... « Et s'il y a assez d'argent pour les payer, je ne vois pas pourquoi on se priverait. Qu'est-ce que l'esprit a à voir avec le fait de pouvoir se payer une mobylette ou non, Papa ? Même si je le voulais, je ne pourrais pas dépenser d'argent pour mon esprit. Alors qu'est-ce que je suis censée faire de mon argent si j'en ai ? Le jeter à la poubelle ? » Et elle avait énuméré les individus dont le travail ou la situation leur avait permis d'amasser une fortune : la famille royale, des stars du rock d'antan, des hommes d'affaires, des entrepreneurs...

« Ils ont des maisons, des bateaux et des avions, Papa, disait-elle. Et ils ne sont jamais seuls, en plus. Et ils ne donnent pas l'impression de se promener avec un grand vide au fond du ventre, si tu veux mon avis. » Nicola savait se montrer très persuasive quand elle avait jeté son dévolu sur quelque chose, et rien de ce qu'il pouvait lui dire ne suffisait à lui faire comprendre qu'elle ne voyait que la vie extérieure de ces gens dont elle admirait tant les biens. Ce qu'ils étaient au fond, et ce qu'ils pouvaient ressentir, personne d'autre qu'eux-mêmes ne pouvait le savoir. Et quand elle obtenait enfin ce qu'elle avait réclamé à cor et à cri, elle était incapable de reconnaître que sa satisfaction ne durait qu'un temps. Son aveuglement persistait, parce que entre elle et cette vérité se dressait toujours un nouvel objet de convoitise qui, elle en était sûre, apaiserait son âme.

Et tout cela, qui aurait rendu n'importe quel enfant difficile à élever, s'ajoutait au goût de l'extrême qui caractérisait Nicola. Cela, elle le tenait de lui, elle l'avait appris en le regardant passer d'un personnage à l'autre au cours de ses années undercover, et en écoutant les histoires que racontaient ses collègues lors de repas de famille trop arrosés. Andy et sa femme avaient tu à leur fille l'autre face de ces actes de bravoure dont elle se régalait tant. Elle n'avait jamais su le prix que payait son père, dont la santé défaillait, victime de l'incapacité de son esprit à se diviser en deux arènes séparées, l'une pour la personne qu'il était réellement et l'autre pour celle que son travail le forçait à jouer. Elle était censée se représenter son père comme quelqu'un de fort, de complet et d'invincible.

Ainsi, rien de surprenant à ce que Nicola n'ait pas hésité à lui dire la vérité sur ses projets d'avenir. Elle avait téléphoné en l'invitant à venir à Londres. « Dinons en tête à tête », avait-elle dit. Ravi à l'idée que sa fille veuille passer toute une soirée avec lui, il s'était rendu à Londres. Ils sortiraient ensemble, ils feraient ce qu'elle voudrait, lui avait-il assuré, et il rapporterait dans le Derbyshire les affaires dont elle aurait besoin pour son stage d'été. Ce n'est que quand il avait promené son regard autour de lui, dans son appartement bien ordonné, en se frottant les mains, et qu'il lui avait demandé ce qu'il devait charger dans la Land Rover, qu'elle lui avait dit la vérité.

Elle avait commencé ainsi :

« J'ai changé d'avis à propos de ce boulot chez Will. J'ai réfléchi aussi à propos du droit. C'est de ça que je voulais te parler, Papa. (Elle avait souri, et bon Dieu qu'elle était jolie quand elle souriait.) J'ai passé une soirée formidable avec toi. Je n'avais jamais été au planétarium auparavant. »

Elle leur prépara du thé, le fit asseoir devant une assiette de petits sandwiches qu'elle avait sortis d'une boîte de chez Marks et Spencer, et demanda :

« Est-ce que tes activités d'agent infiltré t'ont jamais amené à fréquenter le milieu sadomaso, Papa ? »

Au départ, il avait cru qu'il s'agissait d'un sujet de conversation comme un autre : les souvenirs d'un père vieillissant, évoqués à la demande affectueuse de sa fille. Il n'avait pas beaucoup eu affaire au milieu sadomaso, lui dit-il. Ça aurait été l'affaire d'une autre section de Scotland Yard. Oh, il avait bien fait une ou deux descentes dans des clubs ou des sex-shops sadomaso, et il y avait eu cette soirée où un type ridicule déguisé en écolière se faisait fouetter sur une croix. Mais rien de plus. Et Dieu merci, parce qu'il était des choses dans la vie qui vous laissaient l'impression d'une telle souillure que même un bain ne suffisait pas à vous en laver, et il classait le sadomasochisme en haut de cette liste...

« Ce n'est qu'un mode de vie, Papa, avait coupé Nicola en prenant un sandwich au jambon et en mastiquant pensivement. Après tout ce que tu as vu, ça m'étonne que tu condamnes ces pratiques...

— C'est une maladie. Ces gens ont des problèmes auxquels ils ont peur de faire face. La perversion leur apparaît comme la réponse, alors qu'en fait c'est un aspect de leur maladie...

— C'est ce que tu penses, toi, lui rappela doucement Nicola. Mais la réalité pourrait être tout autre, ne crois-tu pas ? Une aberration pour toi pourrait paraître parfaitement normale à quelqu'un d'autre. En fait, ce pourrait être toi l'aberration, à leurs yeux. »

Il voulut bien en convenir. Mais la norme n'obéissait-elle pas à la loi des nombres ? N'était-ce pas ce que signifiait le mot « norme » au départ ? La norme n'était-elle pas ce que faisaient la plupart des gens ?

« Ça voudrait dire que le cannibalisme est normal, Papa, pour les cannibales.

— Pour les cannibales, je suppose que c'est le cas.

— Et si un groupe de personnes parmi les cannibales décidaient qu'elles n'aiment pas manger la chair humaine, seraient-elles anormales ? Ou pouvons-nous dire que leurs goûts auraient évolué ? Et si une personne de notre société s'en va vivre avec les cannibales et qu'elle se découvre un goût pour la chair humaine dont elle n'était pas consciente, est-elle anormale pour autant ? Et par rapport à qui ? »

Andy avait souri à ces paroles.

« Tu feras une excellente avocate... »

Et cette remarque les avait menés tout droit en enfer.

« Quant à ça, Papa, avait-elle commencé, quant au droit... »

Elle lui avait parlé de sa décision de ne pas travailler pour Will Upman, mais de passer l'été à Londres. Il avait d'abord cru qu'elle avait trouvé un poste plus intéressant dans un cabinet en ville. Peut-être, avait-il pensé avec espoir, lui a-t-on proposé une place dans l'une des écoles de droit de la capitale. Ce n'était pas ce dont il avait rêvé pour elle, mais il n'était pas insensible à l'honneur que représentait un tel poste pour sa fille.

« Je suis déçu, bien sûr, dit-il. Ta mère le sera aussi. Mais nous avons toujours considéré Will comme une solution d'attente si rien de mieux ne se présentait. Alors, qu'est-ce qui s'est présenté ? »

Elle le lui avait dit. Au départ, il avait cru qu'elle plaisantait, bien que Nicola n'eût jamais été le genre d'enfant à plaisanter quand il s'agissait de ses projets. En fait, elle avait toujours annoncé ses intentions exactement comme elle les lui annonça ce jour-là à Islington : « Voici mon projet, voilà pourquoi, voici le résultat que j'en attends. »

« Je pensais qu'il fallait que je te le dise, avait-elle conclu. Tu as le droit de savoir, puisque c'est toi qui payais la fac de droit. Et d'ailleurs, je te rembourserai. (Puis à nouveau ce sourire, ce sourire adorable et énervant que Nicola avait toujours aux lèvres quand elle mettait ses parents devant le fait accompli. "Je vais faire une fugue, disait-elle à ses parents quand ils avaient refusé d'accéder à une demande déraisonnable. Je ne serai pas là demain après l'école, je n'irai pas à l'école. Ne m'attendez pas pour le dîner. Ni pour le petit déjeuner demain. Je me tire.") Je devrais avoir de quoi te rembourser d'ici la fin de l'été. J'aurais pu déjà avoir l'argent, mais il y avait des fournitures à acheter, et c'est pas donné. Tu veux les voir, au fait ? »

Il avait continué de croire à une plaisanterie. Même quand elle avait sorti son matériel et expliqué à quoi servait chaque objet : le fouet à lanières de cuir, les liens cloutés, les loups et les menottes, les chaînes et les colliers de chien.

« Tu vois, Papa, il y a des gens qui ne peuvent pas prendre leur pied si ça ne s'accompagne pas de douleur ou d'humiliation, dit-elle à son père comme s'il n'avait pas passé des années à côtoyer toutes les aberrations humaines possibles et imaginables. Ils veulent jouir, normal, non ? Enfin, n'est-ce pas ce que nous voulons tous ? Mais si ce n'est pas lié à quelque chose de dégradant ou de douloureux, ils n'en tirent aucune satisfaction, ou alors ils n'y arrivent même pas. Et puis il y en a d'autres qui semblent éprouver le besoin d'expier une faute. C'est comme s'ils avaient commis un péché, et qu'ils l'expiaient comme il se doit — six coups de fouet pour le méchant petit garçon et tout ça —, ils sont heureux, ils sont pardonnés et ils peuvent vaquer à leurs occupations. Ils rentrent retrouver Bobonne et les enfants, et ils se sentent, enfin, ils se sentent... C'est peut-être un peu bizarre de dire ça comme ça, mais ils sont comme purifiés. »

Là, elle avait paru lire quelque chose sur les traits de son père, à ce moment-là, qui crispa son propre visage, car elle avança le bras sur la table où ils avaient pris place, et vint recouvrir de sa main le poing d'Andy, d'un geste conciliant.

« Papa, c'est toujours moi qui fais la dominatrice. Tu le sais, ça, n'est-ce pas ? Je ne laisserais jamais quelqu'un me faire ce que je fais à... Eh bien, ça ne m'intéresse pas. Je le fais parce que c'est bien payé, tu n'imagines pas, et tant que je serai assez jeune et jolie et forte pour faire huit ou neuf séances par jour... (Elle sourit malicieusement, en tendant la main vers le dernier objet qu'elle voulait lui montrer.) La queue d'âne, c'est vraiment ce qu'il y a de plus ridicule, en fait. Tu ne peux pas savoir comme un type de soixante-dix ans peut avoir l'air bête avec ce truc qui lui pend dans le... enfin, tu sais.

— Dis-le », avait-il fait, recouvrant enfin la parole.

Elle l'avait regardé sans expression, tenant le bouchon de plastique noir, avec ses longues lanières de cuir qui s'échappaient de sa jolie main toute fine.

« Quoi ?

— Le mot. Qui lui pend dans le quoi ? Si tu n'es pas capable de le dire, comment peux-tu le faire ?

— Oh, ça. Eh bien, si je ne le dis pas, c'est seulement parce que tu es mon père. »

Et cet aveu avait brisé quelque chose en lui, quelque dernier vestige de retenue et de maîtrise de soi, façonnées au cours d'une vie passée à refouler ses sentiments.

« Son trou du cul ! avait-il hurlé. Ça lui pend de son putain de trou de balle, Nick ! »

Il balaya du revers de la main tous les instruments de torture qu'elle avait disposés sur la table.

Nicola se rendit compte — enfin — qu'elle y était allée un peu fort. Elle esquissa un mouvement de recul tandis qu'il laissait libre cours à sa rage, à son incompréhension et à son désespoir. Il renversa les meubles, brisa la vaisselle, saccagea ses manuels de droit. Il avait vu la peur qui était en elle, et pensé à toutes les occasions passées où il aurait dû inspirer ce sentiment mais s'y était refusé. Et cette pensée décupla sa fureur jusqu'à ce que la destruction qu'il infligeait à l'appartement ait réduit sa fille à un petit tas de chiffons apeuré, tout de soie, de daim et de lin. Elle s'était recroquevillée dans un coin de la pièce, les bras repliés sur le visage, mais cela n'était pas assez pour lui. Il lui avait jeté ses saloperies d'instruments à la figure en hurlant : « Plutôt te voir morte que de te laisser faire ça ! »

Ce n'est que plus tard, quand il eut le temps de raisonner comme raisonnait Nicola, qu'il réalisa qu'il y avait un autre moyen de détourner sa fille de sa nouvelle vocation. Il y avait Will Upman, dont la réputation auprès des femmes n'était plus à faire. Il l'avait donc rappelée deux jours après sa visite à Londres et lui avait mis le marché en main. Et Nicola, voyant qu'elle pourrait se faire plus d'argent dans le Derbyshire qu'à Londres, avait accepté de transiger.

Il avait gagné du temps, pensa-t-il. Et ils n'avaient pas reparlé de ce qui s'était passé ce jour-là à Islington.

Pour protéger Nancy, Andy avait passé l'été à essayer de croire que tout finirait par s'arranger. D'ailleurs, si Nick faisait sa rentrée à la faculté de droit à l'automne, il aurait accepté de passer le restant de ses jours à faire comme si Islington ne s'était jamais produit.

« Ne dis rien de tout ça à ta mère, avait-il dit à sa fille alors qu'ils élaboraient leurs projets.

— Mais, Papa, Maman...

— Non. Bon sang, Nick, je ne vais pas discuter. Je veux que tu me promettes de ne rien dire de tout ça quand tu rentreras. Est-ce bien clair ? Parce que si le moindre murmure arrive aux oreilles de ta mère, tu n'auras pas un centime de ma part, et je ne plaisante pas. Alors donne-moi ta parole. »

Ce qu'elle fit. Et s'il y avait une chose qui rachetait un tant soit peu toute la laideur de la vie de Nicola et l'horreur de sa mort, c'était qu'il avait pu éviter à Nancy de découvrir ce qu'était devenue cette vie.

Mais à présent, cette découverte menaçait de faire encore plus de dégâts dans l'univers d'Andy. La souillure et la dépravation lui avaient pris sa fille. Il n'était pas question que l'angoisse et le tourment liés à la découverte de la vérité lui fassent perdre sa femme.

Il vit qu'il n'avait qu'une façon d'arrêter dans sa progression dévastatrice la roue folle déclenchée par la mort de Nicola. Il savait qu'il avait les moyens de l'arrêter. Il ne pouvait que prier pour en avoir aussi la force le moment venu.

Qu'est-ce que cela pouvait faire si une vie de plus était sacrifiée ? Des hommes étaient morts pour moins que ça quand la cause était bonne. Des femmes, aussi.

Vers le milieu de la matinée du lundi, Barbara Havers avait sensiblement perfectionné sa connaissance de l'archerie. A l'avenir, elle serait capable de débattre avec les meilleurs des mérites du Mylar par rapport aux plumes et des différences entre les arcs. Mais pour ce qui était d'épingler le prix Guillaume-Tell à la veste de Matthew King-Ryder... elle avait fait chou blanc.

Elle avait parcouru la liste de Jason Harley. Elle avait même appelé tous les noms ayant une adresse à Londres, au cas où King-Ryder se servirait d'un pseudonyme. Mais au bout de trois heures la liste n'avait mené à rien, et le catalogue, tout en augmentant considérablement son stock d'informations inutiles à placer dans les soirées mondaines quand on se torturait l'esprit pour trouver quelque chose à dire, n'avait rien donné. Si bien que quand son téléphone sonna et qu'elle entendit la voix de Helen Lynley au bout du fil, qui lui demandait si elle pouvait passer à Belgravia, Barbara sauta sur l'occasion. Helen était très pointilleuse sur l'heure des repas, et l'heure du déjeuner approchait avec rien dans le frigo à part des restes de *rogan josh*. Barbara comprit que le changement ne lui ferait pas de mal.

Elle arriva à Eaton Terrace en moins d'une heure. Helen lui ouvrit elle-même. Comme d'habitude, elle était tirée à quatre épingles, en pantalon beige bien coupé assorti d'un chemisier vert forêt. A la voir, Barbara avait l'impression de ressembler à un morceau de fromage moisi abandonné sur le pas de la porte. Depuis qu'elle s'était fait porter pâle à Scotland Yard, elle faisait encore moins attention à sa tenue qu'à l'accoutumée. Elle portait un tee-shirt surdimensionné sur un caleçon noir et était pieds nus dans ses baskets montantes.

— Ne faites pas attention à moi. Je voyage incognito, dit-elle à la femme de Lynley.

Helen sourit.

— Merci d'être venue si vite. Je me serais déplacée mais je pensais que vous voudriez être dans le quartier quand nous en aurions terminé.

Terminé ? se dit Barbara. Quelle merveilleuse nouvelle. Il y avait donc bien un déjeuner à la clé.

Helen fit signe à Barbara de la suivre dans la maison, en appelant à voix haute :

— Charlie ? Barbara est là. Avez-vous déjeuné, Barbara ?

— Eh bien, non, dit Barbara, enfin pas vraiment.

Pour être parfaitement honnête il fallait bien avouer que les toasts tartinés de sauce à l'ail qu'elle avait consommés à onze heures auraient pu passer pour un déjeuner anticipé aux yeux de certaines personnes.

— Il faut que je sorte : Pen arrive de Cambridge sans ses enfants cet après-midi et nous nous sommes promis un repas à Chelsea, mais Charlie peut vous faire un sandwich ou une salade si vous avez faim...

— Ce n'est pas la peine, ça ira, lui dit Barbara d'une voix qui manquait de conviction même à ses propres oreilles.

Elle suivit Helen dans le séjour bien aménagé, où elle constata que le meuble qui abritait la chaîne de Lynley était ouvert. Tous les éléments en étaient allumés, et une boîte de CD gisait ouverte sur la platine. Helen fit signe à Barbara de s'asseoir, et celle-ci s'installa à la même place que l'après-midi de la veille, avant que Lynley ne l'eût retirée de l'affaire.

— Je suppose que l'inspecteur est bien arrivé dans le Derbyshire entier ?

— Je suis vraiment désolée de cette dispute entre vous deux, dit Helen. Tommy est... enfin Tommy, c'est Tommy.

— On peut dire ça comme ça, convint Barbara.

— Nous avons quelque chose que nous souhaitons vous faire entendre, dit Helen.

— Vous et l'inspecteur ?

— Tommy ? Non. Il n'est au courant de rien. (Helen sembla lire quelque chose sur le visage de Barbara, parce qu'elle se hâta d'ajouter, un peu énigmatique :) C'est juste que nous ne savions pas très bien quelle était la meilleure façon d'interpréter ce que nous avions. Alors j'ai dit : « Si nous appelions Barbara ? »

— « Nous » ? dit Barbara.

— Charlie et moi. Ah, le voilà. Passez le disque pour Barbara, Charlie, vous voulez bien ?

Denton salua Barbara et lui remit ce qu'il était venu lui apporter : un plateau avec une assiette où était disposé un blanc de poulet niché sur un lit de pâtes tricolores. Un verre de vin blanc et un petit pain complétaient le tout. Une serviette de lin s'enroulait joliment autour des couverts tel un cocon.

— Je me suis dit que vous aimeriez manger un morceau. J'espère que vous aimez le basilic.

— Vous exaucez un souhait de jeune fille.

Denton sourit de toutes ses dents. Barbara attaqua son repas tandis qu'il se dirigeait vers le meuble. Helen rejoignit Barbara sur le canapé pendant que Denton triturait les boutons et les cadrans.

— Ecoutez un peu ça, dit-il.

Barbara écouta, en savourant l'excellent poulet préparé par Denton et, alors qu'un orchestre entamait un passage qui insistait sur les bois, elle se dit qu'il y avait des façons bien plus désagréables de passer l'après-midi.

Un baryton se mit à chanter. Barbara réussit à capter quelques-unes des paroles, mais pas toutes.

... vivre, vivre, vivre encore ou bien mourir
la question lancine dans l'esprit, et qui peut nous dire
mourir, mourir, soulager le cœur qui peine
on ne souffre plus quand la chair n'est plus reine
et qu'elle sait ce qu'est un homme, un menteur, un lâche,
pourquoi ne pas accepter la mort,
que le sommeil éternel de la tombe nous cache.
sommeil, ce sommeil, la terreur nous y attend, elle aussi
quels rêves viendront à l'homme qui pense sans soucis
qu'il a échappé aux fouets, au mépris que le temps apporte
aux vivants effrayés
Que le sommeil donne la paix à l'homme qui ne sait pardonner...

— C’est joli, dit Barbara à Denton et Helen. En fait, c’est merveilleux. Je n’avais jamais entendu cet air.

— Voici pourquoi.

Helen lui tendit une enveloppe kraft, celle-là même que Barbara avait laissée à Eaton Terrace la veille.

En sortant le paquet de feuilles de l’enveloppe, Barbara vit qu’il s’agissait des partitions manuscrites que Mrs Baden lui avait données.

— Je ne comprends pas, dit-elle.

— Regardez.

Helen attira l’attention de Barbara sur la première des feuilles. Très vite, Barbara se retrouva en train de suivre les paroles du baryton. Elle lut le titre de la chanson inscrit en haut de la page, *Quels rêves viendront*, et comprit que la chanson avait été transcrite de la main du compositeur, dont la signature s’étalait en haut de la page : *Michael Chandler*.

Sa première réaction fut un sentiment de grosse déception.

— Zut, dit-elle, voyant sa théorie sur le mobile des meurtres du Derbyshire tomber à l’eau. Alors le morceau a déjà été joué. Ça remet sérieusement en question mon raisonnement...

Effectivement, Matthew King-Ryder n’avait aucune raison de se débarrasser de Terry Cole et de Nicola Maiden — sans parler de ce qu’on avait fait à Vi Nevin — si la partition qu’il recherchait avait déjà fait l’objet d’un enregistrement. Il ne pouvait pas monter un nouveau spectacle à partir de musique ancienne. Au mieux, il aurait pu monter une reprise. Et ça n’était vraiment pas la peine de tuer pour ça, puisque les bénéfices d’une reprise d’une œuvre de Chandler et de King-Ryder, quelle qu’elle fût, auraient été régis par le testament de son père.

Barbara fit mine de lancer la partition sur la table basse, mais Helen l’arrêta en lui posant une main sur le bras.

— Attendez, dit-elle. Je crois que vous n’avez pas compris. Charlie ? Montrez-lui.

Denton lui remit deux documents : l'un était la jaquette du CD qui passait ; l'autre un programme de théâtre, le genre de livret dont l'acquisition entamait en général sérieusement vos économies. Le mot *Hamlet* apparaissait en relief sur le CD et sur le programme. Et sur le CD on lisait en outre : *Paroles et musique de David King-Ryder*. Barbara fixa cette dernière inscription pendant plusieurs secondes, tandis que les pièces du puzzle s'assemblaient dans son esprit. Et le sens de ce qu'elle venait de lire se résumait à un fait, clair et lumineux : elle tenait enfin la vraie raison pour laquelle Matthew King-Ryder avait tué.

Hanken ne voulait rien entendre. Il lui fallait le registre de l'hôtel de l'Ange Noir, et il allait être très difficile à vivre tant qu'on ne le lui aurait pas remis. Lynley pouvait l'accompagner lors de l'expédition, ou il pouvait s'attaquer à Broughton Manor tout seul, ce que Hanken lui déconseillait, puisqu'il n'avait rien fait pour obtenir un mandat de perquisition permettant de fouiller le manoir et qu'il ne croyait pas que les Britton accueilleraient à bras ouverts quelqu'un venu remuer les cendres de plusieurs centaines d'années d'histoire familiale.

— Il va falloir une équipe de vingt hommes pour venir à bout de cet endroit, déclara Hanken. S'il faut le faire, nous le ferons. Mais je suis prêt à parier que cela ne sera pas nécessaire.

Ils obtinrent très vite le registre de l'hôtel. Pendant que Lynley appelait Londres pour trouver la trace de Nkata et récupérer un fax des résultats de Havers sur le SO10, Hanken emporta les fiches de renseignements remplies par les clients au bar, où l'on proposait du rôti de porc aux pommes pour le déjeuner. Quand Lynley le rejoignit avec le fax du rapport de Havers, son collègue attaquait le plat du jour d'une main et compulsait les fiches de l'autre. Une deuxième assiette, où fumait le même plat, lui faisait face, une pinte de bière posée à côté.

— Merci, dit Lynley en lui remettant le rapport.

— Il vaut toujours mieux s'en tenir au plat du jour, lui expliqua Hanken. (Puis, désignant d'un mouvement de tête les feuilles que tenait Lynley, il demanda :) Qu'avez-vous trouvé ?

Lynley ne pensait pas avoir trouvé quoi que ce soit, mais il avait noté trois noms dont il lui fallait bien admettre, malgré ses réticences personnelles, qu'ils valaient la peine qu'on y regarde de plus près. L'un d'entre eux était un ancien indic de Maiden. Les deux autres étaient d'obscurs personnages de second ordre qui agissaient à la périphérie des enquêtes de Maiden mais n'avaient jamais fait de prison. Ben Venables était le mouchard. Clifford Thompson et Gar Brick, les deux autres.

Sur le chemin de l'Ange Noir, Hanken avait mis au point une nouvelle théorie. Maiden, selon lui, avait beaucoup trop à perdre pour faire la bêtise de tuer lui-même sa propre fille, quelle que soit son envie de la voir morte. Il aurait confié le travail à l'un des énergumènes de son passé, et aurait ensuite tenté d'égarer les soupçons de la police, lui faisant croire qu'il s'agissait d'un règlement de comptes, pour que les flics restent sur la piste de criminels en prison ou libérés sur parole, pendant que tous ceux qui avaient côtoyé Maiden mais n'avaient aucune raison de vouloir se venger échapperaient à l'attention de la police. C'était bien combiné. Hanken avait donc tenu à se faire remettre le rapport sur le SO10 pour recouper les noms qui y figuraient avec ceux du registre de l'hôtel.

— Vous voyez comment cela aurait pu arriver, n'est-ce pas ? demanda Hanken à Lynley. Tout ce que Maiden avait à faire après avoir embauché ce type était de le mettre au parfum concernant le lieu du camping de sa fille. Et il savait où elle campait, Thomas. Ça, on l'a constaté tout de suite.

Lynley aurait voulu argumenter mais il garda le silence. Andy Maiden, mieux que tout autre, savait les risques qu'il y avait à passer un contrat avec un tueur.

Qu'il l'ait fait pour se débarrasser d'une enfant dont le mode de vie lui paraissait intolérable était une hypothèse complètement impensable. Si cet homme avait voulu éliminer Nicola parce qu'il n'arrivait pas à lui faire modifier son comportement, il n'aurait pas cherché quelqu'un d'autre pour se charger du boulot, surtout quelqu'un qui risquerait de lâcher facilement le morceau lors de l'interrogatoire et de le désigner comme commanditaire. Non. Si Andy Maiden avait voulu éliminer sa fille, Lynley en était persuadé, il l'aurait fait lui-même. Et il n'y avait pas la moindre indication que ce fût le cas, absolument aucune.

Lynley jouait machinalement avec le contenu de son assiette pendant que Hanken lisait les rapports et engloutissait son repas. Il termina le rapport et le repas simultanément, et déclara :

— Venables, Thompson et Brick, fit-il en détachant les syllabes avec emphase pour montrer à Lynley qu'il était arrivé à la même conclusion. Mais je pense qu'il faut vérifier avec le registre.

Ce qui fut fait. Ils prirent celui qui correspondait à la semaine précédente et comparèrent tous les noms des clients qui avaient séjourné à l'hôtel pendant cette période avec ceux qui figuraient dans le rapport de Havers. Comme ce rapport couvrait plus de vingt années de service actif d'Andy Maiden dans la police, l'entreprise prit un certain temps. Mais au bout du compte, tous ces efforts les ramenèrent à leur point de départ. Aucun des noms ne coïncidait.

Ce fut Lynley qui fit remarquer qu'une personne venue tuer Nicola Maiden ne se serait jamais inscrite dans le registre d'un hôtel de la région sous son propre nom. Hanken en convint. Au lieu de s'appuyer sur cet argument pour écarter définitivement l'hypothèse du tueur à gages qui aurait logé à l'hôtel et laissé derrière lui le blouson et le ciré, il prononça cette phrase énigmatique :

— Bien sûr, poussons jusqu'à Buxton.

Mais Broughton Manor, alors ? voulut savoir Lynley.

Allaient-ils faire une croix dessus, pour... quoi ? Se lancer à la poursuite de quelqu'un qui n'existait peut-être même pas ?

— Le tueur existe, Thomas, répondit Hanken, restant ferme sur ses positions. Et j'ai idée que c'est par Buxton que nous retrouverons sa trace.

Barbara regarda Helen et demanda :

— Mais pourquoi m'avez-vous appelée, moi ? Pourquoi pas l'inspecteur ?

Helen dit :

— Merci, Charlie. Pourriez-vous vous charger de rapporter ces catalogues de papier peint chez Peter Jones ? J'ai fait mon choix, c'est noté.

Denton hocha la tête en disant : « Très bien » et monta à l'étage après avoir éteint la chaîne et récupéré son CD.

— Dieu merci, Charlie est un inconditionnel des comédies musicales du West End, déclara Helen quand Barbara et elle se retrouvèrent seules. Plus je le connais, plus je le trouve précieux. Et qui l'aurait cru, parce que quand Tommy et moi nous sommes mariés, je me suis vraiment demandé quelle impression cela me ferait de voir le valet de mon mari, si c'est le terme qui s'applique à Charlie Denton, rôder dans les parages comme un domestique du dix-neuvième siècle. Mais il est indispensable. Comme vous venez de le constater.

— Pourquoi, Helen ? répéta Barbara, qui ne s'était pas laissé distraire par le bavardage de la jeune femme.

Le visage de Helen s'adoucit.

— Je l'aime, dit-elle. Mais il n'a pas toujours raison. Personne n'a toujours raison.

— Ça ne lui plaira pas que vous m'ayez confié ça...

— Oui. Eh bien, je m'occuperai du problème quand il se présentera. (Helen désigna d'un geste la partition.) Qu'en pensez-vous ?

— Par rapport au meurtre ?

Helen ayant hoché la tête, Barbara passa en revue

toutes les réponses possibles. David King-Ryder, se rappela-t-elle, s'était suicidé le soir de la première de son spectacle de *Hamlet*. De la bouche même de son fils, elle avait appris que King-Ryder devait déjà savoir que le spectacle avait fait un tabac. Néanmoins, il s'était suicidé, et quand Barbara rapprochait ce fait non seulement de la vérité sur la composition de la musique et des paroles mais aussi de l'histoire que lui avait racontée Vi Nevin sur la façon dont Terry Cole était entré en possession de ces documents, elle ne pouvait arriver qu'à une conclusion : quelqu'un, quelque part, avait su que David King-Ryder n'avait écrit ni la musique ni les paroles du spectacle qu'il montait sous son propre nom. Cette personne l'avait su parce qu'elle avait, d'une façon ou d'une autre, mis la main sur la partition d'origine. Et étant donné que la communication téléphonique interceptée par Terry Cole à Elvaston Place datait de juin, quand *Hamlet* débutait, il semblait raisonnable de conclure que cet appel avait été destiné non pas à Matthew King-Ryder, qui brûlait d'envie de monter un spectacle dont les modalités ne seraient pas régies par le testament de son père, mais à David King-Ryder lui-même, qui voulait désespérément récupérer cette partition pour cacher au monde qu'il ne s'agissait pas de son œuvre.

Pour quelle autre raison King-Ryder se serait-il tué, si ce n'est parce qu'il était arrivé à la cabine téléphonique cinq petites minutes trop tard pour prendre l'appel ? Pourquoi se serait-il tué, si ce n'est qu'il croyait que, bien qu'ayant payé un maître chanteur qui devait l'appeler et lui indiquer où « récupérer le paquet », il allait subir un chantage sans fin ? Ou pis encore, qu'il allait être livré en pâture à ces mêmes tabloïds qui s'étaient acharnés sur lui pendant des années ? Bien sûr qu'il se serait tué, pensa Barbara. Il n'aurait eu aucun moyen de savoir que Terry Cole avait intercepté l'appel qui lui était destiné. Il n'aurait eu aucun moyen de savoir comment reprendre contact avec le maître chanteur pour demander ce qui s'était passé. Donc quand, ayant réussi à se rendre dans cette cabine d'Elvaston Place, il avait attendu l'appel en vain, il avait cru que tout était perdu.

La seule question qui se posait encore était la suivante : qui avait fait chanter David King-Ryder ? Et il n'y avait guère qu'une réponse qui tînt un tant soit peu la route : son propre fils. Plusieurs éléments allaient dans ce sens, même s'ils ne constituaient pas des preuves directes. Certainement, Matthew King-Ryder avait su avant le suicide de son père qu'il ne toucherait rien à la mort de celui-ci. S'il devait gérer le Fonds King-Ryder, et ça il l'avait plus ou moins admis quand Barbara lui avait parlé, il aurait fallu qu'il soit informé des clauses du testament de son père. Donc, s'il tenait à mettre la main sur une partie de l'argent paternel, il ne restait plus qu'à le lui extorquer.

Barbara expliqua tout cela à Helen, et quand elle eut terminé, la femme de Lynley demanda :

— Mais avez-vous des preuves ? Parce que sans preuves... (son expression était éloquente)... vous êtes fichue, ma chère.

Barbara retourna la question dans sa tête en finissant son repas. Et elle trouva la réponse en se remémorant rapidement sa visite à King-Ryder dans son appartement de Baker Street :

— La maison, dit-elle. Helen, il déménageait. Il m'a dit qu'il avait enfin économisé de quoi s'acheter une propriété, sur la rive sud.

— Mais la rive sud... ? Ça n'est pas vraiment...

Helen avait l'air très mal à l'aise, et Barbara trouva sympathique sa réticence à attirer l'attention sur la richesse considérable de Lynley. Il fallait rouler sur l'or pour acheter ne serait-ce qu'un placard à balais à Belgravia. En revanche, la rive sud, où les simples mortels achetaient leur demeure, posait moins de problèmes. King-Ryder aurait pu mettre suffisamment de sous de côté, au cours des années, pour y acquérir une propriété. Barbara en était consciente.

Néanmoins, elle répondit :

— Il n'y a pas d'autre explication aux agissements

de King-Ryder : le fait qu'il ait menti à propos de son entrevue avec Cole dans son bureau, qu'il ait fouillé l'appartement de Terry à Battersea, qu'il ait acheté l'une des horribles croûtes de Cilla Thompson, qu'il soit passé chez Vi Nevin et y ait tout saccagé... Il faut à tout prix qu'il mette la main sur cette partition, et il ne reculera devant rien pour l'obtenir. Son père est mort, et c'est sa faute. Il ne veut pas que la mémoire du pauvre homme soit salie, en plus. Il voulait sa part du gâteau, bien sûr. Mais il ne voulait pas la mort de son père.

Helen réfléchit à tout ça, faisant glisser ses doigts le long du pli de son pantalon.

— Je vois comment vous parvenez à assembler toutes les pièces, reconnut-elle. Mais quant à la preuve qu'il est un maître chanteur, doublé d'un assassin... ?

Elle leva les yeux et ouvrit les mains comme pour dire : « Où est-elle ? »

Barbara réfléchit aux atouts dont elle disposait pour confondre King-Ryder en dehors de ce qu'elle savait des dispositions du testament de son père : Terry était allé le voir ; il avait fouillé l'appartement de Terry ; il s'était rendu au studio de Portsdale Road...

— Le chèque ! dit-elle. Il a fait un chèque à Cilla Thompson quand il lui a acheté un de ses cauchemardesques tableaux du viaduc...

— D'accord, dit Helen avec précaution, mais où est-ce que cela vous mène ?

— A Jersey, dit Barbara en souriant. Cilla a fait une photocopie du chèque — sans doute parce qu'elle n'a jamais rien vendu de sa vie, et croyez-moi, elle va vouloir se rappeler cette occasion, parce qu'elle n'est pas près de se renouveler. Ce chèque a été tiré sur une banque de Saint Helier. Voyons, pourquoi notre homme aurait-il ouvert un compte dans les îles anglo-normandes sinon pour y cacher de l'argent, Helen ? Comme, par exemple, un versement de quelques milliers de livres — peut-être quelques centaines de milliers de livres — soutirées à son père pour fermer le clapet à un maître chanteur — dont il préférait que personne ne sache rien ? Voilà vos preuves...

— Mais tout de même, il ne s'agit là que de conjectures, non ? Comment pouvez-vous prouver quoi que ce soit ? Vous n'avez pas accès à son dossier bancaire, n'est-ce pas ? Alors, comment allez-vous procéder ?

C'est effectivement là que le bât blesse, se dit Barbara. Elle ne pouvait rien prouver. La police ne pouvait pas toucher au dossier bancaire de King-Ryder, et même si elle-même y parvenait d'une façon ou d'une autre, que prouverait un gros versement antérieur au coup de fil de juin, si ce n'est que quelqu'un avait tenté de se soustraire à l'œil inquisiteur du fisc ?

Il y avait cette empreinte dans l'appartement de Vi Nevin, bien sûr, cette semelle au motif hexagonal. Mais si ce genre de semelle se révélait aussi courant que les toasts au petit déjeuner, qu'est-ce que cela ajoutait à l'enquête ? Evidemment, King-Ryder aurait laissé des traces partout dans l'appartement de Vi Nevin. Mais il ne fallait pas espérer qu'il se montrerait coopératif si les flics lui demandaient de fournir des cheveux ou un flacon de sang pour un test d'ADN. Et même s'il leur donnait tout, rognures d'ongles et fil dentaire, cela ne permettrait pas le moins du monde de l'associer aux meurtres du Derbyshire, à moins que les enquêteurs ne détiennent tout un assortiment d'indices récupérés sur le lieu de crime là-bas aussi.

Barbara savait qu'elle perdrait plus que son grade et sa mission si elle téléphonait à l'inspecteur Lynley pour un petit passage en revue des indices glanés dans le Derbyshire. Elle avait désobéi à ses ordres, elle n'en avait fait qu'à sa tête. Il l'avait retirée de l'affaire. Sa réaction, s'il découvrait qu'elle s'y était recollée de son propre chef, elle n'osait l'imaginer. Donc, si elle voulait coincer King-Ryder, il faudrait qu'elle s'en charge plus ou moins seule. Le petit problème qui restait, c'était de déterminer la marche à suivre.

— Il a été drôlement futé, dit Barbara à Helen. Ce type ne manque pas de cervelle, mais si je réussissais à trouver un moyen de le prendre de court... Si je pouvais trouver quelque chose d'utile dans tout ce que j'ai accumulé...

— Vous avez la partition, fit remarquer Helen. C'est ce qu'il voulait depuis le départ, n'est-ce pas ?

— Il a fait des pieds et des mains pour la trouver. Il a saccagé le campement. Il a passé l'appartement de Battersea au crible. Il a saccagé celui de Vi. Il est resté assez longtemps dans l'atelier avec Cilla pour déterminer s'il y avait une cachette là-bas. Je dirais que nous pouvons affirmer sans risque qu'il veut cette partition. Et il sait qu'elle n'était pas chez Terry, Cilla, ou Vi...

— Mais il sait aussi qu'elle se trouve quelque part.

C'est vrai, pensa Barbara. Mais où, et chez qui ? Existerait-il une personne que King-Ryder ne connaissait pas et qui serait susceptible de le convaincre que la partition avait changé de main plus d'une fois et que lui, King-Ryder, serait obligé de se montrer s'il voulait la récupérer ? Et comment diable est-ce que le simple fait de se présenter pour réclamer une partition, dont il pourrait déclarer tout ignorer quand il l'aurait vue, pourrait constituer l'acte qui le trahirait et clamerait haut et fort sa culpabilité ?

Bordel de merde, pensa Barbara. Elle avait l'impression que son cerveau fonctionnait en surrégime. Ce qu'il lui fallait, c'était parler à un autre professionnel. Ce qu'il lui fallait, c'était un sérieux tête-à-tête avec quelqu'un capable non seulement de discerner tous les aspects de ce crime tentaculaire mais aussi de prendre l'initiative, de proposer la solution et de tenir tête à King-Ryder si les choses devaient brusquement mal tourner.

Lynley s'imposait, tout naturellement. Mais il était hors de question de faire appel à lui. Donc, il lui fallait quelqu'un de sa trempe. Il lui fallait son clone. Il lui fallait...

Barbara se ressaisit et sourit.

— Bien sûr, dit-elle.

Helen haussa un sourcil.

— Vous avez une idée ?
— J'ai une inspiration, nom de Dieu !

Ce n'est qu'à une heure que Nan Maiden s'aperçut de la disparition de son mari. Elle s'était employée à remettre le rez-de-chaussée en ordre, et elle avait dû faire tant d'efforts pour donner le change, pour faire comme si cette perquisition impromptue était dans l'ordre des choses, qu'elle n'avait pas remarqué le moment où Andy avait disparu.

Constatant qu'il n'était pas dans la maison, elle avait d'abord pensé qu'il dcvait se trouver sur les terres. Mais quand elle avait demandé à l'un des aides cuisiniers de porter un message à Mr Maiden lui proposant de déjeuner, le garçon avait répondu qu'Andy était parti dans sa Land Rover moins d'une demi-heure auparavant.

— Ah. Je vois, fit Nan, essayant d'avoir l'air de trouver qu'il s'agissait là d'un comportement tout à fait normal étant donné les circonstances.

Elle essaya même de s'en convaincre elle-même car il était inconcevable qu'Andy se fût absenté sans lui dire un mot après l'épreuve qu'ils avaient traversée tous les deux.

« Une fouille ? avait-elle dit à Hanken, impavide. Mais pour chercher quoi ? Nous n'avons rien... Nous ne cachons rien... Vous ne trouverez rien qui...

— Chérie. (Andy avait demandé à voir le mandat de perquisition et, l'ayant vu, le rendit.) Eh bien, allez-y », avait-il dit à Hanken.

Nan se refusait à penser à ce qu'ils pouvaient bien chercher. Elle se refusait à envisager la signification de leur présence. Quand ils partirent, les mains vides, son soulagement fut tel qu'elle sentit ses jambes se dérober sous elle et qu'elle dut s'asseoir pour ne pas s'écrouler.

Le soulagement qu'elle avait ressenti en voyant les policiers repartir bredouilles céda vite le pas à l'inquiétude quand elle apprit le départ d'Andy. Planant au-dessus de leurs têtes, il y avait sa volonté de trouver quelqu'un dans le pays pour lui administrer le test du détecteur de mensonges.

C'est là qu'il est parti, se dit Nan. Il aura trouvé quelqu'un pour lui faire passer ce satané test. C'est cette fouille du Hall qui l'y a poussé. Il a décidé de subir le test et d'apporter à tout le monde la preuve de son innocence en faisant venir comme témoin l'un des policiers chargés de l'enquête.

Il fallait l'en empêcher. Il fallait qu'elle lui fasse comprendre qu'il jouait leur jeu. Ils étaient venus fouiller les lieux sachant qu'une telle action lui ferait perdre son sang-froid, et c'est ce qui s'était passé. Ils avaient tous les deux perdu leur sang-froid.

Nan se rongea les ongles. Si elle ne s'était pas sentie au bord de l'évanouissement, elle aurait pu se rendre auprès de lui. Ils auraient pu parler. Il se serait confié à elle, elle aurait soulagé sa conscience torturée et... non. Elle n'y penserait pas. Pas question de conscience. Jamais. Elle ne penserait qu'à ce qu'elle pouvait faire pour inverser le cours des intentions de son mari.

Elle comprit qu'il n'y avait qu'une seule possibilité.

Pas question de prendre le risque de téléphoner de la réception. Elle monta donc à l'étage privé pour se servir du téléphone de la chambre qui se trouvait sur la table de chevet. Elle tenait l'écouteur dans une main et s'apprêtait à composer le numéro quand elle aperçut le bout de papier plié sur son oreiller.

Le message de son mari tenait en une phrase. Nan Maiden le lut et lâcha le téléphone.

Elle ne savait pas où aller. Elle ne savait que faire. Elle sortit de la chambre en courant. Elle dévala l'escalier à grand fracas, le billet d'Andy serré dans le poing ; tant de voix se mêlaient dans sa tête, l'exhortant à l'action, qu'elle n'arrivait pas à distinguer un traître mot cohérent qui pût l'aider.

Elle aurait voulu agripper tous ceux qu'elle voyait : à l'étage réservé aux clients, dans la cuisine, dehors. Elle voulait les secouer tous. Elle voulait crier : « Où est-il aidez-moi que fait-il où est-il allé qu'est-ce que ça veut dire qu'il... oh mon Dieu ne dites rien parce que je sais je sais je sais ce que ça veut dire et que je ne veux pas l'entendre y faire face l'éprouver finir par accepter ce qu'il... non non non... aidez-moi à le trouver *aidez-moi...* »

Elle se retrouva en train de traverser le parking à toutes jambes avant même de savoir qu'elle y allait, puis elle comprit que son corps avait pris le contrôle d'un esprit qui avait cessé de fonctionner. Alors même qu'elle comprenait ce qu'elle avait à faire, elle constata ce qu'on lui avait déjà dit : la Land Rover n'y était plus. Andy l'avait prise, car il voulait la laisser sans recours.

Elle refusait d'accepter ça. Elle revint sur ses pas et entra en trombe dans l'hôtel, où la première personne qu'elle vit fut l'une des deux femmes de Grindleford — et pourquoi diable pensait-elle tout le temps à elles en les appelant les femmes de Grindleford comme si elles n'avaient pas un nom bien à elles ? Elle l'aborda.

Nan savait qu'elle avait l'air d'une folle. Elle avait l'impression d'être devenue folle. Mais ça n'avait pas d'importance.

— Votre voiture, s'il vous plaît... fit-elle, incapable d'en dire plus car sa respiration était saccadée.

L'employée battit des paupières.

— Mrs Maiden ? Etes-vous souffrante ?

— Les clés. Votre voiture. C'est Andy.

Dieu merci, ce message laconique fit l'affaire. Quelques instants plus tard Nan était au volant d'une Morris si ancienne que le rembourrage du siège du conducteur dissimulait à peine ses ressorts.

Elle fit vrombir le moteur et s'engagea dans la descente. Sa seule pensée était de le retrouver. Où il était parti et pourquoi, elle préférait ne pas y penser.

Barbara comprit très vite que convaincre Nkata de lui prêter son concours ne serait pas une mince affaire. Qu'il l'ait invitée à participer à l'enquête quand elle n'était qu'une constable parmi d'autres en attente d'affectation pendant que lui partait en vadrouille dans le Derbyshire avec Lynley était une chose. Mais que Havers, elle, lui demande à lui de faire équipe avec elle sur une partie de cette même enquête après qu'elle en eut été éjectée de force, c'était une tout autre affaire. La petite battue qu'elle lui proposait n'avait pas l'aval de leur supérieur. Aussi, quand elle téléphona à Nkata, elle eut un peu l'impression d'être Mr Christian, alors que son collègue n'avait pas trop l'air de quelqu'un qui est très désireux de s'embarquer sur le *Bounty*.

— Pas question, Barb, c'est trop risqué.

— Winnie. Rien qu'un coup de fil. Et de toute façon, c'est votre pause déjeuner, non ? Ou ça pourrait l'être. Il faut bien que vous mangiez. Alors retrouvez-moi là-bas. On prendra un repas dans le quartier. Ce que vous voudrez. C'est ma tournée. Promis.

— Mais le patron...

— ... n'aura rien besoin de savoir si ça n'aboutit pas, termina Barbara, qui ajouta : Winnie, j'ai besoin de vous.

Il hésitait. Barbara retint son souffle. Winston Nkata n'était pas du genre à foncer tête baissée, elle lui laissa donc le temps de réfléchir soigneusement à sa requête, en l'examinant sur toutes ses coutures. Et pendant qu'il réfléchissait, elle pria. Si Nkata refusait de la suivre, elle ne voyait vraiment pas qui d'autre accepterait de l'aider.

Il dit enfin :

— Le patron a demandé un fax de votre rapport du CRIS, Barb.

— Vous voyez ? répondit-elle. Il suit toujours cette fausse piste, et il ne trouvera rien au bout de l'impasse. Il n'aboutira à *rien*, Winnie. Allez. S'il vous plaît. Vous êtes mon seul espoir. Je touche au but. J'en suis sûre. Tout ce que je vous demande, c'est un tout petit coup de fil...

— *Zut*, l'entendit-elle dire dans un soupir. (Puis :) Donnez-moi une demi-heure.

— Génial, dit-elle en s'apprêtant à raccrocher.

— Barb. Faites en sorte je n'aie pas à le regretter.

Elle se dirigea vers South Kensington. Après avoir parcouru en long et en large toutes les rues, d'Exhibition Road à Palace Gate, elle trouva enfin une place à Queen's Gate Gardens et se rendit à pied au coin d'Elvaston Place et de Petersham Mews, là où se trouvaient les seules cabines téléphoniques d'Elvaston Place. Il y en avait deux, et au moins trois douzaines de cartes du genre de celles que Barbara avait trouvées sous le lit de Terry Cole y étaient placardées.

Nkata, qui, partant de Westminster, avait plus de chemin à parcourir, n'était pas encore arrivé, alors Barbara traversa Gloucester Road et poussa la porte d'une pâtisserie française qu'elle avait repérée en tournant dans le quartier à la recherche d'une place de stationnement. De l'intérieur de sa voiture, elle avait perçu l'arôme envoûtant des pains au chocolat. Ayant du temps à tuer en attendant Winston, elle décida qu'il serait absurde de ne pas prêter attention aux desiderata de son corps qui réclamait à grands cris les deux aliments essentiels dont elle s'était privée toute la journée : le beurre et le sucre.

Vingt minutes après son arrivée dans le quartier de South Kensington, Barbara vit approcher la haute silhouette de Nkata qui remontait la rue, en provenance de Cromwell Road. Elle fourra le reste de son pain au chocolat dans la bouche, s'essuya les doigts sur son tee-shirt, se débarrassa de son fond de Coca et se précipita de l'autre côté de la rue au moment où il en atteignait le coin.

— Merci d'être venu, dit-elle.

— Si vous avez du concret sur ce type, pourquoi on ne lui met pas tout simplement la main au collet ? demanda Nkata, en ajoutant, avec la patience d'un homme qui, depuis longtemps, connaissait son péché mignon : Vous avez du chocolat sur le menton, Barb.

Elle régla le problème d'un coup de tee-shirt.

— Vous savez ce qu'il en est. Quelles preuves avons-nous ?

— Le patron a trouvé le blouson, pour commencer.

Nkata lui résuma les circonstances de la découverte de Lynley à l'hôtel de l'Ange Noir.

Barbara fut bien contente de les entendre, surtout qu'elles étayaient son hypothèse d'après laquelle une flèche avait figuré dans l'arsenal de leur tueur. Mais c'était Nkata qui avait transmis à Lynley l'information concernant la flèche et Barbara savait que s'il devait à présent appeler l'inspecteur une nouvelle fois et dire : « Au fait, patron, si on chopait ce type, ce King-Ryder, histoire de s'amuser un peu, et qu'on récupérait ses empreintes pendant qu'on le fait parler de blousons de cuir et de virées dans le Derbyshire ? », Lynley lirait le nom HAVERS en lettres d'un mètre de haut, et il ordonnerait à Nkata de faire marche arrière si vite que ce dernier se retrouverait à Calais en moins de deux.

Nkata n'était pas du genre à défier les ordres sous quelque prétexte que ce soit. Et il n'allait certainement pas changer sa manière d'être pour les beaux yeux de Barbara. Il fallait absolument qu'ils laissent Lynley en dehors de tout ça, jusqu'à ce qu'ils aient fini de construire leur cage à oiseaux et y aient enfermé un King-Ryder prêt à pousser la chansonnette.

Barbara expliqua toute l'affaire à Nkata. Son collègue écouta sans broncher. A la fin, il hocha la tête. Mais il déclara :

— Ça ne me plaît toujours pas de faire ça dans son dos.

— Je sais bien, Winnie. Mais je crois qu'il ne nous a pas laissé le choix. N'êtes-vous pas d'accord ?

Nkata dut en convenir. Il dit, avec un mouvement de tête en direction des cabines :

— Alors, laquelle est-ce que je prends ?

Barbara répondit :

— Ça n'a pas d'importance pour l'instant, du moment qu'on fait en sorte que les deux restent vides quand vous aurez passé l'appel. Mais je dirais celle de gauche. Elle contient une merveilleuse pub pour les travestis en folie. Au cas où vous voudriez prendre un peu de bon temps un de ces soirs...

Nkata leva les yeux au ciel. Il entra dans la cabine, fouilla dans ses poches pour trouver des pièces et passa l'appel. Barbara s'approcha. Il avait pris sa voix de loubard jamaïcain de la rive sud. Comme c'était celle de ses vingt premières années, sa performance était étincelante.

Le scénario s'écrivit tout seul une fois qu'il eut Matthew King-Ryder au bout du fil :

— Je crois avoir un colis susceptible de vous intéresser, Mr King-Ryder. Oh, je pense que vous savez de quel colis je veux parler... Albert Hall, ça vous dit quelque chose ? Eh, pas question, mec. Y t'faut une preuve ? Tu connais la cabine, t'as le numéro. Tu veux la partition ? Tu m'appelles. (Il raccrocha et se tourna vers Barbara.) J'ai amorcé l'hameçon.

— Pourvu qu'il morde.

Barbara alluma une cigarette et parcourut les quelques pas qui les séparaient de Petersham Mews, où elle s'adossa à l'aile d'une Volvo couverte de poussière, et compta quinze secondes avant de faire le chemin inverse jusqu'à la cabine, puis de retourner à la voiture. King-Ryder aurait besoin de réfléchir avant d'agir. Il faudrait qu'il pèse ce qu'il risquait de perdre et ce qu'il avait à gagner s'il décrochait le téléphone à Soho et se trahissait. Il lui faudrait quelques minutes. Il était aux abois, il était prêt à tout, il était capable de meurtre. Mais il n'était pas idiot.

Des secondes s'écoulèrent. Qui se transformèrent en minutes. Nkata dit :

— Il ne mord pas.

Barbara lui enjoignit de se taire d'un geste de la main. Elle détourna son regard des cabines téléphoniques et le promena le long d'Elvaston Place, en direction de Queen's Gate. Malgré son inquiétude, elle trouvait qu'elle visualisait facilement la façon dont les choses s'étaient passées ce soir-là, trois mois plus tôt : Terry Cole remonte la rue sur sa moto pétaradante, faisant un petit saut pour aller coller un lot de cartes toutes fraîches dans les deux cabines téléphoniques, qui faisaient certainement partie de sa tournée normale. Ça lui prend quelques minutes ; il en a plusieurs. Pendant qu'il les fixe, le téléphone sonne et, sur un coup de tête, il soulève le combiné et tombe sur le message destiné à David King-Ryder. Il se dit : Pourquoi ne pas voir de quoi il retourne ? et part voir de quoi il s'agit. Cinq cents mètres plus loin, sur sa Triumph, il se retrouve devant Albert Hall. Pendant ce temps, David King-Ryder arrive, avec cinq minutes de retard, peut-être moins. Il se gare dans les Mews et commence à attendre. Un quart d'heure passe. Peut-être plus. Mais rien n'arrive, et il ne comprend pas pourquoi. Il n'est pas au courant, pour Terry Cole. Il finit par croire qu'il s'est fait avoir. Il se croit perdu. Sa carrière — et sa vie — représente un filon intarissable pour un maître chanteur qui a décrété sa perte. En bref, tout est perdu.

Il s'en était fallu d'une minute. Et il est si facile d'être en retard à Londres, où tout dépend de la circulation. Il n'y a jamais vraiment moyen de savoir s'il faudra un quart d'heure ou une demi-heure pour se rendre d'un point A à un point B. Et peut-être que King-Ryder n'essayait même pas de se rendre de A à B dans Londres intra-muros. Peut-être qu'il arrivait de la campagne par l'autoroute, où n'importe quelle embûche peut survenir et bouleverser complètement vos projets. Ou peut-être qu'il avait eu une panne, une batterie à plat ou un pneu crevé. Qu'importaient les circonstances exactes ? Tout ce qui comptait, c'est qu'il avait raté le coup de fil. Le coup de fil de son fils. Un coup de fil assez semblable, en somme, à celui qu'ils attendaient maintenant.

— C'est foutu, dit Nkata.

— Merde ! renchérit Barbara.

Et le téléphone sonna.

Barbara jeta la cigarette encore allumée dans la rue. Elle bondit dans la cabine. Ça n'était pas la cabine d'où Nkata avait passé le premier appel, mais celle d'à côté. Ce qui, pensa Barbara, peut vouloir tout dire ou rien du tout, puisqu'ils n'avaient jamais su dans laquelle des deux Terry avait intercepté la communication.

Nkata décrocha le combiné à la troisième sonnerie.

— Monsieur King-Ryder ? dit-il pendant que Barbara retenait son souffle.

Oui, oui, oui, se dit-elle quand Nkata leva le pouce pour signaler que c'était bon. Enfin, les affaires reprenaient.

— Saleté d'ordinateur ! A quoi ça sert d'en avoir s'ils tombent en panne trois fois par jour ?

De toute évidence, ce n'était pas la première fois que le constable Peggy Hammer entendait cette question venant de son supérieur hiérarchique.

— Il n'est pas réellement en panne, monsieur, dit-elle avec une patience admirable. C'est comme l'autre jour. La ligne est coupée, pour une raison ou une autre. Je pense que le problème s'est produit quelque part à Swansea. Ou je suppose que ça pourrait venir de Londres, après tout. Sinon il y a toujours notre propre...

— Je ne vous ai pas demandé une analyse de la situation, Hammer ! rétorqua Hanken. Je veux des actes, pas des paroles !

Ils avaient transporté la liasse de fiches de renseignements de l'hôtel de l'Ange Noir dans la salle des opérations de Buxton avec ce qui aurait dû être des instructions très simples, qui leur permettraient de recueillir des renseignements en l'espace de quelques minutes : se mettre en contact avec le DVLA de Swansea. Rentrer le numéro d'immatriculation de chacune des voitures dont le propriétaire avait logé à l'hôtel au cours des deux dernières semaines. Obtenir le nom du propriétaire légal de la voiture. Comparer ce nom à celui qui figurait sur la fiche de l'hôtel. But de l'opération : voir si quelqu'un s'était inscrit sur le registre de l'hôtel sous un faux nom. Pour corroborer cette possibilité : un nom sur la fiche, un autre dans le fichier des propriétaires de véhicules du DVLA. C'était tout simple. La vérification ne prendrait que quelques minutes parce que les ordinateurs étaient rapides et que les fiches, étant donné la taille de l'hôtel et le nombre des chambres qu'il comportait, n'étaient pas très nombreuses. Il leur aurait fallu un quart d'heure de travail, grand maximum. Si cette saleté de système avait bien voulu marcher, pour une fois.

Lynley n'avait pas de mal à suivre ce raisonnement dans la tête de l'inspecteur Hanken. Et il était agacé, lui aussi. La source de son agitation était autre, cependant : il ne parvenait pas à détacher la pensée de Hanken de son idée fixe. Andy Maiden.

Lynley comprenait le raisonnement de Hanken. Andy avait le mobile et l'occasion. La question de savoir s'il avait des notions de tir à l'arc n'avait aucune espèce d'importance si quelqu'un qui s'était inscrit sur le registre de l'hôtel de l'Ange Noir sous un faux nom s'y connaissait, lui. Et en attendant de découvrir si quelqu'un avait fait usage d'une fausse identité à Tideswell, Hanken n'allait pas lâcher prise, ni commencer à regarder ailleurs.

Et là où il fallait chercher, c'était du côté de Julian Britton. C'était en fait par là qu'ils auraient dû commencer. Contrairement à Andy Maiden, Britton réunissait tous les critères qu'ils s'attendaient à trouver chez leur tueur. Il avait suffisamment aimé Nicola pour vouloir l'épouser, et il avait lui-même reconnu être allé la voir à Londres. Quelle était la probabilité pour qu'il ne soit jamais tombé sur un détail qui lui aurait mis la puce à l'oreille ? A part ça, quelle était la probabilité pour qu'il ne se soit jamais douté qu'il n'était pas son seul amant du Derbyshire ?

Julian Britton avait donc des mobiles à gogo. De plus, il n'avait pas d'alibi solide pour le soir du crime. Quant à son aptitude à manier un arc, il avait certainement vu des quantités d'arcs à Broughton Manor lors de tournois, de reconstitutions, de manifestations diverses. Etait-ce vraiment exagéré d'en conclure que Julian savait tirer ?

Une fouille de Broughton Manor leur apporterait des éléments de réponse. Les empreintes digitales de Julian, si elles concordaient avec celles que la police scientifique réussirait à relever sur le blouson de cuir, mettraient un terme à l'enquête. Mais Hanken n'était pas près de s'engager dans cette direction, à moins que la piste du fichier de l'hôtel n'aboutisse à une impasse. Quelle importance que Julian ait eu la possibilité de déposer ce blouson à l'Ange Noir ? Quelle importance qu'il ait eu l'occasion de jeter le ciré dans la benne ? Quelle importance que ce geste n'entraînât qu'un détour de cinq minutes par rapport à l'itinéraire direct de Calder Moor à chez lui ? Hanken irait au fond du cas Maiden, et tant qu'il n'aurait pas terminé, Julian Britton pourrait tout aussi bien ne pas exister.

Confronté au dysfonctionnement de l'ordinateur, Hanken maudit avec ferveur la technologie moderne. Il laissa les fiches à la constable Hammer et renvoya cette dernière à ce moyen de communication vétuste : le téléphone.

— Appelez Swansea et dites-leur de le faire à la main s'il le faut, nom de Dieu, dit-il sèchement.

— Bien monsieur, fit docilement Peggy Hammer.

Ils quittèrent la salle des opérations. Hanken pestait à l'idée que tout ce qu'ils pouvaient faire — bon sang de bonsoir —, c'était attendre que la constable Hammer et le DVLA trouvent les renseignements qu'il leur fallait. Lynley se demandait quelle était la meilleure manière de braquer les projecteurs sur Julian Britton, quand une secrétaire qui les cherchait depuis un moment leur dit qu'on réclamait Lynley à l'accueil.

— C'est Mrs Maiden, dit-elle. Et il faut que je vous prévienne, elle est sens dessus dessous...

C'était vrai. Quand on la fit entrer dans le bureau de Hanken quelques minutes plus tard, elle était la panique personnifiée. Elle serrait dans sa main un morceau de papier froissé, et en voyant Lynley elle cria :

— Aidez-moi ! (Et à Hanken :) C'est vous qui l'avez poussé à bout ! Vous ne vouliez pas le lâcher. Vous ne pouviez pas le lâcher. Vous n'avez pas voulu voir qu'il finirait par faire quelque chose. Qu'il ferait...

Elle porta son poing, avec le petit bout de papier froissé, à son front.

— Mrs Maiden... commença Lynley.

— Vous avez travaillé avec lui. Vous étiez son ami. Vous le connaissez. Vous le connaissiez. Il faut que vous fassiez quelque chose, parce que sinon... si vous ne pouvez pas... Je vous en prie, *je vous en prie*.

— Bon sang, mais qu'est-ce qui se passe ? demanda Hanken.

De toute évidence, il n'avait pas beaucoup de compassion pour l'épouse de son suspect numéro un.

Lynley s'approcha de Nan Maiden et lui retira doucement le billet des mains.

— Je cherchais... Je suis allée à sa recherche... Mais je ne sais pas où aller et j'ai si peur...

Lynley lut le billet et ressentit un frisson d'appréhension.

Je règle ça moi-même, avait écrit Andy.

Julian venait de peser le dernier des chiots de Cass quand sa cousine entra dans la pièce. De toute évidence, elle le cherchait, parce qu'elle s'écria, joyeuse :

— Julie ! Que je suis bête ! J'aurais dû penser aux chiens tout de suite...

Il enduisait les tétines de Cass d'huile d'anis, préparant les chiots au test d'odorat qu'on leur fait passer vingt-quatre heures après la naissance. En tant que chiens courants, il fallait que ce soient d'excellents pisteurs.

Cass grogna, méfiante, à l'entrée de Samantha. Mais elle se calma vite quand la cousine de Julian ajusta le timbre de sa voix pour parler dans les tons apaisants auxquels les chiens étaient accoutumés.

— Julie, je viens d'avoir une conversation des plus extraordinaires avec ton père ce matin. Je pensais que je t'en parlerais au déjeuner, mais comme tu n'es pas venu... Julie, as-tu mangé quelque chose aujourd'hui ?

Julian n'avait pas eu le courage de se présenter à la

table du petit déjeuner. Et il n'avait guère changé d'état d'esprit à l'heure du déjeuner. Il avait préféré se mettre au travail : il avait inspecté quelques-unes des terres de leurs métayers, consulté des documents à Bakewell afin de savoir à quel genre de contorsions se livrer pour faire des travaux dans un édifice classé, il s'était jeté à corps perdu dans la kyrielle de corvées à exécuter au chenil. Ainsi, il avait réussi à écarter de son esprit tout ce qui n'était pas lié à la tâche à laquelle il avait choisi de se consacrer.

L'apparition de Sam au chenil mettait fin à ses efforts pour se changer les idées. Néanmoins, cherchant à éviter la conversation qu'il s'était promis d'avoir avec elle, il dit :

— Désolé, Sam. J'ai été retenu par tout le travail qu'il y avait à faire par ici. (Il essaya de prendre l'air contrit, et d'ailleurs, il était contrit, au fond, parce que Sam travaillait comme une folle à Broughton Manor. Le moins qu'il puisse faire pour lui témoigner sa reconnaissance, se dit Julian, c'était bien de se présenter à table pour faire honneur à sa cuisine.) C'est grâce à toi que nous tenons encore, dit-il. J'en suis conscient. Merci, Sam. Je t'en suis reconnaissant. Vraiment.

Sam répondit chaleureusement :

— Ça me fait plaisir de faire ça. Franchement, Julie. Ça m'a toujours semblé dommage qu'on n'ait jamais eu trop l'occasion de... (Elle hésita. Elle parut sentir qu'il fallait passer à la vitesse inférieure :) C'est incroyable de penser que si nos parents s'étaient rabibochés, toi et moi on aurait pu... (Nouveau changement de vitesse :) Enfin, je veux dire, on est parents, non, et c'est triste de ne pas connaître les membres de sa propre famille. Surtout quand on finit par les rencontrer, et qu'ils se révèlent être... eh bien, des gens vraiment bien.

Elle passa les doigts sur toute la longueur de l'épaisse natte qui lui tombait sur l'épaule. Julian remarqua pour la première fois la forme nette et régulière de cette natte. Il constata qu'elle renvoyait presque la lumière.

— Eh bien, je ne suis pas toujours à la hauteur quand il s'agit d'exprimer des remerciements, dit-il.

— Je te trouve formidable.

Il se sentit rougir : la malédiction des rouquins. Il lui tourna le dos et retourna auprès de la chienne. Elle lui demanda ce qu'il faisait et pourquoi, et il fut soulagé qu'elle lui fournisse ainsi l'occasion de détourner la conversation d'un terrain délicat. Mais quand il eut dit tout ce qu'il y avait à dire sur Pavlov, le conditionnement, et la façon dont l'association d'une odeur désagréable au lait de leur mère permettait de suivre le développement de l'odorat des chiots, sa cousine et lui se retrouvèrent à nouveau en panne de conversation. Et à nouveau, ce fut Samantha qui les sauva :

— Mon Dieu ! dit-elle. J'avais presque oublié pourquoi je voulais te parler. Ton père, Julie, c'est incroyable ce qui s'est passé...

Julian étala de l'huile sur la dernière tétine enflée de Cass puis libéra la chienne pour qu'elle rejoigne ses petits. Il reboucha le flacon, tandis que sa cousine lui racontait ce qui s'était passé entre elle et Jeremy. Elle conclut en disant :

— Toutes les bouteilles, Julian. Toutes les bouteilles de la maison. Et il pleurait.

— A moi aussi il m'a dit qu'il voulait arrêter. (Et, mû par le souci d'être parfaitement juste et de dire toute la vérité, il ajouta :) Mais ce n'est pas la première fois.

— Alors tu ne le crois pas ? Parce qu'il était... Julie, vraiment, tu aurais dû le voir ! C'était comme si le désespoir s'était abattu sur lui tout d'un coup. Eh bien, je te dis la vérité, c'est à toi qu'il pensait.

— A moi ? fit Julian en rangeant l'huile d'anis dans le placard.

— Il disait qu'il t'avait gâché la vie, qu'il avait fait fuir ton frère et ta sœur... (ça, c'était la vérité, pensa Julian)... et qu'il avait fini par comprendre que s'il ne changeait rien à ses habitudes, il te ferait fuir, toi aussi. Bien sûr, je lui ai dit que tu ne l'abandonnerais jamais. Après tout, ça se voit que tu l'aimes. Mais l'important, c'est qu'il soit décidé à changer. Il est prêt à changer. Et je te cherchais parce que... Eh bien, il fallait que je te le dise. Tu n'es pas content ? Et je n'invente pas un mot de ce qui s'est passé. Bouteille après bouteille. Il vidait le gin dans l'évier et brisait les bouteilles...

Julian savait en son for intérieur qu'il y avait plusieurs façons d'interpréter les faits et gestes de son père. Bien qu'il fût peut-être vrai qu'il voulait arrêter de boire, en bon alcoolique digne de ce nom, son geste pouvait n'être rien de plus qu'une manœuvre, une façon de placer ses pions. La seule question qui s'imposait alors était de savoir *pourquoi* il serait en train de placer ses pions à cet instant précis. Que voulait-il, et pourquoi maintenant ?

D'un autre côté, ne pouvait-on imaginer que son père fût sérieux ? Julian se posa la question. Et si une cure et un suivi en clinique parvenaient à le guérir ? Comment est-ce que lui, seul enfant restant de Jeremy à se préoccuper encore de son sort, il pourrait lui refuser cette chance de se soigner ?

— J'en ai fini, ici. Rentrons, fit Julian, histoire de se donner le temps de remettre de l'ordre dans ses idées.

Ils quittèrent les chenils. Ils s'engagèrent dans l'allée envahie d'herbes folles.

— Papa a déjà parlé d'arrêter l'alcool. Il l'a même fait. Mais il ne tient que quelques semaines. Enfin... une fois il a tenu trois mois et demi. Mais apparemment, là il en est venu à croire...

— Qu'il peut y arriver. (Samantha lui prit le bras et le pressa avec douceur.) Julie, tu aurais dû le voir. Si tu l'avais vu, tu saurais. Je crois que la clé du succès, cette fois, c'est de trouver un moyen de l'encadrer. De toute évidence, ça n'a servi à rien, dans le passé, de vider le gin dans l'évier, n'est-ce pas ? (Elle lui lança un regard inquiet, craignant peut-être de l'avoir offensé d'une façon ou d'une autre en lui rappelant les mesures qu'il avait prises par le passé pour sevrer son père de l'alcool.) Et nous ne pouvons pas vraiment l'empêcher de s'approvisionner dans un débit de boissons, n'est-ce pas ?

— Sans parler de lui interdire tous les hôtels et les pubs d'ici à Manchester...

— Exactement. Donc s'il y a un moyen... Julian, nous pouvons certainement, à nous deux, le trouver.

Julian remarqua que sa cousine venait de lui fournir la parfaite entrée en matière pour aborder le problème du financement de la cure. Mais les mots qu'il aurait fallu utiliser constituaient un tel manque de délicatesse qu'ils lui restaient coincés dans la gorge. Comment pouvait-il lui demander de l'argent ? *Autant* d'argent ? Comment dire : « Peux-tu nous faire cadeau de dix mille livres, Sam ? Pas prêter, Sam (parce qu'il n'y avait pas une chance sur un million pour qu'il puisse la rembourser dans un avenir proche), mais nous *donner* de l'argent. Beaucoup d'argent. Et vite, avant que Jeremy ne change d'avis. S'il te plaît, investis dans un ivrogne radoteur qui n'a jamais tenu parole de sa vie » ?

Julian n'y arrivait pas. Malgré ses promesses à son père, il s'aperçut que, face à sa cousine, il ne savait par où commencer.

Comme ils arrivaient au bout de l'allée et traversaient la vieille route pour regagner la maison, une Bentley gris métallisé s'arrêta à côté du bâtiment. Elle était suivie par une voiture pie. Deux constables en uniforme émergèrent les premiers, scrutant les abords de la maison comme s'ils s'attendaient à trouver des guerriers ninja tapis derrière les buissons. De la Bentley descendit le grand détective blond qui était déjà venu à Broughton Manor avec l'inspecteur Hanken.

Sa cousine posa la main sur le bras de Julian. A ce contact, il sentit comme elle s'était raidie.

— Vérifiez que les accès sont bien fermés, disait l'inspecteur Lynley aux constables. (Il les présenta comme étant Emmes et Benson.) Puis faites le domaine. Le mieux, c'est probablement de commencer par les jardins. Puis passez aux chenils et aux bois.

Emmes et Benson franchirent le portail de la cour.

Julian les suivit du regard, abasourdi. Ce fut Samantha qui parla.

— Attendez un peu, vous autres ! dit-elle d'une voix où transparaissait sa colère. Qu'est-ce que vous fabriquez, inspecteur ? Vous avez un mandat ? De quel droit est-ce que vous faites irruption chez nous et... ?

— Rentrez, lui dit Lynley. Tout de suite.

— Quoi ? (La voix de Samantha exprimait l'incrédulité.) Si vous croyez qu'on va vous obéir au doigt et à l'œil, vous feriez mieux de...

Julian retrouva l'usage de la parole :

— Qu'est-ce qui se passe ?

— Tu le vois bien, ce qui se passe, dit Samantha. Cet imbécile a décidé de fouiller Broughton Manor. Alors qu'il n'a pas la moindre raison de vouloir tout mettre à sac, en dehors du fait que tu avais une liaison avec Nicola. Ce qui, apparemment, est un crime. Je veux voir votre mandat, inspecteur.

Lynley fit un pas et la saisit par le bras.

— Lâchez-moi ! fit-elle en essayant de se dégager.

— Mr Britton est en danger, dit l'inspecteur. J'aimerais le mettre à l'abri.

— Julian ? En danger ? s'exclama Samantha.

Julian pâlit.

— Quel danger ? Qu'est-ce qui se passe ?

Lynley leur assura qu'il leur expliquerait tout quand les constables auraient vérifié que la maison était sûre. Une fois à l'intérieur, ils se retirèrent tous les trois dans la grande galerie, qui était, déclara Lynley en la voyant, un environnement facile à contrôler.

— Contrôler ? demanda Julian. Mais par rapport à quoi ? Et pourquoi ?

Alors, Lynley leur expliqua tout. Il parla vite et bien, en termes succincts et directs, mais Julian n'arrivait pas à assimiler ce qu'il entendait. La police croyait qu'Andy Maiden avait décidé de se faire justice lui-même, lui dit Lynley, ce qui est souvent le cas quand un membre de la famille d'un officier de police est victime d'un crime de sang.

— Je ne comprends pas, dit Julian. Parce que si Andy vient ici... ici, à Broughton Manor... (Il essayait de saisir ce qu'impliquaient les paroles de l'inspecteur :) Est-ce que vous êtes en train de me dire qu'Andy est à ma poursuite ?

— Nous ne savons pas très bien après qui il en a, répondit Lynley. L'inspecteur Hanken veille à la sécurité de l'autre gentleman.

— L'autre... ?

— Oh, mon Dieu ! (Samantha se tenait debout près de Julian, et elle l'entraîna tout de suite loin des vitraux en losange des fenêtres de la grande galerie.) Asseyons-nous. Ici. Devant la cheminée. On ne la voit pas de l'extérieur et, si quelqu'un fait irruption dans la pièce, on sera trop loin de la porte... Julie... *Julie*. Je t'en prie.

Julian se laissa entraîner, mais il se sentait perdu.

— Qu'est-ce que vous êtes en train de me dire, au juste ? Est-ce qu'Andy pense que j'aurais pu... Andy ? murmura-t-il.

C'était ridicule, puéril, mais il avait envie de pleurer. Soudain, les six jours qui s'étaient écoulés depuis que — le cœur débordant d'amour — il avait demandé à Nicola de l'épouser lui tombèrent dessus tel un fardeau trop lourd et il ne put en supporter davantage. Le fait que le père de la femme qu'il avait aimée pût croire qu'il l'avait tuée acheva de le terrasser. Comme c'était bizarre... Il ne s'était pas laissé démonter par son refus quand il lui avait proposé le mariage ; il ne s'était pas laissé abattre par sa disparition, ni par sa propre participation aux recherches, ni par la mort de la jeune fille elle-même. Mais ça — les soupçons de son père —, comment savoir pourquoi, c'était la goutte qui faisait déborder le vase. Il sentait venir les larmes, et l'idée de pleurer devant cet étranger, devant sa cousine, devant qui que ce soit, lui brûla la gorge.

Le bras de Samantha se posa sur son épaule. Il sentit son rude baiser sur sa tempe.

— Ne t'inquiète pas, Julie. Tu es en sécurité. Et on

s'en fiche de ce que pensent les autres. Moi, je connais la vérité. Et c'est ça qui compte.

— De quelle vérité s'agit-il ? (L'inspecteur parlait de la fenêtre, où il semblait attendre un signe indiquant que les constables avaient fini de vérifier les accès à la maison.) Miss McCallin ? dit-il devant le silence de Samantha.

— Oh, ça suffit, répondit-elle, acerbe. Julian n'a pas tué Nicola. Moi non plus. Ni personne d'autre ici, si c'est ce que vous pensez.

— Donc de quelle vérité parliez-vous ?

— La vérité sur Julie. Que c'est quelqu'un de bien, et de bon, et que les gens bien ne s'amusent pas à s'entre-tuer, inspecteur Lynley.

— Même, dit Lynley, si l'un d'entre eux n'est pas si bien ou si bon que ça ?

— Je ne vois pas où vous voulez en venir.

— Mais je parie que Mr Britton me comprend, lui.

Elle retira son bras des épaules de Julian. Julian sentit son regard sur son visage. Elle prononça son nom avec plus d'hésitation qu'elle ne l'avait encore jamais fait, et attendit qu'il clarifie les remarques du détective.

Et même maintenant il en était incapable. Il la voyait encore — tellement plus vivante qu'il ne l'avait jamais été, lui, mordant la vie à pleines dents. Il ne dirait pas un mot pour la critiquer, quelles que fussent les raisons qu'il avait de le faire. D'après les critères du monde dans lequel ils évoluaient, Nicola l'avait trahi, et Julian savait que s'il faisait le récit de sa vie londonienne telle qu'elle la lui avait racontée, il serait en droit de se poser en victime. Et c'est ainsi que le verraient toutes les personnes que lui et Nicola connaissaient. Il y avait effectivement quelque satisfaction à en retirer. Mais en vérité, seuls ceux qui ne possédaient que les simples faits pouvaient voir en lui un homme ayant un sujet de plainte légitime. Ceux qui connaissaient Nicola telle qu'elle était vraiment et telle qu'elle avait toujours été sauraient qu'il était la cause de son propre malheur. Nicola ne lui avait jamais menti. Il s'était simplement bouché les yeux.

Ça ne lui aurait fait ni chaud ni froid, à elle, qu'il raconte maintenant la vérité sur elle. Mais il ne le ferait pas. Pas tant pour protéger sa mémoire que pour protéger les gens qui l'avaient aimée sans savoir tout ce qu'elle avait été.

— Je ne sais pas de quoi vous voulez parler, dit Julian au détective de Londres. Et je ne comprends pas pourquoi vous ne pouvez pas nous laisser tranquilles, qu'on reprenne une vie normale.

— Je ne pourrai pas faire ça tant que l'assassin de Nicola Maiden n'aura pas été trouvé.

— Alors cherchez ailleurs, dit Julian. Vous ne le trouverez pas ici.

A l'autre bout de la pièce la porte s'ouvrit et un constable fit entrer le père de Julian dans la grande galerie. Il dit à Lynley :

— J'ai trouvé celui-là dans le petit salon, monsieur. Emmes fait le jardin, maintenant.

Jeremy Britton dégagea son bras de la main du constable Benson. Il semblait hébété par la tournure des événements. Il avait l'air effrayé. Mais il n'avait pas l'air saoul. Il se dirigea vers Julian et s'accroupit devant lui.

— Ça va, mon garçon ?

Bien que les paroles fussent un tant soit peu embrouillées, il apparut à Julian que cette élocution était due à l'inquiétude de Jeremy à son égard et non à son penchant pour la bouteille.

Cette découverte lui réchauffa le cœur. Il fut pris de tendresse pour son père, pour sa cousine, et pour le concept de famille.

— Ça va, Papa.

Se rapprochant de Sam, il fit une place pour son père par terre, près de la cheminée.

Du coup, elle lui repassa le bras autour des épaules.

— Ravie de le savoir, fit-elle.

30

Barbara avait choisi un lieu que Matthew King-Ryder connaissait intimement : le théâtre d'Azincourt, où avaient lieu les représentations du *Hamlet* de son père. Mais quand Nkata eut transmis ce message à King-Ryder de la cabine de South Kensington, il déclara tout net à sa collègue qu'il n'était pas question qu'il la laisse en tête à tête avec un tueur.

— Vous vous êtes donc rallié à ma théorie avec King-Ryder dans le rôle de l'assassin ? fit Barbara.

— Je vois pas comment il aurait eu le numéro de la cabine, autrement. (Nkata avait l'air triste, cependant, et quand il poursuivit, Barbara comprit pourquoi.) Je ne comprends pas pourquoi il a persécuté son père. Ça, ça m'intrigue.

— Il voulait plus de pognon que ce que son père lui avait laissé. Il n'a trouvé qu'une façon de se le procurer.

— Mais comment est-ce que ces partitions lui sont tombées dans les mains ? Vous croyez que son père lui en aurait parlé ?

— Raconter à son propre fils, à qui que ce soit, d'ailleurs, qu'on a plagié le travail d'un vieux pote ? Je ne crois pas. Mais c'est lui qui gérait les affaires de son père, Winnie. Il a dû tomber sur cette partition quelque part.

Ils rejoignirent la voiture de Barbara, à Queen's Gate Gardens. Nkata avait dit à King-Ryder de le retrouver à l'Azincourt une demi-heure après qu'il aurait raccroché. « Si t'es là trop tôt, je me montre pas, l'avait-il prévenu. Estime-toi heureux que j'accepte de négocier sur ton terrain. »

King-Ryder devait faire en sorte que la porte de l'entrée des artistes ne soit pas fermée à clé. Il devait aussi s'assurer que l'endroit était désert.

Il leur fallut moins de vingt minutes pour atteindre le West End. Là, le théâtre d'Azincourt se dressait à côté du musée d'Histoire théâtrale, dans une ruelle étroite débouchant sur Shaftesbury Avenue. L'entrée des artistes faisait face à une rangée de bennes à ordures appartenant à l'hôtel de l'Etendard Royal. Aucune fenêtre ne donnant sur cette entrée, Barbara et Nkata purent pénétrer dans l'Azincourt à l'abri des regards.

Nkata s'installa au dernier rang de l'orchestre. Barbara prit place dans les coulisses, à l'ombre d'un élément du décor. Si dehors le bruit de la circulation et des piétons composait un vacarme qui semblait retentir dans tout Shaftesbury Avenue, à l'intérieur du théâtre régnait un silence de mort. Aussi, quand leur proie poussa la porte de l'entrée des artistes, quelque sept minutes plus tard, Barbara l'entendit-elle.

Il suivit à la lettre les instructions de Nkata. Il ferma la porte. Il se dirigea vers les coulisses. Il alluma les projecteurs situés au-dessus de la scène. Il se dirigea vers le milieu de la scène. Il se tenait à peu près là où Hamlet aurait agonisé dans les bras d'Horatio, remarqua Barbara. Quel sens du spectacle !

Il plongea son regard dans la pénombre et dit :

— Bon, voilà, espèce de salaud, je suis là.

La voix de Nkata s'éleva du fond de la salle, où les ombres le dissimulaient :

— Je vois ça.

King-Ryder avança d'un pas et dit tout à coup d'une voix aiguë, empreinte de tristesse :

— Vous l'avez tué, salauds. Vous l'avez tué. Tous les deux. Vous tous. Et je vous jure que vous allez me le payer.

— J'ai tué personne. Y a un bout de temps que je suis pas allé dans le Derbyshire.

— Vous savez de quoi je parle. Vous avez tué mon père.

Barbara fronça les sourcils en entendant cela. Mais qu'est-ce qu'il racontait ?

— Je pensais qu'il s'était tiré une balle dans la tête, ce type-là, dit Nkata.

— Et pourquoi ? Pourquoi a-t-il fait ça ? Il lui fallait cette partition. Et il l'aurait eue — jusqu'à la dernière de ces satanées pages, bordel — si vous et vos saletés de potes n'étiez pas venus vous en mêler. Il s'est tué parce qu'il pensait... il croyait... Mon père croyait... (La voix de King-Ryder se brisa.) Vous l'avez tué. Donnez-moi la partition. Vous l'avez tué...

— D'abord, y faut qu'on règle quelques détails...

— Mettez-vous dans la lumière, que je vous voie.

— J'ai pas envie que tu me voies, mon grand. Ce que tu vois pas, tu peux pas le viser.

— Vous êtes fou si vous pensez que je vais remettre de l'argent à quelqu'un que je ne vois même pas.

— C'est ce que t'as demandé à ton papa, non ?

— Ne parlez pas de lui. Vous n'êtes pas digne de prononcer son nom.

— Ta conscience te tracasse ?

— Donnez-moi cette putain de partition. Montez sur la scène. Soyez un homme. Donnez-la-moi.

— Ça va te coûter cher.

— D'accord. Combien ?

— Ce que ton père devait payer.

— Vous êtes fou.

— C'était un joli paquet de thunes, ça, dit Nkata. Je serai très content de t'en débarrasser. Et pas de bêtises, mon vieux. Je sais combien c'était. Je te donne vingt-quatre heures pour l'amener ici, cash. Je suppose que les choses prennent plus longtemps quand il faut faire venir le fric de Saint Helier, et je suis plutôt compréhensif, comme mec.

Avec l'allusion à Saint Helier, ils étaient allées trop loin. Barbara s'en rendit compte en voyant soudain King-Ryder se raidir, les nerfs tendus. Aucun loubard ordinaire, participant à un coup ordinaire, n'aurait pu être au courant pour la banque.

King-Ryder s'éloigna du milieu de la scène. Son regard scruta l'obscurité des fauteuils d'orchestre. Méfiant, il demanda :

— Mais qui êtes-vous ?

Barbara prit la parole :

— Je crois que vous connaissez la réponse à cette question, Mr King-Ryder. (Elle sortit de l'obscurité.) La partition n'est pas là, d'ailleurs. Et à vrai dire, elle n'aurait probablement jamais refait surface si vous n'aviez pas tué Terry Cole pour la récupérer. Terry l'avait donnée à sa voisine, la vieille Mrs Baden. Et elle n'avait absolument aucune idée de ce que c'était.

— Vous, dit King-Ryder.

— C'est ça. Voulez-vous venir gentiment ou allons-nous avoir droit à une scène ?

— Vous n'avez *rien* contre moi, fit King-Ryder. Je n'ai rien dit qui permette de prouver que j'ai levé le petit doigt contre qui que ce soit.

— C'est vrai, camarade. (Nkata remonta l'allée centrale.) Mais on a un chouette petit blouson de cuir dans le Derbyshire. Et si tes paluches correspondent à celles qu'on va relever dessus, ça va pas être de la tarte pour toi de quitter le box des accusés les mains libres...

Barbara voyait presque les rouages du cerveau de King-Ryder tourner à toute vitesse dans son crâne, tandis qu'il passait en revue, en accéléré, les choix qui s'offraient à lui : s'enfuir, se battre ou se rendre. Le camp adverse avait l'avantage du nombre, même si l'un de ses adversaires était une femme, et bien que le théâtre et ses environs offrissent d'innombrables cachettes, même s'il avait tenté de fuir, ils finiraient par le choper, ça n'était qu'une question de temps.

Il mit les pouces.

— Ils ont tué mon père, dit-il sans préciser de qui il voulait parler. Ils ont tué Papa.

Ce n'est qu'en constatant qu'Andy Maiden ne s'était toujours pas pointé à Broughton Manor au bout de deux heures que Lynley commença à douter de la conclusion qu'il avait tirée du billet laissé à Maiden Hall. Un appel de Hanken — lui apprenant que Will Upman était sain et sauf — renforça encore les doutes de Lynley.

— Aucun signe de lui ici non plus, dit Lynley à son collègue. Pete, je commence à avoir l'impression qu'il y a quelque chose qui cloche dans tout ça.

Ses appréhensions s'amplifièrent quand Winston Nkata téléphona de Londres. Il retenait Matthew King-Ryder au Yard, lui dit Nkata, avec un débit dont la rapidité n'offrait aucune possibilité d'interruption. Barbara Havers avait mis au point un plan pour le coincer, et ça avait marché comme sur des roulettes. Le type était prêt à passer aux aveux, pour les meurtres. Nkata et Havers pouvaient le boucler et attendre l'inspecteur, ou ils pouvaient l'interroger eux-mêmes. Que décidait l'inspecteur ?

— Tout tournait autour de ces partitions que Barb a trouvées à Battersea. Terry Cole s'est interposé entre les partitions et ce qui devait leur arriver, et King-Ryder s'est fait sauter la cervelle à cause de ça. Matthew vengeait son père, à ce qu'il prétend. Bien sûr, il tenait aussi à récupérer la partition.

Lynley écoutait sans rien dire tandis que Nkata lui racontait le West End, la nouvelle production de *Hamlet*, les cabines téléphoniques de South Kensington, et Terry Cole. Quand il eut fini et qu'il eut répété sa question (l'inspecteur voulait-il qu'ils attendent son retour pour prendre la déposition de Matthew King-Ryder ?), Lynley demanda d'une voix atone :

— Et la fille, Nicola ? Où est le lien avec elle ?

— Elle s'est trouvée là où il ne fallait pas, quand il ne fallait pas, répondit Nkata. King-Ryder l'a tuée parce qu'elle était là. Quand la flèche a touché Terry, elle l'a vu avec l'arc. Barb a dit qu'il y avait une photo dans son appartement, au fait : Matthew gamin posant avec papa à la journée sportive de son école. Elle dit qu'il portait un carquois. Elle a remarqué la courroie qui lui barrait la poitrine. Je pense que si on obtient un mandat, on retrouvera cet arc chez lui. Voulez-vous que je m'occupe de ça, aussi ?

— Quel est le rôle de Havers dans cette histoire ?

— Elle a interrogé Vi Nevin quand la fille s'est réveillée hier soir. C'est elle qui lui a fourni la plupart des détails. (Lynley entendit Nkata prendre une grande inspiration avant de se lancer dans la suite de son récit :) Comme Nevin ne semblait pas avoir grand-chose à voir avec l'affaire, inspecteur... à cause de cette histoire d'Islington... la menace... le sabot et Andy Maiden et tout ça... je lui ai dit de le faire. J'ai dit à Barb de lui parler. S'il y a des réprimandes, c'est à moi de me faire taper sur les doigts...

Lynley, abasourdi par la masse d'informations que Nkata lui avait transmises, retrouva néanmoins la parole pour dire :

— Bien joué, Winston.

— Je n'ai fait que suivre Barbara, patron.

— Alors bien joué pour le constable Havers aussi.

Lynley raccrocha. Il remarqua que ses gestes étaient plus lents qu'à l'accoutumée. L'étonnement — le choc — en était la cause. Mais quand il eut enfin réussi à mesurer l'énormité de ce qui s'était passé à Londres en son absence, il sentit l'appréhension fondre sur lui comme une averse.

Après son apparition au commissariat de police de Buxton, Nancy Maiden était rentrée chez elle pour attendre des nouvelles de son mari. Refusant obstinément la présence d'une femme constable à son côté jusqu'au retour d'Andy, elle avait dit « Trouvez-le, je vous en supplie » à Lynley en quittant le commissariat.

Et ses yeux s'étaient efforcés de faire passer un message qu'elle était incapable d'exprimer verbalement.

Il était conscient du défi que représentait une recherche d'Andy Maiden. S'il n'avait rien appris d'autre ces derniers jours, il s'était au moins fait une idée de l'étendue du Peak District : la région était sillonnée de sentiers de randonnée qui s'entrecroisaient, elle présentait des reliefs extrêmement variés et portait les vestiges de cinq cent mille ans de présence humaine. Mais quand il considérait l'état d'accablement dans lequel il avait laissé Andy après leur dernière conversation, et qu'il interprétait les mots *Je règle ça moi-même* à la lumière de cet état, il voyait assez bien où ses recherches devaient débuter.

Lynley dit aux Britton et à Samantha McCallin de rester dans la grande galerie avec les policiers jusqu'à nouvel ordre.

Il fonça vers le nord de Broughton Manor en direction de Bakewell, mû par une impatience nourrie d'appréhension. Andy croyait que l'enquête s'orientait inéluctablement dans sa direction, et tout ce que Lynley et Hanken avaient pu faire ou dire lors de leurs deux dernières entrevues avec lui n'avait réussi qu'à le conforter dans cette brutale réalité. S'il venait à être arrêté pour le meurtre de sa fille — ou s'il venait ne serait-ce qu'à être interrogé plus à fond à ce propos —, la vérité concernant la vie de Nicola à Londres éclaterait au grand jour. Et il avait déjà montré jusqu'à quelles extrémités il était prêt à aller pour que cette vérité reste cachée.

Lynley traversa le Peak District comme une flèche en direction de Sparrowpit et, le pied au plancher, suivit la route de campagne jusqu'au portail de fer blanc qui marquait le début de la vaste étendue vierge de Calder Moor. Une Land Rover était garée à l'extrémité opposée de l'allée qui débouchait sur la lande. Juste derrière se trouvait une vieille Morris rouillée.

Lynley s'engagea au pas de course dans le chemin boueux et défoncé. Parce qu'il ne souhaitait pas envisager les extrémités auxquelles Andy avait dû se laisser aller pour dissimuler les secrets de Nicola à sa mère, il se concentra sur le souvenir qui l'avait lié à Maiden pendant plus de dix ans.

Dissimuler un magnéto, c'est facile, petit, lui avait dit Dennis Hextell. Ouvrir la bouche sans donner l'impression que t'as de l'amidon dans le slip, c'est autre chose. Hextell le méprisait, et avait attendu avec patience qu'il se plante et démontre son incapacité, en mission d'immersion, à passer pour autre chose que ce qu'il était : le fils privilégié d'un fils de privilégiés. Andy Maiden, en revanche, avait plaidé : « Laisse-lui une chance, Den. » Et quand cette chance avait conduit au détournement d'un chargement entier de Semtex, qui devait servir de leurre, par ceux-là mêmes qu'il était censé prendre au piège, le message *Un Américain ne dirait pas « Hello, Jack »* arriva au Met dans l'heure, illustrant le fait qu'un simple mot peut coûter des vies et détruire des carrières. Le fait que cela n'ait pas détruit celle de Lynley était dû à Andy Maiden. Il avait pris le jeune policier effondré à part : « Venez là, Tommy. Parlez-moi. *Parlez.* »

Et Lynley avait fini par parler. Il avait livré son sentiment de culpabilité, sa confusion et sa tristesse d'une façon qui avait fini par lui révéler à lui-même combien il avait besoin d'une personne qui pût tenir le rôle de père dans sa vie.

Andy Maiden avait endossé ce rôle sans jamais demander pourquoi il avait si désespérément besoin de lui. Il avait dit : « Ecoutez-moi, fiston. » Et Lynley l'avait écouté, un peu parce que c'était son supérieur hiérarchique, beaucoup parce que personne auparavant n'avait jamais employé le mot « fiston », ou même « fils », en s'adressant à lui. Lynley venait d'un monde où les gens étaient conscients de leur place dans la hiérarchie sociale et en général s'y tenaient ou subissaient les conséquences de leur refus de s'y tenir. Mais Andy Maiden n'était pas comme ça. « Vous n'êtes pas fait pour le SO10, lui avait-il dit. Ce qui vous est arrivé le prouve, Tommy. Mais il *fallait* que vous en passiez par là, comprenez-vous ? Et l'apprentissage n'est pas un péché, mon garçon. Le seul péché, c'est le refus de mettre à profit ce qu'on a appris. »

Ces principes qui avaient guidé la vie d'Andy Maiden revenaient hanter Lynley. L'officier du SO10 s'était appuyé dessus pour gérer toute sa carrière. Et ce n'étaient pas les événements de ces derniers jours qui pouvaient donner à penser à Lynley qu'Andy allait se mettre à y déroger.

L'inquiétude de Lynley le mena vers Nine Sisters Henge. Quand il arriva, l'endroit était silencieux, on n'entendait que le bruit du vent. Celui-ci soufflait en rafales puis s'arrêtait, pour ensuite repartir de plus belle comme l'air sortant d'un soufflet. Il venait de la mer d'Irlande et promettait encore de la pluie pour les prochaines heures.

Lynley s'approcha du bosquet. Le sol était encore humide à cause de la pluie du matin, et les feuilles tombées des bouleaux formaient un tapis spongieux sous ses pieds. Il suivit le chemin qui menait de la pierre sentinelle au cœur du bosquet. A l'abri du vent, seul le bruissement des feuilles sur les branches était audible, outre le bruit de sa propre respiration, rendue rauque par l'effort.

Au dernier moment, il s'aperçut qu'il ne voulait pas aller plus loin. Il ne voulait pas voir, et encore moins savoir. Mais il se força à avancer et à pénétrer dans le cercle. Et c'est au centre du cercle qu'il les trouva.

Nan Maiden se tenait, mi-assise, mi-agenouillée, les jambes pliées sous elle et le dos tourné à Lynley. Andy Maiden gisait, une jambe tordue et l'autre allongée, la tête et les épaules calées sur les genoux de sa femme.

Ce qu'il y avait de rationnel en Lynley dit : *Ça doit être de là que vient tout ce sang, de sa tête et de ses épaules*. Mais le cœur de Lynley disait : *Mon Dieu, non*, priant pour que le spectacle qu'il découvrait ne fût qu'un songe, un cauchemar issu, comme tous les cauchemars, de ce qui se terre dans l'inconscient pour resurgir dans les moments de peur intense.

— Mrs Maiden, Nancy...

Nan leva la tête. Elle était penchée au-dessus d'Andy, et ses joues et son front étaient maculés de sang. Elle ne pleurait pas, et peut-être qu'ayant franchi le stade des larmes à présent, elle n'avait pas pleuré du tout.

— Il pensait avoir échoué. Et quand il s'est rendu compte qu'il ne pourrait plus rien arranger... (Ses mains se crispèrent sur le corps de son mari, cherchant à refermer la plaie du cou d'où le sang s'était écoulé au rythme de ses dernières pulsations, inondant ses vêtements et formant une mare sous lui.) Il fallait qu'il fasse... quelque chose.

Lynley remarqua qu'un papier taché de sang gisait tout froissé sur le sol à côté d'elle. Dessus, il lut ce qu'il s'était attendu à voir : *C'est moi qui l'ai tuée. Pardon, Nan.* Les faux aveux d'Andy, s'accusant du meurtre de la fille qu'il avait si profondément aimée.

— Je ne voulais pas le croire, voyez-vous, dit Nan Maiden, les yeux rivés au visage livide de son mari, en lui caressant les cheveux. Je ne pouvais pas le croire et continuer à me supporter. Et continuer à le supporter, lui. J'ai vu qu'il y avait quelque chose qui ne tournait pas rond du tout quand ses nerfs ont commencé à lâcher, mais je n'aurais jamais cru qu'il aurait pu lui faire du mal. Comment aurais-je pu penser une telle chose ? Même maintenant. Comment ?

— Mrs Maiden...

Elle était trop choquée pour mesurer le sens du geste de son mari.

Lynley s'accroupit au côté de Nan Maiden et posa la main sur son épaule.

— Mrs Maiden, dit-il. Ne restez pas ici. J'ai laissé mon portable dans la voiture et il va falloir que nous appelions la police.

— La police, c'est lui, dit-elle. Il adorait ce boulot. Il ne pouvait plus le faire parce que ses nerfs étaient à bout.

— Oui, dit Lynley. Oui, on me l'a dit.

— C'est comme ça que j'ai su, voyez-vous. Mais je ne pouvais toujours pas en avoir la certitude. Je ne pouvais pas en être certaine, alors je n'ai rien voulu dire. Je ne pouvais pas en prendre le risque.

— Bien sûr. (Lynley essaya de la faire lever.) Mrs Maiden, si vous voulez bien venir...

— Je pensais que si seulement je pouvais l'empêcher de jamais apprendre... C'est ce que je voulais faire. Mais il savait déjà tout, n'est-ce pas, alors on aurait pu en parler, Andy et moi. Et si on avait parlé... Vous saisissez ce que ça veut dire ? Si nous avions parlé, j'aurais pu l'en empêcher. J'en suis certaine. J'avais horreur de ce qu'elle faisait... Tout d'abord, j'ai cru que j'en mourrais — et si j'avais su qu'elle lui avait dit, à *lui*, ce qu'elle faisait... (Nan se pencha encore sur Andy)... on aurait pu se soutenir mutuellement. On aurait pu parler. J'aurais trouvé les mots qu'il fallait pour l'arrêter.

Lynley laissa tomber sa main de l'épaule de Nan. Il l'écoutait depuis le début, mais il se rendit soudain compte qu'il n'avait rien entendu. Le spectacle d'Andy — la gorge tranchée de sa propre main — avait émoussé tous ses sens, sauf sa vue. Mais il entendit enfin ce que Nan Maiden lui disait. En entendant, il comprit enfin.

— Vous saviez ce qu'elle faisait, dit-il. Vous le *saviez...*

Et le gouffre de sa propre culpabilité s'ouvrit sous lui tandis qu'il mesurait le rôle qu'il avait lui-même joué dans la mort absurde d'Andy Maiden.

— Je l'ai suivi, dit Matthew King-Ryder.

Ils l'avaient emmené dans une salle d'interrogatoire, où il était assis d'un côté d'une table au plateau de Formica tandis que Barbara Havers et Winston Nkata avaient pris place de l'autre côté. Entre eux ronronnait un magnétophone qui enregistrait ses réponses.

King-Ryder semblait accablé par plus d'un aspect de sa situation présente. Son avenir étant scellé par l'existence d'un blouson noir et la présence d'un morceau de cèdre de Port Orford dans la blessure d'une de ses victimes, il s'était apparemment repassé le film des tristes événements qui l'avaient jeté dans cette impasse. A son entrée dans la salle d'interrogatoire, la soif de vengeance qui l'avait poussé à franchir la porte du théâtre d'Azincourt s'était muée en soumission du guerrier terrassé qui n'a plus qu'à se rendre.

Il débita la première partie de son récit d'une voix plate. Il évoqua les circonstances qui l'avaient poussé à faire chanter son propre père. David King-Ryder, qui pesait tellement de millions qu'il lui fallait une équipe de comptables pour gérer tout son argent, avait décidé de verser sa fortune à un fonds pour artistes créateurs à sa mort, ne laissant pas un centime à ses propres enfants. L'une avait accepté les conditions du testament de King-Ryder avec toute la résignation d'une fille qui savait très bien qu'il serait vain de tenter de le faire revenir sur sa décision. L'autre, Matthew, avait cherché à contourner l'inéluctable.

— Ça faisait des années que je connaissais l'existence de cette partition de *Hamlet*, mais Papa ne le savait pas, leur expliqua Matthew. Il ne l'aurait pas su, puisque lui et ma mère étaient divorcés depuis longtemps quand Michael a composé la musique, et il ne s'est jamais rendu compte que Michael était resté en contact avec nous. C'était en fait plus un père pour moi que ne l'était Papa, Michael Chandler. Il me jouait la musique — des extraits — quand j'allais prendre le thé chez lui pendant les vacances. Il n'était pas marié, à l'époque, mais il voulait un fils et ça me faisait plaisir de le laisser jouer le rôle de père auprès de moi...

David King-Ryder n'avait pas trouvé la musique de *Hamlet* très prometteuse, si bien que lorsque Michael Chandler l'avait achevée, les deux associés l'avaient mise au rancart, il y avait vingt-deux ans de cela. Et c'est là qu'elle était restée, enfouie parmi le bric-à-brac du tandem King-Ryder-Chandler, dans les bureaux des Productions King-Ryder à Soho. Ainsi, quand David King-Ryder l'avait présentée comme sa dernière œuvre, Matthew avait tout de suite reconnu non seulement l'air et les paroles, mais aussi ce qu'ils représentaient pour son père : une dernière chance de sauver une réputation pratiquement réduite à néant par les deux échecs successifs et très coûteux de la carrière en solo qui avait suivi la noyade de son vieil associé.

Matthew n'avait pas eu trop de mal à retrouver la partition d'origine. Ayant mis la main dessus, il vit aussitôt le moyen d'en tirer profit. Son père ne saurait pas qui avait les partitions — n'importe quel employé du bureau de la production sachant où chercher aurait pu la subtiliser dans les dossiers — et, parce que sa réputation passait avant tout, il paierait ce qu'on lui demanderait pour récupérer la partition. De cette façon, Matthew toucherait l'héritage dont le privait le testament de son père.

Le plan était tout simple. Quatre semaines avant la première de *Hamlet*, Matthew avait envoyé un feuillet de la partition chez son père avec une lettre anonyme. Si on ne versait pas la somme d'un million de livres sur un compte à Saint Helier, la partition serait envoyée au tabloïd faisant le plus gros tirage du pays juste à temps pour la première. Quand l'argent serait à la banque, David King-Ryder serait avisé de l'endroit où récupérer les feuillets restants.

— Quand j'ai perçu l'argent, j'ai attendu qu'on soit à une semaine de l'ouverture, leur dit Matthew, je voulais le faire macérer dans son jus.

Puis il envoya un mot à son père, lui demandant de se rendre dans une cabine téléphonique de South Kensington et d'attendre les instructions suivantes. A dix heures, lui dit-il, David King-Ryder serait avisé du lieu où se trouvait la partition.

— Mais c'est Terry Cole qui a pris l'appel ce soir-là, pas votre père. Comment se fait-il que vous n'ayez pas remarqué que la voix n'était pas la même ? s'enquit Barbara.

— Il a dit « Ouais », c'est tout, répondit Matthew. Je pensais qu'il était nerveux, pressé. Et il avait la voix de quelqu'un qui attendait l'appel.

Les jours suivants, il avait bien vu qu'il y avait quelque chose qui tracassait son père, mais il pensait que King-Ryder était dans tous ses états parce qu'il avait dû payer un million de livres. Il ne pouvait pas savoir que plus le coup de fil tardait, plus son père paniquait. Avec l'approche de la première de *Hamlet*, David King-Ryder avait commencé à se croire tombé entre les mains de quelqu'un qui allait le saigner aux quatre veines en lui soutirant de l'argent pendant des années ou le ruiner une fois pour toutes en envoyant la partition de Michael Chandler aux tabloïds.

— Quand il s'est retrouvé toujours sans nouvelles le soir de la première et que le spectacle a fait un tel triomphe... Vous savez ce qui s'est passé.

— Il s'est fait sauter la cervelle, dit Barbara. Ça, c'est grâce à vous.

— Je ne voulais pas qu'il meure ! s'écria King-Ryder. C'était mon père. Mais je ne trouvais pas ça juste, tout cet argent... le moindre centime de son argent à part ce minable legs à Ginny... (Il baissa le regard et s'adressa avec véhémence à ses mains plutôt qu'à Barbara et Winston :) Il me devait quelque chose. Il n'avait jamais vraiment été un père pour moi. Il me devait bien ça.

— Pourquoi vous ne lui avez pas demandé, tout simplement ? questionna Nkata.

Matthew éclata d'un rire amer.

— Papa a travaillé dur pour être ce qu'il était. Il s'attendait à ce que j'en fasse autant. Et j'ai fait ce qu'il voulait — j'ai travaillé et travaillé encore — et j'aurais continué de travailler. Mais après, j'ai vu qu'il allait prendre un raccourci vers le succès en s'emparant de la musique de Michael. Et j'ai décidé que si lui pouvait emprunter un raccourci, alors moi aussi. Et tout se serait bien passé au bout du compte, si ce sale petit con n'avait pas débarqué. Et quand j'ai vu qu'il avait l'intention de se servir de la partition et de jouer au même jeu avec moi, il fallait que je fasse quelque chose. Je ne pouvais pas rester là les bras croisés à le laisser faire.

Barbara fronça les sourcils. Tout jusqu'à ce moment avait collé parfaitement. Elle dit :

— Jouer au même jeu ? Comment ça ?

— Le chantage, dit Matthew King-Ryder. Cole est entré dans mon bureau avec ce sourire narquois sur la figure et m'a dit : « J'ai quelque chose ici pour lequel j'ai besoin de votre aide, Mr King-Ryder », et dès que je l'ai vu — un simple feuillet, comme ce que j'avais envoyé à mon père, j'ai su exactement ce que ce petit salopard avait en tête. Je lui ai demandé comment le document était arrivé en sa possession, mais il a refusé de me le dire. Alors je l'ai mis à la porte. Mais je l'ai suivi. Je savais qu'il n'était pas seul dans le coup.

Sur la trace de la partition, il avait suivi Terry Cole au viaduc de Battersea, et de là à son appartement d'Anhalt Road. Quand le garçon était entré dans le studio, Matthew avait pris un risque et fouillé dans les sacoches fixées de part et d'autre de sa moto. Ne trouvant rien, il sut qu'il devait continuer à le suivre jusqu'à ce que le garçon le conduise ou à la partition, ou à la personne qui la détenait.

C'est quand sa filature l'avait mené à Rostrevor Road qu'il avait commencé à penser qu'il était sur la bonne piste. Car Terry était sorti de l'immeuble de Vi Nevin avec une grande enveloppe en papier kraft, qu'il avait glissée dans sa sacoche. Et cette enveloppe, avait pensé King-Ryder, contenait certainement la partition.

— Quand il s'est engagé sur l'autoroute, je n'avais aucune idée de l'endroit où il pouvait bien se rendre. Mais j'étais décidé à aller jusqu'au bout de cette affaire. Alors je l'ai suivi.

Et quand il avait vu Terry et Nicola Maiden tenir leur petite réunion en pleine cambrousse, il avait acquis la certitude qu'il s'agissait là des principaux responsables de la mort de son père et de son propre malheur. Sa seule arme était l'arc qu'il transportait dans sa voiture. Il était retourné le chercher, attendant la tombée de la nuit, puis les avait éliminés tous les deux.

— Mais il n'y avait pas de partition au camp, dit Matthew. Juste une enveloppe pleine de lettres, des lettres découpées dans des magazines et des journaux.

Alors il avait continué à chercher. Il fallait qu'il

trouve cette page de la partition de *Hamlet*, et il était reparti à Londres pour fouiller là où sa filature de Terry l'avait déjà conduit.

— Je n'ai pas pensé à la vieille, dit-il enfin.

— Vous auriez dû accepter quand elle vous a proposé du gâteau, lui dit Barbara.

Encore une fois le regard de Matthew tomba sur ses mains. Ses épaules furent secouées de convulsions. Il se mit à pleurer.

— Je ne voulais pas lui faire de mal. Je vous le jure. Si seulement il m'avait dit qu'il me laisserait quelque chose ! Mais pas question. J'étais son fils, son fils unique, mais je n'avais droit à rien. Oh, il a bien dit qu'il me laisserait ses photos de famille. Son putain de piano et sa guitare. Mais quant à l'argent... quant à me laisser la moindre pièce... un tout petit penny de sa saloperie d'argent... Pourquoi ne voyait-il pas que ça faisait de moi un moins que rien, d'être balayé de la sorte, d'un revers de la main ? J'étais censé être reconnaissant, rien que d'être son fils, rien que d'être vivant grâce à lui. Il m'avait donné un emploi, mais pour ce qui est du reste... Non. Il fallait que je fasse tout tout seul. Et ça n'était pas juste. Parce que je l'aimais. Toutes ces années, quand il allait d'échec en échec, je l'aimais quand même. Et s'il avait continué à accumuler les bides, ça n'aurait rien changé. Pas pour moi.

Sa détresse paraissait sincère, et Barbara aurait bien voulu le plaindre. Mais elle n'y parvenait pas, en réalisant à quel point il *désirait* sa pitié. Il voulait qu'elle le voie comme la victime de l'indifférence de son père. Quelle importance qu'il ait causé la mort de son père pour empocher un million de livres ? Quelle importance qu'il ait commis deux meurtres atroces ? Il voulait qu'on le plaigne sous prétexte que des circonstances indépendantes de sa volonté lui avaient forcé la main, que King-Ryder n'avait pas cru bon de lui laisser un sou dans son testament. Si le compositeur l'avait couché sur son testament, les crimes ne se seraient même pas produits.

Bon sang, se dit Barbara, c'est toujours pareil : le mal de l'époque. Fais mal à quelqu'un d'autre. C'est pas ma faute. Pas moi, je ne suis pas responsable.

Il n'était pas question qu'elle épouse ce genre de vue. Toute trace de la compassion que Barbara aurait pu éprouver pour cet homme était effacée par les deux morts inutiles du Derbyshire et la vision de ce qu'il avait fait subir à Vi Nevin. Il paierait pour ces crimes. Mais une peine de prison — quelle que soit sa durée — ne semblait pas punir suffisamment le chantage, le suicide, le meurtre, les coups et blessures, et tout ce qui s'ensuit.

— Ça vous intéresserait peut-être de connaître la vérité sur les intentions de Terry Cole, Mr King-Ryder. En fait, je pense qu'il est important que vous le sachiez.

Et de lui expliquer que tout ce que cherchait Terry Cole, c'était une simple adresse et un numéro de téléphone. En fait, si Matthew King-Ryder avait proposé de le débarrasser de la partition et de le payer généreusement pour la lui livrer aux bureaux des Productions King-Ryder, le garçon aurait probablement sauté de joie au plafond.

— Il ne savait même pas ce que c'était, poursuivit Barbara. Comment aurait-il su qu'il était tombé sur la musique de votre *Hamlet* ?

Matthew King-Ryder rumina cette information. Si Barbara avait espéré lui porter le coup de grâce, lui infliger une blessure mortelle qui rendrait son séjour en prison encore plus pénible, sa réponse la détrompa :

— Tout est de sa faute. S'il n'était pas intervenu, mon père serait encore en vie.

Lynley atteignit Eaton Terrace à dix heures ce soir-là. Il trouva sa femme dans la salle de bains, plongée dans l'écume arôme citron d'un bain moussant. Elle avait les yeux fermés, sa tête reposait sur une serviette de bain pliée en quatre, et ses mains — qui présentaient la caractéristique incongrue d'être gantées de satin blanc — étaient posées sur l'impeccable plateau d'acier qui faisait la largeur de la baignoire et lui servait à ranger ses savonnettes et ses éponges. Une platine CD trônait sur le vanity au milieu d'un fouillis d'onguents, de potions et de crèmes. De la musique en émanait. Une soprano chantait :

Ils l'étendirent — doucement et tendrement — dans le sol froid, si froid,
Ils l'étendirent — doucement et tendrement — dans le sol froid, si froid,
Et me voici, enfant sans lumière, seule je traverserai l'orage qui menace,
Et personne ici pour me dire
Que je ne suis pas seule.

Lynley appuya sur le bouton OFF.

— Ophélie, je suppose, après le meurtre de Polonius par Hamlet.

Helen s'ébroua derrière lui.

— Tommy ! J'ai failli mourir de peur !

— Désolé.

— Est-ce que tu viens tout juste de rentrer ?

— Oui. Parle-moi de tes gants, Helen.

— Mes gants ? (Le regard de Helen se porta sur ses mains.) Ah, mes *gants*. C'est mes cuticules. Je fais un traitement à base de chaleur et d'huile.

— J'en suis soulagé, dit-il.

— Pourquoi, tu avais remarqué mes cuticules ?

— Non, mais je pensais que tu te préparais à un avenir de reine, ce qui signifierait la fin de notre couple. As-tu déjà vu la reine sans ses gants ?

— Hmm. Je ne pense pas. Mais tu ne crois tout de même pas qu'elle les porte dans son bain ?

— C'est une possibilité. Peut-être que le contact humain lui répugne, y compris avec elle-même.

Helen rit.

— Je suis si contente que tu sois rentré ! (Elle retira les gants et plongea les mains dans l'eau. Elle se laissa retomber sur l'oreiller improvisé et l'observa.) Raconte-moi, dit-elle doucement. S'il te plaît.

C'était sa façon de faire, et Lynley espérait que ça le resterait : elle lisait instantanément en lui et lui ouvrait son cœur tout aussitôt à l'aide de mots simples.

Il approcha un tabouret de la baignoire. Il retira sa veste, la laissa tomber à terre, retroussa ses manches et saisit une des éponges et du savon. Il prit d'abord son bras et fit glisser l'éponge sur toute sa longueur. Tandis qu'il la baignait, il lui raconta tout. Elle écoutait en silence, les yeux rivés sur lui.

— Ce qu'il y a de pire dans tout ça, conclut-il, c'est qu'Andy Maiden serait toujours vivant si j'avais suivi la procédure quand nous nous sommes vus hier après-midi. Mais sa femme est entrée, et au lieu de l'interroger sur les activités de Nicola à Londres — ce qui aurait révélé qu'elle était au courant depuis plus longtemps qu'Andy, que Nicola lui avait tout dit des *mois* avant d'en parler à son père —, je me suis abstenu. Parce que je voulais l'aider à la protéger.

— Alors qu'en fait elle n'avait pas du tout besoin de sa protection... dit Helen. Oui. Je vois comment ça s'est passé. C'est horrible. Mais, Tommy, tu as fait ce qui te semblait le mieux à ce moment-là.

Lynley fit couler l'eau savonneuse sur les épaules de sa femme avant de replacer l'éponge sur son plateau.

— Ce que j'avais de mieux à faire à ce moment-là, c'était m'en tenir à la procédure. Il était suspect. Elle aussi. Je ne les ai pas traités en suspects, ni l'un ni l'autre. Si je l'avais fait, il ne serait pas mort.

Lynley n'arrivait pas à décider ce qui avait été le plus pénible : la vision du couteau suisse ensanglanté encore serré dans le poing raidi d'Andy, les efforts qu'il avait fallu déployer pour arracher Nancy Maiden au cadavre de son mari, le retour à pied à la Bentley, entraînant Nancy derrière lui, et la crainte qu'à tout moment son état de choc ne laisse place à une crise de désespoir qu'il serait incapable de gérer ; l'attente, interminable semblait-il, de l'arrivée de la police, et le retour auprès du cadavre, cette fois sans la présence de la femme d'Andy pour détourner son attention de la façon dont son ancien collègue s'était donné la mort.

« On dirait le couteau qu'il m'a montré, avait remarqué Hanken, les yeux posés sur le couteau toujours à terre.

— Bien sûr que oui, bien sûr que oui, répondit seulement Lynley. (Puis, avec véhémence, il ajouta :) Bordel de merde. Bon sang, Peter. Tout est ma faute. Si j'avais joué cartes sur table quand ils étaient *tous les deux* en ma présence... Mais je ne l'ai pas fait, je ne l'ai pas fait. »

Hanken avait alors fait signe à son équipe de mettre le corps dans le sac. D'une pichenette, il avait fait sortir une cigarette du paquet qu'il avait ensuite tendu à Lynley.

« Prenez-en une, bon sang ! Vous en avez besoin, Thomas. (Lynley avait accepté. Ils avaient quitté le cercle de pierres mais étaient restés près de la pierre sentinelle, tirant sur leur Marlboro.) Personne ne suit la procédure à la lettre, dit Hanken. La moitié de notre travail se fait à l'intuition, et ça, ça vient du cœur. Vous avez suivi votre cœur. A votre place, je ne peux pas dire que j'aurais agi autrement.

— Vraiment ?

— Oui. »

Mais Lynley savait que son collègue mentait. Parce que l'essentiel dans ce boulot, c'était de démêler quand il convenait de suivre son cœur et quand pareille approche risquait de conduire à la catastrophe.

— Barbara avait raison dès le début, dit Lynley à Helen tandis qu'elle sortait du bain et saisissait la serviette qu'il lui tendait. Si j'avais seulement compris ça, rien de tout cela ne se serait produit, parce que je serais resté à Londres et que j'aurais mis un frein à l'enquête côté Derbyshire pendant qu'on se serait attaqués à King-Ryder...

— Si ce que tu dis est vrai, fit posément Helen en s'enveloppant dans la serviette, alors je suis tout autant responsable de ce qui s'est passé, Tommy. (Et de lui raconter les circonstances qui avaient mis Barbara sur la piste après qu'elle eut été dessaisie de l'enquête.) J'aurais pu te téléphoner quand Denton m'a parlé de la partition. Je n'ai pas fait ce choix.

— Je doute que je t'aurais écoutée si j'avais su que ce que tu me disais allait prouver que Barbara avait raison.

— Quant à ça, chéri... (Helen se dirigea vers le vanity et en sortit un petit flacon de lotion, dont elle commença à s'enduire le visage.) C'est quoi, au juste, qui te gênait, dans cette histoire avec Barbara ? Cette histoire de mer du Nord et de coup de feu ? Parce que je sais que tu sais que c'est une excellente détective. C'est vrai que parfois elle a tendance à n'en faire qu'à sa tête, mais son cœur est là où il faut, n'est-ce pas ?

Encore ce mot, ce mot, « cœur », avec tout ce qu'il comportait de raisons sous-jacentes pour expliquer les actes d'une personne. En entendant Helen le prononcer, Lynley se remémora l'emploi qu'en avait fait une autre femme, il y avait bien des années de cela, une femme qui pleurait en lui disant : « Mon Dieu, Tommy, qu'est-il arrivé à ton cœur ? » alors qu'il refusait de la voir, ou même de lui parler, après avoir découvert son adultère.

Puis il finit par comprendre. Il comprit pour la toute première fois, et de cette compréhension naquit un rejet de l'être qu'il avait été, et de ce qu'il avait fait au cours des vingt dernières années.

— Elle m'échappait, je n'avais pas de prise sur elle, dit-il à mi-voix, plus pour lui-même que pour sa femme, je n'arrivais pas à la faire coïncider avec l'image que je m'étais fabriquée d'elle. Elle vivait sa vie et je ne le supportais pas. Il agonise, pensais-je, et elle ferait mieux de se comporter comme une épouse dont le mari agonise.

Helen comprit.

— Ah, ta mère...

— Je pensais lui avoir pardonné depuis longtemps. Mais, si ça se trouve, je ne lui ai pas pardonné du tout.

Peut-être qu'elle est toujours présente, dans toutes les femmes que je croise, et peut-être que j'essaie toujours d'en faire quelqu'un qu'elle ne veut pas être...

— Ou peut-être ne t'es-tu jamais pardonné ton incapacité à l'empêcher d'agir comme elle l'a fait. (Helen posa le flacon et s'approcha de lui.) C'est fou ce qu'on trimballe dans ses bagages, chéri. Quand on croit s'être allégé de son fardeau, on le retrouve devant sa porte, et on est prêt à se prendre les pieds dedans...

Elle s'était enroulé une serviette en turban autour du crâne ; elle la retira et secoua la tête, laissant retomber ses cheveux en cascade. Elle ne s'était pas complètement séchée, si bien que des gouttes d'eau scintillaient sur ses épaules et perlaient au creux de sa gorge.

— Ta mère, mon père, dit-elle en lui prenant la main et en la portant à sa joue. Il y a toujours un responsable. J'étais dans un état effroyable avec cette histoire de papier peint. Je me disais que si je n'étais pas devenue la femme que mon père voulait me voir devenir — l'épouse d'un homme titré —, j'aurais su quoi choisir. Incapable de me décider, je lui ai fait porter le chapeau. A mon père. La vérité, c'est que j'aurais pu faire comme Pen et Iris, et mener ma barque à ma guise. J'aurais pu dire non. Si je ne l'ai pas fait, c'est que j'ai préféré suivre la voie qu'on m'avait tracée. Ce qui était moins angoissant que de me frayer la mienne.

Lynley lui caressa tendrement la joue. Du doigt il suivit le contour de sa mâchoire et de son joli cou.

— Parfois, je regrette d'être adulte, lui dit Helen. On est tellement plus libre quand on est enfant...

— N'est-ce pas, acquiesça-t-il. (Il approcha les doigts de la serviette qui enveloppait son corps. Il lui embrassa le cou, les épaules, les lèvres.) Mais l'âge adulte offre des compensations.

Il défit la serviette et l'attira à lui.

31

Quand son réveil sonna, le lendemain matin, Barbara Havers roula hors du lit avec un mal de crâne épouvantable. Elle avança en titubant jusqu'à la salle de bains, où elle farfouilla à droite et à gauche pour dénicher de l'aspirine et parvint tant bien que mal à tourner les robinets de la douche. Merde, se dit-elle. De toute évidence, elle avait vécu une vie beaucoup trop rangée ces dernières années. En conséquence, elle manquait lamentablement de résistance physique quand il s'agissait de faire la fête.

Ils n'avaient pourtant pas fait trop d'excès lors de leur petite célébration. Après avoir fini de prendre la déposition de Matthew King-Ryder, Nkata et elle étaient sortis s'amuser un peu. Ils n'étaient allés que dans quatre pubs, et aucun d'eux n'avait touché aux alcools forts. Mais ce qu'ils avaient bu avait suffi. Barbara avait l'impression qu'un camion lui était passé sur la tête.

Debout sous la douche, elle laissa l'eau s'abattre sur elle jusqu'à ce que les aspirines commencent à faire leur effet. Elle se frotta le corps et se lava les cheveux, jurant qu'elle ne toucherait plus à la moindre goutte d'alcool en semaine dorénavant. Elle fut tentée de téléphoner à Nkata pour voir s'il avait, lui aussi, le syndrome du lendemain matin. Mais elle pensa à la réaction de sa mère si son fils préféré recevait un appel d'une inconnue avant sept heures du matin, et elle renonça. Aucune raison d'inquiéter Mrs Nkata à propos de la pureté de corps et d'esprit de son cher Winnie. Barbara le verrait bien assez tôt au Yard.

Ses ablutions terminées, Barbara se dirigea en pantoufles vers son armoire et se demanda quel effet vestimentaire elle voulait produire ce jour-là. Elle opta pour la discrétion et sortit un tailleur-pantalon qu'elle n'avait pas pensé à porter depuis au moins deux ans.

Elle le jeta sur le lit en désordre et se rendit à la cuisine. Ayant branché la bouilloire électrique et mis les beignets à la pastèque dans le grille-pain, elle se frotta les cheveux avec une serviette de bain et enfila rapidement ses vêtements. Elle mit les infos de la BBC, ce qui lui permit d'apprendre que des travaux bouchaient la circulation dans la City, qu'il y avait eu un carambolage sur la M1 juste au sud de l'entrée 4, et qu'une canalisation d'eau avait sauté sur la A23, formant un lac au nord de Streatham. Une nouvelle journée d'enfer pour les automobilistes.

La bouilloire s'éteignit avec un *clic* sonore, et Barbara se rendit d'un pas incertain dans la cuisine pour verser quelques cuillerées de café en poudre dans un mug décoré d'une caricature du prince de Galles : une tête dépourvue de menton, un nez bulbeux, des oreilles décollées, le tout posé sur un corps minuscule revêtu d'un kilt. Elle attrapa ses beignets, les posa sur un torchon et emporta ce chef-d'œuvre d'équilibre alimentaire.

Le cœur en velours trônait au milieu de la table, là où Barbara l'avait posé quand Hadiyyah le lui avait offert, le dimanche soir, petit objet ventru évoquant un cadeau de la Saint-Valentin, bordé de dentelle blanche et rempli de sous-entendus. Barbara avait évité d'y penser pendant trente-six heures, et comme elle n'avait vu ni Hadiyyah ni son père depuis tout ce temps, elle avait réussi à éviter aussi d'aborder le sujet dans ses conversations. Mais elle ne pourrait pas se taire éternellement. Ne serait-ce que par politesse, il faudrait qu'elle fasse quelque remarque à ce sujet à Azhar à leur prochaine rencontre.

Que lui dirait-elle ? Après tout, c'était un homme marié. Certes, il ne vivait pas avec sa femme. Certes, la femme avec qui il avait cohabité après était apparemment partie pour de bon, abandonnant une charmante petite fille de huit ans, et un homme de trente-cinq ans taciturne (bien qu'attentionné et bon) en manque de présence féminine adulte. Cependant, rien de tout cela ne facilitait les choses. Non que Barbara se fût jamais souciée des règles de l'étiquette. Mais ça, c'était parce qu'elle ne s'était jamais vraiment trouvée dans une situation régie par ces règles. Pas celles qui s'appliquent aux relations homme-femme, en tout cas. Ni celles qui régissent les relations homme-femme-enfant. Et certainement pas celles qui conditionnent les relations homme-épouse-non-épouse-enfant-autre femme. Mais tout de même, la prochaine fois qu'elle verrait Azhar, il faudrait qu'elle soit prête. Il lui faudrait quelque chose de rapide, d'utile, de direct, de senti, de sympathique et de raisonnable à dire. Et il fallait que ça lui sorte spontanément de la bouche, comme si la pensée qui motivait ses paroles lui était venue sur le moment.

Alors... qu'allait-elle dire ? Merci beaucoup, mon vieux... Quelles sont vos intentions à mon égard ?... Comme c'est gentil d'avoir pensé à moi...

Bon sang de bonsoir, se dit Barbara, les relations humaines, c'est vraiment l'enfer...

On frappa un coup sec à sa porte. Barbara sursauta et consulta sa montre. Il était beaucoup trop tôt pour une descente des Témoins de Jéhovah, et la visite de l'employé du gaz avait constitué le point fort de sa vie sociale de la semaine précédente. Alors qui... ?

Elle se leva en mâchant son beignet. Elle ouvrit la porte. Azhar se tenait sur le seuil.

Elle cligna des yeux et regretta de ne pas avoir répété ses remerciements avec plus de sérieux.

— Salut. Euh... Bonjour.

— Vous êtes rentrée bien tard hier soir, Barbara.

— Eh ben, oui. L'affaire est close. Enfin, je veux dire, autant que peut l'être une affaire au moment de l'arrestation. C'est-à-dire qu'il faut encore constituer un dossier qui se tienne, pour le remettre au procureur de la Couronne. Mais quant à l'enquête elle-même... (Elle se força à s'arrêter.) Ouais. On a effectué une arrestation.

Il hocha la tête, l'air sérieux.

— C'est une bonne nouvelle.

— Une bonne nouvelle. Oui.

Il promena son regard derrière elle. Elle se demanda s'il essayait de déterminer si elle avait fêté la conclusion de l'enquête en compagnie d'un bataillon d'éphèbes grecs, qui seraient encore vautrés quelque part à l'intérieur. Mais elle retrouva ses bonnes manières et dit :

— Oh. Entrez. Un peu de café ? Je n'ai que du café en poudre, malheureusement... (Et elle ajouta :) Ce matin.

Comme si tous les autres jours elle moulait furieusement les grains dans sa cuisine...

Il dit que non, il ne pouvait pas rester longtemps. Juste un instant, en fait, parce que sa fille s'habillait et qu'elle aurait besoin de lui pour lui faire ses nattes.

— D'accord, dit Barbara, mais ça ne vous dérange pas si je... ?

Elle désigna la bouilloire électrique, d'un mouvement de son mug Prince-de-Galles.

— Non. Bien sûr. J'ai interrompu votre petit déjeuner.

— Si on peut appeler ça un petit déjeuner, reconnut Barbara.

— J'aurais attendu un moment plus opportun, mais ce matin je me suis rendu compte que ça ne m'était plus possible.

— Ah. (Barbara se dirigea vers la bouilloire et l'alluma, se demandant à quoi était due cette gravité et ce qu'elle laissait présager. Certes, il avait eu l'air grave à chacune de leurs rencontres tout au long de l'été, mais il avait quelque chose de plus ce matin, une façon de la regarder qui faisait qu'elle se demandait si elle ne s'était pas mis du sucre glace sur la figure.) Eh bien, asseyez-vous, si vous voulez. Il y a des clopes sur la table. Vous êtes sûr, pour le café ?

— Parfaitement, oui. (Mais il prit une cigarette et l'observa en silence tandis qu'elle se préparait une deuxième tasse. Ce n'est que quand elle l'eut rejoint à table — le cœur de velours bien en évidence, comme une déclaration en suspens entre eux — qu'il parla à nouveau :) Barbara, c'est difficile. Je ne sais pas par où commencer...

Elle sirota bruyamment son café et essaya de prendre un air encourageant.

D'un geste nerveux, Azhar s'empara du cœur de velours.

— L'Essex...

— L'Essex, répéta Barbara, comme pour l'aider.

— Hadiyyah et moi avons passé la journée de dimanche au bord de la mer. Dans l'Essex. Comme vous le savez.

— Oui, c'est vrai. (C'était le moment de dire « Merci pour le cœur » mais ça ne voulait pas sortir.) Hadiyyah m'a raconté que vous vous étiez bien amusés. Elle m'a dit que vous étiez passés au Burnt House Hotel, aussi...

— Elle y est passée, corrigea-t-il. C'est-à-dire que je l'y ai emmenée pour m'attendre avec Mrs Porter... Vous vous souvenez d'elle, je crois...

Barbara hocha la tête. Assise derrière son déambulateur, Mrs Porter avait surveillé Hadiyyah pendant que son père faisait le lien entre la police et une communauté pakistanaise peu nombreuse mais très remontée lors d'une enquête sur une affaire de meurtre.

— Tout à fait. Je me souviens de Mrs Porter. C'est gentil de votre part d'être passé la voir...

— Comme je vous l'ai dit, c'est Hadiyyah qui a rendu visite à Mrs Porter. Quant à moi, j'ai rendu visite à la police locale.

A ces paroles, Barbara se raidit. Elle voulait à tout prix dire quelque chose pour faire dévier la conversation qui allait suivre, mais rien ne lui vint à l'esprit à temps et Azhar poursuivit :

— J'ai parlé au constable Fogarty, lui dit-il. Au constable Michael Fogarty, Barbara.

Barbara hocha la tête.

— Ouais. Mike. C'est ça.

— C'est le responsable des armes à feu de la police de Balford-le-Nez.

— Ouais. Mike. Les armes. C'est ça.

— Il m'a dit ce qui s'était passé sur le bateau, Barbara. Ce que l'inspecteur principal Barlow a dit sur Hadiyyah, ce qu'elle avait l'intention de faire, et ce que vous avez fait.

— Azhar...

Il se leva. Il avança jusqu'au canapé-lit. Barbara fit la grimace en constatant qu'elle ne l'avait pas encore retapé et que le tee-shirt hideux, orné d'une grosse tête jaune au sourire hilare, qu'elle portait la nuit, était encore sur le lit, enroulé pêle-mêle avec les draps. Elle pensa un instant qu'il avait l'intention de faire le lit (c'est vrai qu'il était la personne la plus maladivement ordonnée qu'elle eût jamais rencontrée), mais il pivota pour lui faire face. Son trouble était apparent.

— Comment vous remercier ? Qu'est-ce que je pourrais dire qui me permettrait de vous remercier du sacrifice que vous avez fait pour mon enfant ?

— Les remerciements ne sont pas nécessaires...

— Ce n'est pas vrai. L'inspecteur Barlow...

— Em Barlow a été dotée à la naissance de trop d'ambition, Azhar. Ça lui a bousillé le jugement. Ça n'a pas eu d'effet sur le mien.

— Mais en conséquence vous avez perdu votre grade. Vous êtes tombée en disgrâce. Vous avez cessé de faire équipe avec l'inspecteur Lynley, pour qui vous avez de l'estime, n'est-ce pas ?

— Eh bien, on n'est pas très copains en ce moment, lui et moi, reconnut Barbara. Mais l'inspecteur a le règlement pour lui, donc il est parfaitement en droit de me faire la tête.

— Mais cela... tout cela est dû à votre action... à l'aide que vous avez donnée à Hadiyyah quand Emily

Barlow voulait la laisser là, quand elle l'a traitée de « morveuse pakistanaise » et l'aurait laissée se noyer sans broncher...

Il était en proie à une telle détresse que Barbara regretta ardemment que Michael Fogarty n'ait pas été souffrant ce dimanche-là, auquel cas il se serait absenté du poste de police, laissant l'inspecteur principal Barlow seule présente — et désireuse de donner une version fortement expurgée de la course-poursuite en mer du Nord qui s'était soldée par le coup de feu que Barbara lui avait tiré dessus. En l'état des choses, elle ne pouvait qu'être reconnaissante du seul fait que Fogarty, en faisant son compte rendu à Azhar, avait heureusement omis le « sale petite » dont Emily Barlow avait fait précéder les mots « morveuse pakistanaise » ce jour-là.

— Je n'ai pas songé aux conséquences, dit Barbara à Azhar. L'important, c'était Hadiyyah. Et c'est toujours elle, l'important. Point final.

— Je dois trouver une façon de vous montrer ce que je ressens, dit-il malgré ses paroles rassurantes. Je ne dois pas vous laisser penser que votre sacrifice...

— Croyez-moi, ça n'avait rien d'un sacrifice. Quant à me remercier... Eh bien, vous m'avez donné un cœur, non ? Ça suffira...

— Un cœur ? (Il eut l'air perplexe. Puis, suivant la direction qu'indiquait Barbara de sa main tendue, il vit le cœur qu'il avait gagné au jeu d'adresse.) Ça. Le cœur. Mais ça n'est rien. Je n'ai pensé qu'à l'inscription, Barbara, et à votre sourire en la lisant.

— L'inscription ?

— Oui. Vous n'avez pas vu... ? (Et il s'approcha de la table et retourna le cœur. Au verso, qu'elle aurait forcément vu si elle avait eu le courage d'examiner ce fichu cadeau quand Hadiyyah le lui avait donné, étaient brodés les mots J'♥ *l'Essex*.) C'était une plaisanterie, voyez-vous. Parce que après ce que vous avez enduré dans l'Essex, vous ne pouvez pas aimer cette région. Mais vous n'avez pas vu cette inscription ?

— Ah ! cette inscription-là, dit vite Barbara avec un

ha-ha joyeux, destiné à illustrer son degré de complicité dans cette petite plaisanterie. Oui. Ce truc kitsch, *J'aime l'Essex*. C'est bien le dernier endroit sur terre où je serais tentée de retourner. Merci, Azhar. C'est mieux qu'un éléphant en peluche, non ?

— Mais ça ne suffit pas. Et il n'y a rien d'autre que je puisse vous offrir en remerciement. Rien ne vaut ce que vous m'avez donné.

Barbara se rappela quelque chose qu'elle avait appris sur son peuple : *lenadena*. Le fait d'offrir un présent égal ou supérieur à celui qu'on a reçu. C'était de cette manière qu'ils indiquaient qu'ils étaient prêts à s'engager dans une relation, une façon franche de déclarer ses intentions, sans l'indélicatesse de les exprimer ouvertement. Comme ils étaient sensés, ces Asiatiques, pensa-t-elle. On savait où on en était, dans leur culture.

— Ce qui compte, c'est que vous ayez voulu trouver quelque chose de la même valeur, n'est-ce pas ? Je veux dire, on peut décider de faire compter la volonté de trouver quelque chose si on veut, ne croyez-vous pas, Azhar ?

— Je suppose que oui, dit-il, l'air un peu sceptique.

— Alors considérez que le cadeau d'égale valeur a été donné. Et allez faire ses nattes à Hadiyyah. Elle doit vous attendre.

Il avait l'air de vouloir en dire plus, mais au lieu de ça il s'approcha de la table et écrasa son mégot.

— Merci, Barbara Havers, dit-il à voix basse.

— *Cheers*, répondit-elle.

Et elle sentit l'esquisse d'une caresse sur son épaule quand il passa à son niveau en se dirigeant vers la porte.

Quand la porte se fut refermée derrière lui, Barbara se laissa aller à un petit rire fatigué en pensant à son insondable bêtise. Elle ramassa le cœur et le fit tenir en équilibre entre les pouces et les index. *J'aime l'Essex*, pensa-t-elle. Eh bien, il aurait pu trouver des façons moins gentilles de plaisanter avec elle.

Elle vida le reste de son café dans l'évier et fit rapidement ses quelques corvées matinales. Les dents lavées et les cheveux peignés, avec un soupçon de blush sur chaque joue en guise de concession à la féminité, elle attrapa son sac à bandoulière, ferma la porte à clé derrière elle, puis descendit l'allée en direction de la rue d'un pas guilleret.

Elle sortit par le portail principal mais s'arrêta net. La Bentley de Lynley était garée devant.

— Vous n'êtes pas vraiment dans votre secteur, il me semble, inspecteur ? lui dit-elle tandis qu'il descendait de voiture.

— Winston m'a téléphoné. Il m'a dit que vous aviez laissé votre voiture au Yard hier soir et que vous aviez pris un taxi pour rentrer...

— On avait descendu quelques godets et il m'a semblé que c'était la meilleure chose à faire.

— C'est ce qu'il m'a dit. Vous avez bien fait de ne pas conduire. Je me suis dit que ça vous arrangerait peut-être que je vous emmène à Westminster. Il y a des perturbations sur la Northern Line ce matin...

— Quand n'y a-t-il pas de perturbations sur la Northern Line ?

Il sourit.

— Alors... ?

— Merci.

Elle jeta son sac à main devant le siège passager et monta dans la voiture. Lynley prit place à côté d'elle, mais il ne fit pas démarrer la voiture. Au lieu de cela, il sortit quelque chose de la poche de sa veste. Il le lui tendit.

Barbara lorgna curieusement l'objet. Il lui avait donné une fiche de l'hôtel de l'Ange Noir. Ce n'était pas une fiche vierge, cependant, ce qui aurait pu lui donner l'impression qu'il lui offrait un séjour dans le Derbyshire. En fait, y figuraient un nom, une adresse, et d'autres renseignements pertinents de type marque de voiture, numéro d'immatriculation, passeport et nationalité. Elle avait été établie au nom de M.R. Davidson, qui avait donné une adresse dans le West Sussex et inscrit une Audi comme moyen de transport.

— Bon, d'accord, dit Barbara. Vous avez réussi à éveiller ma curiosité. Qu'est-ce que c'est ?

— Un souvenir pour vous.

— Ah. (Barbara attendit qu'il fasse démarrer la Bentley. Il n'en fit rien. Il se contentait d'attendre.) Un souvenir de quoi ?

— L'inspecteur Hanken croyait que le tueur avait passé la nuit des meurtres à l'hôtel de l'Ange Noir. Il a fait vérifier les fiches de tous les clients de l'hôtel par le DVLA pour voir s'il y en avait qui conduisaient des voitures inscrites sous un nom autre que le nom reporté sur leur fiche de renseignements. Voici la seule fiche qui ne correspondait pas.

— Davidson, dit Barbara en étudiant la carte. Ah oui. Je vois. Le fils de David. Alors, Matthew King-Ryder a logé à l'Ange Noir...

— Pas loin de la lande, pas loin de Peak Forest, où on a trouvé le couteau. En fait, près de tout.

— Et le DVLA a révélé que l'Audi était à son nom, conclut Barbara. Et pas à celui d'un M.R. Davidson.

— Les choses se sont passées si vite hier que nous n'avons pas vu le rapport du DVLA avant la fin de l'après-midi. Les ordinateurs de Buxton étaient en panne, alors il a fallu recueillir les renseignements par téléphone. S'ils n'avaient pas été en panne... (Lynley regarda par le pare-brise et parla d'une voix songeuse :) Je veux croire que la faute en incombe à la technologie, que si seulement nous avions mis la main sur les renseignements du DVLA à temps, Andy Maiden serait encore en vie...

— *Quoi ?* souffla Barbara, hébétée. Encore en vie ? Que lui est-il arrivé ?

Lynley lui raconta. Barbara remarqua qu'il ne s'épargnait pas. Mais c'était sa façon de faire.

Il conclut en disant :

— Je me suis fié à mon jugement quand j'ai décidé de ne pas parler directement de la prostitution de Nicola en présence de sa mère. C'est ce que voulait Andy et j'ai accepté. Si seulement j'avais fait ce que j'aurais dû faire... (Il fit un geste vague.) J'ai laissé mon amitié pour cet homme s'interposer entre moi et mon devoir. J'ai pris la mauvaise décision, et en conséquence il est mort. J'ai son sang sur les mains, aussi sûrement que si j'avais brandi le couteau, et ce sang ne partira pas...

— Vous êtes un peu dur envers vous-même, dit Barbara. Vous n'aviez pas vraiment eu le temps de réfléchir à la meilleure façon d'agir quand Nan Maiden a interrompu votre tête-à-tête...

— Non. Je voyais bien qu'elle savait quelque chose. Mais je pensais qu'elle savait que c'était Andy qui avait tué leur fille. Et même là je n'ai pas su mettre la vérité au jour parce que *moi*, je ne pouvais pas me résoudre à croire qu'il avait tué leur fille.

— Et c'était vrai, dit Barbara. Alors votre décision était fondée.

— Je ne crois pas qu'on puisse séparer une décision de son résultat, dit Lynley. Je le croyais avant, mais plus maintenant. Le résultat découle de la décision. Et si le résultat est une mort absurde, c'est que la décision était mauvaise. On ne peut pas déformer les faits pour présenter une autre réalité, quelle qu'en soit notre envie.

Ces paroles sonnaient comme une conclusion aux oreilles de Barbara. Elle les prit comme telles. Elle saisit sa ceinture de sécurité et la ramena autour d'elle. Elle allait la boucler quand Lynley se remit à parler :

— Vous, vous avez pris la bonne décision, Barbara.

— Oui, mais j'avais un avantage sur vous, dit Barbara. J'avais parlé à Cilla Thompson. Pas vous. J'avais aussi parlé à King-Ryder. Et quand j'ai vu qu'il était allé jusqu'à acheter un de ses tableaux hideux, il m'a été facile d'arriver à la conclusion que c'était lui notre homme...

— Je ne veux pas parler de cette affaire-ci, dit Lynley. Je veux parler de l'Essex.

— Ah. (Barbara se sentit devenir minuscule.) L'Essex.

— Oui. L'Essex. J'ai essayé de séparer la décision que vous avez prise ce jour-là de son résultat. Je m'obstinais à croire que l'enfant aurait pu vivre si vous ne vous étiez pas interposée. Mais vous ne pouviez pas vous payer le luxe de calculer la distance du bateau par rapport à l'enfant et la capacité de quelqu'un à lui jeter un gilet de sauvetage, n'est-ce pas, Barbara ? Vous n'aviez qu'un instant pour prendre une décision. Et grâce à la décision que vous avez prise, la petite fille a survécu. Mais moi, qui disposais de plusieurs heures pour penser à Andy Maiden et à sa femme, j'ai fait le mauvais choix. J'ai sa mort sur la conscience. Et vous la vie de l'enfant sur la vôtre. Vous pouvez examiner la situation sous tous les angles, mais moi, je sais quelle est l'issue dont je préférerais pouvoir revendiquer la responsabilité.

Barbara détourna la tête, en direction de la maison. Elle ne savait pas très bien quoi dire. Elle voulait lui dire qu'elle avait passé des nuits blanches et des journées d'angoisse à attendre le moment où il lui dirait qu'il comprenait et approuvait ce qu'elle avait fait ce jour-là dans l'Essex, mais à présent que le moment était venu, elle trouvait que les mots ne venaient pas. Elle se contenta de murmurer :

— Merci, inspecteur. Merci.

Et elle déglutit avec effort.

— Barbara ! Barbara ! (Le cri venait de l'allée dallée devant l'appartement du rez-de-chaussée. Hadiyyah s'y tenait debout, pas sur les dalles mais sur le banc qui se trouvait devant la porte-fenêtre de l'appartement qu'elle partageait avec son père.) Regarde, Barbara ! criait-elle de sa voix d'oiseau, en dansant une petite gigue. J'ai mes chaussures neuves ! Papa a dit que je n'avais pas besoin d'attendre la fête de Guy Fawkes. Regarde ! J'ai mes chaussures neuves !

Barbara baissa la vitre.

— Excellent ! lança-t-elle. Tu es jolie comme une image, ma chérie.

La petite tourna sur elle-même et éclata de rire.

— Qui est-ce ? demanda Lynley à côté d'elle.

— L'enfant en question, répondit Barbara. Mettons-nous en route, inspecteur Lynley. Faut pas qu'on arrive en retard au boulot.

REMERCIEMENTS

Ceux qui connaissent le Derbyshire et le Peak District savent que Calder Moor n'existe pas. Je leur demande donc pardon des libertés que j'ai prises en sculptant le paysage pour qu'il colle aux besoins de l'intrigue.

Je remercie vivement tous ceux qui m'ont aidée en Angleterre lors de la phase de préparation et de rédaction d'*Une patience d'ange*. Sans eux, ce projet n'aurait jamais vu le jour. Dans le Nord, mes remerciements vont à l'inspecteur David Barlow à Ripley, et à Paul Rennie, d'Outdoor Pursuits Services à Disley — qui m'ont éclairée sur le fonctionnement des secours en montagne ; à Clare Lowery, du laboratoire de police scientifique de Birmingham, pour son cours intensif de botanique ; à Russell Jackson, de Haddon Hall, qui m'a permis d'explorer les coulisses d'un joyau architectural du quatorzième siècle. Dans le Sud, je remercie l'inspecteur principal Pip Lane, à Cambridge, qui m'a permis de me familiariser avec différents aspects du travail policier — de la base de données du CRIS aux perquisitions ; James Mott, à Londres, pour son exposé sur les facultés de droit ; Tim et Pauline East, dans le Kent, qui ont bien voulu m'initier à l'archerie ; Tom Foy, facteur de flèches dans le Kent, qui m'a donné de précieux renseignements sur son art et aidée à mieux comprendre le mécanisme du crime de ce roman ; Bettina Jamani, à Londres, pour ses prodigieux talents d'enquêteur. Merci également à Sue Fletcher, mon éditrice chez Hodder & Stoughton à Londres, qui a accueilli ce projet avec enthousiasme et m'a « prêté » Bettina chaque fois que c'était nécessaire. Merci encore à Stephanie Cabot, de l'agence littéraire William Morris, qui m'a accompagnée dans ma tournée des sex-shops de Soho.

En France, je tiens à remercier ma traductrice française, Dominique Wattwiller, non seulement pour la documentation écrite et iconographique qu'elle m'a fournie sur le SM mais aussi pour son interview d'une dominatrice — Claudia —, qui a bien voulu se prêter au jeu des questions-réponses.

Aux Etats-Unis, merci au docteur Tom Ruben, qui m'a fait profiter de ses connaissances en médecine ; à mon éditrice chez Bantam, Kate Miciak, qui, après m'avoir jeté un défi en me disant : « Je vois deux cadavres », m'a accordé de multiples entretiens au cours desquels s'est échafaudée l'intrigue tandis que les deux cadavres prenaient forme sur le papier ; à ma formidable assistante, Danielle Azoulay, qui, en me déchargeant d'une foule de tâches, m'a permis de consacrer tout mon temps au traitement de texte ; aux étudiants de mon atelier d'écriture, qui m'aident à garder une approche intègre du métier.

Enfin, je voudrais également exprimer ma gratitude à Robert Gottlieb, Marcy Posner et Stephanie Cabot, de l'agence William Morris, qui sont des agents littéraires hors pair.

"Insondable noirceur humaine"

(Pocket n°10552)

Abandonnée par l'inspecteur Lynley, parti en voyage de noces, mal remise des coups reçus lors de sa dernière enquête, le sergent Barbara Havers doit interrompre sa convalescence pour élucider le meurtre d'un jeune Pakistanais. Crime raciste ? Affaire liée à l'homosexualité de la victime ? En quête d'une vérité enfouie sous d'innombrables zones d'ombre, Barbara se plonge au cœur d'une communauté pakistanaise dont le calme apparent masque la complexité.

Il y a toujours un Pocket à découvrir

"Corps sans tête"

(Pocket n°04056)

Disgracieuse et bourrue, le sergent Barbara Havers n'a pas l'intention de s'amender. Surtout depuis que lui est imposée une contrainte insupportable : elle doit faire équipe avec l'inspecteur Lynley, un aristocrate britannique qui a fait ses études à Eton. Mais les querelles de ce couple inattendu cessent vite devant l'atrocité du crime qu'ils sont chargés d'élucider : dans un village de Yorkshire a été retrouvé le corps décapité d'un paroissien modèle. À côté du cadavre, une hache ; et à côté de la hache, une grosse fille gémissante qui s'accuse du crime…

Il y a toujours un Pocket à découvrir

Impression réalisée sur Presse Offset par

BRODARD & TAUPIN

GROUPE CPI

19895 – La Flèche (Sarthe), le 11-09-2003
Dépôt légal : août 2003

POCKET – 12, avenue d'Italie - 75627 Paris cedex 13
Tél. : 01.44.16.05.00

Imprimé en France